Doris Leupold. Jan. 04

Thomas Jeier

Das Wissen der Bäume

Roman

Schneekluth

Die Deutsche Bibliothek – CIP Einheitsaufnahme
Jeier, Thomas: Das Wissen der Bäume:
Roman / Thomas Jeier. –
München: Schneekluth, 1998
ISBN 3-7951-1434-9

ISBN 3-7951-1434-9

Ein Verlagsimprint der Weltbild Verlag GmbH Augsburg
Gesetzt aus der 10/13 Punkt Walbaum
Satz: FIBO Lichtsatz München
Druck und Bindung: Bercker, Kevelaer
Printed in Germany 1998

Ein Volk ist erst besiegt,
wenn die Herzen seiner Frauen
im Staub liegen.

Alter Cheyenne

Dedicated to the Tsis-tsis-tas,
the Cheyenne People

DIE ZEIT DER HUNDE

1

DAS VOLK AUS DER ERDE

BIBERFRAU STIEG AUS der Erde empor. Zusammen mit ihren Brüdern und Schwestern kroch sie durch einen langen Tunnel in das Licht, das am Ausgang auf sie wartete. Mit geschlossenen Augen blieb sie auf dem feuchten Boden stehen. Sie spürte das kniehohe Gras an ihren Beinen und den sanften Wind, der ihren nackten Körper streichelte. Ein geheimnisvolles Lied drang bis tief in ihre Seele und erfüllte sie mit einem Zauber, den sie unter der Erde nie gespürt hatte. Sie fühlte, wie sie von den Seelen unbekannter Wesen berührt und willkommen geheißen wurde.

Dies war eine neue Welt. Ein magisches Reich mit mächtigen Geistern und fremden Wesen, ein Zauberland voller unbekannter Klänge und seltsamer Düfte. Dies war das Land, das sie in ihren Träumen gesehen hatte. Sie atmete die frische Luft, zuerst zögernd, dann immer tiefer, bis sie den Geisterwind in jeder Faser ihres Körpers spürte. Sie öffnete langsam die Augen und schreckte vor dem lodernden Feuerball zurück, der am fernen Horizont glühte. Sie hielt erschrocken die Hände vor ihr Gesicht, aber das Licht war sanft und floss wie Sand über die Erde.

Ihre Augen gewöhnten sich an die ungewohnte Helligkeit. Sie ging ein paar Schritte, spürte die nasse Erde unter ihren Füßen und blickte sich staunend um. Seit vielen Wintern träumte sie von dieser Welt, aber sie hatte nie gewagt den anderen Menschen ihres Volkes darüber zu erzählen. Sie hätten gelacht und sie verspottet. Sie hatten immer unter der Erde gelebt und konnten sich keine andere Heimat vorstellen. Sie waren felsige Höhlen, körnigen Sand und tiefe Dunkelheit gewöhnt. Aber der Große Geist hatte Recht behalten. Er hatte seine Kinder in eine andere Welt geführt und mit neuen Wesen und Geistern umgeben.

Biberfrau reckte die Arme nach oben und dankte dem unbekannten Wesen, das viele Tagesreisen über ihnen schwebte und ihr Leben bestimmte. Sie sah das große Geheimnis zum ersten Mal. Es zeigte sich in dem grellen Licht, das am Horizont brannte. Sie kannte den Großen Geist, der unter der Erde wohnte und sie durch ihr früheres Leben geführt hatte, und sie hatte die geheimnisvollen Kräfte in den vier Himmelsrichtungen gespürt. Maheo hatte sich den Erdbewohnern niemals gezeigt. Nicht einmal die heiligen Männer ihres Volkes hatten den Großen Geist, der in den unbekannten Sphären des Himmels wohnte und allen anderen Geistern überlegen war, berührt oder gesehen. Er war überall und nirgendwo und brannte in den Seelen aller Lebewesen.

»Großer Geist, ich danke dir!«, rief sie dem hellen Licht entgegen, das am Himmel brannte und das neue Land mit einem heiligen Schein überzog. »Ich bin eine arme Erdenbewohnerin und habe die Dunkelheit gesehen, solange ich denken kann. Jetzt sehe ich das Licht, das in deinen Augen leuchtet und uns den Weg in eine neue Welt zeigt. Du weißt alles, Maheo! Du bist wie eine Spinne, die ein feines Netz unter der Erde webt und auf unsichtbaren Wegen durch das Dunkel gleitet. Du bist wie der Wind, der aus dem Nichts kommt und im Nichts verschwindet.«

Sie kümmerte sich nicht um die anderen Erdbewohner, blickte sie nicht einmal an. Eine unbekannte Kraft führte sie zum Ufer eines weiten Sees, der sich inmitten eines dunklen Waldes ausbreitete und wie brennende Erde im Licht des Großen Geistes leuchtete. Auch von diesem See hatte sie geträumt. Sie hatte gesehen, wie sein Wasser zuerst silbern und dann dunkelrot geleuchtet hatte und im Dunkel der Nacht verschwunden war. Sie hatte gehört, wie die Geister an seinem Ufer flüsterten. Sie war keine Medizinfrau, aber sie träumte viel und verstand die geheimnisvollen Kräfte, die ihr Volk bedrohten oder beschützten.

Im kniehohen Uferschilf blieb sie stehen. Sie blickte dem Großen Geist in die Augen und spürte sein wärmendes Licht. Maheo würde ihr sagen, was sie tun mussten, so hatte sie es in ihren Träumen erfahren. Ihr Volk würde auf sie hören, denn sie würde ihnen das Wissen bringen, das sie brauchten um in der neuen Welt überleben zu können. »Großer Geist!«, rief sie. »Wir sind deinem Licht in die neue Welt gefolgt! Wir haben unsere Heimat unter der Erde verlassen um ein anderes Leben zu beginnen. Zeige uns den Weg, der in eine neue und bessere Zukunft führt!«

Das Licht verfärbte sich und der Große Geist sprach zu ihr. Seine Stimme berührte sie tief in ihrer Seele und füllte sie mit dem Wissen, das sie in der neuen Welt brauchte. »Du bist Biberfrau«, sagte er, »du bist die heilige Frau deines Volkes! Du bist die Frau, zu der alle Geister sprechen werden! Du weißt mehr als die anderen Erdbewohner, weil ich dich auserwählt habe! Du wirst nicht älter und du wirst nicht jünger! Du siehst die Zukunft, bevor deine Brüder und Schwestern sie sehen! Du bist die Stimme, die großes Glück und großes Unheil verkündet! Du bist die Seele deines Volkes! Du wirst die Menschen in ihre neue Heimat führen und so lange bleiben, bis deine schwere Aufgabe erfüllt ist!«

Sie senkte den Kopf und spürte, wie sie unter der Berührung des Großen Geistes erstarkte. Ihr Wissen vermehrte sich. Eine unsichtbare Kraft breitete sich in ihrem Körper aus und ihr Blick wurde klarer. Sie sah den weiten See und die Bäume, die an seinem Ufer standen. Sie erkannte die Vögel, die über das Wasser flogen und im Schilf verschwanden. Sie entdeckte die bunten Käfer, die über das Gras zu ihren Füßen krochen. Sie hörte, wie die Bäume flüsterten, und sie spürte die Kraft der Steine. Alle Dinge waren lebendig, alle Dinge hatten einen Namen. Sie kannte diese Namen, obwohl Maheo sie nicht genannt hatte.

Zum ersten Mal sah sie ihr Spiegelbild. Im klaren Wasser des Sees erkannte sie eine junge Frau, deren Haut schon nach kurzer Zeit in der Sonne gebräunt war. Ihre Haare waren schwarz und reichten bis weit über die Schultern. Ihr Gesicht leuchtete wie flüssige Bronze im Angesicht des Großen Geistes, ihre Augen strahlten beim Anblick der neuen Heimat. Sie war nach dem Wunschbild des Großen Geistes geformt und mit keinem Makel behaftet. Wenn sie den Mund öffnete, sprach das Große Geheimnis. Wenn sie lächelte, glühte die Sonne. Wenn sie weinte, fiel warmer Sommerregen auf das Land. Wenn sie sich bewegte, verneigten sich alle lebendigen Wesen vor ihrem Körper.

Maheo hatte ihr neue Kraft gegeben. Sie fühlte, wie frisches Blut durch ihre Adern floss und sie mit Energie erfüllte. Es war gut, am Leben zu sein. Es war gut, die Kraft des Großen Geistes zu spüren. Sie fühlte sich stark und schön und von einem Stolz erfüllt, der sie allen anderen Lebewesen überlegen machte. Dies war die wahre Schöpfung. Sie hatte das Land gefunden, nach dem sie sich immer gesehnt hatte. Sie sah die Bilder, die sie in ihren Träumen gesehen hatte. Sie erblickte das Licht, das sie unter der Erde nie gespürt hatte. Dies war das Große Geheimnis.

»Auf dieser Welt werdet ihr leben«, sagte Maheo, »dies ist das Land, das eure Mutter ist! Die Erde gibt euch die

Kraft zum Leben. Sie schenkt euch die Pflanzen, die euch sättigen, und die Kräuter, die euch heilen. Sie lässt alles wachsen. Sie schenkt uns das Wasser, das aus den Felsen sprudelt, und sie bringt das Gras hervor, das die Tiere am Leben erhält. Alles bewegt sich im Kreis. Die Tiere leben von dem Gras, das aus der Erde kommt, und die Menschen ernähren sich von den Tieren. Ihr tötet sie mit den Lanzen und Pfeilen, die ihr aus dem Holz schneidet, das aus der fruchtbaren Erde kommt. So habe ich es bestimmt. Ohne die Erde könnte nichts leben, ohne die Erde würde es nichts geben.«

Biberfrau blickte über den See. »Ich danke dir, Maheo! Du hast uns eine neue Zukunft geschenkt und du erhältst uns am Leben! Wir verehren dich! Wir beten zu dir und wir beten zu der Erde, die unsere Mutter ist. Wie ehren den Boden und das Wasser und die Pflanzen und wir verneigen uns vor den Tieren, die unsere Brüder sind. Wir töten sie nur, weil wir sie zum Leben brauchen. Wir blicken zum Himmel und wir blicken auf die Erde. Wir blicken in die vier Richtungen, aus denen wir die Kraft empfangen.«

Ein kühler Wind rauschte aus dem Norden heran. Sie erschauderte und hielt die Hände vor ihren nackten Körper. »Ho-im-a-ha«, sagte der Große Geist, »im Norden wohnt der Mann, der den Winter bringt. Er kommt in einer weißen Wolke aus den Bergen und vertreibt die Sonne, die euch das Leben schenkt. Ihr könnt ihn nicht aufhalten. Er kommt immer zur selben Zeit und vertreibt das Licht aus den Wäldern. Aber ihr müsst zu ihm beten, denn sein kalter Atem erstickt alles Leben und treibt die Schwachen und die Kranken in den Tod! Der Donnervogel ist auf eurer Seite! Er treibt den weißen Mann nach Norden zurück und schleudert feurige Lanzen auf das Land. Betet zu ihm, denn er bringt euch das Leben zurück! Er bringt die Wärme, die ihr zum Leben braucht!«

Biberfrau erfuhr, dass die Sonne im Osten aufgeht und über den Himmel nach Westen wandert. »Erschreckt nicht, wenn es dunkel wird«, sagte Maheo, »die Sonne kehrt am nächsten Morgen zurück. Alles bewegt sich im Kreis, erinnerst du dich? Ehre den Westen und den Osten, denn auch dort wohnt das Leben! Raucht die heilige Pfeife und blast den Rauch in alle Richtungen, ehrt das Große Geheimnis und die Erde, die eure Mutter ist und euch das Leben schenkt! So habe ich entschieden, Biberfrau.«

Die heilige Frau verneigte sich tief vor dem Großen Geist. Sie sang ein Lied, das sie niemals zuvor gesungen hatte, und ihre Stimme trug weit über die Lichtung und erreichte die anderen Erdbewohner. Das Lied erzählte ihnen, dass sie keine Erdbewohner mehr waren und eine neue Heimat gefunden hatten. Der Große Geist hatte ihnen einen neuen Namen gegeben: Tsis-tsis-tas, die Leute, die miteinander verwandt sind. Sie war Biberfrau, die heilige Frau des Volkes, und würde zu ihnen zurückkehren, wenn sie genug erfahren hatte. Sie würde berichten, welche Zukunft der Große Geist für sie plante. So wurde es in dem Lied erzählt und die Tsis-tsis-tas glaubten daran und warteten geduldig.

Das Lied verklang und Biberfrau ging im Schein der sinkenden Sonne am Ufer entlang. Ihre nackten Füße berührten das lauwarme Wasser des Sees. Sie spürte die Nähe des Großen Geistes. Er lenkte ihre Schritte in eine Bucht und ließ das Wasser in der Sonne leuchten. Die Sonne stand immer noch über dem fernen Waldrand und widerstand den Kräften, die sie in die Tiefe zogen. Der Große Geist war stärker als alle anderen Mächte.

Im Uferschilf lag ein Boot. Ein ausgehöhlter Baumstamm, den eine geheimnisvolle Kraft mit Feuer ausgebrannt und ins Wasser geschoben hatte. Sie ging darauf zu und sah, dass mehrere Gegenstände in dem Boot lagen. Sie kannte ihren Sinn und ihre Namen ohne sie jemals gesehen zu haben. Ein Paddel, das zur Fortbewegung diente. Eine Steinaxt, mit der man Bäume fällen konnte. Ein Bogen aus biegsamem Holz, der mit einer festen Sehne bespannt war. Pfeile mit scharfen Steinspitzen. Eine Pfeife, deren Kopf mit Tabak und würzigen Kräutern gefüllt war.

Sie blickte zum Waldrand und entdeckte einen Wigwam, eine Strauchhütte, die mit Baumrinde und Laub bedeckt war. Das Dach würde sie vor dem Atem der bösen Geister beschützen. Sie berührte die Gegenstände im ausgehöhlten Boot und lächelte zufrieden. Ihr Weg war vorgegeben. Der Große Geist hatte sie mit Geschenken in der neuen Welt begrüßt und sie würde sich dafür bedanken, indem sie betete und die Gegenstände benutzte. Sie hob erneut die Arme und sang ein langes Lied, das sie aus ihren Träumen kannte. Ein Lied, das die Unfehlbarkeit des Großen Geheimnis pries und seine Überlegenheit anerkannte.

Sie hob das Paddel auf und berührte das feste Holz. Sie nahm die Steinaxt und fühlte die scharfe Schneide mit den Fingerkuppen. Sie schlug das Werkzeug in den Bootsrand und erschrak, als es einen dumpfen Laut gab. Mit beiden Händen griff sie nach der Pfeife. Ihr Stiel war mit bunten Federn und dem Fell eines Hermelins verziert. Sie wusste, dass der Gegenstand heilig war. Der süßliche Duft des Tabaks und der Kräuter stieg in ihre Nase und verzauberte sie. Sie hob die Pfeife der Sonne entgegen und rief: »Großer Geist, ich verehre dich!«

Ein heller Blitz zuckte vom Himmel. Er fuhr in den Scheiterhaufen vor der Hütte und entzündete das Holz. Biberfrau fuhr erschrocken zusammen und beobachtete staunend, wie lodernde Flammen aus dem Holz züngelten. Die Wärme des knisternden Feuers lockte sie näher. Sie hatte keine Angst und schloss zufrieden die Augen, als die Hitze ihren Körper erreichte. Ohne die Worte des Großen Geistes gehört zu haben wusste sie, was zu tun war. Sie zog einen glühenden Span aus dem Feuer und entzündete den Tabak in ihrer Pfeife. Sie rauchte und spürte die Kraft des heiligen Krautes, die sich bis tief in ihre Sinne brannte.

Sie blies den Rauch nach oben, nach unten und in alle vier Richtungen, wie sie es von Maheo gelernt hatte. »Ich rauche zu Ehren des Großen Geistes«, sagte sie, »und ich rauche zu Ehren der Erde, die unsere Mutter ist. Ich rauche zu Ehren der vier Richtungen, die unser Leben bestimmen. Hört mich an, denn ich will euch danken! Wir sind in diese neue Welt gekommen, weil ihr uns gerufen habt, und wir verneigen uns vor eurer Weisheit und Macht. Führt uns in eine bessere Zukunft! Seid bei uns, wenn wir eure Hilfe brauchen! Beschützt uns vor den bösen Kräften, die irgendwo in der Dunkelheit lauern! Nehmt unsere Opfer an und seid auf unserer Seite, denn wir sind das auserwählte Volk!«

Biberfrau rauchte, bis der Tabak verbraucht war, und ließ sich am lodernden Feuer nieder. Sie ahnte, dass die anderen Tsis-tsis-tas den Feuerschein sahen und den Tabak rochen, aber der Große Geist wollte, dass sie warteten. Ihre Verwandten würden auf der Lichtung bleiben, bis sie zu ihnen zurückkehrte. Sie wusste nicht, wie lange es dauern würde. Sie war dem Ruf des Großen Geistes gefolgt und würde so lange bleiben, bis sie alles erfahren hatte. Ohne das Wissen, das Maheo ihr übermittelte, waren sie unfähig in dieser Welt zu überleben. Sie klopfte die Pfeife aus und blickte in das Feuer, bis ihr die Augen zufielen. Irgendwann nachts, als die Flammen erloschen waren, kroch sie in die Hütte und fand ein Fell, mit dem sie sich zudeckte.

Sie hatte keine Angst vor der Dunkelheit. Der Große Geist hatte ihr erklärt, dass sich alles im Kreis bewegte und die Sonne jeden Abend verschwand und jeden Morgen wieder auftauchte. Auch ihre Träume waren von dem Frieden erfüllt, den sie in der neuen Welt kennen gelernt hatte. Sie schlief tief und fest und lauschte dem Flüstern des Großen Geistes, der alle Fragen beantwortete, die sie beim Anblick der neuen Welt gestellt hatte. Sie erfuhr, wie man zwei scharfkantige Steine gegeneinander schlug und ein Feuer herbeizauberte. Sie hörte, dass Fische in den Seen und Flüssen lebten und über ihren ersten Feuern schmoren würden. Sie lernte die kleinen Tiere mit den langen Ohren kennen, die unter ihren Pfeilen fallen und sie mit Kleidung und Nahrung versorgen würden. Sie traf mächtige Tiere mit zottigen Fellen, die aber gleich wieder verschwanden, und sie spürte den süßen Geschmack von Beeren, die an Bäumen und Sträuchern wuchsen.

Mit den ersten Strahlen der Sonne stand sie auf. Sie bekleidete sich mit den bereitliegenden Kaninchenfellen, wie sie es in ihrem Traum gesehen hatte, und trat aus dem Wigwam. Sie dankte dem Großen Geist für die Träume und einen neuen Tag. Im Wald suchte sie heruntergefallene Zweige und legte sie auf die Feuerstelle. Sie schichtete brüchigen Reisig und trockenes Gras unter die Zweige und schlug zwei harte Steine gegeneinander, die sie vor ihrem Wigwam gefunden hatte. Die Funken entzündeten das Gras und den Reisig und bald brannte ein loderndes Feuer.

Sie ging zum Seeufer und sah, dass sich zahlreiche Fische in dem seichten Wasser tummelten. Mit einer raschen Bewegung holte sie eine dicke Forelle heraus. Sie tötete den Fisch mit ihrer Steinaxt, nahm ihn aus, rieb die Schuppen herunter und briet ihn über dem Feuer. Sie fühlte sich schuldig, weil ihre Verwandten nichts von der neuen Nahrung wussten, aber sie wollte den Großen Geist nicht verärgern, indem sie ihn verließ ohne alles erfahren zu haben. Nachdem sie gegessen hatte, holte sie den Bogen und die Pfeile und ging auf die Jagd. Sie ließ einen Pfeil von der Sehne schnellen und nickte zufrieden, als er in einem Baumstamm stecken blieb. Sie zog ihn wieder heraus und suchte nach einem der kleinen Tiere, die sie im Traum gesehen hatte.

Das erste Kaninchen verfehlte sie. Im Traum hatte alles so einfach ausgesehen, aber das kleine Tier schlug wilde Haken und es war schwer zu treffen. Beim zweiten Mal wartete sie lange genug und der Pfeil bohrte sich durch den Körper des Kaninchens und warf es zu Boden. Sie sprach ein Dankesgebet und entschuldigte sich bei dem Tier. »Ich musste dich töten, weil ich dich zum Leben brauche, so will es der Große Geist!« Sie griff nach einem scharfen Stein und schabte das Fell von dem warmen Körper. Auch das hatte sie im Traum gesehen. Sie kratzte das Fett von dem Fell und spannte es zum Trocknen auf. Das Fleisch verstaute sie in einer Ledertasche, die in der Hütte lag.

Sie rieb die fettigen Finger an ihren Haaren trocken und beobachtete zufrieden ihr Spiegelbild im Wasser. Ihre schwarzen Haare glänzten wie das Gefieder des krächzenden Vogels, der über dem Wigwam in einem Baumwipfel saß. Sie flocht die langen Haare zu zwei Zöpfen und erfuhr, dass sie ihr Haar nur offen tragen durfte, wenn sie trauerte. »So habe ich es bestimmt«, sagte Maheo, als sie in das schmale Boot stieg und sich mit dem Paddel vom Ufer abstieß, »so soll es Brauch bei deinem Volk sein.«

Kniend zog sie das Paddel durch den ruhigen See. Das Boot schwankte und drohte umzukippen, aber schon nach einigen Schlägen wusste sie, worauf es beim Paddeln ankam. Die Sonne schien ihr ins Gesicht. Sie genoss die Wärme und die Nähe des Großen Geistes, der immer noch ihre Bewegungen bestimmte. Dies war ein guter Morgen. Einige Wildgänse flogen schnatternd über den See und verschwanden hinter den Wipfeln der Bäume, die am Ufer wuchsen, im Schilf bewegten sich Enten. Ein Adler kreiste hoch über dem leuchtenden Wasser und badete seine Federn im Sonnenlicht. Nahe beim Ufer standen zwei mächtige Tiere mit ausladenden Geweihen im Wasser, fraßen die grünen Schlingpflanzen, die auf dem Seegrund wuchsen. Ein sanfter Wind wehte über den See und kräuselte das lauwarme Wasser.

Wir sind den richtigen Weg gegangen, dachte Biberfrau. Es tat gut, den frischen Wind zu spüren und das Leben in der neuen Heimat zu entdecken. »Ich bin Biberfrau, die heilige Frau der Tsis-tsis-tas!«, rief sie über den See. »Der Große Geist hat mein Volk zum Leben erweckt! Ei-e-ya, dies ist ein guter Tag zum Leben!«

2

FEUER AM ANDEREN UFER

BIBERFRAU FÜHLTE DIE neue Kraft, die sie mit der frischen Luft ihrer neuen Heimat eingeatmet hatte. Ihr Körper war noch fester geworden und ihre starken Arme zogen das Paddel beinahe spielerisch durch das Wasser. Erst als sie den großen See zur Hälfte überquert hatte, legte sie das Paddel quer und ruhte sich aus. Sie ließ den Einbaum auf den sanften Wellen schaukeln und genoss das Sonnenlicht, das über dem dunklen Waldrand leuchtete.

Sie blickte zum anderen Ufer und erschrak. Zwischen den grünen Fichtenzweigen war eine dünne Rauchfahne zu erkennen. Ihre Augen verengten sich. Der weiße Rauch stieg aus einer Lichtung und verteilte sich in der klaren Luft. Hatten ihre Verwandten den See überquert? Gab es einen Weg, der in die Wälder führte? Lebten noch andere Völker in dieser Welt? Hatte der Große Geist sie deshalb auf den See geschickt? Sollte sie zum Waldrand paddeln und die fremden Menschen begrüßen?

Oder war ihnen das unbekannte Volk feindlich gesinnt? Unter der Erde hatte es keine Feinde gegeben und sie hatten die meiste Zeit geschlafen oder in einem Dämmerzustand verharrt. In der ewigen Dunkelheit gab es keine Waffen und keine Werkzeuge. Sie berührte die Steinaxt, die sie mitgenommen hatte, und zuckte wie vor einem brennenden Holzscheit zurück. Dann griff sie entschlossen danach. Sie wog die schwere Axt in ihrer rechten Hand und spürte, wie frisches Blut durch ihren Körper strömte und sich ihre Finger fest um den hölzernen Stiel schlossen.

»Lerne die Axt zu gebrauchen«, sagte eine Stimme, »und du wirst unsterblich sein! Erhebe die Waffe gegen deine Feinde, denn nur du bist stark genug die bärtigen Männer aufzuhalten!«

Sie beugte sich über den Bootsrand und entdeckte einen Biber, der seinen Kopf aus dem Wasser reckte. Sein weißes Fell glitzerte in der goldenen Morgensonne. »Wer bist du?«, fragte sie erstaunt. »Kommst du vom Großen Geist? Hat er dich geschickt?«

»Ich bin dein Schutzgeist«, erwiderte der Biber, »ich habe dir einen Namen gegeben. Du heißt Biberfrau und ich folge deinen Spuren. Ich bin immer in deiner Nähe. Der Große Geist will, dass ich in deinen Träumen lebe und dich vor deinen Feinden beschütze. Ich bin gekommen um dich zu warnen. Auf der anderen Seite des Sees liegt das Land eurer Feinde. Dort wohnen die bärtigen Männer. Sie warten darauf, dass du in ihre Falle gehst!«

»Wer sind diese bärtigen Männer? Kommen sie auch aus der Erde? Warum sind sie uns feindlich gesonnen? Warum hat der Große Geist sie geschaffen, wenn sie uns töten wollen?«

»Ich weiß es nicht«, antwortete der Biber, »es gibt viele Dinge, die ich nicht verstehe. Die Wege des Großen Geistes sind verschlungen. Ich weiß nur, dass es bärtige Männer gibt, die euren Tod wollen. Vor langer Zeit, als ihr unter der Erde wart, lebten sie in Höhlen. Damals waren sie am ganzen Körper behaart. Dann wurde ihre Haut blass und ihre Haare wuchsen nur noch im Gesicht. Hüte dich vor ihnen, meine Schwester! Sie sind stark und schlau und ich habe ihre Feuer überall am Ufer gesehen!«

»Wenn sie mich angreifen, werde ich sie töten«, sagte Biberfrau entschlossen. »Ich habe keine Angst.« Sie hob die Hand mit der Steinaxt und wunderte sich über ihre Stärke und ihren Mut. Ihr Spiegelbild zeigte ein entschlossenes Gesicht mit funkelnden Augen und der scharfe Stein schwamm bedrohlich im Wasser.

»Du bist eine mutige Frau«, lobte der weiße Biber, »deshalb hat dich der Große Geist ausgewählt. Nur du bist stark genug dich gegen die bärtigen Männer aufzulehnen. Dein Volk ist noch nicht soweit! Du wirst die Feinde vertreiben und deine Brüder und Schwestern auf den großen Kampf vorbereiten. Bis dahin wird viel Zeit vergehen. Du sollst dich an den Anblick der bärtigen Männer erinnern, wenn ihr in den Erdhütten am Fluss wohnt.«

Biberfrau verstand nicht, was der weiße Biber damit sagen wollte. »Welche Erdhütten? Welcher Fluss? Kennst du unsere Zukunft? Verrate mir, was uns in dieser neuen Welt erwartet!«

»Deshalb bin ich nicht gekommen, meine Schwester.« Der Biber drehte sich und blies das Wasser von seinen Schnurrhaaren. Sein flacher Schwanz klatschte auf den See. »Ich bin dein Schutzgeist, ein weißer Biber, der sich in einer Welt bewegt, die Maheo geschaffen hat. Nur er kennt die Zukunft, nur er kennt das große Geheimnis, das auf die Tsis-tsis-tas im Süden wartet.«

»Warum sind die bärtigen Männer hier?«, fragte sie. »Ist die Welt nicht groß genug? Warum hat uns der Große Geist aus der Erde geholt, wenn wir kämpfen sollen?«

»Ihr sollt nicht kämpfen«, beruhigte der Biber die junge Frau, »jetzt nicht! Ein großes Wasser wird euch von den Fremdlingen trennen und deine Verwandten werden sie nie zu Gesicht bekommen. Viele Menschen werden leben und sterben, ehe sie wieder in eurer Welt auftauchen. Nur du wirst sie sehen!«

»Ich? Warum ich!«

»Deshalb hat der Große Geist dich über das Wasser geschickt, meine Schwester! Du sollst die bärtigen Männer sehen und über einen schmalen Pfad in die Felsen steigen! Dort wirst du eine alte Frau treffen. Sie liegt im Sterben, aber wenn du dich beeilst, wirst du ihre Worte hören. Sie wird dir verraten, wie die Zukunft aussehen wird. Sie ist den Wildgänsen nach Süden gefolgt.«

»Wie soll ich die bärtigen Männer überlisten? Wie komme ich an ihrem Lager vorbei? Ich bin noch nicht lange in dieser Welt!«

»Du wirst es schaffen, meine Schwester, weil dein Volk ohne dich verloren wäre. Du bist die heilige Frau der Tsistsis-tas!«

Der Biber verschwand und sie war allein mit dem lauen Wind, der aus der glühenden Sonne kam. Nebelschwaden trieben über den See und hüllten sie ein. Dankbar tauchte sie das Paddel ins Wasser. Maheo schützte sie vor den Blicken der bärtigen Männer. Er wollte, dass sie ungehindert das Ufer erreichte. Sie stimmte das Lied an, das sie am frühen Morgen gesungen hatte, und dankte dem Großen Geist für seine Hilfe. Er wollte, dass sie lebte. Er hielt seine unsichtbaren Hände über sie und er hatte ihr den weißen Biber geschickt. Aiee, ihr konnte nichts passieren.

Das Feuer war nur noch als heller Punkt in der Ferne zu sehen. Sie hielt darauf zu und erkannte, dass sie jetzt schneller vorankam. Ihr Einbaum schwebte über dem Wasser, wurde in eine ungewisse Zukunft getragen. Sie bewegte sich in einem Traum, wurde zu einem schemenhaften Geist, der mit dem nebligen Dunst verschmolz und über allen lebendigen Wesen stand.

Beinahe lautlos glitt der Einbaum in den weichen Ufersand. Sie blieb einen Augenblick sitzen und lauschte, aber es war kein verdächtiges Geräusch zu hören. Die Bäume flüsterten, der Wind rauschte, die Vögel sangen. Sie stieg aus dem Boot und griff nach der Steinaxt. Die Waffe lag wie ein vertrautes Werkzeug in ihrer Hand, als wäre sie dazu geboren worden, sie zu benutzen. Die scharfe Schneide glänzte im Sonnenlicht. Sie berührte den glatten Stein und spürte, wie die Berührung ihr neue Kraft verlieh. Dies war eine heilige Waffe, mit dieser Axt war sie unbesiegbar.

Sie kletterte das steile Ufer hinauf und drang in den dunklen Wald. Ihre nackten Füße berührten das Unterholz. Ein kühler Windhauch wehte ihr entgegen und trieb sie hinter einen Baum, wo sie frierend stehen blieb. Die Kaninchenfelle bedeckten ihren Körper nur notdürftig. Sie rieb die Kälte aus ihren Armen und ging langsam weiter, von einem Baum zum anderen, bis sie die Lichtung mit dem Feuer erreichte. Sie duckte sich hinter ein Gebüsch, kroch langsam weiter und blieb im trockenen Laub liegen.

Ein lautloses Gebet kam über ihre Lippen, als sie die bärtigen Männer am Feuer entdeckte. Sie sahen anders aus. Sie waren größer und kräftiger als die Tsis-tsis-tas und dicke Felle bedeckten ihre Körper. Nur ihre Gesichter und ihre Hände waren nackt. Sie waren blasser als das Fell des weißen Bibers, der auf dem See zu ihr gesprochen hatte. Ihre Augen funkelten wild und böse und ihre Bewegungen wirkten steif. Am auffälligsten waren ihre Bärte, lange Haare, die aus ihren Gesichtern wuchsen und über den Boden schleiften, wenn sie sich bewegten.

Sie brieten das Fleisch eines großen Tieres über dem Feuer und unterhielten sich laut. Ihre Sprache klang seltsam, kam nicht tief aus der Kehle wie bei den Tsis-tsis-tas. Sie tranken heißen Kräutertee aus festen Bechern und nagten an den fleischbehangenen Knochen, die der Mann am Feuer ihnen reichte. Sie hatten keine Wachen aufgestellt. Sie fühlten sich stark und unverwundbar und ahnten nicht, dass es noch andere Lebewesen gab.

Biberfrau fühlte eine tiefe Abscheu, als sie die bärtigen Männer beobachtete. Dies waren schlechte Menschen, das spürte sie mit jeder Faser ihres Körpers, dies waren ehrlose Krieger, die keine Ehrfurcht vor den geheimnisvollen Kräften zeigten und das Fleisch eines Tieres verzehrten, ohne sich vorher bei ihm entschuldigt zu haben. Für diese Männer gab es keine Regeln. Sie verachteten das Große Geheimnis und verbündeten sich mit den bösen Geistern, die das Gleichgewicht der Erde zerstören wollten. Sie hörten nicht, was die Bäume und die Steine sagten.

Warum tötet der Große Geist diese Männer nicht, überlegte Biberfrau wütend. Sie haben nichts auf dieser Welt verloren. Sie sind schlecht. Ihre Finger schlossen sich um die Steinaxt und sie wäre am liebsten auf die Lichtung gerannt und hätte sich auf die blassen Männer gestürzt, aber sie erinnerte sich an die Worte ihres Schutzgeistes und blieb liegen. Der Biber wollte, dass sie sich an den bärtigen Männern vorbeischlich. »Du sollst die bärtigen Männer sehen und über einen schmalen Pfad in die Felsen steigen!« Das waren seine Worte gewesen. Sie würde eine sterbende Frau treffen und die Zukunft von ihr erfahren. Nur darauf kam es an. Maheo würde sich um die blassen Männer kümmern. Er würde sie über ein großes Wasser schicken und ihrem Volk den abstoßenden Anblick ersparen. Das hatte der Biber ihr verraten.

Sie bekämpfte ihre Kampfeslust und zog sich langsam in den Wald zurück. Nach einigem Suchen fand sie den schmalen Pfad, von dem ihr Schutzgeist gesprochen hatte. Er führte durch den nebligen Dunst in ein Felsenlabyrinth, das wie ein bedrohlicher Schatten aus dem Wald ragte. Mit der Steinaxt in der rechten Hand schlich sie voran. Immer höher stieg sie in die Felsen hinauf. Wenn sie unterwegs einem bärtigen Mann begegnete, war ein Kampf unvermeidlich, das wusste sie. Dann musste sie den blassen Mann in den Abgrund stürzen, wenn sie leben wollte.

Aber der Weg war frei, und sie begegnete keinem Menschen. Nicht mal einem Tier. Nur einmal, als sie weit oben in dem Felslabyrinth verschnaufte, sah sie bärtige Männer. Sie bewegten sich durch die Schlucht, die unterhalb der

Felsen in die Berge ragte, und stachen mit ihren federgeschmückten Lanzen auf ein riesiges Tier ein, das in einer Erdgrube gefangen war. Dunstige Nebelschwaden klebten an den Felsen und sie sah das mächtige Tier nur schemenhaft, aber sie erkannte, dass die blassen Männer keine Angst hatten und die spitzen Lanzen tief in den Körper der unheimlichen Bestie stießen. Ein jämmerlicher Laut drang aus der Grube und brach sich zwischen den Felsen, dann hörte sie das Siegesgeheul der blassen Jäger und der Nebel schob sich vor die Schlucht und erstickte das schreckliche Bild.

Sie wartete, bis der Nebel das Triumphgeheul verschluckt hatte, und stieg langsam weiter. Die bärtigen Männer waren ihrem Volk überlegen. Sie waren klüger und stärker und beteten nicht zu Maheo. Sie verneigten sich nicht vor der Natur, wie sie es in ihren Träumen getan hatte, und sie hatten keine Angst vor den geheimnisvollen Kräften, die überall in den Wäldern lauerten. Vielleicht waren sie selber Geister. Böse Geister, die sich gegen das Große Geheimnis gewandt hatten und nach eigenen Regeln lebten. Die alles töteten, was sich ihnen in den Weg stellte.

Auf dem Gipfel des felsigen Berges verschwand der Nebel. Die Sonne leuchtete und wies ihr den Weg in eine Ausbuchtung zwischen den Felsen. Auf dem Boden lag eine alte Frau. Ihr schwacher Körper war in ein Fell gehüllt, ihre weißen Haare waren offen und flatterten im Wind. Ihr Gesicht war kupferfarben und von tiefen Falten durchzogen. Ihre schwarzen Augen hießen die junge Besucherin willkommen und luden sie zum Verweilen ein.

»Ich habe auf dich gewartet, meine Tochter!«, flüsterte sie. Biberfrau musste sich tief über die sterbende Frau beugen um sie zu verstehen. »Du bist einen weiten Weg gekommen, nicht wahr?«

»Ich komme aus der Erde, Großmutter! Wer bist du?«

»Ich weiß nicht«, antwortete die alte Frau lächelnd, »ich

habe es vergessen. Die Kraft schwindet aus meinem Körper und mit ihr löst sich die Erinnerung auf. Nur die Worte, die ich vom Großen Geist erfahren habe, sind in meinem Gedächtnis geblieben.«

»Ich bin gekommen um sie zu hören, Großmutter!«

Die sterbende Frau lächelte wieder. »Du bist ungeduldig, meine Tochter! Ein Vorrecht der Jugend, und du zählst keine zwanzig Winter. Aber du bist die heilige Frau deines Volkes, so wie ich...« Ihr Blick verlor sich in der Ferne und sie schüttelte langsam den Kopf. »Ah, ich habe es vergessen! Wenn du willst, dass dein Volk zu dir aufsieht, musst du lernen auf den richtigen Zeitpunkt zu warten. Nur die Männer mit den Haaren im Gesicht sind ungeduldig. Sie schnattern wie die Enten und zeigen keine Ehrfurcht!«

»Du kennst die bärtigen Männer?«

»Ich habe sie gesehen«, bestätigte die alte Frau, »und ich weiß, dass sie schlecht sind. Das weiß ich.« Sie schloss die Augen und versuchte sich an den Augenblick zu erinnern, als sie die blassen Fremden getroffen hatte. »Ich habe sie berührt«, sagte sie, »und seitdem bin ich krank. Die Haut der bärtigen Männer hat die bösen Geister herbeigerufen und ich bin zu schwach um mich gegen sie zu wehren.« Sie hob abwehrend die Hände, als Biberfrau ihr helfen wollte. »Nein, meine Tochter! Es hat keinen Zweck! Maheo will, dass ich auf die andere Seite gehe. Er hat mich in die Felsen geführt, weil er wollte, dass ich dir die Wahrheit sage. Du sollst wissen, wie die Zukunft aussieht.«

Biberfrau wartete geduldig, bis die sterbende Frau neue Kraft geschöpft hatte. Sie blickte in ihre dunklen Augen und lauschte angestrengt, als sie weitersprach. Ihre Stimme wurde brüchiger.

»Gehe zum südlichen Rand des Berges und sage mir, was du siehst!«, trug sie der jungen Frau auf. »Blicke in die Wälder und folge dem Lauf des großen Flusses! Verlasse sein Ufer und sieh nach Westen, wo die Ebenen den fernen Horizont berühren!«

Sie gehorchte und ging die paar Schritte zum Felsenrand. Was sie sah, ließ sie beinahe das Gleichgewicht verlieren. Jenseits der dichten Nebelschwaden und des weiten Sees, der irgendwo gegen den Waldrand stieß, wartete die neue Welt der Tsis-tsis-tas. Bisher hatte sie nur einen Bruchteil davon kennen gelernt. Vom Gipfel dieses heiligen Berges sah sie alles. Die mächtigen Tiere mit dem zottigen Fell, die beinahe behäbig durch die Wälder streiften und nur darauf warteten, ihre zweibeinigen Verwandten mit Nahrung und Kleidung zu versorgen. Die Felder mit den gelben Früchten, die am Ufer des großen Flusses wuchsen und ihr Volk vor dem Hungertod retteten. Die riesigen Herden derselben zottigen Tiere, die über die endlosen Ebenen im Westen zogen.

»Ich habe gesehen, was du mir zeigen wolltest«, sagte sie beeindruckt, als sie zu der sterbenden Frau zurückkehrte. »Sieht so die Zukunft meines Volkes aus? Werden wir den zottigen Tieren nach Westen folgen? Was willst du mir sagen, Großmutter?«

»Ihr braucht nicht zu hungern, solange die bärtigen Männer auf der anderen Seite des großen Wassers leben«, erklärte die alte Frau. Ihre Stimme wurde immer schwächer und Biberfrau verstand sie kaum noch. Auch der Glanz war jetzt aus ihren Augen verschwunden. »Die Büffel geben euch alles, was ihr zum Leben braucht. Nahrung, Kleidung, Werkzeuge, Waffen. Und am Ufer des großen Flusses, auf dem Weg in die weiten Ebenen, werdet ihr den Mais ernten. So habe ich es vom Großen Geist erfahren.«

»Das ist eine gute Zukunft«, erwiderte Biberfrau. »Ich war wütend, weil uns der Große Geist die bärtigen Männer geschickt hat, und ich dachte, dass wir gegen sie kämpfen müssen! Aber er will sie auf die andere Seite eines großen Wassers treiben, so habe ich es von meinem Schutzgeist erfahren, und du sagst mir, dass wir keinen Hunger leiden müssen. Das ist gut, Großmutter!«

Der Blick der alten Frau umwölkte sich. »Ich weiß nicht alles«, flüsterte sie, »ich habe nur gesagt, was der Große Geist mir verraten hat. Ich weiß, dass es genügend Nahrung gibt. Ich weiß, wohin der Weg des Volkes führen wird. Aber ich habe nicht gehört, welche Prüfungen auf euch warten! Es gibt andere Völker, die aus der Erde gekommen sind. Erdbewohner wie ihr, die jenseits des Wassers nach einer neuen Heimat suchen. Ich weiß nicht, ob euch diese Menschen feindlich gesinnt sind. Ich habe keine Ahnung, ob sie ihre Waffen gegen euch erheben. Das hat mir der Große Geist nicht gesagt. Ich bin nur gekommen ...«

»Großmutter!«, erschrak Biberfrau. »Was ist mit dir?«

Ein Zittern lief durch den Körper der alten Frau. »Nimm den Beutel, der neben meinem Lager liegt«, sagte sie. Ihre Lippen bewegten sich kaum noch. »Den kleinen Beutel mit den Körnern!«

Biberfrau griff nach dem Beutel und öffnete ihn. Er war mit unscheinbaren Körnern gefüllt. »Ich habe ihn, Großmutter.«

»Das ist gut«, flüsterte die sterbende Frau. »Siehst du ... die Körner? Grabe sie in den Boden, wenn ihr das sumpfige Land an den großen Wassern erreicht habt. Sie werden ... euch sättigen.«

»Ich danke dir, Großmutter!«

»Danke nicht mir, danke dem Großen Geist!«, erwiderte die alte Frau. Sie lächelte ein letztes Mal, dann sank ihr Kopf zur Seite. Ihre Augen wurden stumpf und ihr Schatten verließ den Körper.

3

DAS DORF AM SEE

BIBERFRAU HÄNGTE SICH den Beutel mit den Körnern um den Hals und stimmte ein Totenlied an. Sie öffnete ihre Haare und kratzte blutige Fetzen aus ihrer Haut. Das Blut rann über ihre Unterarme und tropfte auf den morastigen Boden. Sie wusste nicht, warum sie sich diese Wunden zufügte, aber sie ahnte, dass der Große Geist es so wollte. So wird es immer geschehen, wenn ein Bruder oder eine Schwester stirbt, dachte sie betrübt. So ehren die Tsis-tsistas ihre Toten, so zeigen sie der schwindenden Seele, dass sie das Lachen eines geliebten Menschen vermissen.

Sie sang und klagte, bis die Sonne weit im Westen stand und der kühle Wind die Dunkelheit ankündigte, dann bedeckte sie den Körper der toten Frau mit Steinen und kehrte über den schmalen Pfad ans Seeufer zurück. Die bärtigen Männer hatten ein neues Feuer entzündet und machten sich über die Reste des großen Tieres her, das sie am Morgen getötet hatten. Ihr lautes Schmatzen und ihr dröhnendes Gelächter beleidigten die anmutige Stille der Natur. Selbst die geduldigen Steine duckten sich unter den respektlosen Lauten des fremden Volkes und das aufgeregte Flüstern der Bäume verriet, dass die blassen Männer mit den langen Bärten nicht willkommen waren. Sie hatten keine Ehrfurcht vor lebendigen Wesen und sprachen keine Gebete.

Biberfrau schlich geduckt am Lager der bärtigen Männer vorbei. Sie verschmolz mit der Dunkelheit, die sich zwischen den Bäumen ausbreitete, und wurde zu einem der vielen Schatten, die von den Geistern durch das Unterholz geschickt wurden. Hinter einigen Bäumen blieb sie stehen. Eine innere Stimme riet ihr das Land der bärtigen Männer so schnell wie möglich zu verlassen, aber ihre Neugier war stärker. Sie blickte zum Feuer hinüber und bestaunte die blassen Gestalten, die lärmend im Schein der Flammen saßen und lachend die Knochen abnagten.

Sie versuchte zu ergründen, warum der Große Geist diese wilden Menschen erschaffen hatte. Oder waren es wilde Tiere? Musste es diese bösen Wesen geben, damit ihr Volk nicht nachlässig wurde und immer wachsam blieb? War ein Leben nur möglich, wenn es durch einen plötzlichen Tod bedroht wurde? Sie schloss verwirrt die Augen und verdrängte die bösen Geister, die über dem Lager der bärtigen Männer schwebten. Sie waren stark und wollten sie zwingen sich den blassen Feinden zu zeigen und ihren Tod herauszufordern, aber sie wehrte sich mit aller Macht dagegen. Sie öffnete die Augen und verließ ihr Versteck.

Ein Geräusch ließ sie erstarren. Das Knacken eines Astes erklang wenige Schritte vor ihr und zwei dunkle Schatten vereinten sich im flackernden Schein des Feuers. Einer der bärtigen Männer hielt eine Frau mit gelben Haaren umklammert. Sie hatte keine Haare im Gesicht und ihre Augen leuchteten blau. Auch ihre Haut war blass, wirkte im Halbdunkel beinahe durchsichtig. Der Mann hatte das Fell von ihrem Körper gezogen und berührte sie auf eine Weise, die Biberfrau abstoßend fand. Maheo wollte, dass alle Frauen keusch blieben und sich für den Mann aufhoben, der für sie auf die Jagd gehen würde. Es ziemte sich nicht, seinem Verlangen nachzugeben. Nur wer dem Werben eines Mannes standhielt, bis der Große Geist den Bund besiegelte, durfte in der neuen Welt leben. Das hatte sie in ihren Träumen erfahren.

Sie stieß gegen einen Ast und erschrak, als der bärtige Mann von seiner Begleiterin abließ und in ihre Richtung blickte. Die blonde Frau schrie auf und rannte davon. Der Mann griff nach seinem Messer und rannte auf Biberfrau zu. Die wütenden Laute, die er ausstieß, klangen wie das Grunzen eines Tieres. Seine blauen Augen sprühten Funken. Er reckte die Hand mit dem Messer und alarmierte die anderen Männer, die sofort nach ihren Waffen griffen und schreiend aus dem Feuerschein liefen.

Biberfrau erkannte, dass sie keine Chance gegen die Übermacht der blassen Männer hatte. Sie ließ die Steinaxt hinter ihrem Gürtel und die Pfeile im Köcher stecken und rannte davon. Sie hatte sich den Weg zum Seeufer gemerkt und fand sich auch in der hereinbrechenden Dunkelheit zurecht. Wie das kleine Tier mit den langen Ohren, das sie am Morgen gejagt hatte, lief sie ihren Feinden davon. Ihre Füße flogen über den unsichtbaren Waldboden. Sie erreichte ihr Boot, sprang hinein und stieß sich vom Ufer ab. Mit kraftvollen Schlägen paddelte sie nach Westen.

Die bärtigen Männer blieben ihr auf den Fersen. Ihre heiseren Kriegsrufe hallten über den See, als sie die dunkelhäutige Frau verfolgten. Biberfrau blickte sich nach ihnen um, sah die schattenhaften Umrisse ihrer mächtigen Boote in der Dunkelheit und paddelte noch schneller. Sie erinnerte sich an die Worte des weißen Bibers. Ihr Schutzgeist hatte gesagt, dass sie die bärtigen Männer besiegen würde. Ein großes Wasser würde ihr Volk von den Feinden trennen und ihre Verwandten würden die blassen Verfolger nicht zu Gesicht bekommen. Hatte der Biber gelogen?

Ein dunkler Schatten legte sich über den See. Das Wasser, das im schwachen Mondlicht glänzte, wurde schwarz.

Die Umrisse eines riesigen Vogels verdeckten für einen Augenblick den Mond. Seine Flügel schlugen über dem See und wirbelten den kühlen Nachtwind auf. Das Kriegsgeheul der bärtigen Männer verstummte und auch Biberfrau erstarrte in Ehrfurcht vor dem mächtigen Wesen. Der Donnervogel, erkannte sie, das geisterhafte Wesen, das stark genug war den frostigen Mann aus dem Norden zu vertreiben und wilde Stürme und strömenden Regen brachte. Er flog mit ausgebreiteten Schwingen über den See und krächzte heiser.

Ein heftiger Donnerschlag ließ den See erzittern. Das dunkle Wasser erbebte und schlug große Wellen. Feurige Pfeile schossen vom Himmel und zuckten über dem Ufer. Biberfrau umklammerte das Paddel wie einen rettenden Ast und beobachtete ängstlich, wie der Donnervogel immer heftiger mit den Flügeln schlug und den Wind zu einem bedrohlichen Sturm anwachsen ließ. Das Wasser wehrte sich schäumend. Immer höher wuchsen die Wellen aus dem See. Ihr Boot tanzte auf einem Wellenkamm, stürzte in eine unbekannte Tiefe, kenterte in der weißen Gischt und richtete sich wieder auf. Sie ließ das Paddel fallen und klammerte sich mit beiden Händen an den Bootsrand, rief laut um Hilfe, obwohl sie genau wusste, dass sie niemand hörte.

Das Unwetter war zu einem Inferno geworden. Der Donner grollte Furcht erregend und der heftige Wind peitschte kalten Regen über das Wasser. Flammende Lanzen bohrten sich in den Schaum. Der See wurde zu einem lebendigen Wesen, einem tobenden Untier, das sich mit heftigen Bewegungen gegen den angreifenden Donnervogel wehrte und gurgelnd aufschrie, als seine dunklen Schwingen durch das Wasser pflügten und einen tiefen Graben durch den unsichtbaren Grund zogen. Der Boden brach auseinander und die beiden Ufer wurden von einer geheimnisvollen Kraft zum Horizont gezogen. Der Regen füllte das tiefe Loch und eine gewaltige Flutwelle griff nach dem kleinen Boot von Biberfrau und schleuderte es nach Westen.

Ihre Angst verflog auf seltsame Weise. Sie erkannte, dass ihr Leben nicht in Gefahr war. Der Donnervogel erfüllte eine Weissagung des Großen Geistes und trieb ein großes Wasser zwischen ihr Volk und die bärtigen Männer. So wie der weiße Biber es versprochen hatte. Sie blickte nach hinten und sah, wie die Boote ihrer Verfolger immer kleiner wurden. Auch ihr Leben lag in den Händen des Großen Geistes, der beschlossen hatte einen Krieg zwischen den beiden Völkern zu verhindern. Maheo hatte diese Erde erschaffen, aber vieles war unvollkommen und die Völker, die in Frieden zusammenleben sollten, freundeten sich nur zögernd mit der neuen Umgebung an. Der Große Geist liebte das Volk, das aus der Erde gekommen war, und wollte verhindern, dass es von den bärtigen Männern vernichtet wurde.

Das kleine Boot wurde ans Ufer gespült. Biberfrau fiel ins hüfthohe Schilf und blieb bewusstlos liegen. Sie spürte nicht, wie der Regen auf ihren Körper prasselte und der Wind an ihrem Kaninchenfell zerrte. Bis weit nach Mitternacht tobte das Unwetter. Erst dann flog der Donnervogel davon. Der grollende Donner verstummte und die flammenden Blitze erloschen. Der Wind verkümmerte zu einem kühlen Hauch und der Regen verschwand in den dunklen Wolken. Der Mond kämpfte sich erneut hinter den Wolken hervor und schwamm im ruhigen Wasser des Sees.

Biberfrau erwachte am frühen Morgen. Sie kroch durch das feuchte Schilf und schüttelte benommen den Kopf. Ihre Haut war feucht vom Tau. Sie erhob sich und hielt ihr Gesicht in die aufgehende Sonne. Mit geschlossenen Augen dankte sie dem Großen Geist für ihre wunderbare Rettung. Sie stimmte ein wehmütiges Lied an, das von den schweren Prüfungen berichtete, die Maheo für sie bereithielt. Er hatte sie zur heiligen Frau gemacht, zur Frau, die mit den Geistern sprach. Unter der Erde hatte es einen heiligen Mann gegeben, aber die Wahl war auf sie gefallen. Sie war dankbar und versprach nach dem Willen des Großen Geistes zu leben und sich für das Wohl ihres Volkes einzusetzen.

Sie öffnete die Augen und blickte über das endlose Wasser. Erschrocken stellte sie fest, dass das gegenüberliegende Ufer verschwunden war. Irgendwo in der Ferne verschmolz das Wasser mit dem Himmel. Die Sonne tanzte auf dem glühenden Wasser und schickte leuchtende Strahlen über den See. Die Weissagung ihres Schutzgeistes war in Erfüllung gegangen. Der Donnervogel war gekommen und hatte den See in ein endloses Meer verwandelt. Maheo hatte die bärtigen Männer bestraft und in eine andere Welt geschickt und ihre Verwandten würden die blassen Feinde niemals zu Gesicht bekommen. Aiee, der Große Geist war mächtig und hatte ein Herz für das auserwählte Volk.

Ohne etwas zu essen kehrte Biberfrau zu den anderen Tsis-tsis-tas zurück. Mit den ersten Sonnenstrahlen trat sie auf die Lichtung. Ihre Verwandten schreckten aus dem Schlaf und blickten ihr hoffnungsvoll entgegen. Auch sie hatten den Donnervogel gesehen. Sie hatten die Blitze erkannt und den Donner gehört und wussten, dass der Große Geist zu Biberfrau sprach. Sie war die auserwählte Frau, das erkannte sogar der heilige Mann, sie war die heilige Frau, die alle Antworten auf ihre Fragen kannte und ihnen sagen würde, wie man in der neuen Welt überlebte.

Biberfrau kletterte auf einen umgestürzten Baumstamm und hob die Arme. Ihre Haare waren immer noch offen und wehten im sanften Morgenwind. Sie wartete, bis alle Verwandten aufgestanden und zu ihr gekommen waren. »Meine Brüder und Schwestern«, rief sie, »wir sind Tsis-tsis-tas, das auserwählte Volk! So habe ich es vom Großen Geist erfahren! Er hat uns das Licht gezeigt, er hat uns ein neues Leben geschenkt! Ich habe ihn gesehen! Ich habe seine Macht gespürt und bin seinen leuchtenden Spuren über das große Wasser gefolgt. Ich habe gesehen, wie mächtig er ist! Maheo ist das Große Geheimnis! Er hat alle lebendigen Wesen erschaffen! Er schwebt über dieser Welt und bestimmt unser Leben! Er schickt uns den Tag und die Nacht!«

Sie zog die heilige Pfeife hinter ihrem Gürtel hervor und hielt sie mit beiden Händen nach oben. »Dies ist die heilige Pfeife, die uns der Große Geist geschickt hat«, erklärte sie ihren erstaunten Zuhörern, »sie wird geraucht, wenn wir zum Großen Geheimnis beten. Wir füllen sie mit den Blättern einer Pflanze, die Tabak genannt wird, und duftenden Kräutern. Der Rauch steigt zum Großen Geist empor und sagt ihm, wie sehr wir ihn verehren. Ihm bringen wir unser erstes Rauchopfer. Unser zweiter Dank gilt der Erde, ohne die nichts wachsen würde. Die Erde ist unsere Mutter. Sie lässt das Wasser fließen, damit wir zu trinken haben. Sie macht den Boden fest, damit wir darauf leben können. Sie lässt die Pflanzen und Kräuter wachsen, die uns heilen, wenn wir krank sind. Sie bringt das Gras hervor, das unsere vierbeinigen Brüder am Leben erhält. Ohne die Erde könnten wir nicht leben, so habe ich es vom Großen Geist erfahren. Unser dritter Dank gilt den vier Himmelsrichtungen, denn dort wohnen die Geister, die unser Leben beeinflussen. Im Norden, woher der kalte Wind kommt. Im Süden, wohin der kalte Wind geht. Im Osten, woher die Sonne kommt. Im Westen, wohin die Sonne geht. Die Geister, die dort wohnen, wollen wir mit unserem Rauchopfer ehren.«

Sie steckte die Pfeife zurück und nahm den Bogen und den Köcher mit den Pfeilen vom Rücken. In den Gesichtern ihrer Verwandten lag gespannte Erwartung, als sie sagte: »Dies ist ein Bogen und dies sind Pfeile. Der Große Geist hat sie uns gegeben, damit wir unsere vierbeinigen Brüder jagen können.« Sie berührte das Fell, das ihren nackten Körper bedeckte. »Auch dieses Fell hat mir der Große Geist geschenkt. Es stammt von den kleinen Tieren mit den langen Ohren. Ich habe eines getötet und sein Fleisch gegessen. Maheo will, dass ihr auf die Jagd geht. Er will, dass ihr das Fleisch unserer vierbeinigen Brüder esst und eure Nacktheit mit Fellen bedeckt. Schneidet das Holz für die Bögen aus dem Baum, den wir Wacholder nennen, und knotet feste Schnüre aus geflochtener Baumrinde! Der Bogen ist unsere wichtigste Waffe. Der Große Geist hat ihn uns gegeben, damit wir am Leben bleiben.« Sie verschwieg ihren Verwandten, dass es mächtige Feinde wie die bärtigen Männer gab, sie würden früh genug erfahren, dass die spitzen Pfeile auch Menschen töteten.

Biberfrau ließ den Bogen und den Köcher mit den Pfeilen von einem zum anderen gehen und wartete, bis sich die Aufregung gelegt hatte. Sie gewöhnte sich nur langsam an ihre neue Rolle. Es war schwer, den alten und erfahrenen Männern zu sagen, was sie tun sollten, aber sie war vom Wissen des Großen Geistes erfüllt, und Maheo hatte sie auserwählt das neue Wissen zu ihrem Volk zu bringen. »Hört mich an, meine Brüder und Schwestern!«, fuhr sie mit feierlicher Stimme fort. »Wir leben in einer neuen Welt und der Große Geist wird uns helfen die neue Umgebung zu meistern. Dies ist eine Steinaxt!« Sie hatte die Axt hervorgehoben. »Damit schlagen wir die Bäume, aus denen wir unsere Boote herstellen. Betrachtet das Boot, das im Uferschilf liegt! Damit bin ich über den See gepaddelt. Wir werden diese Boote bauen und über die Flüsse und Seen fahren. Wir werden Äste von den Bäumen schlagen und unsere Hütten am Ufer bauen. Wir sind die Leute, die am Ufer leben. Andere von uns werden auf den Hügeln leben. Wieder andere werden durch die Wälder laufen. Wir sind zu viele um in einem Dorf zu wohnen. So habe ich es von Maheo erfahren. Hört auf mich, denn ich habe geträumt. Ich habe die Wahrheit gesehen! Ich habe die Weisheit des Großen Geistes erfahren und führe euch in die Zukunft.«

Sie sprach den ganzen Tag und die halbe Nacht. Sie sagte alles, was sie wusste, und entzündete ein Feuer, das ihre nackten Körper wärmte. Morgen würden sie die kleinen Tiere mit den langen Ohren jagen und genügend Fleisch und Felle für alle haben. Sie schickte einen Teil des Volkes in die Wälder und auf die Hügel, sagte ihnen, dass man sich jedes Jahr im Sommer zu einem großen Fest treffen würde, und führte sechs Männer, sieben Frauen und drei Kinder zum Seeufer. »Hier bauen wir unsere Wigwams«, sagte sie zu ihren Verwandten, »hier ist unser Dorf.«

Am nächsten Morgen bauten die Uferleute fünf Hütten aus Ästen und Baumrinde. Auch die Waldleute und die Hügelleute errichteten ihre Dörfer. Biberfrau entzündete ein Feuer und rauchte die heilige Pfeife zu Ehren des Großen Geistes. Ihre Verwandten sahen ehrfürchtig zu und rauchten zögernd, als die Pfeife an sie weitergereicht wurde. Nur den Männern wurde diese Ehre zuteil. Auch sie bliesen den Rauch nach oben und nach unten und in die vier Richtungen. Sie sangen mit Biberfrau, die ein einfaches Lied angestimmt hatte und mit ausgebreiteten Armen in die Sonne blickte. Es ist gut, am Leben zu sein, sang sie laut, es tut gut, die Macht des Großen Geistes zu spüren.

Die Sonne ging unter und stieg aus dem weiten See empor. Die Tsis-tsis-tas genossen ihr neues Leben und gingen jeden Tag auf eine aufregende Entdeckungsreise. Ihr Alltag war arbeitsam, aber es gab keine Feinde, und sie fürchteten sich nur vor den bösen Geistern, die auf dem Grund des Sees und in der Dunkelheit wohnten. Sie fertigten Steinäxte, schnitzten Bogen und Pfeile und zwei Paddel für die neuen Boote, die sie aus gefällten Baumstämmen geschlagen hatten. Sie jagten Kaninchen und andere kleine Tiere und brieten ihr Fleisch über dem Feuer, das Biberfrau jeden Mittag und jeden Abend im Dorf entzündete.

Die Frauen schabten das Fett von den Fellen und hingen sie zum Trocknen auf, einige Tage später wurden sie weich geklopft und mit dem Hirn und der zerstampften Leber der

Tiere gegerbt. Männer, Frauen und Kinder bedeckten ihre Nacktheit. Sie bauten Schleppnetze aus biegsamen Weidenästen und geflochtener Baumrinde und fischten nach Barschen und Forellen. Die Männer zogen die Netze durch den See und die Frauen schlugen mit Ästen ins Wasser, damit die Fische nicht davonschwammen. Sie machten reiche Beute und brauchten keinen Hunger zu leiden. Sogar die Gräten der Fische wurden zu Öl verarbeitet und in den Wäldern wuchsen Beeren, Früchte, Nüsse und Wurzeln.

Als die Tage kürzer wurden, ging Biberfrau allein zum Seeufer. Sie spürte, dass ihr erster Winter nahte, und rief ihren Schutzgeist um Hilfe. »Mein Bruder«, sagte sie, »der kalte Mann aus dem Norden bläst uns seinen frostigen Atem ins Gesicht! Was sollen wir tun? Wie sollen wir unsere vierbeinigen Freunde jagen, wenn der kalte Wind das Land erstarren lässt? Wie soll unser Volk überleben, wenn selbst die Fische aus dem See verschwinden?«

Der weiße Biber ließ nicht lange auf sich warten. Er tauchte aus dem Wasser und lächelte die heilige Frau an. »Der Sommer ist eine gute Zeit«, sagte er, »der Winter ist eine schlechte Zeit! So wird es immer sein. Sorgt vor, wenn ihr leben wollt! Trocknet das Fleisch der Tiere, die ihr im Mond der reifen Kirschen tötet! Hebt es für die kalten Tage auf! Wartet auf den ersten Schnee und lauert den großen Tieren auf! Treibt sie in die Schneewehen und tötet sie, dann werden auch im Winter fröhliche Lieder erklingen!«

Sie töteten viele Kaninchen und trockneten das Fleisch vor den Hütten, aber es war noch lange nicht genug, wenn der Winter genauso lange blieb wie der Sommer. »Habt keine Angst!«, beruhigte Biberfrau ihr Volk, »der kalte Atem des Wintermannes lässt den See und die Flüsse zufrieren und eine dichte Schneedecke wird sich über den Wald und die Lichtung legen. Der Große Geist lässt uns nicht im Stich! Ich habe erfahren, wie wir den kalten Mann aus dem Norden besiegen können! Vertraut mir, meine Brüder und Schwestern, vertraut dem Großen Geist!«

Der kalte Atem des Wintermannes vertrieb den Herbst und ein eisiger Hauch überzog die neue Welt. Die Feuer brannten den ganzen Tag und die ganze Nacht. Die kleinen Tiere verschwanden im Dickicht und die Fischen flohen unter eine dicke Eisdecke. Der erste Schnee fiel. Dicke Flocken fielen auf die Lichtung und wurden zu einer dichten Schneedecke. Die Kinder freuten sich und bewarfen sich mit Schneebällen. Die Männer und die Frauen verstauten die Fleischvorräte in ihren Felltaschen und grübelten darüber nach, wie lange die Vorräte reichen würden.

Biberfrau ging fast jeden Tag zum Seeufer und betete zum Großen Geist. Die Sonne war nur noch als weiße Scheibe zu sehen und leuchtete geheimnisvoll. »Es ist soweit«, sagte sie, als ein heftiger Wind den Schnee aufwirbelte, »kommt, meine Brüder, wir wollen den frostigen Mann aus dem Norden besiegen!« Mit den Männern ihres Volkes ging sie auf die Jagd. Sie führte die Krieger auf eine weite Lichtung und wartete geduldig, bis eine Hirschkuh aus dem Unterholz brach und durch den Schnee stapfte. »Aiee!«, feuerte sie das Tier an. »Aiee!«, riefen die Krieger, die jetzt von allen Seiten kamen und das ängstliche Tier in eine hohe Schneewehe trieben. Als es im tiefen Schnee stecken blieb, töteten sie es mit ihren Steinäxten. Der Mann, der als erster zugeschlagen hatte, sprach eine Entschuldigung, dann zerteilten sie das Fleisch und die Knochen und trugen ihre Beute ins Dorf.

An diesem Abend feierten sie ein großes Fest. Es wurde viel getanzt und viel gesungen und Biberfrau rauchte die heilige Pfeife und dankte dem Großen Geist für das großzügige Geschenk. Sie hatten den weißen Mann aus dem Norden besiegt. Sie würden durch den Winter kommen. Sie würden essen und trinken, bis der Donnervogel zurückkehrte und die vierbeinigen Brüder und die Fische aus ihren Verstecken auftauchten. Ei-e-ya, so wollte es der Große Geist und so würde es geschehen.

4

SÜSSE MEDIZIN WIRD GEBOREN

NACH EINEM DER FESTE, die alle Tsis-tsis-tas im Sommer feierten, wurde Windfrau schwanger. So hieß die jüngste Frau der Uferleute, fast noch ein Mädchen, das jeden Morgen aufstand und den kühlen Morgenwind genoss. »Der Wind erzählt mir Geschichten«, sagte sie zu ihrem Mann, dem mutigen Jäger, der zuerst auf das große Tier im Schnee eingeschlagen hatte. Er wurde Hirschtöter genannt und verehrte Windfrau, obwohl sie oft mit ihren Gedanken allein sein wollte. Die Frauen hielten sie für sonderbar, weil sie nicht an ihren Spielen teilnahm und selten lachte.

»Was ist mit dir?«, fragte Biberfrau, als sie der jungen Frau am Seeufer begegnete. »Du hast einen starken Mann und du trägst neues Leben in dir. Warum bist du traurig, meine Schwester?«

»Ich weiß nicht, ob ich darüber reden soll, Biberfrau«, erwiderte Windfrau, »ich habe Angst dir die Wahrheit zu erzählen!«

»Ich bin die heilige Frau! Mir kannst du alles sagen!«

Die junge Frau zögerte. »Ich habe es noch keinem verraten«, sagte sie, »nicht mal meinem Mann. Auch in meinen Träumen habe ich nicht darüber gesprochen.« Sie ging ein paar Schritte und blickte sich langsam um. Es fiel ihr schwer, die Wahrheit zu sagen. »Ich glaube, dass mein Kind von einem anderen ist.«

Biberfrau starrte sie entsetzt an. Die Frauen ihres Volkes waren treu und schliefen nicht mit anderen Männern. Ehebruch war ein schlimmes Verbrechen, das hatte der Große Geist ihr gesagt.

»Es ist nur ein Gefühl, Biberfrau!«, sagte Windfrau schnell. »Ich habe mit keinem anderen Mann das Lager geteilt! Ich liebe Hirschtöter! Mit ihm will ich alt werden!« Sie seufzte beinahe verzweifelt. »Aber ich fühle, dass ich ein besonderes Leben in meinem Leib trage. Ein Kind, das mir der Große Geist geschenkt hat! Ich weiß, das klingt sonderbar, aber so habe ich es in meinen Träumen erfahren. Bin ich verrückt, Biberfrau? Habe ich von den scharfen Kräutern gegessen? Du bist die heilige Frau unseres Volkes, du sprichst mit den Geistern. Hilf mir, Biberfrau!«

»Ich werde für dich beten, meine Schwester!«, versprach die heilige Frau der Uferleute. »Hab keine Angst! Vertrau dem Großen Geist, der über das auserwählte Volk wacht! Liebe deinen Mann und lache mit den anderen Frauen, denn alles, was uns widerfährt, wurde von Maheo beschlossen. Er kennt das Geheimnis.«

Die junge Frau ging nachdenklich davon. Biberfrau blickte ihr nach und schämte sich, weil sie ihre junge Verwandte mit belanglosen Sätzen abgespeist hatte. Aber was sollte sie ihr sonst sagen? Sie wusste nicht, woher die seltsamen Gedanken kamen. Sie wusste nicht, warum Windfrau glaubte nicht von ihrem Mann schwanger zu sein. Sie ging zum Seeufer und rief nach ihrem Schutzgeist, aber der weiße Biber ließ sich nicht blicken, und selbst die Sonne verschwand hinter den Wolken, als sie nach dem Großen Geist rief. »Windfrau bildet sich etwas ein«, sagte sie, »der Anblick der neuen Welt verwirrt ihre Sinne. Wenn der nächste Schnee taut und ihr Kind geboren wird, wird sie feststellen, dass sie sich geirrt hat. Dann werden wir sehen, dass ihr neues Baby dem Mann ähnlich sieht, der sein Lager mit ihr teilt.«

Aber im nächsten Frühjahr geschah überhaupt nichts. Mehr als neun Monde waren vergangen und das Kind war kaum gewachsen. Die meisten Frauen glaubten, dass Windfrau sich die Schwangerschaft nur einbildete, aber wenn sie ihre Hände auf ihren Bauch legten, bewegte sich etwas. In ihrem Leib war ein Baby, das konnten alle fühlen, nur wuchs es langsamer als andere Kinder und wollte die neue Welt nicht sehen. Im Sommer, als sich die Uferleute mit den anderen Tsis-tsis-tas trafen, wurde Windfrau wie eine Geisterfrau bestaunt, die vom Himmel gefallen war, und es kostete Biberfrau große Mühe, ihr Volk zu beruhigen.

»Großer Geist«, betete sie allein auf einer Lichtung, »warum kommt dieses Kind nicht auf die Welt? Warum hältst du es zurück? Mein Volk wird unruhig. Die Tsis-tsis-tas haben Angst und einige Frauen wollen nicht mehr mit ihren Männern schlafen, weil sie glauben, dass böse Geister unser Dorf verzaubert haben! Gib mir ein Zeichen, Maheo, damit ich mein Volk beruhigen kann!«

Der Große Geist blieb stumm und Biberfrau entschloss sich im Wald zu bleiben und zu fasten, bis sie eine Antwort bekam. Sie schlief im taufeuchten Gras und trank nur aus einem nahen Bach, wenn ihre Lippen trocken waren. Die schmackhaften Beeren, die an den Sträuchern wuchsen, rührte sie nicht an. Zwei Tage lang blieb sie in der Einsamkeit. Die anderen Tsis-tsis-tas hielten sich von ihr fern, weil sie ahnten, dass sie wieder einmal mit den Geistern sprach, und selbst die Tiere schlugen einen großen Bogen um sie. Sie hungerte, bis ihr die Augen zufielen und sie sich in einer Traumwelt jenseits der Wälder wiederfand.

Ein Tier, das sie noch nie gesehen hatte, sprang zwischen den Bäumen hervor und blickte sie schadenfroh an. Mit einem heiseren Kichern blieb es vor der heiligen Frau stehen. Es ähnelte den Wölfen, die durch die Wälder streiften, war aber kleiner und schlanker. Seine Augen leuchteten hinterlistig. »Meine Schwester!«, begrüßte es die erstaunte Frau. »Ich bin Wihio, der Kojote! Die Menschen fürchten mich, weil ich ihnen böse Streiche spiele, und sie freuen sich, weil ich die lustigsten Geschichten erzähle.«

»Hältst du das Kind zurück?«, fragte sie den seltsamen Gesellen. »Sehen so deine derben Streiche aus?« Sie verzog geringschätzig den Mund. »Wenn es so ist, kann ich nicht darüber lachen.«

Der Kojote kicherte. Es klang wie das Lachen eines Jungen, der einen anderen zu Boden gestoßen hatte. »Ich wollte, ich könnte euch solche Streiche spielen«, sagte er, »aber so mächtig bin ich nicht. Ich bin ein schlauer Bursche und manche glauben, dass ich dem Donnervogel ein Bein stellen kann, aber ich weiß nicht, wie man ein Kind zurückhält. Das übersteigt meine Kräfte. Frage den Großen Geist, wenn du wissen willst, wer dahinter steckt.«

»Das habe ich getan, Kojote!«, erwiderte sie. »Ich bin in den Wald gegangen und habe gebetet. Ich habe auf der einsamen Lichtung gefastet, aber du bist der Einzige, der gekommen ist!«

»Das ist schlimm«, meinte der Kojote lachend. Seine schmalen Augen sprühten Funken. »Habe ich dich enttäuscht? Ich habe das Kind nicht gezeugt, soviel steht fest. Windfrau ist viel zu jung und viel zu schlank! Ich mag die Frauen fett und fröhlich, und wenn ich sie besteige, müssen sie aufschreien vor Vergnügen!«

Biberfrau spürte, wie das Blut in ihr Gesicht schoss. Sie mochte die lockeren Reden des Vierbeiners nicht. »Warum beleidigst du mich mit diesen Worten?«, fragte sie. »Warum sprichst du wie die bärtigen Männer auf der anderen Seite des Wassers?«

»Du hast sie gesehen, hm?« Der Kojote schüttelte den Kopf. »Die blassen Männer verstehen keinen Spaß. Sie mögen lockere Reden, aber sie rennen davon, wenn ich ihnen ein wildes Tier oder eine giftige Schlange schicke. Sie nehmen das Leben viel zu ernst!« Er zeigte seinen scharfen Zähne. »Sie können nicht über sich selber lachen, das ist ihr größter Fehler. Hab ich dir schon mal erzählt, wie ich Pflaumen im Wasser gesucht habe?«

Sie blickte ihn misstrauisch an. »Wie kann ich diese Geschichte gehört haben, wenn ich dich zum ersten Mal sehe? Ich denke, du bist schlau, Kojote!« Sie wollte ihn auslachen, aber ihre Neugier war stärker. »Seit wann wachsen Pflaumen im Wasser?«

»Es war vor vielen Jahren«, berichtete der Kojote, »und ich spazierte am Flussufer entlang, als ich die Pflaumen im Wasser entdeckte. Reife und pralle Pflaumen! Ich dachte, das ist gut, ich hole mir die Pflaumen und esse mich richtig satt. Also sprang ich in den Fluss. Ich hielt die Luft an und tauchte, aber meine Hände bekamen nur die Flusskiesel zu fassen. Erschöpft zog ich mich ans Ufer. Ich blieb liegen und dachte, du hast an der falschen Stelle getaucht. Ich sprang noch einmal ins Wasser, aber auch diesmal fand ich die Pflaumen nicht. Ich band mir einen Stein um den Hals, damit ich länger unten blieb, und tauchte ein letztes Mal. Wieder keine Pflaumen. Ich band den Stein los und schaffte es gerade noch rechtzeitig, mich vor dem Ertrinken zu retten. Keuchend fiel ich ins Ufergras. Ich blickte nach oben und sah, dass die Pflaumen an einem Baum hingen und sich nur im Wasser spiegelten.« Er lachte meckernd. »Ist das nicht komisch, Schwester? Ich hätte die Pflaumen nur zu pflücken brauchen!«

Biberfrau blickte den Kojoten schmunzelnd an und meinte: »Du kannst über dich selber lachen, das ist gut. Aber du kannst mir nicht sagen, warum das Kind nicht auf die Welt kommt, das ist schlecht. Warum gibt mir der Große Geist kein Zeichen?«

»Woher soll ich das wissen?«, rief der Kojote. Er rannte kichernd davon und verschwand im Unterholz. »Ich komme nur um dir einen Streich zu spielen oder eine Geschichte zu erzählen.«

Die heilige Frau der Tsis-tsis-tas sank erschöpft auf die Knie. Wihio hatte sie abgelenkt und sie hatte gar nicht gemerkt, wie schnell die Zeit vergangen war. Die Sonne war zum zweiten Mal über den Wald gewandert und sie hatte immer noch keine Antwort. Enttäuscht schloss sie die Augen. Sie sammelte ihre Gedanken und sang ein heiliges Lied, das den Großen Geist milde stimmen sollte. Als sie die Augen öffnete, stand ein junger Krieger am Waldrand. Ein kräftiger Mann mit starken Muskeln und einem ebenmäßigen Gesicht, wie sie es noch bei keinem Krieger gesehen hatte. Er war nackt und mit roter Farbe bemalt. »Ich bin Süße Medizin«, sagte er, »ich komme um deinem Volk zu helfen!«

Dann verschwand der Krieger und sie erwachte aus ihrem Traum. Benommen stand sie auf. Sie kehrte in ihren Wigwam zurück und aß von der Fischsuppe, die in einem irdenen Topf über dem Feuer kochte. Anschließend ging sie zum großen Feuer, an dem ihre Verwandten warteten. »Meine Brüder und Schwestern«, rief sie, nachdem sie mit den einflussreichen Männern des Volkes geraucht und dem Großen Geist gedankt hatte, »ich war in der Einsamkeit und habe ein Zeichen gesehen! Windfrau wird einem tapferen Krieger das Leben schenken! Er hat seinen Namen genannt. Er heißt Süße Medizin und wurde vom Großen Geist berührt. Seid freundlich zu Windfrau und beschützt sie, denn ihr Sohn wird geboren um unserem Volk zu helfen. So habe ich es erfahren, meine Brüder und Schwestern. Ich habe gesprochen.«

Drei weitere Winter vergingen und nichts deutete darauf hin, dass die Geburt von Süße Medizin bevorstand. Windfrau fühlte sich wie eine Frau, die im vierten oder fünften Mond schwanger war, aber sie hatte sich an ihren

Zustand gewöhnt und fürchtete sich nicht mehr. Auch die anderen Uferleute hatten keine Angst. Biberfrau, die heilige Frau ihres Volkes, hatte ein Zeichen des Großen Geistes empfangen und alles war so, wie es sein sollte. Das Kind würde auf die Welt kommen, wenn Maheo es wollte. Die bösen Geister hatten nichts mit der Schwangerschaft zu tun.

Das Volk kümmerte sich wieder um alltägliche Dinge. Die Männer gingen auf die Jagd, die Frauen zerteilten und kochten das Fleisch und stellten Kleidungsstücke aus den Fellen und Werkzeuge und Waffen aus den Knochen her. Die Tsis-tsis-tas lebten seit einigen Wintern in der neuen Welt und hatten sich an den Rhythmus ihres neuen Lebens gewöhnt. Es war ein hartes Leben und immer, wenn der kalte Mann aus dem Norden kam, kämpften sie ums Überleben, aber Biberfrau sprach täglich mit den Geistern und stimmte sie versöhnlich. Sie achtete darauf, dass die großen Tiere in ihre Schneefallen liefen und sie mit allem versorgten, was sie für ihr Leben in den Wäldern brauchten.

Das ungeborene Kind von Windfrau geriet in Vergessenheit. Den Uferleuten ging es gut und sie saßen immer häufiger am Feuer zusammen und feierten. Einmal erzählte Biberfrau die Geschichte, die sie von dem Kojoten gehört hatte, und ihre Verwandten bogen sich vor Lachen. Sie lauschten ehrfürchtig, als sie berichtete, wie der hinterlistige Kojote aus dem Wald getreten war und sie mit seinen schmalen Augen angesehen hatte. »Hütet euch vor dem Kojoten!«, sagte sie ernst. »Er ist ein heimtückischer Bursche und legt die Menschen mit derben Scherzen herein!« Sie schmunzelte. »Aber er erzählt lustige Geschichten!«

Im Mond der reifen Kirschen, einen Winter, bevor das Kind geboren wurde, begegneten die Uferleute einem seltsamen Tier. Es war beinahe so groß wie ein Wolf, hatte aber eine andere Farbe. Meist war es schwarz oder braun. Zuerst glaubten die Kinder, die dieses Tier zuerst gesehen hatten, dem Kojoten begegnet zu sein, aber Biberfrau erklärte ihnen, dass Wihio in einer anderen Welt lebte. »Oeskeso«, erfuhr sie ein neues Wort vom Großen Geist, »ein Hund!« Sie ging zu den Geistern und sah ein Lager ihres Volkes, in dem es viele dieser Tiere gab. Sie fraßen viel und bellten laut, aber sie waren kräftig genug um das Fleisch der erlegten Tiere nach Hause zu tragen. »Füttert ihn«, sagte sie zu den Kindern, »er und seine Freunde werden in unserem Dorf leben.«

Es dauerte zwei Monde, bis die Kinder den Hund gezähmt hatten, und es verging ein halbes Jahr, bis die Verwandten des Hundes vor den Wigwams auftauchten. Später würde Biberfrau sich oft an diese Zeit erinnern. Die Hunde wurden zu ständigen Begleitern der Menschen, lebten vor den Wigwams, tollten mit den Kindern herum und schleppten die schweren Lasten des Volkes. Die Frauen banden ihnen zwei lange Äste an den Körper und bespannten das Gestell mit einem Fell, das während der Jagd mit dem Fleisch und den Knochen belegt wurde. Das Leben der Uferleute veränderte sich. Ihre Jagdzüge wurden länger und ausgedehnter, weil sie ihr Hab und Gut auf die Schleppgestelle laden und mit dem ganzen Dorf herumziehen konnten. Sie wurden zu rastlosen Nomaden, die den Tieren durch die Wälder folgten und überall dort lagerten, wo es etwas zu essen gab.

Die anderen Tsis-tsis-tas lebten genauso und keiner blieb mehr an seinem angestammten Platz, aber die Namen der einzelnen Gruppen blieben bestehen. Die Uferleute blieben die Uferleute, auch wenn sie im Wald oder in einer Talsenke lagerten, und die Waldleute blieben die Waldleute, auch wenn sie es an das Ufer eines Flusses oder Sees verschlug. Jede Gruppe bevorzugte eine bestimmte Route und folgte unsichtbaren Pfaden durch die Wälder und in jedem Sommer wurde festgelegt, wo man das große Fest feiern würde. Die Tsis-tsis-tas waren ein Volk, auch wenn sie über das weite Land verstreut lebten.

Im Mond des leichten Schnees, nur kurze Zeit, nachdem die Kinder dem ersten Hund begegnet waren, wurde Süße Medizin geboren. Ein Junge, wie Biberfrau vorausgesagt hatte. Windfrau gebar ihn im Schutz einiger Büsche und wusch ihn in dem warmen Wasser, das sie in einem irdenen Kessel gekocht hatte. Die Nabelschnur zertrennte sie mit einer steinernen Pfeilspitze über ihrem Zeigefinger. Sie deckte den neugeborenen Jungen mit Fellen zu und trug ihn ins Lager. »Süße Medizin ist geboren!«, rief sie glücklich. »Schaut ihn euch an! Süße Medizin ist geboren!«

An diesem Abend wurde lange gefeiert. Männer, Frauen und Kinder wollten das Baby sehen und Biberfrau durfte es in den Arm nehmen und seine zarte Haut an ihren Wangen spüren. Sie spürte eine seltsame Verbundenheit zu dem Kind, eine vertraute Nähe, als hätte sie es selber geboren. Sein Atem berührte ihren Mund und seine zarten Hände schlossen sich um einen ihrer kleinen Finger. In seinen leuchtenden Augen lag ein stummes Versprechen. Sie spürte, dass Maheo das kleine Wesen berührt hatte. Süße Medizin kam aus der Geisterwelt, war im Leib von Windfrau gewachsen, weil er den Menschen nahe sein wollte.

Biberfrau rauchte die heilige Pfeife und dankte dem Großen Geist dafür, dass er Windfrau geholfen hatte ihren Sohn zu gebären. Die junge Frau war schwach und zerbrechlich und hätte es ohne die Hilfe der Geister niemals geschafft. Die Schwester von Hirschtöter gab ihr heiße Fleischbrühe zu trinken und achtete darauf, dass sie wieder zu Kräften kam. Der Jäger trat in den Schein des abendlichen Feuers und verschenkte Fleisch an die bedürftige Frau, deren Mann auf der letzten Jagd gestorben war. Er war über eine Wurzel gestolpert und mit dem Kopf gegen einen Baumstamm geprallt. »Der Mann, der von uns gegangen ist, war ein tapferer Jäger«, sagte er, »wir denken oft an ihn, Mutter!«

Spätnachts, als alle Uferleute in ihren Wigwams schliefen, trat Biberfrau auf eine nahe Lichtung. Ein Umhang aus dicken Fellen schützte sie gegen den leichten Schnee und die bittere Kälte. Sie blickte zum klaren Himmel empor und badete ihr Gesicht im blassen Licht des Mondes. »Großer Geist«, sagte sie leise, »du bist mächtig und wachst über das auserwählte Volk! Du bist das Große Geheimnis, vor dem wir uns verneigen! Du hast uns in die neue Welt geführt und du hast die bärtigen Männer auf die andere Seite des großen Wassers verbannt! Du hast uns die Hunde geschickt! Du hast unsere Gebete erhört und die vierbeinigen Brüder vor unsere Steinäxte getrieben, wenn der Winter kam! Auch im Mond der starken Kälte haben wir nicht gehungert! Du warst bei deinem Volk, wenn es dich brauchte, und du warst bei Windfrau, als sie ihrem Jungen das Leben schenkte! Du hast Süße Medizin mit deinem Atem berührte, und dafür danke ich dir!«

Sie spürte, wie sich das flüssige Licht des Mondes auf ihrer Haut ausbreitete, und fühlte einen Schauer auf ihrem Rücken. Ein Lied kam über ihre Lippen, beinahe zögernd, und ihre ausgestreckten Hände griffen nach dem Mondlicht, das sie wie eine Wolke einhüllte. Im Schatten der nahen Bäume erkannte sie böse Geister, die mit langen Fingern nach ihr griffen und sie daran erinnerten, warum Süße Medizin gekommen war. »Großer Geist, ich bin deine treue Dienerin!«, sagte sie. »Aber ich spüre auch, dass unserem Volk eine schwere Prüfung bevorsteht. Du hast uns den Jungen geschickt, weil er unserem Volk helfen soll, so habe ich es erfahren. Warum brauchen wir Hilfe? Droht uns Gefahr? Haben wir uns zu lange in Sicherheit gewiegt? Müssen wir leiden, damit wir uns wieder freuen können? Habe ich nicht genug gebetet, Großer Geist? Habe ich einen Fehler begangen?«

Sie schloss die Augen und entdeckte ihren Schutzgeist, der aus seinem Bau kroch und sich kräftig schüttelte, bevor er sie ansprach. »Meine Schwester«, sagte der weiße Biber, »ich freue mich, dein Gesicht zu sehen! In deinen Augen sehe ich die Weisheit einer Frau, die ihr Volk in eine bessere Zukunft führt!«

»Weißt du eine Antwort, mein Bruder?«, flüsterte sie. »Weißt du, warum Süße Medizin gekommen ist? Droht uns eine Gefahr?«

»Du bist ungeduldig, meine Schwester!«, wies der weiße Biber sie zurecht. »Aber ich verstehe deine Sorgen! Es ist wahr, auf dein Volk wartet eine schwere Prüfung. Einige Tsis-tsis-tas werden sterben. Folge dem jungen Krieger, der heute geboren wurde, und du wirst eine neue Zukunft finden! Süße Medizin weiß, wo die Rettung für euer Volk liegt! Er kennt den Pfad, der aus den Wäldern führt! Folge ihm und du wirst das neue Licht sehen!«

»Was für ein Licht?«, fragte sie neugierig. »Was für eine Prüfung? Warum können wir nicht verhindern, dass einige von uns sterben müssen? Warum erzählst du nicht mehr, mein Bruder?«

»Der Große Geist will nicht, dass ich mehr sage«, antwortete er, »denke an meine Worte, wenn Süße Medizin heranwächst!«

Der weiße Biber verschwand und Biberfrau blieb allein im blassen Licht des Mondes zurück. Sie weinte zum ersten Mal.

5

DER ABGESANDTE DER GEISTER

SÜSSE MEDIZIN WURDE älter und nicht einmal Biberfrau dachte noch daran, warum er gekommen war. Es waren keine bösen Geister in der Nähe. Er war ein aufgeweckter Junge, der gern herumtollte und mit einer selbst gefertigten Steinaxt durch die Wälder streifte. Seine Eltern waren stolz auf ihn. Er war kräftiger und tapferer als alle anderen Jungen und wusste mehr als viele Erwachsene. Auf einem der Sommerfeste, er hatte vier Winter gesehen, verblüffte er die weisen Männer des Volkes, als er rot bemalt in den Schein des nächtlichen Feuers trat und von der Zeit erzählte, als die Hunde zu den Uferleuten gekommen waren. Damals war er noch im Leib seiner Mutter herangewachsen.

Niemand dachte daran, dass er dieses Wissen vom Großen Geist geerbt haben könnte. Er war ein kluger Junge, der mit offenen Augen durch die Welt ging, so beschrieb ihn sein Vater. Er ist sehr wissbegierig, so schwärmte seine Mutter. Sie hatte ihn lange gestillt und viel Kraft verloren und man sah ihr die Anstrengung immer noch an. Aber sie klagte nicht. Sie war glücklich und zufrieden, so wie alle anderen Uferleute, und ihre Vorratstaschen waren auch während der kalten Jahreszeit gefüllt. Ihr Sohn machte ihr viel Freude, auch wenn er von einigen Jungen gemieden wurde, die eifersüchtig auf sein großes Wissen waren.

Den Uferleuten ging es gut. Das Wild war zahlreich und sie hungerten nur selten. Sie verlegten das Lager nach Süden, zogen mit den Hunden durch die Sumpflandschaft der großen Seen, die sich zwischen den Wäldern ausbreiteten, und stießen auf die zottigen Tiere, die Biberfrau auf der anderen Seite des großen Wassers gesehen hatte. »Büffel«, hatte die sterbende Frau vor der Höhle erklärt, »sie geben euch alles, was ihr zum Leben braucht. Nahrung, Kleidung, Werkzeuge, Waffen.« Sie blieben stehen und blickten ehrfürchtig auf die mächtigen Tiere, die scheinbar träge durch das Unterholz stapften und immer wieder stehen blieben und an den jungen Grashalmen zupften.

Die Büffel waren größer als die Hirsche, die sie während der letzten Winter getötet hatten. Wenn sie auftraten, zitterte der Boden, und wenn sie schnaubten, bebte die Luft. Ihre schwarzen Augen waren seitwärts gerichtet und ihr braunes Fell zitterte im Wind. Sieben Tiere hatten sich in den Wald verirrt. Sie grasten auf einer Lichtung und blickten nicht einmal auf, als die Uferleute in ihre Nähe kamen. Nur einer der Bullen schnaubte unwillig, als die Hunde bellten, aber er bewegte sich nicht von der Stelle.

»Das sind die Tiere, von denen ich euch erzählt habe«, sagte Biberfrau, »von einer sterbenden Frau habe ich erfahren, dass sie noch wichtiger für unser Volk als die Hunde sind! Die Frau stand mit dem Großen Geist in Verbindung und kannte die Wahrheit. Die Büffel bestimmen unser Leben, in den Wäldern und auf den weiten Ebenen, die sich jenseits des Horizonts erstrecken. Erinnert euch immer an diesen Augenblick! Erinnert euch an den Anblick dieser mächtigen Tiere, wenn ihr den Winter eures

Lebens erreicht habt und auf die andere Seite geht! Dies ist die Stelle, an der unser Pfad in eine bessere Zukunft zeigt, denkt daran!«

Sie steckte einen Finger in den Mund und hielt ihn in die Luft. »Der Wind kommt uns entgegen«, sagte sie, »wir gehen weiter nach Süden und schlagen unser Lager auf einer Lichtung auf. Morgen töten wir einen Bullen. Sein Fleisch wird uns durch den Winter bringen und aus seinen Knochen und Sehnen werden wir Werkzeuge herstellen. So habe ich es in meinen Träumen gesehen.«

»Und wie willst du den Büffel töten?«, fragte Hirschtöter. »So große Tiere können wir nur erlegen, wenn wir sie in eine Schneewehe treiben! Wie willst du im Sommer an sie herankommen?«

»Morgen werde ich es wissen«, vertraute Biberfrau ihrer Fähigkeit mit den Geistern zu sprechen. Sie würde die ganze Nacht beten und singen und in einem Traum erfahren, wie es möglich war. Wenn der Große Geist ihnen die Büffel schickte, würde er ihnen auch verraten, mit welcher Waffe man die Tiere erlegte.

Sie errichteten ihre Wigwams und gingen früh schlafen. Die Jäger wollten stark sein, wenn Biberfrau mit ihnen auf die Büffeljagd ging. Sie glaubten der heiligen Frau, die mit den Geistern sprach und sie in eine neue Zukunft führte. Sie kannte die Wahrheit. Biberfrau vertraute nur ihren Gebeten und blieb vor dem Feuer sitzen, das sie auf der Lichtung entzündet hatten. Sie hielt ihre Hände über die Flammen und sang ein Lied, das von glücklichen Menschen in warmen Hütten erzählte. Selbst der kalte Mann aus dem Norden konnte nichts ausrichten, wenn die Feuer brannten und die Fleischtöpfe gefüllt waren.

Ihr Gebet flog auf dem Rücken eines dunklen Nachtvogels zum Großen Geist empor. Sein Gefieder glänzte im flackernden Schein der Flammen. »Gib uns die Kraft das mächtige Tier zu erlegen!«, sagte die heilige Frau. »Denn der Tod dieses Büffels bedeutet unser Leben!«

Sie starrte in die Flammen und dachte lange nach. Die Kälte, die durch die Bäume kroch und ihren Rücken berührte, spürte sie kaum. Ihre Gedanken waren bei der bevorstehenden Jagd auf den großen Büffel, dessen Fleisch ihr Volk sicher durch den Winter bringen würde. Bisher hatten sie die großen Tiere immer in Schneewehen getrieben und erst dann erlegt, wenn sie feststeckten und sich nicht mehr wehren konnten. Es war viel zu gefährlich, einen mächtigen Büffel mit der Steinaxt oder Pfeil und Bogen anzugreifen. Sie kannten das Wesen dieser Tiere nicht. Sie wussten nicht, ob eine Steinaxt oder ein Pfeil stark genug waren um das behaarte Fell eines Büffels zu durchbohren. Sie hatten keine Ahnung, wie sich diese Tiere gegen einen Angriff wehren würden.

Es musste eine andere Möglichkeit geben einen Büffel zu erlegen. Eine List, die den Jäger bis dicht an den Bullen heranführte. Eine Waffe, die stark genug war ins Herz des Tieres zu dringen. Sie betete wieder und bat den Großen Geist ihr diese Waffe zu zeigen, ihr wenigstens ein Zeichen zu geben, das sie auf den richtigen Weg führen würde. Sie war es ihrem Volk schuldig. Oder begannen jetzt die sorgenvollen Zeiten, von denen der Biber gesprochen hatte? Kam jetzt die bittere Stunde, die viele Uferleute das Leben kosten würde? War Süße Medizin groß genug um die Weissagung des Großen Geistes zu erfüllen?

Sie sah einen Schatten auf der anderen Seite des Feuers und stand auf. Süße Medizin! Der Junge hatte sich das Fell übergeworfen, das sein Vater im letzten Sommer erbeutet hatte, und hielt eine Lanze in der rechten Hand. Erst jetzt erinnerte sie sich, eine solche Waffe bei den bärtigen Männern gesehen zu haben. Sie hatten ein großes Tier damit getötet. Süße Medizin hatte die Lanze aus einem harten Holz geschnitzt und das Ende des Schaftes mit der blattförmigen Steinspitze fest mit Rohhautschnüren umwickelt. Die Waffe war viermal so lang wie er und mit dem Fell eines jungen Otters verziert, den er selber gefangen hatte.

»Süße Medizin«, sagte Biberfrau leise, »wieso bist du noch wach? Was bringt dich dazu, mir diese neue Waffe zu zeigen? Warum hast du deinen Körper in dieses große Fell gehüllt?«

»So habe ich es in meinem Traum gesehen«, antwortete der Junge. Er sprach wie ein Erwachsener. »Ich habe gesehen, wie sich mein Vater an die Büffel geschlichen und den großen Bullen mit dieser Lanze getötet hat! Maheo will, dass ich es dir sage.«

»Der Große Geist hat dich geschickt?«

»Ich habe nur geträumt, Biberfrau.«

Die heilige Frau griff nach der Lanze und hielt sie mit beiden Händen fest. Die neue Waffe war schwer und gab ihr ein Gefühl der Überlegenheit. Sie berührte die scharfe Spitze und lächelte zufrieden, als sie einen blutigen Streifen auf ihren Fingerkuppen sah. »Eine gute Waffe«, lobte sie den Jungen, »sie ist stark genug den Büffel zu töten!« Sie rammte die Lanze in den Boden und verneigte sich vor Süße Medizin. Er war ein Abgesandter des Großen Geistes, sie hatte sich nicht geirrt. Er war ein Held, der das zukünftige Leben ihres Volkes bestimmen würde. So hatte Maheo entschieden. Süße Medizin wusste mehr als sie.

Der Junge ging wortlos davon und verschwand im Wigwam seiner Eltern. Biberfrau blickte ihm nach. Sie dankte dem Großen Geist dafür, dass er den Jungen berührt und ihnen die neue Waffe gebracht hatte. Jetzt waren sie stark genug das Leben in der neuen Welt zu meistern. Mit der Lanze konnten sie die großen Tiere auch im Sommer jagen. »Ei-e-ya«, bedankte sie sich leise.

Sie rauchte noch einmal die heilige Pfeife und blies den Rauch nach oben und unten und in die vier Richtungen. Obwohl die neue Waffe neben dem Feuer in der Erde steckte, blieb ein ungutes Gefühl. Sie freute sich, weil sie einen Büffel töten und genug Fleisch für den kalten Winter haben würden, aber eine innere Stimme sagte ihr, dass die große Prüfung noch bevorstand. Süße Medizin war gekommen um sein Volk zu retten. Die neue Waffe bedeutete nur einen Aufschub. Irgendwo warteten die bösen Geister darauf, sie an den Rand eines Abgrunds zu treiben. Mit dem kalten Mann aus dem Norden würden andere Frostriesen kommen und gegen ihr Volk kämpfen. Nicht in diesem und vielleicht auch nicht im nächsten Winter, aber irgendwann.

Biberfrau schlief neben dem Feuer ein. Sie träumte von dem trickreichen Kojoten, der schreiend durch den Wald lief und die Büffel vertrieb, und wachte schweißgebadet auf. Sie atmete ein paar Mal tief durch, dankte dem Großen Geist für einen neuen Tag und wusch sich in einem nahen Bach. Als sie zurückkehrte, standen ihre Verwandten um die Lanze herum. Sie berührten die neue Waffe und stießen bewundernde Laute aus. Hirschtöter zog die Lanze aus dem Boden und jagte sie in den nächsten Baum. Sie bohrte sich tief in den Stamm und blieb federnd stecken.

»Du wirst den Büffel töten!«, sagte Biberfrau. »So will es Maheo, der Schöpfer aller Dinge! Dein Sohn hat uns die Waffe gebracht und er weiß, wie du unbemerkt an die Tiere herankommst.«

Süße Medizin trat aus dem Wigwam und brachte eines der Felle mit, auf denen sie schliefen. »Mein Vater«, rief er, »hänge dir dieses Fell um und schleiche geduckt an den Büffel heran! Achte darauf, dass dir der Wind ins Gesicht bläst. Ramme die Lanze mit beiden Händen ins Herz des Büffels oder triff seine Nieren, dann bricht er zusammen und die anderen können ihn mit den Messern töten. Wenn du von rechts kommst, kann nichts passieren!«

»Woher weißt du das, mein Sohn?«, fragte Hirschtöter erstaunt.

»Ich habe geträumt, mein Vater.«

»Maheo hat ihn berührt«, erklärte Biberfrau, »er hat ihm das Wissen gegeben, das ich nicht habe. Ich bin die heilige Frau und spreche mit den Geistern, aber dieser Junge ist ein Abgesandter des Großen Geistes.«

Es blieb keine Zeit, länger darüber nachzudenken. Die Uferleute waren im Jagdfieber. Ein Späher berichtete, dass die Büffel immer noch auf der Lichtung standen und nur darauf warteten, von einem tapferen Jäger getötet zu werden. Hirschtöter riss die Lanze aus dem Baum und zog sofort los. Alle Verwandten begleiteten ihn. Dies war ein wichtiger Tag im Leben des Volkes und alle wollten dabei sein, wenn der Büffel fiel. Sogar die Kinder liefen mit und blieben aufgeregt am Waldrand stehen, als sie das Schnauben der mächtigen Tiere hörten. Aiee, es war so weit!

Biberfrau hielt sich abseits und versteckte sich im Unterholz, als Hirschtöter auf die Lichtung kroch. Süße Medizin hockte sich neben sie, sagte aber nichts. Sein Blick war ernst und berührte die Seele der heiligen Frau. Zwischen ihnen bestand eine seltsame Vertrautheit, die keiner Worte bedurfte. Sie teilten ein Geheimnis, das der Große Geist nur ihnen anvertraut hatte. Nur sie wussten, dass schwere Zeiten nahten. Die Büffel bedeuteten nur einen Aufschub. Irgendwo warteten die bösen Geister und Süße Medizin war der Einzige, der sie besiegen konnte. Nicht einmal die Frau, die mit den Geistern sprach, war stark genug für diesen Kampf.

Hirschtöter schlich geduckt auf die Lichtung. Alle Uferleute beobachteten, wie er sich das Fell überwarf und auf allen Vieren den Büffeln näherte. Alle lebendigen Wesen hielten den Atem an, die Menschen, die Tiere, die Pflanzen. Sogar der Wind verstummte und das Wispern der Bäume wich einem gespannten Schweigen. Nur die Büffel waren arglos. Sie schmatzten und schnaubten und schlugen mit den Schwänzen. Ihre dunklen Augen brannten in der aufgehenden Sonne. Von ihren Mäulern tropfte zäher Schleim und blieb an den Grashalmen hängen.

Der tapferste Jäger der Uferleute hatte keine Angst, aber sein Herz war von einem tiefen Respekt vor den starken Tieren erfüllt. Er hatte sich den kräftigsten Bullen ausgesucht. Immer näher schlich er an das zottige Tier heran.

Seine Gedanken wanderten zu seinem Sohn, der das Wissen des Großen Geistes an ihn weitergegeben hatte, und er erinnerte sich daran, die Lanze in die rechte Flanke des Opfers zu schleudern. Maheo wollte es so. Aus seinem Sohn sprach die Stimme des Großen Geistes, das hatte die heilige Frau erkannt. Er war stolz darauf und er war bereit einige Opfer zu bringen. Sein Sohn war schon lange kein Kind mehr, obwohl er noch keine sechs Winter gesehen hatte, und seine Frau hatte sich zurückgezogen und grübelte viel.

Der Bulle schnaubte in seine Richtung und Hirschtöter überlegte nicht länger. Mit einem heiseren Schrei sprang er auf. Er umklammerte die Lanze mit beiden Händen und rammte sie mit voller Wucht in die Flanke des überraschten Tieres. Der Büffel brach zusammen und hauchte sein Leben aus. Aus seinem Maul sickerte Blut. Die anderen Tiere ließen ihn im Stich und flohen über die Lichtung. Hirschtöter zog die blutige Lanze aus dem Leib des Tieres und reckte sie schreiend in die Luft. »Aiee!«, rief er. »Ich habe einen Büffel getötet! Ich habe den Bullen besiegt!«

Die Uferleute liefen lachend auf die Lichtung und blieben vor der mächtigen Beute stehen. Einige Frauen berührten das braune, beinahe schwarze Fell des Tieres und kicherten. Ein Mann tauchte seine rechte Hand in das Blut und beschmierte sein Gesicht. Sie traten ehrfürchtig zur Seite, als Biberfrau und Süße Medizin näher kamen und die heilige Frau beide Arme zum Himmel reckte und sich beim Großen Geist für die erfolgreiche Jagd bedankte. Sie trug den Männern auf den toten Büffel durch das Gras zu ziehen, bis sein Kopf nach Osten zeigte, und rief die Entschuldigung, die nach jeder erfolgreichen Jagd gesprochen wurde. »Mein Bruder«, sagte sie zu dem toten Büffel, »es tut mir Leid, dass wir dich töten mussten, aber du bist unser Leben und hilfst uns durch einen harten Winter! Verzeih uns, mein Bruder!«

Süße Medizin lieh sich ein Messer und machte sich an

dem toten Büffel zu schaffen. Er schnitt die Leber aus der Bauchhöhle, besprenkelte sie mit etwas Galle und reichte sie seinem Vater. »Du hast getan, was der Große Geist von uns verlangt hat«, sagte er stolz, »iss die Leber, denn sie ist das kostbarste Stück des Büffels! Auch das habe ich in einem Traum erfahren, mein Vater!«

Sie zerlegten den Büffel auf der Lichtung und brachten die schwere Beute mit den Hunden zum Lager. Die Frauen waren den ganzen Tag damit beschäftigt, das Fell zu säubern, die Fleischstücke auf Holzgerüste zu hängen und die einzelnen Teile des Büffels in Vorratstaschen zu verstauen. Die Zunge und andere kostbare Stücke wurden sofort gebraten und blieben für die abendliche Feier über dem Feuer hängen. Es war den Uferleuten zur Gewohnheit geworden, eine erfolgreiche Jagd mit einem großen Fest zu feiern. Es wurde gegessen und getrunken und der Große Geist wurde mit rhythmischen Liedern geehrt. Sogar den Hunden wurden fette Brocken zugeworfen. Wenn die Flammen hochschlugen, erzählte Biberfrau die lustigen Geschichten, die sie von dem Kojoten erfahren hatte, und die Jäger berichteten von ihren Abenteuern.

Bevor das Fest begann, trat Süße Medizin vor seinen Vater. Er verneigte sich und sagte: »Ich möchte, dass du mir einen Wunsch erfüllst! Töte ein junges Kalb, wenn der kalte Mann in den Norden zurückkehrt und die Büffel wiederkommen! Gib mir das Fell und ich werde es tragen! Wir werden keinen Hunger leiden!«

So geschah es und wieder tat Hirschtöter sich als großer Jäger hervor. Er tötete zwei Büffel und sein Sohn richtete dieselbe Bitte an ihn. Diesmal sollte es das Fell eines einjährigen Büffels sein. Sein Vater erfüllte ihm die Bitte und Süße Medizin ließ sich in seinem neuen Fell am Feuer sehen. Er trug es mit den Haaren nach außen. Wieder ein Jahr später wollte er das Fell eines ausgewachsenen Büffels haben. Hirschtöter erlegte einen starken Bullen und schenkte seinem Sohn das beinahe schwarze Fell.

Nur Biberfrau ahnte, welche Absicht des Großen Geistes hinter diesen Bitten steckte. Süße Medizin alterte schneller als die anderen Jungen. Mit zehn Wintern war er bereits ein erwachsener Mann. Sein Körper war kräftig und tief in seinen dunklen Augen lag die Weisheit des Großen Geistes. Er alterte, weil die schlechten Zeiten dicht bevorstanden und er stark genug sein musste um gegen die bösen Geister zu kämpfen. So hatte Maheo es beschlossen! Den Tsis-tsis-tas stand eine schwere Prüfung bevor und nur ein Krieger, der im Vollbesitz seiner Kräfte war und alles wusste, kam gegen die dunklen Mächte an.

Über zehn Winter waren vergangen, seitdem der weiße Biber ihr von diesen schweren Zeiten erzählt hatte. Sie hatte ihn wieder getroffen und oft nach den bösen Geistern gefragt, aber er war ihr immer ausgewichen. »Die Wege des Großen Geistes sind verschlungen«, wich er aus, »nur er weiß, welche Prüfungen auf dein Volk warten! Vertraue dem jungen Krieger, der Süße Medizin heißt, und glaube an deine eigene Stärke, denn auch du wirst gefordert sein, wenn die Prüfung kommt! Sei bereit, Schwester!«

Biberfrau nahm die Antworten gleichmütig hin. Sie war bereit und tat alles um die bösen Geister abzuwehren. Sie rauchte die heilige Pfeife und betete täglich zum Großen Geist, sang die heiligen Lieder, die ihn versöhnen sollten. Sie fastete allein im dunklen Wald und fuhr in ihrem Boot über einen einsamen Fluß um allein mit der Natur zu sein. Sie genoss die andächtige Stille abseits des Dorfes und sprach mit den Bäumen und den Steinen.

Während eines solchen Ausflugs traf sie ihren Schutzgeist wieder. Der weiße Biber tauchte neben ihrem Boot aus dem Wasser und sprach lange mit ihr. Sie hörte dieselben Worte, die immer dann erklangen, wenn sie nach den schweren Zeiten fragte, und seufzte ergeben. Ihr Schutzgeist wusste kaum etwas Neues und ermutigte sie auf die Stärke von Süße Medizin und ihre eigene Erfahrung zu bauen. So wie er es immer tat. Sie nahm ihre ganze Kraft zusammen um nicht ungeduldig aufzubrausen und den Biber zu einer klaren Antwort zu zwingen. Der Schutzgeist ahnte ihre Gedanken und lächelte: »Die Ungeduld ist das Vorrecht der Jugend. Du wirst immer jung sein. Das hat Maheo beschlossen!«

Biberfrau brauchte einige Zeit, bis sie die Worte verstanden hatte. Sie schaute in den Fluss und sah, dass sich ihr Spiegelbild nicht verändert hatte. Sie war jung geblieben. »Was hat das zu bedeuten?«, fragte sie den Biber. »Warum werde ich nicht älter?«

»Du wirst dein Volk in die Zukunft begleiten«, antwortete der Schutzgeist, »du wirst noch leben, wenn ihr die weiten Ebenen jenseits des großen Flusses erreicht und die bärtigen Männer zurückkehren! Deine Haare werden erst grau, wenn deine Aufgabe erfüllt ist! Du lebst und stirbst mit deinem Volk, Schwester!«

Das sagte der weiße Biber, dann ließ er sich von der Strömung davontragen und verschwand im Uferschilf. Biberfrau blickte ihm nach und merkte gar nicht, dass Tränen über ihre Wangen liefen.

6

DAS GEHEIMNIS DES KRIEGERS

SÜSSE MEDIZIN WAR zu einem jungen Mann herangewachsen, als er vor seinen Vater trat und sagte: »Ich möchte am großen Feuer tanzen!« Jedes Jahr im Sommer, wenn alle Tsis-tsis-tas zusammenkamen und feierten, wurden heilige Tänze abgehalten. Die Medizinmänner bauten eine Zeremonienhütte und demonstrierten ihre Macht. Nur erfahrene Krieger waren zu diesen Tänzen zugelassen und Biberfrau war das einzige weibliche Wesen, das jemals teilgenommen hatte. Sie war die heilige Frau des Volkes und selbst die Medizinmänner verbeugten sich vor ihr.

Hirschtöter wusste von den besonderen Kräften seines Sohnes, aber er sagte: »Mein Sohn, die Medizinmänner beten seit vielen Wintern zu Maheo und Biberfrau spricht mit den Geistern. Ihre Tänze zeigen uns, über welche Macht sie verfügen. Du bist noch eine Junge! Du träumst viel, aber willst du dich mit den weisen Männern unseres Volkes messen? Wer bist du, mein Sohn?«

»Ich bin Süße Medizin«, antwortete der Junge, »und ich habe keine Angst vor den weisen Männern. Ich werde mein neues Büffelfell tragen und mit ihnen am großen Feuer tanzen. So will es Maheo. Ich werden deinen Bogen über meinen Rücken hängen und die Schnur um meinen Hals wickeln. Höre auch mich, mein Vater! Gib mir das neue Büffelfell und deinen Bogen!«

Hirschtöter wagte nicht seinem Sohn zu widersprechen. Er spürte, dass der Große Geist bei dem Jungen war und über jeden seiner Schritte wachte. Süße Medizin wuchs zu einem besonderen Mann heran. Er stellte Forderungen, die ein normaler Junge niemals ausgesprochen hätte. Das hatte ihm die heilige Frau verraten, die täglich mit den Geistern sprach und gehört hatte, dass der Große Geist etwas Besonderes mit seinem Sohn plante.

»Was soll die Schnur um deinen Hals?«, fragte er neugierig.

»Ich werde mir das Genick brechen«, erwiderte Süße Medizin.

Die Antwort verwirrte Hirschtöter, aber sie brachte ihn nicht aus dem Gleichgewicht. Er hatte sich längst daran gewöhnt, dass sein Sohn immer tat, was man am wenigsten von ihm erwartete. »Was soll ich tun, wenn du dir das Genick gebrochen hast?«, fragte er.

Süße Medizin antwortete erst, als er seinen Körper und das Büffelfell mit roter Farbe beschmiert hatte. Auch die Bogensehne, die sich um seinen Hals spannte, war rot. »Sobald ich an der Schnur gezogen habe, wird mein Kopf zu Boden fallen«, sagte er ruhig, »aber mein Körper wird stehen bleiben. Lege ihn auf den Boden, mit dem Hals nach Osten, und setze den Kopf an seinen Platz zurück! Breite das Büffelfell über mich und vertraue mir!«

Hirschtöter beriet sich mit der heiligen Frau und tat, was sein Sohn ihm aufgetragen hatte. »Mein Sohn möchte tanzen«, sagte er zu den Medizinmännern, als er die geräumige Hütte betrat.

»Komm herein!«, forderten die Männer ihn auf.

Süße Medizin war der beste Tänzer, der sich jemals zum

Klang der Trommeln bewegt hatte. Die weisen Männer stießen bewundernde Rufe aus und hätten zu gern gewusst, warum der junge Mann eine Schnur um seinen Hals gewickelt hatte und die beiden Enden in seinen Händen hielt. Sie brauchten nicht lange auf eine Antwort zu warten. Nach dem dritten Tanz zog Süße Medizin fest an der Schnur und sein Kopf fiel vom Hals. Er blieb mit geöffneten Augen auf dem Boden liegen. Die Medizinmänner waren entsetzt und die Zuschauer, die sich am Eingang der Hütte drängten, riefen: »Süße Medizin hat sich den Hals gebrochen!«

Hirschtöter beruhigte die aufgebrachten Leute und erfüllte die Bitten seines Sohnes. Er legte seinen Körper mit dem Hals nach Osten, setzte den Kopf an seinen Platz zurück und breitete das rote Büffelfell über die reglosen Körperteile. Das Fell bewegte sich. Süße Medizin erhob sich, nahm das Fell in beide Hände und schwenkte es im Schein der aufgehenden Sonne. Bald darauf wehte ein kühler Wind durch das Dorf und viele Leute sagten: »Süße Medizin ist mächtig! Er hat den kalten Wind geholt!«

Biberfrau spürte die frostige Berührung und zog sich in ihren Wigwam zurück. Sie bewunderte die Fähigkeiten ihres Freundes, aber sie teilte nicht die Begeisterung der anderen Tsis-tsis-tas, die an den Feuern saßen und bewundernd von ihm sprachen. Sie verstanden nicht, was der Große Geist wollte. Sie wussten nicht, dass Süße Medizin gekommen war um sein Volk vor dem drohenden Untergang zu retten. Nur Biberfrau spürte die Warnung, die mit dem kalten Wind heranwehte. War der junge Krieger auch gekommen die schlechten Zeiten heraufzubeschwören?

Sie hatten genug Fleisch für den Winter und noch war nichts von einer schweren Prüfung zu bemerken. Nicht einmal der weiße Biber sprach davon, aber wenn sie ihm tief in die Augen blickte, entdeckte sie die eindringliche Warnung auf keinen Fall leichtsinnig zu werden. Sie blieb wachsam und betete viel, sang die heiligen Lieder, die alle bösen Geister abhielten. In ihren Träumen sah sie klagende Frauen und weinende Kinder und einmal trat Süße Medizin aus dem Unterholz und winkte ihr freundlich zu. Ihren Verwandten sagte sie nichts von diesen Träumen. Ihr Volk sollte nicht merken, wie groß ihre Sorgen waren. Sie würden noch früh genug merken, dass Gefahr drohte.

An einem Tag im späten Sommer tauchten zwei Krieger der Waldleute in ihrem Dorf auf. Sie berichteten, dass sie Büffel auf einer Lichtung gesehen hatten. »Genug Fleisch für uns alle!«, riefen sie. Aber als Hirschtöter und einige andere Jäger aus dem Wald liefen, waren keine Büffel mehr da. Die Waldleute beschuldigten Süße Medizin die Tiere mit seinem Zauber vertrieben zu haben und selbst einige Uferleute waren dieser Meinung. »Wir müssen ihn los werden!«, sagte ein Jäger hinter vorgehaltener Hand. »Er stürzt unser Volk ins Unglück! Er ist böse Medizin!«

Aber die Ehrfurcht vor seinen außerordentlichen Fähigkeiten war größer. Kritisch wurde die Lage erst im frühen Herbst, als etwas geschah, das die Tsis-tsis-tas noch viele Generationen später beschäftigen würde. Diesmal entdeckten die Späher der Hügelleute einige Büffel in der Wäldern. Süße Medizin schlich mit ihrem Anführer auf die Lichtung und tötete einen zweijährigen Bullen. Er kniete nieder und trennte das Fell von dem toten Tier.

»Süße Medizin«, sagte der Anführer der Hügelleute, »ich bin froh, dass du diesen Büffel erlegt hast. Mein Umhang ist abgetragen und ich brauche dringend einen neuen. Gib mir das Fell!«

»Nein, mein Freund«, erwiderte Süße Medizin, »auch mein Umhang ist abgetragen. Ich behalte dieses Fell. Du darfst das Fleisch behalten! Sieh nur, wie fett es ist! Ich will nur das Fell.«

Der Anführer lachte. »Ich will das Fell!«

»Ich helfe dir das Fleisch zu teilen«, sagte Süße Medizin.

Der Krieger der Hügelleute ließ sich darauf ein und sie zerschnitten das Fleisch und legten es auf das Traggestell, das die Hunde nach Hause schleppen würden. Sie kümmerten sich nicht um die vielen Fliegen, die über dem toten Büffel schwirrten. Der Anführer biss in die rohe Leber und reichte sie an den jungen Krieger weiter, dann machte er sich daran, das Fett vom Fell zu kratzen. Süße Medizin griff nach einem Ast und schlug ihn dem arglosen Mann über den Schädel. Er verlor das Bewusstsein.

Aus dem Wald strömten die anderen Hügelleute. »Süße Medizin hat unseren Anführer getötet!«, riefen sie wütend. Sie wollten sich auf den vermeintlichen Mörder stürzen, aber der junge Krieger schien sich in Luft aufgelöst zu haben und war verschwunden. »Verfolgt ihn!«, rief ein starker Krieger. »Tötet den Feigling!«

»Wartet!« Biberfrau war aus dem Wald getreten und hielt die aufgebrachten Hügelleute mit ausgebreiteten Armen zurück. »Euer Anführer ist nicht tot!« Sie holte kühles Wasser aus einer nahen Quelle und weckte den Krieger aus seiner Bewusstlosigkeit. »Seht ihr? Er lebt!« Sie stand auf und bedachte die Männer mit einem flehenden Blick. »Verschont unseren jungen Krieger!«, bat sie. »Süße Medizin wurde vom Großen Geist geschickt! Er ist gekommen um unser Volk vor dem Untergang zu retten!«

Der Anführer der Hügelleute griff sich mit schmerzverzerrtem Gesicht an den Kopf. »Das glaube ich nicht«, sagte er erstaunlich ruhig. »Warum hat er mich sonst geschlagen? Maheo will nicht, dass ein Tsis-tsis-tas den anderen verletzt! Du bist die heilige Frau unseres Volkes, du sprichst mit den Geistern! Wie kannst du sagen, dass dieser abtrünnige Krieger vom Großen Geist kommt?«

»Ich weiß es«, antwortete sie geduldig. Sie wusste selber, wie unglaubhaft ihre Worte klangen. »Er besitzt übernatürliche Kräfte und ist gekommen um unser Volk auf einen schmalen Pfad zu führen.« Sie verriet dem Krieger, was sie schon lange wusste. »Eine schwere Prüfung wartet auf uns und nur er kann uns retten. So habe ich es von meinem Schutzgeist erfahren.«

»Das glaube ich nicht!«

»Lasst ihn leben!«, warnte Biberfrau eindringlich. »Nur wenn er weiterlebt, kehrt er zurück um uns beizustehen! Wer ihn tötet, bringt unser Volk in ernsthafte Gefahr! Hört auf meine Worte!«

Der Anführer lachte grimmig. »Ein abtrünniger Krieger, der seinen eigenen Bruder bewusstlos schlägt, soll uns retten? Wovor? Wo sind die schweren Zeiten, von denen du sprichst?«

»Sie werden kommen, mein Freund.«

Weder die Hügelleute noch ihre eigenen Verwandten glaubten ihr. Süße Medizin hatte den frostigen Wind geholt und die Büffel vertrieben und jetzt hatte er einen Mann seines Volkes geschlagen. Er verdiente den Tod, er musste sterben. So dachten alle Krieger außer Hirschtöter, aber selbst der Vater des Jungen verteidigte ihn nicht. Er blickte zu Boden und schwieg beharrlich.

Alle Männer außer ihm rannten hinter dem flüchtenden Jungen her. Biberfrau versuchte sie zurückzuholen, aber sie kümmerten sich nicht um sie. Verzweifelt kehrte sie ins Dorf zurück. Sie setzte sich vor das heruntergebrannte Feuer und dachte nach. Später erfuhr sie, was die Männer erlebt hatten. Süße Medizin war schneller gewesen. Immer wenn sie dicht hinter ihm waren, wurde er unsichtbar und tauchte auf einem fernen Hügel oder auf der anderen Seite eines Flusses wieder auf. Einmal trieben sie ihn im verkohlten Unterholz eines niedergebrannten Waldes in die Enge und der Anführer der Hügelleute schwang bereits jubelnd seine Steinaxt, aber Süße Medizin war wieder schneller.

Die Verfolger verstanden nicht, wie der junge Krieger direkt vor ihnen und im nächsten Augenblick weit entfernt sein konnte. Enttäuscht kehrten sie ins Dorf zurück. Es dauerte ein Jahr, bis sie ihn wieder sahen. Sie folgten den zottigen Büffeln nach Südwesten und merkten, dass sie verfolgt wurden. Zwei Späher rannten zurück und entdeckten Süße Medizin. Zusammen mit einigen anderen Kriegern lauerten sie ihm an einer Furt auf, aber er sprang in den Fluss und trieb mit der Strömung davon. Die Stromschnellen trugen ihn nach Westen und er rannte in den Wald hinein.

Zwei Winter vergingen und Süße Medizin geriet in Vergessenheit. Sie hatten genug zu essen und die Winter machten ihnen kaum zu schaffen. Selbst Biberfrau zweifelte langsam daran, dass schwere Zeiten kommen würden. Nur wenn sie den weißen Biber traf, wurde sie daran erinnert. Ihr Schutzgeist ermahnte sie die bösen Geister im Auge zu behalten und im Mond der fallenden Blätter nach Norden zu blicken. »Wenn du den kalten Regen spürst, ist es so weit«, sagte er, »sei bereit, wenn dein Volk dich braucht, und warte auf Süße Medizin, denn er kennt den Weg!«

Sie fühlte sich verlassen. Hirschtöter und Windfrau und alle anderen Verwandten, die Maheo aus der Erde geführt hatte, waren älter geworden und nur in ihren Augen strahlte noch die Jugend. Ihr Volk verehrte sie nicht nur deshalb und war dankbar für das Wissen, das sie vom Großen Geist erfahren hatte. Nur wenn es um Süße Medizin und die angebliche Bedrohung ging, die im kalten Norden auf ihr Volk wartete, glaubten sie ihr nicht. »Wir sind alt geworden und sie ist jung«, sagten die Uferleute, wenn sie nicht in der Nähe war, »aber der junge Krieger hat ihren Verstand vernebelt!«

Biberfrau ahnte, wie ihre Verwandten über sie redeten, gab sich aber keine Mühe mehr ihr Volk vor den schweren Zeiten zu warnen. Wenn es so weit war, würden sie es wissen. Es konnte nicht mehr lange dauern. Das erkannte sie an einem Herbsttag, als sie wieder einmal an einem Flussufer saß und über die Zukunft ihres Volkes nachdachte. Sie war allein und niemand außer ihr bemerkte die schattenhafte Gestalt, die aus dem Wasser stieg und sich im Uferschilf versteckte. Es hatte den ganzen Tag geregnet und dunkle Wolken hingen über dem Land des Volkes.

»Biberfrau!«, rief Süße Medizin mit gedämpfter Stimme.

»Ich weiß, wer du bist«, antwortete die heilige Frau leise, »und ich kann mir denken, warum du gekommen bist. Der kalte Wind treibt die bösen Geister aus dem Norden heran und nur du kannst unser Volk vor dem Untergang retten!«

»Du wirst mir folgen.«

»Ich weiß, dass du den Anführer der Hügelleute nicht töten wolltest«, fuhr sie fort, »obwohl ich nie darauf gekommen bin, warum du ihn bewusstlos geschlagen hast. Warum, mein Bruder?«

»Das kann ich dir auch nicht sagen«, erwiderte der junge Krieger. »Der Große Geist war in meinen Gedanken und hat meine Hand geführt, als ich nach dem Knüppel gegriffen habe!«

»Maheo?«, fragte sie. »Warum wendet sich der Schöpfer aller Dinge gegen sein Volk?« Sie schloss die Augen und dachte nach. »Vielleicht wollte er uns daran erinnern, dass die Jagdbeute dem ganzen Volk gehört! Wir gehören zusammen! Nichts darf uns zwingen die Hand gegen den eigenen Bruder zu erheben!«

»Das weiß ich, meine Schwester!«, sagte der Junge. »Aber jetzt werden wir es nie vergessen!« Er winkte die heilige Frau zu sich heran und sagte: »Geh zu meinen Eltern und sage ihnen, dass ich sie besuchen komme! Sie sollen einen großen Topf mit Suppe auf das Feuer stellen! Sage ihnen, dass ich über Nacht bleibe!«

»Das ist zu gefährlich!«, widersprach Biberfrau. »Einige Krieger suchen immer noch nach dir! Sie wollen dich töten, mein Bruder!«

»Ich weiß. Sie werden mich nicht erwischen!«

Biberfrau ging zum Wigwam seiner Eltern und begrüßte Hirschtöter und Windfrau. Sie rauchte die Pfeife mit ihnen und tauschte einige Belanglosigkeiten aus, bevor sie ihnen von Süße Medizin erzählte. Windfrau wollte schreien, aber Hirschtöter legte ihr eine Hand auf den Mund. »Er will über Nacht bleiben«, sagte sie zu den verwunderten Eltern und wiederholte, was der junge Krieger ihr berichtet hatte. Sie erwartete nicht, dass sie die Worte verstanden, aber sie waren mit ihm verwandt und sollten wissen, dass er kein böser Mensch war. Er war ein Abgesandter des Großen Geistes und würde viele Dinge tun, die man nicht verstand.

Süße Medizin war mit roter Farbe bemalt und trug eine einzelne Adlerfeder in seinem langen Haar, als er die Hütte seiner Eltern betrat. Biberfrau blieb vor dem Eingang stehen und beobachtete lächelnd, wie er seinen Vater und seine Mutter umarmte. Sie hörte, dass Windfrau weinte, und sie nickte zufrieden, als er nach einer Schale mit heißer Suppe griff und gierig trank. Aus dem benachbarten Wigwam trat eine Frau und rannte schnell davon.

Zu spät merkte Biberfrau, dass man den heimlichen Besucher entdeckt hatte. Einige Krieger, die sich nicht mehr an die Zeit unter der Erde erinnern konnten, kamen mit erhobenen Steinäxten heran. Einer trug eine schwere Büffellanze und hieb auf die bellenden Hunde ein, als sie den Eingang erreicht hatten.

»Schweig!«, hinderte er die heilige Frau daran, sich gegen ihn zu stellen. »Wir wissen, dass Süße Medizin hier ist! Tritt zur Seite, meine Schwester! Wir sind gekommen um ihn zu bestrafen!«

Die Übermacht der Krieger war zu stark. Sie waren fest entschlossen den angeblichen Abgesandten des Großen Geistes nicht mehr entkommen zu lassen und würden sie zur Seite stoßen, wenn sie den Eingang versperrte. Sie machte nicht einmal den Versuch sie am Eintreten zu hindern und hoffte darauf, dass Maheo dem jungen Krieger beistand. Wenn er wollte, dass Süße Medizin seinem auserwählten Volk half, durfte er nicht zulassen, dass die Krieger ihn töteten. Sie stimmte ein heiliges Lied an.

Die Männer ließen sich nicht beeindrucken. Sie rissen das Fell von dem Wigwam und traten ein. Süße Medizin hatte auf sie gewartet. Er schüttete die heiße Suppe in das Feuer und verschwand in dem dichten Rauch, der sich in der Hütte ausbreitete. Eine geheimnisvolle Kraft zog ihn durch das Rauchloch und ließ ihn am Flussufer auf den Boden fallen. Bevor sich die Krieger von ihrem Schrecken erholt hatten, war er längst verschwunden.

Weitere drei Winter vergangen und alle paar Wochen prahlte ein Mann oder eine Frau oder ein Kind damit, den rot bemalten Krieger gesehen zu haben. Immer wenn das große Feuer brannte, wurde von ihm erzählt. Die Feindschaft wich einer gesunden Neugier und es gab bereits Stimmen, die gar nicht mehr glaubten, dass Süße Medizin wirklich lebte. Sie schrieben seine Existenz einer Laune des trickreichen Kojoten zu, der ihn erfunden haben sollte um seine Brüder zur Wachsamkeit zu erziehen.

Auch Süße Medizin veränderte sich. Er wurde älter und entschied die Krieger seines Volkes herauszufordern. Während der feierlichen Zusammenkunft im Sommer zeigte er sich den versammelten Tsis-tsis-tas in voller Pracht. Er trug ein neues Büffelfell und hatte seinen Körper mit roter Farbe bemalt. Um seinen Hals hing eine hölzerne Pfeife. Er hatte den Balg einer Nachteule über seiner Stirn befestigt und trug drei Adlerfedern in den offenen Haaren. Über seinem Rücken hing ein weißer Bogen und ein Köcher mit Pfeilen. Er blies in die hölzerne Pfeife und tauchte in allen vier Richtungen auf. Einige Männer wollten ihm den Weg abschneiden, aber als sie ihn erreichten, war er verschwunden.

Biberfrau stieg auf einen nahen Hügel und sah eine Rauchfahne am Flussufer emporsteigen. Süße Medizin war in der Nähe und sie fühlte sich ihm mehr verbunden als je zuvor. Aber sie ging nicht zu ihm. Von ihrem Schutzgeist hatte sie erfahren, dass der rot bemalte Krieger vor den Wigwams auftauchen würde, wenn die bösen Geister kamen. »Der Tag ist nicht mehr fern«, sagte der weiße Biber, als sie ihn auf einem abgelegenen See traf. Sie war mit ihrem Boot hinausgefahren und hatte dem anmutigen Flug der Wildgänse zugesehen. »Sei bereit, wenn die kalten Stürme über das weite Land fegen und der weiße Mann aus dem Norden die bösen Geister in eure Wigwams treibt!«

Sie antwortete mit einem wehmütigen Lied, das wie der klagende Ruf eines Nachtvogels über den See trieb, und bat den Großen Geist wenigstens die Kinder zu verschonen. »Sie sind schwach und verstehen nicht, warum sich die Geister gegen sie wenden. Wache über sie, denn sie sind unsere Zukunft!«

Die Antwort blieb aus und sie paddelte allein zum Ufer zurück. Selbst die Bäume schwiegen, als sie aus dem Boot stieg und zu ihrem Wigwam zurückkehrte. Es begann zu regnen.

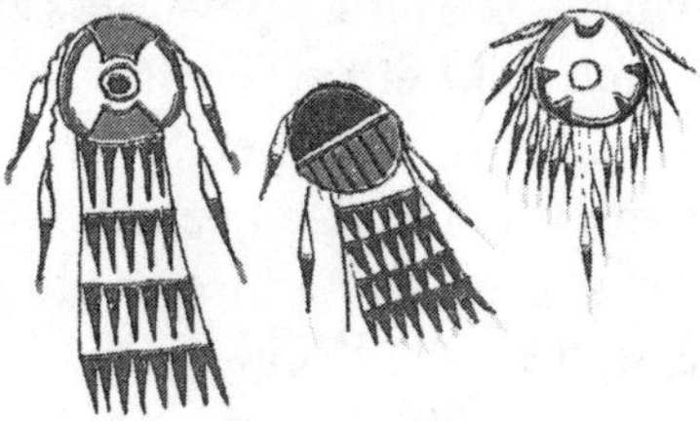

7

HUNGER IN DEN WIGWAMS

DER WEISSE MANN aus dem Norden kam früh und vertrieb die wenigen Tiere, bevor die Uferleute auf die Jagd gehen konnten. Ein eisiger Wind fegte durch die Wälder. Schneeschauer gingen über dem Land nieder und am Ufer der Flüsse und Seen bildeten sich Eiskrusten. Die Fleischtöpfe blieben leer und ein Krieger, der allein loszog um nach den Büffeln zu suchen, kehrte nie zurück. Die Beeren fielen von den Sträuchern und vertrockneten auf dem Waldboden und die Kräuter verfaulten und wurden ungenießbar. Es gab keine Nahrung mehr im Land der Tsis-tsis-tas.

Überhastet brachen die Uferleute ihr Sommerlager ab. Sie luden ihre Habe auf die Schleppgestelle der Hunde und folgten den Wildgänsen nach Süden. In einer Talsenke, die durch steil aufragende Felsen und dichte Wälder geschützt wurde, errichteten sie ihr Winterlager. Zehn Wigwams erhoben sich aus dem schneebedeckten Boden. In der Mitte des Dorfes brannte ein Feuer. Der Rauch stieg nach oben und verdeckte die Sonne, die nur noch als heller Fleck am dunstigen Himmel zu erkennen war.

Biberfrau wusste, dass die schweren Zeiten gekommen waren. Sie kletterte auf einen der Felsen und stellte sich dem kalten Mann mutig entgegen. Sie trug ein dickes Büffelfell, das sie mit roten Kreisen bemalt hatte. Rot war die Farbe des Lebens. Sie öffnete ihre Zöpfe und schloss die Augen, als der stürmische Wind ihr die langen Haare ins Gesicht peitschte. »Großer Geist!«, rief sie in den Wintersturm. »Die bösen Geister haben sich an unserem Feuer niedergelassen! Ich spüre ihren kalten Atem! Sie sind mit dem kalten Mann aus dem Norden gekommen und wollen unseren Tod! Sie haben unsere vierbeinigen Brüder vertrieben und sie haben den Krieger geholt, der aufbrach um die Büffel zu suchen! Warum musste es so weit kommen, Großer Geist? Warum hast du uns verlassen? Warum müssen wir eine Prüfung bestehen, die den Tod unseres ganzen Volkes bedeuten kann?«

Maheo antwortete nicht. Die bösen Geister waren stärker und tobten in dem stürmischen Wind, der um die Felsen heulte. Sie zerrten an ihren Haaren und dem Büffelfell, das schwer auf ihren Schultern lastete. Sie schrien mit der aufgebrachten Natur um die Wette und geisterten als dunkle Schatten durch den Schnee.

»Großer Geist!«, fuhr Biberfrau fort. »Ich bin die heilige Frau meines Volkes und ich habe jeden Tag und jede Nacht zu dir gesprochen! Ich habe die Pfeife zu deinen Ehren geraucht und den Rauch in die vier Richtungen geblasen! Haben wir nicht so gelebt, wie du es von uns verlangt hast? Haben wir nicht deinen Namen geehrt? Warum lässt du zu, dass die bösen Geister in unser Dorf kommen? Warum erlaubst du ihnen ihren kalten Atem in unser Feuer zu blasen? Warum müssen wir Hunger leiden?«

Biberfrau wartete auf eine Antwort, aber außer dem Heulen des Windes war nichts zu hören. Sie reckte ihr Gesicht in den treibenden Schnee und kümmerte sich nicht um die beißende Kälte. »Wo ist der Mann, der uns helfen kann? Wo ist Süße Medizin?«

Der Große Geist schwieg und sie kehrte enttäuscht in ihren Wigwam zurück. Auch ihre Verwandten hatten sich in die warmen Hütten verkrochen. Die Hunde jaulten den Wind an und vergruben sich in dem knöcheltiefen Schnee. Noch waren etwas Trockenfleisch und einige Beeren vom Sommer übrig, aber sie bedeuteten nur einen Aufschub, wenn die bösen Geister blieben und Maheo die vierbeinigen Brüder zurückhielt. Wenn der Mond des kalten Windes kam, würden die ersten Tsis-tsis-tas sterben.

Biberfrau entzündete die heilige Pfeife und blies den Rauch in alle Richtungen. Sie sprach Gebete und sang heilige Lieder. Sie krümelte den Tabak in das flackernde Feuer und wartete darauf, dass der Große Geist zu ihr sprach. Sie war vor den schweren Zeiten gewarnt worden, aber sie hatte nicht damit gerechnet, dass der Große Geist seine Kinder im Stich lassen würde. Fürchtete er sich vor dem Frostriesen? Lief er vor den bösen Geistern davon?

Sie glaubte nicht, dass Maheo sich fürchtete. Er war der Schöpfer aller Dinge und alles geschah so, wie er wollte. Er war stärker als der weiße Mann aus dem Norden und er besiegte die bösen Geister, die in den Flüssen und Seen wohnten. Seine Macht war grenzenlos, aber er war ein geheimnisvolles Wesen, das überall in der leuchtenden Einsamkeit des Himmels wohnte und manchmal andere Wege ging. Verschlungene Pfade, die nicht einmal seine Vertrauten kannten. Sogar der weiße Biber war erstaunt gewesen, als Maheo von einer schweren Prüfung gesprochen hatte. Auch er verstand das Große Geheimnis nicht immer.

»Gib mir ein Zeichen!«, bat Biberfrau. »Das auserwählte Volk vertraut meinen geheimnisvollen Kräften! Männer, Frauen und Kinder warten darauf, dass ich ihnen einen neuen Weg zeige!«

Das Feuer blieb stumm. Die Holzscheite verbrannten, aber in dem Knistern und Knacken war keine Stimme zu hören. Der Große Geist hatte sein Volk verlassen und antwortete der heiligen Frau nicht. Draußen heulte der Wind und die bösen Geister scherzten und lachten und machten sich über ihre Hilflosigkeit lustig. Über ihrem Lebenspfad lagen schwarze Schatten.

Dies war der Anfang, das wurde ihr schon in dieser Nacht klar, dies war nur der Beginn der tödlichen Umklammerung, in die ihr Volk geraten war. Nur der junge Krieger, der auf geheimnisvolle Weise verschwunden war, konnte ihnen helfen. So hatte es der weiße Biber vorausgesagt. War er noch in der Nähe? Hatte er das Volk, das sich von ihm abgewendet hatte, für immer verlassen? Strafte er den Hochmut der Krieger, die ihn töten wollten?

Sie schlief ein ohne Antworten auf ihre Fragen zu bekommen und träumte von einem Furcht erregenden Monster, das aus dem Fluss kroch und alle verschlang. Schweißgebadet wachte sie auf. Sie wälzte sich auf die andere Seite und weinte leise, als sie an die hilflosen Kinder dachte. Sie beobachtete, wie sie ihre schmalen Hände nach dem letzten Trockenfleisch ausstreckten und verzweifelt schluchzten, als ihre Mütter den Kopf schüttelten.

Am nächsten Morgen kamen die Späher der Hügelleute und der Waldleute ins Lager und kehrten enttäuscht um, als sie feststellten, wie schlecht es den Uferleuten ging. »Unser Volk hungert!«, klagten sie. »Der Große Geist hat uns verlassen!« Auch die Boten der anderen Gruppen brachten keine besseren Nachrichten. Es gab keine Büffel mehr. Ihre vierbeinigen Brüder waren vor den bösen Geistern geflohen und versteckten sich irgendwo in der Ferne. Nicht einmal Kaninchen hüpften durch den Schnee.

Biberfrau ging ihren Verwandten aus dem Weg und wurde immer stiller. Sie wusste nicht, was sie ihrem Volk sagen sollte. Der Große Geist schwieg und der weiße Biber hatte sich in seinem Bau verkrochen. Sie bekam keine Antworten mehr. Die heilige Frau des auserwählten Volkes war ratlos. »Habt Geduld«, vertröstete sie die Uferleute, die fragten, ob sie am großen Feuer sprechen würde. »Wenn ich die Antwort weiß, werde ich kommen!«

Der kalte Wind blies unvermindert aus dem Norden heran und die bösen Geister blieben im Dorf. Sie waren unsichtbar, aber selbst die Kinder konnten sie hören. Ihr höhnisches Kichern wurde von dem Sturm auf die Lichtung getragen und ihre Stimmen wurden schrill, wenn der Wind um die Wigwams heulte und kleine Bäume und Büsche entwurzelte. Ihre Schatten huschten im Feuerschein über den Boden und geisterten über die Hüttenwände aus Birkenrinde. Als der Sturm endlich nachließ und sich die tödliche Stille wie eine schwere Last auf die Lichtung legte, waren sie im Knirschen des Schnees zu hören, wenn ein Krieger von einem Wigwam zum anderen lief, und ihr Atem gefror in dem kalten Dunst, der wie feiner Nebel zwischen den Bäumen hing.

Im Mond der kalten Winde gingen die Vorräte der Uferleute zur Neige. Es gab kein Trockenfleisch mehr und selbst die Kräuter, aus denen sie ihren Tee kochten, waren aufgebraucht. Sie schlachteten die jungen Hunde und teilten das Fleisch in kleine Portionen, aber einen Mond später waren auch diese Vorräte zur Neige gegangen und sie waren so klug wie zuvor. Sie kochten eine Suppe aus den Knochen und suchten im Wald nach Mäusen und anderen kleinen Tieren und als Hirschtöter ein Kaninchen fing, feierten sie ein großes Fest und fütterten die Kinder. Der Große Geist hatte ihnen kein Zeichen gegeben. Die Tiere kehrten nicht zurück und die Hungersnot wurde immer größer.

Der Schnee türmte sich zwischen den Bäumen. Einige junge Krieger, die noch stark genug waren, zogen auf Schneeschuhen davon und suchten jenseits des Flusses nach etwas Essbarem, aber auch dort wirkte der Fluch der bösen Geister. Sie begegneten einigen Jägern der Hügelleute und rauchten mit ihnen ohne einen neuen Pfad zu finden. Unverrichteter Dinge kehrten sie ins Dorf zurück. Sie verkrochen sich in ihren Wigwams, weil sie sich schämten, und stimmten wütende Lieder an, als sie hörten, dass eine alte Frau und zwei kleine Kinder gestorben waren. Die Frau hatte ihren Tod selbst gewählt. Sie war in den kalten Fluss gegangen und hatte gewartet, bis der Frostriese aus dem Norden ihren schwachen Körper gefällt hatte. Die Kinder waren weinend davongelaufen und hatten sich im nächtlichen Wald verirrt. Ihre Eltern hatten sie am nächsten Morgen im knietiefen Schnee gefunden.

Einige Frauen gruben nach Wurzeln, aber der Boden war gefroren und gab nicht einmal unter den Steinäxten nach. Ein junger Krieger folgte einem Stinktier durch den Wald, verirrte sich im dunklen Reich der Geister und kehrte nach drei Tagen erschöpft zurück. Er hatte den weißen Mann aus dem Norden getroffen und starb in der folgenden Nacht. Seine beiden Frauen schnitten sich die Arme und die Beine blutig und sangen verzweifelte Klagelieder. Die bösen Geister machten sich über ihren Schmerz lustig.

»Unser Volk stirbt«, rief Hirschtöter. Als bester Jäger der Uferleute fühlte er sich besonders hilflos, weil es ihm nicht gelang, die vierbeinigen Brüder aufzustöbern. »Die bösen Geister wohnen in unseren Wigwams und verspotten die tapferen Krieger. Die Alten und die Kinder erfrieren im Schnee! Was ist geschehen, meine Brüder und Schwestern? Was haben wir falsch gemacht? Will der Schöpfer aller Dinge, dass wir diese Welt verlassen und in die Erde zurückkehren, aus der wir gekommen sind?«

Sie hatten sich am großen Feuer versammelt und suchten verzweifelt nach einem Ausweg. Ausgemergelte Gestalten, die beinahe unter ihren Büffelfellen zusammenbrachen und jedes Mal erschraken, wenn ein Harzknoten im Feuer zerplatzte oder irgendwo Schnee von den Bäumen fiel, denn hinter diesen Geräuschen vermuteten sie die bösen Geister. Ein kalter Windstoß fuhr ins Feuer und ließ die Glut nach allen Seiten spritzen. In der Ferne heulte ein Wolf, aber er gehörte zu den vierbeinigen Brüdern, die nicht getötet wurden und ihnen große Angst einjagten.

Biberfrau spürte die Blicke ihrer Brüder und Schwestern

und ahnte, dass es nicht mehr lange dauern würde, bis sich ihre Verwandten gegen sie wandten. Schon jetzt funkelten die Augen einiger Krieger wütend. Sie war die heilige Frau und hatte versprochen sie in eine bessere Zukunft zu führen. Sie war ausgezogen mit den Geistern zu sprechen. Sie war eine mächtige Medizinfrau, aber seit die bösen Geister in ihr Dorf gekommen waren, hatte sie ihre Macht verloren. Das dachten die Uferleute und sie überlegte verzweifelt, was sie dagegen unternehmen sollte.

»Ich weiß, was ihr denkt«, sagt sie entschlossen, »aber ich habe noch lange nicht gegen die bösen Geister verloren!« Ihre Augen glänzten im Feuerschein, als sie sich erhob und mit geballten Händen vor ihr Volk trat. »Einige von uns sind auf die andere Seite gegangen, das stimmt, und in den Wigwams weinen die Kinder. Aber Maheo hat uns nicht verlassen. Ich spüre seine Kraft, wenn ich am Feuer sitze. Ich fühle seinen Atem, wenn ich den Wigwam verlasse. Ich werde zu ihm beten, meine Brüder und Schwestern. Ich werde über den zugefrorenen See wandern und vier Tage und vier Nächte fasten. Wenn ich wiederkomme, sage ich euch, wie wir die bösen Geister vertreiben können!«

Ein Raunen ging durch die Zuhörer. »Aber der See ist weit«, sagte Hirschtöter, »es ist viele Monde her, dass wir ihn verlassen haben! Die Sonne geht zweimal auf und zweimal unter, bis du ihn erreicht hast, und unterwegs gibt es keine Nahrung! Die bösen Geister werden dich in eine Falle locken und umbringen!«

»Ich habe keine Angst!«, sagte sie mutig. Ihre Gebete hatten versagt und es gab nur noch diese Möglichkeit. Nur auf dem See, der sie von den bärtigen Männern trennte, würde sie eine Antwort bekommen. Dort hatte sie das Große Geheimnis zum ersten Mal gespürt. Sie würde über das gefrorene Wasser laufen und nach dem Licht suchen und wenn sie überlebte, würde der Große Geist ihr einen Ausweg zeigen. »Seid stark, meine Brüder und Schwestern, so wie ich stark sein werde! Wenn der Mond einmal über den Himmel gewandert ist, werde ich wieder bei euch sein!«

Biberfrau verließ das Dorf am nächsten Morgen. Sie hatte die warmen Mokassins angezogen und ihren Körper in das dicke Büffelfell gehüllt. Hinter ihrem Gürtel steckte die Steinaxt, über ihrem Rücken hingen der Bogen und der Köcher mit den Pfeilen. Sie stapfte durch den tiefen Schnee und war froh, als sie den schützenden Wald erreichte. Dort kamen die Flocken nicht hin und die Bäume hielten den kalten Wind aus dem Norden ab.

Sie kannte die schmalen Pfade, die Hirschtöter und die anderen Jäger durch den Wald getreten hatten, und lief über den hart gefrorenen Boden. Ihr Körper war schwach, weil sie während der letzten Tage nur dünne Suppe gegessen hatte. Immer wieder hatte sie die Knochen eines geschlachteten Hundes ausgekocht, bis kaum noch Fettaugen auf der Suppe gewesen waren. Sie hatte bereits daran gedacht, ihre alten Mokassins in das heiße Wasser zu werfen, aber den beiden Frauen, die es getan hatten, war schlecht geworden. Sie hatten sich mehrmals übergeben.

Die Chancen den weiten Marsch zum See und die vier Fastentage zu überstehen waren gering. Das wusste sie selbst. Nur der unerschütterliche Glaube an die Zauberkräfte des Großen Geistes trieb sie voran. Wenn er wollte, dass das auserwählte Volk überlebte, würde er ihr zusätzliche Kräfte verleihen. Er würde sie am Leben erhalten und ihr sagen, wo sich Süße Medizin aufhielt. Er kannte den schmalen Pfad, der aus dem bitteren Tal der Tränen führte. Er wusste, wo die vierbeinigen Brüder waren.

Sie lief bis spät in die Nacht und brach erschöpft im Unterholz zusammen. Die Kälte stand wie der Atem eines bösen Geistes zwischen den Bäumen. Sie zündete ein Feuer an, kochte etwas Schnee in dem Behälter, den sie mitgenommen hatte, und hüllte sich zitternd in ihr Büffelfell. Das heiße Wasser vertrieb den Durst und wärmte ihren

Magen, aber der Hunger blieb und breitete sich in ihrem Körper aus. Sie hatte große Angst die Augen zu schließen, weil man im Mond des kalten Windes niemals sicher sein konnte wieder aufzuwachen. Sie musste an die beiden Kinder denken, die im Wald erfroren waren. Dann schlief sie doch ein und das Feuer schützte sie vor einem heimtückischen Tod.

Als die letzten Flammen erloschen und der Frostriese sich im Unterholz breit machte, schreckte sie aus dem traumlosen Schlaf. Sie stolperte durch die Dunkelheit, bis die ersten hellen Streifen durch den Wald drangen, dann folgte sie einem Pfad, den die Hügelleute durch ihre Jagdgründe getreten hatten. Das Dorf ihrer Verwandten lag jenseits des schmalen Flusses, der den Wald von den sanften Hügeln im Norden trennte. Sie besuchte die Hügelleute nicht und nahm einen Umweg in Kauf, als sie einige Frauen auf dem Pfad entdeckte. Ihre Zeit war knapp. Sie wollte so schnell wie möglich den großen See erreichen und den Schwur einlösen, den sie am Feuer getan hatte. Dies war ihre letzte Chance, das spürte sie. Wenn sie diesmal keine Antwort vom Großen Geist bekam, waren die Uferleute dem Tod geweiht.

Der Wind hatte etwas nachgelassen, aber die Kälte fraß sich wie eine schwere Krankheit in ihren Körper. Selbst das schwere Büffelfell war nicht mehr warm genug. Ihre Kräfte ließen nach, und sie musste immer wieder stehen bleiben um neuen Atem zu schöpfen. Der Marsch war ermüdend. Die Landschaft veränderte sich wenig und die kaum sichtbaren Pfade führten von einem Wald in den nächsten, vorbei an sanften Hügeln und zugefrorenen Bächen. Ein Wasserfall war zu Eis geworden und klebte am eisigen Fels. Der Himmel war in ein schmutziges Grau getaucht. Es roch nach weiteren Schneefällen.

Mittags rastete sie zwischen den Bäumen. Sie zündete ein Feuer an, erhitzte etwas Wasser und lief weiter. Ihre Schritte wurden immer langsamer. Erst als sie das große

Wasser durch die Bäume schimmern sah, spürte sie neue Kräfte. Sie schleppte sich zum Ufer und dankte dem Großen Geist, dass er sie bis zu diesem heiligen Ort geführt hatte. Sie blickte in den hellen Schimmer, der von der Sonne zu sehen war, und fühlte, wie ihre Lebensgeister geweckt wurden. »Ich bin stark genug«, sagte sie leise, »ich werde vier Tage fasten und den Großen Geist treffen! Ich werde den jungen Krieger finden, der uns verlassen hat, und unser Volk vor dem Hungertod retten! Ich habe gesprochen!«

Später dachte sie oft an ihre Fastenzeit zurück, aber die Erinnerung blieb verschwommen und sie konnte sich nicht mehr vorstellen, wie sie die vier Tage und die vier Nächte auf dem zugefrorenen See überstanden hatte. Sie wusste nur, dass sie ein paar Äste mitgenommen und mitten auf dem Eis entzündet hatte. Das Feuer war nicht mehr erloschen, obwohl sie kein Holz nachgeworfen hatte. Sie hatte sich auf ihr Büffelfell gesetzt und in die Flammen gestarrt, bis ihre Augen zugefallen waren. Der lange Schlaf hatte sie vor Hunger und Durst bewahrt und als sie die Augen öffnete, war das Feuer niedergebrannt und der vierte Tag dämmerte am flimmernden Horizont. Es war wärmer geworden.

Dort wo das Feuer gebrannt hatte, war jetzt eine große Öffnung im Eis. Der weiße Biber tauchte aus dem kalten Wasser. »Ich grüße dich, meine Schwester«, sagte er fröhlich, »ich freue mich, dass du gekommen bist! Du bist den richtigen Weg gegangen.«

»Mein Bruder!«, rief sie erleichtert. »Ich habe dich gesucht! Die bösen Geister wohnen in unserem Dorf und meine Brüder und Schwestern sterben vor Hunger! Du hattest Recht! Schwere Zeiten sind gekommen und ich habe meine magischen Kräfte verloren!«

»Ich weiß«, sagte der Biber, »ich habe gesehen, wie die Kinder im Wald erfroren sind! Auch meine Augen waren mit Tränen gefüllt! Der Große Geist hatte sich von seinem

Volk abgewendet, aber er ist zurückgekehrt und hat mir den Weg gezeigt, der in eine neue Zukunft führt. Du wirst ihn gehen, meine Schwester! Du wirst den Krieger finden, der euch verlassen hat, und ihn nach Westen begleiten! Am heiligen Berg werdet ihr erfahren, wie ihr die bösen Geister besiegen könnt! So hat Maheo gesprochen!«

»Sage mir, welchen Weg ich gehen soll!«, erwiderte Biberfrau leise. »Wo finde ich Süße Medizin? Wo ist der heilige Berg?«

»Gehe zum Ufer zurück und du wirst den Krieger sehen! Er kennt den Weg! Gehe mit ihm und du wirst hören, wie die Zukunft deines Volkes aussieht! Sobald du die heiligen Pfeile in deinen Händen hältst, werden die bösen Geister verschwinden!«

»Heilige Pfeile?«, fragte Biberfrau verwundert.

Aber der weiße Biber war verschwunden und sie stand allein auf dem Eis. Nachdenklich kehrte sie zum fernen Ufer zurück.

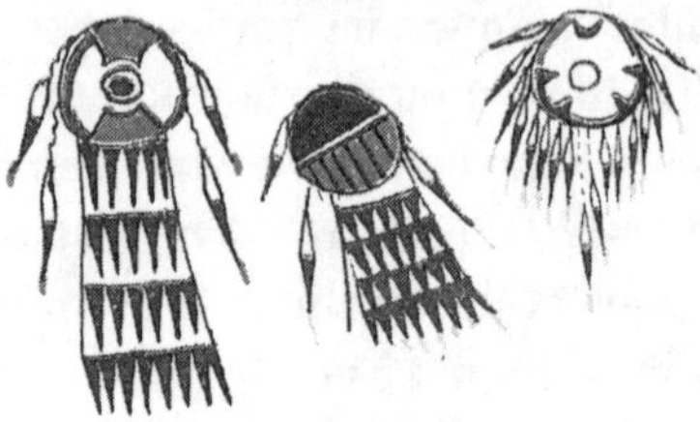

8

DIE VIER HEILIGEN PFEILE

SÜSSE MEDIZIN WARTETE am Ufer, wie ihr Schutzgeist es versprochen hatte. Er trug einen gehörnten Kopfschmuck aus Büffelhaut und ein dunkles Fell über dem ledernen Hemd und den Leggins. Er hielt hielt eine Lanze und einen roten Schild und an jedem Arm waren zwei Büffelschwänze befestigt. »Ich grüße dich, meine Schwester«, sagte er freundlich, »ich habe auf dich gewartet.«

»Ich weiß«, erwiderte sie lächelnd. Sie legte beide Hände auf seine Schultern und spürte, dass er keinen Hunger gelitten hatte. Seine Muskeln spannten sich unter der Berührung. »Ich freue mich dir wieder zu begegnen und ich bin stolz deinen Spuren zum heiligen Berg zu folgen! Wir werden die Wahrheit erfahren.«

»So will es der Große Geist«, bestätigte er dankbar, »wir sind auserwählt unser Volk vor dem drohenden Untergang zu retten.«

»Wo warst du so lange?«, wollte sie wissen. Sie merkte erst jetzt, dass sie keinen Hunger mehr hatte und so kräftig wie vor einigen Monden war. Ihre Muskeln waren stark und ihre Gedanken waren rein. »Warum hast du den Männern, die dich töten wollten, nicht gesagt, wer du bist? Ich hätte dir geholfen, mein Bruder!«

»Ich konnte nicht früher kommen«, sagte Süße Medizin. »Ich hatte keine Angst vor den Kriegern unseres Volkes, aber der Große Geist befahl mir mich in einer Höhle zu verstecken, bis du am Ufer des Sees auftauchst. Nur zusammen sind wir stark.«

Sie spürte dieselbe Vertrautheit wie damals, als sie ihn im Leib von Windfrau gespürt und als kleines Kind gesehen hatte, und senkte den Blick, damit er ihre glänzenden Augen nicht sah.

Dann spürte sie seine Hand unter ihrem Kinn. »Der Große Geist hat uns berührt«, sagte er, »und er hat uns dieselbe Luft zum Atmen gegeben. Wir werden den Weg gemeinsam gehen. Du wirst fühlen, was ich fühle, und ich werde sehen, was du siehst.«

Sie löste sich von ihm und ging ein paar Schritte. Unter einem Baum blieb sie stehen. »Was trägst du für seltsame Kleidung?«

Das Funkeln verschwand aus seinen Augen. »Wir werden vier Tage zum heiligen Berg unterwegs sein und ich werde fünfmal eine andere Kleidung tragen. So will es der Große Geist. Er verlangt, dass sich unsere Männer in Kriegerbünden zusammenschließen. Dies ist die Kleidung der Büffelkrieger. Sie tragen das rote Schild, das uns von Maheo gegeben wurde. Es wird aus roher Büffelhaut hergestellt und hält die Pfeile unserer Feinde ab.«

»Meinst du die bärtigen Männer?«, fragte sie erstaunt. Sie war sicher, dass Süße Medizin von den blassen Kriegern erfahren hatte. »Sie leben auf der anderen Seite des großen Wassers!«

»Es gibt andere Völker«, erklärte er, als sie durch den Wald liefen, »die Anishinabe, die Lakota, die Hohe, die Ooetane. Sie haben unsere Hautfarbe und glauben an denselben Großen Geist, auch wenn sie ihn anders nennen.

Einige von diesen Völkern sind uns freundlich gesinnt, andere haben Angst, dass wir ihre vierbeinigen Brüder töten. Sie wollen Krieg gegen uns führen.«

»Wo leben diese Völker?«, wollte sie wissen.

»In den Wäldern, am großen Fluss, auf den weiten Ebenen«, antwortete Süße Medizin, »sie folgen den vierbeinigen Brüdern, wie wir es tun. Wenn der Große Geist es will, werden wir ihnen begegnen. Wir müssen bereit sein, wenn es zum Krieg kommt!«

Sie erinnerte sich an das, was sie vom Felsen der sterbenden Frau gesehen hatte. Den großen Fluss, der lehmfarben in der Sonne geglänzt hatte. Die weiten Ebenen, die sich bis zu einem unsichtbaren Horizont erstreckt hatten. Sie würden den Büffeln in dieses Land folgen, so hatte sie erfahren, aber dort würden andere Völker leben und sie bekämpfen. Sie würden ihre Jagdgründe verteidigen. »Wir lassen uns nicht aufhalten!«, meinte sie kämpferisch, »wir folgen den Pfaden, die der Große Geist bestimmt! Wir ziehen weiter, denn wir sind das auserwählte Volk!«

Am zweiten Tag ihres Marsches trug Süße Medizin die einfache Kleidung der Fuchskrieger. Sein Körper war gelb, die unteren Arme und Beine schwarz bemalt. Er hielt eine Lanze und eine Rassel aus Büffelhaut und vor seiner Brust hing ein Stück schwarz bemaltes Leder. In seiner Skalplocke steckten zwei Adlerfedern. »Die Fuchskrieger sind schlauer als alle anderen«, erklärte er, »und sie gehören zu den besten Tänzern des Volkes.«

Sie zogen durch ein langes Tal, das sich zwischen sanften Hügeln erstreckte. Der Schnee reichte ihnen bis zu den Knien, aber sie kamen gut voran. Der Wind trieb ihnen Eiskristalle ins Gesicht. Sie rasteten nicht und entzündeten kein Feuer, sie froren nicht und verspürten keinen Hunger. Der Große Geist war bei ihnen, zum ersten Mal seit vielen Monden, und der böse Frostriese aus dem Norden schaffte es nicht, sie in die Knie zu zwingen. Sie überquerten einen zugefrorenen Fluss und folgten ihm nach Süden.

Die Nacht war kalt und dunkel. Der Mond blieb hinter den Wolken und auch die Sterne waren nicht zu sehen. Im Licht des neuen Tages trug Süße Medizin die Federhaube der Hundekrieger, einen Kranz aus schwarzen Krähenfedern. Um seinen Hals hing eine Pfeife aus dem Flügelknochen eines Adlers. Die Hundekrieger sind der größte Bund unseres Volkes«, sagte der junge Krieger, »nur die tapfersten Männer schließen sich ihnen an. Sie führen unser Volk auf die Büffeljagd und schützen unser Volk, wenn Gefahr durch unsere Feinde droht.« Er blieb stehen. »Du wirst dieselbe Luft wie ein Hundekrieger atmen, wenn unser Volk in den Krieg gegen die bärtigen Männer zieht. Mich wirst du nur noch in der Geisterwelt treffen, wenn es so weit ist.«

»Woher weißt du das?«, wunderte sich Biberfrau. »Woher weißt du, dass ich am Leben bin, wenn die blassen Männer kommen?«

»Ich habe geträumt«, erwiderte er, »und meine Träume haben mich noch nie betrogen. Du wirst einen großen Häuptling lieben.«

Sie dachte den ganzen Tag über seine Worte nach. Bevor sie dem jungen Krieger am Seeufer begegnet war, hatte sie noch nie daran gedacht, für einen Mann zu fühlen. Wie sollte sie einen Hundekrieger lieben, wenn sie eine heilige Frau war?

Das Land wurde felsiger. Sie kletterten über einen steinigen Hang, der sich bis zu einem schmalen Bach hinabzog, und liefen über einen schroffen Hügelkamm, der von verkrüppelten Kiefern bewachsen war. Im Schnee, der über den Felsenbergen wirbelte, waren die dunklen Schatten eines mächtigen Gebirges zu erkennen. Ein grauer Schimmer lag auf den verschneiten Ebenen.

Sie rasteten noch immer nicht. Süße Medizin wirkte stärker und ausgeruhter als am Seeufer und ihre Schwäche war verflogen. Der heilige Berg war nicht mehr fern. Sie wanderten die ganze Nacht und atmeten erleichtert auf, als der vierte Tag begann und das Schneetreiben nachließ. Süße Medizin hielt die gekrümmte Lanze der Hirschhornkrieger und eine Schlange, die aus dem Geweih eines jungen Rehbocks geschnitzt und mit zahlreichen Kerben versehen war. Er rieb mit einem Knochen darüber und ein lautes Schrammen erklang. »Mit diesem Geräusch locken die Hirschhornkrieger die Büffel an«, sagte er, »aber der Zauber wirkt nur, wenn sie die Schlange mit heiligen Kräutern bespucken.«

Am Morgen des fünften Tages erreichten sie den heiligen Berg, einen zerklüfteten Felsen, der sich dunkel gegen den grauen Himmel abhob. Süße Medizin sagte nichts, aber sie erkannte sofort, dass sie ihr Ziel erreicht hatten. Von dem Berg ging ein eigenartiger Zauber aus, der ihre Seele berührte. Sie hob beide Hände und stimmte ein Freudenlied an. Ihre Worte erhoben sich in den Himmel und verrieten dem Großen Geist, wie dankbar sie war. Süße Medizin tanzte im roten Büffelfell der Bogensehnenkrieger dazu. Sein Körper leuchtete weiß und über seiner Stirn war eine ausgestopfte Eule befestigt. Die Bogensehnenkrieger waren besonders tapfer und für ihr ernstes Wesen bekannt.

»Komm mit mir«, sagte Süße Medizin, als das heilige Lied in den Bergen verklang, »wir wollen das Große Geheimnis erfahren!«

»Evoxpohess«, sagte sie das Mutwort ihres Volkes.

Sie näherten sich dem Berg und atmeten die kalte Luft, die wie feiner Dunst über den Felsen hing. Der Schnee knirschte unter ihren Mokassins. Das Geräusch wirkte seltsam laut in der ungewohnten Stille und hallte wie das Echo eines Liedes in ihren Ohren nach. Die Umrisse des Berges hoben sich deutlich gegen den Himmel ab und leuchteten in der Sonne, die sich durch die Wolken gekämpft hatte und über den felsigen Hügeln stand.

Sie folgte seinen Spuren und blieb erschrocken stehen, als eine Felswand zur Seite glitt. Eine unsichtbare Kraft zog die schweren Steine über die Erde und öffnete den Blick auf eine dunkle Höhle.

»Hab keine Angst!«, sagte Süße Medizin, als sie zögerte. »Es ist alles so, wie ich es in meinen Träumen gesehen habe.«

Sie betraten die Höhle und verloren sich in den riesigen Gewölben. Die Wände ragten wie in einer tiefen Schlucht empor. Durch einen schmalen Spalt in dem grauen Stein fiel zaghaft das Sonnenlicht herein. Die Strahlen brachen sich in dem Wasser, das aus versteckten Quellen sickerte, und warfen bunte Lichtflecken auf den Boden. Es war kalt und feucht. Ein kleines Tier huschte vor ihnen über den Fels, aber sie ließen sich nicht beirren und gingen weiter. Irgendwo in dieser Höhle warteten die Antworten auf alle Fragen, die das auserwählte Volk bewegten.

Sie erreichten eine zweite Höhle und blieben erstaunt stehen. In der Mitte des hohen Raumes brannte ein großes Feuer. In seinem flackernden Schein saßen die heiligen Männer aller Völker. Sie hielten Bündel in den Händen. Eines der Bündel lag auf dem Boden und wartete darauf, dass Süße Medizin und Biberfrau es aufhoben. Sie gingen langsam weiter und blickten den weißhaarigen Mann, der auf einem Büffelschädel saß, fragend an.

»Wir haben auf euch gewartet«, sagte der alte Krieger. In seinem Gesicht waren viele Falten und seine Hände zitterten, als er die Neuankömmlinge aufforderte sich ans Feuer zu setzen. »Seid willkommen und hört, was der Große Geist zu sagen hat!«

»Wer bist du?«, missachtete Biberfrau die Höflichkeitsregeln, die an einem Feuer verlangt wurden. Es schickte sich nicht, die Unterhaltung mit einer direkten Frage zu beginnen. »Entschuldige«, fügte sie schnell hinzu, »ich bin weit gegangen und weiß nicht mehr, was sich gehört. Ich freue mich dich zu sehen, Großvater!«

»Auch mein Herz lacht«, antwortete der alte Mann. Er schien amüsiert zu sein. »Setzt euch und raucht die heilige

Pfeife mit uns! Dies ist ein wichtiger Tag in der Geschichte unserer Völker.«

Sie setzten sich vor ihr Bündel und warteten, bis der weißhaarige Mann den Großen Geist geehrt und den Rauch nach oben und unten und in die vier Richtungen geblasen hatte. Biberfrau nahm die Pfeife entgegen und wiederholte die Zeremonie. Sie reichte die Pfeife an ihren Begleiter weiter und stimmte ein leises Lied an, das erst verstummte, als der Alte nach der Pfeife griff.

»Ich bin der alte Mann, der den Großen Geist erfahren hat«, beantwortete er die Frage der heiligen Frau, »und das sind die Abgesandten der Völker, die in den Wäldern und auf den Ebenen leben.«

»Ich grüße euch, meine Brüder!«, sagte sie höflich. Sie war die einzige Frau am Feuer und war dankbar für die Ehre bei den tapferen Kriegern zu sitzen.

»Öffnet das heilige Bündel und ihr werdet sehen, wie die Zukunft eures Volkes aussieht«, fuhr der Alte fort. »Der Große Geist, zu dem wir alle beten, hat es euch zum Geschenk gemacht.«

Biberfrau faltete das Kojotenfell auseinander und fand zwei schwarze und zwei rote Pfeile und einen Büffelknochen. »Dies sind die heiligen Pfeile der Tsis-tsis-tas«, wiederholte der weißhaarige Mann die Worte des Großen Geistes. »Die roten Pfeile stehen für das Leben und werden euch helfen die Büffel aufzuspüren und zu töten. Ohne sie könnt ihr nicht überleben. Die schwarzen Pfeile stehen für den Tod und bringen Verderben über eure Feinde. Ehrt die heiligen Pfeile, denn sie sind euer höchstes Gut! Sie bedeuten euer Leben! Fertigt einen Köcher aus dem Kojotenfell und hebt sie darin auf! Wickelt den Behälter in die Haut eines vierjährigen Büffels! Tötet ihn mit einem Pfeil!«

Der Mann ließ sich einen Beutel mit roter Farbe geben und begann die Körper der Neuankömmlinge zu bemalen. So wollte es der große Geist, denn Rot war die Farbe des

Lebens. Süße Medizin und Biberfrau beobachteten, wie er die rote Erde auf ihrer Haut verteilte, und stimmten ein neues Lied an. Ihr Singsang wurde von den Höhlenwänden zurückgeworfen. »Stellt euch hin, damit ich den Großen Geist ehren kann«, sagte der alte Mann.

Sie erhoben sich und erlebten eine Zeremonie, die Biberfrau später oft wiederholen würde. Der Greis nahm die vier Pfeile und reichte sie dem jungen Krieger. Er bat ihn mit den gefiederten Enden seine Schultern zu berühren, erst die rechte, dann die linke, links an seinem Körper herunterzustreichen, sie über die rechte Seite nach oben und zur Brust zu führen. Die scharfen Spitzen der Pfeile zeigten immer nach unten, die Adlerfedern deuteten nach oben und leuchteten im flackernden Feuerschein.

Der Alte ließ sich die Pfeile geben und berührte mit den gefiederten Enden den Boden. Er wiederholte die Zeremonie für Biberfrau und hielt die Pfeile in alle vier Richtungen. »Gib die Pfeile einem erfahrenen Mann, der sie für die Tsis-tsis-tas aufbewahrt! Er ist der Pfeilbewahrer. Erneuert die Pfeile, wenn euer Volk von einem Unglück heimgesucht wird oder ein Krieg bevorsteht! Erneuert sie, wenn es euch wichtig erscheint! Denkt daran, dass euer Volk ohne die heiligen Pfeile dem Untergang geweiht ist!«

Biberfrau wickelte die heiligen Pfeile in das Kojotenfell und verstaute sie in ihrem Köcher. »Ich danke dir, Großvater«, sagte sie, »ich will die Pfeile immer ehren! Sie bedeuten unser Leben!«

Sie setzten sich und Süße Medizin griff nach dem Büffelknochen. Er blickte den alten Mann fragend an, obwohl er sich schon denken konnte, welches Geheimnis sich dahinter verbarg.

»Damit werdet ihr den Hunger aus euren Wigwams vertreiben«, erklärte der Greis. Sein Gesicht zersprang wie trockene Erde in der heißen Sonne, wenn er sprach. Er blickte Biberfrau an. »Kocht ihn in heißem Wasser und der Topf wird mit Fleisch gefüllt sein! So werdet ihr durch den

Winter kommen! Wenn der Frostriese nach Norden zieht, werden die Büffel zurückkehren.«

Sie rauchten noch einmal die Pfeife und ehrten den Großen Geist, der sie zu diesem Treffen gebeten hatte. Der würzige Duft des Tabaks hing über dem Feuer. Es war angenehm warm in der Höhle und die Flammen flackerten unaufhörlich, obwohl nirgendwo Brennholz lag und keiner der Krieger etwas nachlegte.

Biberfrau blickte in die Gesichter der anderen Männer und entdeckte weder Zuneigung noch Ablehnung. Sie hatten geschwiegen, solange der alte Mann zu ihnen gesprochen hatte, und sagten auch jetzt nichts. Sie musste daran denken, was Süße Medizin von Maheo erfahren hatte. Einige der Menschen, die wie sie aussahen, würden Krieg gegen die Tsis-tsis-tas führen. Das hatte der junge Krieger gesagt. Dachten die Abgesandten dieser Völker schon jetzt daran? Waren unter den Männern, die um das Feuer saßen, auch solche, die ihnen feindlich gesinnt waren?

Der weißhaarige Mann erhob sich und klopfte den verbrannten Tabak aus dem Pfeifenkopf. Er blickte schweigend ins Feuer und wärmte sein Gesicht im Schein der Flammen. »Geh zurück zu deinem Volk!«, sagte er zu der heiligen Frau. »Bringe deinen Leuten die vier heiligen Pfeile und gib ihnen den Büffelknochen, der sie vor dem Hungertod bewahren wird. Deine Verwandten haben lange gelitten. Bringe ihnen das Leben zurück und sage ihnen, dass Süße Medizin bei uns bleibt und durch meinen Mund erfährt, was der Große Geist den Tsis-tsis-tas zu sagen hat. Nur du kannst den jungen Krieger sehen, nur du kannst ihn hören, denn du bist eine heilige Frau und sprichst mit den Geistern. Vier Winter werden vergehen, bis Süße Medizin alles erfahren hat. Die Pfeile sind nur der Anfang. Geh zu deinem Volk, meine Schwester, und bringe deinem Volk bei, was es wissen muss!«

»Süße Medizin bleibt hier?«, erschrak Biberfrau. Sie blickte den jungen Krieger an und spürte, wie sein Blick ihre Seele streichelte. »Warum kann er nicht mit mir kommen? Warum hört er nicht in seinen Träumen, was der Große Geist ihm sagen will?«

»So hat es der Große Geist bestimmt«, antwortete der alte Mann streng. »Süße Medizin wird erfahren, was dein Volk wissen muss, und du wirst ihn im Reich der Geister treffen und seine Worte hören. Du bist die heilige Frau, die bei den Menschen lebt und erst gehen wird, wenn deine Aufgabe beendet ist. Er ist der heilige Mann, der vom Großen Geist geschickt wurde und in das himmlische Reich zurückkehrt, in dem das Große Geheimnis wohnt.«

Sie legte ihre Hände auf die Schultern des sitzenden Kriegers und erkannte, dass die Worte des Alten keine Überraschung für ihn waren. »Du wusstest, dass du bleiben würdest, nicht wahr?«

»Ja, meine Schwester.«

»Du hast mir nichts gesagt.«

»Nein.«

»Es ist besser für unser Volk.«

»Das ist wahr.«

Biberfrau verabschiedete sich von ihm und blieb noch einmal neben dem Feuer stehen. In ihren Augen waren Tränen. »Ich sehe dich in meinen Träumen«, sagte sie tapfer, »leb wohl, Bruder!«

Sie verbeugte sich vor dem weißhaarigen Mann und den Kriegern. »Haho«, bedankte sie sich. Dann ging sie aus der Höhle.

9

DIE BÜFFEL KEHREN ZURÜCK

DER FROSTRIESE GING in die Knie. Er duckte sich unter den Schlägen des Donnervogels, der diesmal früher aus dem Süden zurückkehrte und warmen Wind nach Norden trieb. Nur auf der schattigen Seite der Felsen und unter den Bäumen blieb der Schnee noch liegen. Die Bäume seufzten erleichtert und selbst die Steine atmeten auf. Mit den Sonnenstrahlen wagten sich die ersten Blumen hervor und die Wildgänse kehrten schnatternd in ihre Heimat zurück. Die Zeit des fetten Mondes begann.

Biberfrau blieb auf einer Lichtung stehen und genoss den würzigen Duft der Erde. Es war gut, am Leben zu sein. Maheo hatte die lange Leidenszeit beendet und ihr Volk blickte in eine verheißungsvolle Zukunft. Mit den heiligen Pfeilen, die sie vom Großen Geist empfangen hatte, brauchten sie keine Angst mehr zu haben. Sie würde während der nächsten vier Jahre von Süße Medizin erfahren, was die Tsis-tsis-tas wissen mussten, und die bösen Geister würden endlich aus ihrem Dorf verschwinden.

Das Licht des Großen Geistes begleitete sie in die heimatlichen Jagdgründe. Sie verspürte keinen Hunger und keinen Durst und wurde immer kräftiger. Ihre Augen strahlten wieder. Sie erwachte mit der neuen Natur und schien während der letzten Monde noch jünger geworden zu sein. Mit leichten Schritten rannte sie durch die Wälder und Täler und lediglich die Erinnerung an Süße Medizin und sein sanftes Lächeln, das immer noch auf ihrer Seele ruhte, ließ sie am Flußufer zögern. Das eisige Wasser trennte ihre Jagdgründe vom Land im hohen Norden, wenn sie durch das flache Wasser gestapft war, hatte sie den jungen Krieger endgültig in einer anderen Welt zurückgelassen.

Sie stimmte ein trauriges Lied an und bat den Großen Geist sich um Süße Medizin zu kümmern. Er würde vier lange Jahre in der Höhle bleiben und hören, was der weißhaarige Mann zu sagen hatte. Danach würde er in die Geisterwelt weiterziehen. Er gehorchte dem alten Mann, weil Maheo es so wollte. Er hatte seine Jugend für das Volk geopfert und würde schon als junger Mann auf die andere Seite ziehen. Nur in ihren Träumen würde er dieselbe Luft wie sie atmen. So verlangte es der Große Geist.

Der Gedanke an ihre magischen Kräfte zauberte ein Lächeln in ihre Augen zurück. Sie war die heilige Frau, die mit den Geistern sprach. Sie würde den jungen Krieger wieder treffen und sein vertrautes Lächeln spüren. Es waren weder Liebe noch Leidenschaft, die sie zu Süße Medizin trieben. Sie hatte niemals seine Lippen auf ihrer Haut gespürt, und er hatte sie niemals in die Arme genommen und ihre Wangen liebkost. Aber sie hatte sich in seiner Gegenwart behütet gefühlt. Es war ein gutes Gefühl, ihn in der Nähe zu wissen, und sie dankte dem Großen Geist dafür, ihn wenigstens auf der anderen Seite sehen zu können. Auch Träume waren wahr, und sie besaß die seltene Gabe reißende Flüsse überqueren und zwischen den Welten wandern zu können.

Ihr Selbstvertrauen wuchs mit jedem Schritt. Die heiligen Pfeile, die im Köcher auf ihrem Rücken lagen, gaben ihr die Kraft das Land mit weiten Schritten zu überqueren. Selbst ein erfahrener Jäger wie Hirschtöter hätte ihr nicht folgen können. Sie genoss die leuchtenden Wiesen und das helle Licht zwischen den Bäumen und sie erfreute sich am Zwitschern der Vögel, die aus dem Süden zurückgekehrt waren. Die Bäume füllten sich mit würzigem Lebenssaft und prahlten mit ihrer neuen Kraft Das Summen der Insekten stand wie ein Liebeslied über den süßen Blüten der Wildblumen.

Auf der anderen Seite des Flusses, eine halbe Tagesreise von ihrem Winterlager entfernt, begegnete Biberfrau zwei kleinen Jungen. Sie bearbeiteten den aufgetauten Boden mit einer Steinaxt und suchten verzweifelt nach Wurzeln und Würmern. Der Hunger stand in ihren Gesichtern. Der fette Mond hatte sie nicht berührt und ihre Augen waren stumpf. Sie waren bis auf die Knochen abgemagert und merkten kaum, dass Biberfrau aus dem Unterholz trat. Erst als sie vor ihnen stand, blickten sie auf.

»Biberfrau!«, stieß der ältere der beiden Jungen erleichtert hervor. »Du bist wieder da! Wir haben lange auf dich gewartet!«

»Einige haben gesagt, du würdest nicht wiederkommen«, sagte der andere Junge. Er war der jüngste Sohn der Schwester von Windfrau und Biberfrau hatte ihn noch als Baby in Erinnerung.

»Hast du mit Maheo gesprochen?«, fragte der ältere Junge.

Biberfrau schenkte ihm ein Lächeln. Sie dachte an die Traumbilder, die sie während des langen Marsches von der Höhle gesehen hatte, und sagte: »Die schlimmen Zeiten sind vorbei!«

»Kommen unsere vierbeinigen Brüder wieder?«

»Die Büffel, die Hirsche und alle anderen«, bestätigte sie, »das hat der Große Geist mir versprochen. Wie geht es den anderen?«

Der ältere Junge senkte den Kopf. »Hirschtöter sagt, dass die bösen Geister unser Dorf verlassen haben, aber niemand glaubt ihm. Der Frostriese kehrt nach Norden zurück und hält unsere vierbeinigen Brüder fest, das sagen die anderen. Es ist niemand gestorben, aber der Hunger macht allen zu schaffen und die kleinen Kinder schreien. Unsere Großmutter liegt im Sterben.«

»Sie wird am Leben bleiben«, versprach Biberfrau. Sie kniete nieder und sagte: »Sammelt Holz, ich will ein Feuer anzünden!«

Die Jungen holten ein paar Äste und sie schob trockenes Gras darunter und schlug die Feuersteine gegeneinander. Bald brannte ein großes Feuer. »Holt zwei Astgabeln!«, sagte sie laut.

Sie rammte die Astgabeln neben dem Feuer in den Boden und wandte sich noch einmal an die Jungen, denn so hatte sie unterwegs vom Großen Geist erfahren. »Holt etwas Birkenrinde!«

Biberfrau legte die trockene Baumrinde über die Astgabeln und sang ein heiliges Lied. Sie hörte den flüsternden Wind, der vom Fluss heraufwehte und über das junge Gras auf der Lichtung strich. Die Baumrinde glühte dunkelrot. Die Jungen schrien überrascht auf, als sie erkannten, dass sie sich in fettes Büffelfleisch verwandelte. Sie wichen zurück und starrten die heilige Frau an.

»Bereitet ein bequemes Lager, damit wir essen können«, sagte Biberfrau und die Jungen brachen einige Zweige von den Nadelbäumen und legten sie auf den Boden. »Und dann bringt mir etwas von dem Schnee, der dort drüben unter den Bäumen liegt!«

Sie zerschnitt das Fleisch und gab jedem der Jungen ein Stück. Aus dem Schnee war saftiges Knochenmark geworden, das ihnen neues Leben schenkte. »Esst euch satt!«, sagte sie und sie aßen, bis ihre Bäuche prall waren und sie kaum noch atmen konnten.

Auch Biberfrau aß, zum ersten Mal nach langer Zeit.

Das Büffelfleisch war so zart, dass es auf der Zunge zerging. Sie genoss das heiße Fett und lächelte zufrieden. Der Büffelknochen, den sie zu den heiligen Pfeilen in den Köcher gesteckt hatte, wirkte wahre Wunder. Obwohl sie stundenlang aßen, wurde das Fleisch nicht weniger und es blieb genug für ihre Verwandten übrig.

»Nehmt das Fleisch und bringt es den anderen«, trug sie den Jungen auf. Sie zog den Knochen aus dem Köcher und gab ihn dem älteren Jungen. »Bringe diesen Knochen zu Windfrau und sage ihr, dass sie eine Suppe daraus kochen soll! Auf der Suppe werden dicke Fettaugen schwimmen! Sage ihr, dass Süße Medizin in der Höhle des Großen Geistes geblieben ist! Er wird lernen, was alle Tsis-tsis-tas wissen müssen, und ins Reich der Geister weiterziehen. Sage ihr, dass es keinen Grund zur Trauer gibt! Ihrem Sohn geht es gut. Er wird immer bei uns sein! Ich werde zu ihm gehen und seine Stimme hören, so habe ich es erfahren.«

»Das ist gut«, sagte der ältere Junge, »ich bin froh, dass alles so gekommen ist.« Er blickte sie fragend an. »Kommst du nicht mit?«

»Sage ihnen, dass ich zum Großen Geist bete. Ich will mich dafür bedanken, dass er die bösen Geister vertrieben hat. Ich komme morgen und spreche am großen Feuer zu unserem Volk. Ich bringe die heiligen Pfeile, die unser wichtigstes Gut sind.«

Die Jungen rannten davon und sie blickte zum Großen Geist empor. »Maheo!«, sprach sie ihn an. »Du hast unser Volk vor dem Hungertod gerettet. Du hast die bösen Geister vertrieben. Dafür bin ich dir dankbar. Ich sehe die zufriedenen Gesichter der Männer und Frauen und ich höre das Lachen der Kinder, die keinen Hunger mehr zu leiden brauchen. Das macht mich glücklich. Selbst die wenigen Hunde, die uns nach dem harten Winter geblieben sind, tollen wieder zwischen den Wigwams herum. Die Zeit des fetten Mondes hat begonnen und mein Volk atmet die süße

Luft, die mit dem neuen Leben kommt. Es war ein langer und beschwerlicher Weg, aber Süße Medizin ist ihn gegangen, und ich bin ihm gefolgt. So wird es immer sein. Ich bin die heilige Frau des Volkes und bringe die Opfer, die du von mir verlangst.«

Sie verbrachte die Nacht am Flussufer, nur einen kurzen Fußmarsch von ihrem Winterlager entfernt. Ihr Körper ruhte auf dem weichen Moosteppich, der sich zwischen den Bäumen ausbreitete, und ihre Ohren waren vom heftigen Sprudeln des Schmelzwassers erfüllt, das aus den fernen Bergen kam und mit ihr nach Süden gewandert war. Der Fluss freute sich und das schäumende Wasser tanzte über den Steinen. Ein Otter huschte aus dem Ufergebüsch, warf ihr einen freundlichen Blick zu und verschwand zwischen den Wellen. Die Dunkelheit war sanft und leicht und das silberne Mondlicht tropfte von den Bäumen. Aus der Ferne waren die fröhlichen Lieder ihres Volkes zu hören.

Biberfrau lächelte zufrieden. Die Jungen hatten die gute Nachricht verbreitet und Windfrau den Büffelknochen gegeben. Zum ersten Mal seit vielen Monden wurde wieder gefeiert. Wenn sie die Augen schloss, sah sie die tapferen Krieger um das Feuer springen, die Steinäxte in den Händen, und die Frauen bildeten einen Kreis und tanzten zum treibenden Rhythmus der Trommeln. Über dem Feuer brieten die besten Stücke des Büffels, tropfte das Fett von saftigen Keulen und Rückenstücken. Die Flammen züngelten zum Himmel empor und die spritzenden Funken tanzten wie glühende Insekten durch die Nacht. Ein fröhlicher Anblick, der Biberfrau in einem Traum erschien, der von der glücklichen Zukunft ihres Volkes erzählte. Von erfolgreichen Jägern, die mit gespanntem Bogen durch die Wälder zogen und überall auf Wild trafen, von zufriedenen Frauen, die Fleisch brieten und Häute gerbten, und von lachenden Kindern, die im Dorf spielten und keine Angst vor der Zukunft zu haben brauchten.

So würde es nicht immer sein, das war Biberfrau selbst in diesen glücklichen Augenblicken klar. Es gab kein Lachen ohne Weinen, kein Volk ohne Feinde, kein Leben ohne den Tod. So hatte sie es schon vor vielen Monden gelernt. Auf den Sommer folgte der Winter, wo gute Geister lebten, waren die bösen Geister nicht weit. Auch wenn sie zum Großen Geist beteten und die guten Kräfte mit ihren Liedern erfreuten, mussten sie damit rechnen, dass dunkle Wolken vor die Sonne traten. Es war ihre Aufgabe, den Großen Geist zu versöhnen und die bedrohlichen Kräfte fernzuhalten, aber ihre Kraft reichte nicht immer aus den kalten Atem der bösen Geister von ihrem Volk fernzuhalten. Das wusste sie und das wussten weise Männer wie Hirschtöter, doch im flackernden Schein des Feuers vergaßen selbst sie die Bedrohung und die Nacht war nur von fröhlichen Liedern erfüllt.

Erst kurz nach Sonnenaufgang erwachte Biberfrau aus ihrem Traum. Sie dankte dem Großen Geist dafür, dass er ihrem Volk diese glücklichen Augenblicke geschenkt hatte, und wusch sich im sprudelnden Fluss. Das kalte Wasser vertrieb auch die letzte Müdigkeit. Sie begrüßte den Otter, der aus dem Wasser kroch und vor einem Gebüsch verharrte, und sie verneigte sich vor den bunten Vögeln, die über den Blumen flatterten. Dies war ein guter Tag, ein Tag voller Leben. Die Sonne stand lodernd über dem Waldrand und überzog die Wiesen mit einem glühenden Teppich. Ein Nachtvogel floh vor dem üppigen Licht und verschwand zwischen den Bäumen. Die Natur stimmte ein beschwingtes Lied an und freute sich mit ihr auf eine stille und friedvolle Zeit.

Biberfrau atmete die würzige Luft und spürte, wie sich ihr Körper mit neuer Energie füllte. Sie hängte sich den Köcher mit den heiligen Pfeilen um und folgte einem schmalen Pfad, der durch die winterlichen Jagdgründe ihres Volkes führte und oberhalb des Dorfes aus dem Wald trat. Sie verharrte inmitten der bunten Blumen, die zwischen den saftigen Grashalmen wuchsen, und breitete die Arme aus. »Ich bin Biberfrau, die heilige Frau meines Volkes«, rief sie mit kräftiger Stimme, »ich bin zurückgekommen!«

Ihr Volk bereitete ihr einen festlichen Empfang. Obwohl sie lange weg gewesen war, hatte sie niemand vergessen. Sie wurde von fröhlichen Kindern umringt, die ausgelassen spielten, und durfte sich mit den weisen Männern ans große Feuer setzen. Sie ließen die heilige Pfeife kreisen und ehrten den Großen Geist und die vier Richtungen. Biberfrau erzählte von ihrer Wanderung und trug den jungen Männern auf rot bemalte Stöcke zu ihren Nachbarn zu bringen und sie zu einem großen Treffen am Flussufer einzuladen. »Ich will zu allen Tsis-tsis-tas sprechen«, sagte sie. »Maheo will, dass ich euch die heiligen Pfeile zeige.«

Die Männer waren weise genug, nicht nach der Bedeutung dieser Pfeile zu fragen. Sie wussten, dass Biberfrau darüber sprechen würde, wenn sie das Sommerlager aufgeschlagen hatten. So geschah es. Kaum hatten sie ihre Wigwams am großen Fluss aufgeschlagen, trafen ihre Verwandten aus den Bergen und den Wäldern ein und lagerten am anderen Ufer. Sie wunderten sich über das üppige Mahl, das ihnen von den Frauen angeboten wurde, aber die Regeln der Gastfreundschaft und der Respekt vor der heiligen Frau verboten ihnen nach einer Erklärung zu fragen. Sie warteten geduldig, bis eine große Hütte inmitten des Dorfes errichtet worden war und ein heiliges Feuer brannte.

Biberfrau rief die Trommler zusammen und verschwand in der Hütte. Ihre Haut und ihre Felle waren mit roter Erde bemalt. Sie sang die neuen Lieder, die sie von dem alten Mann gelernt hatte, und tanzte über den fest gestampften Boden. Ihre Mokassins hinterließen undeutliche Spuren. Der Köcher mit den heiligen Pfeilen hing an der Wand und sie berührte mehrmals das weiche Kojotenfell und verneigte sich davor. Die Trommler schlugen den stampfenden Rhythmus, zuerst zögernd, dann immer lauter, und ihr Volk, das den großen Wigwam umringte, sang laut mit, obwohl es die Bedeutung der neuen Lieder nicht verstand.

So ging es drei Tage und drei Nächte lang. Biberfrau aß und trank nichts und schlief nur, wenn sie vor Erschöpfung zusammenbrach, und ihr Volk wartete vor dem Eingang. Alle waren satt von dem großen Festmahl, das sie nach der Rückkehr der beiden Jungen gefeiert hatten, und alle waren dankbar, dass Biberfrau die bösen Kräfte vertrieben und die guten Geister zurückgerufen hatte. Sie wollten tun, was sie verlangte, denn Maheo sprach mit ihrer Stimme. Geduldig lagerten sie vor der heiligen Hütte, bis zum Flussufer waren ihre erwartungsvollen Gesichter zu sehen, und ihre Lieder vermischten sich mit dem fröhlichen Lachen des fetten Mondes, der den Frostriesen vertrieben hatte.

Am Morgen des vierten Tages trat Biberfrau aus der Hütte. Sie hielt den Köcher in beiden Händen und zog das Kojotenfell mit den heiligen Pfeilen heraus. »Meine Brüder und Schwestern«, begrüßte sie ihr Volk, »dies ist der Beginn einer neuen Zeit. Ich habe das Große Geheimnis erfahren und bin zurückgekehrt um euch in eine neue Zukunft zu führen. Folgt mir, denn ich gehe den Weg, den Maheo für uns geebnet hat! Es ist kein leichter Weg. Er führt über steile Berge und durch tiefe Schluchten und kreuzt die Jagdgründe anderer Menschen, die aus der Erde gekommen sind. Ich habe die heiligen Männer dieser Völker in der Höhle gesehen. Manche sind uns wohlgesonnen, andere erheben ihre Steinäxte gegen uns. Aber wir müssen diesen Weg gehen, denn nur er führt in das Land, in dem wir leben werden.«

Sie blickte in die Gesichter der Männer, Frauen und Kinder und stellte zufrieden fest, dass sie Vertrauen zu ihr hatten. Sie war zurückgekehrt und hatte sie vor dem Hungertod gerettet. Sie war die Frau, die mit den Geistern sprach. »Aber solange ihr lebt, wird es keinen Hunger mehr geben, so habe ich es von Maheo gehört. Unsere vierbeinigen Brüder sind zurückgekehrt!« Sie öffnete das Kojotenfell und hielt die heiligen Pfeile nach oben. »Dies sind die heiligen Pfeile der Tsis-tsis-tas«, rief sie bedeutungsvoll, »dies ist das höchste Gut unseres Volkes! Sie werden uns vor den bösen Geistern beschützen! Ich habe sie von dem alten Mann, der den Großen Geist gesehen hat. Mit den schwarzen Pfeilen besiegen wir unsere Feinde, denn Schwarz ist die Farbe des Todes. Mit den roten Pfeilen töten wir die Büffel, die wir zum Leben brauchen, denn Rot ist die Farbe des Lebens. Ein weiser Mann wird sie verwahren und jedes Jahr im Sommer, wenn wir die Erneuerung des Lebens feiern, werden wir sie erneuern.«

Sie wandte sich an Hirschtöter, der wenige Schritte von ihr entfernt stand und beeindruckt von ihrer Ansprache war. »Du bist dieser weise Mann! Du bist der Krieger, der unsere Pfeile verwahrt, und wenn du auf die andere Seite gegangen bist, wird ein anderer Mann diese Aufgabe übernehmen! So hat es der Große Geist bestimmt.« Sie übergab dem sprachlosen Krieger das heilige Bündel und begann ein langes Gebet, das erst endete, als ein heftiges Donnern den Boden erschütterte. Die Tsis-tsis-tas erschraken und suchten nach dem Donnervogel, aber der Himmel war wolkenlos und die Sonne strahlte hell. Sie blickten einander verwundert an und selbst Biberfrau wusste nicht, was sie von dem seltsamen Geräusch halten sollte.

Dann sahen sie die Büffel. Sie kamen zwischen den Bäumen hervor und blieben auf der Lichtung stehen. Zuerst nur ein paar Tiere, dann immer mehr, bis es zwischen den Hütten von den zottigen Tieren wimmelte. Sie bewegten sich friedlich zwischen den Männern, Frauen und Kindern, als wollten sie sagen, seht her, wir sind zurückgekehrt um euch in eine bessere Zukunft zu führen. Tötet uns, denn wir bedeuten ein zufriedenes Leben!

Immer mehr Büffel strömten herbei. Sie kamen aus allen Richtungen und ihr Schnauben ließ die Bäume zittern.

Die Uferleute gingen den mächtigen Tieren respektvoll aus dem Weg und dankten dem Großen Geist, dass er ein Einsehen mit ihnen gehabt hatte. Biberfrau war nicht die Einzige, die vor Glück weinte.

»Dies ist der Beginn eines neuen Lebens«, wiederholte sie dankbar, »dies ist das Zeichen des Großen Geistes, auf das wir so lange gewartet haben! Holt eure Lanzen, meine Brüder, und folgt den zottigen Tieren! Ei-e-yah, die Büffel sind zurückgekehrt!«

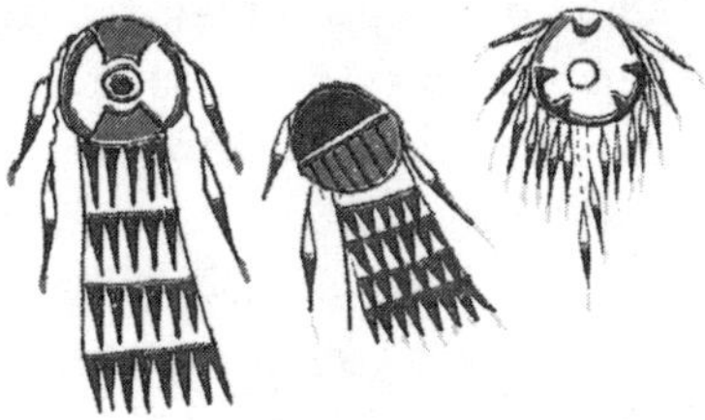

10

SÜSSE MEDIZIN WANDERT WEITER

DIE ZEITEN WAREN gut und die Tsis-tsis-tas lebten im Überfluss. Die Büffel blieben in ihrer Nähe und auch die anderen Tiere fühlten sich in ihren Jagdgründen wohl. Die Männer wurden stark, die Frauen blühten auf, die Kinder lachten. Das Fleisch, das nicht über den Feuern briet, wurde getrocknet und für den Winter aufbewahrt. Die Frauen sammelten frische Vogeleier und fingen die Fische mit den bloßen Händen aus dem Fluss. Sie ernteten den wilden Reis, sammelten Kräuter und pflückten wilde Beeren. Im späten Herbst, wenn selbst die kräftigsten Männer müde von der Büffeljagd waren, stellten sie den fetten Skunks nach.

Es war eine sorglose Zeit, und wenn Biberfrau später zurückdachte, konnte sie sich nicht erinnern, jemals friedvollere Tage erlebt zu haben. Ihre einzigen Nachbarn waren die Hügelleute und die Waldleute, und die gehörten zu ihrem eigenen Volk. Es gab kein Wehklagen und kein böses Wort. Alle lebendigen Dinge freuten sich, sogar die schroffen Felsen an den Berghängen und die Kiesel im Fluss.

Wenn die Uferleute im Hochsommer mit ihren Verwandten feierten, erfuhren sie, dass der Große Geist auch ihnen wohlgesonnen war, und am großen Feuer wurden heitere Geschichten erzählt und fröhliche Lieder gesungen.

Besonders in dieser Welt des Überflusses erinnerte Biberfrau ihr Volk daran, dass sie ihr neues Leben der Macht des Großen Geistes und der Kraft des heiligen Bündels verdankten. Sie ermahnte Hirschtöter die neuen Gebete zu sprechen und zum Klang der Trommeln zu tanzen und die Pfeile zu erneuern. In der großen Hütte des Pfeilbewahrers sprach er die heiligen Worte und seine faltigen Hände banden neue Sehnen um die steinernen Pfeilspitzen. Er legte die roten und die schwarzen Pfeile auf das Kojotenfell und lud alle Tsis-tsis-tas ein sie zu betrachten und sich vor ihnen zu verneigen. Nur wenn sie Ehrfurcht vor der magischen Kraft des Großen Geistes zeigten, blieb ihr Leben so, wie es war, nur wenn sie zum Großen Geist beteten und die vier Richtungen ehrten, blieben ihnen die Geister wohlgesonnen. So hatte die heilige Frau ihr Volk gelehrt.

Jedes Jahr nach ihrer Rückkehr ins Sommerlager besuchte Biberfrau den jungen Krieger, der im heiligen Berg auf sie wartete. Süße Medizin lehrte sie, was er von dem alten Mann erfahren hatte, und sie kehrte zu den Tsis-tsis-tas zurück und gab das Wissen weiter. Sie erzählte ihnen von den fünf Kriegerbünden, die allen Männern, die mit den Tugenden tapferer Krieger geboren wurden, eine eigene Heimat versprachen, und erklärte ihnen, welche Kleidung sie tragen und welche Tabus sie beachten mussten. Die Kriegerbünde schützten das Volk vor seinen Feinden, und vor allem die Hundekrieger waren auch für die Ordnung im Dorf verantwortlich. Sie beschützten die Kranken und Schwachen und setzten ihr Leben für alle Verwandten ein. »So habe ich es gelernt«, fügte sie hinzu, »nur wenn unsere Männer tapfer sind, können unsere Frauen und Kinder überleben. Die Zeiten sind friedlich und der Große Geist belohnt unsere Gebete mit einem sorgenfreien Sommer, aber es werden auch schlechte Zeiten kommen, und dann besteht unser Volk nur, wenn Männer auf den Kriegspfad gehen und nach den Regeln des Großen Geistes leben. Verbündet euch und lebt, wie Maheo es verlangt!«

Noch während des Sommers fanden die Krieger zusammen. Aus gesichtslosen Männern, die sich nur durch ihr Aussehen und ihr Wesen unterschieden, wurden Krieger, die einen Namen hatten. Krummer Hals, der gerade gewachsen war, aber jedes Mal den Hals verbog, wenn er angestrengt nachdachte, wurde zu einem Anführer der Büffelkrieger. Er gehörte zu den besten Schildherstellern des Volkes und war fest davon überzeugt, dass sein roter Schild aus gefärbter Büffelhaut alle feindlichen Pfeile abhielt. Er war ein selbstbewusster Mann, der sich danach drängte, am großen Feuer zu sprechen, und jeden in die Knie zwang, der ihn wegen seines Namens verspottete. Auf der Büffeljagd in den Wäldern gehörte er zu den besten Jägern.

Im zweiten Sommer, nachdem sie vom heiligen Berg zurückgekehrt war, blickte sie zum ersten Mal in sein Gesicht. Die Hügelleute hatten von einem steinernen Monster erzählt, das in einer Quelle unterhalb eines großen Berges wohnte. Der Junge, der gestorben war, hatte von dem Furcht erregenden Ungeheuer berichtet, einem gewaltigen Bullen, der mit seinen Felsenbeinen aus der Quelle stampfte und jeden verschlang, der in seine Nähe kam. Er hatte den heißen Atem des Monsters zu spüren bekommen und war ins Dorf zurücklaufen. Zitternd hatte er von dem steinernen Bullen erzählt, dann hatte der Atem des Bullen seine Eingeweide zerfressen und er war gestorben. Die Hügelleute verehrten ihn als tapferen Krieger, aber niemand brachte den Mut auf seinen Spuren zu folgen und sich mit dem steinernen Monster anzulegen. »Versucht es doch«, forderte der Anführer der Hügelleute die anderen Tsis-tsis-tas auf, als sie sich über die Angst ihrer Verwandten lustig machten, »geht doch selber, wenn ihr tapfer genug seid, euch mit dem Bullen anzulegen.

Krummer Hals stand auf und sagte: »Ich werde gehen!« Er nahm seinen roten Schild und seine federgeschmückte Lanze und machte sich auf den Weg. Die Blicke seiner Verwandten ruhten respektvoll auf ihm. Biberfrau stahl sich aus dem Lager und folgte ihm unauffällig. Sie hatte Mühe den hoch gewachsenen Krieger im Auge zu behalten, denn er ging mit weit ausholenden Schritten und zeigte keine Müdigkeit. Er folgte den unsichtbaren Spuren des Jungen ohne zu ruhen und erreichte die Quelle am dritten Tag. Sie entsprang den kantigen Felsen eines mächtigen Bergmassivs und sprudelte wie ein Wasserfall über die versteinerten Hänge. Unterhalb der Quelle lag ein beinahe kreisrunder See.

Vor dem tiefgrünen Wasser blieb der Krieger stehen. Biberfrau verharrte weit hinter ihm zwischen den Felsen und beobachtete, wie er die Lanze und den roten Schild hob und dem unsichtbaren Monster entgegenhielt. »Ich habe keine Angst«, erhob er seine Stimme, »ich bin gekommen um dich zu töten!« Seine Stimme schallte als vielfaches Echo von den Felsen zurück und übertönte sogar das Rauschen des Wasserfalls. »Hörst du mich, steinernes Monster? Ich fürchte mich nicht! Komm aus deinem Versteck und kämpfe mit mir! Oder hast du Angst vor mir? Ich bin Krummer Hals, ein tapferer Krieger der Uferleute! Ich bin gekommen dich zu besiegen!«

Der Felsen wurde lebendig. Brüchiges Geröll löste sich aus dem steinernen Berg und wurde von der sprudelnden Quelle nach unten geschleudert. Ohrenbetäubender Lärm erfüllte die Luft. Selbst Biberfrau bekam es mit der Angst zu tun und wich einen Schritt zurück. Dichter Staub wallte auf und vermischte sich mit der Gischt des Wasserfalls. Die bunten Farben über dem See zerstoben und verwandelten sich in den heißen Atem des Monsters. Der Felsen griff mit steinernen Klauen nach dem Krieger.

Krummer Hals schützte sich mit seinem roten Schild und stieß den Kriegsruf der Uferleute aus, als immer mehr

Steine vom Berg fielen. Sie prallten wirkungslos von der gespannten Büffelhaut zurück und landeten im Wasser. »Du bist schwach und ich bin stark!«, prahlte Krummer Hals und als er seine Lanze in den Staub schleuderte, verebbte der Steinschlag und das Monster zog sich in seine Höhle zurück. Nur das Rauschen des Wasserfalls blieb. Der Krieger reckte siegestrunken die Arme und verhöhnte den steinernen Bullen, der an seiner Tapferkeit gescheitert war. Mit geschwellter Brust kehrte er ins gemeinsame Lager zurück. Im Schein des großen Feuers erzählte er seine Geschichte und genoss die respektvollen Blicke seiner Verwandten. Dies war ein guter Tag für ihn.

»Du bist ein Büffelkrieger«, sagte Biberfrau, als sie in ihr Sommerlager zurückgekehrt waren, »bringe die Pfeife zu den Männern, die dir folgen sollen! Du bist ihr Anführer, mein Bruder!«

Abends wurde getanzt und alle Uferleute sahen zu, wie Bärenfuß sich mit den zuckenden Flammen verbündete und mit ihnen um die Wette tanzte. Selten hatten sie einen Mann gesehen, der so geschmeidig war und sich so anmutig bewegen konnte. »So habe ich Bärenfuß noch nie erlebt«, sagte Hirschtöter, der während des letzten Winters stark gealtert war und nur noch selten tanzte. Der junge Krieger war kaum von den tanzenden Schatten zu unterscheiden und sein mit gelber und schwarzer Farbe bemalter Körper glitt über den dunklen Boden, sprang über die roten Flammen und wirbelte durch die Luft. Sein Tanz erzählte die aufregende Geschichte von einem Krieger, der seine Verwandten gegen einen lodernden Waldbrand verteidigte.

»Von Süße Medizin habe ich erfahren, dass alle Fuchskrieger gute Tänzer sind«, sagte Biberfrau am nächsten Morgen zu ihm, »deshalb sollst du ihr Anführer sein!« Sie steckte zwei Adlerfedern in seine Skalplocke und reichte ihm eine Rassel aus Büffelhaut.

Einsamer Wolf lief an ihrer Seite, als sie von ihrer dritten Wanderung zum heiligen Berg zurückkehrte und wieder einmal erklärte, aus welchem Holz und welchen Knochen man die besten Waffen und Werkzeuge herstellen konnte. Auch das hatte Süße Medizin vom Großen Geist erfahren. Der junge Krieger mit der kaum sichtbaren Narbe über der einen Augenbraue, die Erinnerung an seine erste Begegnung mit einem hungrigen Wolf, war sehr vergesslich. Aber er war auch tapfer, und weil er gern nachts unterwegs war und in der Stille des Waldes seinen Gedanken nachhing, trug er eine ausgestopfte Eule auf dem Kopf. Eine starke Medizin, die ihm helfen sollte in der Dunkelheit zu sehen. Seinen Körper bemalte er mit weißer Farbe, damit seine Verwandten ihn erkannten und nicht mit einem Tier verwechselten.

Biberfrau wiederholte geduldig, was sie von Süße Medizin gelernt hatte. Sie erzählte dem Krieger sogar, dass die besten Kämme aus dem harten Ende der Büffelzunge oder dem Schwanz eines Stachelschweins gefertigt wurden, weil sie festgestellt hatte, dass Einsamer Wolf sehr eitel war und viel Zeit damit verbrachte, sein Haar zu kämmen. Im Licht des vollen Mondes überreichte sie ihm ein rot bemaltes Büffelfell und sagte: »Du bist der Anführer der Bogensehnenkrieger. Wenn feindliche Nachbarn kommen und unser Volk bedrohen, wirst du sie mit deinem Bogen verteidigen! Suche Krieger, die genauso denken wie du!«

Aber auch im vierten Sommer, nachdem sie Süße Medizin im heiligen Berg zurückgelassen hatte, kamen keine feindlichen Krieger. Die Zeiten blieben friedlich. Die Tsistsis-tas waren allein auf der Welt und in den Wäldern waren nicht mal Spuren von anderen Menschen zu erkennen. Nur ihre vierbeinigen Brüder blieben in der Nähe. Hirsche und Bären und Antilopen und die Büffel, die immer zahlreicher wurden, als sie weiter nach Süden zogen und ihr Sommerlager auf den sanften Hügeln jenseits des Waldrands aufschlugen. Mächtige Tiere mit einem zottigen Fell, die in kleinen Gruppen durch die Wälder streiften, auf den Hügeln aber in großen Herden anzutreffen waren. So hatte Weißer Büffel berichtet, ein untersetzter Krieger, der gebückt wie ein Büffel ging und zu den besten Jägern der Uferleute gehörte.

Der junge Krieger, der sich besser in den Wäldern zurechtfand als der alternde Hirschtöter, hatte als einziger Tsis-tsis-tas einen weißen Büffel gesehen. Wie ein Geist war das mächtige Tier zwischen den Bäumen hervorgekommen. Es hatte ihn mit seinen roten Augen angesehen und wütend geschnaubt, als wollte es sagen: »Halte dich fern von mir, mein Bruder, denn ich bin ein heiliges Tier!« Diese Antwort hatte Weißer Büffel in einem Traum gehört. Er war geflohen und hatte nicht einmal den Versuch gemacht den weißen Büffel mit einer Lanze anzugreifen. Viel später, wenn sie in der Prärie lebten und von unzähligen Büffeln umgeben waren, würde Biberfrau sich an den Bericht des Kriegers erinnern und ihren Verwandten erklären, dass weiße Büffel heilig waren und von keinem Krieger gejagt werden durften.

Weißer Büffel war mit seinen vierbeinigen Brüdern verwandt, das spürte Biberfrau, wenn sie ihn auf der Jagd beobachtete. Man konnte ihn kaum von den Büffeln unterscheiden. Er rief die zottigen Tiere mit einer Rassel, die er aus Hirschhorn geschnitzt hatte, und er sprach mit ihnen, wenn sie in der Nähe waren. Später bedauerte Biberfrau, dass er so früh geboren wurde. In den Wäldern gab es nicht so viele Büffel wie in der Prärie und er hätte besser in die neue Zeit gepasst, als sie in Tipis lebten und fast ausschließlich von Büffeln lebten. Wenn die Jagd vorüber war, stellte er den jungen Frauen im Dorf hinterher, aber die Mädchen der Tsis-tsis-tas waren für ihre Keuschheit und Zurückhaltung bekannt und er hatte noch immer keine Frau gefunden.

»Du bist der Anführer der Hirschhornkrieger«, sagte sie zu dem untersetzten Jäger. Sie reichte ihm die gekrümmte Lanze, die sie aus dem Holz eines harten Baumes geschnitzt hatte, und verneigte sich vor ihm. »Suche die besten Jäger unseres Volkes!«

Wolfsgesicht tauchte an einem kühlen Herbsttag im Lager auf. Er hatte die Waldleute verlassen und war einem Traum gefolgt, der ihn über unsichtbare Pfade zu den Uferleuten trieb. Eine heilige Frau hatte ihn gerufen. Ihre sanfte Stimme lockte ihn durch das dichte Unterholz, und als er ihr gegenüberstand, erkannte er, dass er sich nicht getäuscht hatte. »Ich bin Wolfsgesicht«, rief er beinahe vorwurfsvoll, »der tapferste Krieger der Waldleute! Ich bin gekommen um mit deinem Volk nach Westen zu gehen!«

»Ich weiß«, erwiderte die heilige Frau ruhig. Sie hatte den jungen Krieger erwartet, ohne jemals von ihm geträumt zu haben. Auch ihr Schutzgeist hatte ihn nicht erwähnt. Oder doch? Sie blickte in die wilden Augen des Kriegers und entdeckte eine Vertrautheit, die sie bei noch keinem anderen Mann gesehen hatte. Obwohl er ganz anders war, erinnerte er sie an Süße Medizin.

Wolfsgesicht war noch hitziger und unnachgiebiger als Weißer Büffel und begeisterte vor allem die jungen Männer. Er verstand es, sie für eine Idee einzunehmen, und wenn er sprach, glühten seine Augen. Seine tiefschwarzen Haare hingen in festgeknüpften Zöpfen über die Schultern herab. Sein Gesicht wirkte kantig und wie aus Stein gehauen, wenn er zornig war. Er war in der Zeit des fetten Mondes geboren worden und in friedlichen Zeiten aufgewachsen, aber er brannte schon als kleiner Junge auf den Krieg und wollte seinen Mut unbedingt in einem Krieg beweisen. Über seinem Rücken ein kostbarer Bogen.

Sie reichte ihm eine Haube aus schwarzen Krähenfedern und sagte: »Du bist der Anführer der Hundekrieger! Suche die tapfersten Männer, denn ihr seid für den Krieg geboren worden! Nur die tapfersten Krieger unseres Volkes dürfen die schwarze Federhaube tragen! Beschützt die Tsis-tsis-tas vor ihren Feinden.«

Im vierten Sommer ging Biberfrau zum letzten Mal in

die Berge um Süße Medizin zu besuchen. Ihr Sommerlager, das sie weit im Süden aufgeschlagen hatten, lag jetzt noch weiter von dem heiligen Ort entfernt und sie musste viele Tage wandern, bis sie die felsigen Berge auf der anderen Seite des Flusses erreichte. Sie lagerte zwei Tagesreisen vor der Höhle entfernt und bereitete sich in einer Schwitzhütte auf die letzte Begegnung mit Süße Medizin vor. Im heißen Wasserdampf reinigte sie ihren nackten Körper und ihre Gebete wurden von einem einsamen Adler zum Großen Geist getragen. »Gib mir die Kraft dem tapferen Krieger meines Volkes ins Gesicht zu sehen, denn er ist stark und ich bin schwach. Er wurde von seinen Verwandten wie ein wildes Tier gejagt und wie ein Ausgestoßener angesehen und er musste die beste Zeit seines Lebens in der Einsamkeit verbringen. Du hast eine schwere Last auf seinen Rücken geladen und er hat sie getragen, während ich die Zeit des fetten Mondes erleben durfte.«

Sie wartete vergeblich auf eine Antwort und fuhr fort: »Großer Geist, höre mich an! Ich bin die heilige Frau meines Volkes. Ich spreche mit den Geistern. Ich sehe, was die anderen nicht sehen. Ich höre, was die anderen nicht hören. Ich fühle, was die anderen nicht fühlen. Ich will weiterführen, was Süße Medizin begonnen hat, ich will so leben, wie du es befohlen hast. Du hast mir eine lange Jugend geschenkt und ich bin dankbar dafür.

Hirschtöter war ein Kind, als ich ein Kind war, und jetzt ist er alt und ich bin immer noch jung. Ich weiß, dass alles einen Sinn hat. Ich muss stark sein, wenn ich meinem Volk helfen will, und ich nenne täglich deinen Namen, weil ich dich nicht enttäuschen will. Ich werde mein Volk in ein neues Leben begleiten, wie du entschieden hast, und ich werde allen Schmerz auf meine Schultern laden, wie Süße Medizin es getan hat. Er ist der tapferste Krieger unseres Volkes und wir werden uns immer an ihn erinnern.«

Sie atmete den würzigen Duft der Kräuter, die sie ins Feuer geworfen hatte. Aus ihren Poren drang der Schweiß und rann über ihren makellosen Körper. So blieb sie vier Tage und vier Nächte sitzen. Vier war eine wertvolle Zahl. Sie aß und trank nicht, aber sie spürte keinen Hunger und keinen Durst. Als sie die Hütte verließ und ihren Körper mit süßen Grasbüscheln abtrocknete, fühlte sie sich stark genug um ihrem Bruder zu begegnen. Sie legte das neue Kleid aus Hirschleder an, das sie vor der Zusammenkunft des Volkes gefertigt hatte, und schlüpfte in die Mokassins, die sie mit gefärbten Stachelschweinborsten verziert hatte. »Jetzt bin ich bereit«, sagte sie zum Großen Geist.

Entschlossen stieg Biberfrau in die Berge hinauf. Der schmale Pfad wand sich zwischen zerklüfteten Felsen in die Höhe und führte an steilen Abgründen entlang. Ein böiger Wind wehte ihr entgegen. Schneeflocken wirbelten durch die Luft. Im Schatten der Felsen lag verharschter Schnee, aber sie fror nicht und kletterte immer weiter in die Berge hinauf. Vor der Höhle blieb sie stehen. Sie schloss die Augen und sprach ein stilles Gebet, bevor sie zum letzten Mal in die Dunkelheit trat.

Zögernd ging sie durch den ersten Raum. Er wirkte leerer als sonst und die Felswände schienen kälter und unnahbarer. Bunte Lichtflecken tanzten über den Boden und wiesen ihr den Weg. Auch in der zweiten Höhle hatte sich einiges verändert. Der weißhaarige Mann war verschwunden und der Boden war kahl und leer. Es gab kein Feuer und die Luft war nicht mehr vom Duft des Tabaks erfüllt. Sie kam sich einsam und verlassen vor.

Süße Medizin trat aus den Schatten. Er hatte seine beste Kleidung angelegt und eine Hälfte seines Körpers mit roter Farbe und die andere Hälfte mit schwarzer Farbe bemalt. Rot war die Farbe des Lebens, das wusste sie. Schwarz kündigte seinen bevorstehenden Tod an. Aber er lächelte und hieß sie mit ausgestreckten Händen willkommen. »Meine Schwester«, sagte er fröhlich, »ich bin froh dich zu sehen! Die Stunde unseres Abschieds ist gekommen. So will es Maheo und wir müssen gehorchen.«

Sie wurde von seiner Fröhlichkeit angesteckt und fühlte keinen Schmerz. Ihre Hände berührten einander und die Kraft des Großen Geistes floss durch ihre Körper. Es war kein Abschied für immer. Er wanderte auf die andere Seite und lebte im Reich der Seelen weiter. Auch dort würde sie ihn besuchen können, denn ihre Träume waren stark und sie verstand es, zwischen den Welten zu wandern. »Was hast du mir zu sagen, mein Bruder?«

»Heute gehe ich auf die andere Seite«, antwortete er. Sein Gesicht war ernst geworden und seine Stimme klang heiser. Er wirkte immer noch jung, aber seine Seele war gealtert, und er musste sich an Biberfrau festhalten. »Bevor ich dich verlasse, will ich dir verraten, was in der neuen Welt auf die Tsis-tsis-tas wartet.« Er atmete tief durch und verriet ihr, dass er in die Zukunft geblickt hatte, »so wie du, als du bei der alten Frau auf dem Berg warst. Ich habe gesehen, wie ihr nach Süden zieht und am Ufer des lehmgelben Flusses die Felder bestellt. Hast du noch die Körner, die du von der sterbenden Frau bekommen hast?«

Sie berührte den Lederbeutel, der um ihren Hals hing und die Maiskörner und einen besonders schönen Kieselstein enthielt, den sie im sprudelnden Fluss gefunden hatte. »Die Körner sind hier, mein Bruder. Ich habe die Worte der Frau nicht vergessen.«

»Das ist gut«, sagte er, »du wirst sie brauchen. Du wirst die Körner pflanzen, wenn ihr das Ufer des lehmgelben Flusses erreicht habt und in festen Hütten wohnt.«

»Warum sollen wir dorthin ziehen?« fragte sie verwundert. »Es gibt genügend Wild in den Wäldern und auf den Hügeln sind die Büffel so zahlreich, dass wir keinen Hunger zu leiden brauchen.«

»Das stimmt, meine Schwester, aber wenn ich gegangen bin, beginnt ein neues Zeitalter. Aus dem Norden kommen andere Völker und wollen in den Wäldern wohnen, die euch zur Heimat geworden sind. Sie graben das Kriegsbeil aus und erheben die Waffen gegen euch. Es wird Krieg geben. In den Wäldern und auf den Hügeln, am lehmgelben Fluss und auf den weiten Ebenen, wo die Büffel leben.«

»Aber das Land ist groß genug für alle«, widersprach Biberfrau, »warum sollten wir gegen Menschen unserer Farbe kämpfen?«

»Maheo will, dass die Männer des Volkes als Krieger aufwachsen, nur so können sie das Große Geheimnis erfahren. Im Kampf gegen den Feind werden sie erwachsen. Sie kämpfen um einen ruhmreichen Tod zu sterben und auf der anderen Seite in Frieden zu leben. Dies ist ein wildes Land und das Leben ist ein einziger Kampf. Du hast die schweren Winter erlebt und weißt das. Auch du wirst bei den Kriegern sein, wenn es soweit ist, und ihren Kampf mit Gebeten begleiten. Sei stark, meine Schwester!«

»Wann kommen die fremden Krieger?«, fragte sie.

»Bald«, antwortete er, »haltet die Augen offen und hütet euch vor dem Klang der neuen Waffen! So habe ich es von Maheo erfahren. Ich verstehe die Bedeutung dieser Worte nicht, aber ich weiß, dass ihr in großer Gefahr seid. Denke an meine Worte, Biberfrau!«

Sie griff nach seinen Händen und nickte stumm. Er hatte alles gesagt und der Abschied stand bevor. »Leb wohl, mein Bruder«, sagte sie leise. »Ich weiß, dass man den Namen eines Mannes, der auf die andere Seite gegangen ist, nicht aussprechen soll, aber diesmal soll es anders sein. Immer wenn wir unser gemeinsames Sommerlager aufschlagen, werden wir deinen Namen nennen. Du bist der Mann, der uns die Zukunft gebracht hat.«

»Haho«, bedankte er sich mit brüchiger Stimme. Er berührte ihre Wangen und verschwand im unendlichen Dunkel der Höhle.

11

DIE FREMDEN KRIEGER KOMMEN

BIBERFRAU STIEG AUS den Bergen herab. Diesmal spürte sie den eisigen Wind, der über die schneebedeckten Hänge blies, und ihr Gesicht wurde in der Kälte gefühllos. Ihre Mokassins hinterließen deutliche Spuren in dem Schnee, der während ihres Aufstiegs gefallen war. Der Himmel hing wie ein graues Tuch über ihr, das immer tiefer sank und sie zu ersticken drohte. Sie trauerte um Süße Medizin. Ihre kalten Tränen flossen für den jungen Krieger, der ihre Seele berührt und dieselbe Luft wie sie geatmet hatte. Er wäre der Mann gewesen, mit dem sie einen Wigwam geteilt hätte, in seinen Armen hätte sie gern die Zukunft erlebt. Aber Maheo hatte es anders gewollt. Er hatte Süße Medizin zu einem Propheten und sie zur heiligen Frau gemacht. Der Krieger war älter geworden und gestorben und sie hatte ihre Jugend behalten.

Sie beeilte sich aus den Bergen zu kommen. Es drängte sie in die fruchtbaren Täler zurück, in den Sommer, der ihr zeigte, dass es noch Leben gab. Zu den grasenden Hirschen, den singenden Vögeln, den springenden Fischen.

Die warme Sonne würde ihren Kummer vertreiben und sie daran erinnern, dass Süße Medizin nur auf die andere Seite gegangen war. Er war nicht aus ihrem Leben verschwunden und blieb auch den anderen Tsis-tsis-tas erhalten, denn in seiner Geschichte, die Biberfrau jeden Sommer am Ratsfeuer wiederholen würde, lebte er weiter. Er war der geheimnisvolle Mann, der ihrem Volk die Zukunft gebracht hatte, und daran würden sich seine Nachfahren immer erinnern.

Unterhalb der schroffen Felsen trauerte Biberfrau um den Propheten. Sie zerschnitt ihre Unterarme und schmierte das Blut in ihre offenen Haare. Sie sang ein heiliges Lied, das Süße Medizin auf die andere Seite begleiten sollte, und nannte seinen Namen, wie es mit ihm verabredet worden war. Niemals hätte sie gewagt den Namen eines anderen Toten auszusprechen, aber Süße Medizin war ein besonderer Krieger, und Maheo verlangte, dass sein Name unvergessen blieb. Auch wenn sie den Gelben Fluss erreicht hatten und in festen Häusern wohnten, sollte der Name dieses außergewöhnlichen Mannes noch genannt werden.

Biberfrau trauerte vier Tage und vier Nächte lang, dann machte sie sich auf den Rückweg. Sie beeilte sich nicht. Die letzten Worte des gegangenen Kriegers machten ihr zu schaffen und sie wusste noch nicht, was sie ihrem Volk sagen sollte. Sie hatte nicht vor ihren Verwandten die Zukunft zu schildern. Das Wissen eine lange Wanderung zum Gelben Fluß und auf die weiten Ebenen vor sich zu haben würde sie unnötig belasten. Aber sie mussten wissen, dass die Zeit des fetten Mondes vorbei war und härtere Zeiten anbrachen. Der Große Geist schenkte seinen braunen Kindern nichts. Er verlangte von den Männern, dass sie ihre Tapferkeit im Krieg bewiesen, und von den Frauen, dass sie ihre Familie stärkten und die Hausarbeit verrichteten. Biberfrau empfand diese Aufgaben nicht als Last. Sie konnte sich sogar vorstellen, dass ihr Volk diese Nachricht herbeigesehnt hatte. Nur wer für den Frieden kämpfen musste, konnte sich über ihn freuen.

Aber wie sollte sie ihnen das sagen? Sie hatte ihre Jugend behalten, weil der Große Geist wollte, dass sie ihr Volk in die Zukunft führte. Als heilige Frau war sie dafür verantwortlich, dass die Tsis-tsis-tas den richtigen Weg gingen. Ihre Gebete und ihre Lieder erfüllten die Luft, die sich über ihren Dörfern ausbreitete. Auch die anderen Gruppen ihres Volkes hörten auf sie, die Waldleute, die Hügelleute, die Leute des tiefen Tales. Ihre magische Kraft hatte sich bei allen Tsis-tsis-tas herumgesprochen und ihr Name wurde mit Ehrfurcht an den großen Feuern ausgesprochen. Es gab Medizinmänner bei den anderen Gruppen, die mit den Geistern in Verbindung traten, aber Biberfrau war mit Süße Medizin gegangen, sie hatte die heiligen Pfeile geholt und nur sie kannte den langen Weg, der in die neue Zukunft des Volkes führte.

Am frühen Nachmittag erreichte sie das Ufer des Flusses, der das Land der Berge von ihrer neuen Heimat trennte. Sie lagerte im Schatten eines großen Baumes und zündete ein kleines Feuer an. Während sie Tabakkrümel in die Flammen streute und den Großen Geist ehrte, dachte sie an die Worte von Süße Medizin. Aus dem kalten Norden, der Heimat des Frostriesen, kamen andere Völker um in ihren Wäldern zu jagen. Die fremden Krieger hatten laute Waffen und waren ihnen überlegen. Es blieb ihnen nichts anderes übrig, als weiter nach Süden zu ziehen und am Ufer des Gelben Flusses zu lagern. So war es vorherbestimmt, nur so entgingen sie dem Tod.

Sie blickte sich ängstlich um und griff nach ihrem Bogen und dem Köcher mit den Pfeilen. Sie legte beides schussbereit neben die Flammen. Die Zeit des fetten Mondes war vorbei. Es gab andere Völker, die sie vertreiben wollten, und sie durften nur weiterleben, wenn sie aufmerksam waren. Sie stopfte die heilige Pfeife und ehrte den Himmel, die Erde und vier Richtungen, bevor sie rauchend ihren Gedanken nachhing. Sie wurde nachlässig und merkte nicht, wie ein hoch gewachsener Krieger aus dem Wald trat und grinsend vor ihr stehen blieb. Viel zu spät griff sie nach ihrer Waffe. Sie sah die listigen Augen des Mannes und atmete erleichtert auf, als sie Wihio erkannte. Der eigenwillige Schelm hatte menschliche Gestalt angenommen und trug einen Umhang aus geknüpften Kojotenfellen. Er setzte sich an ihr Feuer. »Hast du was zu rauchen?«, fragte er.

Biberfrau wusste, dass es keinen Zweck hatte, ihn an die Höflichkeitsregeln ihres Volkes zu erinnern, und reichte die Pfeife an ihn weiter. Immerhin wusste er genug von den Tsis-tsis-tas um den Rauch in die vier Richtungen zu blasen und den Großen Geist mit einem kurzen Gebet zu ehren. »Du hast getrauert, meine Schwester!«, sagte er nach einer Weile. Er deutete auf die verkrusteten Wunden an ihren Armen. »Wer ist von dir gegangen?«

»Süße Medizin«, antwortete sie ernst, »du kennst ihn nicht.«

»Ich habe von ihm gehört.«

Sie blickte ihn verwundert an. »Du hast von dem Propheten gehört, der unserem Volk eine neue Zukunft und ein neues Leben gebracht hat?«

»Auch an unseren Feuern wird sein Name genannt«, antwortete Wihio nachdenklich. »Er war ein großer Krieger, der nur für seine Brüder und Schwestern gelebt hat. Wenn er nicht gewesen wäre, hätte das Leben für die Kinder des Großen Geistes keinen Sinn mehr.«

So ernst hatte Biberfrau den Schelm noch nie erlebt. Mit geschlossenen Augen trauerte er um den Mann, der gegangen war. Als er die Augen wieder öffnete, war der gewohnte Schalk zu erkennen. Er reichte ihr die Pfeife zurück und fragte: »Hab ich dir schon erzählt, wie ich mich in einen Fisch verwandelt habe?«

Sie schüttelte den Kopf. »Erzähle, mein Bruder!« Er würde sich sowieso nicht davon abhalten lassen, von seinen Streichen zu berichten. Rauchend hörte sie ihm zu. Es tat gut, nach dem großen Schmerz mit einer lustigen Geschichte abgelenkt zu werden.

»Es war vor vielen Jahren«, begann Wihio, »und geschah in dem Land, in dem ich mit meinen Verwandten wohne. Ein fruchtbares Land mit Wäldern, Flüssen und Seen.« Obwohl sie nicht genau wusste, ob Wihio ein Geist oder ein lebendiger Mensch war, nahm sie an, dass dieses Land auf der anderen Seite lag. »Wenn die Sonne scheint, gehe ich gern allein spazieren, ich schlendere am Flussufer entlang, schaue den springenden Fischen zu und denke mir Geschichten aus.« Er blickte schmunzelnd auf den sprudelnden Fluss. »Aber dies ist keine Geschichte, dies habe ich wirklich erlebt.«

Er machte es sich bequem und fuhr fort: »Am Ufer sah ich einen Mann stehen, einen Krieger, den ich noch nie getroffen hatte. Er gehörte nicht zu unserem Volk. Er stand bis zu den Knien im Wasser und suchte nach Fischen. Erst als ich näher kam, erkannte ich, wie er angelte. Er hatte Hautstreifen von seinem Körper geschnitten, von den Füßen bis hoch zur Stirn, und diese Hautstreifen hingen von seinem Kopf und schleiften im Wasser. Die Fische schnappten nach seiner Haut und jedes Mal, wenn einer anbiss, schleuderte er ihn mit einer kräftigen Bewegung an Land. Auf diese Weise hatte er schon viele Fische gefangen.«

Biberfrau nahm die Pfeife aus dem Mund und blickte ihn ungläubig an. Wie konnte man sich selbst verstümmeln nur um ein paar Fische zu fangen? »Das glaube ich nicht«, sagte sie.

»Ich habe es selber gesehen«, erwiderte der Schelm ohne seine gute Laune zu verlieren. »Ich beobachtete, wie er einen Fisch nach dem anderen fing, und dachte, das musst du auch mal probieren. Also ging ich zu ihm und und weinte bitterlich. Ich sagte: ›Diese starke Medizin möchte ich auch besitzen, mein Freund!‹«

Der Krieger hatte Mitleid mit mir und antwortete: ›Also gut, ich will dir diese starke Medizin schenken, aber du darfst an jeder Biegung des Flusses nur einmal auf diese Weise fischen!‹ Er zog sein Messer und sagte: ›Leg dich hin!‹ Ich gehorchte und er schnitt zwei Hautstreifen von meinem Körper. ›Das tut weh‹, sagte ich, aber er hörte nicht auf, und ich ließ es geschehen, denn meine Verwandten waren hungrig, und ich wollte viele Fische fangen. Er warnte mich noch einmal und verschwand in den Wald.

Ich lief in den Fluss und probierte die Medizin aus. Schon nach kurzer Zeit hatte ich viele Fische gefangen. Ich stopfte sie in einen Ledersack und sagte: ›Das ist gut, so kann ich den Hunger aus meinem Dorf vertreiben!‹ Ich ging bis zur nächsten Biegung und versuchte es noch einmal und wieder fing ich Fische im Überfluss. ›Dies ist das erste Mal‹, sagte ich, denn ich hatte vergessen, dass ich schon mal gefischt und den Sack gefüllt hatte.«

Er blickte kichernd ins Feuer und erzählte weiter: »Zwei weitere Male ging ich in den Fluss und fischte. Ich hatte viele Fische gefangen, viel mehr, als ich brauchte. Aber ich lief noch einmal ins Wasser ohne zu wissen, dass ich zum fünften Mal fischte. Ein Fisch biss an, und als ich ihn ans Ufer schleudern wollte, bekam ich ihn nicht aus dem Wasser heraus. Er war viel zu schwer. Stattdessen begann er zu ziehen. Ich hielt mich am Uferschilf fest, aber die Halme glitten aus der weichen Erde und ich wurde von dem Fisch unter Wasser gezogen. Er verschlang mich mit Haut und Haar.«

Biberfrau blickte ihn entsetzt an. Sie wusste nicht, ob sie dem Schelm glauben konnte. Es gab viele Dinge in ihren Welten, die sie nicht verstand. Vielleicht wohnte der Schelm in einem Land, in dem so etwas möglich war. »Was hast du getan?«, fragte sie.

»Ich hatte großes Glück«, antwortete er, »obwohl ich einige Tage gehungert hatte, war ich immer noch zu fett für den Fisch und er erstickte, als er mich verschlang. Leblos trieb er den Fluss hinab. Er landete auf einer Sandbank, wenige Schritte von unserem Dorf entfernt, und dort fand mich meine Frau am nächsten Morgen, als sie Wasser holte. Sie rannte aufgeregt ins Dorf zurück und rief: ›Brüder und Schwestern, unten am Fluss liegt der größte Fisch, den ich je gesehen habe!‹ Ich konnte ihre Stimme bis in den Bauch des Fisches hören. ›Kommt und helft mir!‹ Sie rannten zum Ufer und machten sich mit ihren Messer an dem Fisch zu schaffen. Ich hörte die Stimme meiner Frau und rief: ›Sei vorsichtig mit dem Messer, sonst verletzt du mich!‹ Sie holte mich aus dem Magen und als ich nach den besten Stücken des großen Fisches verlangte, wurde sie wütend und schlug mich, bis ich in den Sand fiel.« Er schlug sich vor Lachen auf die Schenkel. »Aber dann schnitt sie die Hautstreifen ab, und alles war wieder gut.«

Biberfrau glaubte dem Schelm kein Wort mehr, aber sie musste zugeben, dass es eine gute Geschichte war. Sie war auf andere Gedanken gekommen. »Du bist ein lustiger Bursche«, sagte sie zu dem lachenden Krieger, »warum bist du manchmal so gemein?« Vor ein paar Monden war er in einem ihrer Träume erschienen und hatte sie mit der Geschichte über ein hässliches Ungeheuer erschreckt. Sie war schweißgebadet aufgewacht. »Warum erschrickst du mich, wenn ich in meiner Hütte schlafe?«

Wihio antwortete nicht. Er hatte sich unbemerkt aus dem Staub gemacht und sie mit ihren Gedanken allein gelassen. Sie blickte in den dunklen Wald und merkte erst jetzt, dass ein kühler Wind aus dem Norden heranwehte und die Baumkronen bewegte.

Sie trat die Flammen aus und bedeckte die qualmende Feuerstelle mit schwarzer Erde. Als sie zwischen den Bäumen verschwand, erinnerte nichts mehr daran, dass sie am Flussufer gelagert hatte. Sie eilte mit hastigen Schritten durch den Wald, berührte den Boden kaum und hielt den Bogen schussbereit in der Hand. Ein Pfeil lag auf der Sehne, der Köcher mit den restlichen Pfeilen hing über ihrem

Rücken. Ein unbestimmtes Gefühl riet ihr sich vorsichtig zu bewegen. Zu den Dingen, die Süße Medizin vom Großen Geist erfahren hatte, gehörte auch die starke Medizin, die einen guten Krieger beinahe unsichtbar machte. Wie ein schwebender Adler, der erst zu erkennen war, wenn er vom Himmel stieß und sich eine Maus holte, wie eine Raubkatze, die wenige Schritte vor ihrem Opfer aus dem Unterholz tauchte.

Sie blieb abseits des Pfades stehen, den ihre Verwandten in den Waldboden getreten hatten, und schimpfte auf Wihio. Ihre stummen Flüche galten seiner Hinterlist, sie in der Stunde einer großen Gefahr mit einer lustigen Geschichte abgelenkt zu haben. Sie hatte ihren Schmerz vergessen, aber sie hatte auch nicht mehr daran gedacht, dass fremde Krieger aus dem Norden unterwegs waren um sie aus ihrer neuen Heimat zu vertreiben. Der kühle Wind, der drohend in den Zweigen hing, kündigte ihr Kommen an. Sie dachte daran, dass die Nordmänner im Besitz lauter Zauberwaffen waren, die viele Tsis-tsis-tas töten konnten. Ihre Verwandten waren in großer Gefahr.

Ihre Vorsicht war gerade noch rechtzeitig gekommen. Kaum hatte sie sich im Unterholz versteckt, als sie die fremden Krieger zwischen den Bäumen entdeckte. Ihre nackten Oberkörper waren mit bunten Bildern bemalt. Ihr Anführer trug die Haare lang und hatte sie mit roten Fellstreifen verziert, die anderen waren bis auf ihre dunklen Skalplocken kahlrasiert. Selbst im Halbdunkel des Waldes konnte Biberfrau erkennen, dass die Mokassins des Anführers ein Blumenmuster trugen. Am beeindruckendsten waren ihre Waffen, mit gefärbten Fellstreifen verzierte Kriegsäxte, blitzende Messer aus einem Material, das sie nicht kannte, und seltsame Stöcke, deren Bedeutung sie nicht einmal erahnte.

Die Krieger verharrten auf einer Lichtung und sprachen miteinander. Ihre Worte klangen anders, aber nicht fremd, und sie verstand, dass sie auf dem Kriegspfad waren. »Wir werden die ahnungslosen Hunde vertreiben«, schimpfte ihr Anführer, »und dann wird das Land den Anishinabe gehören!« Er hob seine Zauberwaffe und richtete sie drohend zum Himmel. Ohrenbetäubender Lärm zerfetzte die Stille. Aus dem oberen Ende des Stocks drang Rauch und aus dem Baum löste sich ein Ast und fiel zu Boden.

Biberfrau fiel zurück und prallte gegen einen Baum. Beinahe hätte sie sich durch einen angsterfüllten Schrei verraten, aber sie schlug geistesgegenwärtig eine Hand vor ihren Mund und verschluckte die Panik. Ihre Augen weiteten sich. Die fremden Krieger hatten sich mit den bösen Geistern verbündet! Sie besaßen Feuer speiende Stöcke, die selbst einen Baum verletzen konnten! Das war starke Medizin! Vier dieser Feuerstöcke hatten die Anishinabe dabei. So nannten sich die fremden Krieger. Sie kamen aus dem kalten Norden, aus der Heimat von Ho-i-ma-ha, der sich während der Hungerzeit gegen die Tsis-tsis-tas gewandt hatte. Sie waren ein mächtiges Volk.

Süße Medizin hatte Recht, gegen die Zauberwaffen der fremden Krieger kamen sie nicht an. Die Männer ihres Volkes waren stark und tapfer, aber manchmal war es besser, sich zurückziehen. Es machte keinen Sinn, sich von den Anishinabe töten zu lassen. Nur Narren bekämpften einen Gegner, der alle Vorteile auf seiner Seite hatte. Sie mussten warten, bis sie selber in den Besitz dieser Feuerstöcke gekommen waren, dann konnten sie zurückschlagen. Sie wusste nicht, woher die Feuerstöcke kamen und wie die Uferleute sich diese Waffen beschaffen konnten, aber die Zeit würde kommen. Sie würde ihren Schutzgeist befragen und dafür beten, dass sie solche Waffen bekamen.

Biberfrau wartete, bis die Anishinabe weitergezogen waren, und rannte los. Sie machte einen Umweg und schlug einen großen Bogen um die fremden Krieger. Dadurch verlor sie viel Zeit, aber die Feinde wähnten die Überraschung auf ihrer Seite und beeilten sich nicht besonders. Das hatte sie an der Art gesehen, wie sie sich auf der Lichtung unterhalten hatten. Sie waren ihrer Sache vollkommen sicher. Sie glaubten an einen leichten Sieg über die Tsis-tsis-tas und waren davon überzeugt, dass sie mit ihren Zauberstöcken unbesiegbar waren. Aber der Große Geist hatte ihr geholfen die feindlichen Krieger zu entdecken und sie würde rechtzeitig in ihrem Lager eintreffen und ihr Volk aus der Gefahr führen.

Spätabends erreichte sie das heimatliche Dorf. Sie missachtete alle Höflichkeitsregeln und rannte zum großen Feuer, dessen Überreste in der Dunkelheit glühten. Sie warf frisches Holz in die Glut und rief ihre Verwandten zusammen. Mit beschwörender Stimme schilderte sie, in welcher Gefahr sie schwebten. »Die fremden Krieger haben Zauberwaffen«, rief sie, »lange Stöcke, die Feuer spucken und selbst einen Baum verletzen können! Süße Medizin hat mir von diesen Waffen erzählt, bevor er auf die andere Seite ging. Auch wir werden diese Waffen bekommen, und dann werden wir unbesiegbar sein, aber jetzt will Maheo, dass wir nach Süden ziehen! Eine neue Heimat wartet auf uns, meine Brüder und Schwestern, und auch dort wird es genügend Nahrung für uns geben! Beeilt euch! Schickt Boten zu unseren Verwandten und sagt ihnen, dass wir noch heute Nacht aufbrechen müssen! Wir haben nicht mehr viel Zeit! Hört auf mich, denn ich habe den Mann getroffen, der den Großen Geist gesehen hat!«

Es gab kein Palaver und keinen unnötigen Lärm. Einige Männer rannten los um die anderen Gruppen der Tsis-tsis-tas zu warnen und die Frauen und Kinder räumten die Habe des Volkes zusammen und luden sie den Hunden auf die Schultern. Niemand widersprach der heiligen Frau, nicht einmal Weißer Büffel, der am liebsten mit bloßen Händen auf die fremden Krieger losgegangen wäre. Biberfrau hatte gesprochen und auch Büffelkopf war überzeugt, ein erfahrener Mann mit langen Zöpfen, der zum Anführer aller Tsis-tsis-tas gewählt worden war, weil er weise und vorbildlich lebte. Als Häuptling strebte er nach einem dauerhaften Frieden und seine Antwort war kurz: »Biberfrau, die heilige Frau unseres Volkes, hat gesprochen. Tut, was sie sagt!«

Noch bevor der Mond über dem Waldrand erschien, waren die Uferleute unterwegs. Sie zerstörten ihre Boote und liefen durch den Wald davon. Dort waren sie sicherer. Sie mieden die schmalen Pfade, die sie selbst in den Boden getreten hatten, und bahnten sich einen Weg durch das Unterholz. Büffelkopf und Biberfrau gingen voran. Hinter ihnen lief der alte Hirschtöter, das Bündel mit den heiligen Pfeilen vor der Brust. Er wurde von zwei jungen Kriegern gestützt. Krummer Hals und seine Büffelkrieger sicherten die Uferleute nach hinten ab. Der Krieger, der das Ungeheuer besiegt hatte, glaubte fest, dass er mit seinem Schild auch gegen das Feuer aus den Zauberwaffen gewappnet war.

Sie liefen durch den dunklen Wald. Sie zogen durch ein weites Tal und kämpften sich über schroffe Felsenberge. Sie sahen Sonne und Regen und spürten den eisigen Wind, der sie aus der Heimat des Frostriesen verfolgte. Sie stapften durch einen morastigen Sumpf, markierten ihren Weg durch lange Weidenstangen, die von den nachkommenden Waldleuten und Hügelleuten wieder herausgezogen und ins Wasser geworfen wurden. Sie marschierten Tag und Nacht, bis sie sicher sein konnten, dass die Anishinabe in ihrer ehemaligen Heimat zurückgeblieben waren. Sie blickten nicht zurück und gönnten sich keine Pause.

Nur Biberfrau sah die fremden Männer. Als sie am Ufer eines kleinen Sees rasteten und sie für einen Moment die Augen schloss, beobachtete sie, wie die Anishinabe ihr leeres Dorf stürmten und ihr Anführer triumphierend eine Faust nach oben reckte. Sein Kriegsgeheul schallte durch den Wald und aus einem der Feuerstöcke löste sich krachend ein Schuss. »Wir haben sie besiegt«, rief er, »sie haben sich wie feige Hunde verkrochen!«

Die anderen Krieger stimmten in sein Geheul ein und verhöhnten die Tsis-tsis-tas mit beleidigenden Schimpfwörtern. In diesem Augenblick schwor Biberfrau, niemals mehr vor einem Feind davonzulaufen. Sie würden sich so schnell wie möglich die Feuerstöcke besorgen und niemals mehr einen Kampf verlieren.

12

DER ZAUBER DES FEUERSTOCKS

DIE TSIS-TSIS-TAS WAREN lange unterwegs. Sie liefen, bis sie den kalten Wind nicht mehr im Rücken spürten, und ruhten sich am Ufer eines Flusses aus. Die Männer gingen auf die Jagd, bis die Vorratstaschen der Familien gefüllt waren. Sie beratschlagten, ob sie weiter nach Süden marschieren oder über den Fluss nach Westen ziehen sollten, und Biberfrau wanderte allein am Ufer entlang um mit ihrem Schutzgeist zu sprechen. Sie fastete vier Tage lang und traf ihn am Rand eines Tümpels, der sich abseits des Flusses gebildet hatte. Der weiße Biber streckte seinen Kopf aus dem Wasser und sagte: »Ich wusste, dass du kommen würdest, meine Schwester! Warum musste ich so lange auf dich warten?«

»Es gab viel zu tun«, erwiderte Biberfrau schuldbewusst, »und da war Süße Medizin, mit dem ich reden konnte. Auch er sprach mit dem Großen Geist. Ich habe dich vernachlässigt, mein Bruder!«

Der weiße Biber entblößte seine scharfen Zähne und zeigte ihr, dass er nicht mehr böse auf sie war. »Ich habe davon erfahren und war in deiner Nähe, als du die Anishinabe belauscht hast. Der Große Geist hat seine schützende Hand über dich gehalten, sonst hättest du dich verraten, als ihr Anführer den Feuerstock abgefeuert hat. Gegen dieses Feuer gibt es keinen Schutz!«

»Woher kommen die Feuerstöcke?«, fragte sie. »Haben sich die Anishinabe mit den bösen Geistern verbündet? Machen sie gemeinsame Sache mit dem Frostriesen? Sage es mir, Bruder!«

Ihr Schutzgeist zögerte. Er hatte den Auftrag der heiligen Frau des Volkes alles zu erzählen, aber er wusste nicht, ob sie stark genug für die Wahrheit war. Er hatte sie lange nicht gesehen.

»Was ist, mein Bruder?«

Der Biber sah ihre entschlossenen Augen und schlug mit seinem Schwanz über das Wasser. »Die Feuerstöcke stammen von den bärtigen Männern. Die Feinde sind früher gekommen, als ich dachte. Erinnerst du dich an sie? Sie lebten auf der anderen Seite des Wassers, aber jetzt sind einige von ihnen herübergefahren.«

Biberfrau brauchte einige Zeit, bis sie die Antwort verarbeitet hatte. Viele Monde waren vergangen, seitdem sie auf der anderen Seite des großen Wassers gewesen war, aber den Anblick der bärtigen Männer hatte sie nie vergessen. Noch immer spürte sie die tiefe Abneigung, die sie gegenüber den blassen Fremden empfand. Auch Süße Medizin hatte nicht gewollt, dass dieses Volk in ihren Jagdgründen auftauchte, und durch ihn hatte der Große Geist gesprochen. »Wie haben sie das geschafft, mein Bruder?«

»Sie haben große Kanus gebaut, die über das Wasser fahren können, das keine Ufer hat«, antwortete der Schutzgeist. Seine Schnurrhaare zitterten im lauen Wind. »Ich hätte selbst nicht gedacht, dass sie so schnell kommen, aber sie sind hier, und irgendwann werden sie in den Dörfern deines Volkes auftauchen.«

»Wir müssen sie töten!«, rief Biberfrau entschlossen.

»Errege dich nicht«, beruhigte der Biber die heilige Frau. »Nicht alle bärtigen Männer sind mit den bösen Geistern im Bunde und es wird noch viele Winter dauern, bis sie euer Land überfluten. Die Blassgesichter, die über die Berge gekommen sind, wollen mit euch handeln. Auch unter den bärtigen Männern gibt es verschiedene Völker und nicht alle sind schlecht. Es gibt Männer, die euch wohlgesonnen sind und eure Freunde sein wollen!«

»Niemals!«, rief sie wütend.

»Denke an meine Worte, wenn du einem bärtigen Mann gegenüberstehst! Höre auf seine Worte! Wenn sie wie das Lied eines Vogels über seine Lippen kommen, brauchst du keine Angst zu haben. Die Männer, die singen, wollen mit euch handeln.«

Biberfrau schüttelte verwundert den Kopf und wollte ihrem Schutzgeist nicht glauben. Sie hatte die bärtigen Männer gesehen und ihren Worten gelauscht und es hatte keinen gegeben, der wie ein Vogel gesungen hatte. »Wir werden sehen«, sagte sie. »Wann treffen unsere Krieger die blassen Männer?«

»Dein Volk sieht sie erst, wenn ihr in den festen Häusern am Gelben Fluss wohnt«, antwortete der Biber, »aber Bärenfuß und seine Fuchskrieger werden schon bald für sie tanzen. Versuche nicht diese Begegnung zu verhindern, denn ihr braucht Feuerstöcke, wenn ihr am Fluss und auf den weiten Ebenen bestehen wollt, und die bekommt ihr nur von den bärtigen Männern! Vertraue mir, Schwester, denn ich habe den Großen Geist gesehen!«

»Wohin sollen wir gehen?«, wechselte Biberfrau das Thema. »Warten die bärtigen Männer im Süden auf uns? Gibt es andere Krieger, die im Westen darauf lauern, uns zu überfallen? Warum sind wir so schwach und warum sind die anderen so stark? Wir haben die tapfersten Krieger, die jemals durch die Wälder gelaufen sind! Hirschtöter, der alte Mann, der unsere heiligen Pfeile verwahrt. Krummer Hals und seine Büffelkrieger. Bärenfuß und die

Fuchskrieger. Einsamer Wolf, mein eitler Bruder, der die Bogensehnenkrieger anführt. Weißer Büffel und seine Hirschhornkrieger. Wolfsgesicht und die Hundekrieger. Hast du gesehen, wie der junge Krieger gegen unsere Flucht gesprochen hat?«

Der weiße Biber schüttelte den Kopf. Er war nicht dabei gewesen, als es unterwegs zu einer wortreichen Auseinandersetzung gekommen war. Im Dorf hatte Wolfsgesicht geschwiegen, weil die Kranken und die Schwachen in Gefahr gewesen waren, und die Hundekrieger für die Sicherheit des Volkes verpflichtet wurden, aber jenseits der Wälder war es aus ihm herausgebrochen, und er hatte wortreich gegen die überstürzte Flucht protestiert. Er hatte sich sogar mit dem weisen Anführer angelegt und immer wieder geschrien: »Wir sind das Volk! Wir sind Tsis-tsis-tas! Wir gehen nicht vor den Feuerstöcken in die Knie! Warum laufen wir vor den feigen Hunden davon? Warum kämpfen wir nicht?«

»Die Zeit wird kommen«, versprach Biberfrau, »aber ohne die Feuerstöcke sind wir den Anishinabe nicht gewachsen. Wir werden die Zauberwaffen bekommen und bis es so weit ist, müssen wir tun, was der Große Geist verlangt. Sei geduldig, mein Bruder! Auch ich bin wütend, weil wir vor den fremden Kriegern fliehen müssen, aber unsere Geduld zahlt sich aus, das verspreche ich.«

Die Auseinandersetzung hatte den ganzen Nachmittag gedauert. Wolfsgesicht wollte nicht einsehen, dass ihr Volk vor einer Hand voll Krieger davonlief, und beschimpfte sogar den alten Hirschtöter, der sich beschwichtigend vor Biberfrau stellte. Erst als einige Hundekrieger auf ihn einredeten, gab er nach. Nicht ohne die Anishinabe mit einem unanständigen Fluch zu belegen und allen Kriegern, die sich ihnen in den Weg stellen würden, blutige Rache zu schwören. »Ich bin Wolfsgesicht, der tapferste Mann der Hundekrieger«, prahlte er, »und niemand wird mich besiegen!«

Biberfrau hatte mächtigen Respekt vor dem jungen Krieger. Sie schätzte seine Unerschrockenheit und seinen großen Mut und sie verneigte sich vor seiner Kampfeslust. Er war ein echter Tsis-tsis-tas, ein tapferer Anführer, der zum Vorbild für alle anderen Krieger des Volkes werden konnte. Sie mochte das wilde Funkeln in seinen Augen, wenn er zornig war, und sie amüsierte sich über das warme Glänzen, wenn er sich unbeobachtet glaubte.

Süße Medizin hatte vorausgesagt, dass sie dieselbe Luft wie ein Hundekrieger atmen würde, und sie fragte sich, ob Wolfsgesicht dieser auserwählte Krieger war. Noch hatten ihre Seelen einander nicht berührt. Er hatte nicht einmal die Flöte für sie gespielt. Es gehörte sich nicht, einer heiligen Frau den Hof zu machen. Ihr Leben wurde vom Zusammenleben mit den Geistern und der ständigen Furcht vor den bösen Kräften der Natur bestimmt. Sie sprach mit dem Großen Geist und auf ihren Schultern lastete die Verantwortung für ihr Volk. Gab es überhaupt einen Krieger, der sich an sie heranwagte? Würde es jemals einen Mann geben, der sie umwarb? Ging die Weissagung des Propheten in Erfüllung? Sie hatte das Geschenk einer langen Jugend erhalten und es konnte noch viel passieren, bis sie ihr Volk verließ und auf die andere Seite ging.

Sie vertrieb die Gedanken und kehrte zu ihrem wartenden Volk zurück. Obwohl sie ihren Schutzgeist nicht gefragt hatte, wusste sie, dass ihr Ziel im Westen lag. Sie bauten neue Kanus und fuhren der untergehenden Sonne entgegen. Im Spätherbst lagerten sie in einer tiefen Senke, die auf allen Seiten von Wald umgeben war. Sie errichteten schützende Wigwams aus Birkenrinde und sahen dem Frostriesen furchtlos entgegen. Der eisige Wind konnte ihnen nichts anhaben. Sie hatten während des Sommers zahlreiche Hirsche und Büffel erlegt und ihre Vorratstaschen waren prall gefüllt. Es gab kein Wehklagen in den Rindenhütten.

Während des Winters gab es nicht viel zu tun. In den

Wigwams brannten die Feuer und die Männer erzählten Geschichten, auch solche, die Biberfrau von Wihio gehört hatte. Es wurde viel gelacht und gesungen. Sie waren nicht auf der Flucht, so wiederholte Wolfsgesicht fast jeden Tag, sie hatten ihre alte Heimat verlassen um bessere Jagdgründe zu erobern und nach den magischen Feuerstöcken zu suchen. Jenseits der Wälder, in den fernen Tälern, die sie von den Bergen aus gesehen hatten, würden sie ihre Tapferkeit im Kampf beweisen. »Wir sind das Volk, wir sind Tsis-tsis-tas«, sagte er immer, »wir haben keine Angst!«

Nur die Frauen mussten im Mond der starken Kälte arbeiten. Sie verarbeiteten die Häute der Tiere, die ihre Männer im Sommer erlegt hatten. Während die Kinder im Schnee herumtollten und mit einer ausgestopften Büffelblase spielten, nähten sie neue Kleidungsstücke und schnitzten Werkzeuge aus Knochen und Geweihen. Biberfrau blieb allein in ihrer Hütte und betete zum Großen Geist und wenn der Mond hell über der Lichtung stand, ging sie hinaus und wanderte durch den verschneiten Wald. Sie trug ein bemaltes Bärenfell, das Weißer Büffel ihr geschenkt hatte, und genoss die einsame Stille des Waldes. Ihr Schutzgeist war in den fernen Süden geflohen, aber sie spürte die Nähe des Großen Geistes, der auch in dieser Einsamkeit über sie wachte. »Gib mir die Kraft, mein Volk in eine bessere Zukunft zu führen«, betete sie immer wieder, »mach mich stark genug die Gegenwart der bärtigen Männer zu ertragen! Hilf mir die Feuerstöcke zu finden, denn nur, wenn sich unsere Männer im Krieg beweisen, können wir endlich eine neue Heimat und einen neuen Frieden finden!«

Einen Mond, bevor sie das Winterlager abbrachen, entfernten sich Bärenfuß und einige Fuchskrieger aus dem Dorf. Sie sagten nicht, wohin sie gingen. Sie wussten es selber nicht. Sie wurden von dem unergründlichen Drang getrieben mit den kostbaren Fellen einiger Biber nach Westen zu reiten, um sie dort gegen etwas Wertvolles einzutauschen. Sie konnten nicht sagen, wer die friedlichen Männer waren, die sich auf einen solchen Handel einlassen würden, deshalb blieben sie stumm. Nur Biberfrau ahnte, wem die Männer jenseits des Waldes begegnen würden.

Mit der Schneeschmelze kehrten sie zurück. Sie liefen zum Wigwam des Häuptlings und Bärenkopf schwang einen Feuerstock. »Seht her«, rief er triumphierend, »ich habe einen Feuerstock!« Er legte die Flinte an und zog den Abzug durch. Die Kugel löste sich krachend aus dem Lauf und ließ den Schnee von den Büschen spritzen. Beißender Qualm zog über die Wigwams.

Die Uferleute erschraken. Die Männer blickten staunend in den Pulverrauch, zwei Frauen fielen rückwärts in den Schnee und die meisten Kinder rannten schreiend davon, weil sie glaubten, der Donnervogel hätte sich auf sie gestürzt. Eine Frau kam aus ihrem Wigwam und begann nervös zu kichern. In den Augen einiger anderer Frauen stand nacktes Entsetzen. Sogar ein tapferer Krieger wie Krummer Hals trat einen Schritt zurück und hatte große Mühe seine Angst hinter einer Maske zu verstecken. Der alte Hirschtöter, der auf einen Stock gestützt aus seiner Hütte getreten war, begann zu husten und schüttelte ungläubig den Kopf.

Das Echo des Schusses verklang in der Ferne. Nur der Pulverrauch und der Schnee, der von den Büschen rieselte, erinnerte noch an den Knall. Die ersten Krieger erholten sich von ihrem Schrecken und alle griffen nach dem Zauberstock und wollten die starke Medizin fühlen. Bärenfuß schüttelte den Kopf. »Wartet«, rief er, »ich will euch zeigen, wie ihr nachladet. Nur mit diesen Kugeln kann man den Feuerstock abfeuern!« Er öffnete seine Ledertasche und kramte einen Behälter und eine silberne Kugel hervor. Stolz führte er seinen Verwandten vor, wie man Pulver in den Flintenlauf füllte und die Kugel mit dem langen Stock, der an der Zauberwaffe befestigt war, feststopfte. Er entsicherte den Feuerstock und legte ihn in die Hände des weisen Anführers.

Büffelkopf schüttelte den Kopf und reichte die Waffe an Wolfsgesicht weiter. Der Hundekrieger drückte den Abzug durch. Die Kugel fetzte Rinde von einem Baum und fuhr zischend durch den Schnee. Er stieß den Kriegsruf seines Volkes aus und konnte nicht verbergen, wie neidisch er auf seinen Stammesbruder war. Am liebsten hätte er die Waffe gar nicht mehr hergegeben. »Wo hast du sie her?«, fragte er. »Berichte, mein Bruder, damit wir losreiten und noch mehr von diesen Zauberstöcken holen können!«

Ein großes Feuer wurde entzündet und Bärenfuß erzählte, wie er an die Waffe gekommen war. Nur Biberfrau, die als Einzige nicht vor dem Knall zurückgezuckt war, konnte sich vorstellen, was er erlebt hatte. Auch Süße Medizin hatte es gewusst. Die Fuchskrieger waren zwei Tage durch den Wald und über die Hügel gelaufen. Eine geheimnisvolle Macht hatte sie zu dem befestigten Dorf getrieben, das die bärtigen Männer aus geschälten Baumstämmen errichtet hatten. Zwei oder drei Hütten am Berghang und ein hoher Zaun, der die Bewohner vor ihren Feinden und wilden Tieren schützte. Bärenfuß schilderte in blumigen Worten, wie sie sich zögernd dem Zaun genähert und die fremden Krieger mit dem Friedenszeichen begrüßt hätten.

Bärenfuß stand im zuckenden Schein des Feuers und genoss die Aufmerksamkeit seiner Zuhörer. Wie gebannt hingen sie an seinen Lippen. Er hatte etwas erlebt, das noch kein anderer Tsis-tsis-tas erfahren hatte. Nur Biberfrau hatte die bärtigen Männer gesehen, vor vielen Wintern in einem Traum, aber das hatte sie ihren Verwandten nicht verraten. Der Große Geist wollte, dass sie ihre eigenen Erfahrungen machten. Der Fuchskrieger hatte die blassen Männer getroffen und war stolz darauf, als erster Krieger seines Volkes einen Feuerstock zu besitzen. Wie eine Medizin hielt er die Waffe in beiden Händen und seine Augen glänzten vor Überlegenheit und Stolz.

Er drehte sich immer wieder, damit alle Zuhörer die Waffe sehen konnten. »Ein seltsames Volk«, sagte Bärenfuß über die bärtigen Männer, »ihre Haut ist blass, beinahe weiß, und die meisten von ihnen tragen Haare im Gesicht. Wie die zottigen Büffel, die in unseren Wäldern wohnen. Ein Mann hatte gelbes Haar und blaue Augen, stellt euch das vor!« Das glaubte ihm natürlich keiner, auch die Kinder wussten, dass die meisten Krieger ihre Geschichten mit kleinen Lügen anreicherten, die sie noch spannender und unterhaltsamer machten. »Sie leben in festen Holzhütten und schütten braunes Pulver in ihre Getränke, das süßer als der Sirup aus den Bäumen schmeckt. Sie wollen uns einen ganzen Sack von dem Pulver bringen, sobald der Sommer kommt!«

»Warum habt ihr sie nicht getötet?«, fragte Wolfsgesicht vorwurfsvoll. Er ärgerte sich, weil er nicht mit den Fuchskriegern geritten war. »Warum habt ihr ihnen nicht die Waffen abgenommen? Fürchten sich die Fuchskrieger vor diesen blassen Männern?«

Bärenfuß erwiderte den harten Blick des Hundekriegers. »Die Fuchskrieger sind schlau«, antwortete er, »sie brauchen keinen Krieg zu führen um an die begehrten Feuerstöcke zu kommen. Wir haben ihnen die Felle gegeben, die wir im Mond der fallenden Blätter erbeutet haben. Wir haben nur das Fleisch dieser Tiere gebraucht. Warum sollen wir die Felle nicht weggeben?«

»Du hast Recht«, beendete Büffelkopf die Auseinandersetzung, »wir wollen keinen Krieg mit den Männern, die Haare im Gesicht haben.« Er überlegte eine Weile. »Sie sind blass, sagst du?«

»Blass wie der Schnee, der auf den Berghängen liegt. Wir dachten, sie wären krank, aber das ist ihre Hautfarbe, und so sehen alle ihre Verwandten aus. Ihre Waffen und ihre Werkzeuge waren aus dem festen Holz, aus dem dieser Feuerstock geschnitzt ist.« Er berührte den stählernen Lauf der langen Flinte.

»Auch die Messer?« fragte Wolfsgesicht. Er hatte längst beschlossen gegen diese bärtigen Männer in den Krieg zu ziehen. Nicht morgen und nicht übermorgen, aber irgendwann einmal.

»Auch die Messer«, bestätigte Bärenfuß, »alle Werkzeuge und Waffen, die man sich vorstellen kann. Ich habe sie gefragt, wo dieses harte Holz wächst, aber sie wollten es mir nicht verraten.« Er verschwieg, dass ihn die bärtigen Männer ausgelacht hatten.

»Sind sie zahlreich?« fragte Wolfsgesicht weiter.

Der Fuchskrieger verneinte. »Sie sind ein kleines Volk, aber hüte dich sie anzugreifen! Ihr Medizin ist stark und ihre Waffen sind unseren Lanzen und Pfeilen überlegen! Nicht nur die Feuerstöcke. Ich habe die Pfeife mit ihnen geraucht und will, dass die blassen Männer unsere Freunde werden! Sobald der Donnervogel zurückkehrt und den Winter vertreibt, bringen sie uns Waffen und Werkzeuge aus dem festen Holz! Sie wollen Felle dafür.«

»Du willst mit ihnen handeln?«

»Warum nicht? Willst du keinen Feuerstock?«

»Ich werde mir einen holen«, meinte der Hundekrieger entschlossen. Er mied den strengen Blick des Häuptlings und verschränkte die Arme vor der Brust, als wollte er sagen: Die Hundekrieger handeln nicht. Sie sind zum Kämpfen geboren! Sie gehen nicht vor den blassen Männern in die Knie und einen Tag, an dem sie vor einem Feind davonlaufen, wird es nie wieder geben!

»Wir müssen dem Großen Geist vertrauen«, sagte Büffelkopf, »er wird uns sagen, was wir tun müssen. Er weiß, was am besten für unser Volk ist. Was sagst du, Biberfrau? Du sprichst mit den Geistern und hast eine Ahnung davon, wohin unser Weg führt.«

Biberfrau erhob sich langsam. Sie trat mit festen Schritten in den Feuerschein und hob beide Arme. Das Gemurmel, das den Worten des Hundekriegers gefolgt war, verstummte abrupt. »Meine Brüder und Schwestern«, rief sie mit lauter Stimme, »auch ich habe die blassen Männer gesehen, vor langer Zeit schon, in meinen Träumen! Ich wusste, dass wir ihnen begegnen würden, und ich weiß, dass wir sie bekämpfen werden!« Sie beobachtete, wie Wolfsgesicht zufrieden lächelte, und schränkte ein: »Aber nicht jetzt! Zuerst brauchen wir die Feuerstöcke und die anderen Waffen und Werkzeuge, von denen Bärenfuß gesprochen hat! Ohne sie sind wir schwach, mit ihnen sind wir unbesiegbar! Seid freundlich zu den blassen Männern und gebt ihnen die Felle, damit wir ihre starke Medizin bekommen!« Sie blickte den Fuchskrieger an und fragte: »Wie haben die blassen Männer gesprochen?«

Bärenfuß verstand die Frage nicht. »Wir haben uns mit Handzeichen verständigt«, antwortete er verwirrt, »aber ich habe gehört, wie sie miteinander sprachen. Seltsame Worte, deren Bedeutung ich nicht verstand. Ich dachte, sie singen ein Lied ...«

»Das ist das Zeichen, auf das ich gewartet habe«, sagte Biberfrau zufrieden. »Wir brauchen keine Angst vor den blassen Männern zu haben, sie sind uns freundlich gesonnen!« Sie wandte sich an Wolfsgesicht und nur er erkannte das entschlossene Funkeln in ihren Augen. »Aber der Tag wird kommen, an dem wir sie aus unserem Land vertreiben! Dann brauchen wir niemand mehr zu fürchten ...«

13

DAS VOLK VOM FLUSS

IM MOND DER hellen Sonne erreichten die Tsis-tsis-tas den Gelben Fluss. Sie stiegen aus den bewaldeten Bergen in die weiten Täler der Jagdgründe hinab, die zu ihrer neuen Heimat werden sollten. Sie staunten über das saftige Gras, das nicht nur am Ufer wuchs, und atmeten den würzigen Duft einer Pflanze ein, die es in ihrer alten Heimat nicht gegeben hatte. Der Himmel war blau und wolkenlos und die Sonne wärmte das unberührte Land.

Biberfrau ließ die schwarze Erde durch ihre Finger gleiten und dankte dem Großen Geist dafür, dass er sie in die neue Heimat geführt hatte. »Dies ist das Land, das ich in meinen Träumen gesehen habe«, sagte sie, während die anderen Frauen die ersten Wigwams errichteten und einige Krieger davonliefen um die Gegend zu erkunden. »Dies ist der Gelbe Fluss, der durch unser Leben fließen wird.« Sie setzte sich in das kniehohe Gras, entzündete die heilige Pfeife und ehrte den Himmel, die Erde und die vier Richtungen. Sie bat den Großen Geist über ihr Leben zu wachen und seine schützenden Hände über ihr Volk zu halten.

Der Fluss war nicht wirklich gelb, eher braun, und floss träge zwischen den Steilufern dahin. Dunkler Lehm war vom Regen ins Wasser gespült worden und gab ihm die schmutzige Farbe. Jenseits des Flusses erstreckten sich die sanften Hügel bis zu den schroffen Felsenbergen, die unvermittelt aus dem Land aufstiegen und den Himmel berührten. Am Flussufer wuchsen einige Bäume, spendeten den Schatten, den die Uferleute nach dem anstrengenden Marsch dringend brauchten. Auch die Waldleute und die Hügelleute hatten den Fluss erreicht und man beschloss ein gemeinsames Lager zu errichten, zumindest bis die Krieger von ihren Erkundungsausflügen zurückgekehrt waren.

Sie hatten versprochen nicht länger als einen Mond wegzubleiben, aber diese Zeit wurde Biberfrau zu lange und sie ging selbst los um sich die Gegend anzuschauen. Sie war neugierig, das stimmte, aber sie wollte auch allein mit der neuen Heimat sein, das Land auf sich wirken lassen und den Bäumen und den Steinen zuhören, wenn sie von der schwarzen Erde erzählten. Die Bäume und die Steine wussten viel. Sie ging mit dem Wind, genoss seine sanften Lieder und den frsichen Duft, den er aus dem warmen Süden mitbrachte. Ihr neues Kleid flatterte und auch ihre langen Zöpfe bewegten sich. Sie hatte lange gebetet und war zufrieden, denn mit dem Wind sangen die guten Geister und erzählten von einer guten Zukunft.

Sie blieb stehen und sang eines der fröhlichen Lieder, die sie während des Winters in einem Traum gehört hatte. Ihre Augen leuchteten und ihre Haut wurde von der warmen Sonne liebkost. Dies war ein guter Tag und es lohnte sich, am Leben zu sein. Sie sah einem gefleckten Adler zu, der über den grünen Tälern kreiste und auf den Strahlen der Sonne zu den Felsen flog. Sein Gefieder glänzte wie schwarzer Stein, der in der Hitze geschmolzen war.

Sie folgte ihm und erreichte eine weite Mulde, in der sich einige Büffel gewälzt hatten. Sie sah ihre Spuren in dem hohen Gras und roch ihre scharfe Ausdünstung. Zwischen einigen Sträuchern entdeckte sie einen roten Büffelschädel. Sie hob ihn auf und stellte fest, dass er mit rotem Staub bedeckt war. Ein Zeichen, vermutete sie aufgeregt. Sie hielt den Schädel zum Himmel und sang eines der Lieder an, die sie vor einer Jagd anstimmte. »Was willst du mir sagen, Großer Geist?«, fragte sie ehrfürchtig.

Sie ging langsam weiter und sah, dass der rote Staub überall lag. Im Gras, in den Mulden, auf den Sträuchern. Sie folgte der roten Spur und war zwei Tage und zwei Nächte unterwegs, bis sie die schroffen Felsen erreichte. Sie schlief nicht und fastete während des langen Marsches. Irgendetwas Besonderes wartete auf sie, das spürte sie mit jedem Schritt. Zwischen den Felsen lag die Quelle des geheimnisvollen Staubes, das erzählte ihr der Büffelschädel, den sie immer noch in beiden Händen hielt.

Am frühen Nachmittag des dritten Tages kletterte sie in eine tiefe Schlucht. Sie folgte dem hellen Streifen, den die Sonne durch die schmale Öffnung schickte, und entdeckte einen roten Berg, dessen Steine so weich waren, dass man sie beinahe mit bloßen Händen aus dem Fels brechen konnte. Ihre Hände glitten über die glatte Wand und fühlten, dass es sich um keinen gewöhnlichen Stein handelte. Der Große Geist hatte ihn geschaffen, damit ein heiliger Gegenstand daraus geschnitzt wurde. Sie zog die heilige Pfeife hinter ihrem Gürtel hervor und wusste sofort, was es war. »Haho«, bedankte sie sich. Sie brach einen kleinen Brocken aus dem Fels und schnitzte einen Pfeifenkopf. Nachdem sie ihn mit Schnüren von ihrem Kleid an dem federgeschmückten Schaft befestigt hatte, stopfte sie ihn mit Tabak. Der rote Stein leuchtete in der Sonne.

»Dies ist ein heiliger Ort«, sagte sie, nachdem sie zu Ehren des Großen Geistes geraucht hatte. »Dies ist der heilige Felsen, aus dem wir den Stein für unsere heiligen Pfeifen holen werden. So habe ich es heute getan und so werden es alle Häuptlinge und alle heiligen Männer der Tsis-tsis-tas tun.« Sie rauchte wieder und blickte lange zum Himmel empor. In der unendlichen Ferne, die sich über ihrer neuen Heimat ausbreitete, wohnte der Große Geist und achtete darauf, dass sie den richtigen Weg gingen. Sie hatte die Botschaft verstanden. Sie hatte den Büffelschädel gefunden und würde die Pfeife in Ehren halten. Sie war ein heiliger Gegenstand und verband sie mit dem Großen Geist.

Sie verbrachte die Nacht in der abgelegenen Schlucht und schlief auf dem nackten Fels. Der Stein hatte die Hitze aufgesogen und sie fror nicht. Im Traum begegnete sie Süße Medizin, der in der anderen Welt vor einem Zelt aus Büffelhäuten saß und auf einer Flöte spielte. Sie konnte ihn deutlich sehen, aber er bemerkte sie nicht und spielte ruhig weiter, obwohl sie laut seinen Namen rief. Es ging ihm besser, als sie erwartet hatte. Auf den Gestellen vor seiner Behausung trocknete Fleisch und in seiner Nähe spielten viele Kinder. Eine Frau war nicht zu sehen, aber sie nahm an, dass Maheo ihm eine Begleiterin zugewiesen hatte, denn ohne Familie konnte man auch auf der anderen Seite nicht überleben.

Mit den ersten Sonnenstrahlen des vierten Tages wachte sie auf. Sie betete und sang und kehrte in das gemeinsame Lager ihres Volkes zurück. Auch die anderen Gruppen der Tsis-tsis-tas waren inzwischen gekommen und hatten sich den Uferleuten angeschlossen. Im Lager herrschte große Aufregung. Bärenfuß und seine Fuchskrieger hatten das Dorf eines fremden Volkes entdeckt und die Häuptlinge beratschlagten, was sie tun sollten. »Sie leben in Häusern aus Holz und Lehm«, berichtete Bärenfuß, »und sie haben einen Zaun aus Holzpfählen um ihr Dorf gebaut!«

Die weisen Männer des Volkes saßen um das große Feuer herum und hörten dem Fuchskrieger zu, der schon zum zweiten Mal innerhalb weniger Monde eine wichtige Entdeckung gemacht hatte. Er berichtete, dass das Dorf der fremden Krieger einen halben Tagesmarsch flussaufwärts lag und beinahe uneinnehmbar für Angreifer war. Nur mit einer starken Medizin oder viel Feuer waren die Hütten oder der Zaun zu zerstören. »Ich sage, wir müssen Freundschaft mit diesen Kriegern schließen«, meinte er, »sie leben schon seit langer Zeit an diesem Fluss und können uns helfen in dieser Gegend heimisch zu werden.«

»Ich habe keine Angst vor ihnen«, erwiderte Wolfsgesicht, »wir sind stark genug um sie zu besiegen! Hast du Angst vor ihnen?«

Bärenfuß hielt seinen Feuerstock hoch. »Ich habe keine Angst, mein Bruder, aber warum sollen wir einen Krieg anfangen, wenn es keinen Grund dafür gibt? Die fremden Krieger haben keine Feuerstöcke, sonst hätten sie niemals einen Zaun gebaut. Mit einem Feuerstock fürchtet man seinen Feinde nicht!« Er hielt seine neue Waffe in den Flammenschein und lächelte überlegen.

Wolfsgesicht bewahrte mühsam die Beherrschung. Am liebsten wäre er mit den bloßen Händen auf Bärenfuß losgegangen. Er sprang auf und funkelte den Fuchskrieger wütend an. »Ich bin ein Hundekrieger«, rief er, »ich habe noch niemals Angst gehabt!«

»Das gilt auch für die Hirschhornkrieger«, fügte Weißer Büffel hinzu, »dies ist die neue Heimat unseres Volkes und wir sind stark genug alle anderen Krieger aus dieser Gegend zu vertreiben! Wir brauchen keine Feuerstöcke um das Dorf der fremden Leute zu erobern! Wir beschießen ihre Hütten mit brennenden Pfeilen und ich wehre ihre Waffen mit meinem Schild ab! Wir haben die heiligen Pfeile, wir sind unbesiegbar, habt ihr das vergessen?« Er blickte auf Biberfrau, die aus dem Schatten getreten war. »Fragt die heilige Frau unseres Volkes! Sie spricht mit den Geistern und muss es wissen.«

Die Augen der weisen Männer richteten sich auf Biberfrau. Sie war aus dem Schatten getreten und hielt ihre neue Pfeife in den Händen. »Dies ist kein guter Tag zum Kämpfen«, sagte sie, »ich bin dem Adler gefolgt und habe den heiligen Pfeifenstein gefunden. Seht her, meine Brüder! Aus dem roten Stein der heiligen Felsen wollen wir unsere Pfeifenköpfe schnitzen, so will es der Große Geist! Er hat mir die heilige Pfeife geschenkt und wir wollen sie rauchen, bevor wir eine Entscheidung treffen.«

Damit waren alle Krieger einverstanden, sogar der aufgebrachte Wolfsgesicht. Sie ehrten den Großen Geist, die Mutter Erde und die vier Richtungen mit einem Rauchopfer und Biberfrau sang ein Lied, das von ihrem langen Marsch erzählte. Dann stand sie auf. Sie wartete, bis alle Männer zu ihr aufsahen, und sagte: »Maheo hat uns zum Gelben Fluss geführt. Er hat unser Volk vereint und uns eine neue Heimat geschenkt. Ich will euch sagen, welche Bilder ich in meinen Träumen gesehen habe ...«

Biberfrau stellte zufrieden fest, dass sich die Gemüter von Wolfsgesicht und Weißer Büffel beruhigt hatten. Auch Büffelkopf, der zu den Häuptlingen aller Tsis-tsis-tas gehörte, war zufrieden. Er wollte keinen Krieg. Er war für das Wohl aller Menschen verantwortlich und wusste, dass sie noch zu schwach waren um gegen einen unbekannten Feind zu ziehen. »Ich habe gesehen, dass wir mit den fremden Kriegern in Frieden leben. Wir leben wie sie. Wir bauen feste Häuser und schützen sie mit einem hohen Zaun. Wir ernten die gelben Körner, die im Mond der fallenden Blätter aus der Erde kommen. Wir atmen dieselbe Luft wie sie.«

»Das hast du gesehen?«, fragte Wolfsgesicht. Seine Stirnadern waren angeschwollen und er beherrschte mühsam seinen Zorn. »Wann bekommen wir mehr Feuerstöcke? Wann ziehen wir in den Krieg? Weiß der Große Geist auch darauf eine Antwort?« Diesmal blieb er sitzen.

»Habe Geduld«, bat Biberfrau den Hundekrieger, »der Tag, an dem wir auf den Kriegspfad gehen, ist nicht mehr fern. Noch bevor die gelben Körner reifen, wirst du einen Coup schlagen!« Sie hatte keine Ahnung, woher sie das wusste, die Worte waren wie von selbst über ihre Lippen gekommen. Sie nickte bedeutungsvoll. »Das ist alles, was ich an diesem Feuer zu sagen habe.«

Die Krieger verstanden nicht alles, was sie sagte, aber sie stellten keine Fragen. Sie sprach mit den Geistern und wusste mehr als alle anderen Tsis-tsis-tas, sogar mehr als die Medizinmänner der Waldleute und Hügelleute. Wenn die Zeit gekommen war, würde sie ihnen alles erklären. Sie rauchten zufrieden, kehrten in ihre Strauchhütten zurück und überprüften ihre Waffen und Werkzeuge. Bald sollte ein Jagdtrupp losziehen und die Antilopen jagen, die einige Krieger in einem Tal aufgespürt hatten.

Biberfrau verbrachte den Abend am Fluss. Sie schlenderte allein am Ufer entlang und wartete, bis es dunkel war. Ihre Gedanken waren in Unordnung geraten. Wenn sie an ihr Volk dachte, folgte sie dem Häuptling. Wenn sie die funkelnden Augen von Wolfsgesicht sah, wollte sie auf den Kriegspfad ziehen. So würde es immer sein, das spürte sie. Sie war keine gewöhnliche Frau, der Große Geist hatte sie geschaffen um ihr Volk in die Zukunft zu begleiten. In ihr waren alle Tugenden des Volkes vereint.

Im Schutz der hereinbrechenden Nacht setzte sie sich ans Flussufer. Sie hörte leise Stimmen und erkannte zwei dunkle Gestalten, die sich hinter den Bäumen versteckten und kichernd verschmolzen. Ein junger Mann der Uferleute und eine junge Frau der Hügelleute. Sie verzog missbilligend den Mund. Es ziemte sich nicht für ein Liebespaar, seine Zuneigung so offen zu zeigen, nicht mal in der Dunkelheit. Die Frauen der Tsis-tsis-tas wurden zur Keuschheit erzogen und durften sich einem Verehrer erst zuwenden, wenn er viele Monde um sie geworben hatte.

Sie entfernte sich leise und lächelte nachsichtig. Ihre Augen hatten beinahe hundert Winter gesehen, aber ihre Seele war jung geblieben, und sie verstand die geheimnisvolle Kraft, die zwei Liebende in die Dunkelheit trieb. Wann würde sie diese Kraft spüren? War Wolfsgesicht der Hundekrieger, von dem Süße Medizin gesprochen hatte?

Würden sie dieselbe Luft atmen? Ihr Herz machte einen Sprung, wenn sie ihm in die Augen sah.

Im Fluss bewegte sich etwas. Der weiße Biber streckte seinen Kopf aus dem Wasser und schwamm ans Ufer. »Was bedrückt dich, meine Schwester?«, fragte er. »Ich habe gehört, was du am Feuer gesagt hast. Warum fürchtest du dich? Du hast so gesprochen, wie der Große Geist es von dir verlangt hat. Ihr werdet in Frieden mit den Numakiki leben. So nennt sich das Volk, das hinter dem Palisadenzaun wohnt. Und ihr werdet in den Krieg gegen die Ho-he ziehen. So heißt das Volk, das auf den Ebenen im Norden wohnt. So will es Maheo, so habe ich es erfahren.«

»Das ist gut«, erwiderte Biberfrau, »aber was geschieht mit mir? Wie lange bleibe ich jung? Werde ich jemals lieben? Werde ich jemals Krieg führen? Wie lange werde ich mein Volk führen? Die Last ist schwer und es gibt Tage, an denen ich sehr müde bin.«

»Ich weiß«, meinte der Biber verständnisvoll, »es ist nicht einfach, den schweren Weg des ganzen Volkes zu gehen. Noch liegen viele Winter vor dir. Du wirst die Zeit der Pferde und die Zeit der Büffel erleben. Du wirst die Frauen und Kinder beschützen, wenn die Spinnen kommen. Du bist stark, meine Schwester!«

Biberfrau verstand nicht alles, was ihr Schutzgeist sagte. »Die Zeit der Pferde? Welche Spinnen? Ich kenne die Bedeutung dieser Worte nicht. Verrate mir, was in der Zukunft auf mich wartet!«

»Das kann ich nicht«, erwiderte der weiße Biber, »aber du wirst die Bilder in deinen Träumen sehen! Bete zu Maheo und sprich mit den Geistern, die dich auf dem langen Weg begleiten!«

Das wollte Biberfrau tun. Kaum war der Biber verschwunden, stimmte sie ein heiliges Lied an, das auf dem dunklen Gefieder eines Nachtfalken über die Ebenen flog. Ihre Stimme schwebte in der Dunkelheit und beruhigte ihr Volk, das in den Strauchhütten schlief. Die Wachposten in den Hügeln und am Flussufer hörten ergriffen zu und verneigten sich vor der großen Verantwortung, die ihre heilige Frau auf sich geladen hatte. Sogar die Hunde lagen seufzend vor den Strauchhütten und lauschten ihrer Stimme.

Biberfrau schlief am Flussufer und erwachte mit den ersten Sonnenstrahlen, die sich im Wasser brachen. Sie wusch ihr Gesicht und sprach ein Morgengebet. Sie hatte ihren Frieden wieder gefunden. Das Gespräch mit ihrem Schutzgeist und die vielen Gebete, die während der Nacht über ihre Lippen gekommen waren, hatten ihre Seele beruhigt. Voller Energie kehrte sie zum Lager zurück. Sie grüßte den Häuptling, der gerade aus seiner Hütte kroch, und verneigte sich vor dem Anführer der Hundekrieger, der sie heimlich beobachtete. Sie spürte, wie ihr das Blut ins Gesicht schoss. Er wandte sich ab und gab vor sich um seine Waffen zu kümmern.

Ein Junge kehrte aufgeregt vom Steilufer zurück. »Die fremden Krieger kommen«, rief er, »sie kommen in Booten über den Fluss!«

Das ganze Volk rannte zum Ufer. Männer, Frauen und Kinder folgten dem Jungen und starrten neugierig auf die beiden runden Boote, die von breitschultrigen Kriegern gesteuert wurden. Die Männer waren mit Leggins bekleidet und trugen bunte Federn im langen Haar. Ihre Gesten und ihre lachenden Gesichter verrieten, dass sie in friedlicher Absicht kamen. Sie steuerten die Boote auf das sandige Ufer und kletterten zögernd den Hang empor.

Vor Büffelkopf, der rasch seine beste Kleidung angelegt hatte, blieben sie stehen. Er sah wie ein weiser Häuptling aus. Sie hoben ihre Arme mit den Handflächen nach außen, das Friedenszeichen, das auch die Tsis-tsis-tas benutzten. Dann sagten sie etwas, das Büffelkopf nicht verstand. Er antwortete in seiner Sprache und die beiden Fremden blickten einander verwundert an. Sie sagten wieder etwas und versuchten es mit Handzeichen, die auch die Neuankömmlinge zu deuten wussten. »Wir grüßen das tapfere Volk, das am Ufer des schlammigen Flusses siedeln will! Wir möchten euch einladen in unser Dorf zu kommen! Es liegt flussabwärts. Vier Bären, unser Häuptling, möchte euch begrüßen!«

Der Häuptling warnte Wolfsgesicht mit einem strengen Blick und teilte den Kriegern mit, dass er sich freue, mit Vier Bären die heilige Pfeife zu rauchen. »Wie heißt euer Volk, meine Brüder?«

»Numakiki«, antwortete einer der beiden Männer.

»Wir sind Tsis-tsis-tas«, sagte Büffelkopf.

In den runden Booten war noch Platz für drei Personen und er lud Biberfrau, Einsamer Wolf und Krummer Hals ein ihn zum Dorf des anderen Volkes zu begleiten. Die Numakiki warteten geduldig, bis die Krieger ihre beste Kleidung angezogen hatten. Büffelkopf hatte sich eine Ledertasche mit Geschenken umgehängt.

»Wir sind bis morgen Mittag zurück«, sagte der Häuptling.

»Wenn die Sonne am höchsten steht, greifen wir an«, rief Wolfsgesicht ihm nach. Der Hundekrieger konnte noch immer nicht verwinden, dass sie den fremden Kriegern freundlich begegneten. Zum Glück verstanden die beiden Männer ihn nicht.

Biberfrau stieg mit einem der Numakiki und Einsamer Wolf in ein Boot. Ein rundes Kanu aus biegsamen Ästen, die man mit Büffelhaut bespannt hatte. Sie hielt sich am Rand fest und amüsierte sich über den Krieger ihres Volkes, der seinen prachtvollen Bogen mitgenommen hatte und sich mit der freien Hand immer wieder durch seine langen Haare fuhr. Er legte großen Wert auf sein Aussehen und sie vermutete fast, dass er der Krieger gewesen war, der gestern mit einem Mädchen hinter den Bäumen verschwunden war. Er mochte die Frauen und dachte wohl daran, dass auch in dem fremden Dorf schöne Mädchen wohnten.

Sie kamen erstaunlich schnell voran. Die Numakiki bewegten die Boote mit langen Stangen vorwärts und lächelten freundlich, wenn die Uferleute sie ansahen. Von ihnen hatten sie nichts zu befürchten, das hatte Biberfrau vom weißen Biber erfahren und ihren Begleitern verraten. Sie blickte sich um und sah, dass alle Tsis-tsis-tas am Ufer standen und ihnen nachblickten. Der Mann mit der federgeschmückten Lanze musste Wolfsgesicht sein.

Biberfrau schloss die Augen und genoss die warme Morgensonne. Sie stimmte ein Lied an, das vom Wind über den Fluss getragen wurde und auch ihren Begleitern gefiel. »Großer Geist«, sang sie, »dies ist ein guter Tag um neue Freunde zu besuchen!«

14

DER HÄUPTLING DER NUMAKIKI

VIER BÄREN BEGRÜSSTE die Besucher in seinem Lehmhaus. Er trug einen Büffelfellmantel, dessen gegerbte Seite mit bunten Bildern bemalt war und von seinen Heldentaten erzählte. Sein Kopfschmuck aus Rabenfedern reichte bis auf den Boden. Er lächelte, als die Uferleute eintraten und ihn mit Handzeichen begrüßten. Sein feingeschnittenes Gesicht glänzte im Flammenschein. »Ich bin Vier Bären, der Häuptling der Numakiki«, sagte er in seiner Sprache und seine Hände übersetzten, »ich freue mich, dass ihr mir die Ehre erweist, mit euch die heilige Pfeife zu rauchen.«

»Auch ich freue mich«, erwiderte Büffelkopf, »wir mussten unsere alte Heimat verlassen und sind froh, mit den Numakiki in guter Nachbarschaft leben zu können. Dieses Land ist groß und wir werden nur die Tiere jagen, die der Große Geist für uns bestimmt hat.« Er stellte seine Begleiter vor und überreichte die Geschenke, die sie mitgebracht hatten: kostbare Felle, mehrere Waffen und Werkzeuge und eine Puppe, die Eulenfrau aus Hirschleder gefertigt hatte. Eulenfrau war die jüngste Schwester eines Fuchskriegers. Sie hatte einen Frauenbund gegründet, der für seine hochwertigen und farbenprächtigen Handarbeiten bekannt war.

Vier Bären freute sich über die Geschenke und bat seine Gäste sich ans Feuer zu setzen. Während der Begrüßung hatten seine Augen besonders lange auf Biberfrau geruht und auch jetzt beobachtete er sie. Bei ihrem Volk war es nicht üblich, dass eine Frau mit tapferen Kriegern an einem Feuer saß. Sie musste eine ganz besondere Frau sein und über außergewöhnliche Fähigkeiten verfügen. Die Frauen von Vier Bären blieben im Hintergrund und traten erst in den Feuerschein, als sie einen schwarzen Kessel mit Gemüseeintopf über das Feuer hingen.

Biberfrau spürte den Blick des Häuptlings und fühlte sich geehrt. Ihre Augen widerstanden der unverhohlenen Bewunderung und flackerten nicht. Sie lebte seit vielen Jahren und war sehr selbstbewusst. In ihren Händen lag die heilige Pfeife. Sie spürte die Wärme des Feuers auf ihren Wangen und spürte nur gute Geister in ihrer Nähe. Maheo wollte, dass sie mit diesem Volk in Frieden lebten, und hatte alle unerwünschten Gäste vertrieben.

Sie beobachtete ihre Begleiter und merkte, dass sie von dem fremden Häuptling beeindruckt waren. Sogar der furchtlose Krummer Hals war nervös. Aber das konnte auch an der geschlossenen Behausung liegen, die sich wie eine dunkle Höhle über ihnen wölbte. Verwitterte Baumstämme stützten das kuppelförmige Dach aus festem Lehm. In der Mitte war eine mit Sträuchern geschützte Öffnung für den Rauch, der vom Feuer aufstieg. Sie erkannte einige Bettstellen und gefüllte Vorratstaschen und an einem Pfahl hing ein bemalter Büffelschädel.

»Biberfrau ist die heilige Frau unseres Volkes«, deutete Büffelkopf mit seinen Händen an, »sie lebte schon, als wir aus der Erde kamen, und wird noch leben, wenn die Kinder unserer Kinder den Büffel jagen. Sie spricht mit den

Geistern, die in unseren Träumen wohnen, und sie hat den roten Felsen gefunden, aus dem wir unsere Pfeifenköpfe schnitzen. Erlaube ihr die heilige Pfeife unseres Volkes zu entzünden und mit uns zu rauchen!«

»So soll es sein«, sagte der Häuptling der Numakiki. Sein höfliches Nicken forderte Biberfrau auf mit dem Ritual zu beginnen. In seinen Augen war ein anerkennendes und sanftes Lächeln.

Biberfrau verneigte sich vor allen Anwesenden, bevor sie nach einem glühenden Holzscheit griff und den Tabak entzündete. Sie blies den Rauch nach oben und unten und in die vier Richtungen und sagte, was gesagt werden musste. »Großer Geist«, betete sie, »wir freuen uns, mit neuen Freunden am Feuer sitzen zu dürfen. Beschütze den tapferen Häuptling der Numakiki und sei bei den tapferen Männern unseres Volkes, wenn sie wichtige Entscheidungen treffen! Wir sind der unsichtbaren Spur gefolgt, die du für uns gelegt hast, und wir haben eine neue Heimat gefunden. Hilf uns, in diesen Jagdgründen zurechtzukommen, und begleite uns auf dem beschwerlichen Weg in die Zukunft! Sei gut zu unseren Freunden und gib uns die Kraft die Feinde zu besiegen! Ich verneige mich vor deiner ungeahnten Größe, Maheo!«

Sie reichte die Pfeife nach links weiter und die Männer wiederholten das Ritual. Alle sprachen ein kurzes Gebet, auch Vier Bären, der den Rauch tief in seine Lungen zog und anerkennend nickte, als er den würzigen Tabak spürte. Biberfrau hatte ihn mit wohlschmeckenden Kräutern und Beeren verfeinert. Sein Gebet klang wie ein fröhliches Lied, das die Tsis-tsis-tas nach einer erfolgreichen Jagd anstimmten, und drang bis tief in ihre Seelen.

Niemand sprach ein Wort, während sie rauchten, und man hörte nur das Knistern der Flammen und das Gemurmel der Numakiki, die vor dem Haus des Häuptlings warteten. Sobald die Dunkelheit hereinbrach, würde es ein großes Fest geben, das wussten sie, und einige Frauen waren bereits damit beschäftigt, die besten Stücke eines Büffels und ausgesuchte Feldfrüchte über einem Feuer zu kochen. Es gab wenig Abwechslung im Dorf der Numakiki und alle freuten sich auf die Gesellschaft.

Vier Bären reichte die Pfeife an Biberfrau zurück. Wieder war das anerkennende Lächeln in seinen Augen. Er verneigte sich höflich und sagte: »Dies ist ein guter Tag, meine Freunde! Wir haben aus der heiligen Pfeife geraucht und sind zu Brüdern geworden! Es wird keinen Krieg zwischen unseren Völkern geben!«

»So wird es sein«, versprach Büffelkopf dem Häuptling.

Biberfrau klopfte die Pfeife aus und streute die Asche ins Feuer. Die Männer unterhielten sich zwanglos, sprachen über die Sitten und Gebräuche ihres Volkes und prahlten mit ihren Jagderlebnissen. Vier Bären blieb zurückhaltend. Als junger Mann war er gegen die Ho-he im Norden gezogen und hatte vier tapferen Kriegern die Kopfhaut abgezogen, aber in seiner Erzählung hörte sich das eher beiläufig an, als wäre es eine Selbstverständlichkeit gewesen. Er deutete auf einen Pfahl, an dem die Skalpe hingen, zur Erinnerung an seinen einzigen Kriegszug.

Sein Volk liebte den Frieden und ging jedem Streit aus dem Weg. Deshalb hatten sie den hohen Zaun um ihr Dorf gebaut. Im Norden und im Westen lebten feindliche Krieger, die alle paar Monde ihre Tapferkeit beweisen wollten, und Vier Bären hatte keine Lust seine besten Männer in einem sinnlosen Krieg zu opfern. Er hatte gezeigt, dass er ein mutiger Krieger war und selbst von den Ho-he nicht besiegt werden konnte. Er brauchte nichts mehr zu beweisen. Der Große Geist verlangte von seinem Volk, dass es glücklich und zufrieden war und die Felder vor dem Palisadenzaun bestellte. Dort wuchsen wohlschmeckende Früchte, auch die gelben Körner, die Biberfrau in ihrem Lederbeutel trug.

Biberfrau berührte den Kessel, der schwarz und schwer über dem Feuer hing. Er war aus demselben Holz wie der geheimnisvolle Feuerstock gefertigt. Sie verbrannte sich die Finger und zog sie schnell zurück. »Das ist ein schöner Kessel«, sagte sie, »wo wachsen die Bäume, aus deren Holz ihr ihn geschnitzt habt?«

»Das ist kein Holz«, signalisierte Vier Bären, »das ist Eisen.« Er klopfte lächelnd gegen den Kessel. Wir haben es von dem blassen Händler, der alle paar Monde in unser Dorf kommt. Er gehört zum Volk der Franzosen und bringt uns Werkzeuge und Waffen.«

Biberfrau wurde hellhörig. Das musste der Mann sein, von dem Bärenfuß seine Waffe hatte. »Auch Feuerstöcke?«, fragte sie.

»Auch Feuerstöcke«, bestätigte der Häuptling der Numakiki. Er sagte etwas zu seinen beiden Frauen und sie brachten eine Flinte zum Feuer. Der dunkle Lauf glänzte im Feuerschein. Er legte sie vor Büffelkopf auf den Boden und sagte: »Dies ist mein Geschenk an den tapferen Häuptling des Volkes, das auf der anderen Seite des Flusses lebt! Ihr seid willkommen, meine Brüder! Meine Schwester!« Er nickte Biberfrau zu. »Wir haben nur drei Feuerstöcke, jetzt haben wir noch zwei, aber ich weiß, dass der Franzose auch mit euch handeln wird. Die blassen Männer freuen sich über wertvolle Felle, wie ihr sie mitgebracht habt!«

Büffelkopf fühlte sich sehr geehrt. Er blickte lange auf den Feuerstock und das Pulver und die Kugeln, die eine der Frauen danebengelegt hatte, und sagte: »Das ist ein kostbares Geschenk! Wenn der Häuptling der Numakiki in unser Dorf kommt, werden wir ihm ein ähnlich großes Geschenk überreichen!« Er griff nach der Flinte und betrachtete sie liebevoll. Seine Augen strahlten.

»Erzähle von dem Franzosen«, forderte Biberfrau den Häuptling der Numakiki auf. »Wie spricht er? Was ist er für ein Mensch?«

Sie erfuhr, dass seine Sprache wie ein fröhliches Lied klang, und nickte zufrieden. Vom Großen Geist hatte sie erfahren, dass die blassen Männer, die singen, wenn sie sprechen, in Frieden kommen und handeln wollen. Die bärtigen Männer, die sie vor langer Zeit getroffen hatte, waren unfreundlich, und wenn sie den Mund öffneten, klang es wie ein heiseres Husten. »Wir nennen ihn Lachender Mann«, erklärte Vier Bären, »weil er immer ein Lächeln auf seinen Lippen hat und gern mit unseren Kindern spielt. Irgendwann will er bei uns bleiben und in einem unserer Häuser wohnen.« Er lächelte. »Ich glaube, er spielt die Flöte für meine älteste Tochter. Sein fröhliches Lachen verzaubert die Frauen.«

Abends veranstalteten die Numakiki ein großes Fest für ihre Gäste. Das große Feuer auf dem Versammlungsplatz loderte hell zum Himmel empor und warf zuckende Schatten auf die dunklen Lehmwände der Häuser. In den Eisenkesseln kochten schmackhaftes Büffelfleisch und Gemüse, und die Uferleute kosteten zum ersten Mal von den gelben Körnern, die auf den Feldern wuchsen. »Maheo hat mir die Zauberkörner geschenkt«, sagte Biberfrau zu ihren Begleitern, »auch wir werden sie pflanzen.« Nach dem Essen kreisten die Pfeifen und der würzige Duft des Tabaks vertrieb den Geruch des fetten Essens. Zufriedene Gesichter leuchteten im Flammenschein, und es wurden Geschichten erzählt, wie immer, wenn man mit Freunden an einem Feuer saß. Bildhafte Handzeichen, die von allen Völkern verstanden wurden, machten es schwieriger, sich auszudrücken, wurden aber genauso gut verstanden wie ein gesprochenes Wort.

Biberfrau war die beste Geschichtenerzählerin ihres Volkes und wurde gebeten, den Anfang zu machen. Sie erinnerte sich an eine Geschichte, die Wihio erzählt hatte, und begann: »Vor vielen Wintern lebte ein junges Mädchen in unserem Dorf. Sie war die Tochter des Häuptlings und strahlte vor Schönheit. Ihre langen Haare glänzten wie das Gefieder eines wunderschönen Raben. Fast alle jungen Männer spielten die Flöte für sie und wollten sie heiraten, aber sie wies alle Bewerber ab. ›Ich liebe keinen dieser Krieger‹, sagte sie, ›und ich möchte keinen Mann heiraten, für den ich nichts empfinde.‹ So sprach sie, und ihr Vater stimmte zu. Er wollte, dass seine Tochter glücklich war.«

Das Feuer knisterte und die Numakiki hörten gespannt zu. Die heilige Frau verstand es, ihre Zuhörer zu fesseln. Sie stand mit ausgebreiteten Armen im Feuerschein und wusste genau, dass ihr Gesichtsausdruck vor den zuckenden Flammen noch dramatischer wirkte. Ein guter Geschichtenerzähler machte sich seine Umgebung zunutze und tat alles um die Dramatik einer Geschichte zu steigern. »Eines Abends saß die Tochter des Häuptlings in ihrer Hütte«, fuhr sie fort. »Sie war allein und nähte Mokassins. Der Klang einer Flöte wehte durch ihr Dorf und ein süßer Duft verzauberte sie.« Biberfrau hielt inne, wie immer an dieser Stelle, und auch unter den fremden Kriegern fand sich jemand, der auf seiner Flöte aus dünnen Adlerknochen spielte.

Biberfrau wartete, bis das Echo der zarten Melodie verklang, und signalisierte: »Das Mädchen ging nach draußen und begegnete einem jungen Krieger, den sie nicht kannte. ›Ich komme von weither‹, sagte er, ›und bin gekommen um dich zu holen. Komm mit mir und wir werden in einer Hütte meines Dorfes wohnen.‹ Der junge Mann gefiel ihr und sie griff nach seiner Hand. ›Ja, ich will mit dir gehen‹, sagte sie, ›viele Männer werben um mich, aber ich liebe keinen von ihnen, nur du hast mich verzaubert und ich will dir eine gute Frau sein. In welche Richtung gehen wir?‹ Er deutete in die aufgehende Sonne. ›Ich lebe dort, wo die Sonne erwacht.‹ Sie marschierten los und er verriet ihr, dass er Rotes Auge genannt wurde. Gegen Abend erreichten sie das Dorf.«

Auch dies war eine Stelle, an der sie gern eine Pause einlegte. Die Zuhörer sollten sich vorstellen, wie der geheimnisvolle Krieger und die Tochter des Häuptlings in dem dunklen Lager ankamen. Sie sollten das Singen des

Windes und das Knistern der Flammen hören und ein bisschen Angst bekommen. »Auch der Vater des jungen Kriegers war ein Häuptling«, verriet sie, »und er begrüßte das Brautpaar herzlich. Der junge Krieger und das Mädchen folgten ihm in die Hütte und durften sich zu den Männern ans Feuer setzen. Das Mädchen erkannte, dass die Krieger des Volkes besonders lange Nasen hatten, aber sie dachte sich nichts dabei und schlief in den Armen ihres Liebhabers ein.«

Biberfrau hielt inne und ließ den Zuhörern viel Zeit sich in die Lage der schönen Häuptlingstochter zu versetzen. Auch sie sollten die langen Nasen sehen und darüber nachdenken, was sie für eine Bedeutung hatten. »Im Dorf des Mädchens herrschte große Unruhe«, befriedigte sie nur einen Teil der Neugier, »die Häuptlingstochter war verschwunden und niemand wusste, wohin sie gegangen war. Die meisten Männer vermuteten, dass sie von feindlichen Kriegern geraubt worden war. ›Der Mann, der sie zurückbringt, darf sie heiraten‹, versprach der Häuptling.«

Vor dem überraschenden Ende der Geschichte legte Biberfrau noch einmal eine Pause ein. Sie genoss die Spannung, die sich unter den Zuhörern breit gemacht hatte. »Als das Mädchen erwachte, stellte sie fest, dass sie sich in einem hohlen Baum befand«, verblüffte sie die Numakiki. »Aus den Männern, auch aus ihrem Bräutigam, waren Ratten geworden! Sie kroch in panischer Angst aus dem Versteck und begegnete einem jungen Krieger, der ihr schon seit längerer Zeit den Hof machte. ›Mädchen‹, begrüßte er sie, ›wo bist du gewesen? Wir haben überall nach dir gesucht!‹ Sie umarmte ihn. ›Mein Freund‹, erwiderte sie, ›die Ratten haben mich gestohlen und zu diesem Baum gebracht!‹«

Biberfrau blickte in die verdutzten Gesichter ihrer vielen Zuhörer. »Der junge Krieger brachte sie nach Hause und sie heirateten«, berichtete sie. »Seit dieser Zeit bestehlen uns die Ratten!«

Die Geschichte gefiel den Numakiki und sogar Vier Bären, der nicht so leicht zu beeindrucken war, nickte anerkennend. Jetzt war es an ihm, eine Geschichte zu erzählen, und er besann sich auf die berühmteste Erzählung seines Volkes, die schon sein Großvater gekannt hatte: »Vor vielen Wintern lebte unser Volk unter der Erde, am Ufer eines großen Sees, der sich noch heute unter den Feldern ausbreitet. Dort gab es nur wenig Licht und die meisten unserer Vorfahren waren unzufrieden, weil sie vermuteten, dass es irgendwo eine andere und bessere Welt gab.«

Biberfrau wechselte einen schnellen Blick mit ihren Begleitern und schmunzelte. »Auch wir haben unter der Erde gewohnt«, beantwortete sie den fragenden Blick von Vier Bären, »vor langer Zeit. Was ist geschehen? Wie seid ihr in diese Welt gekommen?«

»Das will ich euch erzählen.« Auch der Häuptling der Numakiki war ein guter Geschichtenerzähler und verstand es, die Spannung einer Erzählung zu steigern. Er sprach mit seiner dunklen und eindringlichen Stimme und übersetzte jeden Satz in die Zeichensprache. »Am Ufer des Sees rankten sich Kletterpflanzen nach oben und verschwanden in der geheimnisvollen Dunkelheit. Niemand wusste, wohin die Pflanzen wuchsen. Manche redeten von einem Ungeheuer, das in einer Höhle darauf wartete, dass ein Krieger an den Pflanzen emporkletterte, und eine Frau behauptete sogar, die Kletterpflanzen seien von den bösen Geistern angepflanzt worden, um sie ins Verderben zu locken.«

Dies war die Stelle, an der Vier Bären gern eine Pause einlegte, und selbst die Numakiki, die seine Geschichte schon viele Male gehört hatten, spürten ein Kribbeln auf ihrem Rücken und warteten gespannt darauf, wie es weiterging. Manchmal veränderte ihr Häuptling die Geschichte. »Unter unseren Brüdern und Schwestern, die damals unter der Erde lebten, gab es einen jungen Krieger, der keine Angst hatte. Er lachte die Frau aus, die ihn vor den bösen Geistern warnte, und kletterte an der Pflanze empor. Er stieg immer höher, bis er eine Öffnung erreichte, die gerade groß genug war, um ihn durchzulassen. Was er sah, raubte ihm den Atem!« Vier Bären lächelte vielversprechend. »Weite Ebenen mit vielen Büffeln und fruchtbare Täler mit dunkler Erde, die wie geschaffen für den Anbau von Obst und Gemüse war!«

Begeisterte Rufe wurden laut. Ein junger Krieger sprang auf und tanzte auf der Stelle, bis ihn ein strenger Blick seines Häuptlings auf seinen Platz zurückschickte. Eine Frau kicherte leise.

»Der Krieger pflückte einige Beeren und kehrte in die unterirdischen Jagdgründe zurück«, erzählte Vier Bären weiter. »Er gab sie den anderen Numakiki zu essen und mein Volk war so begeistert, dass es beschloss sein unterirdisches Reich für immer zu verlassen und in die neue Welt zu ziehen. Einer nach dem anderen stiegen sie an der Pflanze empor und oben angekommen kletterten sie durch das Loch in die neuen Jagdgründe.«

Einige Numakiki, die wussten, wie der Häuptling seine Geschichte beenden würde, lachten verstohlen. Es war immer schön, die Pointe zu hören. »Dann kam die Reihe an die Frau, die den jungen Krieger vor den bösen Geistern gewarnt hatte«, berichtete Vier Bären vergnügt. Es gefiel ihm besonders, dass Biberfrau aufmerksam zuhörte und begierig seinen Handzeichen folgte. »Sie kletterte an der Pflanze empor und wollte durch das Loch steigen, aber sie war viel zu fett und blieb stecken! Die Hälfte unseres Volkes hatte seine dunkle Heimat bereits verlassen und blieb in der neuen Welt, die andere Hälfte blieb unter der Erde und lebt noch heute an dem großen See. Erst wenn wir sterben, kehren wir dorthin zurück, und die Numakiki, die Schuld auf sich geladen haben, ertrinken unter der schweren Last!«

Die Uferleute waren begeistert und stießen jubelnde Laute aus. Nachdem auch Büffelkopf und Krummer Hals und einige Männer der Numakiki eine Geschichte erzählt hatten, wurde gesungen und getanzt, und der rhythmische Klang der Trommeln klang als vielfaches Echo von den Hüttenwänden wieder. Auch Biberfrau tanzte. Sie war ausgelassen wie selten zuvor und es bereitete ihr Freude, ihren Körper zu bewegen. Sie spürte den Blick von Vier Bären, aber sie erinnerte sich an die Weissagung, dass sie dieselbe Luft wie ein Hundekrieger atmen würde, und ging ihm aus dem Weg. »Ich bin die heilige Frau meines Volkes«, gab sie ihm zu verstehen, als er sie im Schatten eines Hauses aufspürte.

Der Häuptling verstand, und sie ging davon um abseits des Feuers zum Großen Geist zu sprechen. Sie sprach ein langes Gebet und dankte ihm für die Freundschaft mit den Numakiki, bevor sie zu einer leeren Hütte ging und sich schlafen legte.

DIE ZEIT DER PFERDE

15

SÜSSE MEDIZIN KEHRT ZURÜCK

EINIGE WINTER VERGINGEN und zwischen den Numakiki und den Tsis-tsis-tas entwickelte sich eine tiefe Freundschaft. Die Neuankömmlinge waren die besseren Jäger und tauschten frisches Fleisch und kostbare Pelze gegen schmackhaftes Gemüse und süßes Obst. Die Pflanzer halfen ihren neuen Verbündeten ein Dorf mit festen Häusern zu bauen. Jeder lernte die Sprache des anderen und auf den gemeinsamen Festen wurde gegessen, getanzt und viel gelacht. Spannende Geschichten erklangen im Schein der Flammen und immer wieder wurde über die Frau gelacht, die in dem engen Loch stecken blieb und mit einer Hälfte in der neuen und der anderen Hälfte in der alten Welt lebte.

Biberfrau pflanzte die Körner, die sie in ihrem Medizinbeutel aufbewahrt hatte, und bat den Großen Geist um eine ertragreiche Ernte. Im folgenden Herbst leuchteten die gelben Maiskolben in der Sonne und sie tanzten mit den Numakiki den Erntetanz. Sie waren sesshaft geworden und nur die Hundekrieger und die Büffelkrieger zogen noch auf die Jagd, manchmal auch die Fuchskrieger, weil Bärenfuß einen Feuerstock besaß. Sie erlegten Büffel und Antilopen, folgten ihnen über die weiten Ebenen und lebten in hastig errichteten Zelten aus gegerbter Büffelhaut.

Die anderen Tsis-tsis-tas genossen das friedliche Leben in einem befestigten Dorf und bestellten die Felder, die sich bis zu den Steilufern am Gelben Fluss erstreckten. Sie ernteten das Gemüse, das sie im Dorf ihrer Freunde kennen gelernt hatten, und freuten sich über die wogenden Stauden. Aus Jägern wurden Pflanzer und aus herumziehenden Kriegern wurden friedliebende Dorfbewohner, die am liebsten hinter einem Zaun lebten und kaum noch zum Horizont schauten. Der Wind wurde zu einem Feind, der ihren Pflanzen gefährlich werden konnte, und die Sehnsucht nach einer neuen Heimat starb in dem heftigen Regen, der die schwarze Erde tränkte und alles gedeihen ließ. Das Leben der Tsis-tsis-tas hatte sich verändert.

Einsamer Wolf gehörte zu den Kriegern, denen dieses Leben am besten gefiel. Der eitle Bogensehnenkrieger verbrachte den halben Morgen damit, seine langen Haare zu kämmen und einzuölen, wie er es bei den Frauen der Numakiki gesehen hatte. Er hatte sich in ein junges Mädchen des anderen Volkes verliebt und umgarnte sie mit seiner Flöte. Im dritten Winter, nachdem sie ihr neues Dorf gebaut hatten, heirateten die beiden. Ein Kind wurde geboren und wuchs im Schatten der Maisstauden heran.

Die Numakiki waren treue Freunde. Ihre Geister hatten andere Namen, aber sie ehrten alle lebendigen Dinge und sangen ähnliche Lieder wie die Tsis-tsis-tas. Ihr Medizinmann war mächtig und verstand sich auf wilden Zauber. Einmal tanzte er mit einer Furcht erregenden Bärenmaske über den Versammlungsplatz um Biberfrau zu beeindrucken, aber die heilige Frau des Volkes regte sich kaum und hing ihren Gedanken nach. Sie wollte von diesem Zauber nichts wissen. Es genügte ihr, in ihren Träumen den Großen Geist und den weißen Biber zu erfahren und über den Fluss auf die andere Seite zu blicken, wo Süße Medizin in einem grünen Tal lebte und sich an den Sonnenstrahlen erfreute.

Weißer Büffel verließ das Dorf nur noch zweimal im Jahr, wenn die große Büffelherde über die Ebene zog. Mit seiner Schlange aus Hirschhorn lockte er die zottigen Tiere an. Zusammen mit seinen Hirschhornkriegern trieb er sie mit wilden Schreien auf eine Klippe zu, und viele Büffel erkannten die Gefahr nicht und stürzten zu Tode. Er stieß seine gekrümmte Lanze in den stärksten Büffel, bevor sich die Frauen daran machten, die Tiere abzuhäuten und das Fleisch auf die Traggestelle der Hunde zu packen. Aber er wurde alt und die beiden Söhne, die er mit seiner Frau gezeugt hatte, verstanden nicht genug von der Jagd.

Wolfsgesicht und seine Hundekrieger verbrachten fast jeden Tag auf den Ebenen und waren oft einen oder zwei Monde unterwegs. Sie mochten das Leben in dem befestigten Dorf nicht. Einmal begegneten sie den Ho-he, und der Anführer der Hundekrieger schlug drei Coups, bevor sie die Krieger töteten. Er berührte die überraschten Männer und stieß den gellenden Kriegsruf der Uferleute aus. Sie erbeuteten drei Feuerstöcke und Wolfsgesicht hielt eine flammende Rede am großen Feuer. »Wollt ihr ewig wie Weiber leben?«, fragte er. »Wollt ihr in der Erde wühlen und Saatkörner verteilen? Warum kommt ihr nicht mit uns? Warum folgt ihr nicht dem Wind, der nach Westen weht?«

Biberfrau hörte die Worte und verstand sie. Auch sie war unruhig geworden. Sie begegnete dem Hundekrieger vor dem Palisadenzaun, am Steilufer des Gelben Flusses, wo er den roten Himmel betrachtete und auf die Nacht wartete. »Mein Bruder«, begrüßte sie ihn, »ich habe gehört, was du am großen Feuer gesagt hast! Deine Worte sind wahr. Ich habe das Maiskorn gepflanzt, mit dem unser neues Leben begann, aber meine Gedanken sind unruhig, und ich sehne mich nach neuen Jagdgründen.«

»Du bist die heilige Frau unseres Volkes«, erwiderte der Hundekrieger, »du sprichst mit den Geistern und weißt am besten, in welcher Zukunft unser Volk leben soll. Warum sagst du unserem Volk nicht, dass es dieses Leben aufgeben soll? Warum brennst du den hölzernen Zaun nicht nieder? Sieh dir an, was aus einigen Kriegern geworden ist! Ich werde wütend, wenn ich sehe, wie sie gebückt über die Felder gehen und die Früchte aus der Erde graben. Das sind keine Tsis-tsis-tas! Das sind feige Hunde, die einer Spur folgen, die in die falsche Richtung führt! Ist es nicht so, Biberfrau? Gib mir eine Antwort, denn ich bin verwirrt!«

»Du hast Recht«, erwiderte die heilige Frau, »ich denke schon seit vielen Monden darüber nach. Mein Herz lacht, wenn ich sehe, wie zufrieden Einsamer Wolf ist, und wenn wir mit den Numakiki am großen Feuer sitzen und Geschichten austauschen. Mein Herz weint, wenn ich hier draußen bin und den roten Himmel sehe. Wenn ich über die weiten Ebenen blicke und mir vorstelle, dass der Große Geist auch dort zu Hause ist und vielleicht nur darauf wartet, dass wir ihm in eine neue Zukunft folgen.«

»Warum tun wir es nicht?«, fragte Wolfsgesicht. Er war älter geworden, auch seine Seele, und in sein Gesicht hatten sich Falten gegraben. Nur seine Augen strahlten noch die Wildheit aus, die ihn auf dem langen Marsch beseelt hatte. »Warum brennen wir das Dorf nicht nieder und ziehen mit dem Wind nach Westen?«

»Ich habe noch keine Antwort erhalten«, antwortete sie, »ich weiß, dass unser Weg den Büffeln folgt, aber es wird noch einige Monde dauern, bis wir soweit sind. Zuerst müssen wir die Aufgaben lösen, die der Große Geist uns stellt. So habe ich es erfahren und so wird es geschehen. Wir müssen Geduld haben.«

»Welche Aufgaben?«, wollte Wolfsgesicht wissen.

»Ich weiß es nicht«, antwortete sie ehrlich. »Ich bete jeden Tag und gehe in meinen Träumen auf lange Reisen und ich spüre, dass der Tag nicht mehr fern ist. Aber noch habe ich keine Nachricht erhalten. Gedulde dich, mein Bruder, und wandere über die weiten Ebenen, denn du wirst der erste sein, der es erfährt!«

Der Hundekrieger blickte sie lange an. Die Wildheit verschwand aus seinen Augen und wich einer Sanftheit, die nur wenige an ihm kannten. »Wir atmen dieselbe Luft, meine Schwester! Wirst du kommen, wenn ich auf meiner Adlerflöte spiele?

»Ich weiß es nicht«, antwortete sie ehrlich. »Ich bin die heilige Frau und ich weiß nicht, ob es der Große Geist erlaubt. Aber meine Gedanken sind bei dir, wenn du über die Ebenen gehst!«

Biberfrau ging ohne ein weiteres Wort davon. Sie lief am Steilufer entlang, bis ihr die Luft ausging, und sie neben einem schlanken Baum zusammenbrach. Sie war so weit vom Dorf entfernt, dass sie kaum noch die hellen Punkte der Feuer sah. Sie stützte sich keuchend auf die Unterarme und wartete, bis sie wieder klar denken konnte. Sie atmete tief durch und beschloss, vier Tage und vier Nächte zu fasten. Nur wenn sie auf eine große Reise ging, konnte sie die Antworten auf viele Fragen finden.

Sie lief in den Wald, der sich jenseits einer sprudelnden Quelle erstreckte, und lagerte auf einer Lichtung. Sie entzündete ein kleines Feuer und hielt ihre Hände darüber. Der Herbst kündigte sich an und die Nächte waren bereits empfindlich kalt. Sie starrte in die Flammen und empfand die hereinbrechende Dunkelheit wie eine schützende Decke, die sie vor den Fragen von Wolfsgesicht und ihren quälenden Gedanken schützte. Sie hatte zu lange geschwiegen. Es war höchste Zeit, in den Rauch eines kleinen Feuers zu wandern und den Großen Geist zu suchen.

Sie rührte sich nicht von der Stelle, blieb im Schein der wirbelnden Flammen sitzen, bis sie vom Schlaf übermannt wurde und auf den weichen Grasboden sank. Sie schlief tief und fest und erwachte erst, als das Feuer niedergebrannt war und die Kälte unter ihr Kleid kroch. Tagsüber betete sie zum Großen Geist. Sie pries seine Weisheit und bat ihn, ihr auf die vielen Fragen zu antworten. Sie sang die heiligen Lieder und blickte zum Himmel, zur Erde und in die vier Richtungen. Sie genoss die Entbehrungen, die an ihrem Körper nagten. Es war ein gutes Gefühl, auf Essen und Trinken zu verzichten und die Gedanken in der kalten Herbstsonne zu reinigen. Sie wurde immer ruhiger.

Nach der zweiten Nacht wurden ihre Gedanken durchsichtig, und sie verschmolz mit der lebendigen Natur auf der Lichtung. Sie schwebte auf den Flügeln eines Nachtvogels, der vom Wind über die Bäume getragen wurde, sie wurde zu einem bunten Käfer, der durch das feuchte Gras kroch. Sie hörte die seufzenden Bäume und die flüsternden Grashalme und sie verschwand in den Farben der Blumen, die in der Sonne leuchteten. Sie vernahm die Stimmen der Geister und schloss erst die Augen, als ihre Lieder wie ein entferntes Echo im tiefen Wald verklangen.

Spätnachts wurde sie von der Kälte geweckt. Sie schreckte hoch und brauchte einige Zeit um sich zurechtzufinden. Die Nacht war geheimnisvoller als sonst und der Mond, der sonst wie eine helle Scheibe am Himmel hing, war zu einem leuchtenden Nebel geworden und flimmerte in der Dunkelheit. Wie lange hatte sie geschlafen? Eine Nacht? Zwei Nächte? Drei Nächte? Sie blickte sich erstaunt um und entdeckte einen schattenhaften Umriss zwischen den Bäumen. »Wer bist du?«, fragte sie leise.

Die Gestalt blieb am Waldrand stehen. »Ich bin Süße Medizin«, kam die Antwort, »ich habe deine Tränen auf meinen Wangen gespürt und bin gekommen um deine Sorgen zu vertreiben.«

Sie richtete sich auf und wollte auf ihn zugehen, aber eine unsichtbare Macht hielt sie zurück. Sie blieb neben dem kalten Feuer stehen. »Süße Medizin«, rief sie, »du hast mich gefunden!«

»Ich habe mein Dorf verlassen«, erwiderte er, »ich bin

über den hängenden Pfad gekommen, der am fernen Himmel leuchtet. Der Große Geist hat mich auf der langen Reise begleitet. Er weiß, dass du verwirrt bist, und will dich in die neue Zukunft führen. Er will über die schweren Aufgaben sprechen, die dein Volk lösen muss, wenn es diesen Weg gehen will. Der Biber will, dass ich zu dir spreche. Er sagt, dass ich deine Seele berühren kann.«

»Das stimmt«, räumte sie ein, »du hast sie schon damals berührt, als wir im heiligen Berg waren und den alten Mann besucht haben.« Sie blickte sich neugierig um. »Wo sind wir, mein Bruder?«

»Ich weiß es nicht«, gestand der Krieger, »irgendwo zwischen dem fruchtbaren Tal, in dem ich wohne, und den Jagdgründen, die euch zur Heimat geworden sind. Ist das wichtig, Schwester?«

»Nein«, gestand sie lächelnd, »ich bin froh, dich zu sehen, auch wenn ich nur deinen Schatten erkennen kann. Ich freue mich, deine Stimme zu hören. Ich habe dich in meinen Träumen gesehen, aber der Große Geist wollte nicht, dass ich mit dir spreche.«

Er bewegte sich langsam. »Das ist wahr, Biberfrau. Unsere Welten sind durch einen tiefen Fluss getrennt und es gibt wenige Menschen, die ihn überqueren können. Menschen wie du.«

»Bist du verheiratet?«, fragte Biberfrau.

»Ja«, antwortete er.

»Das ist gut«, freute sie sich, »ich will, dass du glücklich bist. Es muss schön auf der anderen Seite sein! Warum laden wir die schwere Last dieses Lebens auf unsere Schultern, wenn es jenseits des Flusses keine Angst und keine Sorgen mehr gibt?«

»Ich weiß es nicht«, gestand der Krieger, »ich weiß nur, dass wir die andere Seite nicht erfahren würden, wenn es das Leben in deiner Welt nicht gäbe. Ich habe nur einen Teil dieses Lebens gesehen und bin traurig, weil ich immer auf der Flucht war und niemals über die Ebenen jenseits des Gelben Flusses gehen durfte. Dort liegt das Land, das euch zur neuen Heimat werden wird! Ein weites Land ohne Anfang und ohne Ende, eine Welt, in der man täglich den Großen Geist und die Kraft der Erde erfährt.«

»So wie in deiner Welt.«

»Anders, Biberfrau, ganz anders.«

»Dann stimmt es also«, meinte sie, »wir sollen den Gelben Fluss überqueren und unsere Büffelhautzelte auf den Ebenen aufschlagen, so wie Wolfsgesicht und die Hundekrieger, wenn sie auf die Jagd gehen ...«

»Nein«, widersprach Süße Medizin, »vor dem neuen Leben stehen die Aufgaben, von denen ich gesprochen habe. Viele Winter werden vergehen, bis du sie gelöst hast! Erst dann folgt ihr den Büffeln auf die Ebenen. Du wirst die Hundekrieger in eine große Schlacht führen und du wirst mit ihnen nach Süden reiten um Pferde zu holen. Die Zeit der Hunde ist vorbei, meine Schwester!«

»Pferde?«, fragte sie erstaunt.

»Große Hunde«, erklärte er geduldig, »sie werden euch über die weiten Ebenen tragen und euer Leben verändern.«

»Wo finde ich sie?«

»Du wirst es erfahren.«

Sie blickte verstört in die Dunkelheit. Das schimmernde Licht des zerflossenen Mondes floss von den Bäumen und spiegelte sich in den Augen von Süße Medizin. Sie erkannte jetzt nur seine Augen, das geheimnisvolle Leuchten, wie es an manchen Sonnentagen zu sehen war, dann wanderte das Licht und in der Dunkelheit waren nur seine Umrisse zu sehen. »Pferde«, wiederholte sie, »diese Tiere habe ich nicht gesehen, als ich auf dem Berg der alten Frau stand. Wollte sie nicht, dass ich sie sehe?«

»Maheo wollte es nicht«, erklärte der Krieger, »sonst hättet ihr die Hunde nicht angenommen. Aber jetzt ist die Zeit der Hunde vorbei, und die Zeit der Pferde beginnt. So werden die Enkel eurer Enkel berichten, wenn sie von den alten Zeiten erzählen ...«

Sie verstand nicht alles, was er sagte. »Werden wir diese vierbeinigen Brüder haben, wenn wir in den Krieg ziehen?«

»Nein«, antwortete er, »nicht auf dem ersten Kriegspfad. Ihr werdet zu Fuß gegen die Ho-he kämpfen, so wie sie gegen euch gekämpft haben. Ihr müsst sie besiegen, denn sie besitzen Waffen, ohne die ihr in der neuen Welt nicht bestehen könnt!«

»Feuerstöcke?«

»Viele Feuerstöcke«, verriet er, »sie nützen den Ho-he nicht viel, weil sie euren hölzernen Zaun nicht überwinden können, aber sie schießen damit auf Frauen, die im Wald nach Beeren suchen. Ich habe gesehen, wie sie zwei junge Mädchen getötet haben!«

»Sie haben uns angegriffen?«, rief Biberfrau entsetzt.

»Gestern Morgen«, berichtete Süße Medizin traurig, »sie töteten die Mädchen und verschwanden, bevor eure Krieger ihnen folgen konnten. Wolfsgesicht und die Hundekrieger kehren heute Mittag von der Jagd zurück. Du wirst mit ihnen gehen und den Tod der beiden Mädchen rächen! So will es der Große Geist.«

Biberfrau sank langsam auf die Knie. Sie öffnete die Haare und trauerte um die beiden Mädchen. Warum hatte der Große Geist sie vom Dorf weggelockt? Warum hatte er sie auf eine lange Reise geschickt, wenn die Ho-he ihre Leute überfielen? Warum verriet Süße Medizin erst jetzt, dass Blut geflossen war? Sie versteckte ihr Gesicht in den Händen und sang ein leises Lied.

Süße Medizin wartete, bis sie wieder bei Sinnen war. Er erriet ihre Gedanken. »Es war vorherbestimmt«, sagte er, »der Große Geist wollte, dass die Mädchen auf die andere Seite gingen. Nur wenn ihr ihren Tod rächt und gegen die Ho-he zieht, wird es eine neue Zukunft geben. Ich verstehe es nicht, aber ich weiß es.«

»Der Große Geist verlangt viel von mir«, erwiderte Biberfrau traurig. »Ich habe Angst, dass ich zu schwach bin.

Wie lange werde ich jung bleiben? Wie lange werde ich leben, mein Bruder? Wann ist der lange Weg unseres Volkes zu Ende? Soll ich bis zum fernen Horizont gehen? Ich bin verwirrt, mein Bruder!«

»Ich weiß«, meinte der Krieger, »du wirst es schaffen!«

Biberfrau stand auf und wollte auf ihn zugehen, sich an seiner Brust ausweinen, aber wieder hielt eine geheimnisvolle Macht sie zurück. Sie blieb stehen und spürte den kühlen Wind, der über die Lichtung wehte und kalte Asche aufwirbelte. Auch er trauerte um die beiden Mädchen. Die Bäume sangen leise.

»Ich muss gehen«, sagte er, »meine Zeit ist gekommen.«

»Ich weiß«, spürte sie.

»Evoxpohess!«

Sie hörte das Mutwort ihres Volkes und straffte sich. Es schenkte ihr neuen Mut und neue Kraft. Aber es gab noch viele Fragen, die er nicht beantwortet hatte. »Süße Medizin«, rief sie.

»Ich höre dich, meine Schwester.«

»Werde ich Wolfsgesicht lieben?«

»Du wirst einen Hundekrieger lieben«, wich Süße Medizin aus, »so habe ich es vom Großen Geist erfahren.« Er drehte sich um und verschwand, bevor sie eine weitere Frage stellen konnte.

Biberfrau sah, wie sich seine Gestalt zwischen den Bäumen auflöste. Der flimmernde Nebel verschwand und der Mond stand wieder als blasse Scheibe am Himmel. Ein heftiger Windstoß wirbelte sie zu Boden. Sie duckte sich unter dem Hieb und hielt sich an den Grashalmen fest. So blieb sie liegen, bis der Wind wieder nachließ und sie in einen traumlosen Schlaf versank.

16

DIE HO-HE GREIFEN AN

BIBERFRAU ERREICHTE DAS Dorf am späten Morgen. Wolfsgesicht war von der Jagd zurückgekehrt und rauchte die Pfeife mit allen Männern, die ihn auf den Kriegspfad begleiten wollten. Die meisten Hundekrieger brannten darauf, ihre ersten Coups zu schlagen, und die Väter der beiden Mädchen wollten die verhassten Ho-he besiegen. Ihr Tod hatte aus vielen Pflanzern wieder Jäger gemacht und die heilige Frau verstand jetzt, warum sie auf die andere Seite gegangen waren. Krummer Hals und einige seiner Büffelkrieger kamen. Bärenfuß rief die tapfersten Fuchskrieger zusammen und schloss sich dem Kriegstrupp an. Weißer Büffel blieb zu Hause und Einsamer Wolf hörte auf seine junge Frau und verließ das Lehmhaus nicht. Es war die Zeit der Maisernte.

Die heilige Frau betrat das Lehmhaus, in dem Wolfsgesicht mit einigen Kriegern rauchte. Sie wartete, bis der Anführer der Hundekrieger sie ans Feuer bat und ihr die Pfeife reichte. »Ich will, dass du die heilige Pfeife mit uns rauchst«, sagte er, »ich will, dass du mit uns gehst!«

»Ich weiß«, sagte sie zur Überraschung aller Krieger, »so habe ich es vom Großen Geist erfahren.« Sie erwähnte Süße Medizin nicht, weil sie die Männer nicht erschrecken wollte. »Wir müssen die Ho-he besiegen, wenn wir einen neuen Weg gehen wollen.«

»Wir werden sie töten«, erwiderte Wolfsgesicht entschlossen, »wir werden ihnen die Feuerstöcke abnehmen und unbesiegbar sein! Wir sind Tsis-tsis-tas, wir sind tapferer als alle anderen!«

»Houp, houp!«, stimmten die Männer zu.

Biberfrau rauchte die Pfeife und sprach ein Gebet. »Du hast Recht«, sagte sie, »auch das habe ich gehört. Zieht eure beste Kleidung an und betet über euren Waffen, bevor ihr das Lehmhaus verlasst! Singt die heiligen Lieder und vergesst die Medizinbeutel nicht! Wir führen diesen Kampf für unser ganzes Volk!«

So geschah es. Alle Krieger waren ungeduldig und wollten so schnell wie möglich auf den Kriegspfad ziehen, aber sie gehorchten der heiligen Frau und verbrachten einen Tag und eine Nacht damit, sich auf den Kriegszug vorzubereiten. Sie legten ihre Waffen auf den Boden und sangen heilige Lieder. Sie blieben in ihren Häusern und sprachen Gebete. Biberfrau hatte mit dem Großen Geist gesprochen und wusste, was von ihnen erwartet wurde. Nur wenn sie taten, was er verlangte, konnten sie die Ho-he besiegen. Das Schicksal ihres Volkes stand auf dem Spiel.

Erst am nächsten Morgen brachen sie auf. Sie gingen schweigend durch das Dorf und zogen am Lehmhaus des Häuptlings vorbei. Büffelkopf kam mit seinem Feuerstock nach draußen und reichte ihn Wolfsgesicht. »Ich habe ihn bekommen, damit du viele Ho-he damit tötest«, sagte er. »Nimm ihn, denn ich lebe für den Frieden!« Er blickte den Anführer der Hundekrieger ernst an. »Nimm ihn, mein Bruder! Du wurdest für den Krieg geboren! Meine Gebete begleiten dich!« Mehr wurde nicht gesprochen. Wolfsgesicht nahm den Feuerstock und reckte ihn schweigend nach oben. In ihrer besten Kleidung zogen die Krieger aus dem Dorf, dem Wald entgegen, in dem die Mädchen getötet worden waren.

Biberfrau war vorausgegangen und erwartete die Krieger am Waldrand. Sie hatte die Nacht am Flussufer verbracht und zum Großen Geist gebetet. So wurde es von ihr verlangt. Sie hatte gehofft ihrem Schutzgeist zu begegnen, aber der weiße Biber war im Wasser geblieben. Sie hätte gern gewusst, was er zum neuen Leben ihres Volkes zu sagen hatte. Er war nicht erschienen und sie hatte Maheo dafür gedankt, dass er Süße Medizin in ihren Traum geführt hatte. Seine Gegenwart hatte ihr die Kraft zurückgegeben, die sie für die bevorstehenden Aufgaben brauchte.

Sie liefen schweigend durch den Wald, einer hinter dem anderen, wie sie es vor vielen Wintern gelernt hatten. Bärenfuß war der beste Spurenleser des Volkes und kniete immer wieder nieder um die Abdrücke im weichen Waldboden zu untersuchen. Die Ho-he hatten sich keine Mühe gegeben ihre Spuren zu verwischen. Sie fühlten sich den Tsis-tsis-tas überlegen, hielten sie für friedliebende Pflanzer, die nur ihre Ernte im Kopf hatten und es niemals wagen würden, erfahrene Krieger zu verfolgen. Sie wussten nicht, dass die Hundekrieger nur darauf gewartet hatten, auf den Kriegspfad zu ziehen. Sie brannten darauf, die Felder zu verlassen und den Büffeln über die weiten Ebenen zu folgen. Eine neue Zeit war angebrochen.

Biberfrau hatte keine Mühe mit den Kriegern durch den Wald zu laufen. Auch ihr Körper war jung geblieben. Sie bewegte sich mit der Anmut eines heranwachsenden Hirsches, der sich auch in der Dunkelheit im Wald zurechtfand. Hinter ihrem Gürtel steckten die Steinaxt und die heilige Pfeife, unterhalb ihres Rückens steckte das Messer und über ihren Schultern hingen der Bogen und der Köcher mit den Pfeilen. Sie hatte lange über diesen Waffen gebetet. Sie war eine Frau, aber sie würde selbst in den Kampf eingreifen, wenn es von ihr verlangt wurde. Ihr Gesicht war entschlossen, ihre schmalen Lippen verrieten einen festen Willen, der durch viele Gebete und Lieder gehärtet war.

Sie bewegten sich vorsichtig, blieben immer wieder stehen, wenn sie den Rand einer Lichtung oder das Ufer eines Flusses erreichten. Dies war Feindesland. Es wurde kein unnötiges Wort mehr gesprochen und kein Feuer entzündet. Ihre Waffen waren schussbereit und die beiden Feuerstöcke geladen, denn überall konnten feindliche Ho-he lauern. Geschlafen wurde nur, wenn es unbedingt sein musste, und in jedem Lager wurden Wachposten aufgestellt, die aufmerksam die nähere Umgebung musterten.

Die Spuren der beiden Mörder hatten sich deutlich in den Boden gegraben. Ihr Vorsprung war geschrumpft, aber sie waren immer noch einen Tag vor ihnen. Wolfsgesicht trieb die Uferleute zur Eile an. Biberfrau widersprach, denn die fliehenden Krieger konnten auf andere Ho-he stoßen, und nur ausgeruhte Männer bestanden gegen einen starken Feind. Biberfrau wusste, dass die Ho-he mehr Feuerstöcke hatten. Sie verriet ihnen nicht, was Süße Medizin gesagt hatte, denn sie wollte niemanden beunruhigen. Die Krieger mussten von ihrer Unbesiegbarkeit überzeugt sein, wenn sie eine Chance gegen die Ho-he haben wollten.

Das Land wurde zerklüfteter. Sie hatten den Gelben Fluss weit hinter sich gelassen und liefen am Ufer eines schmaleren Flusses entlang, der sich durch weite Täler und felsige Schluchten wand. Steile Felswände wuchsen bedrohlich zum Himmel empor. Die Gegend war wie geschaffen für einen Hinterhalt, deshalb schickten sie Späher aus, die wie Wölfe herumstreunten und die Felsen nach feindlichen Kriegern absuchten. Von den Numakiki hatten sie erfahren, dass die Ho-he auch nachts angriffen. Es war höchste Vorsicht geboten. Hinter jedem Felsen konnten Ho-he auf der Lauer liegen. Nur wenn sie immer kampfbereit waren, konnten sie einen plötzlichen Angriff überstehen.

Die Spuren der beiden Mörder hatten sie irgendwo zwischen den Felsen verloren. Es war unmöglich, sie auf dem steinigen Boden wieder zu finden. Bärenfuß gab sich alle Mühe, aber er war kein Geist und konnte nicht sehen, was nicht zu sehen war. Die Krieger wurden nervös, umklammerten ihre Waffen immer fester. Sie hatten keine Angst, aber sie waren unruhig und konnten es kaum noch erwarten, ihren Mut in einem Krieg zu beweisen.

Ihre Anspannung war so groß, dass sie kaum noch schliefen. Sie lagerten unterhalb einer dunklen Felswand und die meisten Krieger mussten sich dazu zwingen, die Augen zu schließen. Sie mussten ausgeruht sein, wenn sie die Waffen erhoben. Auch Biberfrau dachte so. Sie lagerte abseits der Krieger auf dem felsigen Boden und betete zum Großen Geist. Das hatte sie während des ganzen Kriegszuges getan, aber niemals eine Antwort bekommen. Wann griffen die Ho-he an? Wie viele Feuerstöcke hatten sie? Wie viele Uferleute würden sterben? Auf solche Fragen gab Maheo keine Antwort, aber sie versuchte es dennoch.

Um Mitternacht fand sie sich zwischen den großen Felsen wieder, die wie das Spielzeug eines Riesen in der Schlucht verstreut lagen. Ein schmaler Bach floss dort, wo vorher nur Steine gewesen waren. Sie trank von dem kühlen Wasser und betrachtete ihr Spiegelbild, das immer noch einer jungen Frau gehörte. Ihr Mund verzog sich zu einem zufriedenen Lächeln. Sie richtete sich auf und beobachtete, wie ihr Gesicht im Wasser zerfloss und ihr Schutzgeist zwischen den treibenden Wellenringen auftauchte. Der Biber blickte sie lächelnd an.

»Meine Schwester«, begrüßte er die heilige Frau, »ich freue mich dich wieder zu sehen, »ich habe lange nach dir gesucht.«

»Du kommst zur rechten Zeit.«

»Ich weiß«, erwiderte der weiße Biber leise, »ich wäre schon früher gekommen, aber ich wusste, dass Süße Medizin bei dir war.«

»Er hat mir nicht alles verraten.«

»Auch ich kann dir nicht alles sagen«, meinte der Biber ernst, »der Große Geist will nicht, dass du alles weißt. Kein Mensch darf alles wissen, auch dann nicht, wenn er mit den Geistern spricht. Das Geheimnis des Lebens muss immer bestehen bleiben, auch wenn es schmerzhaft ist. Du verstehst, was ich dir sagen will?«

»Nicht ganz«, gab Biberfrau zu.

»Du wirst es lernen.«

»Warum bist du mir ins Land unserer Feinde gefolgt?«, fragte sie. »Hast du die Ho-he gesehen? Warum sind sie unsichtbar? Warum sind sie zu feige gegen uns die Waffen zu erheben?«

»Es wird nicht mehr lange dauern.«

»Was kann ich tun?«

Ihr Schutzgeist schwamm gegen die Strömung an. Er verzog sein Gesicht und verstand selbst nicht, was der Große Geist ihm aufgetragen hatte. »Siehst du den Felsen, der über eurem Lager aufragt«, fragte er, »die schwarze Wand, die den Himmel berührt?«

»Ich sehe sie, mein Bruder.«

»Klettere hinauf, noch heute nacht! Steige auf den Gipfel des schwarzen Felsens und entzünde ein Feuer! Auf dem Felsen wachsen Bäume und es gibt Holz genug. Lasse es hell brennen und sing ein heiliges Lied! Bete zum Großen Geist und warte!«

»Auf wen«, fragte sie verwundert, »auf die Ho-he?«

»Du wirst es sehen.«

Biberfrau stellte sich vor, wie die Ho-he durch das Feuer angelockt wurden und mit erhobenen Waffen auf sie zustürmten. »Ich bin zu schwach um gegen ein ganzes Volk zu kämpfen«, sagte sie, »wie soll ich mich schützen, wenn die Ho-he angreifen?«

»Du wirst es sehen.«

Sie erkannte, dass er nicht mehr sagen würde, und fragte ihn nach den anderen Uferleuten. »Was geschieht mit meinen Brüdern? Mit Wolfsgesicht? Mit Krummer Hals? Mit Bärenfuß? Mit Weißer Büffel? Sollen die Krieger sterben? Sie werden denken, dass ich sie im Stich gelassen habe! Was soll ich ihnen sagen?«

»Du wirst es sehen«, antwortete der Biber noch einmal, »das ist alles, was ich dir sagen kann.« Er tauchte unter und verschwand.

Biberfrau wachte auf und blickte sich erstaunt um. Es gab keinen Bach und keinen weißen Biber mehr. Es war tiefe Nacht und das Land war unter einer schweren Dunkelheit erstarrt. Nur die Wachposten hatten die Augen offen, die anderen Krieger waren eingenickt und atmeten regelmäßig. Sie hielten ihre Waffen schussbereit in den Händen und würden sofort aufspringen, wenn einer der Wachposten einen Schrei ausstieß. Sie schliefen wie die Hunde, die schon beim leisesten Geräusch aufwachten.

Der Mond stand zwischen einigen Wolken und markierte einen silbernen Pfad auf dem dunklen Felsboden. Biberfrau folgte ihm angespannt. Sie hielt den Bogen mit einem aufgelegten Pfeil in den Händen. Der silberne Schein führte sie tief in die Felsen hinein und über einen steilen Pfad, der in zahlreichen Windungen auf die schwarze Felswand führte. Sie beeilte sich, stieg mit großen Schritten nach oben und erreichte keuchend den Gipfel.

Vor ihr erstreckte sich ein weites Plateau. Glatter Fels führte bis zum nahen Abgrund, brach in der Dunkelheit ab und knickte steil nach unten. In den Felsspalten wuchsen verkrüppelte Bäume. Sie bogen sich unter dem böigen Wind, der über den Tafelberg blies und den Klang ferner Trommeln an ihre Ohren trug. Sie blieb erschrocken stehen. Hörte sie die Trommeln der Ho-he? Hatten die feindlichen Krieger ihr Lager entdeckt? Wussten sie, dass Tsistsis-tas in der Nähe waren? Riefen sie die Krieger zum Angriff zusammen? Sie erschauderte und trat an den Felsrand.

Das Lager ihrer Brüder lag direkt unter ihr. Sie erspähte

die Umrisse eines Wachpostens und glaubte den schlafenden Anführer der Hundekrieger zu erkennen. Sie hörten die Trommeln nicht. Nur auf dem Felsen, wo der kalte Wind aus dem Norden zu spüren war, vernahm man den dumpfen Klang. Sie wollte ihre Brüder warnen, ihnen etwas zurufen, aber der Felsen war viel zu hoch. Sie würden ihren Schrei nicht hören. Sie war zu weit weg.

Enttäuscht kehrte sie zu den verkrüppelten Bäumen zurück. Sie brach einige Zweige ab und entzündete ein Feuer. Auf den Felsen lagen einige Äste verstreut und sie schob das Holz in die lodernden Flammen. Dann setzte sie sich. Sie hatte getan, was der weiße Biber ihr aufgetragen hatte. Jetzt konnte sie nur noch warten. Sie wusste nicht auf wen. Sie vermutete, dass sie auf die Ho-he wartete, aber es konnten auch die bösen Geister sein, die zwischen den dunklen Felsen im kalten Feindesland wohnten.

Zwei Schüsse krachten. Ihr Klang wurde vom Wind auf den Felsen getragen und sie rannte in panischer Angst zum Felsenrand. Sie kannte den Lärm, den die Feuerstöcke verursachten. Im blassen Mondlicht erkannte sie, wie sich einer ihrer Brüder an die Brust griff und getroffen zu Boden stürzte. Einer der Wachposten fiel vornüber und rührte sich nicht mehr. Sie konnte kaum etwas erkennen, aber sie spürte, dass es zu einem hitzigen Kampf gegen die Ho-he gekommen war und dass unterhalb der Felswand auf Leben und Tod gekämpft wurde. Sie erinnerte sich an die Worte des weißen Bibers und warf mehr Holz ins Feuer.

Entschlossen setzte sie sich ans Feuer. Erst jetzt wurde ihr klar, was der Große Geist von ihr verlangte. Die Ho-he würden das Feuer sehen und auf den Tafelberg klettern. Sie würden von ihren Brüdern ablassen und dem geheimnisvollen Feuerschein folgen, der sie auf den Gipfel lockte. Sie war auserwählt worden, der Übermacht der feindlichen Krieger allein gegenüberzutreten.

Sie stimmte ein heiliges Lied an. Ein Kriegslied, das den heldenhaften Mut eines Mannes lobte, der sich allein in ein feindliches Dorf wagte. Ihre Stimme zitterte leicht. Die Gebete, die sie gesprochen hatte, gaben ihr viel Kraft, aber wenn sie an die Ho-he dachte, wurden ihre Knie weich. Sie war eine heilige Frau, keine Kriegerin. Wie sollte sie die übermächtigen Feinde besiegen? Wie sollte sie die Kugel aus einem Feuerstock aufhalten?

Todesmutig warf sie einen weiteren Ast ins Feuer. Sie betete leise und wartete darauf, dass die feindlichen Krieger den Gipfel erreichten. Es dauerte nicht lange. Sie waren ausdauernder als sie, und ihre Schritte waren doppelt so groß. Mit erhobenen Waffen und einem siegessicheren Lächeln kamen sie heran. Über fünfzig Krieger zählte sie, eine tödliche Übermacht, die sogar ihren Brüdern in der Schlucht überlegen war. Waren die Krieger ihres Volkes schon tot? Waren sie unter den Hieben der Ho-he gefallen?

Sie zog einen glühenden Ast aus dem Feuer und stand langsam auf. Im Schein der unruhigen Flammen wartete sie auf die Angreifer. Die Ho-he ließen sich Zeit. Sie hatten gesehen, dass die Frau allein auf dem Felsen war, und wussten, dass sie ihnen nicht entkommen konnte. Lachend näherten sie sich ihrem Opfer. Sie machten sich über die Frau lustig und beratschlagten, was sie alles mit ihr anstellen würden, bevor sie ihr den Kopf einschlugen. Ihr Anführer, der seine Haare zu einer einzigen Locke gebunden hatte, verbot seinen Begleitern sie sofort zu töten.

Biberfrau sprach ein stilles Gebet und hoffte, dass ihr Schutzgeist sie nicht umsonst auf den Felsen geschickt hatte. Er musste etwas damit bezweckt haben. Sie dachte angestrengt nach und spürte den glühenden Ast in ihrer rechten Hand. Ihr Bogen mit dem aufgelegten Pfeil lag auf dem Boden. Sollte sie sich mit einem brennenden Ast gegen die vielen Krieger verteidigen?

Die Ho-he bildeten einen Halbkreis um sie. Es waren durchweg hochgewachsene Männer, größer als ihre Brüder, und ihre Kleidung stank nach dem Fett eines Tieres, das sie nicht kannte. Ihre Gesichter waren mit schwarzer

Farbe bemalt. Sie trugen ihre Haare in dicken Locken auf dem Kopf und in ihren Augen lagen Falschheit und List. Aber dafür hatte sie kaum einen Blick übrig. Alle Krieger trugen Feuerstöcke, hatten die Finger am Abzug.

Der Anführer begrüßte sie höflich und gab ihr durch Handzeichen zu verstehen, dass sie sich nicht zu fürchten brauchte. Das war gelogen. Er signalisierte: »Hast du Tabak? Ich will rauchen!«

Sie warf ihm den kleinen Beutel mit der linken Hand zu und beobachtete angewidert, wie er seine Pfeife hinter dem Gürtel hervorzog und umständlich stopfte. Tabak war ein heiliges Kraut, mit seinem Rauch wurden der Himmel, die Erde und die vier Richtungen geehrt. Es gehörte sich nicht, ihn für eine schmutzige List zu missbrauchen. »Ich will rauchen«, wiederholte er lachend und sie überlegte krampfhaft, wie sie den Ho-he entkommen konnte.

»Großer Geist«, rief sie in ihrer Sprache, »gib mir die Kraft eine Übermacht von Feinden zu besiegen! Du hast mich auf den Felsen geführt! Hilf mir die feindlichen Krieger in die Irre zu führen!«

Es wurde dunkel, noch dunkler als vorhin, als der Mond zum ersten Mal hinter einer Wolke verschwunden war. Selbst die Sterne erloschen und die Welt verschwand in einer schwarzen Höhle, in der kein Licht war. Das Feuer, das Biberfrau entzündet hatte, verschwand auf geheimnisvolle Weise. Nur der Ast in ihren Händen glühte noch, leuchtete bedrohlich in der Dunkelheit.

Jetzt wusste sie, was zu tun war. Sie schwang den glühenden Ast wie eine Streitaxt, schlug ihn dem Anführer und einigen anderen Krieger ins Gesicht und rannte los. Die Männer schrien vor Schmerz auf, hielten sich die Hände vor die Augen. Sie rannte in die schwarze Nacht, das Holz immer noch in der Hand. Der Ast bewegte sich wie ein brennender Vogel durch die Dunkelheit.

Die Ho-he schrien vor Wut, folgten dem brennenden Vogel, der sie zu verhöhnen schien. Der leuchtende Punkt tanzte in der Nacht, lockte sie immer weiter in die Dunkelheit und auf den drohenden Abgrund zu. Wenn sie den Vogel erwischten, hatten sie auch die Frau gefangen. So dachten die Ho-he und die Wut verschloss ihre Augen, ließ sie blindlings in eine Falle laufen.

Biberfrau warf den glühenden Holzscheit über den Rand des Felsens und warf sich zur Seite, in die rettende Dunkelheit. Zufrieden beobachtete sie, wie die Ho-he dem Feuer folgten und schreiend in den Abgrund stürzten. Sie konnten nicht mehr anhalten. Wie Büffel, die man in die Falle gelockt hatte, fielen sie nach unten. Ihre Schreie wurden als vielfaches Echo von den schwarzen Wänden zurückgeworfen und hallten lange nach.

17

REITET-EIN-WEISSES-PFERD

NOCH VIELE WINTER später sprachen die Tsis-tsis-tas über den ersten Kriegszug gegen die Ho-he. Am großen Feuer der Uferleute wurde der Name von Biberfrau genannt, die beinahe ein ganzes Volk von den Klippen geworfen hatte, und bei den Waldleuten wurde sie zu einer alten Frau, die beim Kochen von Büffelfleisch überrascht worden war und dem Anführer der Ho-he das heiße Fett ins Gesicht geschleudert hatte. Überall an den Ratsfeuern rankten sich neue Legenden um die sagenhafte Frau, die alle Winter des Volkes gesehen hatte und immer noch jung aussah.

Biberfrau trauerte um die Krieger, die im Kampf gegen die Ho-he gestorben waren. Fünf tapfere Männer waren unter den Kugeln und Pfeilen des Feindes gefallen. Wolfsgesicht hatte drei erste Coups geschlagen, dann hatte ihn ein Pfeil getroffen und von den Beinen geworfen. Sie legte heilige Kräuter auf seine Wunde und sang heilige Lieder, aber die bösen Geister blieben in seinem Körper. Die Männer trugen ihn den weiten Weg nach Hause. Er versank in einen langen Schlaf und verbrachte viele Monde in seinem

Lehmhaus ohne die weiten Ebenen zu sehen und Eulenfrau verarztete ihn mit Kräutern, die nur sie kannte.

»Ich habe meine Kraft verloren«, flüsterte er, als Biberfrau neben seinem Büffelfell saß und mit einer Rassel gegen die bösen Geister kämpfte. Ihre Lieder hallten von den Wänden zurück. »Ich werde nie mehr über die Ebenen gehen und die Büffel sehen!«

Biberfrau beugte sich zu ihm hinab und schenkte ihm ein Lächeln. »Das darfst du nicht sagen, mein Bruder! Der Tag, an dem wir dieses Dorf verlassen und zum fernen Horizont ziehen, ist nicht mehr fern. Du wirst deine Kriegshaube aus Krähenfedern tragen und unser Volk mit deinen Hundekriegern beschützen!«

Wolfsgesicht lächelte schwach. »Ich habe viel geträumt, meine Schwester. Ich werde den großen Tag nicht mehr erleben. Ich wollte, ich hätte einen Sohn, der an meiner Stelle gehen könnte.«

»Der Tag wird kommen.« Sie betete für ihn und verbrachte viele Tage und viele Nächte am nahen Steilufer und sprach mit ihrem Schutzgeist. Am frühen Morgen, als der weiße Biber auftauchte, regnete es in Strömen und der Fluss seufzte unter dem rhythmischen Plätschern der Tropfen. Der Himmel war grau und schwer.

»Alles bewegt sich im Kreis«, sagte der weiße Biber. Seine Augenlider flackerten im Regen. »Ein Hundekrieger geht und ein anderer kommt. Wolfsgesicht wird einen Sohn zeugen, der mit euch nach Westen zieht.«

»Wolfsgesicht?« Biberfrau blickte ihren Schutzgeist überrascht an. »Wie kann er einen Sohn zeugen, wenn er krank ist? Welche Frau besucht den Hundkrieger in seinem Lehmhaus?« Sie wagte gar nicht daran zu denken, ob sie die auserwählte Mutter war.

Der Biber lächelte, denn er ahnte ihre Gedanken. »Eulenfrau wird seinen letzten Wunsch erfüllen, wenn du die großen Hunde holst. Die Pferde, von denen Süße Medizin gesprochen hat.«

»Wann werde ich gehen?«, fragte sie. Die Antwort des Bibers hatte sie verwirrt, aber sie ließ sich nichts anmerken. »Wann folgen wir den Büffeln auf die weiten Ebenen? Ich weiß, dass die Zukunft meines Volkes jenseits des Gelben Flusses wartet.«

»Das stimmt«, erwiderte ihr Schutzgeist, »aber du musst geduldig sein! Ohne die großen Hunde seid ihr auf den Ebenen verloren. Das Land reicht bis zu den fernen Bergen und es würde viele Winter dauern von einem Ende zum anderen zu laufen. Ihr braucht Pferde. Achte auf den heiligen Mann, der aus dem Westen kommt! Wenn du seinen Namen hörst, wird es Zeit, das Ufer des Gelben Fluss zu verlassen und nach Süden zu wandern.«

»Welchen heiligen Mann?«, fragte sie verwundert. »Einen Krieger unseres Volkes? Aber die Tsis-tsis-tas leben auf dieser Seite des Flusses. Welches Volk wohnt auf den Ebenen? Feinde?«

»Feinde und Freunde«, antwortete der weiße Biber ohne auf die anderen Fragen einzugehen. Auch er wusste nicht alles und auch er durfte nicht alle Antworten geben. Das Leben blieb ein Geheimnis, auch wenn man die Zukunft kannte. »Achte auf das Zeichen des Großen Geistes und wandere ins Land der Pferde!«

Der weiße Biber verschwand und kehrte auch während der folgenden Tage nicht zurück, obwohl Biberfrau viel Zeit am Fluss verbrachte. Sie besuchte den kranken Hundekrieger nur noch selten, überließ ihn der besorgten Eulenfrau, die jeden Tag und jede Nacht in seiner Nähe verbrachte. Sie liebte den Hundekrieger. Biberfrau kannte die Wahrheit und wollte sie nicht verändern. Vieles im Leben war vorherbestimmt. Sie ging am Steilufer entlang, hörte dem Wasser zu, das leise flüsterte, und beobachtete das Treibholz, das von den Wellen davongetragen wurde. Sie blieb mit ihren Gedanken allein und niemand wagte sie anzusprechen, weil sie annahmen, dass sie mit den Geistern sprach und in die Zukunft sah.

Der Regen hatte aufgehört und das Land lag unter einem schmutzigen Himmel, als sie allein durch die Wälder streifte. Sie begegnete einem der Krieger, die seit ihrem Sieg gegen die Ho-he ausgesandt wurden, das Land nach feindlichen Angreifern abzusuchen, und fragte ihn nach den Ho-he. Er antwortete, dass weit und breit nichts von den feigen Hunden zu sehen sei, und lief schnell weiter. Er war noch jung und fühlte sich in der Gegenwart der heiligen Frau unwohl. Sie war anders, viel schöner und viel geheimnisvoller als die anderen Frauen des Volkes, aber auch unnahbarer, und ihre Augen waren tief und schwer, denn sie hatte mehr gesehen als alle anderen Tsis-tsis-tas. Es gab Männer, die Angst vor ihr hatten, und es gab Frauen, die im Schatten ihrer zeitlosen Schönheit zu hilflosen Wesen wurden. Sie war eine geheimnisvolle Geist-Frau.

Biberfrau wusste, dass sie eine besondere Stellung in ihrem Volk einnahm, und litt darunter, aber sie trug die schwere Last, weil Maheo es so wollte. Sie musste leiden, damit die anderen Männer, Frauen und Kinder leben konnten. Sie musste sehen und hören, damit sie vorbereitet waren, wenn sie den Gelben Fluss überquerten und in die neuen Jagdgründe zogen. Ihr Herz war schwer, weil Wolfsgesicht nicht der Mann war, den sie lieben durfte, und weil er auf die andere Seite gehen musste, nachdem er seinen Sohn gezeugt hatte. Aber auch er starb für sein Volk.

Sie setzte sich auf einen umgestürzten Baumstamm und sah einem Eichhörnchen zu, das von einem Ast zum anderen sprang. Sie schloss die Augen und wanderte auf die andere Seite, beobachtete zwei Frauen, die ein Zelt aus Büffelhäuten aufstellten und sich mit den Frauen von Süße Medizin unterhielten. Sie waren fröhlich, denn bald würde Wolfsgesicht zu ihnen kommen. Sie rief nach dem Propheten, aber er hörte sie nicht und stieg lächelnd auf einen Hügel abseits des Dorfes, rauchte eine Pfeife und genoss den lauen Wind, der leise in den Bäumen sang.

Ein knarrendes Geräusch rief Biberfrau in die andere Wirklichkeit zurück. Sie griff nach ihrer Steinaxt und versteckte sich im Unterholz. Erst jetzt merkte sie, wie weit sie sich vom Dorf entfernt hatte. Das war leichtsinnig gewesen. Die Ho-he waren wütend, weil die Tsis-tsis-tas so viele ihrer Krieger getötet und so viele Feuerstöcke geraubt hatten. Sie wollten sich dafür rächen und waren bestimmt schon unterwegs um sie anzugreifen. Kam das Geräusch von den Ho-he? Sie hatte ihre Zweifel, denn das Knarren klang seltsam und wurde immer lauter. Kein Krieger, nicht mal einer dieser feigen Hunde, bewegte sich so unvorsichtig.

Sie merkte, dass das Geräusch von dem nahen Pfad kam, den ihre Krieger durch den Wald gestampft hatten, und schlich sich näher heran. Geduckt huschte sie durch das Unterholz, die Hand mit der Steinaxt zum Schlag erhoben. Ihre Mokassins verursachten kaum ein Geräusch. In den vielen Wintern ihres Lebens hatte sie gelernt sich wie ein erfahrener Krieger zu bewegen. Sie ging hinter einem Dornengestrüpp in Deckung und wartete. Sie hatte kaum ihren Atem wiedergefunden, als ein dunkler Schatten zwischen den Bäumen auftauchte. Er bewegte sich furchtlos.

Ein bärtiger Mann ging über den Pfad. Ein blasser Fremder, der diesen Weg schon oft gegangen war und ein seltsames Gestell durch den Wald zog. Ein hölzerne Kiste, die mit kostbaren Waren beladen war und auf zwei runden Holzstücken ruhten, die sich über den Boden drehten. Eine seltsame Art der Fortbewegung, die Lasten der Tsis-tsis-tas wurden von den Hunden auf dem Rücken oder auf Schleifgestellen gezogen. Das seltsame Geräusch wurde durch diese runden Holzstücke verursacht, wenn sie den Halt verloren und über herumliegende Äste polterten.

Biberfrau dachte an die bärtigen Männer, die sie auf der anderen Seite des riesigen Sees entdeckt hatte, und wäre am liebsten mit der Steinaxt auf den Fremden losgegangen. Dann sah sie das Lächeln in seinem Gesicht. Das war

Lachender Mann, der blasse Händler, von dem Vier Bären gesprochen hatte. Der weiße Mann, der die Numakiki schon seit einigen Wintern besuchte und ihnen Feuerstöcke und Eisenkessel gebracht hatte. Einer der singenden Männer, die in den Wäldern lebten und nichts Böses im Schilde führten. So hatte der Große Geist es ihr verraten.

Sie verließ ihre Deckung und trat dem blassen Mann furchtlos entgegen. Die Steinaxt lag immer noch in ihrer rechten Hand, war aber nicht mehr zum Schlag erhoben. Er war beinahe wie ein Mann ihres Volkes gekleidet, trug mit Fellen verzierte Wildlederkleidung, feste Mokassins und eine Kopfhaube aus dem Fell des Waschbären. In dem Fell steckte eine einzelne Adlerfeder. Sein Bart wuchs nur über den Lippen und zitterte leicht, als die Indianerfrau so unvermittelt vor ihm auftauchte. Dann lachte er und rief: »Mon dieu, hast du mich erschreckt!« Es klang wirklich wie ein Lied und sein Lächeln war freundlich. Er übersetzte seine Worte mit den Handzeichen, die auch die Numakiki kannten.

Biberfrau signalisierte zurück. »Du bist Lachender Mann. Der Franzose, der mit den Numakiki handelt. Ich habe von dir gehört.«

»Und du bist Biberfrau, die heilige Frau des Volkes, das auf der anderen Seite des Gelben Flusses lebt.« Sein Lächeln wirkte ansteckend. »Ich suche euer Dorf, ich möchte mit euch handeln.«

»Woher kennst du meinen Namen?«, fragte sie verwundert.

»Ich habe viel von dir gehört«, antwortete er, »sogar die Chippewa kennen deinen Namen, die Anishinabe, wie sie sich nennen.« Er lächelte immer noch. »Sie geben ziemlich an, weil sie euch vertrieben haben, aber sie haben deinen Namen genannt. Du bist die Frau, die eine Waffe trägt. Die Frau, die mit den Geistern spricht.« Er deutete auf die Steinaxt. »Ich wusste, dass du es bist.«

Biberfrau steckte die Waffe hinter ihren Gürtel zurück. Sie hatte keine Angst vor dem blassen Mann und erkannte, dass er nur gekommen war, um mit ihnen zu handeln. Bei ihrem Volk war es nicht üblich, einem Fremden direkt ins Gesicht zu blicken, aber sie war fasziniert von seiner hellen Haut und dem dunklen Bart, der zu beiden Seiten seines Munds herunterhing und beim Sprechen zitterte. Er sang seine Lieder, wenn er Zeichen benutzte.

»Du kennst die Zeichen, die wir alle kennen«, sagte sie. Er beherrschte sie besser als sie und bewegte seine Hände so schnell, dass sie kaum mitkam. Seine Stimme gefiel ihr. »Haben die Numakiki dich die Zeichen gelehrt?« Sie dachte an die Worte, die Vier Bären gesprochen hatte. Lachender Mann hatte sich in eine junge Frau der Numakiki verliebt und wollte bei ihnen leben.

»Vor einigen Wintern, aber jetzt spreche ich ihre Sprache fließend«, erwiderte er stolz. Er schmunzelte. »Meine Freunde sagen, dass ich ein halber Indianer bin, ein Verrückter, verstehst du? Ich werde bei den Numakiki wohnen, dann sind wir Nachbarn. Ich möchte eure Sprache lernen und will, dass wir Freunde werden.«

»Das ist gut«, sagte sie ernst. Sie spürte, dass dieser bärtige Mann anders war, eigentlich gar nicht mehr zu seinem Volk gehörte. Er war ein Numakiki, der das Dorf von Vier Bären nur noch verließ, um neue Waren zu holen. »Bist du über das große Wasser gekommen? Wo sind die bärtigen Männer, die nicht singen?«

Lachender Mann glaubte sie falsch verstanden zu haben, aber als sie die Zeichen wiederholte, änderte sich nichts. »Du meinst das Meer, nicht wahr?« Wieder dieses Schmunzeln, das der Tochter von Vier Bären den Kopf verdreht hatte. »Oui, ich bin über das große Wasser gekommen, aber das ist schon lange her. Andere Männer, die nicht singen?« Er grinste. »Ah, du meinst die Engländer! Nein, die halten sich von uns fern. Bei uns waren nur Pflanzer, aber die sind im Osten geblieben, die leben weit weg von hier. Die wissen nicht mal, dass es euch gibt. Ich bin mit einigen Männern nach Westen gezogen um Pelze zu jagen und dann habe ich die Numakiki getroffen. Seitdem will ich nicht mehr weg. Ich liebe dieses Land und ich will heiraten, verstehst du?«

Sie verstand ihn besser, als er dachte. Auch sie träumte manchmal von einem solchen Leben. Ein Leben im Schatten der großen Ereignisse. Ein Krieger, der für sie jagte, und Kinder, die in ihren Spuren gingen. Irgendwann würde sie einen Hundekrieger lieben, das hatte Maheo versprochen, aber sie wusste nicht, ob eine erfüllte Liebe auf sie wartete. Wolfsgesicht war gekommen und würde sie schon bald verlassen. Noch war keine Zeit für die Liebe. Sie würde ein Zeichen bekommen und in das Land der großen Hunde gehen, und wenn sie zurückkehrte, wann immer das sein mochte, würde sie ihr Volk nach Westen begleiten. Sie würde irgendwo auf den weiten Ebenen sein und zu Maheo beten, damit die Geister ihnen wohlgesonnen blieben. Die Verantwortung für ihr Volk lastete schwer auf ihren Schultern. So wollte es der Große Geist und sie würde seinem Atem folgen.

Lachender Mann entdeckte das Messer, das Biberfrau hinter ihrem Rücken trug, und ging zu seinem Wagen. Er zog ein Messer aus funkelndem Stahl heraus und reichte es der heiligen Frau. »Das schenke ich dir«, sagte er freundlich. Als guter Händler und halber Indianer wusste er, dass man seinen Respekt am besten mit einem Geschenk ausdrückte. Biberfrau imponierte ihm, weil sie so ausgeglichen wirkte und nicht so scheu wie die anderen Indianerfrauen war, die er getroffen hatte. Selbst die Tochter des Häuptlings hatte lange gebraucht, bis sie mit ihm gesprochen und seinem Werben nachgegeben hatte. »Ich bin dein Freund.«

»Ich bin dein Freund«, ahmte sie seinen Singsang nach. Sie nahm das Messer und strich bewundernd mit den Fingern darüber. Die Klinge war hart, viel härter als Stein. Sie steckte die Waffe zufrieden hinter ihren Gürtel und sagte: »Ich danke dir, Lachender Mann! Bald werde ich dir auch ein Geschenk bringen!«

Sie rannte durch den Wald davon und beobachtete von einem Hügel aus, wie der blasse Mann in das Dorf ihres Volkes ging und mit den Kriegern handelte. Büffelkopf rauchte die Pfeife mit ihm und hörte zu, als er gestenreich erzählte, und sogar der aufbrausende Weißer Büffel vertrug sich mit ihm. Sie sang ein heiliges Lied, während sie nach unten sah. Ein Teil ihrer Seele lehnte sich dagegen auf, mit einem bärtigen Mann zu handeln, aber er trug die Haare in seinem Gesicht anders, ganz anders als die Männer, die sie vor vielen Wintern belauscht hatte, und wenn er sprach, klang es wie ein fröhliches Lied. Er war ein guter Mann. Er war blass, aber er gehörte hierher, sonst hätte der Große Geist ihm niemals die Tochter eines Häuptlings geschenkt. Er hatte eine neue Heimat gefunden.

Lachender Mann blieb vier Tage im Dorf der Tsis-tsistas, eine heilige Zahl, auch das war ein gutes Zeichen. Er schlief in einem Lehmhaus ihres Volkes, obwohl auf der anderen Seite des Flusses die Tochter des Häuptling wartete. Ein Geschenk, das er ihren Leuten machte. Erst dann beobachtete sie, wie er seinen Wagen in eines der runden Boote lud, mit dem einige Krieger der Numakiki ihn abholten. Sein fröhliches Lachen war bis auf den Hügel zu hören, auf dem Biberfrau mit dem Großen Geist sprach.

Sie wartete auf ein Zeichen. Einige Wildgänse zogen bereits nach Süden und sie wusste nicht, wie weit der Arm des kalten Frostriesen reichte. Wollte Maheo, dass sie durch tiefen Schnee nach Süden stapfte? Gehörte die Anstrengung zu ihrer Prüfung? Lebten die großen Hunde, die Pferde genannt wurden, in einem kalten Land? Oder wartete Maheo bis zum nächsten Frühjahr? Dauerte es noch einen Winter, bis sie nach Süden ziehen durfte? Es gab keinen Grund zur Eile. Sie führten ein gutes Leben und hungerten nicht. Die guten Geister waren bei ihnen. Das wusste sie, aber sie spürte die Unruhe, die ihr Volk auch in den folgenden Winter begleiten und über die weiten Ebenen führen würde.

Im Mond der fallenden Blätter, als sie in einem ihrer Boote über den Gelben Fluss fuhr und dem vollen Mond in die Hügel folgte, kam das lang erwartete Zeichen. Sie war nicht darauf vorbereitet. Sie hatte sich längst damit abgefunden, dass sie erst im Frühjahr nach Süden ziehen konnte. Wolfsgesicht würde bald sterben, das hatte sie in seinen Augen gesehen, als sie ihn zum letzten Mal besucht hatte, und sie wollte dort für ihn beten, wo er seine Zukunft gesehen hatte: auf den weiten Ebenen im Westen. Sie lief vier Tage und vier Nächte und dachte zufrieden daran, dass Wolfsgesicht und Eulenfrau dieselbe Luft atmeten. Sie hatten einander versprochen, als sie in den Wäldern gewesen war, und die Frau lächelte zufrieden, denn sie trug ein Kind unter ihrem Herzen.

Zwischen einigen Salbeibüschen verharrte Biberfrau. Der Mond stand hell und klar über einer Mulde und sie erkannte sofort, dass das silberne Licht vom Großen Geist kam. Sie griff nicht einmal zu den Waffen, als sie die Geräusche hörte. Alles, was sie jetzt erleben würde, war vorherbestimmt, und es gab nichts, was sie dagegen tun konnte. Aufgeregt kroch sie zum Hügelrand empor, mit angespannten Sinnen spähte sie in ein weites Tal hinab und sah den fremden Krieger auf einem weißen Pferd.

Sie wusste, dass es ein Pferd war. Ein großer Hund, wie ihr Schutzgeist gesagt hat. Ein lebendiges Wesen, das langsam über den grasbewachsenen Boden trottete und dabei leise schnaubte. Auf seinem Rücken saß der Krieger, ein stattlicher Mann in einem buntbemalten Büffelfell und mit einer gehörnten Haube auf den bleichen Haaren. Er gehörte zu einem unbekannten Volk, denn die bunten Muster, die auf dem weißen Fell seines Pferdes klebten, gehörten nicht zu den Numakiki und auch nicht zu den Ho-he. Wie ein Geist ritt er über die Ebene.

Biberfrau blickte ihm atemlos nach. Ein Geisterreiter, den Maheo über die weiten Ebenen geschickt hatte. Ein fremder Krieger auf einem weißen Pferd. Ein Tier, wie sie es auch einmal reiten würde, das spürte sie schon jetzt. Reitet-auf-einem-weißen-Pferd. Aiee, dies war das Zeichen, auf das sie so lange gewartet hatte.

18

DER MARSCH NACH SÜDEN

BIBERFRAU BAT DEN alten Hirschtöter, die heiligen Pfeile zu erneuern, bevor sie nach Süden aufbrach. Eine Zeremonie, die vier Tage dauerte, aber unbedingt durchgeführt werden musste, wenn das Schicksal des Volkes auf dem Spiel stand. Nur wenn sie den Geistern ihre Ehrerbietung zeigte, würde sie die großen Hunde im Süden finden. Sie ging von einem Tipi zum anderen, sprach mit Büffelkopf und anderen weisen Männern und bot ausgesuchten Kriegern wie Bärenfuß, Weißer Büffel und Krummer Hals die Pfeife an. Die Krieger stimmten feierlich zu, als sie gebeten wurden, die heilige Frau auf ihrer Wanderung zu begleiten. »Ich weiß nicht, wie lange unsere Reise dauert«, gestand sie im Schein des Feuers, »es kann viele Monde dauern, bis wir in die Heimat zurückkehren. Nur Maheo weiß, im Schatten welcher Berge die großen Hunde auf uns warten. Aber ich brauche euch, meine Brüder. Nur ihr seid stark genug, die bösen Kräfte zu besiegen, die unserem Volk die Zukunft nehmen wollen!«

Krummer Hals erhob sich und reichte der heiligen Frau

die Pfeife zurück. »Wir empfinden es als große Ehre, mit dir in ein unbekanntes Land ziehen zu dürfen«, sprach er für alle Krieger, die mit Biberfrau nach Süden reiten durften. Außer den drei Anführern waren noch fünf Hundekrieger und der junge Steht-die-ganze-Nacht eingeladen worden, ein Verwandter des todkranken Wolfsgesicht, der wortlos in seinem Tipi lag und beobachtete, wie sein Schatten verschwand. In seinen Augen spiegelte sich bereits eine andere Welt. Biberfrau wollte warten, bis er gegangen war, aber die Geister hatten sie zur Eile ermahnt. »Eni-to-eme«, sagte sie respektvoll, als sie sich von ihm verabschiedete.

Nach der Erneuerung der heiligen Pfeile kroch die Sonne noch zweimal hinter den Bergen hervor, bis Biberfrau und ihre Begleiter aufbrachen. Dies war ein bedeutender Kriegszug, der über das Schicksal ihres Volkes entschied, und die Krieger verbrachten viel Zeit damit, über ihren Waffen zu singen und zu beten. Sie hatten vier Feuerstöcke dabei, den von Bärenfuß und drei neue Waffen, die sie von dem weißen Händler bekommen hatten. Biberfrau vertraute ihrem Bogen und dem neuen Messer, das vielversprechend blitzte, als sie es hinter ihrem Gürtel hervorzog und in die Sonne hielt. »Maheo, begleite uns auf dem langen Weg nach Süden«, bat sie den Großen Geist, »gib uns die Kraft, die bösen Mächte zu besiegen und die großen Hunde zu holen! Diese Tiere werden uns in eine neue Zukunft tragen.«

Im Licht der aufgehenden Sonne verabschiedeten sie sich von ihren Verwandten. Die Frauen der älteren Männer brachten Geschenke, meist Tabak oder getrocknetes Fleisch, und banden es den drei Hunden auf den Rücken, die Biberfrau als Lasttiere mittnahm. Starke und ausdauernde Tiere, die selten bellten und mit wenig Nahrung auskamen. Der Mond der fallenden Blätter war aufgegangen und sie würden unterwegs kaum Wild finden und wenig Zeit zum Jagen haben. Als sie den Fluss überquerten und am Dorf der Numakiki vorbeigingen, spürten sie den kalten Atem von Hoimaha im Rücken und Biberfrau bemerkte die besorgten Blicke ihrer Verwandten, die immer noch am Ufer standen.

Sie liefen schweigend über die hügelige Prärie. Die Sonne wanderte über den endlosen Himmel, brannte über dem verdorrten Gras und versank hinter den schneebedeckten Bergen im Westen. Das leuchtende Feuer erwachte am nächsten Morgen und wurde von den dunklen Wolken verschluckt, die über dem fernen Fluss aufgestiegen waren. Strömender Regen peitschte über die Ebenen und legte einen grauen Schleier über die Berggipfel. Der Wind blies heftiger, wurde von dem kalten Mann im Norden angetrieben, der ungeduldig darauf wartete, das Land mit seinem frostigen Atem zu überziehen. Die heilende Kraft der Sonne ließ nach.

Biberfrau wusste, dass der Mond des kalten Windes nicht mehr fern war. Bald würde der Frostriese über die anderen Jahreszeiten triumphieren und selbst die Sonne würde sich ängstlich hinter den Wolken verkriechen. Noch eine Prüfung, die der Große Geist für sie bereithielt. Sie würden den eisigen Wind auf ihrer Haut spüren und durch knöcheltiefen Schnee stapfen. Nur ein Narr ging im Winter auf den Kriegspfad, aber dies war kein gewöhnlicher Marsch, und sie ahnte bereits, dass es keinen Unterschied machte, ob sie im Sommer oder im Winter aufbrachen. Sie würden alle Jahreszeiten sehen, bis sie ihr Ziel erreichten.

Sie lagerten zwischen den Hügeln, solange sie über die Prärie wanderten, und auf geschützten Lichtungen, als sie die bewaldeten Hänge im Süden erreichten. Über den Feuern sangen sie heilige Lieder und Biberfrau rief den Großen Geist an. Sie sprach lange Gebete und brachte ihm Tabakopfer. Einmal schnitt sie einen Hautstreifen von ihrem linken Oberarm und warf ihn in die Flammen. Selbst auf einem gewöhnlichen Kriegszug wurden die Geister mit Opfern verwöhnt. Wenn sie sich während eines Angriffs von den Tsis-tsis-tas abwandten, war das Leben des ganzen Volkes bedroht. »Maheo«, rief sie in den kalten Abendhimmel, »steh uns bei und hilf uns den kalten Mann aus dem Norden zu besiegen! Schicke uns die vierbeinigen Brüder, damit wir sie töten und von ihrem Fleisch leben können! Nur wenn wir den Winter überstehen, erreichen wir unser Ziel. Nur wenn diese Krieger bei Kräften bleiben, können wir die Pferde holen.«

Pferde...das Wort hörte sich immer noch fremd an, obwohl es schon mehrmals über ihre Lippen gekommen war. Süße Medizin hatte es ihr beigebracht und auch der weiße Biber hatte es ausgesprochen. »Du wirst die Zeit der Pferde und die Zeit der Büffel erleben«, hatte er gesagt, »du wirst die Frauen und Kinder beschützen, wenn die Spinnen kommen!« Die Zeit der Pferde hatte noch nicht einmal begonnen! Wie lange würde sie noch jung bleiben, wie lange würde sie als heilige Frau bei ihrem Volk bleiben? »Wenn deine Aufgabe erfüllt ist«, hallten die Worte des weißen Bibers in ihren Ohren nach. Wohin führte der Weg ihres Volkes?

Sie betrachtete die Krieger, die im Schein des kleinen Feuers saßen. Krummer Hals lehnte in einer seltsam verkrümmten Haltung an einem Baum, eine gebogene Lanze und seinen heiligen Schild auf den Knien. Er hatte seinen neuen Feuerstock einem jungen Hundekrieger überlassen, der irgendwo in der Dunkelheit kauerte und die Gegend nach möglichen Feinden absuchte. Der Anführer der Büffelkrieger beneidete den jungen Mann, der von den schönsten Mädchen des Volkes angehimmelt wurde und bald heiraten würde. Er hatte nie eine Frau gefunden, obwohl er als einer der tapfersten Krieger der Uferleute verehrt wurde. Sein Blick war zu streng, sein Gesicht zu hart, und er war kein guter Geschichtenerzähler wie Einsamer Wolf oder Bärenfuß. Während der letzten Monde war er noch schweigsamer geworden.

Auch Weißer Büffel machte einen grimmigen Eindruck.

Er brannte darauf, einen Coup zu schlagen und mit vielen Pferden nach Hause zurückzukehren. Er hatte zwei Frauen geheiratet und war schon zu alt um die Flöte zu spielen, aber die jungen Mädchen erzählten, dass er sie heimlich beobachtete, wenn sie auf den Feldern arbeiteten oder in den Wäldern nach Beeren suchten, und die junge Schwester von Eulenfrau wusste zu berichten, dass er nachts vor ihrer Lehmhütte auftauchte und Liebeslieder sang. Biberfrau musste lächeln, als sie sich den Anführer der Hirschhornkrieger dabei vorstellte. Er wollte viele Feinde berühren um die Frauen des Volkes zu beeindrucken.

»Wer lebt in diesen Wäldern?«, fragte Steht-die-ganze-Nacht. Der junge Krieger überspielte seine Unsicherheit mit einem Lächeln, aber an der Art, wie er seinen Bogen festhielt, erkannte Biberfrau, dass er sich fürchtete. »Wagen sich die Ho-he so weit nach Süden? Wo wohnt das Volk mit den großen Hunden?«

»Wir müssen wachsam sein«, erwiderte die heilige Frau, »die Jagdgründe der Numakiki liegen weit hinter uns.« Sie dachte an den Krieger auf dem weißen Pferd. »Es gibt andere Völker und nicht alle sind uns wohlgesonnen. Wir haben Feinde, mein Bruder!« Sie munterte ihn mit einem zuversichtlichen Lächeln auf. »Aber wir sind stark und brauchen keine Angst zu haben! Vor niemandem! Wir haben die Ho-he besiegt, erinnerst du dich?«

»Ich habe es nicht vergessen, Biberfrau«, antwortete Steht-die-ganze-Nacht. Er war schon erwachsen, aber einige seiner gleichaltrigen Freunde machten sich lustig über ihn, weil er noch keinem Kriegerbund angehörte und die meiste Zeit vor seiner Erdhütte saß und sich Geschichten ausdachte. Er war ein Träumer, viel zu ängstlich für einen Kriegszug, der über das Schicksal des Volkes entschied, aber er war mit Wolfsgesicht über die Prärie geritten und in seinem Körper floss dasselbe Blut. Deshalb hatte Biberfrau ihn mitgenommen, und obwohl einige Krieger hinter ihrem Rücken den Kopf geschüttelt hatten, war keine Kritik laut geworden. Sie trug die Pfeife der Anführerin, sie war die heilige Frau. Sie entschied, wer an diesem Kriegszug teilnahm.

Steht-die-ganze-Nacht bewies, dass er nicht nur stehen, sondern auch laufen konnte. Er ahnte, dass die meisten seiner Freunde neidisch waren, weil ausgerechnet er mit Biberfrau und den tapfersten Kriegern der Uferleute nach Süden gehen durfte, und gab sich große Mühe die heilige Frau nicht zu enttäuschen. Er lief schneller als alle anderen und trug größere Lasten. Er war als erster auf den Beinen, wenn die Sonne aufging. Er betete länger und sang die schönsten Lieder, wenn sie zum Großen Geist beteten. Und er würde wie ein tapferer Krieger gegen die Feinde kämpfen, wenn es soweit war. Nach ihrer Rückkehr würde er am großen Feuer tanzen und seine Geschichte erzählen.

Biberfrau las seine Gedanken und beschloss besonders gut auf ihn aufzupassen. Wenn sie ehrlich war, hatte sie ihn nur mitgenommen, weil Wolfsgesicht in ihm weiterlebte. Wenn sie in die Augen des jungen Kriegers blickte, sah sie den stolzen Anführer der Hundekrieger, wie er über die Prärie zog, auf der Suche nach den Ho-he oder anderen Feinden, und in seinem Blick waren wieder der Mut und die Entschlossenheit, die ihn sein Leben lang ausgezeichnet hatten. Wolfsgesicht, der tapferste Krieger der Tsistsis-tas. Noch tollkühner als Krummer Hals, noch stärker als Weißer Büffel, noch listenreicher als Bärenfuß. Ein Mann, der eine Schlacht allein entscheiden konnte und der viel zu früh auf die andere Seite ging, weil das wahre Leben des Volkes erst begann, wenn sie mit den Pferden aus dem Süden zurückkehrten.

Sie stand auf und gab den anderen zu verstehen, dass sie irgendwo in der Dunkelheit zum Großen Geist beten würde. Nur Steht-in-der-Nacht wollte etwas erwidern, aber Krummer Hals hinderte ihn mit einer Handbewegung daran. Sie durften die heilige Frau nicht stören. Der Wind war kälter geworden und Hoimaha schickte sich an ihnen die bösen Geister nachzuschicken. Krummer Hals hatte den Angriff eines Ungeheuers mit seinem Schild aufgehalten, aber gegen die bösen Geister aus dem Norden halfen nur Opfergaben und Gebete, und Biberfrau tat gut daran, noch einmal Maheo anzurufen. Sie brauchten seine Hilfe.

Biberfrau blieb zwischen den Bäumen stehen und blickte nach oben. Zwischen den Baumkronen war der Himmel kaum zu erkennen. Der Mond hatte sich hinter den Wolken versteckt und die Dunkelheit war fast vollkommen. Aber der Große Geist hatte keine Angst vor der Nacht. Er schwebte über den Bäumen, irgendwo in der endlosen Finsternis, und blickte auf die Welt herab, die er geschaffen hatte. Er war das Licht und die Dunkelheit, er strahlte mit der Sonne und mit dem Mond und er war in den Menschen, Tieren und Pflanzen. Er wisperte mit dem Wind und schwieg mit den Steinen. Er war das Große Geheimnis, zu dem sie alle beteten. Nur er kannte die Antworten auf alle Fragen.

Ihr Gebet kletterte in den Fichten zum Himmel empor und bestand gegen den kalten Wind, der über den Wipfeln blies. Sie beklagte sich nicht. Der Große Geist beschützte sie, und sie befanden sich auf dem richtigen Weg. Der Marsch nach Süden war lang und beschwerlich, das wusste sie längst, und sie hatten jeden Abend mit ihrem Schöpfer gesprochen und kleine Opfer ins Feuer geworfen. Ihre Waffen waren für den Kampf bereit. Sie hatte lange darauf gewartet, in das fremde Land des Südens zu ziehen, und war entschlossen alles für die neue Zukunft ihres Volkes zu tun.

Sie stimmte ein neues Lied an, das vom Leben auf den weiten Ebenen erzählte, und schloss die Augen. Die Dunkelheit verschwand und über der Prärie strahlte die Sonne. Ihr Leuchten verwandelte den Himmel in ein brennendes Geisterreich, das von einem Horizont zum anderen reichte und sie an ihre erste Begegnung mit dem Großen Geist erinnerte. Sie erkannte die schattenhaften Umrisse eines einsamen Mannes, der auf einem der großen Hunde ritt, die sie aus dem Süden holen wollten. Sie dachte an den fremden Krieger auf dem weißen Pferd und erschrak. Er hatte wie der Abgesandte der bösen Geister ausgesehen und sie hätte es als schlechtes Zeichen empfunden ihm in dieser Einsamkeit zu begegnen. Dann erkannte sie, dass der Mann zu ihrem eigenen Volk gehörte. Er trug die Kriegshaube aus schwarzen Krähenfedern und die lederne Schärpe, die alle Hundekrieger umbanden, wenn sie auf dem Kriegspfad waren.

»Wolfsgesicht!«, rief sie erstaunt. Sie ging ein paar Schritte und blieb stehen, als sie erkannte, dass der Hundekrieger sie nicht hören konnte. Mit einer Mischung aus Wehmut und Stolz beobachtete sie, wie der tapfere Krieger seine Lanze schwang und mit einem heiseren »Houp! Houp! Houp!« sein Pferd anfeuerte. »Ich bin Wolfsgesicht, der tapfere Krieger der Tsis-tsis-tas«, prahlte er im Angesicht des Großen Geistes. Er stieß den Kriegsruf des Volkes aus und stieß seinem Pferd die Mokassins in die Seite.

Das Tier flog über die Prärie, verschmolz mit seinem Reiter zu einer festen Einheit, galoppierte schnaubend der hellen Sonne entgegen. Biberfrau hatte nie etwas Vergleichbares gesehen. Sie fragte sich, wo Wolfsgesicht den großen Hund gefunden hatte. Wo hatte er die Kunst des Reitens erlernt? Führte der Große Geist seine Zügel? Gewährte er einem tapferen Krieger ihres Volkes die letzte Bitte? Ließ er den sterbenden Wolfsgesicht noch einmal die Blüte seiner Jugend erleben? Führte er den Anführer der Hundekrieger in die neue Zukunft? Erfüllte er seinen großen Traum über die weiten Ebenen zu reiten und im Kampf gegen einen tapferen Feind unsterblich zu werden?

Sie lächelte, als sie das zufriedene Gesicht ihres Bruders sah. Der Schatten des Todes war von seinem Gesicht gefallen und seine Augen blitzten wild und entschlossen. Er hatte sein Gesicht mit roter und schwarzer Farbe bemalt und sein Pferd trug die geheimnisvollen Zeichen, die er in seinen Träumen gesehen hatte. Die Helligkeit der Sonne umgab ihn wie ein schützender Mantel. Er sprengte mit wehenden Haaren über die grünen Hügel, seine Federhaube bog sich im Wind und die steinerne Spitze seiner Lanze funkelte im grellen Licht. »Ei-e-ya«, rief er einem unsichtbaren Feind entgegen, »ich bin Wolfsgesicht, der Anführer der Hundekrieger! Ich bin gekommen um euch zu vernichten!«

Aus einer Senke im Norden ritten fünf feindliche Krieger. Sie waren unterschiedlich gekleidet und jeder von ihnen trug einen anderen Kopfschmuck. Einer der Männer war ein Ho-he, das erkannte sie an der gefärbten Skalplocke, ein zweiter gehörte zu den Anishinabe, die ihr Volk aus den Wäldern vertrieben hatten. Die anderen Krieger gehörten Völkern an, die sie noch nie gesehen hatte. Erbitterte Feinde, die irgendwo in der Zukunft auf sie warteten. Auch sie ritten die großen Hunde und ihre Gesichter waren mit Furcht erregenden Blitzen und anderen Mustern bemalt.

»Evoxpohess!«, rief Wolfsgesicht das Mutwort des Volkes. Er trieb sein Pferd an und ritt den feindlichen Kriegern mit erhobener Lanze entgegen. Der Kriegsruf der Tsis-tsis-tsas hallte über die Prärie. »Ich bin Wolfsgesicht, der Anführer der Hundekrieger!«, rief er immer wieder.

Biberfrau beobachtete, wie ihr Bruder in seinen letzten Kampf ritt. »Dies ist ein guter Tag zum Sterben!«, verhöhnte er das Leben. Er war auf die weiten Ebenen geritten um wie ein Mann zu sterben, das hatte sie längst erkannt, und ritt allein gegen eine Übermacht. Ihre Feinde hatten die tapfersten Krieger geschickt um ihm einen ehrenvollen Abgang zu bereiten. Die Brüder und Schwestern würden ihn wie einen Häuptling auf der anderen Seite empfangen und im Dorf ihres Volkes würde ein großes Feuer brennen. Die Erinnerung an seinen Mut würde überleben.

Wolfsgesicht ritt den feindlichen Kriegern todesmutig entgegen. Sie waren viel zu erschrocken um ihre Waffen zu erheben. Der Hundekrieger schien vor ihnen aus dem Boden zu tauchen und berührte sie mit seiner Lanze. Er hatte fünf Coups geschlagen, bevor sie an Gegenwehr dachten. Sein Pferd schnaubte und tänzelte auf der Stelle und er stieß seinen Kriegsruf aus. »Dies ist ein guter Tag zum Sterben!«, verhöhnte er das Leben, »ich bin Wolfsgesicht, der Anführer der Hundekrieger! Hörst du mich, Maheo?«

Die Sonne schien noch heller und Wolfsgesicht wurde zu einem tanzenden Schatten, der in dem aufgewirbelten Staub kaum noch zu erkennen war. Er reckte triumphierend seine Lanze und wehrte sich nicht, als die feindlichen Krieger nach ihren Steinäxten griffen und auf ihn einschlugen. Er hatte fünf Coups geschlagen und die tapfersten Männer der Feinde gedemütigt! Sein Siegesgeschrei verstummte nicht einmal, als ihn die ersten Axthiebe trafen und er blutend vom Pferd fiel. Dunkle Schatten verdeckten die Sonne und Biberfrau beobachtete schmerzerfüllt, wie der tapfere Krieger unter den Hieben seiner Feinde starb. Sein Triumphgeheul wurde immer leiser und trieb mit dem Staub davon.

Aus einer Talsenke lief Eulenfrau heran. Sie trug einen Säugling auf dem Arm und stimmte das Totenlied ihres Mannes an, bevor sie ihn erreicht hatte. Vor seinem leblosen Körper ging sie in die Knie. Sie legte das Baby zur Seite und zog ein blitzendes Stahlmesser hinter ihrem Gürtel hervor. Die Klinge schnitt tiefe Wunden in ihre Arme und das Blut spritzte auf den toten Hundekrieger und zeigte dem Großen Geist, wie sehr Eulenfrau ihn verehrt hatte. Sie hatte sich im Angesicht des Todes mit ihm verbunden und sie hatte ihm ein Kind geboren, das er kaum gesehen hatte. Sie würde sich immer an seinen Namen erinnern.

Biberfrau öffnete die Augen und blickte zum Himmel empor. Der Mond und die Sterne waren immer noch verschwunden. Sie trauerte um den Krieger, der dieselbe Luft wie sie geatmet hatte, und lächelte dabei, weil er wie ein Mann gestorben war. Ihre Verwandten würden ihn wie einen Häuptling auf der anderen Seite empfangen.

19

DIE FRAUEN DES HÄUPTLINGS

IRGENDWO AUF DEN ungeschützten Ebenen, die im Süden an den Wald grenzten, begegneten sie dem Frostriesen. Er schickte einen heftigen Sturm und peitschte ihnen die Schneeflocken ins Gesicht. Die Krieger zogen die Büffelfelle um die Schultern und stemmten sich mit aller Macht gegen den Atem des kalten Mannes, kniffen die Augen gegen die wirbelnden Flocken zusammen und stapften einer hinter dem anderen über die Prärie. Es gab keinen Himmel und keine Erde mehr, keinen Wald und keinen Hügel, nicht mal einen Horizont, nur noch den tobenden Schnee, der bis unter ihre Kleidung drang und ihre Körper mit eisiger Kälte erfüllte.

Biberfrau hatte die Führung übernommen. Sie kämpfte gegen den wirbelnden Wind und ihre Mokassins hinterließen eine gerade Spur auf der immer dicker werdenden Schneedecke. Sie ließ sich nicht entmutigen. Ihr Weg führte nach Süden und auch der eisige Atem des Frostriesen konnte sie nicht aufhalten. Der Winter würde sie nicht in die Knie zwingen, nicht einmal ihre Hunde, die winselnd in ihre Fußstapfen traten und nur einmal zögerten, als einer von ihnen stehen blieb und sehnsüchtig nach hinten blickte. Ein Hundekrieger schimpfte und trieb ihn mit einem angedeuteten Fußtritt an. Sie brauchten die Hunde, denn sie trugen das Trockenfleisch, das sie über den Winter bringen würde.

Im Heulen des Sturms waren Biberfrau und ihre Begleiter nur durch ihre Gedanken verbunden. Jedes Wort wurde vom Wind davongetragen. Die heilige Frau hielt ihre Pfeife mit beiden Händen umklammert, vertraute der Macht des Großen Geistes. Die Krieger folgten ihrem Schatten durch den Sturm. Sie war eine mächtige Frau und würde sie aus diesem Sturm führen. Steht-die-ganze-Nacht lief hinter ihr und bewunderte, wie leichtfüßig sie durch den Schnee lief. Krummer Hals hielt schützend seinen Schild nach oben. Weißer Büffel mochte die Kälte am wenigsten und presste wütend die Lippen aufeinander. Bärenfuß verhöhnte den Frostriesen, als seine Wangen gefühllos wurden. Die Hundekrieger waren ihrem Kriegerbund verpflichtet und ließen sich nicht anmerken, wie sehr ihnen der kalte Wind zu schaffen machte.

In einem langgezogenen Graben, der von brüchigen Felsen gesäumt wurde, besiegten sie den kalten Mann aus dem Norden. Der Sturm prallte gegen die Felsbrocken, die wie dunkle Schatten in das Schneetreiben ragten, und die Flocken wirbelten über den Einschnitt hinweg. Sie schlugen den Schnee aus ihren Fellen und kauerten sich gegen den kalten Stein. Die Hunde winselten erfreut, als Steht-die-ganze-Nacht ihnen die schweren Lasten abnahm. Sie schafften es sogar, ein kleines Feuer in einer Vertiefung zwischen den Felsen zu entzünden, und wechselten alle paar Minuten ihre Stellung. Jeder durfte mal am Feuer sitzen und die Wärme in seinem Körper genießen. Sie waren auf einer Insel inmitten des tobenden Schneetreibens und beteten und sangen, damit der Frostriese die Lust verlor und verschwand.

Endlich ließ der Sturm nach. Das Heulen des Windes erstarb und wurde zu einem leisen Flüstern. Nur noch vereinzelte Flocken fielen vom Himmel herab. Die Stille wurde beinahe unheimlich und das Dankesgebet, das Biberfrau zum Großen Geist schickte, hing wie ein lang gezogenes Echo in der Luft. Sie entzündete die heilige Pfeife und rauchten lange, bevor sie den Hunden die Lasten aufbanden und nach ihren Waffen griffen.

Am Rand des Grabens warteten drei Krieger. Sie trugen Büffelfelle und standen wie versteinert. Ihr Anführer, ein hochgewachsener Mann mit starken Schultern, hielt einen Feuerstock.

Steht-die-ganze-Nacht hielt erschrocken in der Bewegung inne. Krummer Hals und Weißer Büffel entsicherten ihre Waffen und auch die Hundekrieger machten sich zum Kampf bereit, aber Biberfrau hielt sie mit einer unmissverständlichen Bewegung zurück. »Nein«, rief sie scharf, »diese Männer sind unsere Freunde!«

Die Fremden gehörten zu einem Volk, dem sie noch nie begegnet waren, aber keiner von ihnen sah den Kriegern ähnlich, die Wolfsgesicht getötet hatten. Das waren keine Feinde, war sich Biberfrau sicher. Ihre Begleiter wussten nicht, dass sie die Feinde des Volkes in einem Traum gesehen hatte, gehorchten aber, weil sie der geheimnisvollen Kraft ihrer heiligen Frau vertrauten. Nur Krummer Hals murrte leise, als er seinen Feuerstock sicherte.

Biberfrau hob eine Hand zum Friedenszeichen und begrüßte die fremden Männer. »Wir sind Tsis-tsis-tas und kommen in Frieden«, bedeutete sie ihnen, »der Frostriese hat uns überrascht.«

Der Anführer erwiderte das Friedenszeichen. Er wunderte sich, weil die Fremden von einer Frau angeführt wurden, und lächelte sie respektvoll an. Auch bei seinem Volk gab es Frauen, die auf den Kriegspfad gingen oder mit den Geistern sprachen, aber die fremde Anführerin war jünger und schien von der ewigen Jugend beseelt zu sein.

»Wir sind das Volk, das auf den Ebenen wohnt«, sagte er, nachdem er die Tsis-tsis-tas begrüßt hatte. Er deutete auf seinen Kopfschmuck, der aus zwei ausgestopften Krähen geknüpft war und fügte hinzu, dass er Zwei Krähen genannt wurde. Er lud die heilige Frau und die Krieger ein ihm ins Dorf zu folgen.

»Sie sind unsere Freunde«, wiederholte Biberfrau, als sie hinter den fremden Kriegern durch den Schnee stapften. Ihr Blick wies Krummer Hals zurecht, der immer noch den Abzug seines Feuerstocks berührte. »Num-o-sin-hanhi-an, sie sind das Volk, das seine Feuer im Süden errichtet. Sie werden mit uns auf den Kriegspfad gehen. Wir brauchen Verbündete, wenn wir auf die weiten Ebenen ziehen, und dieses Volk wurde auserwählt. Das wollte mir der Große Geist sagen, als er den Feinden meines Volkes erlaubte den tapferen Hundekrieger zu töten.« Obwohl sie nicht mit ihrem Schutzgeist darüber gesprochen hatte, wusste sie, dass es so war. Die Augen der fremden Krieger logen nicht.

Das Winterlager des fremden Volkes lag in einer tiefen Senke und war von bewaldeten Hängen umgeben. Aus den Tipis stiegen Rauchfahnen. Zwischen den Büffelhautzelten spielten Kinder und warfen Schneebälle nach den Hunden. Zwei Frauen ließen die Holzbündel fallen, die sie aus dem Wald geholt hatten, und schnatterten aufgeregt durcheinander, als sie die Fremden entdeckten. Einige Krieger traten aus den Zelten und ein alter Mann rief: »Zwei Krähen ist zurück! Er hat Freunde mitgebracht!«

Sie wurden freundlich empfangen und in das große Tipi von Zwei Krähen gebeten. Er war der Häuptling seines Volkes. Die beiden Frauen mit den Holzbündeln waren mit ihm verheiratet und ließen keinen Zweifel daran, wer in ihrem Tipi bestimmte, obwohl sie sich streng an die Regeln hielten. Die feste Stimme der älteren Frau duldete keinen Widerspruch und wurde beinahe vorwurfsvoll, als Zwei Krähen sich auf ein Büffelfell setzte und dabei einen Holzstapel umstieß. Die jüngere Frau beobachtete eifersüchtig, wie er die heilige Frau der Fremden bat sich neben ihn zu setzen, und war erst zufrieden, als er von ihr abrückte.

Biberfrau ließ sich nichts anmerken, sah aber, dass Bärenfuß sich mühsam ein Lächeln verkniff. Der Häuptling des fremden Volkes fürchtete sich vor seinen beiden Frauen. Erst als sie das Tipi verließen um weiteres Holz zu holen, atmete er auf. Er stopfte zufrieden seine Pfeife, entzündete sie mit einem brennenden Span und ehrte den Himmel, die Erde und die vier Richtungen. Er war ein stattlicher Mann, der über vierzig Winter gesehen hatte und zu den Verrückten Männern gehörte, einem angesehenen Kriegerbund seines Volkes. Sein Haar war auf beiden Seiten gescheitelt und stand über der Stirn nach oben wie das Büffelgras, das auf den weiten Ebenen wuchs. Von den ausgestopften Krähen hingen drei Federn herab. Ein Teil seines Gesichts war mit roter Farbe bemalt und als er sein Büffelfell ablegte und den Fremden seine nackte Brust zeigte, erkannte Biberfrau, dass auch die Kreise auf seiner Brust rot leuchteten.

»Ich heiße euch willkommen«, sagte Zwei Krähen, nachdem sie die heilige Pfeife geraucht und lange geschwiegen hatten um dem anderen den nötigen Respekt zu erweisen. Auch bei dem Volk, das im Süden seine Feuer errichtete, ordnete man seine Gedanken, bevor man das Wort ergriff. Sogar die beiden Frauen blieben stumm, als sie in das Tipi zurückkehrten. »Ich habe einen Hirsch erlegt und möchte ihn mit euch teilen«, fuhr Zwei Krähen fort. »Heute Abend werden wir ein Feuer entzünden. Bleibt bei uns, tanzt zum Klang unserer Trommeln und berichtet von eurem Volk. Die kalten Monde sind die Zeit der Geschichtenerzähler.«

Der Häuptling stellte keine Fragen und die Uferleute gaben keine Antworten. Auch das wäre unhöflich gewesen. Erst nachdem sie gegessen und die besten Geschichten ausgetauscht hatten, hielt Zwei Krähen die Zeit für gekommen. Er drehte sich nervös um, weil er seine beiden Frauen im Rücken spürte, und versteckte sich hinter dem Rauch seiner Pfeife, als er ihren vorwurfsvollen Blicken begegnete. »Die heilige Frau des anderen Volkes ist jung und schön«, hatte seine ältere Frau gesagt, nachdem sie den Gästen ihre eigene Tipis zugewiesen hatte, »du siehst sie lange an!« Seine jüngere Frau hatte geschwiegen. Sie kroch jede Nacht unter sein Büffelfell, aber wenn sie spürte, dass er einen anderen Pfad betrat, wurde sie abweisend und böse.

Zwei Krähen hatte nicht die Absicht seine beiden Frauen zu verlassen. Sie arbeiteten hart und stellten ihn zufrieden. Er liebte sie auf seine eigene, etwas spröde Art und er übersah die spöttischen Blicke einiger Krieger, die hinter seinem Rücken über ihn lachten, weil die Frauen das große Wort in seinem Tipi führten. Er hatte längst aufgegeben sich gegen sie aufzulehnen. Zwei Monde nach seiner Heirat hatte er sich über eine verbrannte Kaninchenkeule beschwert und sie hatten ihm das restliche Tier an den Kopf geworfen. Seitdem hielt er sich mit seiner Kritik zurück.

»Ihr kommt aus dem Norden«, sagte er zu Biberfrau, »und ihr reitet nach Süden! Sind die Büffel aus euren Jagdgründen verschwunden?« Der Vorwurf in seiner Stimme war kaum zu hören.

»Nein«, antwortete die heilige Frau, »wir haben genug zu essen. Wir suchen nach den großen Hunden, die ich in meinen Träumen gesehen habe. Wir wollen sie unseren Feinden abnehmen.«

Zwei Krähen lächelte schwach. »Das ist gut, meine Schwester! Auch wir wollen nach Süden reiten und das Volk bestehlen, das mit den bärtigen Männern jenseits des großen Flusses handelt.«

»Die blassen Männer sind nach Süden gezogen?«, wunderte sie sich. »Wir haben gehört, dass sie im Westen leben. Hast du mit dem Großen Geist gesprochen? Was hat er dir erzählt?«

»Ich habe sie gesehen«, erwiderte er, »aber es sind nicht die blassen Männer, an die ihr denkt. Auch sie haben wir gesehen, die Engländer und Franzosen, wie sie sich nennen. Die bärtigen Männer, von denen ich spreche, haben eine braune Haut und leben noch weiter im Süden als das Volk, das unseren Tod will. Sie haben die großen Hunde gebracht. Unsere Feinde bezahlen mit wertvollen Fellen für Feuerstöcke, wie ihr sie habt, und die großen Hunde. Die bösen Geister haben sich mit ihnen verbunden! Wenn der Schnee schmilzt, ziehen sie auf den Kriegspfad.«

»Die Bilder, die ich in meinen Träumen gesehen habe, waren nicht so klar«, räumte Biberfrau ein, »und ich sehe jetzt, warum der Große Geist zum Aufbruch gedrängt hat. Nur wenn wir den Feinden im Süden die großen Hunde wegnehmen, bleiben wir stark! Wollen wir uns gegen diese Schlangen verbünden?«

Zwei Krähen nickte feierlich. »Zusammen sind wir stark, meine Schwester! Ich lade sieben meiner besten Männer ein und ziehe mit euch auf den Kriegspfad.« Er paffte an seiner Pfeife und blickte in den Rauch. »Aber wir wollen warten, bis der Schnee nachlässt!«

Die Uferleute waren einverstanden und besiegelten den neuen Bund mit einem Tanz, zu dem sie auch ihre Freunde einluden. Spätnachts tauschten sie erneut Geschichten aus und Biberfrau musste noch einmal erzählen, wie die dicke Frau der Numakiki stecken blieb, als sie aus dem Erdloch klettern wollte. Ihre Freunde mochten die Geschichte und selbst die beiden Frauen des Häuptlings, die sich respektvoll im Hintergrund aufhielten, ihren Mann aber nie aus den Augen ließen, kicherten leise in sich hinein.

Sie verbrachten fast einen Mond im Winterlager des Volkes, das seine Feuer im Süden errichtet. Krummer Hals wäre am liebsten sofort weitergezogen und auch Bärenfuß war ungeduldig, aber beide mussten einsehen, dass der Schnee zu tief war. Weißer Büffel spielte auf einer Knochenflöte und war froh, dass sie blieben, obwohl seine Angebete viel jünger war und ihn mit spöttischen Blicken abwies. Steht-die-ganze-Nacht blieb fast die ganze Zeit in seinem Tipi und bemalte eine Büffelhaut. »Die Geschichte unseres Volkes«, erklärte er den lächelnden Kriegern.

Biberfrau war beinahe so ungeduldig wie Krummer Hals und betete viel. Einmal kletterte sie über die bewaldeten Hänge und stapfte durch den tiefen Schnee, bis sie die Ebenen erreichte und von einem heftigen Sturm zurückgetrieben wurde. Sie floh in den Wald und hörte das schadenfrohe Lachen eines Kriegers, der nur als Schatten zwischen den Bäumen zu erkennen war. Als sie genauer hinblickte, erkannte sie einen Kojoten. Er rannte jaulend davon und verschwand im Schnee. »Wihio«, sagte sie leise.

Das seltsame Verhältnis zwischen dem Häuptling und seinen beiden Frauen belustigte sie. Sie kommandierten ihn wie einen jungen Pferdehüter herum. Er mochte ein tapferer Krieger sein, der viele Male auf den Kriegspfad geritten war, aber zu Hause hatte er sich gefälligst um sie kümmern. Sie hütete sich davor, darüber zu lächeln. Sie hatte erfahren, dass die Frauen ihrer Freunde sehr angesehen waren und sogar einem Kriegerbund beitreten durften. Vielleicht hatte der Große Geist ihnen erlaubt ihre Männern herumzuscheuchen. Der Gedanke ließ sie schmunzeln. Eines Nachts hörte sie, wie im Tipi des Häuptlings gestritten wurde, aber als er das Zelt verließ und in den Schnee hinauslief, erschienen beide Frauen und forderten ihn leise, aber bestimmt auf in das gemeinsame Zelt zurückzukehren. Sie beobachte den Vorfall durch die angelehnte Zeltklappe, sagte aber nichts. Es gehörte sich nicht, ein befreundetes Volk zu kritisieren.

Als die Kraft des Frostriesen nachließ und einige Jäger berichteten, dass der heftige Wind den Schnee von den Ebenen gefegt hatte, beschloss Biberfrau nach Süden weiterzuziehen. Zwei Krähen wählte sieben Männer eines angesehenen Kriegerbundes aus und sprach mit dem Bewahrer der flachen Pfeife, die genauso wertvoll wie die heiligen Pfeile der Tsis-tsis-tas war. Seine Frauen bestanden darauf, ihn zu begleiten, aber diesmal setzte er sich durch, und sie verzogen sich schmollend in ihr Tipi.

Während der Häuptling des Volkes, das im Süden seine Feuer errichtete, über seinen Waffen betete, errichtete die heilige Frau der Uferleute eine Schwitzhütte. Sie reinigte ihren Körper und ihre Seele und bat den Großen Geist sie auf dem Weg nach Süden zu beschützen. Vier Tage und vier Nächte blieb sie in der Strauchhütte, umgeben von der Hitze und dem heißen Dampf und weit genug vom Dorf entfernt, um nicht vom Alltag des anderen Volkes gestört zu werden. Sie war allein mit der Natur und schöpfte Kraft aus ihren Träumen. »Maheo«, rief sie immer wieder, »gib uns die Kraft unsere Feinde zu besiegen und die großen Hunde aus ihrem Lager zu treiben! Nur mit den Tieren, die ich in meinen Träumen gesehen habe, können wir dem Pfad folgen, den du für uns ausgesucht hast! Vertreibe den Frostriesen und zeige uns den Weg in das Leben, das unsere Zukunft bedeutet!«

Die Hitze, die von dem heißen Stein aufstieg, drang tief in ihren Körper. Ihre Gedanken wurden klar und rein und sie wurde von einem heiligen Lied, das sie schon vor vielen Wintern gesungen hatte, über die Ebenen getragen. Selbst der Frostriese bekam Angst vor ihr und zog sich nach Norden zurück. Goldenes Licht überflutete die wogende Prärie und spiegelte sich in dem Fluss, der langsam nach Süden floss. Sie verharrte am seichten Ufer und wartete geduldig, bis ihr Schutzgeist aus dem Schilf kroch.

»Ich grüße dich, meine Schwester«, sagte der weiße Biber zufrieden, »dies ist ein guter Tag! Maheo hat den Frostriesen vertrieben und du bist den neuen Weg deines Volkes gegangen!«

»Ich folge meinen Träumen«, erwiderte sie, »ich folge den heiligen Liedern und Gebeten. Ich bin die heilige Frau eines Volkes, das den Fluss überqueren und den Büffeln folgen will!«

»Das will der Große Geist«, bestätigte der Biber, »er schickt euch auf die Ebenen, die eure Heimat werden sollen. Die Zeit der Pferde hat begonnen, meine Schwester, und du sollst die erste sein, die einen großen Hund besteigt und über das flache Land reitet!«

»Wir sind bereit, mein Bruder«, erwiderte sie entschlossen, »ich habe gebetet und gesungen und meine Krieger folgen dem Weg, den ich in meinen Träumen sehe. »Wir werden die Schlangen besiegen und mit vielen Pferden zu unseren Völkern zurückkehren!« Zwei Krähen hatte das feindliche Volk mit Schlangen verglichen, und sie hatte den Namen in ihre Sprache übersetzt.

»Du hast mich nicht verstanden«, erwiderte ihr Schutzgeist, »du wirst meinen Spuren folgen und den großen Hund besteigen, bevor deine Krieger ihn gesehen haben!« Er lächelte hintergründig und glitt mit einer geschmeidigen Bewegung ins Wasser. Bevor er verschwand, blickte er sich noch einmal um. »Dieser Tag verändert dein Leben!«, rief er der heiligen Frau zum Abschied zu.

Der weiße Biber tauchte unter und hinterließ zitternde Kreise auf dem Wasser. Sie wurden immer größer und verloren sich in der Mitte des Flusses. Biberfrau folgte ihnen zögernd. Sie stapfte durch das seichte Wasser, das ihr selbst an der tiefsten Stelle nur bis zu den Knien reichte, und dachte über die Worte ihres Schutzgeistes nach. Wie konnte sie ein Pferd besteigen, bevor sie die Schlangen besiegt hatten? Sie ging langsam weiter und sah, dass die Kreise noch immer nicht verschwunden waren. Wie wogendes Schilf berührten sie ihre Beine. Erst als das Kitzeln verschwand, blieb sie stehen. Ein seltsames Geräusch erklang, ein leises Schnauben, wie von einem Tier.

Sie blickte auf und sah einen großen Hund im Wasser stehen. Ein Pferd, braun und weiß gefleckt, mit einem kräftigen Brustkorb und starken Beinen. Sein Wiehern drang wie ein fernes Echo über den Fluss. Das Tier hatte keine Angst vor ihr, kam sogar näher und legte den Kopf an ihre Schulter. Sie streckte zögernd eine Hand aus und streichelte seine Stirn. In seinen dunklen Augen glaubte sie das verschmitzte Lächeln ihres Schutzgeistes zu sehen. Sie berührte das warme Fell und spürte das Blut, das durch seine Adern floss. Ihre Seelen berührten sich und sie wusste auf einmal, wie sie dieses Pferd reiten würde. Ihre Hände holten die Rohhautschnur aus der Ledertasche und wurden von einer unsichtbaren Kraft geführt, als sie eine Schlinge banden und ihrem vierbeinigen Bruder die Zügel überwarfen. Sie schwang sich auf den Rücken des Tieres und blickte stolz zum Himmel empor.

»Ich danke dir, Großer Geist«, rief sie der leuchtenden Sonne entgegen. »Dies ist ein Tag, auf den ich lange gewartet habe!«

20

FEUER BRENNEN IM SÜDEN

BIBERFRAU RITT IN die untergehende Sonne. Ihr Körper verschmolz mit dem Schecken und sie wurden zu einer anmutigen Einheit, als hätten sie einander seit vielen Wintern gesucht und endlich gefunden. Sie saß auf dem nackten Rücken des Pferdes und spürte jeden Muskel, ahnte jede Bewegung des stolzen Tieres. Sie war eine geborene Reiterin. Maheo hatte ihr die Kraft gegeben den großen Hund zu führen und sie brauchte nicht einmal nachzudenken, als sie jauchzend in die Zukunft ihres Volkes ritt.

Ihre Haare waren offen, weil sie immer noch um Wolfsgesicht trauerte, und flatterten im kühlen Wind. Der Schecke schien nur darauf gewartet zu haben, sie durch den Fluss zu tragen, und setzte in großen Sprüngen zum Ufer zurück. Das Wasser leuchtete blutrot unter seinen Hufen. Sein Jauchzen war ein kräftiges Schnauben und seine Freude wurde spürbar, als er das Ufer erklomm und mit weiten Sprüngen über die Ebene galoppierte. »Houp! Houp! Houp!«, rief Biberfrau stolz, »dies ist ein guter Tag!«

Ihre Krieger sprangen erschrocken auf und beobachteten, wie sie auf dem Hügel oberhalb ihres Lagers erschien. Ihre Umrisse hoben sich wie ein Schatten gegen die rote Sonne ab. Der aufgewirbelte Staub wehte wie kalter Atem im sanften Abendwind.

»Ich habe einen großen Hund gefunden!«, rief sie stolz. Sogar Zwei Krähen und seine Krieger verstanden sie. »Seht her, meine Brüder! Der vierbeinige Bruder trägt uns in eine neue Zukunft!«

Sie trieb den Schecken in die Senke hinab und zügelte ihn dicht vor dem Feuer. Der aufwallende Staub trieb die Krieger zurück. Steht-die-ganze-Nacht stolperte vor Schreck und hob abwehrend die Hände, als der Schecke wiehernd auf der Hinterhand hochstieg und mit den Hufen stampfte. Er glaubte einem Geist zu begegnen und schlug beide Hände vor die Augen. Die Hunde fürchteten sich, liefen durcheinander und bellten nervös.

Biberfrau sprang zu Boden und tätschelte den Rücken des Tieres. »Ihr braucht keine Angst zu haben«, beruhigte sie die Krieger, »die großen Hunde sind unsere Freunde!« Sie beobachtete schmunzelnd, wie die Männer näher kamen und das Pferd berührten. Krummer Hals nickte grimmig, als er die schweißnasse Haut spürte. Zwei Krähen blickte in die braunen Augen des Tieres und glaubte den Großen Geist zu sehen. Er sang ein heiliges Lied, während er in die dunkle Mähne griff. Weißer Büffel dachte daran, wie beeindruckt die jungen Frauen seines Volkes sein würden, wenn er von dem langen Kriegszug zurückkehrte und an den Tipis vorbeiritt. Steht-die-ganze-Nacht blieb ihm Hintergrund und wagte sich erst nach vorn, als Biberfrau die Zügel des großen Hundes ergriff und ihn mit sanften Worten beruhigte.

»Darf ich ihn reiten?«, fragte Bärenfuß. Er hatte bei der ersten Berührung gespürt, dass der große Hund ihn mochte, und es drängte ihn danach, auf seinen Rücken zu springen und über die Prärie zu reiten. Die heilige Frau reichte ihm die Zügel und er sprang mit einem heiseren Schrei auf den Rücken des Tieres und sprengte davon. Wie ein Sturmwind fegte er über die Hügel, die Oberschenkel locker am Körper des Tieres, das Gesicht im kühlen Abendwind. »Ei-e-ya«, meinte er zufrieden, als er zurückkehrte und im vollen Galopp zu Boden sprang, »wir werden viele Pferde stehlen und den Büffeln in die aufgehende Sonne folgen!«

Sie zogen weiter nach Süden, wechselten sich auf dem Rücken des großen Hundes ab um ein Gefühl für die neue Art der Fortbewegung zu bekommen. Bärenfuß war der beste Reiter, schien fest mit dem Schecken verwachsen zu sein und beherrschte schon nach wenigen Tagen gewagte Kunststücke. Er schoss während des Reitens mit Pfeil und Bogen und traf ein Kaninchen im vollen Lauf und er ritt freihändig und jagte eine Kugel aus seinem Feuerstock in den nächsten Baum. Auch Biberfrau und Zwei Krähen waren gute Reiter, aber der Fuchskrieger war dazu geboren und fühlte sich nur noch auf dem großen Hund wohl.

Nach ein paar Tagen hatten sie sich an das neue Tier gewöhnt, sogar Steht-die-ganze-Nacht, der ihn nur zögernd bestiegen hatte und einmal abgeworfen wurde, weil er die Zügel losließ. Der Große Geist meinte es gut mit ihnen. Jetzt wussten sie, was zu tun war, wenn sie die großen Hunde des Feindes entdeckten. Sie würden keine Angst vor den Tieren haben und sofort mit ihnen vertraut sein. Sobald sie die Pferde gestohlen hatten, waren sie den Feinden ebenbürtig. Aiee, dies waren gute Zeiten. Sie würden mit einer ganzen Herde nach Hause zurückkehren und die bösen Geister von der Prärie treiben. Sie würden die Büffel jagen und in das Land reiten, nach dem sie sich gesehnt hatten.

Sie wurden nicht unvorsichtig, dazu waren die meisten Krieger zu erfahren. Biberfrau betete und sang jeden Abend und die Hundekrieger schwärmten nach allen Seiten aus und suchten das Land nach Feinden ab. Einmal entdeckten sie Hufspuren, und ein junger Krieger kehrte aufgeregt von einem Jagdausflug zurück und verkündete, dass er einen Schuss gehört hatte, aber es dauerte noch einige Monde, bis sie ein Dorf der feindlichen Schlangen entdeckten. »Ni-mou-sin«, sagte ein Hundekrieger in seiner Sprache, als er von dem Zeltlager im Süden berichtete.

Inzwischen hatte jeder die Sprache des anderen gelernt und man verstand einander. »Ni-mou-sin« war der Name, den die Tsis-tsis-tsas den Schlangenmenschen im Süden gegeben hatten. »Ihre Feuer brennen im Süden, einen halben Tagesmarsch von hier! Sie wohnen in Zelten wie unsere Freunde.« Er blickte die verbündeten Krieger an. »In den Hügeln am Roten Fluss!«

So hatten sie den breiten Fluss genannt, dem sie schon vor einigen Tagen begegnet waren. Der rote Ufersand hatte ihn verfärbt und wenn die Sonne schien, leuchteten die roten Felsen im Wasser. Sie hatten darin gebadet und Zwei Krähen hatte seinen ganzen Körper mit dem roten Sand bemalt, weil Rot die Farbe der Stärke war. Bei den Tsis-tsis-tas stand sie für das Leben und Steht-die-ganze-Nacht ließ einen kleinen Flusskiesel in seinem Medizinbeutel verschwinden, als ihn niemand beobachtete. Krummer Hals, Weißer Büffel und Bärenfuß bemalten ihre Gesichter mit roten Streifen und der Fuchskrieger legte beide Hände in den Uferschlamm und drückte sie auf die Flanken ihres Schecken. Auch er sollte die Kraft des Großen Geistes spüren.

Sie lagerten in einer Senke, weit genug vom Dorf der Schlangen entfernt, verzichteten aber darauf, ein Feuer anzuzünden. Der Abendwind war angenehm warm und der Mond erschien immer wieder zwischen den Wolken und ließ das Büffelgras glitzern. Sie aßen etwas Trockenfleisch und fütterten die Hunde, damit sie nicht bellten. Der Schecke weidete im Schatten eines Hügels. Die Hundekrieger wechselten sich mit den Wachen ab und hatten ihre Waffen schussbereit auf den Knien liegen. Im Lager herrschte eine angespannte Atmosphäre. Die Krieger beteten leise über ihren Waffen, denn jeder wusste, dass die Zukunft ihrer beiden Völker vom Erfolg dieses Kriegszuges abhing.

Biberfrau verließ die Senke und rief noch einmal den Großen Geist an. Zwischen den dunklen Hügeln bat sie ihn den Blick nicht von ihrem Volk zu wenden und die Krieger zu begleiten, wenn sie kurz vor dem Morgengrauen die Pferde stahlen. Sie hatten beschlossen keine Coups zu schlagen, weil die Schlangen in der Übermacht waren, und es vor allem darum ging, die großen Hunde zu holen. Deshalb hatte der Große Geist sie nach Süden geschickt. Vor allem die jungen Krieger wehrten sich dagegen, wollten einen großen Sieg erringen und viele Coups schlagen, aber Biberfrau erinnerte sie daran, dass sie auf dem Weg in ein neues Leben waren und die Zukunft ihrer Völker auf keinen Fall gefährden durften. Das verlangte der Große Geist.

Erst spätnachts kehrte sie von ihren Gebeten zurück. Sie begegnete einem der jungen Hundekrieger, die das Lager bewachten, und nickte ihm aufmunternd zu. Die Krieger in der Senke schliefen fest, verließen sich auf die aufgestellten Wachen. Sogar der junge Steht-die-ganze-Nacht war eingeschlafen, obwohl er den ganzen Abend nervös durch die Senke gelaufen war und beim kleinsten Geräusch nach seinem Messer gegriffen hatte. Er würde mit zwei Kriegern des befreundeten Volkes bei dem Schecken und den Hunden bleiben und darauf warten, dass seine Brüder mit den gestohlenen Pferden zurückkehrten. Bei dem Gedanken, dass die Feinde den Diebstahl bemerken und sie mit einer Übermacht von wütenden Kriegern verfolgen konnten, wurde ihm beinahe übel. Aber er zeigte seine Angst nicht.

Biberfrau hüllte sich in ihr Büffelfell und schlief sofort ein. Ihr blieb nur noch wenig Zeit sich vor dem Überfall auszuruhen. Sie war keine Kriegerfrau, obwohl sie wie ein tapferer Hundekrieger verehrt wurde, seitdem sie die Ho-he von dem Felsplateau getrieben hatte, aber sie wollte in der Nähe sein, wenn die Krieger die Pferde stahlen, und dabei helfen, die Herde davonzutreiben.

Noch vor dem ersten Morgengrauen brachen sie auf. Krummer Hals und Zwei Krähen liefen voraus und führten die Krieger durch das frische Büffelgras. Die Hundekrieger hatten die Pferdeherde auf einem nächtlichen Erkundungsausflug entdeckt und den Anführern genau beschrieben, wo sie stand. Die Tiere weideten auf einer Anhöhe diesseits des Flusses, in gebührender Entfernung zu den Tipis. Zwei Krieger bewachten sie, benahmen sich aber sorglos und rechneten nicht mit einem Angriff. Krummer Hals und Zwei Krähen würden die beiden mit Pfeilen töten, damit die anderen Schlangen nicht aufwachten.

Biberfrau sprach mit Steht-die-ganze-Nacht, bevor sie ihren Kriegern folgte. Sie hatte bemerkt, wie unruhig er war, und spürte, dass er gegen die Angst kämpfte. Sie verurteilte ihn nicht und bereute auch nicht ihn mitgenommen zu haben. Er war ein Denker, ein Geschichtenerzähler, der viel dazu beigetragen hatte, dass sie den langen Marsch durchgestanden hatten. Seine Erzählungen hatten selbst dem nüchternen Krummer Hals gefallen und Zwei Krähen hatte sich lachend auf die Schenkel geschlagen. Steht-die-ganze-Nacht würde nie ein großer Krieger werden und die Pferde würden ihn immer wieder abwerfen, aber es musste auch nachdenkliche Männer wie ihn geben, die in ihren Träumen lebten und das Erbe des Volkes in ihren Geschichten bewahrten.

»Ich habe zum Großen Geist gebetet«, sagte die heilige Frau zu ihm, »er ist bei den Kriegern, wenn sie die Herde stehlen, und er bleibt bei dir, wenn du unser Pferd und die Hunde bewachst!«

»Das ist gut«, erwiderte der junge Krieger.

Biberfrau legte beide Hände auf seine Schultern und übertrug einen Teil ihrer Kraft auf ihn, bevor sie den Kriegern folgte. Er war mit dem toten Anführer der Hundekrieger verwandt und sie fühlte sich verantwortlich für ihn. Sie empfing ein dankbares Lächeln und rannte davon. Geduckt huschte sie durch das Büffelgras. Sie hatte ihren Bogen von der Schulter genommen und einen Pfeil auf die Sehne gelegt. Hinter einigen Salbeibüschen, unterhalb der Pferdeherde, versteckte sie sich. Sie hatte den Wind im Gesicht und roch die Ausdünstung der vielen Pferde. Sie boten einen erhebenden Anblick. Über hundert Tiere weideten auf der saftigen Wiese, schnaubten zufrieden und ahnten nicht, dass ihre neuen Besitzer nur wenige Schritte entfernt im Gras lagen.

Als der Mond zwischen den Wolken auftauchte, beobachtete Biberfrau, wie die Krieger sich in den Hügeln vor der Herde verteilten. Die beiden Pferdewächter hockten arglos zwischen den Felsbrocken. Sie gaben keinen Laut von sich, als sie von den Pfeilen der Angreifer getroffen wurden und ins Gras stürzten. Einige Pferde wieherten nervös, hatten aber nicht bemerkt, dass andere Menschen in der Nähe waren. Jetzt kam alles darauf an, wie gut die Krieger mit den fremden Tieren zurechtkamen. Es gab keine Zügel und sie mussten sie mit den Schenkeln lenken.

Biberfrau hörte ein Geräusch und wirbelte erschrocken herum. Beinahe zu spät entdeckte sie den jungen Schlangenkrieger. Er kehrte von einem Ausflug zurück, hatte sich mit einem Mädchen getroffen und war noch so von ihren Liebkosungen beeindruckt, dass er nicht auf seine Umgebung achtete. Sein Pferd entdeckte die heilige Frau früher als er. Noch bevor er seinen Feuerstock abfeuern konnte, ließ sie ihren Pfeil von der Sehne schnellen. Er schlug dem jungen Krieger durch die Kehle und riss ihn zu Boden. Biberfrau rannte geduckt zu ihm und berührte ihn mit dem Bogen. Sie griff nach dem Feuerstock und dem Beutel mit dem Pulver und den Kugeln und schwang sich auf das herrenlose Pferd. Der Kriegsruf ihres Volkes kam flüsternd über ihre Lippen.

Biberfrau griff nach den Zügeln und trieb das Pony an.

Sie spürte einen harten Sattel zwischen ihren Schenkeln, der ihr einen besseren Halt gab. Im schwachen Mondlicht erkannte sie, dass lederne Steigbügel vom Sattel hingen. Sie schob ihre Füße in die Schlaufen und lächelte zufrieden, als sie merkte, dass sie dadurch noch besser reagieren und lenken konnte. Mit einem leisen »Houp! Houp!« ritt sie ihren Kriegern entgegen, die jetzt ebenfalls beritten waren und die Herde von der Weide trieben.

»Ich habe einen jungen Krieger getötet«, beantwortete Biberfrau die fragenden Blicke, als sie auf dem fremden Pony erschien, »er ritt genau in meine Richtung. Vielleicht ein Wächter!« Sie warf einen Blick auf das schlafende Lager. »Wir müssen uns beeilen!«

Sie half den Kriegern die Tiere nach Norden zu treiben und griff ihrem Pferd erschrocken in die Zügel, als ein schmerzerfüllter Schrei über die Prärie schallte. Sie drehte sich im Sattel und beobachtete, wie die ersten Krieger aus den Tipis stürzten und ihre Feuerstöcke abfeuerten. Sie riefen etwas in ihrer Sprache und deuteten aufgeregt über den Fluss. Die ersten Streifen des Morgengrauens schimmerten über den Hügeln und sie erkannten die Umrisse von fremden Kriegern. Weitere Warnschüsse krachten und immer mehr Schlangenkrieger wurden sichtbar.

Biberfrau blickte genauer hin und erkannte, dass sie einen Fehler gemacht hatten. Auch im Dorf der Feinde gab es Pferde. Einige Krieger hatten ihre Lieblingsponys hinter den Tipis angebunden und schwangen sich wütend in die Sättel, als sie die Angreifer bemerkten. Wir hätten zwischen die Tipis schleichen und die Pferde losbinden müssen, dachte sie, dann hätten sie uns niemals eingeholt.

Krummer Hals tauchte neben ihr auf und hatte denselben Gedanken. »Wir töten die Hunde!«, sagte er so leise, dass nur sie es hörte. Er gehörte zu den wenigen Kriegern, die es geschafft hätten, unbemerkt in ein feindliches Dorf zu gelangen, und würde alles daran setzen, ihren Fehler gutzumachen.

Sie ließ ihn stehen und trieb ihr Pony auf den nächsten Hügel. Über dem jungen Krieger, den sie getötet hatte, kniete ein Mädchen. Sie hatte das Dorf mit ihrem Schrei geweckt. Ihre Hände waren blutig und sie schrie immer noch, anscheinend hatte sie sich heimlich mit dem jungen Schlangenkrieger getroffen. In ihren Schreien mischten sich Wut und Trauer und ihr Gesicht war schmerzverzerrt. Sie griff nach dem Messer ihres toten Geliebten und sprang wütend auf, als sie Biberfrau entdeckte. Eine geheimnisvolle Stimme sagte ihr, dass die feindliche Frau ihren Krieger getötet hatte.

Das Mädchen hatte keine fünfzehn Winter gesehen. Sie würde den Schmerz überwinden und einen anderen Mann finden. Ein Gedanke, der Biberfrau dazu brachte, nicht auf sie zu schießen. Stattdessen trieb sie ihr Pony an und ritt das Mädchen nieder. Sie wurde von einem Huf getroffen und fiel bewusstlos zu Boden.

Biberfrau achtete nicht auf sie und wendete ihr Pony. Den Kriegsruf ihres Volkes ausstoßend galoppierte sie zu ihren Kriegern zurück. Sie erkannte, dass sie einen ausreichenden Vorsprung vor den Verfolgern hatten und den Platz für einen Kampf selbst bestimmen konnten. In den Hügeln waren sie den Schlangenmenschen unterlegen, dort würden auch die unberittenen Feinde gegen sie kämpfen. Die Schlangen brauchten nicht einmal den Fluss zu überqueren um sie mit den Kugeln aus ihren Feuerstöcken zu erreichen. Sie mussten weit genug entfernt sein, wenn sie sich auf einen Kampf gegen die Verfolger einließen.

In einer Senke traf sie Steht-die-ganze-Nacht und die beiden Krieger ihrer Verbündeten. Die Hunde bellten aufgeregt und rannten hastig davon, als Biberfrau aus dem Sattel sprang und sie beschimpfte. Sie schwang sich auf den nackten Rücken ihres Ponys und bedeutete Steht-die-ganze-Nacht auf das gesattelte Pferd zu springen. Im Sattel fand er einen besseren Halt. Seine jungen Freunde stiegen auf die Pferde, die Zwei Krähen aus der Herde gesondert hatte. Stolz darauf endlich im Besitz der großen Hunde zu sein sprengten sie aus der Senke. Zwei Krähen wechselte einen raschen Blick mit der heiligen Frau und folgte ihnen.

Biberfrau wartete, bis Steht-die-ganze-Nacht fest im Sattel saß, und folgte dem Häupling des anderen Volkes. Der junge Krieger blieb dicht hinter ihr. Seine Augen leuchteten zufrieden, als er den stabilen Sattel unter seinem Körper und die Steigbügel unter seinen Mokassins spürte. Sogar in dem rasanten Galopp, den Biberfrau vorlegte, fand er einen festen Halt. Er ritt nicht so elegant wie die anderen Krieger, aber er war genauso schnell, und das wütende Kriegsgeheul der Schlangen wurde immer leiser.

In einer felsigen Schlucht, die weit genug vom Dorf der Schlangen entfernt war, stellten sich die Krieger der verbündeten Völker zum Kampf. Zwei Krähen, Bärenfuß und zwei junge Krieger trieben die Pferde davon, während sich die anderen in den zerklüfteten Felsen versteckten und auf die Verfolger warteten. Ihr Vorsprung war groß genug und der aufgewirbelte Staub der Herde hatte sich längst gelegt, als die Ni-mou-sin in die Schlucht ritten.

Die Schlangen waren ahnungslos. Ihre Wut war so groß, dass sie gar nicht an eine Falle dachten und den verbündeten Kriegern blindlings vor die Feuerstöcke ritten. Als Krummer Hals den heiseren Kriegsruf der Uferleute ausstieß, entluden sich die Flinten und ein Hagel von Pfeilen regnete auf die Verfolger herab. Sie fielen schreiend zu Boden und die meisten feindlichen Krieger starben, bevor sie an Gegenwehr denken konnten. Einige Krieger fielen, als sie von ihren Pferden sprangen und verzweifelt nach einer Deckung suchten. Zwei Männer flohen nach Süden und drei Überlebende wurden von Krummer Hals und zwei Hundekriegern mit Coupstöcken berührt, bevor sie erschossen wurden.

Zufrieden ritten die verbündeten Krieger davon. Sie hatten keinen großen Sieg errungen, weil sie nur drei Coups geschlagen hatten, aber sie besaßen die Pferde, und vor ihnen lag eine neue Zukunft. »Ei-e-ya«, triumphierte Krummer Hals, »wir haben die Schlangen geschlagen! Jetzt können wir nach Hause reiten!«

21

DAS DORF DES TODES

DIE ZEIT DER Pferde hatte begonnen. In den Sätteln ihrer Feinde kamen Biberfrau und die verbündeten Krieger noch schneller voran und in ihnen wuchs die Vorfreude die Verwandten in der Heimat bald wieder zu sehen. Nur der Häuptling des Volkes, das seine Feuer im Süden errichtet, wurde ruhiger und nachdenklicher und rauchte seine Pfeife meist schweigend. Der Gedanke zu seinen streitbaren Frauen zurückkehren bereitete ihm gemischte Gefühle. Er liebte sie, wie andere Männer ihre Frauen liebten, aber er verabscheute ihren Befehlston und ihre krankhafte Eifersucht. Obwohl er zu den besten Rednern seines Volkes gehörte, verstand er es nicht, sich gegen sie durchzusetzen. Er hatte zu große Angst davor, dass sie ihn aus dem Tipi jagten. Dazu waren die Frauen seines Volkes berechtigt.

Die anderen Männer brannten darauf, nach Hause zurückzukehren. Krummer Hals, Bärenfuß, die Hundekrieger, lediglich Weißer Büffel hätte nichts gegen einen Ausflug ins Dorf ihrer Verbündeten gehabt um die Flöte für ein viel zu junges Mädchen zu spielen. Er hatte den

Mädchen schon als junger Krieger nachgestellt und bekam jedes Mal leuchtende Augen, wenn eine schöne Frau an ihm vorbeiging. Biberfrau war das einzige weibliche Wesen, das er nicht anhimmelte. Er hatte zu viel Respekt vor der heiligen Frau, die würdevoll wie ein Häuptling auftrat, niemals älter wurde und mit den Geistern über die Zukunft des Volkes sprach.

Steht-die-ganze-Nacht betete mehr als die anderen Krieger und Biberfrau spürte, dass er ihre Nähe suchte. Er ritt dicht hinter ihr, schlug sein Lager in ihrer Nähe auf und blickte ihr nach, wenn sie zwischen den Hügeln verschwand um die heiligen Lieder zu singen. Er erzählte immer noch Geschichten, aber sie waren nicht mehr so fröhlich, und er lachte kaum noch. Biberfrau konnte sich denken, warum er so nachdenklich war. Sie hatte gesehen, dass er während des Angriffs auf die Schlangen beide Augen geschlossen und keinen einzigen Pfeil abgeschossen hatte. Aber sie ließ sich nichts anmerken. Sie spürte, dass Maheo eine besondere Aufgabe für den jungen Krieger bereithielt. Er war mit dem tapferen Hundekrieger verwandt, der auf die andere Seite gegangen war, und stand unter ihrem besonderen Schutz.

Mit der großen Pferdeherde kamen sie gut zurecht. Zwei Krähen, Bärenfuß und die meisten der jungen Krieger wurden zu hervorragenden Reitern, die selbst mit den halbwilden Pferden der Ni-mou-sin zurechtkamen und ihnen schon bald abgewöhnt hatten sich nach Süden zu wenden. Wenn sie ein Lager aufschlugen, waren mehrere Reiter damit beschäftigt, die Tiere zu beruhigen und vor Angreifern zu beschützen. Aber es ließen sich keine Feinde blicken, und die Hundekrieger, die noch einmal zurückgeritten und nach den Schlangen gesehen hatten, berichteten stolz, dass sich die Krieger im fernen Süden noch immer nicht von ihrer bitteren Niederlage erholt hatten. Sie glaubten nicht, dass sie sich in absehbarer Zeit für die Schmach rächen würden.

Einen Tagesritt von dem Fluss entfernt, an dem Zwei Krähen und sein Volk ihr Sommerlager aufschlugen, verabschiedeten sich die Uferleute von ihren Verbündeten. Sie rauchten die heilige Pfeife und versprachen einander gemeinsam auf die Jagd und den Kriegspfad zu gehen. »Unsere Völker reiten gemeinsam in die neue Zukunft«, sagte Biberfrau, als sie den Rauch in die vier Richtungen blies, »sie ziehen mit dem Wind, der uns nach Westen getrieben hat, und jagen den Büffel, der unser Leben bedeutet. Aiee, wir atmen dieselbe Luft wie unsere Freunde!«

Zwei Krähen bedankte sich mit einem Wort in seiner Sprache, das höchsten Respekt ausdrückte. »Das ist wahr, meine Schwester. Wir werden gemeinsam gegen unsere Feinde ziehen und niemals die Waffen gegeneinander erheben! Es soll ewige Freundschaft zwischen unseren Völkern sein!« Alle anwesenden Krieger stimmten lautstark zu und dann wurde bis in die späte Nacht getanzt und gefeiert. Im Morgengrauen stiegen die Krieger des Volkes, das im Süden seine Feuer errichtet, in die Sättel und trieben die Pferdeherde auseinander. Mit der Hälfte der Tiere zogen sie davon. Die Uferleute blickten ihnen nach und warteten, bis sie hinter den bewaldeten Hügeln verschwunden waren.

Abends lagerten die Tsis-tsis-tas am Ufer eines trägen Baches. Die meisten Krieger waren müde von der langen Abschiedsfeier und legten sich früh schlafen. Biberfrau ermahnte die jungen Hundekrieger, die um die Pferdeherde ritten, auch im Land ihrer Freunde wachsam zu sein, dann ging sie langsam am Bachufer entlang um abseits des Lagers zu beten. Sie spürte den bewundernden Blick von Steht-die-ganze-Nacht, als sie in der Dunkelheit verschwand. Der junge Krieger verehrte sie. Nicht wie ein Krieger, der ein Liebeslied auf der Flöte spielt, eher wie ein junger Mann, der sich ehrfürchtig vor den weisen Männern verneigt.

Sie reckte die Arme zum dunklen Himmel und rief den

Großen Geist an. »Maheo«, betete sie, »du bist das Große Geheimnis, das unser Leben bestimmt! Du hast auf unserer Seite gekämpft, als die Schlangen in unsere Falle ritten, und du warst bei uns, als wir die Pferdeherde nach Norden getrieben haben! Du hast uns neue Freunde geschickt! Du bist mit unseren Kriegern nach Süden geritten und hast uns auf dem langen Kriegszug begleitet, der eine neue Zukunft für unser Volk bedeutet! Dafür danke ich dir!« Sie stimmte ein neues Lied an, das von dem langen Ritt über die weiten Ebenen und dem Überfall auf die Ni-mou-sin erzählte, und badete ihr Gesicht in dem silbernen Mondlicht, das zwischen den dunklen Wolken leuchtete und sanft über ihre Wangen glitt.

»Das war ein großer Sieg«, erklang die Stimme des weißen Bibers. Er war unbemerkt aus dem Wasser gekommen und kauerte im Schatten einer großen Pappel. »Du bist den Weg gegangen, den Maheo dir gezeigt hat, und hast deinen Kriegern die Zukunft gezeigt. Jetzt weißt du, warum der Große Geist dich erwählt hat!«

Biberfrau blickte ihren Schutzgeist nachdenklich an. »Nein«, widersprach sie, »ich weiß es immer noch nicht. Auch ein Krieger wie Krummer Hals oder Bärenfuß hätte diese Aufgabe erfüllt.«

»Du kennst die heiligen Lieder«, erklärte der Biber, »und du weißt, wie man zwischen den Welten wandert. Du sprichst die Gebete, die Maheo hören will, und du weißt, wo sich das Große Geheimnis verborgen hält. Zweifle nicht, meine Schwester, denn dies war erst der Anfang! Die schweren Aufgaben liegen noch vor dir! Du hast dein Volk in eine neue Zukunft geführt und die Büffel versprechen eine gute Jagd, aber es werden harte Zeiten kommen, und auch du wirst über einen steinigen Pfad gehen! Denke an meine Worte, wenn die bärtigen Männer kommen und deinem Volk den Krieg erklären! Flüstere meinen Namen, wenn der Mann mit den gelben Haaren sein großes Messer erhebt!«

»Wann kommen die bärtigen Männer?«, fragte Biberfrau entsetzt. Sie hatte nicht gewusst, dass sie schon so nahe waren. »Wann beginnt der Krieg? Welcher Mann mit gelben Haaren?«

Ihr Schutzgeist ließ erkennen, dass er mehr gesagt hatte, als er eigentlich wollte. »Hab keine Angst«, beruhigte er die heilige Frau, »die Krieger, die mit dir geritten sind, werden diese Zeit nicht mehr erleben! Vor deinem Volk liegen gute Jahre und nur du weißt von den schweren Zeiten, die in ferner Zukunft warten! Ich weiß, dass dieses Wissen eine Last bedeutet! Ich weiß, wie schwer es ist, mit dem Volk zu tanzen und zu lachen, wenn man den gewundenen Pfad des Lebens kennt! Aber du bist die heilige Frau, und du wirst schon sehr bald erkennen, wie dunkel der Himmel über den weiten Ebenen sein kann! Das Volk, das auf der anderen Seite des Flusses wohnt, ist mit den bösen Geistern der bärtigen Männer in Berührung gekommen! Denke daran, wenn du sein Dorf betrittst und den Atem des Todes spürst!«

Der weiße Biber verschwand und Biberfrau blieb allein mit dem lauen Nachtwind. Sie wusste, dass es keinen Zweck hatte, ihren Schutzgeist zurückzurufen. Er hatte alles gesagt, was er sagen wollte, vielleicht noch mehr. Und sie blieb wieder einmal ratlos zurück und würde viele Nächte damit verbringen, über die Worte nachzudenken, die sie in dieser Nacht vernommen hatte. Sie reckte noch einmal die Hände zum Himmel und bat den Großen Geist um Beistand, aber der Mond war wieder hinter den Wolken verschwunden, und dunkle Schatten vertrieben die Helligkeit von ihrem Gesicht. Ein dunkler Mann ritt durch ihre Gedanken, ein blutiges Messer in der rechten Hand, und sie begann zu weinen und wiederholte das Gebet, das sie zuerst gesprochen hatte. Sie machte in dieser Nacht kaum die Augen zu.

Einige Zeit später, im Mond der reifen Pflaumen, erreichten die Uferleute den Gelben Fluss. Sie ritten an seinem Ufer entlang und hielten auf das heimatliche Dorf zu. Die Freude über ihre Rückkehr war ihnen deutlich anzusehen. Steht-die-ganze-Nacht hatte seine Fröhlichkeit wiedergefunden und erzählte eine Geschichte über Wihio, den trickreichen Kojoten, und Bärenfuß sang ein lustiges Lied, das er sich unterwegs ausgedacht hatte. Krummer Hals lächelte still. Zwei Hundekrieger veranstalteten ein Pferderennen und stießen den Kriegsruf des Volkes aus. Biberfrau beobachtete ihre Begleiter schmunzelnd, aber ihre Gedanken waren traurig und kreisten um die Worte des weißen Bibers.

Am letzten Morgen ihrer Reise zogen die Männer ihre besten Kriegshemden an und die Krieger, die einen Feind getötet hatten, bemalten ihre Gesichter mit schwarzer Farbe. Die Pferde wurden abgerieben und mit farbigen Symbolen verziert. Alle freuten sich darauf, ihre Verwandten mit der großen Pferdeherde zu überraschen. Maheo war mit ihnen nach Süden gezogen! Er hatte ihnen geholfen die Schlangen zu besiegen und die Pferde nach Norden zu treiben. Ei-e-ya, die Zeiten waren gut und der Weg in die Zukunft führte durch das knöcheltiefe Büffelgras.

Das glaubten die Tsis-tsis-tas und Biberfrau freute sich mit ihnen, denn die schweren Zeiten, von denen ihr Schutzgeist gesprochen hatte, waren noch weit entfernt. Wenn ihr Leben aus den hohen Bergen bestand, die Zwei Krähen an einem ihrer nächtlichen Feuer erwähnt hatte, waren sie auf dem höchsten Gipfel angekommen. Nur das Volk, das auf der anderen Seite des Flusses wohnte, hatte den eisigen Atem der bärtigen Männer zu spüren bekommen. »Denke daran, wenn du ihr Dorf betrittst und den Atem des Todes spürst!« Die Warnung des weißen Bibers klang immer noch laut in ihren Ohren. Er konnte nur die Numakiki gemeint haben. Vier Bären, den stolzen Häuptling, und die Männer und Frauen, die ihnen gezeigt hatten, wie man die gelben Körner anpflanzt.

Biberfrau zügelte ihren Schecken und wandte sich an die

Krieger. »Hört mich an«, sagte sie, »ich verstehe eure Freude und ich weiß, dass ihr so schnell wie möglich zu euren Verwandten wollt. Aber wir wollen warten, bis die Sonne auf dieser Seite des Flusses steht. Ich habe eine Warnung von meinem Schutzgeist erhalten und möchte das Land erkunden, bevor wir den Fluss überqueren. Es könnte sein, dass böse Geister auf uns warten! Nicht im Dorf der Uferleute, aber bei unseren Freunden, den Numakiki! Ich werde den Häuptling besuchen und ihn fragen, ob er die bösen Geister erfolgreich bekämpft hat. Krummer Hals wird mich begleiten! Wartet hier, bis wir wieder zurückkommen!«

Die Nachricht erschreckte die Krieger, auch Krummer Hals, und von ihm wusste man, dass sein heiliger Schild den Angriff eines Ungeheuers überstanden hatte. »So soll es geschehen«, antwortete der wortkarge Krieger für seine Begleiter. Er bewegte die Zügel und folgte der heiligen Frau wortlos durch das Uferschilf.

Das Dorf der Numakiki lag hinter einer Biegung des Flusses, nur einen kurzen Ritt von ihrem Nachtlager entfernt. Biberfrau und Krummer Hals hielten auf einer Hügelkuppe und blickten nachdenklich in das weite Tal hinab. Im flackernden Licht der Sonne, die immer wieder von Wolkenfetzen verdeckt wurde, sahen sie die kuppelförmigen Häuser der Numakiki und die Felder, die sich hinter der Befestigungsmauer erstreckten. Am Horizont war das Dorf der Uferleute zu erkennen. Es waren keine Menschen zu sehen und aus den Häusern stieg kein Rauch empor.

»Die bösen Geister haben gesiegt«, erkannte Biberfrau sofort. Sie trieb den Schecken an ohne Krummer Hals anzusehen und hielt geradewegs auf das Dorf der Numakiki zu. Hinter ihr erklang der Hufschlag des stämmigen Pferdes, das ihr Begleiter ritt. Sie dachte an die Worte ihres Schutzgeistes und spürte, wie ihr Körper unter dem kalten Atem der bärtigen Männer fröstelte. Die Feinde waren nirgendwo zu sehen, aber sie wusste schon jetzt, dass nur sie an dem tödlichen Schicksal schuld sein konnten, das die Numakiki heimgesucht hatte. In ihrem Körper war dieselbe Unruhe, die sie auf der anderen Seite des großen Wassers gespürt hatte, als sie am Lager der bärtigen Männer vorbeigeschlichen war. Sie waren mit den bösen Geistern im Bunde und Biberfrau stemmte sich verzweifelt gegen die unsichtbare Kraft, die auch sie und den tapferen Krieger in die Knie zwingen wollte.

Krummer Hals lenkte seinen Braunen mit den Oberschenkeln und hielt seinen Feuerstock in beiden Händen. Auch er spürte die tödliche Gefahr, obwohl niemand zwischen den Erdhütten und auf den Feldern zu sehen war, und eine eigenartige Stille über dem Gelben Fluss lag. Er bedeutete seiner Begleiterin in einer Senke zu warten und ritt einen großen Bogen um das Dorf. Der Feuerstock war schussbereit und seine Augen suchten das Land nach einer verdächtigen Bewegung ab. Er ritt durch das große Tor, blickte in eine der Erdhütten und kehrte verstört zur heiligen Frau zurück. »Sie sind tot, sie sind alle tot«, flüsterte er. »Die bösen Geister haben sie vernichtet!«

Biberfrau trieb wortlos ihren Schecken an und ritt zum Dorf hinab. Sie stieg aus dem Sattel und betrat die Lehmhütte, in der sie die heilige Pfeife mit Vier Bären geraucht hatte. Der Häuptling und seine Verwandten lagen leblos auf dem Boden. Sie waren tot, seit vielen Tagen schon. Ihre Gesichter waren von verkrusteten Narben entstellt und über ihren schmutzigen Kleidern summten Fliegen. Vier Bären war nur an seinem prächtigen Kopfschmuck zu erkennen, der unversehrt an seinem zerfressenen Schädel hing. Seine Frauen lagen neben ihm. Die Sonnenstrahlen, die durch den Rauchabzug in die Hütte fielen, beleuchteten narbige Gesichter und verkrustete Lippen und wimmelndes Ungeziefer, das sich in die toten Körper gefressen hatte.

»Sie sind tot«, wiederholte Krummer Hals, als er sich erneut in die Hütte wagte und vor den grausam zugerichteten Körpern stehen blieb. Es war ein Furcht erregender Anblick, selbst für den tapferen Krieger, der in den Rachen eines Ungeheuers geblickt hatte. »Sie sind alle tot! Was haben die Geister ihnen angetan?«

Biberfrau zuckte hilflos mit den Schultern. Ihr war übel, aber sie hatte sich nicht übergeben. »Ich weiß es nicht«, antwortete sie flüsternd, »es ist eine Krankheit, die wir nicht kennen.« Sie wollte der Geschichte ihres Volkes nicht vorgreifen und verschwieg ihm, dass die bärtigen Männer mit den bösen Geistern im Bunde waren und die Krankheit geschickt hatten. Das wollte Maheo nicht. Ihr Schutzgeist hatte gesagt, dass es noch viele Winter dauern würde, bis es zu einem Krieg mit den bärtigen Männern kam.

Sie legten Büffelfelle auf die Toten und gingen in die nächste Hütte. Auch dort hatte die geheimnisvolle Krankheit zugeschlagen. Die Körper waren schmutzig und verkrustet, aber das Ungeziefer hatte sie noch nicht gefunden. Biberfrau nahm an, dass sie erst vor kurzer Zeit gestorben waren. Unter den Toten in dieser Hütte waren drei Kinder, die von den bösen Geistern in hässliche Monster verwandelt worden waren. In der Brust einer Frau, die ihre Schmerzen nicht mehr ertragen hatte, steckte ein Messer. Auch bei den Numakiki wurde ein Mensch, der sich selbst getötet hatte, auf der anderen Seite nicht geduldet, aber die Frau hatte keinen anderen Ausweg gewusst. »Wir trauern um euch«, sagte Biberfrau leise. Sie deckte die Toten zu und weinte lautlos.

Es gab keine Überlebenden. Die unbekannte Krankheit hatte alle Bewohner des Dorfes dahingerafft und schmutzige Narben in ihre Körper gefressen. Biberfrau und Krummer Hals gingen von einer Hütte zur anderen, verharrten schweigend vor den zerstörten Körpern und deckten sie mit Fellen zu. Vor dem Lehmhaus des Häuptlings sangen sie ein Totenlied. Der Gestank der Toten war beinahe unerträglich und in der warmen Morgenluft schwirrten fette Fliegen und verhöhnten sie mit ihrem Summen.

Unter den Toten war auch Einsamer Wolf. Seine Liebe zu einer jungen Frau der Numakiki war ihm zum Verhängnis geworden. Auch sie war den bösen Geistern zum Opfer gefallen. Biberfrau blieb lange vor den beiden stehen und betete verzweifelt zum Großen Geist. Sie hoffte, dass der Bogensehnenkrieger in einem weißen Tipi auf der anderen Seite saß und sich mit seiner Frau und seinem Kind über ein neues Leben freute. Krummer Hals breitete ein Büffelfell über die Toten und erwies ihnen die Ehre, indem er ein heiliges Lied seiner Büffelkrieger sang. Einsamer Wolf war ein tapferer Krieger gewesen, auch wenn er sich für einen anderen Weg entschieden hatte. »Wir sind den richtigen Weg gegangen«, sagte Krummer Hals, als der letzte Ton seines Liedes verklungen war.

Nicht weit von dem Bogensehnenkrieger und seiner Frau entfernt lag der blasse Händler, den sie Lachender Mann genannt hatten. Auch er war an der furchtbaren Krankheit gestorben. Auf seiner blassen Haut sahen die blutigen Narben besonders hässlich aus. Biberfrau beeilte sich ein Fell über seinen Körper zu werfen. Sie sang kein Lied und sprach kein Gebet, obwohl sie den weißen Händler gemocht hatte. Er war anders als die bärtigen Männer gewesen, die sie aus ihren bösen Träumen kannte. Über seine Lippen waren fröhliche Lieder gekommen und er hatte die Uferleute nie betrogen. Das wusste sie, obwohl sie ihn nur einmal gesehen hatte. Aber seine Haut war blass, und die bösen Geister hatten sich in seinen Gedanken versteckt. Er hatte die Krankheit der bärtigen Männer ins Dorf der Numakiki gebracht.

Biberfrau verriet ihre Gedanken nicht. Sie sprang auf ihren Schecken und ritt aus dem Dorf der Toten. Krummer Hals folgte ihr schweigend. Sie atmeten die frische Luft und sprengten durch den Gelben Fluss, von der Furcht beseelt, dass die bösen Geister auch das Dorf ihrer Verwandten heimgesucht hatten. Aber die Lehmhäuser waren leer. Die Uferleute waren vor der Krankheit geflohen und auf die weiten Ebenen gezogen. Die Spuren verrieten, dass sie ihren Besitz hastig zusammengepackt und das Dorf in großer Eile verlassen hatten. »Unsere Verwandten sind vor den bösen Geistern davongelaufen«, sagte Biberfrau erleichtert, »sie sind in die Prärie gezogen und warten darauf, dass wir mit den Pferden kommen! Die Zukunft hat begonnen!«

»Das ist gut«, sagte Krummer Hals zufrieden.

22

DIE BÜFFELKAPPE DER SUHTAI

IN DER NACHT, bevor sie die Uferleute einholten, verließ Biberfrau das Lager. Sie ritt allein über die dunkle Prärie, atmete den Duft des Salbeis und spürte das helle Mondlicht auf ihrer Haut. Der Wind war sanft und warm und vertrieb die Erinnerung an die Krankheit der bärtigen Männer. Sie entzündete ein kleines Feuer, krümelte Tabak in die züngelnden Flammen und schloss lange die Augen, bevor sie mit den Geistern sprach. Dies war ein bedeutender Tag für ihr Volk, weil die bösen Geister ihre Verbündeten auf der anderen Seite des Flusses getötet hatten, und die neue Zukunft wie ein neues Leben war und sie spürte, dass alle Geister ihre Stimme hören wollten. Sie rauchte die heilige Pfeife und blies den Rauch zum Himmel empor. »Großer Geist, du wohnst im blauen Himmel und hast die Menschen und ihre vierbeinigen Brüder erschaffen. Du hast unser Volk vor den bösen Geistern gerettet und meine Verwandten auf die weiten Ebenen begleitet. Du hast meinen Kriegern geholfen die Schlangen zu besiegen und viele Pferde zu erbeuten. Dafür danke ich dir.«

Sie genoss den würzigen Geschmack des Tabaks und blies den Rauch zur Erde. »Du bist unsere Großmutter. Ohne dich gäbe es kein Leben. Keine Tiere und keine Pflanzen. Du bist die Kraft, die unsere Zukunft erhält. Dafür danke ich dir.« Sie berührte den trockenen Boden und ließ Erde durch ihre Finger rieseln.

Sie blies den Rauch in alle vier Richtungen und nannte die Geister, die über der Erde wohnten, beim Namen. Hesenota, der im Licht der aufgehenden Sonne badete. Sovota, der auf den Schwingen des Donnervogels im warmen Süden lebte. Onxsovota, der im Licht des aufgehenden Mondes schwamm. Notamota, der beim Frostriesen im kalten Norden wohnte. »Nehmt dieses Rauchopfer und wacht über mein Volk, denn es soll leben! Haltet das Unglück von unseren Hütten fern und seid bei uns, wenn wir den Büffel jagen und heilende Kräuter sammeln. Ich verneige mich vor eurer Kraft und atme den Rauch, der in eure Richtungen zieht. Dies ist ein bedeutender Tag in unserem Leben. Ihr sollt wissen, dass wir euch nicht vergessen haben!«

Biberfrau blieb mit geschlossenen Augen sitzen und erwartete, dass sich ihr Schutzgeist meldete, aber der weiße Biber ließ sich nicht blicken. Er hatte alles gesagt, was er wusste. Stattdessen erklang Hufschlag und eine vertraute Gestalt hob sich gegen den mondhellen Himmel ab. Die heilige Frau, die schon nach ihrem Messer gegriffen hatte, erhob sich ungläubig. »Süße Medizin!«, flüsterte sie. »Du bist zurückgekommen!« Der heilige Mann ihres Volkes war nackt bis auf einen Lendenschurz und hatte seinen Körper mit roter Farbe bemalt. Auch sein Pferd leuchtete in der Farbe des Lebens. In seinem Haar steckten Adlerfedern.

»Ich möchte, dass du mit mir nach Norden reitest«, sagte er zur heiligen Frau, »so wie damals, als wir zum heiligen Berg gewandert sind und die Höhle des Großen Geistes betreten haben.«

»Das ist lange her, mein Bruder.«

»Viele Winter«, bestätigte er, »und ich habe mich oft nach dieser Zeit gesehnt. Auf der anderen Seite habe ich davon geträumt, dich auf einem langen Ritt zu begleiten.« In seinen Augen spiegelte sich das Feuer. »Auch mir hat der Große Geist ein Pferd geschenkt. Ich habe geträumt, dass wir über den hängenden Weg ins Land der Seelen reiten und den heiligen Mann eines anderen Volkes treffen. Willst du mit mir reiten, meine Schwester?«

Sie blickte zum Himmel und sah den geheimnisvollen Lichtschein, der den hängenden Weg markierte. Über diese ferne Straße zogen die Tsis-tsis-tas, die gestorben waren, auf die andere Seite. Sie fürchtete sich davor, durch das Land der Geister zu reiten, aber sie wusste, dass Süße Medizin nur aussprach, was Maheo wollte. »Ich komme mit dir, mein Bruder«, antwortete sie.

Biberfrau verstaute die heilige Pfeife und bestieg ihren Schecken. Sie folgte ihrem Bruder über die endlosen Hügel, die sich bis zu den fernen Bergen erstreckten, und blickte ihn ehrfürchtig von der Seite an. Dies war der heilige Mann ihres Volkes, der in der Höhle des Großen Geistes gelebt und ihr die heiligen Pfeile gegeben hatte. Dies war der einzige Krieger, über den an allen Feuern ihres Volkes gesprochen wurde. Er hatte sich kaum verändert. Sein Körper war immer noch jung und kräftig und in seinen Augen war eine Sanftheit, die sie noch bei keinem anderen Mann gesehen hatte. Sie beneidete die Frau, die auf der anderen Seite mit ihm lebte, aber sie respektierte den Willen des Großen Geistes, der wollte, dass sie auf der Erde blieb und in eines tapferen Hundekriegers Augen blickte, eines Mannes wie der Anführer des Hundebundes, der im Kampf gegen alle Feinde gefallen war.

Sie sprach kaum ein Wort mit dem heiligen Mann. Er tat nur, was Maheo von ihm verlangte, und wusste nur, was er ihr verraten hatte. Es gehörte sich nicht, die Wünsche des Großen Geistes infrage zu stellen. Aber niemand verbot ihr sich nach dem Leben auf der anderen Seite zu erkundigen. »Bist du so zufrieden, wie ich es in meinen Träumen gesehen habe?«, fragte sie.

»Deine Träume sind wahr«, bestätigte er, »alle Träume sind wahr. Ich lebe in einem fruchtbaren Tal umgeben von dichten Wäldern mit süßen Beeren und vierbeinigen Brüdern. Jenseits der Wälder erstrecken sich die weiten Ebenen, noch grüner als in den Jagdgründen, die ihr eure Heimat nennt. Unzählige Büffel ziehen über die Hügel. Wenn ich den vierbeinigen Brüdern über die Prärie folge, sehe ich die Sonne und den Mond und die unzähligen Sterne und ich spüre die Kraft des Großen Geistes.«

»Das ist gut«, unterdrückte sie die Wehmut in ihrer Stimme. Sie ritt einige Zeit schweigend neben ihm, dann fragte sie, was sie schon ihren Schutzgeist gefragt hatte: »Warum müssen wir auf der Erde leben, wenn es auf der anderen Seite viel schöner ist?«

Süße Medizin blickte sie lächelnd an. »Nur wer die steilen Gipfel des Lebens erklommen hat, darf in den weiten Tälern auf der anderen Seite rasten. Nur wer den Krieg erlebt hat, darf den Frieden genießen. Nur wer gehungert hat, darf von den süßen Früchten kosten, die in den Wäldern meiner Heimat gedeihen.«

»Der Weg ist steinig«, meinte sie seufzend. »Es gibt Augenblicke, da verliere ich den Mut den nächsten Gipfel zu erklimmen.«

»Du bist die heilige Frau«, erwiderte er, »du führst dein Volk in ein neues Leben. Du erlebst den Krieg und den Frieden und duckst dich unter den Hieben der bärtigen Männer, die wie blutgierige Spinnen über die Prärie kriechen. Du warst bei deinem Volk, als es aus der Erde kam, und du wirst bei ihm sein, wenn die Krieger sterben und die Herzen der Frauen im Staub zerfallen. Deshalb bleibst du jung, deshalb bleibst du stark. Du bist auserwählt mit deinem Volk von einem Horizont zum anderen zu reiten, bis deine Haare grau werden. So will es der Große Geist.«

»Ich weiß, mein Bruder. Ich weiß.«

Sie ritten viele Tage lang ohne zu rasten. Ihre Pferde trugen sie über die weiten Ebenen und zu den schroffen Felsen im Norden. Der heilige Berg, in dem sie die vier Pfeile erhalten hatten, ragte in den Nebel, der kalt und schwer auf den Gipfeln lag. Sie ritten daran vorbei und folgten unsichtbaren Spuren durch die verzweigten Canyons im Hinterland. Sie erreichten den hängenden Weg über einen steilen Felshang, der sich im dunklen Himmel verlor, und spürten, wie die Luft immer dünner wurde. Sie wunderte sich, wie leicht es ihrem Schecken fiel, die Felsen zu erklimmen. Hier oben gab es keine Tiere und keine Pflanzen mehr und nur der Atem der Geister wehte durch die ewige Finsternis.

Dann wurde es hell und silbernes Licht überflutete ihre Körper. Sie sahen die Sonne und den Mond und die Sterne, die im blauen Himmel leuchteten und ihnen den Weg wiesen. Es gab keinen Anfang und kein Ende, und der Wind wehte aus allen Richtungen. Sie ritten lautlos über den leuchtenden Weg, wurden von dem Licht geblendet und spürten, wie es warm und sanft in ihre Körper drang. Dies war der Weg, den alle Menschen gingen, wenn sie die Erde verließen, aber nur wenigen war es vergönnt, zwischen den Welten zu wandern und von den Geheimnissen der anderen Seite zu erzählen. Niemand außer Biberfrau erblickte die Zukunft, die jenseits des Weges wartete.

Die Helligkeit verschwand und sie erreichten die neue Heimat von Süße Medizin. Er führte sie durch das Tal, in dem er sein Tipi aufgeschlagen hatte, und sie erblickte einen Krieger, der mit reicher Beute beladen von einem Jagdausflug zurückkehrte. Sie glaubte den Anführer der Hundekrieger zu erkennen, der unter den Steinäxten ihrer Feinde gestorben war, aber sie wagte nicht, seinen Namen auszusprechen oder Süße Medizin nach ihm zu fragen. Schweigend folgte sie dem heiligen Mann durch den dunklen Wald und über die Hügel der sonnenüberfluteten Prärie.

Es gab keine bösen Geister in diesem Land. Nicht einmal der Frostriese ließ sich auf der anderen Seite blicken. Der Himmel war blau und wolkenlos und der Wind strich liebkosend über das wogende Büffelgras. In den Wäldern wuchsen dieselben Bäume und im Gras leuchteten dieselben Blumen wie auf der Erde, aber ihr Wuchs war vollkommener und ihre Farben strahlten kräftiger als in den Jagdgründen der Uferleute. Der Duft der üppigen Blüten war betörend. Das Wild hatte keine Angst und die Büffel zogen in riesigen Herden über die Ebenen. Alle Tiere waren kräftig und ihre Augen leuchteten, als Süße Medizin und Biberfrau an ihnen vorbeiritten. In den Bäumen erklang ein heiteres Lied und die Steine strahlten eine zufriedene Ruhe aus.

Am Ufer eines ruhigen Sees, auf dem Enten und andere Vögel schwammen, trafen sie den Medizinmann, von dem Süße Medizin gesprochen hatte. Er wohnte in einem einsamen Tipi und hatte auf sie gewartet. »Seid willkommen«, begrüßte er seine Gäste, als sie eintraten und rechts vom Eingang stehen blieben. »Setzt euch an das Feuer, das der Große Geist entzündet hat!«

Biberfrau blieb stehen, bis sich ihre Augen an das Halbdunkel in dem großen Tipi gewöhnt hatten. Als sie sich setzte und das Gesicht des Mannes im Feuerschein erkannte, zuckte sie erschrocken zusammen. Der Medizinmann sah genauso aus wie Süße Medizin. Das gleiche Gesicht, der gleiche Körper, selbst der Glanz in seinen Augen erinnerte sie an den heiligen Mann ihres Volkes. Auch er hatte seinen Körper mit roter Farbe bemalt, und als er zu sprechen begann, verstand sie jedes Wort. »Ich bin Steht-auf-dem-Boden, der heilige Mann der Suhtai«, sagte er.

Das Aussehen des Medizinmannes und seine Sprache verrieten, dass er mit den Tsis-tsis-tas verwandt war. Die Symbole, die auf den Büffelhäuten neben dem Feuer leuchteten, waren auch bei den Uferleuten bekannt. Die Pfeife, die er entzündete, war aus dem gleichen Holz und dem gleichen Stein geschnitzt. Er ehrte den Großen Geist und die Erde und die vier Richtungen, wie es Biberfrau seit vielen Wintern tat, und sagte die gleichen Worte, als er die heilige Pfeife an Süße Medizin weiterreichte.

Der heilige Mann wiederholte die Zeremonie und auch Biberfrau erwies den Geistern ihren Respekt. Der würzige Duft des Tabaks hing über dem Feuer und versetzte sie in festliche Stimmung. Sie genossen die ehrfürchtige Stille und warteten geduldig, bis der junge Medizinmann der Suhtai das Wort ergriff.

»Mein Bruder, meine Schwester«, begann er, »ich kenne eure Namen und ich kenne eure Geschichte. Der alte Häuptling, der in der Höhle des Großen Geistes wohnt, hat sie mir erzählt.«

Biberfrau wechselte einen erstaunten Blick mit Süße Medizin. »Du warst in derselben Höhle wie wir? Du hast die Stimme des Großen Geistes vernommen? Sind wir verwandt, mein Bruder?«

»Ich bin der heilige Mann der Suhtai«, erklärte er. »Mein Volk wohnt seit vielen Wintern auf den weiten Ebenen und hat auf euch gewartet. Wir sprechen eine ähnliche Sprache wie ihr und beten zu denselben Geistern. Maheo hat uns erschaffen, damit wir uns mit euch vereinigen.« Er wandte sich an Biberfrau. »Wenn du auf die andere Seite zurückkehrst, triffst du meine Brüder und Schwestern. Sie tanzen und singen mit deinem Volk. So wird es immer sein, wenn die Natur erwacht! So will es der Große Geist!«

»Das ist gut«, erwiderte Biberfrau zufrieden, weil Steht-auf-dem-Boden dieselben Gefühle in ihr weckte wie Süße Medizin. »Unsere Männer werden eure Frauen heiraten und eure Männer werden in den Armen unserer Frauen schlafen. Wir werden zu einem Volk und reiten gemeinsam über die Hügel der Prärie.«

»So will es der Große Geist«, bestätigte der Medizinmann, »deshalb hat er mein Volk vor langer Zeit auf die Ebenen geschickt. Wir kennen das Geheimnis, das die

Büffel nach Süden treibt, und wir wissen, wie man zu Ehren der Sonne tanzt.«

Die Geschichte, die der heilige Mann der Suhtai erzählte, erinnerte Süße Medizin und Biberfrau an ihre eigenen Erlebnisse. »Es war vor vielen Wintern«, berichtete er, »wir hatten keine Pferde und selbst die Hunde waren noch nicht zu uns gekommen. Es verirrten sich nur wenige Büffel in unsere Jagdgründe, und wenn der Frostriese das Land mit seinem eisigen Atem erschreckte, kauerten wir an unseren Feuern und hungerten.«

»Ich erinnere mich an diese Zeit«, stimmte Biberfrau zu, »es waren schwere Jahre, auch für unser Volk. Erst als wir die heiligen Pfeile bekamen, war die Hungersnot beendet und unsere Krieger kehrten wieder mit reicher Beute aus den Wäldern zurück.«

Steht-auf-dem-Boden kannte die Geschichte der Tsis-tsis-tas und nickte bekümmert. »Der Frostriese war stärker als die Feinde, die uns aus den Wäldern im Norden vertrieben hatten. Er hatte unser Volk in die Knie gezwungen und es gab kaum noch Leben in unserer Heimat. Das Land war trocken, die Tiere starben und die Pflanzen verdorrten. Er hätte uns vernichtet, wenn der Große Geist nicht unsere Gebete erhört hätte. Ich war allein in der Dunkelheit, als ich seine Stimme hörte. Sie kam aus den steilen Felsen, die hinter den Bäumen aufragten und den Mond verdeckten. ›Du bist der heilige Mann deines Volkes‹, sagte er, ›führe deine Brüder und Schwestern nach Norden und euch wird geholfen werden. In den fernen Bergen wartet die neue Zukunft auf euch!‹«

Der Medizinmann schloss ehrfürchtig die Augen, als er sich an den bewegenden Augenblick erinnerte. »Ich kehrte zu meinem Volk zurück«, sagte er, »und Männer, Frauen und Kinder folgten meinem Ruf, selbst die Alten und Schwachen, die kaum noch laufen konnten. Wir zogen in die Berge und lagerten in einer Schlucht. Ich ging zur Frau des Häuptlings und bat sie mir durch das Felsental und weiter nach Norden zu folgen. Maheo hatte mir aufgetragen eine Frau mitzunehmen. Wir waren vierzig Tage unterwegs, aber unser Volk blieb am Leben, und als wir zurückkehrten, war die Natur erwacht und wir hatten genug zu essen.«

»Das ist seltsam«, sagte Biberfrau, als der Medizinmann nachdenklich an seiner Pfeife zog, »auch wir waren ein Mann und eine Frau und auch wir zogen nach Norden und suchten das Große Geheimnis.« Sie tauschte einen Blick mit Süße Medizin.

»Wir hatten nur die Hunde dabei, die unsere Tipistangen trugen«, erklärte Steht-auf-dem-Boden, »und als wir am zweiten Abend rasteten und auf einem Graslager schliefen, traf ich den Großen Geist in einem Traum. Ich sah ihn nicht, aber ich spürte das warme Licht, das mich vor seinen Augen verbarg. Er befahl mir eine große Medizinhütte zu bauen, wenn ich zu meinen Leuten zurückkehrte, und die erwachende Natur mit einem heiligen Tanz zu ehren. Wenn wir tanzten, würden die Büffel und alle anderen Tiere zurückkehren und aus dem feuchten Boden würden Pflanzen sprießen. Jedes Jahr im Sommer sollten wir um einen heiligen Pfahl tanzen und die Sonne ehren, die den Frostriesen vertreibt und das neue Leben in der fruchtbaren Erde weckt.«

Er rauchte wieder und fuhr mit ernster Stimme fort: »Seitdem errichten wir die Medizinhütte. Jeden Sommer tanzen wir den Sonnentanz und feiern das Erwachen der Natur. Wenn du zu deinem Volk zurückkehrst«, er blickte die heilige Frau an, »steht die Medizinhütte in eurem Lager, und du wirst erleben, wie dein Volk und mein Volk die Natur verehren. Nur wenn ihr tut, was der Große Geist von euch verlangt, könnt ihr auf den weiten Ebenen überleben! So habe ich es von Maheo erfahren.« Er legte eine Pause ein um seinen Gästen die Gelegenheit zu geben über seine Worte nachzudenken und atmete den würzigen Rauch, der über dem Feuer hing. »Ich bin kein Geist-

Mann«, erklärte er geduldig, »ich bin ein einfacher Krieger, der sich in Demut vor eurer Größe verneigt. Ich bin nur die Stimme, mit der Maheo zu euch spricht.«

»Du bist der heilige Mann deines Volkes«, erwiderte Süße Medizin. »Der Große Geist hat dich erwählt dein Volk auf das neue Leben vorzubereiten. Ich bin der heilige Mann der Tsis-tsis-tas und habe weitergegeben, was Maheo mir aufgetragen hat. Biberfrau ist die heilige Frau unserer vereinigten Völker und bleibt bei ihnen, bis der Große Geist sie auf die andere Seite ruft.«

Steht-auf-dem-Boden verneigte sich ehrfürchtig vor der heiligen Frau und griff nach einem Rohlederbeutel, der im Schatten des Feuers lag. Er öffnete ihn und zog eine lederne Kappe heraus, an der zwei Büffelhörner befestigt waren. »Dies ist die Büffelkappe meines Volkes«, sagte er, »bewahrt sie in einem heiligen Tipi auf und behütet sie wie die heiligen Pfeile! Wenn ihr diese Kappe tragt, werden euch die Büffel und alle anderen Tiere folgen.« Er betrachtete die Kappe und wiederholte die Worte, die der Große Geist zu ihm gesprochen hatte: »Errichtet eine Medizinhütte und versammelt euch zum Sonnentanz! Wenn ihr meine Anweisungen befolgt, erwacht die Natur zu neuem Leben. Die Kräfte des Himmels wecken sie aus ihrem langen Schlaf, die Sonne, der Mond, die Sterne und der Regen treiben die Tiere auf die weiten Ebenen zurück und lassen neue Früchte wachsen. Ehrt die Büffelkappe und ich werde die Erde für euch segnen!«

Biberfrau verneigte sich vor dem Medizinmann der Suhtai und ging nach draußen. Sie schwang sich in den Sattel und ritt zu den Kriegern zurück. Hinter den Bergen stieg die Sonne hervor.

»Du warst lange weg«, sagte Bärenfuß.

»Ich habe geträumt«, antwortete sie.

Die Krieger erkannten, dass sie lange mit den Geistern gesprochen hatte, und folgten ihr schweigend nach Westen. Irgendwo im Westen warteten ihre Verwandten.

23

FREMDE KRIEGER AM HORIZONT

ALLES WAR SO, wie Biberfrau es in ihrem Traum gesehen hatte. Die Suhtai, ein kleines Prärievolk, hatte sich mit den Tsis-tsis-tas vereinigt und sie zum Sonnentanz eingeladen. In einem heiligen Tipi wurde die Büffelkappe aufbewahrt. Im Hochsommer, als sie sich zum zweiten Sonnentanz trafen und alle zehn Gruppen des Volkes an den Feuern saßen, berichtete die heilige Frau, was der Medizinmann der Suhtai erzählt hatte. »Jetzt sind wir doppelt so stark«, rief sie im Schein der Flammen, »mit den heiligen Pfeilen und der Büffelkappe ziehen wir in eine bessere Zukunft. Unsere Feinde verstecken sich ängstlich in den Hügeln und die bösen Geister schrecken vor der geheimnisvollen Kraft zurück, die Maheo unserem Volk geschenkt hat. Betet zum Großen Geist und singt und tanzt für ihn, denn er begleitet uns in ein neues Leben!«

In einer feierlichen Zeremonie, die vier Tage dauerte, wurden die heiligen Pfeile erneuert und die Büffelkappe ausgestellt. Jeder Mann und jede Frau und jedes Kind durfte die heiligen Gegenstände des Volkes bestaunen.

Während des Sonnentanzes legten Krummer Hals und zahlreiche junge Krieger eine Mutprobe ab, indem sie spitze Pflöcke unter ihre Brusthaut schoben und mit Rohhautschnüren an den heiligen Pfahl banden. Sie tanzten und sangen, bis die Haut riss, und sie benommen zu Boden sanken. Nur Krummer Hals ging aufrecht aus der Medizinhütte. Sein alterndes Gesicht zeigte keine Regung.

Über die geheimnisvolle Krankheit, die alle Numakiki getötet hatte, wurde nicht gesprochen. Es brachte Unglück, eine böse Medizin zu erwähnen. Die heimgekehrten Krieger erfuhren lediglich, dass ihre Verwandten sofort aufgebrochen waren, als sie die bösen Geister gespürt hatten. Sie hatten Einsamer Wolf und seine Frau bedrängt sich ihnen anzuschließen, aber der Bogensehnenkrieger wollte ein Pflanzer bleiben und zog in ein Lehmhaus der Numakiki. Die Uferleute wussten nicht, dass er gestorben war, und trauerten leise, als sie von seinem Tod erfuhren.

Auch der alte Hirschtöter war auf die andere Seite gegangen. Während des Sonnentanzes war er in die Hügel gezogen und hatte auf seinen Tod gewartet. Sie hatten ihn auf einem Gerüst bestattet und lange um ihn getrauert. Zwei Büffelkrieger bewachten die heiligen Pfeile, bis Biberfrau zurückkehrte und den erfahrenen Krummer Hals zum Pfeilbewahrer ernannte. Weißer Büffel wurde bestimmt die heilige Büffelkappe aufzubewahren.

Das Leben der Tsis-tsis-tas veränderte sich. Auf den Pferden waren sie schnell wie der Wind und die Büffel brauchten nicht mehr in Schneewehen oder über eine Klippe getrieben zu werden. Aus den sesshaften Pflanzern, die nur alle paar Monde auf die Jagd gezogen waren, wurden rastlose Jäger, die den großen Herden folgten und die Büffel auf ihren wendigen Ponys angriffen. Tollkühne Reiter wie Bärenfuß oder einige der jungen Hundekrieger ritten im gestreckten Galopp neben den durchgehenden Büffeln her und brauchten nur noch einen Pfeil um eines der zottigen Tiere zu töten. Wenn die Uferleute ein Lager abbrachen und weiterzogen, wurden die Tipistangen an die Sättel gebunden und alle Besitztümer auf breite Schleppbahren geladen. Die kleinen Hunde wurden von ihren Lasten befreit und freuten sich über die plötzliche Freiheit. Sie wurden als Haustiere geduldet.

Das Volk zog langsam nach Südwesten. Die weiten Ebenen der Hochprärie wurden zu ihrer neuen Heimat und es gab keine Berge und keine Wälder mehr, die ihre Jagdgründe begrenzten. Sie konnten sich nicht einmal vorstellen in dunklen Hütten mit festen Wänden zu leben. Sie brauchten die endlose Weite, die grenzenlose Freiheit, die ihnen das nomadenhafte Leben jenseits des Gelben Flusses ermöglichte. Sie wollten den großen Himmel sehen, der genauso endlos wie die weiten Ebenen war und sich von einem Horizont zum anderen spannte. Dies war das Land, das sie in ihren Träumen gesucht hatten, und hier war die lange Suche nach einer Heimat zu Ende. Ihre Tipis standen dort, wo die Büffel waren, und ihre Spuren führten in die Ferne.

Biberfrau beobachtete zufrieden, wie glücklich ihr Volk war. Überall in den Tipis wurde gefeiert. Die Fleischtöpfe waren bis zum Rand gefüllt und selbst im Winter hatten sie genug zu essen, weil sie das Büffelfleisch trockneten und mit süßen Beeren zu schmackhaftem Pemmikan verarbeiteten. Es war kein leichtes Leben. Es gab Männer, die während der Büffeljagd starben, und sie mussten ständig damit rechnen, von den Ho-he oder anderen Feinden angegriffen zu werden. Die Frauen arbeiteten von morgens bis abends, trockneten Fleisch, gerbten Felle, nähten Mokassins, Leggins oder Kriegshemden und kümmerten sich um die Erziehung der Kinder. Aber sie waren zufrieden, weil es keinen Hunger mehr gab und sich in den Augen ihrer Verwandten die Wolken spiegelten. Ei-e-ya, der Große Geist war bei ihnen und beschützte sie.

Die heilige Frau sorgte dafür, dass keine Nachlässigkeit aufkam. Nur wer täglich zum Großen Geist betete und im

Einklang mit der Natur lebte, durfte auf eine Fortsetzung des guten Lebens hoffen. Nur wer die vier heiligen Pfeile verehrte und sich vor der heiligen Büffelkappe verneigte, blickte in eine sorgenfreie Zukunft. Unter der Erde und im nahen Fluss lebten gefährliche Ungeheuer und überall lauerten böse Geister, die alles daransetzten, die friedliche Stimmung in den Lagern zu zerstören. Von ihrem Schutzgeist hatte Biberfrau erfahren, dass die bärtigen Männer mit den bösen Geistern zurückkehren würden, aber sie hoffte, dass ihr sorgenfreies Leben noch viele Winter anhielt.

Manchmal sprach sie mit Eulenfrau darüber. Die Witwe des tapferen Hundekriegers, der auf der anderen Seite lebte, war eine erfahrene und viel geprüfte Frau, die sich durch kaum etwas aus der Ruhe bringen ließ. Sie hatte nicht wieder geheiratet und setzte ihre ganze Kraft für die Erziehung ihres Sohnes ein. Wolf-auf-dem-Hügel war ein lebhafter Junge, der schon in der Wiege mit Pfeil und Bogen gespielt hatte und zu einem furchtlosen Hundekrieger heranwachsen würde. »Da bin ich ganz sicher«, meinte Eulenfrau, als sie dem spielenden Jungen zusahen, »er zieht die Mokassins seines Vaters an und schlägt viele Coups!«

Biberfrau stimmte ihr zu. »Er hat die Augen des Mannes, der von uns gegangen ist.« Sie dachte an den tollkühnen Hundekrieger, der sie verehrt und die Flöte für sie gespielt hatte, an seine blitzenden Augen und die wilde Entschlossenheit ein neues Leben auf den weiten Ebenen zu beginnen. »Ich habe gesehen, wie er von uns gegangen ist, meine Schwester«, verriet sie, »ich habe nie einen mutigeren Krieger kennen gelernt.« Sie sagte das Wort, das große Ehrerbietung ausdrückte, und sah noch einmal, wie er unter den wütenden Axthieben seiner Feinde starb.

»Du hast es gesehen?«, fragte Eulenfrau verwundert. Sie dachte an den Tag zurück, als er von seinem Krankenlager aufgestanden und über die Hügel gezogen war. Der Medizinmann der Waldleute, der über seinem leblosen Körper gebetet und ihn mit Kräutern behandelt hatte, war längst in sein Dorf zurückgekehrt, und niemand hatte mehr für möglich gehalten, dass der Anführer der Hundekrieger noch mal ins Reich der Lebenden zurückkehrte, aber er war aufgestanden und über den Fluss gegangen. Sie hatte es viel zu spät bemerkt und nur noch seine blutüberströmte Leiche gefunden. »Ich weiß, dass er tapfer gekämpft hat.«

»Er ist für unser Volk gestorben«, erklärte Biberfrau, »er hat die kühnsten Krieger unserer Feinde mit seinem Coupstock berührt und er sang sein Sterbelied, als er unter ihren Axthieben fiel!«

»Das ist gut«, erwiderte Eulenfrau, »ich bin froh, dass du es gesehen hast. Ich werde den Anführer der Hundekrieger niemals vergessen und auch in der Erinnerung unseres Volkes wird er immer weiterleben.« Sie wollte ihren Sohn in die Arme nehmen, aber Wolf-auf-dem-Hügel löste sich und rannte schreiend davon.

Biberfrau lächelte. »Er hat seinen eigenen Willen, so wie der Mann, der von uns gegangen ist. Er wird ein tapferer Krieger.«

Der Junge wuchs heran und wurde immer stärker. Es gab keine bessere Zeit für einen Jungen erwachsen zu werden. Sein Volk besaß viele Pferde und die Krieger kehrten immer mit reicher Beute von der Jagd zurück. Sie waren zu hervorragenden Reitern geworden und brauchten kaum noch Feinde zu fürchten. Sogar die Ho-he hielten sich zurück. Auch sie waren inzwischen in den Besitz von Pferden gekommen, aber Krummer Hals führte seine Büffelkrieger nach Norden und stahl die halbe Herde. Die Ho-he töteten einen jungen Krieger, der in den Bergen nach den Geistern gesucht hatte, und entführten zwei Mädchen, die sich zu weit vom Dorf entfernt hatten, aber es kam nie zu einem ernsthaften Angriff. »Wir sind Tsis-tsis-tas«, rief Krummer Hals stolz, »wir sind unbesiegbar!«

Biberfrau spürte, dass die Krieger zu selbstsicher wurden, und sprach mit ihrem Schutzgeist darüber. Sie traf ihn auf der Wanderschaft, im dritten Sommer, nachdem sie von den Schlangen zurückgekehrt waren, am Ufer des schmalen Flusses, an dem sie ihr Lager aufschlagen wollten. »Mein Bruder«, begrüßte sie ihn, »ich habe dich seit vielen Monden nicht mehr gesehen. Was tust du, wenn du nicht mit mir sprichst?« Sie erwartete keine Antwort und fuhr fort: »Dies ist die Zeit des fetten Mondes. Meinem Volk geht es gut und ich habe nie bessere Zeiten erlebt. Aber ich erinnere mich an deine Worte und bete viel. Einige Krieger denken, dass sie unbesiegbar sind. Was soll ich tun, mein Bruder?«

Der weiße Biber schüttelte das Wasser von seinen Schurrhaaren und blickte sie ernst an. »Ihr seid nicht allein auf der Prärie. Im Norden leben die Ho-he und weit im Süden lauern die Ni-mou-sin. Sie haben nicht vergessen, dass ihr ihnen die Pferde gestohlen habt. Zwei Krähen und seine Krieger sind eure Freunde, aber es gibt andere Völker, die nicht wollen, dass ihr über die Ebenen reitet. Du hast gesehen, welche Krieger den Anführer der Hundekrieger getötet haben. Der seine Haare mit Fett eingeschmiert und zu einem Horn geformt hatte, war ein Skidi. Sein Volk lebt in festen Erdhäusern, aber jeden Sommer folgen die Krieger den Büffeln, und ich habe gehört, dass sie wütend auf euch sind, weil ihr durch ihre Jagdgründe zieht. Der mit dem bunten Federschmuck und den verzierten Kleidern war ein Oo-e-ta-ne. Die Krähen prahlen gern, aber sie haben viele Pferde und viele Feuerstöcke und wollen auf den Kriegspfad ziehen. Denke immer daran, dass es andere Krieger gibt, meine Schwester! Seid wachsam, sonst stehlen sie eure Pferde!«

»Ein Ho-he, ein Ni-mou-sin, ein Skidi, ein Oo-e-ta-ne«, zählte Biberfrau. »Wer war der fünfte Krieger? Gibt es andere Feinde?«

»Überall lauern Feinde«, erklärte ihr Schutzgeist, »die Do-tai-ne, die bei den Ni-mou-sin im Süden leben. Die

Sus-so-ni, die in den Bergen jagen und zu den Waffen greifen, wenn ihr ihnen zu nahe kommt. Die Anishinabe, die euch aus dem Land der großen Wasser vertrieben haben. Nein, der fünfte Krieger weiß nicht, ob er euer Feind ist. Er gehört zu dem Volk, das nördlich von euch lebt. Er ist ein Lakota. Erinnerst du dich an den Mann auf dem weißen Pferd, den du in deinen Träumen gesehen hast?«

»Ich erinnere mich«, antwortete die heilige Frau, »er gab mir das Zeichen die Pferde aus dem Süden zu holen, aber die bösen Geister waren bei ihm, und ich spürte, dass er gegen mich war.«

Der weiße Biber nickte betrübt. »Das ist wahr, meine Schwester. Reitet-ein-weißes-Pferd ist der heilige Mann seines Volkes. Er hat von dir gehört und will nicht in deinem Schatten stehen. Er kann nicht ertragen, dass an den Lagerfeuern über die heilige Frau eines anderen Volkes gesprochen wird. Sein Name soll in die Geschichten der Lakota eingehen, sein Name soll erklingen, wenn die tapferen Krieger um das Feuer tanzen. Er hat Angst, dass die Lakota seinen Namen vergessen, er befürchtet, dass seine Nachfahren von der heiligen Frau der Tsis-tsis-tas erzählen. Auch die Lakota wissen, dass du mit den Geistern sprichst, und die Frauen flüstern deinen Namen, weil du niemals älter wirst.«

»So will es der Große Geist«, erwiderte Biberfrau leise. Es klang beinahe wie eine Entschuldigung. »Ich wollte nicht, dass sich fremde Völker vor mir verneigen, aber Maheo hat mich auserwählt, und ich muss den Weg gehen. Es ist ein steiniger Weg.«

»Ich weiß, meine Schwester. Aber du sollst wissen, dass es Feinde gibt. Hüte dich vor den Kriegern, die eure Pferde stehlen wollen, und fürchte den Mann, der ein weißes Pferd reitet!«

»Das will ich tun, mein Bruder!«, versprach Biberfrau.

Sie blickte ihrem Schutzgeist nach, bis er im Uferschilf verschwunden war, und kehrte nachdenklich zu ihrem Volk zurück. Von einem Hügel beobachtete sie, wie die Uferleute den Fluss erreichten und ihre Besitztümer von den Pferden luden. Die Frauen banden die Tipistangen von den Sätteln, stellten sie gegeneinander und spannten die bemalten Büffelhäute darüber. Ledertaschen, Beutel und Felle wurden abgeladen und in die Zelte getragen. Einige Krieger trieben die Pferde davon und aus einem nahen Wäldchen kehrten die Hundekrieger zurück, die ihr Volk vor möglichen Angreifern geschützt hatten. Krummer Hals verstaute die heiligen Pfeile und Weißer Büffel brachte die Büffelkappe ins heilige Tipi. Die Tsis-tsis-tas hatten sich an das neue Leben gewöhnt. Sie mussten beweglich sein, wenn sie überleben wollten, und jeder Handgriff war in Fleisch und Blut übergegangen. Das Lager stand innerhalb weniger Augenblicke und wäre ein feindlicher Kriegstrupp im Anmarsch gewesen, hätten sie ihre ganze Habe in kürzester Zeit wieder auf die Pferde geladen.

Biberfrau beobachtete den alten Büffelkopf, der immer noch als Häuptling verehrt wurde und zu den weisen Männern aller Tsis-tsis-tas gehörte, die wichtige Entscheidungen trafen. Er wurde von allen Uferleuten respektiert und verbrachte viel Zeit damit, den Kindern von seinem Leben zu erzählen. Er war stark gealtert und es würde nicht mehr lange dauern, bis Büffelhöcker, sein ältester Sohn, die Häuptlingswürde übernahm. Auch er war ein weiser Mann, der allen Streitigkeiten aus dem Weg ging und nur für den Frieden lebte. Ein Häuptling sprach gegen den Krieg, wenn es noch Hoffnung auf Frieden gab, so hatten die Uferleute es vom Großen Geist erfahren.

Aus einem Tipi, das gegenüber vom Zelt des Häuptlings lag, trat Weißer Büffel. Er starrte einer jungen Frau nach, die vor zwei Monaten zum ersten Mal geblutet hatte, und ging erst weiter, als er sich beobachtet glaubte. Er hatte zwei Frauen geheiratet, die bereits gedroht hatten ihn aus dem Tipi zu werfen, aber er war niemals müde geworden die jungen Frauen mit seinen Augen zu verfolgen. Eulenfrau ging kopfschüttelnd an ihm vorbei und er verzog sich schuldbewusst in sein Tipi. Wenig später beobachtete Biberfrau, wie er vor seinem Zelt saß, den Rücken gegen ein Gestell aus dünnen Knochen gelehnt und neue Pfeile schnitzte. Auch er besaß einen Feuerstock, aber er benutzte am liebsten die alten Waffen. Er gehörte zu den besten Jägern des Volkes.

Steht-die-ganze-Nacht blickte einigen Kriegern nach, die sich aufmachten, die Pferdeherde zu bewachen, zog es aber vor, im Lager zu bleiben und sein Büffelfell zu bemalen. Die bunten Bilder, die er seiner Geschichte des Volkes hinzufügte, erzählten von der letzten Jagd und dem Marsch ins neue Sommerlager. Er machte sich nichts daraus, dass einige Jungen mit Fingern auf ihn zeigten und ihn auslachten. Seine Gedanken waren bei der Jagd, die in seinen Bildern lebendig wurde, und er freute sich auf den Abend, wenn neue Geschichten am Feuer erzählt wurden.

Biberfrau stieg auf ihren Schecken. Eulenfrau und die Tochter eines Hundekriegers hatten ihr Tipi errichtet und sie fühlte sich schuldig, weil sie untätig in der Sonne gesessen hatte. Sie lenkte ihr Pferd vom Lager weg und ritt über die grünen Hügel, die sich bis zum fernen Horizont erstreckten. Die Worte ihres Schutzgeistes lagen wie eine schwere Last auf ihren Schultern. Jedes Volk hatte Feinde, aber es schmerzte sie, wenn sie daran dachte, dass irgendwann feindliche Krieger angreifen würden und einige der Frauen, die sich jetzt über das gute Leben freuten, ihre Klagelieder anstimmen würden. Sie hatte den Hundekriegern von ihren Träumen erzählt und sie daran erinnert, zu jeder Tageszeit mit einem Angriff der eifersüchtigen Feinde zu rechnen.

Sie erreichte einen Hügelkamm und blickte prüfend über das weite Land. Es tat gut, den lauen Sommerwind im Gesicht zu spüren. Er brachte den würzigen Duft des Salbeis und des frischen Grases. Über dem Hügel schwirrten Insekten. Ein Kaninchen rannte im Zickzack über den

Boden und verschwand in einem Erdloch. Sie dachte an ihre erste Jagd und erkannte wehmütig, dass viel Zeit vergangen war, seitdem sie aus der Erde gekommen waren. Von den Menschen, die damals am Ufer des großen Wassers gelagert hatten, lebte nur noch sie. Krummer Hals und Weißer Büffel hatten den langen Marsch zum Gelben Fluss mitgemacht und spürten die Last des nahenden Alters, obwohl sie immer noch zu den besten Kriegern gehörten. Büffelkopf, der alte Häuptling, erinnerte sich an seinen Großvater, der vom Leben unter der Erde berichtet hatte, aber auch er hatte diese Zeit niemals selber kennen gelernt. Nur sie war alt genug.

Sie ritt seufzend weiter und erkannte eine Bewegung zwischen den Hügeln. Am Horizont wurden Reiter sichtbar. Sie griff nach ihrem Feuerstock und ritt langsam näher. Die fremden Krieger hatten sie längst entdeckt und es machte keinen Sinn, nach einem Versteck zu suchen. Es waren fünf Männer, so wie damals, als der Anführer der Hundekrieger gestorben war. Sie hielt auf einer Anhöhe und legte eine Hand über die Augen um besser gegen die Sonne sehen zu können. Die fremden Reiter waren nur schemenhaft zu erkennen, aber einer ritt ein weißes Pferd.

»Lakota«, flüsterte sie. Die Krieger, die nicht wussten, ob sie den Tsis-tsis-tas feindlich gesinnt waren. Der Medizinmann des Volkes, der eifersüchtig auf sie war, und vier bewaffnete Männer, die drohend ihre Waffen schwangen. Hatte der heilige Mann gegen sie gehetzt? Waren die Krieger gekommen um sie zu töten?

Sie blieb im Sattel sitzen und beruhigte ihr Pferd, das die drohende Gefahr spürte und mit den Vorderhufen tänzelte. Ihre rechte Hand umklammerte den Feuerstock. Sie war bereit den fremden Kriegern friedlich zu begegnen, aber wenn sie es nicht anders wollten, würde sie die Waffe benutzen. Sie würde einen der Krieger töten und den Kriegsruf ihres Volkes ausstoßen, damit ihr die Hundekrieger zu Hilfe kamen. Allein war sie machtlos gegen fünf

Krieger. Nicht einmal der tapfere Anführer der Hundekrieger hatte sich gegen so viele Feinde durchgesetzt.

Aber die Lakota hielten sich zurück. Sie begnügten sich damit, drohend ihre Waffen zu schwingen und »Hokahey! Hokahey!« zu rufen. Reitet-ein-weißes-Pferd trieb sein Pferd nach vorn und schrie etwas, das sie nicht verstand, aber auch er griff nicht an.

»Houp! Houp! Houp!«, antwortete Biberfrau auf die Drohgebärden der möglichen Feinde. Sie hob die Hand mit dem Feuerstock und trieb ihren Schecken zu einem Galoppsprung an, bevor sie ihm in die Zügel griff. »Ich bin die heilige Frau der Tsis-tsis-tas«, verhöhnte sie die Krieger, »ich habe keine Angst vor euch!«

Die Lakota wendeten lachend ihre Pferde und ritten davon. Reitet-ein-weißes-Pferd wollte die Krieger zurückhalten, aber sie kümmerten sich nicht um ihn und ergriffen die Flucht. Er schwang noch einmal seinen Feuerstock und folgte ihnen wütend. Wenn es nach ihm gegangen wäre, hätten sie die heilige Frau getötet.

Biberfrau wartete, bis sie verschwunden waren, und ritt nachdenklich zum Lager zurück. Ihr Schutzgeist hatte die Wahrheit gesagt. Auch wenn die Zeiten gut waren, lauerte überall Gefahr. Sie beschloss mit dem Häuptling darüber zu reden, denn sie wurden bestimmt nicht zum letzten Mal von den Lakota bedroht.

24

IM SOMMERLAGER DER LAKOTA

BIBERFRAU RITT ÜBER die Hügel nach Westen, bis sie sicher war, dass sie nicht verfolgt wurde. Erst dann kehrte sie ins Dorf zurück. Sie lächelte Eulenfrau zu, die vor ihrem Tipi saß und Mokassins mit bunten Stachelschweinborsten verzierte, und begrüßte Steht-die-ganze-Nacht, der bei den Kindern war und lustige Geschichten erzählte. Vor ihrem Tipi stieg sie aus dem Sattel. Sie band das Pferd an einen der Zeltpflöcke, wie es die Krieger mit ihren Lieblingspferden taten, und versteckte sich vor den neugierigen Blicken der Krieger. Es kam öfter vor, dass sie das Dorf verließ und in der Einsamkeit betete, aber es gelang ihr nicht, den Zorn über die Drohgebärden der Lakota zu verbergen, und sie wollte erst mit den Geistern sprechen und einen Tag verstreichen lassen, bevor sie ans große Feuer trat. Ihre Gedanken sollten rein sein, wenn sie über einen drohenden Krieg sprach.

Sie schlief kaum in dieser Nacht. Ihre Gebete stiegen durch die Rauchklappe ihres Tipis zum Großen Geist empor und ihre leisen Lieder klangen nachdenklich durch die

Nacht. Sie hatte kein Feuer entzündet und wurde von dem kühlen Nachtwind berührt, der sich in der Büffelhaut verfing. Sein Flüstern war ängstlich und sie spürte, dass er sich vor den bösen Geistern versteckte. »Maheo«, flehte sie ihren Schöpfer an, »die Krieger, die nicht wissen, ob sie gegen uns kämpfen sollen, haben mich bedroht! Reitet-ein-weißes-Pferd wollte mich töten! Was sollen wir tun?«

Sie starrte in die Dunkelheit und sah, wie der Medizinmann mit seinem Feuerstock auf sie zielte. Er kam immer näher, bis sie das drohende Funkeln in seinen schwarzen Augen und die Narbe auf seiner rechten Wange erkannte. Er rief etwas, das sie nicht verstand, und beleidigte sie mit obszönen Gesten. Sie griff nach ihrem Feuerstock und schoss auf ihn, aber die Kugeln prallten an seinem Kriegshemd ab und fielen wirkungslos in den Sand.

»Mein Zauber ist stärker«, verhöhnte er sie, »ich bin der Mann, der mit den Geistern spricht! Du bist Wakanka, die Hexe! Folge dem Pfad, den du gekommen bist, oder ich vernichte dich! Im Land der Lakota ist kein Platz für eine Medizinfrau der Sha-hi-yena!« So nannten die Lakota das Volk. »Hokahey, ich verbünde mich mit dem Herrn des Bösen und schicke dich in das Land der Schatten! Wenn du den lauten Donner hörst und den wilden Wind in deinen Augen spürst, ist die Zeit der Abrechnung gekommen!« Er stieß den Kriegsruf seines Volkes aus und schwang seinen Feuerstock, bevor er zwischen den Hügeln verschwand.

Sie blickte zum Nachthimmel empor und sah, wie sich die dünne Mondsichel über die Rauchklappe schob. Ihr blasses Licht war angenehm und beruhigte ihre aufgebrachte Seele. »Maheo«, fragte sie den Großen Geist, »wollen die Lakota unsere Pferde stehlen? Wollen sie uns aus der neuen Heimat vertreiben? Willst du, dass wir gegen unsere Nachbarn auf den Kriegspfad ziehen? Wir haben viele Feinde und ich weiß nicht, ob sie dazugehören. Wie mächtig ist ihr Volk? Wie tapfer sind seine Krieger? Spricht der Medizinmann mit der Zunge aller Lakota? Gib mir eine Antwort, Maheo, damit ich zu meinem Volk sprechen kann!«

Der Mond verschwand und tiefe Dunkelheit senkte sich auf das Dorf. Vor ihrem Tipi war ein Rascheln zu hören. Sie öffnete die Fellklappe und sah den rot bemalten Krieger, der mit ihr zum heiligen Berg geritten war. Er saß auf dem nackten Rücken des Pferdes, das er über den hängenden Pfad geritten hatte. »Süße Medizin!«, rief sie erstaunt. »Was tust du im Land der Lebenden?«

»Komm mit«, sagte er nur, »ich will dir etwas zeigen!«

Biberfrau gehorchte wortlos. Sie band ihren Schecken los und folgte dem heiligen Mann in die Hügel. Die jungen Krieger, die bei der Pferdeherde waren, sahen nicht, wie sie das Dorf verließen. Nicht einmal Krummer Hals, der nicht schlafen konnte und vor seinem Tipi eine Pfeife rauchte, bekam sie zu sehen. Sie sprengten über einen unsichtbaren Pfad in den Himmel und folgten dem flüsternden Wind durch die Wolken. Im schwachen Licht der fernen Sterne bewegten sie sich wie lautlose Schatten.

Unter ihnen lag die Hochprärie, ein endloses Land mit weiten Ebenen und dunklen Hügeln. Eine Büffelherde graste in der kühlen Nachtluft, war in dem Halbdunkel nur schemenhaft zu erkennen. Ihre Schatten reichten von einem Horizont zum anderen. Beim Anblick der leise schnaubenden Tiere empfand Biberfrau eine tiefe Dankbarkeit, denn dies waren die vierbeinigen Brüder, die ihr Leben bedeuteten. Der Große Geist hatte sie geschickt, damit die Tsis-tsis-tas lebten. »Warte«, sagte sie zu Süße Medizin.

Sie zügelten ihre Pferde und verharrten lange zwischen den Wolken. »Dies wird ein guter Sommer«, sagte sie leise. Sie blickten zufrieden auf die Tiere hinab und ritten weiter, stiegen über einen felsigen Hang zur Erde hinab. Von einem Felsvorsprung blickten sie in ein weites Tal hinab. Der schmale Mond war zwischen den Wolken erschienen und wanderte langsam über die Hügel. In seinem blassen Licht erkannte Biberfrau unzählige Tipis. Die weißen Zelte standen am Ufer eines trägen Flusses, reichten von den Felsen im Norden bis zu den Bäumen im Süden und erstreckten sich auf die weiten Hänge. In einigen Zelten brannten Feuer und auf der anderen Seite des Flusses waren die dunklen Schatten der riesigen Pferdeherde zu erkennen. Das Schnauben der Tiere drang geheimnisvoll durch die Nacht und erinnerte Biberfrau an die Büffelherde, die jenseits der fernen Wälder graste.

»Das Dorf der Lakota«, beantwortete Süße Medizin den fragenden Blick seiner Begleiterin. »Sie sind nicht so zahlreich wie die Büffel im Süden, aber sie sind ein starkes Volk, das vor den Tsis-tsis-tas aus der Erde gekommen ist und seit vielen Wintern über die Ebenen reitet. Sieben Völker gehören zu ihrer Nation, sieben Ratsfeuer brennen auf dem weiten Land, das sich bis zum Horizont erstreckt. Ihre Häuptlinge sind mächtig und ihre Krieger sind tapfer! Auch sie sind ein auserwähltes Volk.« Er ließ seine Worte auf die heilige Frau wirken und atmete die kühle Nachtluft ein, bevor er leise hinzufügte: »Ich bin mit einer Lakota verheiratet.«

»Hast du sie geraubt?«, fragte Biberfrau erstaunt.

»Nein«, antwortete er.

»Dann sind sie unsere Freunde?«

»Die Lakota sind wie wir«, erklärte der heilige Mann, »sie folgen den Büffeln über die Prärie und versuchen mit der Natur in Einklang zu leben. Sie wohnen in Tipis. Sie schlagen Coups und sie feiern den Sonnentanz. Ihre Geister haben andere Namen, aber sie glauben an denselben Schöpfer, und wenn sie tanzen, höre ich, wie unsere Männer die Trommeln schlagen. Sie haben dieselben Feinde, die Ho-he, Oo-e-ta-ne und die Ski-di, auch wenn sie ihnen andere Namen gegeben haben. Sie sind tapfer. Unsere Seelen sind verwandt und wir atmen dieselbe Luft.«

»Du willst, dass ich die Pfeife mit ihnen rauche?«, fragte Biberfrau. Ihre Stimme klang vorwurfsvoll. »Sie sind stark, das ist wahr, und es wäre schwer, sie zu besiegen. Aber ich habe keine Angst vor ihnen! Unsere Krieger sind stark genug um es mit jedem Feind aufzunehmen! Wenn die Lakota kämpfen wollen, fegen wir wie ein Sturmwind durch ihr Lager! Wir töten ihre Krieger und nehmen ihre Frauen und Kinder gefangen!« Sie blickte ihren Begleiter zornig an. »Sie haben mir gedroht, mein Bruder! Sie haben ihre Waffen erhoben und Reitet-ein-weißes-Pferd wollte mich töten! Ich bin eine Tsis-tsis-tas! Soll ich mir das gefallen lassen?«

»Nein«, antwortete Süße Medizin entschieden, »kein Mann und keine Frau unseres Volkes lässt sich das gefallen! Du wirst gegen den Mann auf dem weißen Pferd kämpfen, und wenn es sein muss, wirst du ihn töten! Aber er steht allein. Er ist eifersüchtig, weil dein Zauber größer ist, und fühlt sich in seiner Ehre gekränkt. Die Krieger denken anders. Sie haben von dir gehört und nennen deinen Namen am Feuer! Sie haben Respekt vor dir!«

»Was soll ich tun, mein Bruder? Wie kann ich die heilige Pfeife mit den Lakota rauchen und gegen ihren Medizinmann kämpfen? Wie kann ich über Frieden sprechen und Krieg führen?«

»Es ist keine leichte Aufgabe«, räumte Süße Medizin ein, »aber du wirst sie lösen! Du bist die heilige Frau, du kennst den Weg, der in eine bessere Zukunft führt! Darum bist du am Leben!«

Biberfrau blickte ihn an. »Warum gibt mir der Große Geist kein Zeichen? Warum hilft er mir nicht? Warum sagst du mir nicht, was ich tun soll? Du bist der heilige Mann unseres Volkes!«

»Ich bin gekommen«, erwiderte Süße Medizin geduldig, »und ich habe dir das Volk gezeigt, das nicht weiß, ob es Krieg gegen euch führen soll. Mehr kann ich nicht tun. Es liegt an dir, den richtigen Weg zu finden. So war es und so wird es immer sein, meine Schwester! Du bist auserwählt unser Volk zu führen!«

Sie seufzte. »Ich weiß, mein Bruder, aber manchmal habe ich Zweifel. Ich habe eine schwere Aufgabe übernommen und weiß nicht, ob ich stark genug bin.« Sie stimmte ein heiliges Lied an, das ihr neue Kraft verlieh, und lächelte ihren Begleiter an. »Vergiss nicht, dass ich auf der anderen Seite lebe. Ich spreche mit den Geistern und wandere zwischen den Welten, aber ich bin ein Mensch und spüre dieselben Zweifel wie eine Frau unseres Volkes. Nur wenn ich zweifle, kann ich die Wahrheit finden.«

»Das ist wahr«, stimmte Süße Medizin zu, »und ich würde dir helfen, wenn ich könnte. Aber auch im Land der Seelen erfahre ich nicht alles. Nur die Geister sind mächtig, nur Maheo kennt alle Antworten. Ich bin froh, dass ich kommen durfte, und mein Herz lacht, weil wir zusammen in die Zukunft reiten durften.«

»Dafür danke ich dem Großen Geist«, sagte sie. Einen Augenblick spürte sie dieselbe Zuneigung wie vor vielen Wintern, als sie zusammen zum heiligen Berg gezogen waren, aber das Gefühl verflog, und als sie etwas sagen wollte, war er verschwunden und die ersten Strahlen der Morgensonne fielen in ihr Tipi.

Sie verbrachte den ganzen Tag in den nahen Hügeln und fastete und betete und sprach erst am abendlichen Feuer zu ihrem Volk. In nüchternen Worten berichtete sie von ihrer Begegnung mit den Kriegern der Lakota und als einige Hundekrieger aufsprangen und nach Vergeltung riefen, sagte sie: »Ich verstehe euren Ärger, meine Brüder! Auch ich habe wie ihr gefühlt, aber dann ritt ich durch einen langen Traum und sah ein Volk, das dieselbe Luft wie die Tsis-tsis-tas atmet. Wir müssen Frieden mit den Lakota schließen, wenn wir eine Zukunft haben wollen! Ihr wisst nicht, was ich weiß. Ihr habt nicht gesehen, welche Gefahren auf euch und eure Kinder warten. Wir müssen stark sein, wenn wir unsere Feinde besiegen wollen. Die Ho-he, die Ni-mou-sin, die Ski-di, die Oo-e-ta-ne, die bärtigen Männer. Zusammen mit den Lakota und dem Volk, das seine Feuer im Süden errichtet, sind wir unbesiegbar!« Und als sie sah, dass das wütende Kriegsgeheul verstummte, und Büffelkopf und die anderen weisen Männer nickten: »Maheo will, dass ich allein zu den Lakota reite. Er will, dass ich die Pfeife mit ihren Häuptlingen rauche und den Medizinmann besiege, der mich beleidigt hat!«

»Sie werden dich töten«, erwiderte Weißer Büffel aufgeregt, »wenn du ihren Medizinmann besiegst, werden sie niemals die Pfeife mit dir rauchen! Wir brauchen dich, meine Schwester!«

»Ich habe zu den Geistern gebetet, mein Bruder.«

»Ich begleite dich«, sagte Krummer Hals.

Sie verließen das Dorf am nächsten Morgen. Der tapfere Büffelkrieger hatte seinen heiligen Schild mit zwei Adlerfedern verziert und trug ihn über dem linken Arm. Er würde die feindlichen Pfeile und Kugeln abhalten, wenn die Lakota den Krieg wollten. Biberfrau durfte nicht sterben. Sie war die heilige Frau des Volkes. Ohne sie gab es keine Zukunft für die Tsis-tsis-tas. Er würde sie mit seinem heiligen Schild verteidigen und ihr die Flucht ermöglichen, auch wenn er dafür mit dem Leben bezahlen würde.

Krummer Hals hatte sein Gesicht und seinen nackten Oberkörper bemalt. In seine langen Zöpfe waren Streifen aus dem roten Tuch gebunden, das sie von dem französischen Händler bekommen hatten. Er trug seine besten Leggins und mit bunten Mustern verzierte Mokassins. Sein Pferd war mit Kreisen und anderen Zeichen bemalt. Nur er kannte die Bedeutung dieser Symbole. Sein Feuerstock hing in einer Schlinge vom Sattel. »Ich habe für dich gebetet«, sagte er, als sie die offene Prärie erreichten.

»Ich weiß«, erwiderte Biberfrau dankbar. Auch sie hatte ihre besten Kleider angezogen, ein einfaches Wildlederkleid, das nur auf den Schultern mit bunten Stachelschweinborsten verziert war, und die Mokassins, die sie in ihrem letzten Traum getragen hatte. Ihre Zöpfe reichten weit über die Schultern und waren mit kleinen Muscheln besetzt, die sie vor vielen Wintern am großen Wasser gefunden hatte. »Hier bin ich den Lakota begegnet.«

Die Spuren führten nach Norden und verloren sich irgendwo zwischen den Hügeln. Krummer Hals suchte überall nach den Abdrücken, fand aber nichts. »Sie haben ihre Spuren verwischt.«

»Ich weiß, wo ihr Sommerlager ist«, sagte Biberfrau.

Sie waren vier Tage und vier Nächte unterwegs. Ein gutes Zeichen, denn Vier war eine heilige Zahl. Biberfrau erkannte die Hügel, die sie in ihrem Traum gesehen hatte, und führte den Krieger über den unsichtbaren Pfad, den die Büffel seit unzähligen Wintern gingen. Sie begegneten den zottigen Tieren auf der offenen Prärie und blieben ehrfürchtig stehen, als ihre vierbeinigen Brüder schnaubend an ihnen vorbeizogen. Der Anblick der braunen Leiber, die sich wie eine träge Masse durch die weiten Täler schoben, bewegte ihre Herzen. Selbst der tapfere Krieger spürte ein taubes Gefühl in der Kehle, als die heiligen Tiere nach Süden zogen. Sie waren ihr Leben, sie waren ihre Zukunft.

»Eni-to-eme«, drückte Biberfrau ihre Ehrerbietung aus. Sie versank in einem leisen Gebet und dankte dem Großen Geist für seine unermessliche Güte. Ihr Blick folgte den wogenden Leibern, die langsam nach Süden zogen und von den Hundekriegern schon sehnsüchtig erwartet wurden. Sie bestimmten, wann die große Jagd begann. Sie gaben das Zeichen zum Aufbruch.

Biberfrau löste sich von dem erhebenden Anblick und ritt weiter. Krummer Hals folgte ihr stumm. Im Angesicht der gewaltigen Herde gab es nichts zu sagen. Sie ritten an der Büffelherde vorbei, weiter nach Norden und unter einem wolkenlosen Himmel, der bis zum fernen Horizont reichte. Sie wussten nicht, wo ihre Jagdgründe endeten und das Land der Lakota begann. Sie folgten den Pfaden, die Maheo ihnen zeigte, und stellten ihre Tipis dort auf, wo die Büffel waren. Sie nahm an, dass es die Lakota genauso machten. Sie waren ein Teil der Natur. Das Land gehörte ihnen nicht und sie wären niemals auf den Gedanken gekommen eine Grenze zu ziehen. Sie bewegten sich im Kreis.

Am fünften Morgen erklommen sie einen lang gestreckten Hügel. Sie griffen den Pferden in die Zügel und blickten auf das Sommerlager der Lakota hinab. Alles war so, wie Biberfrau es in ihrem Traum gesehen hatte. Die Tipis erstreckten sich von einem Horizont zum anderen und auf den Hügeln weideten mehr Pferde als im Sonnentanzlager aller Tsis-tsis-tas. Aus den meisten Zelten stiegen Rauchsäulen. Um ein Feuer in der Mitte des Lagers hockten einige Krieger, die Frauen hielten sich in respektvoller Entfernung und die meisten Kinder spielten am Fluss.

Krummer Hals hatte noch niemals ein so großes Lager gesehen, ließ sich seine Überraschung aber nicht anmerken. Nur ein leichtes Zucken in seinen Augenwinkeln verriet, wie beeindruckt er war. »Da kommen Krieger«, sagte er ruhig, als einige Männer auf ihre Ponys sprangen und ihnen entgegenritten. Sie hatten ihre Feuerstöcke dabei und stießen den Kriegsruf ihres Volkes aus.

»Sie wollen uns Angst machen«, fügte er lächelnd hinzu, »junge Krieger, die ihre Freunde beeindrucken wollen!«

Biberfrau verstand und verzog kaum einen Muskel, als die scheinbaren Angreifer drohend ihre Waffen schwangen und schreiend an ihnen vorbeiritten. Sie kehrten zurück und waren verärgert, weil die Fremden nicht nervös geworden waren.

Krummer Hals hob eine Hand zum Zeichen des Friedens. »Ich bin Krummer Hals, ein Anführer der Büffelkrieger«, begrüßte er die jungen Krieger in der Zeichensprache, die alle Völker der weiten Ebenen verstanden. »Das ist Biberfrau, die heilige Frau der Tsis-tsis-tas. Wir möchten mit euren Anführern sprechen.«

Einer der jungen Krieger, ein muskulöser Bursche mit zwei Coupfedern in seinem offenen Haar, schüttelte unwirsch den Kopf. Er wendete sein nervös tänzelndes Pferd und rief etwas, das Krummer Hals und Biberfrau nicht verstanden. Dann sprengte er schreiend zum Lager zurück. Er ließ sein Pony auf der Hinterhand hochsteigen und rief: »Hokahey! Wir müssen sie töten!«

Biberfrau und Krummer Hals erkannten den Sinn der Worte und wechselten einen raschen Blick. Der Krieger hob die Hand mit dem heiligen Schild. Seine Hand näherte sich der Steinaxt, als die jungen Krieger drohend näher kamen und sie umringten.

Ein scharfer Befehl rief sie zur Ordnung. Sie entfernten sich widerwillig, nicht ohne Biberfrau mit einer obszönen Geste herausgefordert zu haben, und ritten davon. Ein älterer Krieger wurde sichtbar, ein würdevoller Mann mit einer langen Federschleppe und gelben Pferdehaaren in seiner Skalplocke. Auch sein Gesicht war gelbbemalt. Er trug die festliche Kleidung eines Anführers, der mit den weisen Männern seines Volkes beraten hatte, und schien die Fremden erwartet zu haben. »Du bist Biberfrau, die heilige Frau der Sha-hi-yena«, signalisierte er. Sein Blick wanderte zu Krummer Hals, der seine Hand von der Waffe nahm und das Friedenszeichen machte. »Wir haben von dir gehört.«

»Wir kommen in Frieden«, wiederholte die heilige Frau. Sie stellte ihren Begleiter vor und reichte dem Anführer ein kostbares Fell, das sie als Geschenk mitgenommen hatte. Man verschenkte seinen Besitz, wenn man einen Fremden beeindrucken wollte, und sie nahm an, dass es bei den Lakota genauso war. Zufrieden beobachtete sie das dankbare Lächeln des alten Mannes.

»Ich heiße euch willkommen«, bedankte er sich. Er blickte sich zu dem hitzigen Krieger um, der die Besucher beschimpft hatte, und sagte: »Gefleckter Adler ist jung. Er hat gegen die Krähen gekämpft und zwei Coups geschlagen, aber er ist wild und unbeherrscht und erkennt nicht, wenn gute Freunde kommen.«

Biberfrau und Krummer Hals lächelten verständnisvoll. »Eure jungen Krieger sind sehr tapfer«, sagte der Büffelkrieger höflich.

»Ich bin Schneller Bär«, fuhr der Anführer fort. »Das ist mein Name, obwohl ich viele Winter gesehen habe und nicht mehr schnell auf den Beinen bin. Aber ich laufe in meinen Träumen und weiß, wie es ist, den Wind im Gesicht zu spüren.« Er wendete schmunzelnd sein Pony und gab den Besuchern das Zeichen ihm zu folgen. »Kommt, wir wollen die Pfeife rauchen.«

25

DER MEDIZINMANN SPIELT FALSCH

SCHNELLER BÄR WAR ein angesehener Häuptling und die Bewohner des Dorfes traten respektvoll zur Seite, als er die Besucher zu seinem Tipi führte. Ein Junge kümmerte sich um die Pferde. Biberfrau fiel auf, dass die Frauen des Anführers, die vor dem großen Tipi saßen und eine Büffelhaut bemalten, schüchtern den Kopf senkten und sich angestrengt um ihre Arbeit kümmerten. Es gehörte sich nicht, die Fremden anzublicken. Einige Kinder rannten ängstlich davon und versteckten sich hinter dem Tipi. Nur die Hunde zeigten keine Scheu und bellten vorwurfsvoll. Eine der Frauen warf einen Stein und sie rannten winselnd davon.

Der Anführer betrat sein Tipi und bat die Besucher herein. Krummer Hals setzte sich auf die rechte, Biberfrau auf die linke Seite. So war es Brauch bei den Lakota, aber das konnten sie nicht wissen. Schneller Bär entzündete seine Pfeife mit einem glühenden Ast, den er mit spitzen Fingern aus dem Feuer zog, und ehrte den Himmel und die Erde und die vier Richtungen. Er sagte etwas in seiner

Sprache und blickte andächtig zum Himmel empor. »Wakan Tanka«, sagte er feierlich, »du bist das Große Geheimnis, das uns erschaffen hat! Du hast keinen Anfang und kein Ende, du wurdest nicht geboren und du wirst niemals sterben! Du bist der Große Geist, zu dem wir beten! Du hast uns die heilige Frau der Sha-hi-yena und einen ihrer tapferen Krieger geschickt und ich habe sie in mein Tipi gebeten. Ich weiß, dass Reitet-ein-weißes-Pferd vom Krieg spricht und die jungen Männer gegen die Sha-hi-yena aufhetzt, aber ich habe geträumt, dass wir zu Freunden werden, und möchte mit ihnen sprechen.«

Er blies den Rauch erneut zum Himmel und fuhr fort: »Gib mir die Kraft den richtigen Weg zu finden, denn bald wird der Medizinmann zurückkehren, und wir müssen eine Entscheidung fällen! Wir brauchen Verbündete, wenn die bleichen Männer kommen, von denen die französischen Händler gesprochen haben, und es darf nicht sein, dass wir alle Völker bekämpfen!« Er verriet seinen Gästen nicht, welche Worte er sprach, und reichte die Pfeife an Krummer Hals weiter. Der alte Krieger zeigte seinen Respekt, indem er Biberfrau zuerst rauchen ließ. Schneller Bär entschuldigte sich mit einem Blick und nickte verständnisvoll.

»Maheo«, rief die heilige Frau ihren Gott an, »ich ehre dich, denn du bist die Kraft, die alles Leben bestimmt! Du hast uns auf dem Weg in dieses Dorf begleitet und du bist in die Gedanken dieses Mannes gedrungen. Du hast verhindert, dass die jungen Krieger meinen Begleiter angegriffen haben, und dafür bin ich dir dankbar. Ich spüre, dass es keinen Krieg zwischen unseren Völkern geben darf! Ich bitte dich über uns zu wachen, wenn der Medizinmann auf dem weißen Pferd zurückkehrt und unseren Tod will! Beschütze unseren Gastgeber, denn er ist ein weiser Mann!«

Nachdem auch Krummer Hals die Pfeife geraucht und die Geister geehrt hatte, sprach man über das schwüle

Wetter und die bellenden Hunde, die sich vor dem Tipi balgten. Auch bei den Lakota war es üblich, über belanglose Dinge zu reden, bevor man zur Sache kam. Im Rauch einer Pfeife ordnete man seine Gedanken und erst, wenn der Gastgeber sich zufrieden zurücklehnte, wurden die Probleme angesprochen. Schneller Bär war besonders geduldig und klopfte seine Pfeife erst über dem Feuer aus, als ihnen kaum noch ein Gesprächsthema einfiel und das Schweigen beinahe unerträglich geworden war. Er blickte die Besucher lächelnd an und gab ihnen das Zeichen zu sprechen.

»Schneller Bär«, nannte Biberfrau den Namen des Häuptlings, was ihr ein respektvolles Nicken des alten Mannes einbrachte. Dann bediente sie sich der Zeichensprache. »Ich bin Biberfrau, die heilige Frau der Tsis-tsis-tas, und das ist Krummer Hals, der tapferste Krieger unseres Volkes.« Die erneute Vorstellung sollte die Bedeutung hervorstreichen, die ihrem Besuch gleichkam. »Wir sind vier Tage und vier Nächte geritten um dich zu sehen. Es war ein erhebendes Gefühl, in dieses Dorf zu reiten, denn die Lakota sind ein angesehenes Volk mit tapferen Kriegern. Eure Frauen sind geschickt und eure Kinder ehren die alten und weisen Männer.« Damit hatte sie drei Haupttugenden der Lakota genannt, die auch bei ihrem Volk angesehen waren. Sie leben wie wir, hatte Süße Medizin in ihrem Traum gesagt, unsere Seelen sind verwandt und wir atmen dieselbe Luft. »Wir freuen uns in deinem Tipi zu sitzen und mit dir die Pfeife rauchen zu dürfen.«

»Auch ich freue mich«, signalisierte der Anführer, der immer noch zum angesehenen Bund der Krähenbesitzer gehörte und so viele Coups geschlagen hatte, dass er die Federn an seiner Haube kaum noch zählen konnte. »Ich habe in einem Traum gesehen, dass die heilige Frau und der tapferste Krieger der Sha-hi-yena zu uns kommen.« Er erwähnte nicht, dass er auch beobachtet hatte, wie Reitet-ein-weißes-Pferd die heilige Frau angegriffen hatte. Wakan Tanka würde entscheiden, was aus der Feindschaft zwischen dem Medizinmann und der jungen Frau wurde und welche Medizin stärker war.

»Unsere Völker sind groß und mächtig«, fuhr Biberfrau fort, »wir reiten von einem Horizont zum anderen und besiegen die Ho-he, die Ski-di und die Oo-e-tane.« Die Handzeichen für ihre Feinde wurden auch von dem Anführer verstanden. »Wir leben im Einklang mit der mächtigen Natur und ehren die mächtigen Geister, die im Himmel und unter der Erde wohnen. Unsere Männer sind tapfer und die Frauen sind von lieblicher Schönheit. Wir werden von dem Stolz getragen, der unsere Herzen beseelt, und streben nach einem vollkommenen Leben.« Sie ließ ihre Worte auf den Häuptling wirken und atmete den Duft des Tabaks ein, bevor sie weitersprach: »Auch ich habe geträumt, Schneller Bär! Von Maheo, der bei euch Wakan Tanka heißt, habe ich erfahren, dass wir denselben Weg gehen. Ihr folgt den Büffeln über die Prärie, ihr schlagt Coups und ihr feiert den Sonnentanz. Ihr sprecht dieselben Gebete und ihr singt dieselben Lieder. Wir haben dieselben Feinde. Unsere Seelen sind verwandt und wir atmen dieselbe Luft.« Sie blickte zu Boden und dachte nach, dann formten ihre Hände neue Zeichen. »Der Große Geist will, dass wir gemeinsam in die Zukunft gehen!«, sagte sie bedeutungsvoll. »Er will, dass wir auf den Kriegspfad gehen und die Feinde unserer Völker besiegen! Wakan Tanka will, dass wir Freunde werden!«

Schneller Bär dachte über die Worte der heiligen Frau nach und blickte ins Feuer. »Auch ich habe geträumt«, sagte er nach einer längeren Pause, »und ich habe mit einem Abgesandten des Großen Geistes gesprochen. Du hast Recht. Wakan Tanka will, dass wir Freunde werden. Er will, dass unsere Völker gemeinsam in den Krieg ziehen und die bleichen Männer vertreiben, die aus dem Osten kommen. So habe ich es erfahren. Aber ich kann nur für meine Familie und einen Teil der Krähenbesitzer sprechen. Wir wollen hören, was die weisen Krieger am Ratsfeuer über unsere Entscheidung sagen. Es gibt Männer, die euch töten wollen, und ich spreche nicht von den jungen Hitzköpfen, die euch empfangen haben.« Damit hatte er zum ersten Mal von dem Medizinmann gesprochen ohne seinen Namen zu erwähnen.

»Wir kommen nicht als Bittsteller«, sagte Biberfrau und fing einen respektvollen Blick ihres Begleiters auf, »wir sind stark und fürchten keinen Feind. Wer uns herausfordert, bekommt den Zorn unserer tapferen Männer zu spüren!« Ihre Stimme klang entschlossen. »Aber ich will meinen Träumen folgen, denn sie sind die Wahrheit, die ich vom Großen Geist erfahren habe. Gemeinsam sind wir stark! Das ist die Medizin, die unsere Zukunft bestimmen wird! Wer nicht daran glaubt und meinen Tod will, soll beweisen, dass seine Medizin besser ist. Ich habe gesprochen.«

Sie verbrachten den ganzen Nachmittag im Tipi von Schneller Bär, sprachen über die letzte Büffeljagd und von dem schweren Schneesturm, der im Mond der kalten Winde über die weiten Ebenen gebraust war. Sie bekamen etwas zu essen, und als sich die Dunkelheit über das Lager legte, wurden ihnen zwei Tipis zugewiesen. Biberfrau lag die halbe Nacht wach, und als sie durch einen Spalt in der Büffelhaut blickte, sah sie ein großes Ratsfeuer in der Mitte des Lagers brennen. Im Schein der Flammen wurde heftig diskutiert, aber die heißen Reden wurden immer wieder von der bedächtigen Stimme des Häuptlings und anderer weiser Männer unterbrochen. Sie dachte lange darüber nach, ob sie den richtigen Weg gegangen waren, und kam zu der Überzeugung, dass sich alles entscheiden würde, wenn Reitet-ein-weißes-Pferd zurückkehrte. Dann würde sich herausstellen, welche Medizin für ihre Völker von größerer Bedeutung war – die eines erbitterten Krieges oder ewiger Freundschaft.

Der Medizinmann kam am nächsten Morgen. Er tobte

wie das Ungeheuer, das Krummer Hals mit seinem heiligen Schild besiegt hatte, und forderte die jungen Krieger auf in den Krieg gegen die Sha-hi-yena zu ziehen. »Ihre heilige Frau ist eine Wakanka, eine böse Hexe, die unser Verderben will! Ihr Zauber ist schlecht! Werft sie ins Feuer, denn nur ihr Tod kann unser Volk vor dem drohenden Untergang retten!« Er sprang von seinem weißen Pferd und tanzte mit einer Rassel aus Bärenklauen durch das Lager, stieß spitze Schreie und Verwünschungen aus. Über sein Gesicht hatte er eine Furcht erregende Bärenmaske gestülpt.

Biberfrau verließ ihr Tipi und wurde von zwei jungen Kriegern festgehalten. Sie schüttelte die Männer ab und straffte ärgerlich ihre Schultern, trat dem Medizinmann unerschrocken entgegen. »Reitet-ein-weißes-Pferd!«, forderte sie den heiligen Mann heraus. »Hast du Angst vor einer Frau? Warum versteckst du dich hinter einer Maske? Warum scheust du dich mir offen ins Gesicht zu blicken?« Ihre Handzeichen waren eindeutig und ihr Blick war entschlossen. Sie wusste den Großen Geist auf ihrer Seite und würde keinen Schritt vor ihrem Feind zurückweichen.

Der Medizinmann blieb stehen und riss die Maske von seinem Gesicht. »Seht sie euch an«, verhöhnte er die heilige Frau, »so sieht die Hexe aus, die ich in meinen Träumen gesehen habe! Wakanka, die Hexe aus dem Geisterreich! Die böse Frau, die unser Verderben will! Sie versteckt sich hinter der Maske einer schönen Frau um uns in eine Falle zu locken. Was hat sie dir erzählt, Schneller Bär? Was hat sie euch erzählt?« Er blickte mit funkelnden Augen in die Runde. »Sie will die Pfeife mit euch rauchen, aber wenn ihr euch umdreht, bohrt sie euch ein Messer in den Rücken! Sie ist böse Medizin! Sie will euch vernichten!«

Einige Krieger wollten sich auf Biberfrau stürzen, aber Schneller Bär und die weisen Männer hielten sie mit scharfen Rufen zurück. Krummer Hals beobachtete sie nervös. Er hielt seinen Feuerstock in beiden Händen, zögerte aber die gefährliche Waffe zu benutzen. Der Große Geist wollte, dass Frieden herrschte, und ein unüberlegter Schuss konnte die Zukunft ihres ganzen Volkes zerstören. Er stieß einen Lakota zur Seite und wartete gespannt.

Biberfrau trat furchtlos vor den wütenden Medizinmann. Es gab keine Regeln mehr und viele Krieger schrien ihr die Verachtung ins Gesicht. Die Männer der Lakota waren leicht erregbar und wurden zu blutgierigen Wölfen, wenn sie ihre Familien bedroht sahen. Viele Winter später lachte sie über die hitzköpfigen Krieger, aber jetzt war ihr Leben bedroht, und alles hing davon ab, welche Medizin stärker war. Sie beherrschte sich. »Ich bin Biberfrau, die heilige Frau der Tsis-tsis-tas«, sagte sie noch einmal. »Ich bin gekommen, weil der Große Geist unsere Freundschaft will, und ihr behandelt mich wie ein Ungeheuer, das euren Tod will! Fürchten sich die tapferen Lakota vor einer Frau? Missachten sie die Träume eines weisen Mannes, der mit Wakan Tanka gesprochen hat? Der Große Geist, der über die Lakota wacht, will die Freundschaft unserer Völker! Glauben sie einem eifersüchtigen Medizinmann, der sich mit den bösen Geistern verbündet hat?«

Reitet-ein-weißes-Pferd stieß einen wütenden Schrei aus, aber Biberfrau brachte ihn mit einer herrischen Bewegung zum Schweigen. Sie war eine heilige Frau und ihre Ausstrahlung wirkte auch auf die Lakota. Der aufgebrachte Medizinmann verstummte und sogar die Klauen seiner Rassel blieben stumm.

»Ich habe die Zukunft gesehen«, signalisierte Biberfrau, »und ich weiß, dass wir die bleichen Männer nur gemeinsam aufhalten können. So habe ich es vom Großen Geist erfahren. Wollt ihr das Leben eurer Frauen und Kinder gefährden, weil euer Medizinmann keine heilige Frau duldet? Fallen die tapferen Lakota auf seinen faulen Zauber herein? Warum hört ihr nicht auf eure weisen Männer? Warum hört ihr nicht auf Wakan Tanka? Wollt ihr an der Krankheit des weißen Mannes sterben wie die Numakiki?

Ich habe die Fliegen auf ihren blutigen Körpern gesehen. Wollt ihr von den bösen Geistern aufgefressen werden? Dann folgt eurem Medizinmann, denn er ist mit den Ungeheuern im Bunde!«

Ihre Reden waren genauso unfair wie der faule Zauber, den Reitet-ein-weißes-Pferd mit seiner Rassel veranstaltete, aber sie machte sich keine Vorwürfe. Es galt, ihr Volk vor einem unnötigen Krieg zu beschützen. Nur wenn es zur Freundschaft mit den mächtigen Lakota kam, hatten sie eine Chance gegen die bärtigen Männer. Das war nicht gelogen und das grub sich immer tiefer in ihre Gedanken. Sie musste den Kampf gegen diesen Medizinmann gewinnen, denn er würde ihre Völker in den Tod treiben. Er hatte sich mit den bösen Geistern verbündet.

Schneller Bär trat mit erhobenen Händen zwischen den Medizinmann und die heilige Frau und wartete, bis sich erwartungsvolle Stille über das Lager legte. »Wakan Tanka soll entscheiden, welche Medizin stärker ist«, sagte er. »Reitet-ein-weißes-Pferd und Biberfrau sollen um die Wette reiten! Der Große Geist wird bei dem Reiter sein, der die Wahrheit kennt, und ihn als ersten über die Ziellinie treiben! Seiner Medizin wollen wir vertrauen!«

Alle waren damit einverstanden, auch Biberfrau und der Medizinmann. Reitet-ein-weißes-Pferd ritt das erste Pony seines Volkes und war ein hervorragender Reiter. Die versammelten Lakota freuten sich über das aufregende Spektakel, das ihr geordnetes Leben unterbrechen würde, und der Medizinmann lachte siegessicher, weil er sich der verhassten Frau weit überlegen glaubte. Biberfrau verriet mit keiner Miene, was sie dachte. Selbst der rasche Blick, den sie mit Krummer Hals wechselte, gab ihre Gefühle nicht preis. Niemand sollte wissen, dass sie zweifelte.

Es wurde festgelegt, über den Fluss nach Westen zu reiten, über den steilen Hang, der das Lager auf der anderen Seite begrenzte, und bis zu einer großen Pappel, die wie ein einsamer Wächter an einem ausgetrockneten Bachbett stand und ihre verkrüppelten Äste in den Himmel streckte. Krummer Hals und ein Krieger der angesehenen Krähenbesitzer sollten aufpassen, dass der Medizinmann und die heilige Frau um den Baum herumritten und keine Tricks versuchten. Die Männer ritten davon.

»Legt eure Waffen auf den Boden«, sagte Schneller Bär, »wir wollen ein gerechtes Urteil!« Biberfrau und der Medizinmann gehorchten und bestiegen ihre Pferde. Beide Tiere schienen zu ahnen, dass es auf ihre Schnelligkeit und Ausdauer ankam und tänzelten unruhig. Auf ein Zeichen des alten Häuptlings startete das Rennen. Biberfrau hatte den besseren Start und trieb ihren Schecken zuerst in den Fluss, wurde aber am anderen Ufer von dem Medizinmann überholt. Reitet-ein-weißes-Pferd lachte höhnisch, als er sein Pferd aus dem Wasser und an ihr vorbeitrieb.

Biberfrau erinnerte sich an die Worte von Bärenfuß. Verwachse mit deinem Pferd, krieche in seine Gedanken, denke wie dein vierbeiniger Bruder! Der Fuchskrieger war der beste Reiter ihres Volkes. Er war dazu geboren, auf einem Pferderücken zu sitzen, und hatte die tapfersten Büffeljäger ausgebildet. Auch Biberfrau war gut, aber sie dachte immer noch zu viel und riss an den Zügeln, wenn sie nervös wurde. Lass ihm seinen Willen, riet Bärenfuß, gib ihm die Freiheit, die es gewohnt ist! Dein Schecke will den frischen Wind spüren, aber er mag es nicht, wenn eine Rohhautschnur an seinem Kopf zerrt oder ein Körper das Spiel seiner starken Muskeln behindert. Lass ihn laufen, Biberfrau!

Sie ritten beinahe gleichzeitig um die verkrüppelte Pappel. Reitet-ein-weißes-Pferd hatte eine Peitsche unter seinem Kriegshemd hervorgezaubert und schlug auf sein weißes Pferd ein. Biberfrau ließ den Schecken laufen und war dicht hinter ihm. »Houp! Houp! Houp!«, feuerte sie ihn an. »Lauf, mein Bruder!«

Noch vor dem Fluss ritt sie an dem Medizinmann vorbei. Ihr Pony war schneller als der Wind und wurde von

Maheo über die Prärie getrieben. Dann begehrten die bösen Geister auf und die Peitschenschnur knallte laut über ihren Rücken. Die Lederschnur fetzte einen blutigen Striemen in ihren Körper und brachte sie aus dem Gleichgewicht. Der Schecke wurde langsamer und Reitet-einweißes-Pferd preschte triumphierend an ihr vorbei. Sie biss die Zähne zusammen und trieb ihr Pferd an, aber der Medizinmann war schon hinter dem nächsten Hügel verschwunden.

Biberfrau erkannte, dass sie verloren hatte, und verwünschte das falsche Spiel ihres Widersachers. Aber sie gab nicht auf. Von einer unsichtbaren Kraft getrieben, ritt sie in den sicheren Tod. Das glaubte sie jedenfalls. Die Lakota würden sie ins Feuer werfen und schadenfroh lachen, wenn sie zu schreien begann. »Großer Geist«, flehte sie, »warum hast du mich verlassen? Warum lässt du zu, dass dieser feige Hund ein falsches Spiel treibt?«

Sie sprengte zum Ufer hinab, den brennenden Schmerz im Rücken, und beobachtete fassungslos, wie der Medizinmann aus dem Sattel flog. Sein Pony war in ein Loch getreten und hatte sich den rechten Vorderhuf gebrochen. Reitet-ein-weißes-Pferd stürzte kopfüber auf den felsigen Uferhang und blieb mit schmerzverzerrtem Gesicht liegen. Biberfrau verzog keine Miene, als sie an ihrem besiegten Widersacher vorbeiritt. »Maheo, ich danke dir«, flüsterte sie, als sie durch das Lager ritt und vor dem Häuptling von ihrem Schecken sprang. In ihrer Stimme war kein Triumph, als sie sagte: »Wakan Tanka hat entschieden!«

DIE ZEIT DER BÜFFEL

26

SONNENTANZ AM GROSSEN FLUSS

BIBERFRAU BEOBACHTETE MIT steinernem Gesicht, wie Reitet-ein-weißes-Pferd aufstand und zu seinem Pony humpelte. Der Medizinmann hatte große Schmerzen. Er blutete aus einer Platzwunde am Kopf und hielt sich das rechte Bein. Aber es kam kein Schmerzenslaut über seine Lippen. Er drehte sich nicht einmal um, als er den rechten Vorderhuf des Pferdes untersuchte und langsam weiterging. Er ließ das Tier stehen und lief über die Hügel davon. Die Lakota hätten ihn verstoßen und er wollte sich die Schmach ersparen mit Schimpf und Schande aus dem Volk verbannt zu werden. Er verließ seine Heimat ohne das Urteil der weisen Männer abzuwarten und würde niemals zurückkehren.

Die Lakota beachteten ihn kaum. Sie standen schweigend am Flussufer und bewegten sich erst, als Gefleckter Adler seinen Feuerstock hob und das weiße Pferd erschoss. Die Vögel mit den langen Hälsen würden sich um das Tier kümmern und verhindern, dass es den Medizinmann durch das Land der vielen Zelte trug. So nannten die

Lakota ihre ewigen Jagdgründe. Sie vergaßen den heiligen Mann und glaubten der jungen Frau, die von den Tsis-tsis-tas gekommen war. Die Freundschaft zwischen den Völkern wurde mit der heiligen Pfeife besiegelt und man beschloss den bevorstehenden Sonnentanz gemeinsam zu feiern.

Einäugige Antilope, der alte Medizinmann der Waldleute, wurde auserwählt den Sonnentanz zu leiten. Zusammen mit seiner Frau und den heiligen Männern und Frauen aller Tsis-tsis-tas zog er sich in das Einsame Tipi zurück. Auch Biberfrau war dabei. Sie atmete den Rauch des heiligen Feuers und rauchte die Pfeife mit dem schwarzen Kopf und dem roten Schaft, die Einäugige Antilope aus einem Futteral wickelte. Sie ehrte den Großen Geist, die Erde und die vier Richtungen. Es wurde wenig gesprochen während der Zeremonie, die vier Tage und vier Nächte dauerte und an die Wanderung von Steht-auf-dem-Boden erinnern sollte, den heiligen Krieger der Suhtai, der den Sonnentanz zu den Tsis-tsis-tas gebracht hatte. Seine Nachfahren hatten sich mit den Waldleuten verbündet und waren in das Volk aufgenommen worden.

Gegen Abend brachte ein junger Krieger den heiligen Büffelschädel. Einäugige Antilope bemalte ihn mit roter Farbe und stopfte süßes Gras in die leeren Augenhöhlen. »Großer Geist«, betete er über dem Schädel, »alles bewegt sich im Kreis. Die Sonne wandert von einem Horizont zum anderen, die Jahreszeiten kommen und gehen, ein Lebewesen stirbt und ein anderes wird geboren. Jedes Jahr ziehen die Büffel durch unsere Jagdgründe. Sie geben uns alles, was wir zum Leben brauchen. Dafür danken wir dir!« Er berührte den Büffelschädel und blickte nach Osten. »Großer Geist, wir bitten dich! Erwecke die Natur, lass die Sonne über den weiten Ebenen aufsteigen und schenke uns neues Leben! Gib uns deinen Atem und treibe die heiligen Tiere in unsere Jagdgründe, denn sie bedeuten unser Leben.«

Vor dem Einsamen Tipi wurde getanzt. Die Hundekrieger hatten Trommeln gebracht und der monotone Rhythmus trieb die Tänzer in eine wilde Ekstase. Sie sangen die heiligen Lieder, die Steht-auf-dem-Boden gelehrt hatte, und stampften über den harten Boden. Biberfrau verschmolz mit der aufblühenden Natur und spürte, wie neues Leben in ihren Adern pulsierte. Sie hörte die Vögel singen und die Bienen summen. Sie sah, wie die Pflanzen wuchsen. Sie fühlte, dass neues Leben geboren wurde. Als am fünften Morgen die Sonne aufging, ging sie allein zum Fluss und reckte dankbar die Arme zum Himmel. Sie beobachtete, wie die helle Scheibe emporstieg und sich im klaren Wasser spiegelte.

In der Mitte des Dorfes war die große Medizinhütte errichtet worden. Über ein Gerüst aus schlanken Baumstämmen wurden Sträucher und die Büffelhäute der tapfersten Krieger gelegt. Der heilige Pfahl wurde aufgestellt und Einäugige Antilope legte den roten Büffelschädel auf den Altar. Die Kinder brachten kleine Tiere, die sie aus nasser Erde geformt hatten, und stellten sie daneben. Sie symbolisierten das neue Leben, das in den Wäldern und auf den Ebenen erwachte. Die Krieger tanzten vier Tage und vier Nächte um den heiligen Pfahl, bliesen in ihre kleinen Flöten aus Adlerknochen und ehrten die erwachende Natur. Sie hielten nur inne um zu essen und zu trinken und bewegten sich zum Rhythmus der Trommeln, bis sie der Erschöpfung nahe waren.

Der letzte Tag war den Mutproben vorbehalten. Die jungen Krieger ließen sich kleine Holzpflöcke durch die harte Haut über den Brustwarzen treiben und betraten mit steinernem Gesicht die Medizinhütte. Sie banden die Rohhautschnüre, die vom heiligen Pfahl hingen, an die Holzpflöcke und tanzten, bis sie vor Erschöpfung und Schmerz kaum noch stehen konnten. Erst wenn die Haut riss, durften sie die Medizinhütte verlassen. Von der Anstrengung gezeichnet, aber die Augen voller Stolz, kehrten sie zu ihrem Volk zurück. In ihrem Schmerz hatten sie den Großen Geist gesehen und waren zu einem Teil der Natur geworden.

»Nächstes Jahr werde ich die Mutprobe ablegen«, sagte Steht-die-ganze-Nacht, als er der heiligen Frau im Dorf begegnete. »Ich werde beweisen, dass ich genauso tapfer wie die anderen bin!«

Biberfrau blickte dem jungen Krieger nach, wie er mit erhobenem Kopf davonging, und blieb nachdenklich stehen. Steht-die-ganze-Nacht verehrte sie. Er verneigte sich, wenn sie an ihm vorbeiging, und er hatte sie auf der Büffelhaut verewigt, die von der Geschichte des Volkes erzählte. Er war ein sonderbarer Mann, der sich am liebsten bei den Kindern aufhielt und seine lustigen Geschichten erzählte, aber in seinem Tipi war er nur von seiner Mutter und seinen Schwestern umgeben. Er hatte um ein Mädchen geworben und war abgewiesen worden, weil er von ihrem Vater als feige und viel zu sanft belächelt worden war. »Er ist wie ein Mann, der eine Frau sein will«, hatte der Krieger gesagt.

Jetzt wollte er beweisen, dass er genauso mutig wie die anderen Krieger war. Biberfrau nahm an, dass er seine Entscheidung bald bereuen würde, und beschloss ihn nicht daran zu erinnern. Er war ein Denker. Ein Geschichtenerzähler, der die Wanderung des Volkes auf seiner Büffelhaut festhielt. Er war kein Mann, der eine Mutprobe ablegte oder auf den Kriegspfad zog, auch wenn er mit dem Anführer der Hundekrieger über die weiten Ebenen gezogen war. Es musste einen solchen Mann geben, auch wenn einige Krieger über ihn lachten. Er hatte die Aufgabe übernommen, die Maheo ihm zugewiesen hatte. Sie kannte keine Frau, die sein Werben erhören würde, entschied aber den Großen Geist zu bitten ein besonderes Augenmerk auf ihn zu richten.

Ein Jahr verging und der junge Krieger blieb dabei. Beinahe trotzig wiederholte er seinen Entschluss in der Medizinhütte zu tanzen und die Mutprobe abzulegen. Biberfrau betete viel für ihn und erinnerte ihn daran, dass der Große Geist nicht von ihm verlangte sich die Holzpflöcke durch die Haut zu rammen, und er sagte: »Aber die Krieger meines Volkes wollen es sehen!« Dann war es so weit und er bat Krummer Hals ihm bei der Vorbereitung zu helfen. Der Pfeilbewahrer bemalte seinen Körper mit blauen Punkten und sprach ein langes Gebet, bevor er dem jungen Mann die Pflöcke durch die Haut schob. Steht-die-ganze-Nacht kehrte mit verzerrtem Gesicht in die Medizinhütte zurück. Der Schmerz war beinahe unerträglich, aber er tanzte, bis seine Haut riss und er benommen zu Boden fiel. »Ich habe den Großen Geist erfahren«, sagte er leise, »jetzt bin ich ein tapferer Krieger!«

Biberfrau war stolz auf den jungen Mann und sie freute sich über das neue Leben auf den weiten Ebenen. Die Freundschaft mit den Lakota erwies sich als kostbarer Pfand. Die Männer zogen gemeinsam auf den Kriegspfad und stahlen Pferde bei den Ho-he und den Krähen und es gab viele Männer, die eine Frau des anderen Volkes heirateten. Während der Sonnentanzfeste wurde gesungen und getanzt und der Klang der vielen Trommeln verschmolz zu einem Lied, das von dem Mut und der Stärke der vereinigten Völker berichtete. Bärenfuß war immer noch ein guter Reiter und zeigte den jungen Männern, wie man rückwärts auf einem Pferd saß oder stehend durch den Fluss ritt. Jeden Tag wurden Pferderennen veranstaltet und Bärenfuß gehörte immer noch zu den Siegern. Krummer Hals wirkte ruhiger und älter und beschränkte sich darauf, vor seinem Tipi in der warmen Sonne zu sitzen und von den alten Zeiten zu träumen. Er war der Bewahrer der heiligen Pfeile. Büffelkopf starb drei Winter, nachdem sie die heilige Pfeife mit den Lakota geraucht hatten, und sein Sohn übernahm das Amt des Häuptlings. Auch er war ein friedliebender Mann, der die Freundschaft und den Ausgleich suchte.

Weißer Büffel wurde älter, aber nicht klüger. Obwohl seine Haare den ersten Grauschimmer zeigten und eine seiner Frauen bereits schlohweiß war, stellte er immer noch den jungen Mädchen nach. Einmal wurde er von einer jungen Lakota durch das ganze Lager gejagt, weil er ihr beim Baden zugesehen hatte. Auch bei den Freunden der Uferleute wurde die Keuschheit als hohes Gut verteidigt und es ziemte sich nicht einmal für junge Männer ein Mädchen auf diese Weise zu bedrängen. Die Verwandten der jungen Frau waren wütend und es wäre vielleicht zu einer peinlichen Auseinandersetzung gekommen, die der Freundschaft beider Völker geschadet hätte, aber Weißer Büffel ritt allein auf die Prärie hinaus und kehrte erst zurück, als sich die Stimmung beruhigt hatte. Seine beiden Frauen ließen sich nur davon abhalten ihn aus dem Tipi zu werfen, weil sie zu alt waren um sich einen neuen Mann zu suchen. Sie sahen ihn nicht einmal an, als er reumütig in das gemeinsame Tipi zurückkehrte.

Einige Monde später wurde ihm seine Angewohnheit zum Verhängnis. Er hatte sich einem gemeinsamen Kriegszug der Tsis-tsis-tas und Lakota angeschlossen, den Gefleckter Adler gegen die Krähen führte. Die Oo-e-ta-ne, wie die Uferleute sie immer genannt hatten, waren die Erzfeinde beider Völker. Sie wurden als Angeber beschimpft. Die Krieger ritten nach Westen und stießen auf ein kleines Lager, das unter der heißen Sonne brütete. Sie warteten, bis die Dunkelheit hereinbrach, und ließen ihre Ponys bei einem Jungen zurück, wie sie es immer taten, wenn sie Pferde stehlen wollten. Sie schlichen zur Pferdeherde, und Gefleckter Adler tötete die beiden Wächter. Die Krieger folgten ihm und trieben die Ponys davon.

Weißer Büffel beteiligte sich nicht an dem Treiben. Er hatte eine junge Frau der Krähen entdeckt, die von einem bösen Traum vor ihr Tipi getrieben worden war, und ritt in das feindliche Lager hinein. Es war eine kühne Tat, aber sie war unüberlegt und brachte die anderen Krieger in Gefahr. Kaum hatte er die entsetzte Frau auf sein Pony gerissen, stürmten einige Krähen aus den Tipis und schossen ihn aus dem Sattel. Als er den Boden berührte, war noch Leben in ihm, dann rammte ihm die Frau ein Messer zwischen die Rippen, und er ging auf die andere Seite.

Seine Freunde ließen ihn zurück und flohen mit den gestohlenen Pferden. Die Krähen folgten ihnen nicht. Sie ließen ihre Wut an dem toten Krieger aus und beschlossen im Mond der reifen Pflaumen gegen ihre Feinde zu reiten. Gefleckter Adler und seine Krieger wurden im gemeinsamen Sommerlager begeistert empfangen und tanzten am abendlichen Feuer, aber niemand erzählte die Wahrheit über den Tod von Weißer Büffel. Er hatte viel Unglück über seine Frauen gebracht und sie trauerten um ihm, schnitten sich die Haare ab und schnitten blutige Wunden in ihre Arme und Beine. Es wäre nicht gut gewesen, ihnen die Wahrheit zu erzählen. Nur Biberfrau ahnte, was in den Jagdgründen der Krähen geschehen war. Sie zeigte sich einverstanden, als ein Mann der Waldleute anbot in Zukunft die heilige Büffelkappe des Volkes zu bewachen.

Menschen starben und wurden neugeboren, so wollte es der Große Geist. Alles bewegte sich im Kreis. Nur Biberfrau bewahrte sich die ewige Jugend und wurde von den Tsis-tsis-tas und ihren Freunden verehrt. Sie trauerte um die guten Freunde, die auf die andere Seite gerufen wurden, und es fiel ihr schwer, sich an die jungen Männer und Frauen zu gewöhnen, aber so hatte Maheo es bestimmt. Linke Hand wurde zum neuen Anführer der Hirschhornkrieger, ein eigenwilliger Mann mit starken Backenknochen, der bunte Muscheln an seinen Ohren und zwei aufrechte Präriehuhnfedern in seinen langen Haaren trug. Er war unverheiratet. Im ersten Sommer, nachdem sein Vorgänger gestorben war, warb er um eine junge Lakota, aber sie erhörte ihn nicht, und im zweiten Sommer bemalte er sein Gesicht für eine hübsche Frau des Volkes, das im Süden seine Feuer errichtete. Auch sie erhörte ihn nicht.

Die Freunde der Tsis-tsis-tas hatten sich ebenfalls mit den Lakota verbündet und besuchten die große Sonnentanzfeier im Mond der fetten Pferde. Biberfrau freute sich den Häuptling wiederzutreffen. Auch an Zwei Krähen waren die Jahre nicht spurlos vorübergegangen, aber er war immer noch rüstig und ritt besser als viele junge Krieger. Seine beiden Frauen hatten sich nicht geändert. Sie waren immer noch eifersüchtig und kommandierten ihn immer noch herum. Weil er die heilige Frau angelächelt und mit ihr gescherzt hatte, trieben sie ihn mit einem hölzernen Löffel ins Tipi zurück. Er rächte sich, indem er die ganze Nacht bei Krummer Hals und Linke Hand am Feuer blieb und erst kurz vor dem Morgengrauen zurückkehrte. Er legte sich zwischen seine schlafenden Frauen und schmunzelte, als sie sich an ihn drängten und die jüngere Frau seinen Oberschenkel berührte.

Im Lager der Tsis-tsis-tas sorgte eine junge Frau für Aufregung. Die-ihre-Knie-badet war zu einer wunderschönen Frau herangewachsen und verdrehte allen Männern den Kopf. Ihre dunklen Augen sprühten Funken. Wenn sie in ihrem engen Hirschlederkleid vom Beerensuchen zurückkehrte und in ihren langen Haaren bunte Muscheln leuchteten, richteten sich die Augen aller Krieger auf sie. Es ziemte sich nicht für eine junge Frau, ihr Interesse an den Männern offen zu zeigen, und es wurde schon geklatscht, wenn sie einem Verehrer in die Augen blickte, aber Die-ihre-Knie-badet brauchte weder das eine noch das andere zu tun. Ihre Art sich zu bewegen und ihre sanfte Stimme brachten die Männer schon ins Schwitzen, wenn sie an ihnen vorbeilief. Sie verbreitete einen anmutigen Zauber.

Zu den Männern, die ihr Gesicht bemalten und nachts auf der Flöte spielten, gehörte auch Linke Hand. Der junge Anführer der Hirschhornkrieger war auch bei seiner zweiten Liebe abgeblitzt und versuchte zum dritten Mal eine Frau zu gewinnen. Die Konkurrenz war groß und im gemeinsamen Sonnentanzlager gab es zahlreiche Männer, die mehr Coups geschlagen hatten, aber er schaffte es, ihr Interesse zu gewinnen. Übermütig spielte er auf der Liebesflöte. Er vertrieb die anderen Männer, die ihr den Hof machten, und wartete am Flussufer auf sie. Um seine Schultern hing eine bunte Decke, die er bei dem Volk, das im Süden seine Feuer errichtet, eingetauscht hatte. Sie stammte von einem französischen Händler. Als die junge Frau aus dem Wald zurückkehrte, legte er die Decke um sie und begann auf sie einzureden. So hatte er es bei den Lakota gesehen. Niemand außer Die-ihre-Knie-badet erfuhr, was er auf dem Herzen hatte, aber jeder sah, wie sich die junge Frau aus seiner Umarmung befreite und lachend davonrannte. Linke Hand versteckte sich in seinem Tipi.

Steht-die-ganze-Nacht, der die Mutprobe bestanden, aber noch keinen Coup geschlagen hatte, verstand den jungen Krieger. Er hatte noch nie mit einer Frau geschlafen und glaubte nicht, dass er jemals heiraten würde. Seine Verehrung für die heilige Frau war zu groß. Es war keine Liebe im eigentlichen Sinne und auch kein Verlangen, wie es der verstorbene Anführer der Hundekrieger gefühlt hatte. Seine Zuneigung hatte nichts mit dem Wunsch zu tun das Lager mit einer Frau zu teilen. Er fühlte sich schon glücklich, wenn er im Schatten der heiligen Frau stehen durfte. Sie war schöner als alle anderen Frauen, die er kennen gelernt hatte, und sprach mit der Weisheit eines erfahrenen Häuptlings. Er brauchte keine andere Frau.

Biberfrau war keine Frau, der man den Hof machte. Das hatte er schon als junger Mann erkannt. Er hatte Männer gesehen, die ihr voller Begehren nachgesehen hatten, aber in seinem Leben hatte es nur einen Mann gegeben, der die Flöte für sie gespielt hatte. Der Anführer der Hundekrieger war gestorben, bevor er eine endgültige Antwort bekommen hatte. Es gab kein Bild auf seiner Büffelhaut, das von dieser unerfüllten Liebe erzählte, und die Geschichte berichtete auch nicht von den vergeblichen Versuchen des jungen Hirschhornkriegers eine Frau zu finden. Er würde

Linke Hand erst erwähnen, wenn er auf den Kriegspfad ging und einen Coup schlug oder Pferde von den Krähen stahl.

Die Bilder, die von der Geschichte der Tsis-tsis-tas berichteten, wurden immer zahlreicher, und wenn ein Sonnentanz vorbei war, dachte man schon an den nächsten. Die Krieger stahlen viele Pferde und verloren eine kleine Herde an die Ho-he, aber es gab keinen Krieg, und die Freundschaft mit den Lakota und dem Volk, das im Süden seine Feuer errichtete, war von großer Dauer. Es war eine sorglose Zeit, die selbst Biberfrau dazu verleitete, das Leben etwas leichter zu nehmen und keine Angst mehr vor der Zukunft zu haben. Erst ein Traum erinnerte sie an die Verantwortung, die sie als heilige Frau für ihr Volk übernommen hatte.

Es war im Monat der reifen Kirschen, als der Donnervogel über ihrem Dorf mit den Flügeln schlug, und schwerer Regen gegen die Tipiwände klatschte. Biberfrau lag auf ihrem Büffelfell und starrte in die Dunkelheit. Sie hatte lange zum Großen Geist gebetet, aber es war zwei Monde her, dass sie zum letzten Mal in der Einsamkeit gefastet hatte. Sie fühlte sich schuldig und empfand den starken Regen als Strafe des Großen Geistes, der sie daran erinnern wollte, dass sie jung geblieben war um ihr Volk in die Zukunft zu begleiten. »Großer Geist«, betete sie, »ich bin nachlässig gewesen. Verzeih mir! Kehre zu mir zurück, wenn ich in die Berge ziehe und vier Tage und vier Nächte deine Nähe suche. Wenn der Morgen graut, reite ich in den kalten Norden.«

Der Donnervogel schleuderte eine flammende Lanze zwischen die Tipis und schlug heftig mit den Flügeln. Im grellen Lichtschein wurde die Zeltklappe geöffnet und ein Mann humpelte in ihr Tipi. Er trug zerschlissene Leggins und seine zerzausten Haare waren blutverklebt. In seinen Augen leuchtete der blanke Hass, als er nach seinem Messer griff und sich auf die heilige Frau stürzte.

Biberfrau rollte sich geistesgegenwärtig zur Seite. »Reitet-ein-weißes-Pferd!«, rief sie entsetzt. Ihre Hand suchte nach dem Messer, aber der Medizinmann war schneller und trat gegen ihr Handgelenk. Der Schmerz zuckte bis zu den Schultern hinauf. Der Donnervogel schleuderte eine weitere Lanze und in dem zuckenden Lichtschein erkannte sie, wie die Hand mit dem Messer niedersauste und tief in ihre Brust drang. Sie schreckte hoch und stellte erleichtert fest, dass der Medizinmann verschwunden war. Ihre Brust war unversehrt und es gab kein Blut. Aber die Zeltklappe stand offen und sie betete verzweifelt, bis der Regen nachließ und das erste Morgengrauen durch die Zeltklappe fiel.

27

DER KOJOTE KEHRT ZURÜCK

BIBERFRAU RITT IN die fernen Berge, die sich irgendwo im Nordwesten aus den Ebenen erhoben und mit ihren schneebedeckten Gipfeln den Himmel berührten. Sie trieb ihren Schecken durch das Land der Krähen und wurde beinahe von einem Jagdtrupp entdeckt, der unvermittelt zwischen den Felsen auftauchte. Im Halbdunkel zwischen den Bäumen wartete sie, bis die Krieger in einer nahen Senke verschwanden. Sie dankte dem Großen Geist, der sie vor den angeberisch gekleideten Kriegern beschützt hatte, und lenkte ihr Pony durch den kühlen Regen, der von den bösen Geistern im Norden herangetrieben wurde.

Unterhalb eines schroffen Steilhanges, der sie an den heiligen Berg erinnerte, fastete sie vier Tage und vier Nächte lang. Ihre Lieder wurden als vielfaches Echo von den nassen Felswänden zurückgeworfen und ihre Gebete stiegen auf den Schwingen eines einsamen Adlers zum Großen Geist empor. »Maheo«, nannte sie den Namen ihres Schöpfers, »du bist am Himmel und auf der Erde, in den Bergen und in den Tälern, im Wind und im Regen, und du leuchtest in der Sonne, die jenseits der weiten Ebenen ihr Licht verschüttet! Du bist der Schöpfer aller Dinge und die Kraft, die uns am Leben erhält! Erhöre mich, Großer Geist! Wir haben Freundschaft mit den Lakota geschlossen und viele Pferde von den Krähen erbeutet. Auf der Prärie grasen die Büffel. Die Zeiten sind gut und wir müssen keinen Hunger leiden. Wir haben die Pfeile erneuert und die Büffelkappe gesehen und wir haben die Medizinhütte errichtet und die Erneuerung der Natur gefeiert.«

Sie spürte den kalten Regen auf ihrem Gesicht und senkte den Kopf. »Doch wir haben deinen Namen nicht oft genug ausgesprochen! Wir haben nicht so oft gebetet, wie du es verdient hast, und unsere Fröhlichkeit war lauter als die Sorge um unsere Zukunft! Die Krieger haben Büffel gejagt und Pferde gestohlen, die Frauen sind ihren Pflichten nachgegangen und die Kinder haben im Spiel erprobt, was sie im Leben brauchen. Ich habe versagt, mein Schöpfer! Ich war mit den Kriegern auf den Ebenen und mit den Frauen in den Wäldern, aber ich habe selten gefastet, und mein Körper ist schmutzig von den vielen Gedanken, die ich viel zu spät in einer Schwitzhütte abgewaschen habe. Verzeih mir, Großer Geist, denn ich bin die heilige Frau, und mein Volk verlässt sich darauf, dass ich es in eine bessere Zukunft führe!«

Die Antwort war ausgeblieben, aber nach einer Stunde hatte der Regen aufgehört, und zwischen den dunklen Wolken hatte die Sonne geleuchtet. Der Wind ließ nach und sie ritt zufrieden auf die Ebenen zurück. Diesmal schlug sie einen großen Bogen um die Jagdgründe der Krähen um sich nicht unnötig einer Gefahr auszusetzen. Wer in diesem wilden Land überleben wollte, musste vorsichtig sein. Selbst ein Hundekrieger hätte sein Leben nicht unnötig aufs Spiel gesetzt. Die guten Zeiten hatten sie verwirrt und sie hatte während ihrer Fastenzeit erkannt, dass es sich nicht auszahlte, wenn man ein Geschenk des Großen Geistes für selbstverständlich nahm. Alles bewegte sich im Kreis. Auf gute folgten schlechte Zeiten, das durfte sie nicht mehr vergessen.

Sie rastete in einem Wald abseits der Jagdgründe ihrer Feinde und zündete ein kleines Feuer an. Sie briet das Kaninchen, das sie am frühen Morgen erlegt hatte, und trank von dem kühlen Wasser aus einem nahen Bach. Es waren keine Menschen in der Nähe, nicht mal vierbeinige Brüder, das hatte sie auf einem abendlichen Erkundungsritt festgestellt. Aber sie wollte kein Risiko eingehen und hielt den Feuerstock in beiden Händen, während sie schlief. Sie deckte sich mit dem Büffelfell zu, das sie hinter ihren Sattel gebunden hatte, und löschte das kleine Feuer, damit keine Fremden angelockt wurden. Sie hatte einen leichten Schlaf und wachte sofort auf, wenn jemand in ihre Nähe kam, aber dann konnte es zu spät sein, und sie durfte nicht sterben.

Der Mond war von den Wolken verschluckt worden und sie schlief in vollkommener Dunkelheit ein. Ihr Schlaf war ruhig und traumlos. Kurz vor dem Morgengrauen brach der Himmel auf und der halbe Mond spiegelte sich auf dem Lauf ihres Feuerstocks. Sie schreckte aus dem Schlaf und erblickte eine dunkle Gestalt, die sich undeutlich gegen das blasse Licht am Waldrand abhob. Ein bärtiger Mann! Sie riss den Feuerstock hoch und zog den Abzug durch. Die Kugel löste sich krachend aus dem Lauf und schlug in einen Baum. Der bärtige Mann war rechtzeitig in Deckung gegangen. Sie rollte sich zur Seite und kroch ins Unterholz. Mit zitternden Händen lud sie den Feuerstock nach. Wo war der Fremde? Warum griff er nicht an? Sie stopfte die Kugel in den Lauf, steckte den Ladestock zurück und huschte hinter einen umgestürzten Baumstamm, der eine breite Schneise in das Unterholz gerissen hatte. Angestrengt spähte sie durch den Wald.

Irgendwo musste der bärtige Mann sein! Oder hatte sie die Umrisse des geheimnisvollen Fremden nur in einem

Traum gesehen? Sie kniff die Augen zusammen und erkannte, wie eine dunkle Gestalt durch das Unterholz brach und in einem dichten Gestrüpp verschwand. Ihr Feuerstock krachte und irgendwo schlugen Zweige von den Bäumen. Ein Eichhörnchen rannte in wilden Zickzacksprüngen in die Dunkelheit, ein Nachtvogel floh in die Baumkronen. Die vierbeinigen Brüder waren die neue Waffe nicht gewöhnt und fürchteten sich vor dem grellen Blitz.

Der Fremde hatte keine Angst. Er huschte wie ein Wiesel durch das Mondlicht und war nur als flüchtiger Schatten zwischen den Bäumen zu erkennen. Sein heiseres Lachen verspottete die heilige Frau. Biberfrau lud fieberhaft den Feuerstock nach und hatte noch nicht einmal das Pulver in den Lauf geschüttet, als hinter ihr das Heulen eines Kojoten erklang und zwei leuchtende Augen durch die Dunkelheit geisterten. »Wihio«, seufzte sie, »der Kojote hat mir einen Streich gespielt!« Sie blickte dem Spaßmacher wütend nach. »Du hast einen seltsamen Humor, mein Bruder!«

Wihio gab keine Antwort. Er war längst aus ihrem Blickfeld verschwunden und in der Dunkelheit untergetaucht. Sie stellte sich vor, wie er auf einer Lichtung saß und sich darüber freute, eine heilige Frau hereingelegt zu haben. Sein Heulen wurde von dem sanften Nachtwind verschluckt, der friedlich in den Bäumen sang und von einem Land berichtete, in dem es keinen Kojoten und keine bärtigen Männer gab. Der Nachtvogel kehrte zurück und ließ sich auf einem Ast nieder und selbst die Eichhörnchen turnten wieder auf den Bäumen herum. Der Himmel wurde grau und die ersten Lichtstreifen fielen durch den dichten Fichtenwald.

Die heilige Frau kehrte zum erloschenen Feuer zurück und lud ihr Büffelfell auf den Schecken. Sie sorgte sich um ihr Volk und wollte so schnell wie möglich in ihre Heimat zurück. Vielleicht bedeutete der derbe Streich des Spaßmachers, dass die bärtigen Männer in der Nähe waren. Die meisten Geschichten, die Wihio erzählte, waren gelogen, aber viele hatten einen wahren Kern. Sie durfte kein Risiko eingehen. Wenn die Fremden kamen, musste sie in der Nähe sein und die bösen Geister mit ihren Liedern vertreiben. Sie sprang in den Sattel und ritt ihren Jagdgründen entgegen, den Feuerstock schussbereit in der rechten Hand.

Sie erreichte das Sommerlager ihres Volkes am nächsten Morgen und wurde von den aufgeregten Kriegern empfangen. Gefleckter Adler, der tapfere Mann der Lakota, war gekommen und berichtete von den bärtigen Männern. Wihio hatte nicht gelogen. Die Fremden hatten ein Dorf der Lakota besucht. Sie hatten Geschenke verteilt und vom Frieden gesprochen, berichtete der Krieger, und abends hatten sie fröhliche Lieder am Feuer gesungen und einen hölzernen Kasten zum Singen gebracht, aber sie wussten nicht, was der Große Geist von seinen Kindern verlangte, und ihr Benehmen hatte die bösen Mächte angelockt. »Hütet euch vor diesen Männern«, warnte der Lakota, »sie folgen einem anderen Pfad! Schickt sie über den Gelben Fluss zurück!«

Sie saßen um das Feuer herum. Büffelhöcker, der Häuptling, ein friedliebender Mann, der mit hitzköpfigen Männern wie Gefleckter Adler nicht viel anzufangen wusste und immer nach seiner Pfeife griff, wenn ein Problem auftauchte. Krummer Hals, dessen Augen immer noch voller Zorn sein konnten und der seinen heiligen Schild an einen Pfahl vor seinem Tipi gehängt hatte. Weise Krieger mit grauen Haaren, die lange nachdachten, bevor sie das Wort ergriffen, und junge Männer wie Wolf-auf-dem-Hügel, die vor Aufregung kaum schweigen konnten und am liebsten in den Krieg gegen die bärtigen Männer gezogen wären.

Der Sohn des Mannes, der die Hundekrieger angeführt hatte, war zu einem erwachsenen Mann herangewachsen. Das erkannte Biberfrau erst jetzt, als sie sein kantiges Gesicht im Feuerschein beobachtete. Seine unbeherrschten

Bewegungen und das unterdrückte Brummen, wenn über Freundschaft und Frieden gesprochen wurde, erinnerten an seinen Vater, und als die heilige Frau in seine funkelnden Augen blickte, wanderte sie in die Vergangenheit, in die Lehmhütten am Gelben Fluss, und ihre Seele wurde von seinem sanften Atem berührt. Sie hatte dieselbe Luft wie der tapfere Hundekrieger geatmet und jetzt lebte sein Sohn und sie wurde von einem ähnlichen Gefühl beseelt. War Wolf-auf-dem-Hügel der geheimnisvolle Mann, von dem ihr Schutzgeist gesprochen hatte? Er war ein Hundekrieger und seine Augen verrieten ihr, dass er viele Coups schlagen würde.

»Warum töten wir die bärtigen Männer nicht?«, fragte er, nachdem die weisen Männer gesprochen hatten. Er war aufgesprungen und seine Augen sprühten Funken. »Wir brauchen keine Geschenke! Wir töten die Feiglinge und nehmen ihnen die Decken und die bunten Perlen ab! Wir nehmen ihre Feuerstöcke und zeigen ihrem Volk, dass wir unbesiegbar sind! Ei-e-ya! Wir sind Uferleute, wir sind Tsis-tsis-tas! Wir haben die Schlangen und die Krähen besiegt! Wir haben keine Angst vor blassen Männern!«

»Sie kommen in Frieden«, widersprach Büffelhöcker. Seitdem er Häuptling war, legte er großen Wert auf seine Erscheinung. Seine Kleidung war sauber und seine Zöpfe glänzten von dem Fett, das er in seine Haare geschmiert hatte. »Gefleckter Adler ist ein junger Mann, so wie du, und seine Gedanken werden von der Ungeduld bestimmt. Die blassen Männer wollen mit uns handeln. Sie beten zu anderen Geistern und singen andere Lieder, aber sie haben nicht zu den Waffen gegriffen und dem Anführer unserer Freunde eine Medizin geschenkt, die ihm Glück bringen soll. Wir wollen die Pfeife mit ihnen rauchen, meine Brüder, und wir wollen für einen dauerhaften Frieden zwischen den Völkern beten, denn nur der Frieden hilft unseren Frauen und Kindern.«

Biberfrau war anderer Meinung. Sie wusste, dass die

Gedanken der bärtigen Männer schlecht waren und dass es zu einem großen Krieg gegen das blasse Volk kommen würde. So hatte der Große Geist es bestimmt. Noch war die Zeit für diesen Krieg nicht gekommen und noch waren sie nicht stark genug für diesen entscheidenden Kampf. Aber das erzählte sie den Männern am Feuer nicht. »Ich habe den Kojoten gesehen«, sagte sie stattdessen, »er hat sich als bärtiger Mann verkleidet und mir gezeigt, dass sie wie Kobolde durch den Wald tanzen.« Sie wartete, bis sich die Aufregung der jungen Männer gelegt hatte. »Die Medizin dieses Volkes ist mächtig und wir wissen nicht, wie zahlreich sie sind. Lasst uns die Pfeife mit den bärtigen Männern rauchen, bis wir herausgefunden haben, was sie wirklich wollen. Denkt an die Wölfe, die um ein Dorf der Krähen schleichen, bis sie die Schwächen des Feindes erkannt haben! Die Dörfer der bärtigen Männer liegen auf der anderen Seite eines großen Wassers, viel zu weit entfernt um sie mit unseren Kanus zu erreichen! Lasst uns mit ihnen reden! Wenn der Große Geist einen Krieg will, werde ich es erfahren und Wolf-auf-dem-Hügel wird mit den Hundekriegern auf den Kriegspfad ziehen und viele Coups schlagen!«

Indem sie seinen Namen nannte, ehrte sie den jungen Hundekrieger. Er fühlte sich geschmeichelt und sie vermied eine lautstarke Auseinandersetzung, die nichts einbrachte. Büffelhöcker durchschaute ihre List und nickte anerkennend. »Das ist alles, was ich zu sagen habe«, beendete sie die Versammlung am großen Feuer. Die meisten Männer blieben sitzen, bis der Mond am höchsten stand, der Häuptling rauchte die Pfeife, die erfahrenen Krieger erzählten Geschichten um auf andere Gedanken zu kommen und die jungen Krieger schimpften auf die angeberischen Krähen und befreiten sich von der Unruhe, die Gefleckter Adler in das Sommerlager gebracht hatte. Er hatte von der blassen Haut und den blauen Augen der Fremden berichtet, von ihrem großen Kanu und dem schwarzen

Mann, der bei ihnen war, und sie hatten Angst, dass die bösen Geister mit ihnen kamen.

Biberfrau verließ das Lager und ging allein über die Hügel. Das Mondlicht lag auf dem braunen Büffelgras und ein kühler Wind bewegte die Salbeibüsche. Sie beobachtete ein junges Paar, das hinter den Büschen verschwand, und schmunzelte, als sie Linke Hand und Die-ihre-Knie-badet erkannte. Er war der einzige Krieger, der zwei aufrechte Präriehuhnfedern an seinen Haaren befestigt hatte. Sie blickte ihnen nach, war aber höflich genug sie nicht zu verfolgen. Sie wollten allein sein, auch wenn es sich nicht schickte, seine Zuneigung offen zu zeigen. Nur wenige Liebespaare hielten sich daran. Wenn die Nacht am Himmel emporstieg und die meisten Uferleute schliefen, störte es die Geister nicht, wenn zärtliche Worte in der Prärie geflüstert wurden.

Zwischen den dunklen Bäumen am Flussufer fand Biberfrau die Ruhe, die sie zum Nachdenken brauchte. Sie dachte an die tödliche Krankheit, die bärtige Männer in die Lehmhäuser der Numakiki gebracht hatten, und fühlte mit Gefleckter Adler und Wolf-auf-dem-Hügel, die auf den Kriegspfad ziehen wollten. Sie sang ein heiliges Lied und betete zum Großen Geist ihr Volk vor den schlechten Gedanken der Fremden zu schützen. »Hilf mir, die richtigen Worte zu finden«, rief sie in den Nachtwind, »sei in meiner Nähe, wenn die bärtigen Männer an unserem Feuer sitzen und ihr seltsamer Geruch durch unsere Tipis zieht. Die Fremden sind schlecht und es wird zu einem großen Krieg kommen, das weiß ich. So hast du es bestimmt. Aber ich will mehr über dieses seltsame Volk wissen, bevor wir auf den Kriegspfad ziehen. Großer Geist, du bist der Schöpfer aller Dinge! Erhalte uns den Frieden, bis wir stark genug sind der großen Gefahr zu begegnen!«

Im Wasser gluckste es und der weiße Biber tauchte zwischen treibenden Ästen empor. Auch er machte einen besorgten Eindruck und in seinen Augen spiegelte sich die

Enttäuschung über die Ankunft der bärtigen Männer. »Meine Schwester«, begrüßte er die heilige Frau, »ich sehe, dass du dir Sorgen machst. Auch ich fühle die schwere Last, die der Große Geist seinen Kindern aufbürdet. Ich habe gesehen, wie die bärtigen Männer den Fluss hinunterfahren, und ich war dabei, als sie am großen Feuer der Lakota saßen. Es sind gute Männer. Sie sprechen mit einem seltsamen Geist, der an ein Kreuz genagelt wurde, und sie glauben, dass auf der anderen Seite ein großes Feuer wartet. Sie verstehen nicht, dass alle Dinge lebendig sind. Sie rudern achtlos an den singenden Bäumen und den flüsternden Steinen vorbei und haben keine Ehrfurcht vor der mächtigen Natur. Aber sie wollen keinen Krieg und kommen nur zu euch, weil sie mehr über das Land und seine Menschen erfahren wollen. Sie sind neugierig.«

Biberfrau blickte ihn verwundert an. »Es sind gute Männer, sagst du? Die bärtigen Männer, die ich in meinen Träumen gesehen habe, waren schlecht! Was suchen sie auf dieser Seite des Flusses? In ihrer Heimat gibt es genügend Wild und sie gingen mit Feuerstöcken auf die Jagd, bevor Hirschtöter nach der Lanze griff. Warum kommen sie über das große Wasser, mein Bruder?«

»Sie wollen sehen, was auf der anderen Seite der Berge ist«, erklärte der weiße Biber, »so habe ich es vom Großen Geist erfahren. Die Männer, die euer Lager besuchen, sind keine Krieger. Sie stehlen keine Pferde und schlagen keine Coups. Sie haben gegen andere weiße Männer gekämpft, aber sie fühlen keinen Hass gegen die Völker der Ebenen. Sie wollen mit euch die Pfeife rauchen. Sie haben Geschenke mitgebracht. Sie sind angeberisch wie die Krähen und hochnäsig wie die Ho-he, die besser als alle anderen Völker sein wollen, aber in ihren Augen ist keine Mordlust, und wenn die Sonne zum zweiten Mal aufgeht, ziehen sie in die Berge und ihr seid allein mit dem Wind.«

Biberfrau glaubte ihrem Schutzgeist, aber in ihrem Herzen war keine Freude, und auch der weiße Biber wirkte seltsam bedrückt. »Du freust dich nicht darüber«, erwiderte sie, nachdem sie länger über die fremden Männer nachgedacht hatte, »und aus deinen Augen sprühen keine Funken mehr. Du weißt, was der Große Geist gesagt hat. Wir ziehen in einen großen Krieg gegen die bärtigen Männer und den guten folgen die schlechten Zeiten, wie der Mond der kalten Winde der Zeit des fetten Mondes folgt. Alles dreht sich im Kreis. Ist es das, was du mir sagen willst?«

»Ja, meine Schwester«, antwortete der Biber, »aber noch ist es nicht soweit. Erst wenn sich das erste Grau in den Haaren von Wolf-auf-dem-Hügel zeigt, zieht das Volk der bärtigen Männer über die weiten Ebenen. Erst wenn die großen Feuer in den Tälern brennen, grabt ihr das Kriegsbeil aus. Noch herrscht Frieden im Land der Tsis-tsis-tas. Ich weiß viel und verstehe deinen Kummer, denn in den Spuren der Fremden, die in euer Dorf kommen, folgen andere bärtige Männer und bei ihnen sind Frauen und Kinder. Sie folgen der Sonne nach Westen, weil sie glauben, dass jenseits der Berge ein besseres Land wartet, und einige von ihnen reißen die Erde auf, die eure Großmutter ist. Sie verspotten eure Art zu leben und sie lachen über eure Lieder. Es sind schlechte Menschen, das ist wahr, und ihre Krieger wollen euren Tod, aber noch sehe ich keine Schatten am Himmel. Bleib bei deinen Leuten, meine Schwester, und freue dich über die guten Zeiten. Alles dreht sich im Kreis und es werden noch viele Monde vergehen, bis die schweren Zeiten zurückkehren. Das weißt du und das weiß ich und wir sind traurig, aber dein Volk sieht die Sonne über den Bergen und hört die fröhlichen Lieder, die der Wind in den Bäumen singt. Sei stark, Biberfrau, und freue dich über die Zeit des fetten Mondes!«

»Ich danke dir«, sagte die heilige Frau und verabschiedete sich von ihrem Schutzgeist. Auf dem Rückweg zum Dorf sah sie Linke Hand und Die-ihre-Knie-badet aus den Büschen kommen und ein hoffnungsvolles Lächeln entspannte ihr Gesicht.

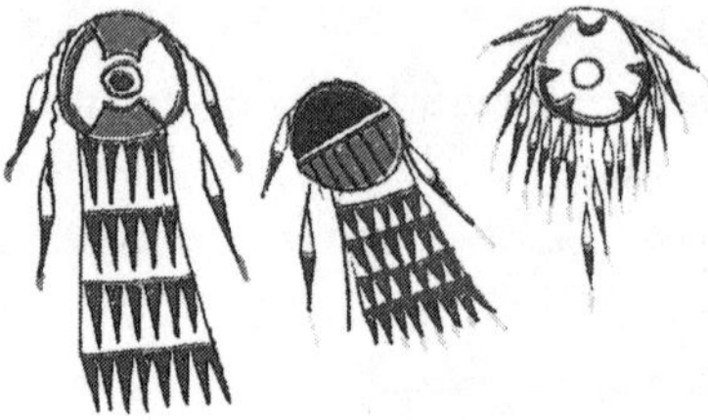

28

DIE BÄRTIGEN MÄNNER KOMMEN

GEFLECKTER ADLER VERLIESS das Dorf am nächsten Morgen. Einige Hundekrieger begleiteten ihn nach Norden und verabschiedeten sich, als sie zwei Jägern der Lakota begegneten. Sie ritten am Fluss entlang, bis sie die bärtigen Männer entdeckten, und versteckten sich zwischen den Bäumen am Steilufer. Dann ritten sie aufgeregt ins Dorf zurück. »Ihre Boote sehen wie große Vögel aus«, berichtete Wolf-auf-dem-Hügel, »sie werden von weißen Schwingen angetrieben, die an Baumstämmen befestigt sind!«

Biberfrau hörte sich an, was die Späher zu berichten hatten und nickte zufrieden, als der Ausrufer von einem Tipi zum anderen ritt und den Uferleuten vorschlug sich auf einen friedlichen Empfang der Fremden vorzubereiten. Büffelhöcker trug seinen Frauen auf Holz und Büffeldung für das große Feuer zusammenzutragen und Krummer Hals betrachtete die heiligen Pfeile und betete vor seinem heiligen Schild. Einige Hundekrieger verteilten sich in den umliegenden Hügeln, die Feuerstöcke schussbereit über den

Sätteln um rechtzeitig eingreifen zu können, falls die bärtigen Männer doch in feindlicher Absicht kamen. Ihre Gesichter waren mit schwarzer Farbe bemalt. Der Häuptling bat sie ihre Waffen nur zu benutzen, wenn eine wirkliche Gefahr drohte.

Wolf-auf-dem-Hügel blieb im Sattel seines unruhigen Ponys sitzen und lenkte das tänzelnde Pferd mit den Oberschenkel. In seinen Augen war das geheimnisvolle Funkeln, das Biberfrau schon am Feuer gesehen hatte. »Komm mit«, forderte er die heilige Frau auf, »ich zeige dir die weißen Männer! Du sollst ihre schmutzigen Gesichter sehen, bevor sie unser Lager betreten!«

Der Hundekrieger trieb sein Pony an und Biberfrau folgte ihm widerwillig. Sie wollte nicht mit Wolf-auf-dem-Hügel allein sein, schon gar nicht an einem solchen Tag, der für ihr ganzes Volk bedeutsam war. Der junge Krieger machte sie nervös und sie hatte Angst, dass sie die wesentlichen Dinge aus den Augen verlor. Die Bäume, die alles wussten. Die Steine, die seit vielen Monden am Ufer lagen. Das Wasser, das aus den kalten Bergen kam und Völker kannte, die sie noch nie gesehen hatte. Sie wollte allein mit der Natur und ihrem Schöpfer sein, wenn die bärtigen Männer über den Fluss fuhren und in ihr Leben traten.

Wolf-auf-dem-Hügel wusste nicht, was die heilige Frau dachte, und wartete geduldig, bis sie zu ihm aufgeschlossen hatte. Einen Augenblick betrachtete er sie mit unverhohlener Neugier, dann trieb er sein Pferd mit einem lauten Schnalzen an und folgte dem schmalen Pfad, der sich durch das Buschdickicht am Flussufer wand. Er schwieg beinahe wütend und führte seine Begleiterin zu dem waldreichen Steilufer empor, das sich in den nördlichen Felsen über dem Wasser erhob. Zwischen den Fichten, die leise im warmen Wind rauschten, stieg er aus dem Sattel. Er wartete, bis Biberfrau von ihrem Pferd gesprungen war, und führte sie zum Waldrand. Weit unter ihnen rauschte der schmutzige Fluss.

Biberfrau blickte den Krieger ernst an. »Reite zurück«, forderte sie ihn auf, »ich will allein mit den flüsternden Bäumen sein.« Ihr Blick war streng, zu streng vielleicht, und er fühlte sich zurechtgewiesen. »So will es der Große Geist«, fügte sie schnell hinzu.

Wolf-auf-dem-Hügel ging wortlos ein paar Schritte und blieb stehen. »Ich werde die Flöte für dich spielen«, sagte er leise.

»Ich weiß«, erwiderte sie.

»Wirst du mich erhören?«

»Ich weiß es nicht«, antwortete sie ehrlich, »das muss der Große Geist entscheiden! Ich bin die heilige Frau unseres Volkes und muss den Weg gehen, den er für mich ausgewählt hat. Der Tag wird kommen, an dem ich weiß, wohin dieser Weg führt.«

»Wann wird das sein, meine Schwester?«

»Habe Geduld, mein Bruder!«

Der Hundekrieger griff nach den Zügeln seines Ponys und schwang sich auf seinen Rücken. »Du bist schöner als die Sonne, die über den Bergen emporsteigt und die Natur zum Leben erweckt«, sagte er, »du bist wie der Sommerwind, der sanft über das Büffelgras streicht und zärtliche Lieder singt! Mein Herz lacht, wenn ich dich sehe, und es schmerzt bei dem Gedanken, dass du deine Ohren verschließt, wenn ich auf der Adlerflöte spiele!«

Sie senkte verlegen den Kopf und wartete, bis er davongeritten war. Die strengen Regeln ihres Volkes wollten, dass ein Krieger erst mit einer Frau redete, wenn er viele Monde um sie geworben hatte. Es gehörte sich nicht, seine Zuneigung in Worte zu fassen. Wenige Paare hielten sich daran, aber es war lange her, dass der Hundekrieger, der gestorben war, um sie geworben hatte, und sie wusste nicht, wie sie auf die zärtlichen Worte seines Sohnes reagieren sollte. Sie war froh, dass er nicht sah, wie ihr das Blut ins Gesicht schoss und dass ein zärtlicher Schleier über ihren Augen lag.

Der Hufschlag seines Pferdes verklang und sie blickte auf den Fluss hinab. Ein Adler kreiste über dem Wasser, ließ sich von den lauen Winden treiben und folgte den Booten der bärtigen Männer. Sein Krächzen hing wie ein Echo in der Luft. »Großer Geist«, rief sie, »ich weiß, dass du mit den Augen meines gefiederten Bruders auf die weißen Männer hinabsiehst! Ich weiß, dass du sie zu unserem Lager führst, damit wir sie kennen lernen können! Ich habe meinem Volk geraten sie wie Freunde zu empfangen.« Sie beobachtete den Adler, wie er über einem grauen Felsen zu verharren schien und von einem Windstoß davongetragen wurde. »In meinen Träumen habe ich gesehen, wie grausam die bärtigen Männer sein können«, fuhr sie fort, »ihre Gedanken sind schlecht, und mein Schutzgeist hat mir verraten, dass in ihren Spuren andere weiße Männer kommen, sogar Frauen und Kinder, die über die weiten Ebenen nach Westen wandern und die Erde aufwühlen, die unsere Großmutter ist! Aber wir werden mit den Fremden, die in unser Dorf kommen, die heilige Pfeife rauchen. Wir gehorchen deinem Willen, Maheo!«

Der Adler verschwand krächzend zwischen den Felsen und sie nahm an, dass er verstanden hatte. Auf dem Fluss waren die Boote mit den bärtigen Männern zu erkennen. Ein großes Kanu, das von Männern bewegt wurde, die lange Paddel durch die Wellen zogen. Ein Boot, das dreimal so groß war und von den weißen Flügeln bewegt wurde, die Wolf-auf-dem-Hügel erwähnt hatte. Sie stand zu weit entfernt um zu erkennen, aus welchem Material diese Flügel waren, aber sie nahm an, dass es Baumwolle war. So hatte der französische Händler den Stoff genannt, aus dem die bunten Decken gefertigt waren. Auf dem Boot waren viele Männer zu erkennen, sogar Pferde und ein Holzhaus mit großen Öffnungen und einem Loch, aus dem Rauch stieg. Die Männer redeten viel zu laut miteinander.

Biberfrau wendete ihren Schecken und ritt zum Dorf zurück. »Die bärtigen Männer kommen!«, rief sie und aus allen Tipis strömten Männer und Frauen zum Ufer. Sogar die Kinder, die im Fluss gebadet hatten, schwammen herbei. Zwei alte Männer schlugen die Trommeln und Büffelhöcker trat aus seinem Zelt und rückte noch einmal seine Federhaube zurecht, bevor er zum Fluss ging. Er trug seine buntbestickten Leggins und das mit heiligen Symbolen verzierte Kriegshemd, das seine Frauen genäht hatten, als er in den Rat der vierundvierzig Häuptlinge geladen wurde. Von seiner langen Federhaube hingen rote Hermelinschwänze. Er hatte sein Gesicht mit der Farbe der Sonne bemalt und blickte erwartungsvoll über den Fluss.

Die Trommeln schlugen einen monotonen Rhythmus, als die großen Kanus der bärtigen Männer um die Flussbiegung kamen. Ein Raunen ging durch die versammelten Uferleute und selbst der Häuptling trat ehrfurchtsvoll einen Schritt zurück und beobachtete gespannt, wie die bärtigen Männer über den Fluss fuhren. Hinter den Hügeln überprüften Wolf-auf-dem-Hügel und seine Hundekrieger ihre Feuerstöcke. Sie hätten die Fremden am liebsten sofort angegriffen, denn auf ihren Booten waren Pferde und andere kostbare Güter, aber sie gehorchten den Worten ihres Anführers, der wollte, dass sie die Männer friedlich empfingen.

Biberfrau hatte ihren Schecken hinter ihrem Tipi angebunden und stand neben dem Häuptling, als die bärtigen Männer aus ihren Booten stiegen. Ihre Hände waren zu Fäusten geballt. Sie spürte die Bedrohung, die von den Fremden ausging, obwohl sie freundlich lächelten und ihr Volk mit dem Friedenszeichen begrüßten. So war die schreckliche Krankheit zu den Numakiki gekommen! Sie hörte die harte Sprache der Männer, die sich hinter ihren beiden Anführern aufstellten, und sie vernahm den Singsang einiger Franzosen, die abseits standen. Einer von ihnen hielt einen seltsamen Holzkasten und einen Stock in den Händen. Auf seinem Gesicht war ein Lächeln.

»Captain Meriwether Lewis«, nannte ein Anführer seinen Namen. Er hatte dreißig Winter gesehen, so erfuhren sie später, und war ein Vertrauter des Großen Weißen Vaters, der in einem fernen Dorf über die bärtigen Männer herrschte. Er trug weiße Hosen, die unter den Knien endeten, einen dunkelblauen Rock, der weit über den Rücken fiel, und einen Dreispitz, den er mit einer weit ausholenden Bewegung vom Kopf nahm, als er vor den Häuptling trat. Seine gelben Haare waren zu einem Zopf gebunden.

»Ich grüße die tapferen Krieger der Sha-hi-yena«, sagte er in seiner Sprache. Er benutzte den Namen, den die Lakota ihm verraten hatten. »Wir sind gekommen um mit euch zu handeln und haben euch wertvolle Geschenke mitgebracht!« Einer seiner Männer, ein englischer Waldläufer, übersetzte seine Worte in die Zeichensprache, die überall in der Prärie verstanden wurde.

Captain William Clark, der andere Anführer, war etwas älter als Meriwether Lewis, seine Bewegungen waren lockerer und seine Stimme klang nicht so streng. Auch er begrüßte die Uferleute und sagte: »Es ist uns eine große Ehre, den Häuptling eines tapferen Volkes begrüßen zu dürfen!« Die anderen Männer waren Soldaten mit Feuerstöcken und bärtige Handwerker und Jäger, die speckige Wildlederhemden und Leggins wie die Uferleute trugen. Sogar ein schwarzer Mann war bei den Fremden. Er wurde York genannt und war muskulöser als seine blassen Begleiter. Er lachte nur, als einige Krieger seine schwarzen Arme berührten und verwundert aufblickten, als die Farbe nicht haften blieb.

»Ich bin Büffelhöcker, der Häuptling der Uferleute, und das ist Biberfrau, die heilige Frau unseres Volkes!« Er wartete, bis der Dolmetscher seine Zeichen übersetzt hatte, und lobte in blumigen Worten die Tapferkeit seines Volkes. Er berichtete von den Kriegern, die viele Coups geschlagen hatten, und er erzählte vom ungebrochenen Stolz, der die Herzen der Uferleute beseelte. »Seid willkommen, und raucht die heilige Pfeife mit uns!«

Es war, wie Gefleckter Adler gesagt hatte. Die bärtigen Männer waren freundlich, aber sie hatten keine Ehrfurcht vor der lebendigen Natur und wussten nichts von den strengen Regeln, die der Große Geist seinen Kindern auferlegt hatte. Captain Lewis und Captain Clark machten einen gelangweilten Eindruck, als Biberfrau den Rauch zum Himmel, zur Erde und in die vier Richtungen blies und dem Großen Geist dafür dankte, dass er auch an diesem Tag wieder über ihnen wachte. Der Dolmetscher übersetzte die Handzeichen, die Büffelhöcker formte, doch sie interessierten sich kaum dafür und bliesen den Rauch nur in eine Richtung, als sie an der Reihe waren. Ihr kurzes Gebet vermochte der Dolmetscher kaum zu übersetzen, aber Biberfrau hörte, wie Captain Lewis mehrmals »Gott« und »Jesus« sagte. Ob das die Namen der weißen Männer für den Großen Geist waren?

Erst als der Anführer ein Zeichen gab, und einige seiner Männer die Kiste mit den Geschenken brachten, erhellten sich die Gesichter der Uferleute. Die bärtigen Männer verteilten bunte Perlen und kleine Schmuckstücke und Captain Clark trat feierlich vor den Häuptling und hängte ihm eine Kette mit funkelnden Metallstücken um den Hals. »Ich ernenne dich zum Anführer der Sha-hi-yena«, verkündete er und Biberfrau fragte sich verwundert, wer dem Anführer der weißen Männer gestattet hatte sich in die Angelegenheiten ihres Volkes zu mischen. Büffelhöcker war vor vielen Jahren zum Häuptling ernannt worden! Brauchte er die Erlaubnis eines fremden Mannes um diese Würde zu tragen?

Allein die mahnenden Worte ihres Schutzgeistes, die immer noch in ihrer Erinnerung klangen, hinderten sie daran, sich gegen die Fremden zu wenden. Sie begegnete dem strengen Blick von Krummer Hals, der ebenfalls aufbegehren wollte, und gab ihm durch eine leichte Kopfbewegung zu verstehen sich nicht einzumischen. Sie war dankbar, dass Wolf-auf-dem-Hügel nicht am Feuer saß. Dann trat der blasse Anführer vor sie und legte ihr ebenfalls eine Kette um den Hals. An dem bunten Lederband hingen funkelnde Steine, die in der Sonne leuchteten.

»Du sollst die Frau sein, auf die alle hören!«, sagte Captain Meriwether Lewis. So übersetzte es jedenfalls der Dolmetscher.

Biberfrau bedankte sich lächelnd und floh in die Einsamkeit ihrer Gedanken, bis der Austausch der Geschenke vorüber war. Büffelhöcker hatte den blassen Männern wertvolle Felle gegeben. Die Kette brannte auf ihren Schultern und sie hätte das Geschenk am liebsten abgenommen und in den nahen Fluss geworfen. Sie musste zugeben, dass die Fremden sich alle Mühe gaben den Häuptling mit salbungsvollen Worten zu beeindrucken, und sie räumte ein, dass sie in friedlicher Absicht kamen, aber wenn sie in die Zukunft blickte, sah sie den endlosen Strom von gelbhaarigen Männern und Frauen, die über die weiten Ebenen zogen und die Erde aufwühlten. Sie wusste mehr als die anderen Uferleute. Sie hatte erfahren, dass diese Männer das Land nur erkundeten, damit andere Männer ihren Spuren folgen konnten, und ihr Zorn wuchs, als sie bemerkte, wie begierig sich die Uferleute auf die kleinen Geschenke stürzten, die auf der bunten Decke lagen, die einige der Fremden ausgerollt hatten.

»Wir kommen im Auftrag des Großen Weißen Vaters in Washington«, verkündete Captain Meriwether Lewis, als sie am großen Feuer saßen. »Washington ist eine Stadt, ein großes Dorf, in dem unser Präsident wohnt. Unser Anführer. Wir wollen die weiten Ebenen und die schneebedeckten Berge kennen lernen, die Menschen, die in dieser üppigen Natur leben, und die Tiere und die Pflanzen. Wir wollen Karten zeichnen, das sind sprechende Blätter, auf denen steht, wohin die Flüsse und Bäche fließen!« Er kramte ein schwarzes Buch aus seiner Umhängetasche und zeigte es den staunenden Kriegern. Auf die weißen Blätter, die zwischen den Deckeln klemmte, waren heilige Zeichen gemalt.

»Zeige mir die sprechenden Blätter!«, verlangte Biberfrau.

Captain Lewis reichte ihr das Buch und sie blätterte neugierig darin. Sie berührte die Seiten und spürte, dass eine eigenartige Macht von den bemalten Blättern ausging. Wie von den Büffelhäuten, die Steht-die-ganze-Nacht verziert hatte. Sie entdeckte die Zeichnung eines Tieres, das nur ein Büffel sein konnte, und die Blätter verschiedener Kräuter, die auch die Tsis-tsis-tas in den Wäldern sammelten. Sie sah das Abbild eines Flusses, der sich durch eine Landschaft aus seltsamen Zeichen schlängelte, so wie ein Krieger die Lage eines Dorfes im Sand markierte. Eine Landkarte, erfuhr sie von dem Captain. Sie gab das Buch zurück und versuchte sich ihre Erregung nicht anmerken zu lassen.

Der Captain stellte einige Fragen und der Häuptling antwortete. Welche Tiere sie jagten, wohin die Pfade führten, die sie im Wald gesehen hatten, wie viel Wasser der Fluss im Frühling führte. Welche anderen Völker auf den weiten Ebenen lebten. Sie erhielten Antworten, die ihnen wenig nützen würden, wenn sie jemals zurückkehrten und eines ihrer Lager angreifen wollten. Auch die Uferleute stellten Fragen, vor allem Biberfrau, aber auch sie erhielten unverfängliche Antworten. Die blassen Menschen gehören zu einem mächtigen Volk, das jenseits des Gelben Flusses lebt. Der Große Weiße Vater will den Frieden. Die seltsamen Zeichen in dem Buch werden Schrift genannt, »wir können aufschreiben, was wir sagen, und manche Menschen können es lesen.« Irgendwann würde Biberfrau den Zauber dieser Schrift ergründen und in den Büchern der blassen Männer lesen, denn sie glaubte, dort ihre Geheimnisse zu ergründen.

Abends wurde gegessen und getanzt. Biberfrau stand außerhalb des Dorfes und blickte zum großen Feuer hinüber, das lodernd zwischen den Tipis brannte. Die bärtigen Männer hüpften wie unbeholfene Tiere um die zuckenden

Flammen. Der Dolmetscher strich mit einem Bogen über die gespannten Schnüre auf einem Holzkasten und erzeugte seltsame Töne. »Violin« hatte er das Instrument genannt. Er sprang von einem Fuß auf den anderen und spielte eine Melodie und die bärtigen Männer sangen und tobten, bis sie zu Boden fielen. In die schrammenden Geräusche, die das seltsame Instrument erzeugte, mischte sich das monotone Trommeln der alten Männer und die jungen Krieger der Uferleute tanzten zwischen den blassen Männern, bis die letzten Flammen erloschen und nur noch der Mond leuchtete.

Biberfrau blickte zu den Hügeln hinüber. In der Dunkelheit hatten sich die Hundekrieger versteckt. Sie konnte sich vorstellen, was Wolf-auf-dem-Hügel über die blassen Männer dachte, und welche Überwindung es ihn kostete, seine Krieger zurückzuhalten. Der Klang des fremden Instruments verkündete eine neue Zeit, deshalb beschloss sie, einige Tage in der Einsamkeit zu fasten, sobald die Fremden gegangen waren. Sie würde mit Maheo sprechen und ihren Schutzgeist fragen, warum die blassen Männer sich so seltsam benahmen. Sie dachte an die Worte des weißen Bibers und fühlte, dass die Zeit des Krieges nicht so fern war, wie sie gehofft hatte. Diese blassen Männer waren nicht nur gekommen um ihre sprechenden Blätter mit der Schrift zu bemalen. Sie ebneten den Weg für die anderen, die nach ihnen kommen würden.

Sie ging ein paar Schritte und beobachtete, wie die Fremden auf die beiden Boote zurückkehrten und sich in ihre Decken rollten. Die beiden Anführer zogen sich in das hölzerne Haus zurück. Ihr heftiges Schnarchen tönte schon bald durch die Nacht, wie das Knurren eines wilden Tieres, das oberhalb der Pferdeherde in den Büschen lauerte und auf eine Gelegenheit wartete eines der jungen oder kranken Ponys zu reißen. Sie verzog verächtlich das Gesicht und blieb lange in der Dunkelheit stehen, bevor sie in ihr Tipi zurückkehrte und sich auf ihr Büffelfell legte.

29

DER MANN OHNE NAMEN

MIT DEN ERSTEN Sonnenstrahlen ritt Biberfrau aus dem Dorf. Sie besuchte die Hundekrieger, die zwischen den Hügeln ein notdürftiges Lager errichtet hatten, und ermahnte sie noch einmal die blassen Männer nicht anzugreifen. »So will es der Große Geist«, wiederholte sie ernst. Sie vermied den Blick des Kriegers, der ihre Seele berührt hatte, und kehrte zu den Tipis ihres Volkes zurück. Sie band ihren Schecken an den Holzpflock hinter ihrem Zelt und begegnete einigen Frauen, die beim Wasserholen gewesen waren und aufgeregt vom Flussufer herauﬂiefen. »Was ist geschehen?«, fragte sie verwundert. »Hat es Ärger gegeben?«

»Die Fremden haben zu uns gesprochen«, antwortete ein Mädchen, »wir haben nicht verstanden, was sie gesagt haben, aber ihre Blicke waren böse, und einer der Jäger wollte Die-ihre-Knie-badet berühren! Sie ist weinend davongelaufen! Was wollen diese bärtigen Männer, Biberfrau? Wann ziehen sie endlich weiter?«

»Sie zeigen keine Ehrfurcht vor den Geistern«, erklärte

sie ruhig, »sie wissen nicht, wie wir denken und fühlen. Sie wollen, dass ihr euch wie wertlose Gefangene hingebt, die von den Krähen geraubt wurden und keine Zukunft mehr haben!« Bei den Tsis-tsis-tas liebkoste ein Mann seine geliebte Frau erst nach vielen Monden und im Gesicht durfte er sie erst berühren, wenn sie gemeinsam in einem Tipi lebten. »Wo ist Die-ihre-Knie-badet?«

»Sie hat sich am Fluss versteckt«, antwortete das Mädchen.

Biberfrau empfahl den jungen Frauen in den Tipis zu bleiben und den bärtigen Männern keine Gelegenheit zu geben ihnen nachzustellen. Sie ahnte, dass einige Mädchen die glitzernden Geschenke haben wollten und gar nicht abgeneigt waren sich von einem der Jäger im Gesicht berühren zu lassen, aber sie wusste auch, dass der Große Geist es bestimmt nicht gern sah, wenn sich die blassen Männer mit den Frauen ihres Volkes vereinigten. Wie sollte ein Kind leben, das aus dieser Verbindung hervorging, wenn es irgendwann zum Krieg kommen würde?

»Lasst euch nicht von ihren Geschenken blenden«, warnte die heilige Frau, »wir wissen nicht, welche bösen Geister sich in den Gedanken der blassen Männer eingenistet haben!« Ihr wurde übel bei dem Gedanken, dass die tödliche Krankheit, die das Dorf der Numakiki dahingerafft hatte, durch eine Berührung im Gesicht übertragen wurde. Wollten die Fremden ihr Volk auf diese heimtückische Weise besiegen? Die bösen Geister waren erfindungsreich, und sie mussten vorsichtig sein. »Bleibt in euren Tipis, bis die bärtigen Männer verschwunden sind!«, warnte sie.

Die Frauen rannten davon und Biberfrau ging zum Flussufer und suchte nach Die-ihre-Knie-badet. Sie hoffte, dass Linke Hand nicht von dem Zwischenfall erfuhr. Der Hirschhornkrieger war im Lager und würde den fremden Jäger bestimmt nicht entkommen lassen. Er würde ihn mit seinem Coupstock berühren und erschlagen und dann würde es zu einem blutigen Kampf kommen, den der Große Geist nicht wollte. Sie wollte nicht, dass die bösen Geister siegten. Der Krieg gegen die bärtigen Männer würde noch früh genug kommen, und es galt, die kostbare Zeit des Friedens so lange wie möglich zu bewahren. Das war ihre Aufgabe, das hatte sie von ihrem Schutzgeist erfahren. Nur wenn sie nach dem Willen der Geister lebten, gab es eine Zukunft.

Sie bahnte sich einen Weg durch die verfilzten Büsche am Flussufer und erreichte einen schmalen Pfad, den ihre Jäger in den weichen Boden getreten hatten. Die-ihre-Knie-badet saß auf einem Felsbrocken und blickte verstört ins Wasser. Sie erschrak, als die heilige Frau aus den Büschen trat und vor ihr stehen blieb.

»Die-ihre-Knie-badet«, sagte Biberfrau zu der jungen Frau, »ich habe gehört, was der blasse Mann dir antun wollte. Sei stark, meine Schwester, und denke nicht mehr daran! Die Fremden gehören zu einem seltsamen Volk, das die heilige Pfeife mit unserem Häuptling raucht, aber keine Ehrfurcht vor den jungen Frauen zeigt. Sie glauben an böse Geister, die nicht wollen, dass junge Männer zur Seite blicken, wenn sie ein Mädchen sehen!«

Die junge Frau hatte die Tränen aus ihren Augen gewischt und war immer noch verstört. Sie gehörte nicht zu den Mädchen, die jedes Gesetz ihres Volkes beachteten, und hatte sich von dem Mann, der sie verehrte, berühren lassen. Aber es hatte viele Monde gedauert, bis sie den verlockenden Tönen seiner Adlerknochenflöte gefolgt war. So war es Sitte bei ihrem Volk. Kein Mann berührte eine Frau, die er nicht umworben hatte, und keine Frau blickte einem Krieger in die Augen, der sie nicht begehrte.

»Der blasse Mann wollte mich im Gesicht berühren!«, sagte Die-ihre-Knie-badet, die noch immer nicht begriff, was geschehen war. Selbst die Krähen gingen mit einer Gefangenen nicht so respektlos um. »Die Fremden sind schlecht! Wir müssen sie töten!«

»Nein«, widersprach Biberfrau, »der Große Geist will, dass wir sie freundlich empfangen. So habe ich es erfahren. Wir müssen sie kennen lernen, bevor wir sie bekämpfen, denn ihr Volk ist mächtig und kennt Waffen, die uns unbekannt sind!« Sie dachte an das schwarze Buch mit den geheimnisvollen Schriftzeichen.

»Ich kenne sie«, meinte Die-ihre-Knie-badet bitter.

»Nicht genug, meine Schwester! Verdränge deinen Zorn und hüte dich davor, Linke Hand von dem Vorfall zu berichten! Er darf es nicht wissen. Wenn er zur Waffe greift, kommt es zu einem blutigen Kampf und die bösen Geister wenden sich gegen uns! Geh zurück und benimm dich so, als wäre nichts geschehen!«

»Ich fühle mich schmutzig, Biberfrau.«

»Er hat dich nicht berührt!«

»Der blasse Mann wollte mir die Unschuld rauben«, erwiderte sie vorwurfsvoll, »das habe ich in seinen hellen Augen gesehen!«

»Geh in dein Tipi und lass dir nichts anmerken«, mahnte Biberfrau, »so wollen es die Geister! Gehorche ihnen, dann verschwinden die bärtigen Männer und es wird eine Zukunft für unser Volk geben! Denke an Linke Hand, den tapferen Krieger!«

Sie wartete, bis die junge Frau das Steilufer erklommen hatte, und kehrte über denselben Weg zurück, den sie gekommen war. Ihr Blick war zu Boden gerichtet und sie bemerkte den schwarzen Mann erst, als sie beinahe mit ihm zusammenstieß. Er hatte sich in den Büschen erleichtert und zog gerade seine Hose hoch. Sie blieb erschrocken stehen und starrte den Fremden an. Seine Augen hatten sich vor Schreck geweitet, dann lächelte er plötzlich und über seine Lippen kamen Worte, die sie nicht verstand.

Biberfrau wollte wortlos weitergehen, aber irgendetwas im Blick des schwarzen Mannes hielt sie zurück. Er war anders als seine blassen Freunde. Seine Sprache klang ähnlich und er trug dieselben seltsamen Leggings wie die bärtigen Jäger, aber seine Haare waren krauser, die Lippen wulstiger und die schwarze Farbe ließ sich nicht abwaschen. Er war kein blasser Mann, selbst ein ausgiebiges Bad in einem sauberen Fluss würde ihn nicht dazu machen. Seine Augen waren größer und die bösen Geister hatten ihn nicht berührt, das erkannte sie an seinem verständnisvollen Lächeln, das tief aus seiner Seele kam und sie zu berühren versuchte. Sie formte ihre Hände zum Friedenszeichen.

»York!«, sagte er lächelnd. »Ich bin York!« Er deutete auf seine muskulöse Brust und gab ihr zu verstehen, dass er seinen Namen genannt hatte. »Ich bin ein Diener der weißen Männer!« Er beherrschte die Zeichensprache nicht, aber sie verstand, was er meinte, und erwiderte sein Lächeln. »York«, wiederholte er.

»Biberfrau«, nannte sie ihren Namen und er wiederholte ihn so lange, bis sie zufrieden nickte. »Biberfrau! Du hast die Pfeife geraucht! Du warst bei dem Häuptling, als ihr uns begrüßt habt!«

Das verstand sie nicht, aber sie ahnte, dass er etwas Freundliches sagte, und erwiderte: »Du bist anders, Schwarzer Mann!«

Er verneigte sich, wie es ein Krieger ihres Volkes getan hätte, und verschwand zwischen den Büschen. Beeindruckt kehrte sie zu den Tipis zurück. Sie hatte dem schwarzen Mann in die Augen gesehen und den festen Willen zu einer dauerhaften Freundschaft gesehen. In den Augen der blassen Männer war Feindschaft oder Gleichgültigkeit gewesen und Die-ihre-Knie-badet hatte die Gier gesehen, die ihr Schutzgeist angedeutet hatte. Irgendwann würden andere Fremde kommen, auf der Suche nach neuen Jagdgründen, und einige von ihnen würden den Boden aufreißen, der ihre Großmutter war. Wonach suchten sie? Was hofften sie dort zu finden? Warum wollten ihre Geister, dass sie über das große Wasser kamen und weiter nach Westen zogen?

Sie sah, dass die blassen Männer am Feuer hockten und das Büffelfleisch verzehrten, das die beiden Frauen des Häuptlings gebraten hatten. Einige Krieger saßen dabei und ließen sich vom Klang der Violine verzaubern. Der Dolmetscher war ein fröhlicher Mann, ein Franzose, der keinen Groll gegen ihr Volk hegte und eine starke Medizin besaß. Aber es gab nur drei oder vier Franzosen und nur einen schwarzen Mann, und die Mehrzahl der Fremden waren Soldaten und Jäger, die beim Sprechen nichts sagten und mit den bösen Geistern im Bunde waren. Sie war nicht mehr bereit mit diesen schlechten Männern zu reden und versteckte sich in ihrem Tipi. Auf ihrem Büffelfell fand sie die Ruhe, die sie am großen Feuer und am Flussufer nicht mehr fand.

Die Sonne brannte und die Rauchklappe ihres Tipis stand weit offen und sie sah, wie ein Adler am Himmel kreiste. Es war derselbe Adler, der ihr gezeigt hatte, wo die blassen Männer waren. »Großer Geist«, flehte sie ihn an, »schicke die Fremden fort! Ihre Anführer sind freundlich, wie mein Schutzgeist gesagt hat, aber in ihren Augen wohnen die bösen Geister und einer von ihnen wollte die junge Frau berühren, die mit Linke Hand das Tipi teilen wird! Schick sie fort, Maheo! Sie haben die tödliche Krankheit zu den Numakiki gebracht und ich habe Angst, dass sie auch uns vernichten wollen! Ihre Worte klingen gut, aber ich glaube ihnen nicht, und meine Augen sind traurig, wenn ich zusehen muss, wie sich einige unserer Männer und Frauen auf die Geschenke stürzen! Sie wollen unseren Stolz brechen, Großer Geist! Du hast gesagt, dass andere weiße Männer kommen und die Erde aufreißen werden! Warum? Ich habe Angst, dass sie unsere Seelen rauben wollen! In ihrem schwarzen Buch wohnt starker Zauber!«

Sie entzündete die heilige Pfeife und blies den Rauch zum Großen Geist empor. »Höre mich an, Maheo! Mein Volk ist verwirrt und auch ich weiß nicht, wie ich mein

Volk vor dem fremden Zauber beschützen soll! Gib mir die Kraft, die ich zum Leben brauche!« Sie blies den Rauch zur Erde und in die vier Richtungen. »Was soll ich tun, Großer Geist?« Der würzige Duft stärkte sie, und als sie zum Himmel emporblickte, sah sie, wie der Adler und krächzend über ihrem Tipi kreiste. Sie verstand seine geheimnisvollen Laute, klopfte die Pfeife über dem kleinen Feuer aus und schob sie in die verzierte Lederhülle. Benommen trat sie nach draußen. Sie band ihr Pony los, sprang auf seinen Rücken und ritt über die weiten Ebenen, die es nur in ihren Träumen gab.

Die Sonne hatte den Himmel in ein loderndes Meer verwandelt und sie wusste nicht, wohin sie reiten sollte. Es gab keinen Pfad, dem sie folgen konnte. Es gab keine feindlichen Krieger, die sie verhöhnten und in eine bestimmte Richtung lockten. Es gab keine Spuren. Im Westen waren keine Berge und im Osten kein Fluss. Die Prärie war einsam und verlassen, und die vereinzelten Pappeln in den Senken und der Salbei, der am Horizont zu einem tiefgrünen Meer verschmolz, waren die einzigen Anzeichen für ein Leben. Sogar der Wind blieb stumm und unter den Hufen ihres Ponys wirbelte kein Staub auf. Sie war allein in der Prärie.

Es war ein seltsames Gefühl, in dieser verlassenen Weite zu reiten, und sie fragte sich, was der Große Geist damit bezweckt hatte, sie in dieses seltsame Land zu schicken. Sie zügelte ihr Pony und hörte der tiefen Stille zu, versuchte das Geheimnis dieser Einsamkeit zu ergünden, aber das Schweigen war vollkommen, und nicht einmal der Adler, der über ihrem Tipi gekreist war, schwebte noch am Himmel. Wo waren ihre gefiederten Freunde? Wo waren die vierbeinigen Brüder, die sie mit Nahrung versorgten? Die Hirsche, die Antilopen, die Kaninchen? Wo waren die Büffel? War dies das Ende der Welt? War ihre Zukunft hier zu Ende? Gab es in dieser Abgeschiedenheit nicht einmal Felsen, über die man den hängenden Pfad erreichen konnte?

War selbst der Weg auf die andere Seite versperrt? »Wo bin ich, Maheo?«

Sie trieb ihren Schecken an und ritt weiter, obwohl es keinen Anfang und kein Ende in dieser endlosen Weite gab, und nur der brennende Himmel wusste, was geschehen war. Vier Tage und vier Nächte vergingen, ohne dass sich etwas veränderte. Der brennende Himmel erlosch, tauchte das Land in tiefe Dunkelheit und brannte lichterloh, wenn sie aus ihrem Schlaf erwachte. Am fünften Morgen entdeckte sie eine felsige Anhöhe, die sich wie eine verkrustete Narbe aus dem Land erhob. Sie sprang auf ihr Pony und ritt darauf zu, die rechte Hand an ihrem Feuerstock, der schussbereit in einer Schlinge von ihrem ledernen Sattel hing.

Über der weiten Ebene flimmerten Hitzeschleier. Sie brachten die braune Erde und die dunklen Salbeibüsche zum Schmelzen und täuschten ein großes Wasser vor, das sich am Horizont mit dem brennenden Himmel vereinigte. Eine Gestalt löste sich aus der heißen Luft und wurde zu einem stämmigen Reiter, der langsam und mit gesenktem Kopf von der Anhöhe herabritt und ihr den Weg versperrte. Sie griff nach ihrem Feuerstock und wollte ihn damit bedrohen, aber er hob die rechte Hand zum Zeichen des Friedens und rief: »Du darfst nicht weiterreiten, Biberfrau!«

Sie nahm die Hand von der Waffe und zügelte ihren Schecken. Der Fremde war nur schemenhaft in der wogenden Hitze zu erkennen. Eine mächtige Gestalt in einem schweren Büffelfellmantel, der trotz der Hitze seinen ganzen Körper bedeckte und ihm das Aussehen eines Ungeheuers gab, das aus der schwitzenden Erde gekommen war. Sie erkannte nicht, ob er eine Waffe bei sich trug. Seine Augen glühten in dem heißen Nebel und seine Stimme klang rau und heiser, als er rief: »Biberfrau, du bist die heilige Frau der Tsis-tsis-tas und ich verneige mich vor dir, aber auch darfst nicht über diese Anhöhe reiten, denn auf der anderen Seite wartet eine Zukunft, die euer Volk nicht erleben darf! Höre auf mich, Biberfrau, denn ich bin von weither gekommen um dich zu warnen und dir einen anderen Weg zu zeigen!«

»Wer bist du?«, fragte sie. In der einsamen Stille gab es kein Echo und ihre Stimme hörte sich flach an. »Woher kommst du?«

»Ich bin der Mann, der keinen Namen hat«, antwortete er bitter, »ich habe meine Heimat verloren und reite über die schneebedeckten Pässe auf der Flucht vor den Kriegern meines Volkes, die meine Gedanken einsperren wollen, und auf der Suche nach dem neuen Land, das ich in meinen Träumen gesehen habe!«

»Bist du ein blasser Mann?«, fragte sie misstrauisch.

Er antwortete mit einem heiseren Lachen. »Weder blass noch schwarz noch braun! Ich bin der einsame Reiter, der von einer Welt in die andere flieht und nirgendwo mehr zu Hause ist. Ich besitze die Waffen eines blassen Mannes und ich denke wie ein Krieger deines Volkes und wenn ich allein in den Bergen bin oder mich in einem Traumland verirre, bin ich ein farbloser Schatten, der über die Ebene reitet und in der Hitze verglüht.«

Sie blickte an ihm vorbei zum felsigen Kamm der Anhöhe empor. Über der endlosen Senke, die sich jenseits der Erhebung erstreckte, wurde der Wind lebendig und dichte Staubwolken hingen wie Nebelschwaden in der Luft. »Lass mich vorbei«, sagte sie entschlossen, »ich will sehen, welche Zukunft auf unser Volk wartet!« Aber er verstellte ihr erneut den Weg, und weil sie nicht wusste, ob es sich um einen Geist oder den Krieger eines fremden Volkes handelte, hielt sie ihr Pony zurück und sagte: »Ich will dir gehorchen, denn du sprichst wie ein geheimnisvolles Wesen, das vom Großen Geist gekommen ist, aber ich komme wieder. Wenn ich mit meinem Schutzgeist gesprochen habe, komme ich zurück und dann kannst du mich nicht mehr aufhalten!« Sie wendete ihren Schecken und galoppierte davon, erwachte in ihrem Tipi und blickte benommen zu dem kreisenden Adler empor.

»Was willst du mir sagen, Großer Geist?«, fragte sie verstört. »Was liegt hinter der Anhöhe, die ich in meinem Traum gesehen habe?« Sie wartete geduldig, aber der Adler gab keine Antwort und stieg in die flimmernde Mittagshitze empor. Er verschwand aus ihrem Blickfeld und ließ sich vom heißen Wind davontragen.

Biberfrau stand auf und verließ ihr Tipi. Sie hatte das Gefühl, dabei sein zu müssen, wenn sich die bärtigen Männer verabschiedeten. Ihre Anführer standen neben dem Feuer umringt von ihren Soldaten und Jägern und den Uferleuten und Captain Meriwether Lewis hielt wieder eine Ansprache und lobte die Umsicht und die Tapferkeit von Büffelhöcker, der immer noch die funkelnde Kette trug, die er von dem Fremden bekommen hatte. Seine Worte klangen freundlich und auch die Gedanken seiner Begleiter kreisten um den Frieden, aber tief in ihrer Seele brannte die Gier und Biberfrau spürte die Nähe eines Krieges.

Der Captain ließ sich eine bronzefarbene Medaille reichen, die mit dem Gesicht des Großen Weißen Vaters verziert war, und hängte sie dem Häuptling feierlich um den Hals. »Diese Medaille besiegelt den Frieden zwischen unseren Völkern«, sagte er, »sie soll dich immer daran erinnern, dass wir die Pfeife geraucht und über einen regen Handel zwischen unseren Völkern gesprochen haben! Halte sie in Ehren, denn sie zeugt von den ehrlichen Absichten unseres Volkes, das im Namen des Großen Weißen Vaters und im Namen des Großen Geistes in dieses Land gekommen ist um mit den Völkern der Prärie in Frieden zu leben!« So übersetzte es der Dolmetscher und so verstand es Biberfrau, doch ihre Träume waren stärker als diese Worte gewesen und ihre Abneigung gegen die Fremden blieb. Sie waren mit den bösen Geistern im Bunde, daran änderten auch diese Worte nichts.

Biberfrau nahm die Kette vom Hals und suchte den schwarzen Mann, den sie am Fluss getroffen hatte. Sie drückte ihm das Geschenk des Captains heimlich in die Hand. »Schlechte Medizin«, flüsterte sie, obwohl der Schwarze sie nicht verstand, »ich will sie nicht haben.« Sie machte das Zeichen, mit dem sich ihr Volk von Freunden verabschiedete und sagte: »Du bist anders als die blassen Männer! Verlasse sie, solange noch Zeit ist, denn irgendwann wird es zu einem großen Krieg kommen, und ich möchte nicht, dass du von den Kriegern meines Volkes getötet wirst!« Sie hatte den Eindruck, dass er sie verstand, und beobachtete zufrieden, wie er mit den Fremden auf das Boot ging und dabei half, die weißen Flügel am Baumstamm emporzuziehen.

30

JAGD AUF DIE BÜFFEL

AUCH IN DEN folgenden Sommern wurde an den Feuern der Uferleute über die Ankunft der bärtigen Männer gesprochen. Die Erinnerung an die Begegnung verblasste nicht und selbst die Kinder ahnten, dass die Captains und ihre Begleiter als Vorboten einer neuen Zeit gekommen waren. Die Welt veränderte sich. In ihren Spuren kamen andere blasse Männer, die mit schwer beladenen Packpferden und rollenden Tipis über die weiten Ebenen und durch die Berge zogen und mit den Völkern handelten. Das erzählten Linke Hand und einige Hirschhornkrieger, als sie von einem Raubzug in die Berge zurückkehrten. »Sie bringen kostbare Waren und tauschen sie gegen Felle und frisches Fleisch!«

Die meisten Völker traten den Fremden freundlich gegenüber. Sie waren nicht besonders zahlreich und es schien keine Gefahr von ihnen auszugehen. Die Krähen verbrüderten sich sogar mit ihnen. »Die Angeber wollen die bunten Perlen«, schimpfte Wolf-auf-dem-Hügel, »deshalb gehen sie vor ihnen in die Knie!« Zwischen den Besuchen der blassen Händler lagen viele Monde und niemand glaubte daran, dass sie eine Gefahr darstellten. Sie rauchten die heilige Pfeife und sprachen freundliche Worte und an die vielen Haare, die sie im Gesicht trugen, hatte man sich längst gewöhnt. Nur die Krähenbesitzer der Lakota und einige Krieger der Tsis-tsis-tas waren misstrauisch und warnten davor, gemeinsame Sache mit den Fremden zu machen. Die Hundekrieger überprüften täglich ihre Waffen und Wolf-auf-dem-Hügel stieß den Kriegsruf des Volkes aus und rief: »Glaubt den bärtigen Männern nicht! Sie bringen großes Verderben über unser Volk!«

Büffelhöcker hatte sich durch die Geschenke blenden lassen und glaubte, dass die blassen Männer nur zum Handeln gekommen waren. Er vertraute dem Fortschritt und freute sich über die Vorteile, die stählerne Pfeilspitzen, funkelnde Messer und eiserne Töpfe seinem Volk brachten. Er trug die bronzefarbene Medaille bei jeder Beratung um den Hals und stimmte für einen regen Handel mit den Fremden. »Sie besitzen kostbare Waren! Warum sollen wir nicht mit ihnen handeln? Von wem haben wir die Feuerstöcke bekommen? Die Pflanzer am Gelben Fluss handeln seit vielen Wintern mit ihnen und ich habe nicht gehört, dass blasse Männer ihre Dörfer überfallen haben!«

»Hast du die tödliche Krankheit vergessen?«, fragte Biberfrau, als sie bei den weisen Männern am Feuer saß. »Hast du vergessen, dass ein Dorf der Numakiki ihrer Mordsucht zum Opfer fiel?«

»Wir wissen nicht, wer diese Krankheit gebracht hat«, erwiderte Büffelhöcker ernst, »wir haben nie erfahren, warum die Numakiki heimgesucht wurden. Auch du hast die Wahrheit nicht in deinen Träumen gesehen! Warum hat der Große Geist sie bestraft?«

»Ich weiß es nicht«, antwortete sie ehrlich, »aber ich spüre, dass böse Geister die Krankheit geschickt haben. Sie haben sich mit den blassen Männern verbündet und wir sind ihrem Zorn nur entkommen, weil der Große

Geist uns wohlgesonnen ist! Aber wie lange, mein Häuptling? Wie lange dauert es, bis die Fremden zu den Feuerstöcken greifen und gegen uns kämpfen?«

»Es wird keinen Krieg geben«, sagte Büffelhöcker, »nicht mit den blassen Männern! Ihre Anführer haben die heilige Pfeife mit uns geraucht und unserem Volk einen dauerhaften Frieden angeboten! Sie haben dieses Versprechen nie gebrochen! Ich glaube an die Worte der Fremden, die unser Lager besucht haben. Ich glaube an die Macht des Großen Geistes, der über uns wacht, und ich bete dafür, dass er uns in eine sorgenfreie Zukunft führt!«

Biberfrau wusste es besser. In ihren Träumen hatte sie die vielen blassen Menschen gesehen, die mit der Sonne nach Westen zogen, und der Anblick hatte ihr große Angst eingejagt. Sie wollte sich nicht mit den Fremden verbünden. In ihren rollenden Tipis wohnten die bösen Geister und in ihren Seelen schwelte die Krankheit, die ein ganzes Dorf der Numakiki vernichtet hatte. Sie würde den Anblick der Toten niemals vergessen. Damals hatten die bösen Geister ihr Volk verschont, aber das Leben bewegte sich im Kreis und würde es nicht mehr lange dauern, bis sie gegen die weißen Eindringlinge in den Krieg zogen.

Es würde einen blutigen Krieg geben. Das hatte der weiße Biber gesagt, der mit der Zunge des Großen Geistes sprach, und das hatte sie in ihren Träumen erfahren. »Gönne deinem Volk die sorgenfreien Zeiten«, sagte ihr Schutzgeist, »noch sind die blassen Männer jenseits des Gelben Flusses und ihre Feuerstöcke entladen sich in den Wäldern der Sa-va-no. Noch besteht keine Gefahr für dein Volk! Aber sei wachsam und erhebe deine Stimme, wenn du das Tal der weinenden Bäume gesehen hast!«

Sie hatte den weißen Biber flussaufwärts getroffen, vor einem Wasserfall, der schäumend von den Felsen sprudelte. »Es ist schwer, sich an den guten Zeiten zu erfreuen, wenn man weiß, dass unser Volk vor einer schweren Bewährungsprobe steht!«

»Ich weiß. Noch ist es nicht soweit.«

»Wo liegt das Tal der weinenden Bäume?«

»Hinter den braunen Felsen, die du in deinem Traum gesehen hast«, antwortete ihr Schutzgeist. »Der Mann, der keinen Namen hat, war hinter den Hügeln und weiß, welcher Anblick dich erwartet. Er hat die schrecklichen Bilder gesehen und will nicht, dass du seinen Spuren folgst, aber er kann dich nicht daran hindern. Er hat seine Heimat verlassen und geht über den schmalen Pfad, den ihr gewählt habt. Er lebt wie ein Ausgestoßener.«

»Ich verstehe dich nicht. Wer ist dieser Mann, der keinen Namen hat? Warum will er mich daran hindern, ins Tal der weinenden Bäume zu reiten? Warum bleibt er nicht bei seinem Volk?«

»Du wirst eine Antwort auf diese Fragen bekommen«, versprach der Biber. Seine Augen waren ernst und er trieb beinahe regungslos im Uferschilf. »Wenn du das Winterlager deines Volkes verlässt und in den Bergen nach der Zukunft suchst, wird der Große Geist zu dir sprechen! Du wirst die grausame Wahrheit sehen und ich werde bei dir sein und deine Tränen trocknen!«

»Du machst mir Angst!«

»Ich weiß«, erwiderte der Schutzgeist traurig, »aber haben wir nicht immer gewusst, dass du eine schwere Aufgabe übernommen hast? Du bist die heilige Frau deines Volkes! Du bist aus der Erde gekommen und du bist den unsichtbaren Spuren gefolgt, die der Große Geist für dich hinterlassen hat! Du hast die guten Zeiten und die schlechten Zeiten erlebt und du hast unter der schweren Last gewankt, die Maheo dir aufgebürdet hat! Aber du bist nicht gefallen! Du weißt, was die Bäume und die Steine wissen, und du bist stark genug dein Volk in die Zukunft zu führen!«

»Warum sagst du mir nicht, was im Tal der weinenden Bäume auf mich wartet?«, fragte sie ungeduldig. »Warum darf ich nicht sehen, was der Mann, der keinen Namen hat, sehen konnte?«

»Das weiß nur Maheo!«

»Warum weinen die Bäume?«

»Du wirst es erfahren, meine Schwester!«

Der weiße Biber verschwand im Uferschilf und ließ die heilige Frau allein. Sie blieb im sprühenden Regen des Wasserfalls stehen und betete zum Großen Geist. Sie brauchte Kraft, wenn sie den Anblick im Tal der weinenden Bäume ertragen wollte. Sie musste stark sein, wenn sie ihr Volk in die neue Zukunft begleiten sollte. Noch war es nicht soweit, aber sie spürte, dass der Tag nicht mehr fern war, und sang ein heiliges Lied, das sie vor dem Einfluss der bösen Geister beschützen sollte. »Großer Geist«, flehte sie mit ausgestreckten Armen, »hilf mir die Gipfel des Lebens zu erklimmen und tröste mich, wenn die Tränen kommen!«

Die Uferleute ahnten nicht, welche Sorgen auf den Schultern ihrer heiligen Frau lasteten. »Sie spricht mit den Geistern«, sagten sie, wenn sie in die Einsamkeit ritt und erst nach vielen Tagen zurückkehrte. Sie ritten von einem Horizont zum anderen und genossen die endlose Weite der Prärie, sie spürten die heiße Sonne und den kalten Regen, und wenn der Frostriese das Land mit seinem kalten Atem erstarren ließ, verkrochen sie sich in ihren Tipis und lauschten den Geschichten, die Steht-die-ganze-Nacht und andere Männer erzählten. Auf der Büffelhaut des eigenwilligen Kriegers, der während der letzten Winter noch nachdenklicher geworden war, erzählten die bunten Bilder von einem erfolgreichen Kriegszug der Hundekrieger, die den Skidi eine große Pferdeherde gestohlen hatten. Sie zeigten den tapferen Anführer, wie er allein in das Dorf der Feinde ritt und einen Coup schlug, aber sie verschwiegen, dass er am Tipi von Biberfrau vorbeigeritten war und stolz seinen Coupstock gereckt hatte. »Ei-e-ya, ich bin Wolf-auf-dem-Hügel«, rief er und in derselben Nacht waren die schemenhaften Umrisse eines Kriegers zu erkennen, der allein im Mondlicht saß und auf einer Liebesflöte spielte.

Biberfrau mochte den tapferen Krieger, vielleicht liebte sie ihn sogar, aber sie bekam nur ausweichende Antworten, wenn sie ihren Schutzgeist nach Wolf-auf-dem-Hügel fragte. »Du wirst dieselbe Luft wie ein Hundekrieger atmen«, sagte er, »aber nur der Große Geist kennt seinen Namen und nur er kann dir sagen, ob es einen Krieger gibt, der im Tipi der heiligen Frau schläft.« Das war die einzige Antwort, die sie bekam, und selbst wenn der liebliche Klang der Flöte in ihre Gedanken drang und ihre Beine sich für den starken Krieger öffneten, rief sie seinen Namen nicht.

Die Höhepunkte des Jahres waren der Sonnentanz, den sie zusammen mit den Lakota und ihren Freunden aus dem Süden feierten, und die Büffeljagd, die mit zahlreichen Festen und Ritualen gefeiert wurde. Steht-die-ganze-Nacht blieb bei den Frauen, wenn die Krieger zu den zottigen Tieren ritten, und beobachtete von einem Hügel, wie die Jäger neben der donnernden Herde ritten und die mächtigen Tiere mit ihren Lanzen töteten. In seinen Gedanken entstanden die Bilder, die ihren Nachkommen von diesen erhebenden Augenblicken erzählten. Er berichtete von Linke Hand, der seine Hirschhornschlange mit Kräutern bespuckte und die Herde anlockte. Er malte Wolf-auf-dem-Hügel, der die Jagd mit seinen Hundekriegern leitete und sich halbnackt, nur mit Pfeil und Bogen bewaffnet, in die Herde stürzte.

Im Mond, wenn die Pferde fett werden, begegnete Biberfrau einen jungen Krieger der Waldleute. Die Frauen hatten das alte Gras abgebrannt und auf den Ebenen sprießten hellgrüne Schößlinge. Linke Hand hatte die Büffel angelockt und alle Uferleute waren in den Hügeln und genossen das Schauspiel, das sich in jedem Frühjahr wiederholte. Die Büffel kehrten zurück. Eine Flut von zottigen Leibern ergoss sich in die weiten Täler und der Boden erbebte unter den Hufen von unzähligen Tieren. Der Anblick erfüllte die Uferleute mit einem tiefen Gefühl der Zufriedenheit und des Glücks. Sie tanzten bis spät in die Nacht und ehrten den Großen Geist, der seinen Kindern eine neue Zukunft schenkte. Die Büffel waren ihr Leben. Der Anblick der stampfenden Herde versetzte sie in eine Traumwelt, die vom heftigen Schnauben und dem Trommeln der Hufe erfüllt war.

Biberfrau stand allein auf einem Felsvorsprung und blickte auf das Meer aus braunen Leibern. In den dunklen Augen der Bullen war eine wilde Entschlossenheit zu erkennen und ihre Hufe wühlten beinahe trotzig den weichen Boden auf. Dunkle Erde spritzte nach allen Seiten. Das Schnauben vermischte sich mit den jauchzenden Schreien der Jäger, die furchtlos in die stampfende Herde ritten und mit ihren Lanzen ausholten. Sie erkannte Wolf-auf-dem-Hügel, der jedes Mal aufschrie, wenn er einen Büffel tötete, und sie entdeckte Linke Hand, der auf dem bloßen Rücken seines Pferdes hing und mit dem Tier zu verwachsen schien. Sie beobachtete Bärenfuß, der immer noch ein hervorragender Reiter war und zu den besten Jägern des Volkes gehörte, trotz seines hohen Alters.

Sie vermisste Krummer Hals, den Bewahrer der heiligen Pfeile. Er war schneller gealtert als der Fuchskrieger, seine Haare waren weiß geworden und seine Gelenke schmerzten. Er saß die meiste Zeit vor seinem Tipi, den Rücken gegen eine Lehne aus jungen Weidenzweigen gelehnt, und erzählte den Kindern von der Zeit, als es noch keine Pferde gab. Er bemalte kunstvolle Schilde und er hütete das Bündel mit den heiligen Pfeilen. Sein roter Schild aus roher Büffelhaut, der stark genug war die Kugel aus einem Feuerstock abzuhalten, hing neben dem Zelteingang.

»Für die Büffeljagd bin ich zu alt«, hatte er zu Biberfrau gesagt, bevor sie den Kriegern gefolgt war, »denke an mich, wenn du zusiehst, wenn Wolf-auf-dem-Hügel und die anderen Männer die mächtigen Tiere jagen!« Sie dachte an ihn und es erfüllte ihr Herz mit Wehmut, dass er allein im Lager zurückgeblieben war. Er hatte es so gewollt.

»Ich höre das Stampfen der Hufe bis hierher«, hatte er gesagt, »und der Anblick der Herde hat sich tief in meine Gedanken gebrannt. Ich werde es niemals vergessen! Ich fühle mich dem Großen Geist nahe, wenn ich daran denke!«

Biberfrau empfand wie der alte Büffelkrieger. Das Stampfen der Herde wurde zum Trommeln, das die weisen Männer während des Sonnentanzes anstimmten, und das Schnauben der Tiere vermischte sich mit den heiligen Liedern, die sie während der Jagd sang. Sie vertrieb die bösen Geister mit einem weißen Büffelschädel, den sie gegen die hoch stehende Sonne hielt, und bat den Großen Geist ihre Krieger auch auf dieser Jagd zu begleiten. »Maheo«, erhob sie ihre Stimme, »dies ist der Augenblick, auf den unsere Krieger gewartet haben! Gib ihnen die Kraft gegen die mächtige Herde zu bestehen! Sei in ihrer Nähe, wenn sie mit ihren Lanzen nach den Tieren stoßen! Die Büffel sind unser Leben! Führe die Krieger, denn ohne dich sind sie machtlos!«

Sie betete lange und ihre Hände umklammerten den Büffelschädel, den Krummer Hals vor vielen Wintern von einer Jagd mitgebracht hatte. Dann nahm sie den Schädel herunter und ihr Blick folgte einem jungen Krieger, der aus den westlichen Hügeln kam und sein geschecktes Pony tollkühn in die Herde trieb. Er trug einen Lendenschurz und hatte seinen Körper mit roter Farbe bemalt wie Süße Medizin, als er vor dem Tipi seiner Familie erschienen war. Er war nur mit Pfeil und Bogen bewaffnet.

Biberfrau hatte den jungen Krieger noch nie gesehen. Er hatte höchstens zehn Winter erlebt und in seinen offenen Haaren war keine Feder. Aber er ritt wie ein erfahrener Hundekrieger, besser noch als Wolf-auf-dem-Hügel, und wenn er nach einem Pfeil griff und ihn auf seinen Bogen legte, glaubte sie den ehemaligen Anführer der Hirschhornkrieger zu erkennen. Er lenkte sein Pony mit den Oberschenkeln, schien fest mit dem wendigen Tier verwachsen zu sein, und als er die Sehne seines Bogens losließ, stieß er einen kehligen Kriegsruf aus und der Pfeil bohrte sich in die Niere einer starken Büffelkuh. Sie lief noch ein paar Schritte, dann knickte sie mit den Vorderbeinen ein und brach zusammen.

Der Schrei des jungen Kriegers drang bis zu Biberfrau herauf. »Der Kriegsruf der Waldleute«, erkannte sie verwundert. Die Waldleute lebten im äußersten Westen der weiten Ebenen, in den Ausläufern der schneebedeckten Berge, und nahmen nur selten an der großen Büffeljagd teil. Auch diesmal waren sie nicht erschienen. Wie kam ein Junge dieser Gruppe zu ihnen? Was hatte ihn bewogen, einen tagelangen Ritt auf sich zu nehmen um mit den Uferleuten gegen die Büffel zu reiten? Er war geschickter als die meisten Männer und Biberfrau kannte wenige Krieger, die so gut mit Pfeil und Bogen umgehen konnten.

Sie legte den Büffelschädel auf den Boden und stieg auf ihr Pony. Nachdenklich ritt sie über einen kaum sichtbaren Pfad zur Herde hinab. In angemessener Entfernung hielt sie an. Sie war nur noch ein paar Galoppsprünge von den Büffeln entfernt und spürte die urwüchsige Kraft, die von diesen Tieren ausging. Sie sah ihre glänzenden Augen und die zuckenden Muskeln und sie fühlte die wilde Entschlossenheit, die in den Seelen dieser wilden Wesen lag. Sie waren heilige Tiere. Sie waren aus der Erde gekommen wie die Tsis-tsis-tas und wenn sie über die weiten Ebenen stampften, hörte man die Stimme des Großen Geistes.

Sie beruhigte ihren Schecken, der nervös vor den stürmenden Tieren tänzelte, und blickte dem Jungen entgegen, der aus dem Staub ritt und einige Schritte von ihr entfernt sein Pony zügelte.

»Wer bist du?«, fragte sie.

»Wenn ich ein Mann bin, werde ich Kleiner Wolf heißen«, antwortete er. »Sie nennen mich zwei Schwänze. Ich habe geträumt, dass ich meinen ersten Büffel erlege, und bin losgezogen um die Weissagung zu erfüllen.«

»Du gehörst zu den Waldleuten.«

»Das ist wahr.«

»Und dies ist deine erste Büffeljagd!«

»Auch das ist wahr«, meinte er schmunzelnd.

Sie mussten schreien um den Lärm der stampfenden Herde zu übertönen. Ihre Pferde wurden von aufgewirbelten Erdbrocken getroffen und der Schecke der heiligen Frau wieherte aufgeregt und ging ein paar Schritte. Das Pony des Jungen rührte sich nicht. Sie blickte ihn bewundernd an, wie den Mann aus ihren Träumen, der über den hängenden Pfad auf die andere Seite geritten war, und spürte, wie ihre Seele von seinem Blick berührt wurde. In seinen Augen brannte dasselbe Licht, das sie bei dem Mann gesehen hatte, der mit den Hundekriegern geritten war.

Sein Lächeln verstörte sie. Wie konnte sie für einen jungen Jäger empfinden, was sie für einen erwachsenen Hundekrieger gefühlt hatte? Welches Geheimnis verbarg der junge Krieger der Waldleute? »Du wirst mit den Hundekriegern reiten«, sagte sie, und die Worte kamen wie von selbst über ihre Lippen, »du wirst unser Volk in den Krieg gegen die blassen Männer führen!«

»Ich weiß«, antwortete er, »ich habe es geträumt.«

»Ich werde an deiner Seite sein.«

»Das ist gut.« Der Junge verschwand so plötzlich, wie er gekommen war. Er galoppierte mit einem kehligen Schrei in die wogende Herde und verschmolz mit den braunen Leibern. Der aufgewirbelte Staub verschluckte ihn und Biberfrau ritt nachdenklich auf den Felsvorsprung zurück. Sie stieg von ihrem Pony und betete, bis die Büffelherde in der Ferne verschwunden war.

31

DIE KRÄHEN GREIFEN AN

BIBERFRAU WUSSTE NICHT, ob sie den geheimnisvollen Jungen wirklich gesehen hatte. Er war zu stark und zu vollkommen um von dieser Seite des Lebens zu kommen. Hatte sie von ihm geträumt? War sie ihm auf der anderen Seite begegnet, als sie mit Süße Medizin über den hängenden Pfad geritten war? Die Krieger der Uferleute hatten ihn nicht gesehen. »Gibt es einen jungen Krieger bei den Waldleuten, der Zwei Schwänze oder Kleiner Wolf heißt?«, fragte sie den Bewahrer der heiligen Pfeile.

Krummer Hals hockte vor seinem Tipi und arbeitete an einem neuen Schild. Er blinzelte in die helle Herbstsonne und antwortete: »Kleiner Wolf? Die Geschichtenerzähler berichten, dass es vor vielen Wintern einen Mann mit diesem Namen gegeben hat. Er lebte bei den Hügelleuten im Süden. Ein junger Krieger? Ich habe während des Sonnentanzes mit den Waldleuten getanzt und diesen Namen nicht gehört.« Seine schmalen Lippen verzogen sich zu einem Lächeln. »Aber ich werde alt, meine Tochter. Meine Augen werden trübe und meine Ohren hören nicht mal die

Hunde, die vor den Tipis streiten. Frage die jungen Krieger!«

»Du bist nicht alt, Onkel«, widersprach Biberfrau, »du hast das steinerne Ungeheuer besiegt und du stellst die besten Schilde unseres Volkes her. Du bist der Bewahrer der heiligen Pfeile!«

»Ich habe viele Winter gesehen«, sagte der alte Krieger. Er blickte von seiner Arbeit auf und in seinen Augen spiegelte sich die Vergangenheit. »Ich war dabei, als wir in den festen Häusern am Gelben Fluss wohnten, und ich bin mit dir nach Süden geritten um die großen Hunde zu holen. Ich bin mit unserem Volk auf die weiten Ebenen geritten. Ich bin mit den tapfersten Kriegern gegen unsere Feinde gezogen und habe viele Coups geschlagen.« Er blickte seufzend auf seinen verzauberten Schild. »Die Büffelhaut hat mich davor bewahrt, auf die andere Seite zu ziehen, aber jetzt ist meine Zeit gekommen, und ich freue mich darauf, über die grünen Weiden der anderen Jagdgründe zu reiten.«

»Du willst sterben?«, fragte die heilige Frau entsetzt. »Du willst dein Volk verlassen? Das kann nicht sein, Onkel! Du bist der Bewahrer der heiligen Pfeile! Du darfst nicht von uns gehen!«

»Ein anderer Mann wird das höchste Gut unseres Volkes behüten. Ich denke an Bärenfuß, den Häuptling der Fuchskrieger. Ich denke an die Waldleute und die Hügelleute. Ich höre die Stimme des Großen Geistes, meine Tochter, und ich weiß, dass ich nicht mehr lange zu leben habe. So ist es vorherbestimmt!«

»Du hast deinen Schild! Er wird dich beschützen!«

Krummer Hals schüttelte den Kopf. »Ich habe geträumt, dass die bösen Geister den Schild rauben! Sie nehmen mir die Medizin, die mein Leben bestimmt hat, und ich kann nichts dagegen tun.«

»Die bärtigen Männer?«, fragte sie besorgt.

Er schüttelte den Kopf. »Nein, ich lebe nicht mehr lange

genug um die blassen Männer wieder zu sehen. Ich weiß es nicht. Aber ich werde wie ein tapferer Krieger sterben und auf meinem besten Pony über den hängenden Pfad auf die andere Seite reiten.«

»Ich werde für dich beten!« Biberfrau wusste, dass es keinen Zweck hatte, sich gegen die Träume des alten Kriegers zu stemmen. Auch Träume erzählten die Wahrheit. Wenn der Große Geist wollte, dass Krummer Hals zu ihm kam, gab es nichts daran zu ändern. Er würde über den hängenden Pfad reiten, der in eine bessere Welt führte. »Eni-to-eme, Onkel, ich verehre dich!«

Biberfrau ging nachdenklich zu ihrem Tipi zurück. Sie betete viel und rief nach ihrem Schutzgeist, aber der weiße Biber ließ sich nicht blicken. Nicht einmal der Kojote kam aus seinem Versteck und neckte sie mit einem bösen Scherz oder lenkte sie mit einer lustigen Geschichte ab. Ihre Gebete verklangen unbeantwortet in der kühlen Herbstluft und ihre Lieder verloren sich in den Nebelschwaden, die über dem nahen Fluss wogten. Es gab Dinge, die vorherbestimmt waren, so hatte sie vor vielen Wintern erfahren, es gab Dinge, die man nicht ändern konnte. Auch der weiße Biber hätte ihr keine andere Antwort gegeben, und wenn Süße Medizin über den hängenden Pfad in die wirkliche Welt zurückgekehrt wäre, hätte er nur milde gelächelt und den Namen des Großen Geistes genannt. Nur Maheo kannte die Wahrheit.

Ein Mond verging und nichts veränderte sich im Leben der Tsis-tsis-tas. Die Männer gingen auf die Jagd und füllten die Vorratstaschen für den langen Winter und die Frauen saßen vor ihren Tipis, gerbten Büffelhäute und stellten Pemmikan her. Einmal kam ein Geschichtenerzähler der Hügelleute zu Besuch und sie setzten sich um das große Feuer herum und lauschten seinen Erzählungen. Sie fragte ihn nach einem jungen Krieger der Waldleute, der Kleiner Wolf genannt wurde, aber auch er hatte noch nie etwas von ihm gehört. »Mein Großvater erzählt von einem Krieger unseres Volkes, der diesen Namen trug, aber er ist schon vor vielen Wintern auf die andere Seite gegangen. Er war ein großer Jäger. Kleiner Wolf? Nein, bei den Waldleuten gibt es keinen Krieger, der so gerufen wird. Aber es gibt einen Jungen, der allein über die Berge reitet und die Büffel auf den Ebenen jagt. Sein Name ist Zwei Schwänze und er soll sehr tapfer sein!«

»Zwei Schwänze«, sagte Biberfrau leise, »dann trägt er noch den Namen, den ihm sein Vater gegeben hat. Wenn die bärtigen Männer kommen, wird er Kleiner Wolf heißen! Das wusste er.«

Wolf-auf-dem-Hügel wurde nicht müde für Biberfrau die Flöte zu spielen und als sie vom großen Feuer aufstanden, richtete er seinen glühenden Blick auf die heilige Frau. Aus Respekt und Ehrfurcht sagte er kein Wort. Sie ging scheinbar zufällig an ihm vorbei und sagte: »Ich verehre dich, mein Bruder, und mein Herz schlägt, wenn deine Liebesflöte erklingt, aber ich kann dir nicht folgen! Der Große Geist hat deinen Namen nicht genannt. Es warten schwere Zeiten auf unser Volk und ich werde gebraucht, wenn die bärtigen Männer kommen! Auch du wirst gebraucht!«

Doch die Fremden blieben jenseits des Flusses und die wenigen blassen Männer, die mit ihren Packpferden nach Westen kamen, sprachen vom Frieden und brachten wertvolle Handelswaren. Es gab Völker, die begierig darauf warteten, einen Teil ihrer Felle gegen eiserne Handwerkszeuge und bunte Perlen tauschen zu können, und einige Krieger erzählten von einem feurigen Wasser, das die Sinne verwirrte und selbst starke Männer in einen angenehmen Rausch versetzte. Biberfrau wollte davon nichts wissen. Am großen Feuer schimpfte sie auf die blassen Männer und warnte ihr Volk davor, sich mit ihnen einzulassen. »Sie sprechen vom Frieden und bringen Geschenke, aber in ihren Seelen lauert die Krankheit, die unsere Freunde getötet hat!«

Büffelhöcker und ein großer Teil der Tsis-tsis-tas waren anderer Meinung und auch bei den anderen Gruppen ihres Volkes gab es Krieger, die keinen Hass gegen die blassen Männer empfanden und an ihren guten Willen glaubten. Sie handelten mit ihnen und in den Bergen wurde erzählt, dass sich eine junge Frau mit einem blassen Mann eingelassen hatte. Es wurde gemunkelt, dass sie ihn geheiratet hatte und mit ihm in die Berge gezogen war, aber das waren nur Gerüchte, die niemand bestätigen konnte. Genauso konnte es sein, dass die Frau von den Krähen geraubt worden war. »Gehe den Weg, der dir vorgezeichnet ist«, sagte ihr Schutzgeist lächelnd, als Biberfrau ihn darauf ansprach.

Im Mond der fallenden Blätter stießen die Hundekrieger auf einen Jagdtrupp der Krähen. Die feindlichen Krieger waren einigen Antilopen über die weite Ebene gefolgt und hatten versäumt einen Kundschafter auszuschicken, der das Sommerlager der Tsis-tsis-tas bestimmt entdeckt hätte. Sie hatten kaum noch Zeit ihren Fehler zu bereuen, denn Wolf-auf-dem-Hügel und seine Krieger waren ihnen überlegen und der Anführer der Hundekrieger schlug drei Coups, bevor sie die Männer töteten und mit ihren Pferden nach Hause zurückkehrten. Am großen Feuer erzählten die Hundekrieger in blumigen Worten, wie sie die Angeber in ihren bunten Kleidern von den Pferden gerissen und ihnen die Schädel eingeschlagen hatten. Noch bevor ein Schuss gefallen war, hatte Wolf-auf-dem-Hügel die überraschten Krähen mit seinem Coupstock angegriffen und dreimal berührt. »Ei-e-ya, es war ein großer Sieg und wir haben schnelle Pferde erbeutet!«

Biberfrau war beeindruckt und fühlte sich von dem siegreichen Krieger angezogen, der in dieser Nacht wieder auf der Liebesflöte spielte und geduldig darauf wartete, dass sie ihn erhörte. Sie sehnte sich danach, von einem starken Mann in die Arme genommen zu werden und dieselbe Luft wie er zu atmen. Doch ihre Zeltklappe blieb geschlossen. Sie bekämpfte den Drang unter dieselbe Decke wie der Anführer der Hundekrieger zu schlüpfen und verschränkte ihre Beine, als die zarte Melodie des jungen Kriegers in ihre Seele kroch. Jetzt war nicht die Zeit für eine zärtliche Vereinigung. Der Anblick des Jungen, der den Büffeln gefolgt war, hatte sie verwirrt und die Worte des alten Mannes, der die heiligen Pfeile bewahrte, störten ihre Gedanken.

»Hilf mir, Großer Geist!«, betete sie leise. »Die Hundekrieger haben die Krähen besiegt, aber ich kann mich nicht freuen und spüre, wie dunkle Wolken über unsere Tipis ziehen. Sag mir, was geschieht, Maheo! Hilf mir die bösen Mächte zu bekämpfen!«

Es kam keine Antwort und über der geöffneten Rauchklappe blieb die schwarze Nacht. Sie betete weiter, sang die heiligen Lieder, die sie seit vielen Wintern kannte, und sank erschöpft auf ihr Büffelfell zurück. Maheo blieb stumm. Die Adlerknochenflöte schwieg schon seit vielen Atemzügen und das Rauschen des Windes war das einzige Geräusch. In seinem Gesang lag etwas Bedrohliches und sie erinnerte sich an die schweren Winter, die sie auf der anderen Seite des Gelben Flusses erlebt hatte. Immer wenn der mächtige Frostriese aus dem Norden gekommen war, hatten die Lieder des Windes bedrohlich geklungen. Sie blickte nach oben und sah, wie der Mond und die Sterne verschwanden.

Der Wind begann an ihrem Tipi zu rütteln und sie hörte, wie die Pappeln am Flussufer laut über die nächtliche Störung schimpften. Die ersten Regentropfen berührten ihr Gesicht. Sie schloss die Rauchklappe und hüllte sich in das schwere Büffelfell, das ihr schon seit vielen Wintern als Schlafstatt diente. Das Heulen des Windes wurde immer lauter und wütender und sie spürte, wie der hässliche Atem der bösen Geister ihre Haut berührte. Der Regen klatschte gegen die Tipiwände und sickerte unter den Büffelhäuten in den weichen Boden. Sie schloss die Augen und wollte sich vor dem Donnervogel verstecken, der mit schlagenden Flügeln über ihrem Lager erschien, aber der mächtige Vogel hatte sie längst erspäht, und ein gewaltiger Donnerschlag ließ den Boden erzittern. Eine flammende Lanze schoss vom Himmel herab und verwandelte die Nacht in hellen Tag.

Sie schreckte hoch und warf sich das Büffelfell über die Schultern. Die Fellklappe, die ihr Tipi verschloss, wurde ihr von dem heftigen Wind aus der Hand gerissen. Sie stieg nach draußen und stemmte sich mir aller Macht gegen den Sturm. Ihr Pony wieherte laut. Die Hunde bellten. Sie ging ein paar Schritte und blieb erschrocken stehen, als der Donnervogel aus der Dunkelheit tauchte und grelles Feuer über den Bergen entzündete. Seine dunklen Schwingen entfachten neuen Wind und sie wurde von den schwarzen Federn berührt und stürzte zu Boden. Das Büffelfell entglitt ihren Händen und sie berührte den feuchten Boden, spürte das nasse Gras und den Dreck in ihrem Gesicht.

Dies war kein normaler Sturm, dachte sie bestürzt, dies ist die Antwort auf meine Gebete. Alles dreht sich im Kreis. Auf gute Zeiten folgen schlechte Zeiten und der Große Geist hat uns den Donnervogel geschickt um uns vor einer neuen Prüfung zu warnen. Sie stemmte sich vom Boden hoch und sah, wie aufgeregte Männer und Frauen aus den Tipis stürzten und sich um die nervösen Pferde kümmerten. Ein Holzgestell mit getrocknetem Büffelfleisch wurde umgerissen. Die Rückenlehne, die Büffelhöcker vor seinem Tipi vergessen hatte, wirbelte davon. Der Wind heulte und tobte und erstickte die Gebete, die Biberfrau zum Himmel schrie. »Was willst du mir sagen?«, rief sie in den starken Wind.

Der Donnervogel kannte keine Gnade. Er flatterte über den Tipis der Uferleute und feuerte den Wind mit heiseren Rufen an. Die Bäume knarrten vor Schmerz, die Büsche bogen sich und selbst die Steine wanden sich unter den Hieben des unsichtbaren Feindes. Das Wasser des Flusses schäumte. Alle Uferleute waren auf den Beinen und kämpften gegen die bösen Mächte und jenseits der Hügel hatten die jungen Pferdewächter alle Hände voll zu tun die Pferdeherde am Durchgehen zu hindern.

»Maheo, das darfst du nicht tun!«, schrie Biberfrau verzweifelt. »Schicke den Donnervogel fort! Vertreibe die bösen Mächte, die unsere Tipis umwerfen! Die Kinder weinen und der Regen spült unsere Vorräte in den Fluss! Hilf uns, Großer Geist, hilf uns!«

Sie stemmte sich vom Boden hoch und sah, wie der Donnervogel nach dem verzauberten Schild von Krummer Hals schnappte. Die Medizin fiel von dem Pfahl, den der Krieger in den Boden neben seinem Tipi gerammt hatte, und torkelte über den nassen Boden. Er wurde zum Spielball des heftigen Sturms, trieb gegen ein anderes Tipi und blieb in einer schmutzigen Pfütze liegen.

»Krummer Hals!«, rief sie in panischer Angst. »Dein Schild!« Sie rannte ein paar Schritte und wollte nach der Medizin greifen und wurde vom Donnervogel auf den Boden zurückgedrückt. Sie stand wieder auf und rannte weiter, dann rutschte sie in einer Wasserlache aus und fiel erneut zu Boden. »Krummer Hals!«

Es dauerte einige Zeit, bis sie wieder festen Boden unter den Füßen hatte. Ihre Hilfeschreie verhallten im Sturm. Sie beobachtete, wie Krummer Hals aus seinem Tipi kam und schon nach wenigen Schritten im Gras landete. Niemand kümmerte sich um ihn. Der Wind wirbelte und jeder hatte genug mit sich selbst zu tun. Sie rannte weiter und stieß gegen ein Trockengestell, das vom Wind durch das Lager getrieben wurde. Sie taumelte und musste hilflos mitansehen, wie der Schild des Pfeilbewahrers in den Klauen des Donnervogels verschwand. »Maheo!«, schrie sie. Die Medizin des Pfeilbewahrers verschwand in der Nacht, ihre Hände griffen ins Leere und in ihren Ohren dröhnte das höhnische Lachen der bösen Geister.

Der Schild wurde nicht mehr gefunden. Das ganze Dorf suchte nach der erfolgreichen Medizin des Pfeilbewahrers, aber sie blieb verschwunden, und Biberfrau musste erkennen, dass Krummer Hals die Wahrheit gesprochen hatte. Sein Ende stand bevor. Ohne den kunstvoll bemalten Schild aus roher Büffelhaut war er verloren. Es gab keinen gleichwertigen Ersatz, denn mit dieser Medizin hatte er dem Ungeheuer in den Felsen getrotzt und nur über diesem Schild hatte er gebetet und die heiligen Lieder gesungen. »Der Große Geist hat den Schild auf die andere Seite getragen«, tröstete sich der alte Mann, »ich werde ihm folgen und die warme Sonne der neuen Jagdgründe genießen!«

Sein Tod war beschlossene Sache, aber niemand wusste, auf welche Weise der alte Krieger aus dieser Welt gehen würde. Er war gesund und nichts deutete auf eine schwere Krankheit hin und er war zu alt um in den Krieg zu ziehen. Vergeblich rief Biberfrau nach ihrem Schutzgeist. Der Donnervogel war davongeflogen und die Frauen hatten wieder Ordnung geschaffen, aber der Atem der bösen Geister war noch immer zu spüren und Biberfrau verbrachte lange Zeit in einer Schwitzhütte um stark genug für den Kampf gegen die Ungeheuer zu sein. »Seid stark und haltet eure Waffen bereit!«, riet sie den Kriegern. Und zu den Frauen und Kindern sagte sie: »Lebt so, wie Maheo es von uns verlangt! Die bösen Kräfte sind in der Nähe und warten nur darauf, dass wir etwas falsch machen und eine Schwäche zeigen!«

Aber die bösen Geister waren zu gerissen. Sie verbündeten sich mit den Krähen, die ihre toten Brüder gefunden hatten und auf blutige Rache sannen. Sie hassten die Sha-hi-yena und auch die Lakota, weil sie sich in ihren Jagdgründen breit gemacht hatten, und warteten schon lange darauf, gegen ihre Feinde auf den Kriegspfad zu ziehen. Im Mond der fallenden Blätter zogen nur wenige Völker in den Krieg, im Sommer ließ es sich besser kämpfen, aber ihr Hass war zu groß und der Tod der fünf Krieger war ein willkommener Anlass die Sha-hi-yena zu überfallen.

Biberfrau spürte die Nähe der bösen Geister. In ihren Träumen ritten die Krähen von den Bergen herunter, die Gesichter mit schwarzer Farbe bemalt, die schussbereiten Feuerstöcke auf den Knien ihrer reich verzierten Leggins. Sie sah Medizinkrähe, den Anführer des kriegerischen Rabenbundes, wie er sich in seinem hölzernen Sattel nach vorn beugte und die Spuren untersuchte, die Krieger der Uferleute im weichen Boden hinterlassen hatten. Er war ein stattlicher Mann, das musste sie zugeben, und er hatte sich mit glitzernden Armreifen und bunten Perlen behängt, die er von den bärtigen Männern bekommen hatte. Seine Federhaube reichte bis zu den Knien, sein Kriegshemd war mit bunten Muscheln besetzt und selbst an der Mähne seines weißen Pferdes waren bunte Federn befestigt. Er war ein Angeber, wie alle Krähen, aber sein Feuerstock war tödlich und in den Gesichtern seiner vielen Krieger war tödliche Entschlossenheit zu erkennen.

Sie beobachtete die Krähen in ihren Träumen und warnte die Hundekrieger den feindlichen Kriegern nicht in die Falle zu gehen. Aber die bösen Geister führten Wolf-auf-dem-Hügel und seine Männer auf eine falsche Fährte, und sie waren einen halben Tagesritt vom Dorf entfernt, als Medizinkrähe am frühen Morgen eines regnerischen Tages am Ufer des Flusses auftauchte. Seine Krieger töteten die beiden Jungen bei den Pferden und erlegten drei neugierige Hunde mit gezielten Pfeilschüssen. Dann sprengten sie auf ihren Ponys durch den Fluss und ihr schriller Kriegsruf riss die Uferleute aus ihren Träumen.

Biberfrau rannte aus ihrem Tipi, den Feuerstock in beiden Händen. Sie sah die Krieger, die sie in ihren Träumen beobachtet hatte, und wusste, dass sie einer vielfachen Übermacht gegenüberstanden. Sie drückte wütend den Abzug durch und holte einen Angreifer von seinem Pferd.

Sie ließ die Waffe fallen und zog ihre Steinaxt, schlug sie einem vorbeireitenden Krieger in den Bauch. »Tod den Krähen!«, schrie sie. Dann wurde sie von einer Keule getroffen und taumelte gegen eines der herrenlosen Pferde. Ihr Blick verschleierte sich. Sie beobachtete entsetzt, wie Krummer Hals von einem Pfeil getroffen wurde und zu Boden fiel, dann wurde sie bewusstlos und ihr Körper fiel ins feuchte Gras.

32

EIN TAG ZUM KÄMPFEN

DIE UFERLEUTE TRAUERTEN um Krummer Hals. Der Pfeil der Krähen hatte ihn mitten ins Herz getroffen und sein Leben in dieser Welt beendet. Vier andere Krieger waren unter den Kugeln und Axthieben der Feinde gefallen. Einige Frauen und Kinder waren verschleppt worden. Die Ehefrauen der toten Männer schnitten dicke Büschel aus ihren Haaren und schnitten blutige Wunden in ihre Arme und Beine. So drückten sie ihren Respekt vor den tapferen Kriegern aus. Ihre Klagelieder hallten durch das zerstörte Lager und berührten Biberfrau, die kaum verletzt war und verzweifelt zum Großen Geist betete. »Maheo!«, rief sie. »Warum hast du zugelassen, dass die heimtückischen Krähen unser Dorf überfallen haben? Warum hast du deine Kinder verlassen?«

Sie beugte sich über den alten Mann, der die Pfeile bewahrt hatte, und griff nach ihrem Messer. Sie schnitt ihre Haare ab und zog die Klinge über ihre nackten Arme. Krummer Hals war nicht mit ihr verwandt gewesen, aber er hatte für das Volk gelebt und sie vermisste ihn wie einen

Bruder. Sie holte die heiligen Pfeile aus seinem Tipi, drückte sie fest an ihre Brust und stimmte ein trauriges Lied an, das erst verstummte, als sie den leblosen Körper des alten Mannes in ein Fell wickelten und in einem Baum auf der anderen Seite des Flusses bestatteten. Auch die anderen Toten wurden dort zur Ruhe gelegt. Die Witwen blieben einen Tag und eine Nacht unter den Bäumen stehen und klagten laut.

Mit den Toten wurden ihre Habseligkeiten aus dem Lager gebracht. Ihre Lieblingspferde wurden erschossen. Ein Teil ihres Besitzes wurde an bedürftige Menschen verschenkt. Biberfrau behielt den Schild, den Krummer Hals kurz vor seinem Tode hergestellt hatte, und betete lange über ihm. Noch bevor die Hundekrieger aus den Hügeln zurückkehrten, brachte sie die heiligen Pfeile zu Bärenfuß, der mit blutigen Beinen in seinem Tipi lag und am Tag des Überfalls um viele Winter gealtert war. Sein Haar war grau und das Kriegsbeil eines feindlichen Kriegers hatte einige Muskeln in seinen Beinen zerstört und er würde nie mehr tanzen können. Sogar das Laufen würde ihm schwerfallen. Aber seine Gedanken waren klar und die Weisheit von vielen Wintern würde ihm helfen die Bürde zu tragen. »Ich danke dir, heilige Frau«, sagte er feierlich, als Biberfrau ihm das Bündel mit den vier Pfeilen überreichte.

Die feindlichen Krieger hatten einen großen Sieg errungen und viele Coups geschlagen. Einige Tipis waren in Flammen aufgegangen und ein Teil der Vorräte war zerstört worden. Fünf Krieger waren getötet worden und drei Frauen und zwei Kinder wurden von den Krähen in die Sklaverei entführt, aber das Volk lebte und würde sich für die bittere Niederlage rächen. Ihr Widerstand war groß genug gewesen um die Feinde zu vertreiben und ein blutiges Massaker zu verhindern und wenn die Hundekrieger kamen, würden sie die Vorbereitungen für einen großen Kriegszug treffen. Sie würden die Frauen und Kinder zurückholen.

Wolf-auf-dem-Hügel und seine Krieger ritten zwei Tage nach dem heimtückischen Überfall ins Lager. Sie waren den Spuren einiger Krähen gefolgt, die sie vom Dorf weggelockt hatten, und hatten zu spät gemerkt, dass sie in die Irre geführt worden waren. Wütend sprangen sie von den Pferden. Sie hörten mit steinernen Gesichtern zu, als Linke Hand von dem Überfall berichtete, und stießen wütende Kriegsrufe aus. »Wir werden diese angeberischen Hunde in den Boden stampfen!«, schimpfte Wolf-auf-dem-Hügel, »und wir werden erst umdrehen, wenn wir unsere Frauen und Kinder und die gestohlenen Pferde zurückgeholt haben! Ich werde den heiligen Pfeilen ein Opfer bringen und allen Kriegern unseres Volkes die Pfeife anbieten!« Er riss sein Pony herum.

»Warte!«, hielt Biberfrau ihn zurück. Ihre Haare standen nach allen Seiten ab und von ihren Armen tropfte immer noch Blut. »Ich verstehe deinen Schmerz und deinen Zorn, aber ihr könnt erst auf den Kriegspfad reiten, wenn die heiligen Pfeile erneuert wurden! So will es der Große Geist! Lebt nach seinen Regeln und ihr werdet die Krähen besiegen und viele Coups schlagen!«

Wolf-auf-dem-Hügel bekämpfte seine Ungeduld. »So soll es sein«, erwiderte er grimmig. Er stieß den heiseren Kriegsruf des Volkes aus und ritt im gestreckten Galopp um das Lager, bevor er von seinem Pony sprang und sich in seinem Tipi verkroch.

Noch am selben Nachmittag wurden die Pfeile erneuert. Biberfrau erinnerte sich an die Worte von Süße Medizin, der vor vielen Wintern erfahren hatte, dass man die heiligen Pfeile nur zu säubern brauchte, wenn die Zeit knapp war und eine Notlage das Volk zur Eile antrieb. Sie war dabei, als Bärenfuß die Pfeile aus dem Kojotenfell wickelte und sie vorsichtig mit einem Lappen säuberte, bevor er sie in das heilige Tipi des Pfeilbewahrers legte und auf Wolf-auf-dem-Hügel wartete. Er hatte seine verletzten Beine mit feuchten Kräutern behandelt, aber die Wunden waren noch zu frisch und er konnte sich nur mithilfe von zwei Krücken fortbewegen. Er hatte sie aus Weidenästen geschnitzt.

Nur vor bedeutenden Kriegszügen und wichtigen Entscheidungen wurde den Pfeilen geopfert. Wolf-auf-dem-Hügel war in den Hügeln gewesen, als Bärenfuß die Pfeile erneuert hatte, und kehrte mit den kostbaren Schwanzfedern eines Adlers zurück. Niemand wusste, woher er sie in dieser kurzen Zeit bekommen hatte. Biberfrau beobachtete, wie er sein Büffelfell mit den Haaren nach außen trug und klagend durch das Lager zog, die Opfergaben in beiden Händen. So verlangte es der Große Geist. Sie mussten nach seinen Regeln leben, wenn sie die bösen Geister vertreiben und die verhassten Krähen besiegen wollten.

Vor dem heiligen Tipi des Pfeilbewahrers blieb Wolf-auf-dem-Hügel stehen. Man sah ihm an, wie ungeduldig er war, aber auch er wusste, dass ein überhasteter Aufbruch die bösen Geister ermutigt hätte. Ohne die nötigen Vorbereitungen durften sie das Lager nicht verlassen. Er schlug mit der flachen Hand gegen das Tipi und fragte: »Darf ich eintreten, Pfeilbewahrer?« Bärenfuß rief ihn herein und er verbeugte sich vor dem flackernden Feuer und legte die Adlerfedern auf den nackten Boden. »Dies sind die Geschenke, die ich den heiligen Pfeilen bringe«, sagte er feierlich.

Bärenfuß saß auf einem Büffelfell, die beiden Krücken neben seinen Beinen, und nickte anerkennend. Er war selber ein tapferer Krieger und wusste, wie schwierig es war, an die Schwanzfedern eines Adlers zu kommen. »Ich danke dir, mein Bruder«, erwiderte er. Seine Beine schmerzten und seine Stimme zitterte. Er legte die linke Hand flach auf den Boden und strich mit der rechten Hand über die Geschenke. Dasselbe wiederholte er mit der anderen Hand. Er hob sein Gesicht und blickte zu dem Bündel mit den heiligen Pfeilen, das neben einem Büffelschädel lag.

»Ich bete zu den heiligen Pfeilen, die uns vom Großen

Geist gegeben wurden«, betete Wolf-auf-dem-Hügel, denn die Pfeile verstanden alles, was man zu ihnen sagte, »gebt mir die Kraft diesen Kriegszug erfolgreich zu bestehen! Beschützt die jungen Krieger, die mit mir kommen und zum ersten Mal auf den Kriegspfad reiten! Helft ihnen einen Coup zu schlagen! Macht uns stark genug die gestohlenen Pferde zurückzuholen! Steht den Frauen und Kindern bei, die bei den Krähen als Sklaven leben! Seid bei uns, wenn wir die Krähen überfallen und unsere Verwandten zurückholen! Nehmt dieses Geschenk an, heilige Pfeile! Dient unserem Volk und helft uns die angeberischen Krähen zu schlagen und mit schwarzen Gesichtern aus ihrem Land zurückzukehren!«

Wolf-auf-dem-Hügel rauchte die Pfeife mit Bärenfuß und dankte ihm dafür, dass er die Pfeile trotz seiner Verwundung erneuert hatte. Er verbeugte sich vor dem tapferen Fuchskrieger und den heiligen Pfeilen und verließ das Tipi. Zufrieden beobachtete er, wie sich die Männer seines Volkes für den Kriegspfad rüsteten. Dies war ein guter Tag um gegen die Krähen zu ziehen und jeder wollte dabei sein, wenn sie die entscheidenden Coups schlugen. Er ging in sein Tipi, packte Vorräte und Mokassins ein und betete über den Waffen, die er auf den langen Kriegszug mitnehmen würde. Sie mussten die Pferde nehmen, auch wenn sie viele Pferde von den Krähen erbeuten würden. Sie durften keine Zeit verlieren. Er hielt seinen Feuerstock in beiden Händen und schwor mit grimmiger Miene: »Von diesem Kriegszug werden noch unsere Enkel erzählen! Ei-e-ya, die Krähen werden büßen!«

Abends am großen Feuer ließ Wolf-auf-dem-Hügel die Pfeife kreisen. So war es üblich vor einem wichtigen Kriegszug. Alle Männer, die mit ihm reiten wollten, rauchten die Pfeife und bliesen den Rauch zum Himmel, zur Erde und in die vier Richtungen. Die Männer, die im Dorf bleiben wollten oder zu krank oder zu alt für einen langen Kriegszug waren, reichten die Pfeife weiter ohne das

Mundstück zu berühren. Zwei Männer schlugen die Trommeln und Biberfrau sang ein heiliges Lied, das die Krieger stark genug für den langen Ritt zu den Krähen machen sollte.

Linke Hand, der erfahrene Hirschhornkrieger, rauchte als Erster die Pfeife. Er atmete den Rauch, der zum Himmel, zur Erde und in die vier Richtungen wehte, und sagte: »Ich bin bereit, meine Brüder! Wir werden die Krähen wie Büffel jagen und kehren nur zurück, wenn wir die Frauen und Kinder befreit und die große Pferdeherde gestohlen haben! Ich habe gesprochen!« Auch die nächsten Krieger brachten ein Rauchopfer und bekräftigten ihre Absicht mit Wolf-auf-dem-Hügel auf den Kriegspfad zu reiten. Es hatte keine großen Kriege während der letzten Winter gegeben und die Kriegerbünde hatten sich schon seit langer Zeit nicht mehr für einen Angriff zusammengeschlossen. Dies war kein Spiel, bei dem einige Coups geschlagen und einige Pferde gestohlen wurden. Dies war ein Krieg, der den Einsatz aller Uferleute verlangte. Sogar einige verletzte Krieger wollten die Pfeife rauchen und ließen sich erst umstimmen, als Wolf-auf-dem-Hügel ihnen erklärte, dass sie den Trupp aufhalten würden.

Biberfrau saß neben Büffelhöcker, der im Dorf bleiben musste und die Pfeife weiterreichte, und verzichtete ebenfalls darauf ein Rauchopfer zu bringen. Sie war die heilige Frau des Volkes und sie wurde anderswo gebraucht. Sie würden in den Hügeln fasten und mit den Geistern sprechen. Ihre Gebete würden die Krieger bis zum Lager der Krähen begleiten und ihre Lieder würden erklingen, wenn Wolf-auf-dem-Hügel und seine Männer ihre Coups schlugen und mit den befreiten Frauen und Kindern und den gestohlenen Pferden nach Hause ritten. Nur wenn sie mit Maheo sprach, konnte der Kriegszug gelingen.

Sie reichte die Pfeife an Steht-die-ganze-Nacht weiter, der ihr geholfen hatte die Pferde von den Schlangen zu stehlen, aber noch nie seine Waffe erhoben hatte und auch jetzt zögerte. Er wusste, dass ihm niemand verübeln würde, wenn er die Pfeife weiterreichte. Er war ein Denker, ein Geschichtenerzähler, der den Frieden über alles liebte. Als die Krähen in ihr Dorf gestürmt waren, hatte er keinen Schuss abgefeuert und war jammernd neben einer verletzten Frau zusammengebrochen. Er hatte ein weiches Herz. Er war ein Mann des Friedens und wurde gebraucht die Geschichte des Volkes auf seinem Büffelfell zu verewigen.

Das versuchte Biberfrau ihm durch einen viel sagenden Blick klarzumachen. Sie wusste, dass der nachdenkliche Krieger sie noch immer verehrte, nach all diesen Jahren, und sie erkannte an seiner Unentschlossenheit, dass er sie noch immer beeindrucken wollte. Er begehrte sie nicht wie ein Mann. Er betete sie wie eine Geist-Frau an und glaubte ihr Opfer bringen zu müssen. So wie damals, als er die Mutprobe beim Sonnentanz abgelegt hatte. Er war kein Mann, der mit anderen Männern unter ein Fell kroch, aber er hatte niemals geheiratet und beschränkte sich darauf, die heilige Frau aus respektvoller Ferne zu verehren.

Biberfrau hielt den Atem an, als er die Pfeife rauchte und sagte: »Ein großes Unglück ist geschehen! Ich habe gesehen, wie die Krähen unsere Krieger getötet und Frauen und Kinder verschleppt haben! Das darf nicht ungesühnt bleiben! Ich will dabei sein, wenn die unerschrockenen Krieger der Tsis-tsis-tas auf den Kriegspfad gehen, und ich werde als erster in ihr Lager reiten und einen Coup schlagen! Ich habe gesprochen, meine Brüder!«

Sogar die Trommeln verstummten für einen Augenblick, als Steht-die-ganze-Nacht diese bedeutungsvollen Worte sagte. Ein Raunen ging durch die Krieger. Wolf-auf-dem-Hügel blickte ihn erstaunt an und einige der älteren Männer nickten anerkennend. In der plötzlichen Stille war das Prasseln des Feuers und das Knacken der Harzknoten in den Flammen deutlich zu hören. Der Geschichtenerzähler wollte allein ins Lager der Feinde reiten und einen Coup schlagen, bevor die Feinde zu den Waffen griffen! Nur ein

Hundekrieger wagte einen solchen Ritt und selbst erfahrene Männer waren bei dem Versuch gestorben auf diese Weise ihr Ansehen zu mehren. Es war eine tollkühne Tat, über die an den Feuern des ganzen Volkes gesprochen wurde, und wenn ein Krieger dabei umkam, wurde er auf der anderen Seite wie ein weiser Mann empfangen. Der Krieger, der als erster gegen die Ho-he gekämpft hatte, war ein solcher Mann gewesen.

Steht-die-ganze-Nacht reichte mit unbeweglichem Gesicht die Pfeife weiter und der Rhythmus der Trommeln setzte wieder ein. Biberfrau stieß den angehaltenen Atem aus. Ihre Augen waren voller Bewunderung, als sie den nachdenklichen Krieger anblickte, aber in ihrem Blick war auch die Sorge, dass er den Kriegszug nicht überleben könnte. Ein Denker wie er war nicht für den Kriegspfad geschaffen. Er wurde im Dorf gebraucht. Er musste leben, damit die Ereignisse dieses Herbstes auf dem Büffelfell verewigt und an die nächsten Generationen weitergereicht wurden. Sie beobachtete seine Augen und erkannte, mit welcher Entschlossenheit er glaubte seinen ersten Coup zu schlagen. Sie wünschte es ihm und gleichzeitig hatte sie Angst davor, dass er von einem feindlichen Krieger erschlagen wurde.

Die Trommeln verstummten. Fast alle Krieger hatten die Pfeife geraucht und sich einverstanden erklärt mit Wolf-auf-dem-Hügel auf den Kriegspfad zu ziehen. Biberfrau zog die heilige Pfeife, die sie in einer ledernen Hülle an ihrem Gürtel trug, und stopfte sie bedächtig. Sie hatte den Tabak für diese Gelegenheit mit süßen Beeren und heiligen Kräutern angereichert und nickte zufrieden, als der Rauch über dem Feuer aufstieg. Nachdem sie ihr Rauchopfer gebracht hatte, stand sie auf. »Meine Brüder, meine Schwestern«, sagte sie, »dies ist ein wichtiger Tag in unserem Leben! Die Krähen habe sich mit den bösen Geistern verbündet! Sie haben uns ein Leid zugefügt, das nur mit ihrem Tod gesühnt werden kann! Wolf-auf-dem-Hügel!«

Sie blickte dem Krieger, der die Liebesflöte für sie gespielt hatte, unerschrocken in die Augen. »Du bist der Mann, der die mutigen Krieger unseres Volk gegen die Feinde führen wird! Du bist der tapferste aller Hundekrieger!«

Sie ging zu ihm und reichte ihm die heilige Pfeife. Er erhob sich feierlich. Über seine Lippen kam ein leises Gebet, als er den Himmel, die Erde und die vier Richtungen ehrte. Biberfrau wartete, bis der Rauch verflogen war, und hob die Arme. »Unsere Herzen sind bei dir und deinen Kriegern, wenn du nach Westen reitest«, fuhr sie fort, »und ich werde in den Hügeln sein und dafür beten, dass der Große Geist euch beschützt! Vertraut meinen heiligen Liedern und atmet den Rauch der heiligen Pfeife, denn er macht eure Herzen stark und gibt euch die Kraft die Feinde zu besiegen! Vertraut den heiligen Pfeilen, die für euch erneuert wurden, und stoßt den Kriegsruf unseres Volkes aus, wenn ihr die Krähen berührt! Eni-to-eme, meine Brüder, ich verehre euch!«

Sie holte den Schild, den Krummer Hals angefertigt hatte, und gab ihn dem Hundekrieger. »Wolf-auf-dem-Hügel«, rief sie bedeutungsvoll, »dieser Schild gehörte dem weisen Mann, der von den Krähen getötet wurde! Er soll euch beschützen, wenn ihr ins Dorf der Feinde reitet! Nimm ihn, denn ich habe lange über ihm gebetet! Die Medizin des Mannes, der von uns gegangen ist, liegt irgendwo auf den weiten Ebenen, aber Maheo hat diesen Schild berührt, und ich weiß, dass die Pfeile der Krähen daran abprallen und ihre Kugeln wirkungslos zu Boden fallen werden!«

Wolf-auf-dem-Hügel nahm den Schild und betrachtete ihn ehrfürchtig. Er berührte die bemalte Büffelhaut und reichte ihn an Steht-die-ganze-Nacht weiter. »Mein Bruder soll diesen Schild tragen«, sagte er feierlich, »er braucht ihn, wenn er allein gegen die Krähen reitet! Unsere Herzen sind bei dir, wenn du dein Pony antreibst, und unsere Kriegsrufe begleiten dich auf deinem Ritt!«

Steht-die-ganze-Nacht griff zögernd danach. Er war verlegen und wusste nicht, was er sagen sollte. »Ha-ho«, sagte er leise. Er steckte seinen linken Arm in die Lederschlinge und spürte die Kraft, die seinen Körper durchströmte. »Ei-e-ya!«, erklang seine Stimme, »dies ist ein guter Tag zum Kämpfen!« Er sprang auf sein Pferd und wartete ungeduldig, bis Wolf-auf-dem-Hügel das Zeichen zum Aufbruch gab, dann ritt er aus dem Lager ohne sich nach den zurückgebliebenen Frauen und Kindern umzusehen.

Biberfrau blickte den Kriegern nach, bis sie in der Dunkelheit verschwunden waren. Sie tröstete die weinenden Ehefrauen, die befürchteten, dass ihre Männer niemals zurückkehren würden, und munterte die Kinder auf. Einen Augenblick dachte sie daran, wie verwundbar ihr Dorf nach dem Abzug der Krieger war. Es waren kaum noch Männer zurückgeblieben und wenn die Krähen auf die Idee kamen sie noch einmal zu überfallen, würden sie alle sterben. Aber das war unwahrscheinlich. Die Krähen waren trunken nach ihrem Sieg und ritten bestimmt nach Hause um mit ihren Verwandten zu feiern. Sie hatten genug gekämpft. Büffelhöcker würde Boten zu den Waldleuten und den Hügelleuten schicken, die ihre Kundschafter verdoppeln und die Uferleute im Auge behalten würden. Sie waren Tsis-tsis-tas und würden kämpfen, wenn feindliche Krieger über die weite Ebene kamen.

Noch in derselben Nacht verabschiedete die heilige Frau sich von ihrem Volk. Sie stieg auf ihren Schecken und ritt in die Einsamkeit. Am Ufer des kleinen Sees, an dem sie ihren Schutzgeist getroffen hatte, rollte sie ihr Büffelfell aus. Sie sprach ein langes Gebet und versprach dem Großen Geist zu fasten, bis ihre Krieger die Krähen besiegt hatten. In ihren Träumen würde sie erfahren, ob ihre Toten gerächt waren und die Frauen und Kinder ihres Volkes in Sicherheit waren. Sie blickte zum Himmel empor und begann zu beten und der kühle Herbstwind rauschte in den Bäumen und entführte sie in einen langen und tiefen Traum.

33

DIE RACHE DER UFERLEUTE

DER KOJOTE HATTE menschliche Gestalt angenommen und kam in einem Boot der blassen Männer. Er hielt sich an dem dünnen Baumstamm fest, der das weiße Tuch trug, und kicherte schadenfroh, als er bemerkte, wie erschrocken die heilige Frau war. Sie stand am Ufer, den Feuerstock in beiden Händen, und sagte: »Warum tust du das, Kojote? Ich hätte dich beinahe erschossen!«

»Ich hatte keine Lust zum Paddeln«, erwiderte Wihio. Er trug seinen Umhang aus geknüpften Kojotenfellen und einfache Mokassins. In seinem Haar steckten Truthahnfedern. »Mit den weißen Flügeln komme ich schneller voran!« Er stieg aus dem Boot und setzte sich ins Ufergras. Auf seiner Stirn erschienen tiefe Falten. »Du siehst traurig aus, Schwester! Was ist geschehen?«

»Die Krähen haben unser Dorf überfallen!«

»Ich weiß«, erwiderte er, »ich habe ihre Kriegsrufe gehört.«

»Warum fragst du dann?«

»Meine Augen sind schlecht«, antwortete der Kojote bekümmert. »Ich war auf einem Hügel und habe gesehen, wie die Angeber an mir vorbeigeritten sind. Ich habe das Geschrei gehört, als sie euer Lager überfallen haben. Aber dann waren sie zu weit entfernt, und ich konnte nicht erkennen, wie der Kampf ausging.«

»Sie haben den Pfeilbewahrer getötet.«

»Er war ein alter Mann.«

»Ein guter Mann«, verbesserte sie.

»Ohne seinen Schild war er hilflos«, meinte Wihio, »ich habe gesehen, wie der Donnervogel damit weggeflogen ist. Er hat ihn zu den bösen Geistern im Norden gebracht.« Er zog einen Beutel mit Pemmikan unter seinem Hemd hervor und hielt ihn der heiligen Frau hin. »Willst du essen? Ich habe es selber zubereitet.«

Biberfrau ging nicht darauf ein. »Du hast den Donnervogel gesehen?«, fragte sie. »Ich denke, deine Augen sind schlecht!«

»Das war, bevor ich den Mann getroffen habe.«

»Welchen Mann?«

Wihio hatte auf die Frage gewartet. »Er lag zwischen den Salbeibüschen jenseits des Flusses, der unser Sommerlager von den weiten Ebenen trennt. Ein alter Mann mit weißen Haaren. Ich dachte, er wäre vom Pferd gefallen, und wollte ihm zu Hilfe eilen, aber als ich zu ihm kam, hielt er mich mit einer Handbewegung zurück. Er war ein großer Zauberer.« Der Kojote schmunzelte, als er den erwartungsvollen Blick der heiligen Frau bemerkte. »Du wirst nicht glauben, was ich dir jetzt erzähle«, fuhr er fort, »aber es ist wahr, denn ich habe es selbst erlebt.« Er legte eine kurze Pause ein, wie es alle Geschichtenerzähler taten, bevor sie ihre Zuhörer mit einer Pointe überraschten. »Seine Augen stiegen zum Himmel! Sie verließen den Körper und blieben in der Luft hängen. Dann sagte er etwas und sie kehrten zurück.«

»Das ist nicht wahr«, meinte Biberfrau erstaunt.

»Ich wusste, dass du mir nicht glauben würdest«, erwiderte Wihio. Er spielte den Beleidigten und deutete auf seine dunklen Augen. »Aber schau mich genau an und sage mir, was du siehst!«

»Ich sehe die Augen eines gerissenen Lügners!«

»Ist mein linkes Auge kleiner als das rechte?«

Biberfrau blickte genauer hin und nickte widerwillig. Sein linkes Auge war winzig. »Das ist wahr. Was willst du mir sagen, Wihio?«

»Ich wollte den Trick des alten Mannes erlernen und bat ihn mir das Geheimnis der fliegenden Augen zu verraten. ›Gern‹, sagte er, ›aber du darfst es nur viermal tun, sonst geschieht etwas Böses, und du wirst nie mehr richtig sehen können!‹ Er verriet mir das Geheimnis, und als er davongeritten war, probierte ich den Trick zum ersten Mal aus. Es war ein großartiges Gefühl, die Prärie von oben zu sehen! Selbst die Büffel waren zu winzigen Punkten geschrumpft! Meine Augen schwebten über den Bergen und Tälern und blieben über meinem Körper hängen, der als kleiner Fleck im Gras zu sehen war.« Er lachte stolz. »Dann sprach ich die Worte, die er mir verraten hatte, und meine Augen kehrten in die Höhlen zurück. Ich war so begeistert, dass ich es gleich noch einmal versuchte und die Warnung des Mannes vollkommen vergaß. Auch beim dritten und vierten Mal kehrten meine Augen zurück, aber als ich sie zum fünften Mal rief, blieben sie in der Luft hängen und ich versank in tiefer Dunkelheit.«

Er legte wieder eine Pause ein und kniff sein linkes Auge noch fester zusammen. »Ich stolperte weinend über die Prärie«, fuhr er fort, »tastete nach meinen Augen und konnte sie nicht mehr finden. Dann brach ich erschöpft zusammen. Eine Maus rannte über meine Brust und ich hielt sie fest und sagte: ›Maus, ich habe meine Augen verloren! Leih mir deine Augen, damit ich wieder sehen kann!‹ Die Maus antwortete: ›Mein Bruder, ich habe Mitleid mit dir und will dir eines meiner Augen leihen, aber das andere brauche ich selber.‹ Ich bedankte mich bei der Maus, nahm ihr linkes Auge und steckte es in meinen Schädel. Es war so klein, dass ich kaum etwas sehen konnte, aber es war besser als gar kein Auge. Wenig später traf ich einen Büffel. ›Mein Bruder‹, sagte ich zu ihm, ›ich bin beinahe blind! Leih mir ein Auge, damit ich besser sehen kann.‹ Auch der Büffel hatte Mitleid. Seitdem laufe ich mit einem großen und einem kleinen Auge herum.«

Biberfrau musste schmunzeln. Sie hatte längst erkannt, dass sie einer Lügengeschichte aufgesessen war und der Kojote sein linkes Auge nur zusammenkniff. Wihio war ein seltsamer Bursche und konnte ziemlich gemein sein, aber er verstand es, eine trauernde Frau aufzuheitern. Für einen Augenblick vergaß sie sogar, warum sie zum Ufer des Sees gezogen war. »Bist du nur gekommen um mich zum Narren zu halten?«, fragte sie.

Wihio kehrte zum Boot zurück und sie glaubte schon ihn beleidigt zu haben, aber als er sich zu ihr umdrehte, lachte er wieder. »Komm mit«, forderte er sie auf, »ich will dir etwas zeigen! Meine Augen haben es entdeckt, als sie in der Luft schwebten!«

»Du willst mir einen Streich spielen!«

»Komm mit!«, wiederholte er.

Seine Stimme klang ungewöhnlich ernst und sie erinnerte sich daran, dass er manchmal mit der Zunge des Großen Geistes sprach. Er wollte ihr etwas Wichtiges sagen, das spürte sie. Zögernd stieg sie in das Boot. Sie war erstaunt, wie schnell es sich bewegte. Die weißen Flügel blähten sich im Wind und trieben es mit der Kraft von vielen Paddeln über den glatten See. Sie waren mächtig, diese bärtigen Männer, und ihre Medizin war stärker als die heiligen Pfeile. Das hatte sie schon vor vielen Wintern gespürt, als Bärenfuß den ersten Feuerstock erbeutet hatte.

Wihio wandte ihr den Rücken zu und schien zu spüren, dass sie mit ihren Gedanken allein sein wollte. Erst am anderen Ufer drehte er sich um. In seinen Augen stand wieder das verschmitzte Lächeln, als er in den Nebel deutete, der selbst die nahen Bäume in dunkle Schatten verwandelt hatte. »Folge deinen Spuren«, sagte er, »ich habe den bärtigen Mann, der keinen Namen hat, in die Berge getrieben. Er hält dich nicht mehr auf!«

Jetzt wusste Biberfrau, was der Kojote ihr zeigen wollte. »Das Tal der weinenden Bäume«, erschrak sie, »woher weißt du von meinen Träumen? Wie hast du den bärtigen Mann weggelockt?«

Der Kojote kicherte leise. »Ich weiß alles«, prahlte er, »dem Auge einer Maus bleibt nichts verborgen!« Er zog das Boot ins Uferschilf und reichte ihr die Hand. »Dem Mann mit den vielen Haaren im Gesicht habe ich eine Frau vorbeigeschickt. Du hättest sehen sollen, wie schnell er geritten ist!« Sein Kichern wurde lauter und hallte wie ein dumpfes Echo durch den wogenden Nebel. »Warum zögerst du, Schwester? Deine Träume warten!«

Biberfrau stieg aus dem Boot und lief in den Nebel. Ihren Feuerstock hielt sie schussbereit in beiden Händen. Sie traute dem Kojoten nicht. Auch wenn er vom Großen Geist kam, ließ er sich zu derben und gemeinen Scherzen hinreißen. Vor ihm war niemand sicher. Er hatte Kriege angezettelt, weil ihm danach zumute gewesen war, und er hatte Männer von ihren Frauen und Frauen von ihren Kindern getrennt, weil er es nicht ertragen konnte, wenn die Menschen wunschlos glücklich waren. Sogar bei den Lakota trieb er sich herum. Gefleckter Adler hatte von einem trickreichen Betrüger erzählt, der ähnliche Streiche spielte.

Sie drang immer tiefer in den Nebel. Die schemenhaften Umrisse eines Felskamms schälten sich aus dem wabernden Dunst und bedrohten sie mit dunklen Schatten. Der Mann ohne Namen war nicht zu sehen. Sie blickte sich nach Wihio um, aber auch der Spaßmacher war verschwunden. Sie war allein mit den geheimnisvollen Geistern, die über dem Tal der weinenden Bäume schwebten und ein schreckliches Geheimnis behüteten. Der Wind sang ein trauriges Klagelied, das tief in ihre Seele drang.

Entschlossen kletterte sie den felsigen Hang empor. Die kantigen Steine rissen an ihrem Kleid und drangen durch ihre Mokassins. Ein kühler Wind wehte ihr entgegen. Sie wurde von den kalten Händen des Frostriesen berührt, obwohl das Büffelgras noch immer grün war, und der Geruch des Todes stieg in ihre Nase und betäubte ihre Sinne. Sie wusste, dass etwas Furchtbares auf der anderen Seite wartete, und sie spürte die Nähe der bösen Geister, die an ihrem Wildlederkleid zerrten und sie immer weiter über den Hügel zogen. Der Nebel hatte die Hitze aus ihrem ersten Traum vertrieben und lag eisig auf ihrer Haut. Sie hatte Angst, aber ihre Neugier war stärker, und sie spähte vorsichtig über den Felskamm. Ihr Feuerstock war schussbereit.

Auf den Felsen blieb sie geduckt stehen. Das Tal der weinenden Bäume wurde von dichten Nebelschwaden bedeckt. Sie blickte in ein weißes Meer, das sie mit seinen kalten Wellen umspülte. Der Wind war stärker geworden und im Nebel zitterten dunkle Schatten. Sie stieg in das Tal hinab, vorsichtig wie ein Krieger, der in ein feindliches Lager schlich, und sah, dass die Schatten zu verkrüppelten Kiefern gehörten. Sie ächzten in der eisigen Luft und weinten unter den Hieben der bösen Geister. »Die weinenden Bäume«, erschrak Biberfrau. Sie wäre am liebsten wieder umgekehrt, aber eine geheimnisvolle Macht trieb sie das schreckliche Geheimnis ihrer Zukunft zu ergründen. Sie versuchte die bösen Geister mit einem heiligen Lied zu vertreiben.

Der Boden zitterte unter den Schritten eines Ungeheuers. Sie verharrte im weißen Nichts und suchte verzweifelt nach einem bedrohlichen Schatten. Schüsse krachten, einer nach dem anderen, und sie erkannte entsetzt, wie die Kugeln an ihrem Kleid rissen und dicht neben ihr in die Felsen schlugen. Das Weinen der Bäume wurde lauter und wurde von den Todesschreien vertrauter Wesen übertönt. Es roch nach scharfem Pulverrauch und geronnenem Blut, wie auf einem großen Schlachtfeld, das mit den Leichen unzähliger Männer, Frauen und Kinder übersät war.

Eine Kugel schoss dicht an ihrem Kopf vorbei und sie wurde von wilder Panik ergriffen. Ohne einen Schuss abzufeuern rannte sie davon. Sie hetzte über den Felskamm zurück zum Seeufer und suchte nach dem Boot. Es war verschwunden. Der Kojote hatte sich aus dem Staub gemacht und nur sein schadenfrohes Kichern hing noch über dem See. »Du bist ein gemeiner Betrüger«, rief sie ihm nach, »du hast mich in ein Lager der Feinde getrieben! Sie hätten mich beinahe erschossen!« Sie schwang drohend eine Faust und rannte um den See herum, in der Hoffnung den Scherzbold noch einzuholen und ihm eine Kugel auf den Pelz zu brennen. »Ich werde dich töten, Wihio!«

Aber der Kojote war längst verschwunden und auch sein Kichern verhallte in der kalten Luft. Sie sank erschöpft am Seeufer zusammen und erwachte erst, als sich die Sonnenstrahlen eines neuen Tages im glatten Wasser spiegelten. Zwei Hirsche standen im Uferschilf und im Schilf schnatterten die Enten. Die bösen Geister waren von der andächtigen Stille eines Spätsommertages vertrieben worden. Der See blitzte unter einer leuchtenden Sonne und die Bäume sangen ein leises Lied, das die Tränen der Nacht vergessen ließ. Die schroffen Felsen am anderen Ufer waren mit dem Nebel verschwunden und die Bilder aus ihrem qualvollen Traum verblassten im Licht eines friedvollen Morgens.

Biberfrau sah, dass ihr Feuerstock noch immer entsichert war, und legte den Hebel zurück. Sie war wütend auf den Kojoten, weil er sie in eine tödliche Gefahr getrieben hatte, und sie war wütend auf sich selbst, weil sie in panischer Angst davongerannt war. Sie hatte nicht gesehen, von wem die Schüsse gekommen waren und welches furchtbare Geheimnis im Tal der weinenden Bäume auf sie wartete. Sie wusste, dass die Bilder keine Erfindung des trickreichen Betrügers waren. Hinter dem Felskamm lag die Zukunft ihres Volkes. Der Kojote war nicht in der Nähe gewesen, als der Große Geist sie zu dem Mann ohne Namen geführt hatte. Er hatte sich erst in der vergangenen Nacht eingemischt und den geheimnisvollen Fremden vertrieben, obwohl Maheo noch nicht wollte, dass sie die schrecklichen Bilder sah.

Sie wusch sich im Uferschilf und trank von dem klaren Seewasser. Etwas anderes nahm sie nicht zu sich. Sie wollte fasten, bis die Krieger von den Krähen zurückkehrten. Es war lange her, dass sie in einen großen Krieg gezogen waren, und sie brauchten den Beistand der Geister. Sie sang ein Kriegslied, das schon der erste Anführer der Hundekrieger angestimmt hatte, und sprach ein langes Gebet, in dem sie Maheo um seinen Beistand bat. »Großer Geist«, erhob sie ihre Stimme, »sei bei Wolf-auf-dem-Hügel und seinen Männern, wenn sie zu den Krähen reiten! Hilf ihnen den heimtückischen Überfall dieser Feiglinge zu rächen!«

Ihre Gedanken waren bei dem tapferen Steht-die-ganze-Nacht, der geschworen hatte allein in das Lager der angeberischen Feinde zu reiten und einen Coup zu schlagen. »Evoxpohess!«, rief sie das Mutwort ihres Volkes. Nur die tapfersten Hundekrieger wagten einen solchen Ritt und nur wenige Männer waren von einer solchen Mutprobe zurückgekehrt. Steht-die-ganze-Nacht riskierte sein Leben um ihr seine Ehrerbietung zu zeigen. Dafür schätzte sie ihn. Er war ein besonderer Mann, der den Krieg verabscheute und sich in seinen Träumen am wohlsten fühlte und auch Wolf-auf-dem-Hügel hatte sich vor seinem Mut verneigt und ihm den letzten Schild des Pfeilbewahrers gegeben.

Jenseits der fernen Hügel war Hundegebell zu hören. Sie schloss die Augen und sah, dass die Wölfe das feindliche Lager gefunden hatten. So wurden die Fährtensucher genannt, die von den Kriegern ausgeschickt wurden. Wenn sie den Feind aufgespürt hatten, jaulten sie wie Wölfe, und wenn das Lager in unmittelbarer Nähe lag, ahmten sie die Hunde nach. Die Krieger hielten an, stiegen auf ihre Kriegspferde um und ließen ihre Habe bei den Reitpferden zurück. Im Kampf mussten sie schnell und wendig sein. Wolf-auf-dem-Hügel beschmierte sein Gesicht mit schwarzen Blitzen und hängte sich die Kette aus Wolfszähnen um, die er als Glücksbringer benutzte. Die Pferde wurden mit geheimnisvollen Zeichen bemalt. Einige Männer wurden ausgeschickt die Ponyherde der Krähen davonzutreiben, die anderen ritten zu der Mulde, in der das Dorf der verhassten Feinde lag.

Steht-die-ganze-Nacht löste sich von dem Trupp. Er war nur mit einem Lendenschurz bekleidet und ritt sein bestes Pferd. Seinen Oberkörper hatte er mit den weißen Zeichen bemalt, die er in seinen Träumen gesehen hatte. Er trug einen federgeschmückten Coupstock und nur Biberfrau spürte die Angst, die sich hinter seiner versteinerten Miene verbarg. Sie wiederholte das Mutwort und stimmte ein heiliges Lied an, als der Krieger sein Pferd antrieb und sich von dem Kriegstrupp löste. Allein ritt er den feindlichen Tipis entgegen. Die Zelte hoben sich wie die bedrohlichen Schatten aus einem bösen Traum gegen den mondhellen Himmel ab. Die Lieblingspferde der Krähen, die im Lager angebunden waren, schnaubten leise. Einige Hunde witterten die nahende Gefahr und bellten leise. Eine Stimme brachte sie zur Ruhe.

Biberfrau hielt den Atem an, als sie bemerkte, wie Steht-die-ganze-Nacht geradewegs auf das Tipi von Medizinkrähe zuritt. Das weiße Pferd des Anführers leuchtete im Mondschein. Der tapfere Krieger der Uferleute sprang von seinem Pony, rannte geduckt zu dem Tipi und hieb dem verdutzten Häuptling der Krähen den Coupstock über den Kopf. Medizinkrähe war so verdutzt, dass er zu keiner Gegenwehr fähig war. Steht-die-ganze-Nacht band das weiße Pferd los, sprang auf seinen Rücken und ließ den gellenden Kriegsruf der Uferleute ertönen. Das war das Zeichen für die anderen Männer das Dorf anzugreifen. Sie sprengten aus den Hügeln und überraschten die Krähen, die schlaftrunken aus ihren Tipis taumelten und kaum Gegenwehr leisteten.

Der Kampf dauerte nicht lange. Zu überraschend war der Angriff der Uferleute gekommen. Wolf-auf-dem-Hügel und seine Krieger waren von einer wilden Entschlossenheit beseelt, die den Feinden keinen Raum ließ. Sie starben unter den Kugeln und brachen unter den Pfeilen zusammen. Die Streitäxte hielten reiche Ernte. Blut sickerte in den trockenen Prärieboden und das Kriegsgeschrei der Uferleute erstickte die erschreckten Rufe der feindlichen Krieger und das ängstliche Geheul der Frauen und Kinder. Erst als die Krähen in panischer Angst die Flucht ergriffen, ließen die Angreifer von ihren Opfern ab. Spöttische Rufe und wüste Beschimpfungen folgten ihnen über die nahen Hügel.

Einige Krieger hatten die gefangenen Frauen und Kinder ihres Volkes in Sicherheit gebracht und halfen ihnen auf die Pferde. Wolf-auf-dem-Hügel zerrte eine junge Krähenfrau durch das Lager. Er hatte ihr einen Rohhautstrick um den Hals gebunden und behandelte sie wie einen Hund. Ein Krieger, dessen junge Frau von den Krähen getötet worden war, trennte ein Mädchen von seiner Mutter, aber die Frau sank vor ihm auf die Knie und deutete auf ihre blassen Augen. »Nein«, flehte sie den Krieger an, »lass mir meine Tochter! Ich kann nicht sehen! Sie zeigt mir den Weg, wenn wir durch das Lager gehen und über die Prärie wandern. Ich brauche sie!« Der Krieger ließ sie laufen und kehrte mit grimmiger Miene zu den anderen Männern zurück. »Sie ist es nicht wert«, meinte er abfällig. Es klang wie eine Entschuldigung.

Die siegreichen Uferleute zündeten die Tipis an. Sie vertrieben die letzten Hunde und ritten zufrieden in die Nacht davon. Ihr Respekt galt Steht-die-ganze-Nacht, der den Anführer der angeberischen Krähen berührt und sein bestes Pferd gestohlen hatte, aber der tapfere Krieger hatte sich zurückfallen lassen und ritt allein über die Prärie. In seinen Augen war kein Triumph. Er wollte allein sein und die anderen Krieger mussten immer wieder anhalten, damit er nicht aus ihrem Blickfeld kam. »Er ist ein sonderbarer Mann«, meinte Wolf-auf-dem-Hügel anerkennend.

»Er ist ein tapferer Mann«, sagte Biberfrau. Sie öffnete die Augen und lächelte zufrieden, als sie das helle Licht des Großen Geistes auf ihrer Haut spürte. Maheo hatte sie nicht verlassen.

34

DIE GEFANGENE DES HUNDEKRIEGERS

BIBERFRAU STAND VOR ihrem Tipi, als die Krieger zurückkehrten. Ihre Wangen waren eingefallen, denn sie hatte lange nichts gegessen, und ihre Haare waren immer noch kurz. Sie war erst am frühen Morgen zurückgekehrt und hatte den anderen Frauen nicht verraten, was sie in ihren Träumen gesehen hatte. Maheo wollte nicht, dass ihr Volk alle Geheimnisse der heiligen Frau kannte.

»Die Männer kommen«, rief eine Frau aufgeregt. »Heißt die tapferen Krieger willkommen, meine Schwestern! Auf ihren Gesichtern leuchtet die Farbe des Sieges!«

Die Nachricht verbreitete sich schnell. Aus allen Tipis kamen Frauen und Kinder und sogar die jungen Krieger, die jenseits des Flusses die Pferdeherde bewachten, ritten neugierig heran. Hunde rannten bellend durch das Lager, wussten nicht, was die Aufregung bedeutete. Der Wind sang ein fröhliches Lied und selbst im Rauschen der Bäume war die Freude über die Heimkehr der Krieger zu hören. Die Sonne leuchtete heller als sonst.

»Ei-e-ya, dies ist ein guter Tag!«, meinte der alte Bärenfuß zufrieden. Er sprach ein Dankgebet vor den heiligen Pfeilen, griff nach seinen Krücken und humpelte aus dem Tipi. Die feuchten Kräuter hatten den Schmerz in seinen Beinen kaum gelindert, aber die Krieger hatten sich für die bittere Niederlage gerächt, und er achtete nicht mehr darauf, dass seine Beine bei jedem Schritt brannten. Er bedauerte nur, dass die Verletzung ihn zurückgehalten hatte. Wie gerne wäre er mit Wolf-auf-dem-Hügel und den anderen geritten! Er war noch stark genug mit ihnen zu ziehen.

Biberfrau beobachtete, wie die Krieger über die Hügel kamen. Wolf-auf-dem-Hügel ritt voran, dahinter die Hundekrieger und etwas abseits der Krieger, der sie verehrte. Er saß auf seinem weißen Pferd, den Coupstock in der rechten Hand und das Gesicht zu einer steinernen Miene erstarrt. Er war kein Mann des Krieges und fühlte einen Widerstreit der Gefühle in seiner Seele. Die Freude über den gelungenen Coup ließ seine Brust anschwellen und der Kummer über die vielen Toten, die er gesehen hatte, zog seinen Magen zusammen. Seine Augen suchten nach Biberfrau, als er in das Lager ritt, und wurden erst hell, als sie die heilige Frau vor ihrem Tipi entdeckten. »Ei-e-ya«, brach es aus ihm heraus, »ich verneige mich vor Biberfrau, der heiligen Frau unseres Volkes. Sie hat zu den Geistern gebetet und war bei uns, als wir das Lager der angeberischen Krähen überfielen!«

Alle Krieger hatten ihre Gesichter mit schwarzer Farbe bemalt. Das verbrannte Holz eines jungen Weidenbaumes war mit dem Blut einer geschlachteten Antilope vermischt worden und klebte fest auf ihrer Haut. Sie hatten ihre besten Kleider angezogen und hielten ihre Waffen wie Trophäen. Am Feuerstock von Wolf-auf-dem-Hügel hingen trockene Skalps. Auch seine Augen suchten nach Biberfrau und leuchteten stolz, als er sich vor ihrer schlanken Gestalt verneigte. »Heute Abend werde ich die Flöte für dich spielen«, flüsterte er. Sie hörte die Worte und spürte eine seltsame Bedrücktheit, die wie ein schweres Gewicht auf ihrer Seele lastete. Wolf-auf-dem-Hügel war nicht der Hundekrieger, dessen Luft sie atmen würde, das wusste sie inzwischen. Sie verehrte ihn und sie schätzte seine Tapferkeit, aber sie liebte ihn nicht.

Im Gänsemarsch zogen die siegreichen Krieger durch das Lager, vorbei an dem Häuptling, der seine lange Federschleppe angelegt hatte und sich anerkennend vor den heimkehrenden Kriegern verneigte. Er wollte keinen Krieg, aber es hatte keine andere Möglichkeit gegeben, sich für die Schande der Niederlage zu rächen. »Dies ist ein guter Tag«, sagte er. Die Siegeslieder des Volkes erfüllten die Luft und die Herzen der zurückgebliebenen Uferleute mit ausgelassener Freude. Die Frauen und Kinder, die von den Krähen geraubt worden waren, kehrten in ihre Tipis zurück und wurden von ihren Verwandten begrüßt. Es war ein Tag, der in leuchtenden Farben auf der Büffelhaut erstrahlen würde, die Steht-die-ganze-Nacht seit vielen Wintern bemalte. Die Krieger würden noch lange davon erzählen.

Kaum einer beachtete die gefangene Krähenfrau, die erschöpft hinter dem Pferd von Wolf-auf-dem-Hügel torkelte, die Rohhautschlinge fest um den Hals und die Hände hinter dem Rücken gefesselt. Sie gehörte dem Anführer der Hundekrieger und er würde bestimmen, was mit ihr geschah. Die meisten Gefangenen, vor allem junge Frauen und Kinder, wurden in das Volk aufgenommen und wuchsen zu Tsis-tsis-tas heran. Es gab Frauen der Schlangen und der Ho-he bei den Uferleuten und kaum einer erinnerte sich noch daran, dass sie vor vielen Wintern geraubt worden waren. Nicht einmal sie selber. Bei anderen Völkern gab es Frauen der Uferleute, die zu Feinden geworden waren. Viele Gefangene, vor allem junge Krieger, wurden getötet, meist von aufgebrachten Frauen, die um ihre Männer trauerten.

Wolf-auf-dem-Hügel behandelte seine Gefangene wie

einen Hund. Er warb um die heilige Frau seines Volkes und brauchte keine Ehefrau und er wollte sich an der Gefangenen für die Schmach rächen, die ihr Volk den Uferleuten zugefügt hatte. Er zerrte sie durch das Lager und band sie an einen Pflock vor seinem Tipi. Sie leistete keine Gegenwehr. Ohne einen Laut sank sie neben den bellenden Hunden in den Staub. Sie würde von den Abfällen leben müssen, die man ihr zuwarf, und sie konnte froh sein, wenn sie den nächsten Winter überlebte. Niemand würde ihr eine Träne nachweinen, wenn sie in einer frostigen Nacht erfror oder wenn man sie eines Morgens mit durchschnittener Kehle auffand. Sie war weniger wert als ein lästiger Hund.

An diesem Abend wurde ein großes Fest gefeiert. Die jungen Krieger hatten einen einsamen Büffel erlegt und sein Fleisch garte über den flackernden Flammen. Wolf-auf-dem-Hügel wurde die schmackhafte Zunge angeboten, aber der Hundekrieger gab sie an Steht-die-ganze-Nacht weiter, und der reichte sie Biberfrau und sagte: »Du hast mit den Geistern gesprochen, als wir im Lager der Krähen waren! Ich habe deine Stimme gehört!« Er verneigte sich und stimmte ein Siegeslied an, das ihr gewidmet war und davon erzählte, wie sie in das feindliche Dorf geritten und die besten Pferde der Krähen gestohlen hatten. Er erzählte nicht von seiner Heldentat. Die Prahlerei überließ er den anderen Kriegern, die ihren Sieg bis in den frühen Morgen feierten.

Biberfrau bedankte sich und aß die Zunge. Sie gehörte zu den wenigen Tsis-tsis-tas, die einen Sinn hinter dem seltsamen Benehmen von Steht-die-ganze-Nacht sahen und seine Gedanken verstanden. Er war ein Mann, der von seinem Gefühl geleitet wurde und mehr Ehrfurcht als jeder andere vor den übernatürlichen Kräften zeigte. Er stand ungern im Mittelpunkt, auch wenn er die Mutprobe beim Sonnentanz abgelegt hatte und allein in das Lager der Krähen geritten war. Das hatte er nur getan um Biberfrau und den Geistern ein Opfer zu bringen. Er lebte in seinen Träumen und in den Geschichten, die er am großen Feuer erzählte. Bei den Kindern, die seinen Erzählungen am liebsten folgten, fühlte er sich am wohlsten. Die Welt der Krieger war für tapfere Männer wie Wolf-auf-dem-Hügel geschaffen worden.

Vielleicht zog er sich deshalb so früh vom Feuer zurück. Er rauchte die heilige Pfeife, als Biberfrau ein langes Gebet sprach und sich beim Großen Geist für seine Hilfe bedankte, und er erzählte widerwillig von seiner Heldentat, als ihn die anderen Krieger bedrängten, aber als die letzten Fleischstücke verteilt wurden und die Trommeln zum Siegestanz baten, zog er sich unbemerkt von den meisten Uferleuten zurück. Nur Biberfrau sah, wie er zwischen den Tipis verschwand. Einer inneren Stimme folgend stand sie auf und folgte ihm leise. Das rhythmische Trommeln und der ausgelassene Singsang der siegestrunkenen Krieger blieben hinter ihr zurück. Sie spürte den enttäuschten Blick von Wolf-auf-dem-Hügel, der gehofft hatte eine Antwort auf sein Werben zu bekommen und ihr heimliches Verschwinden als deutliche Abfuhr werten musste. Sie drehte sich nicht um. Zwischen den schattenhaften Zelten und im blassen Mondschein spürte sie den Frieden, den Steht-die-ganze-Nacht gesucht hatte.

Der einsame Krieger hatte sich in die gemusterte Decke gehüllt, die er bei einem französischen Händler eingetauscht hatte. Er hatte die schwarze Farbe von seinem Gesicht gewaschen und auf seinen Wangen tanzten helle Flecken. In seinen Haaren hing eine Adlerfeder. Er blieb immer wieder stehen, blickte zum Himmel empor und schien mit dem Mond und den Sternen zu sprechen. Wie ein heiliger Mann, der sich dem Großen Geist näher glaubte, wenn er seine Seele nach oben wandern ließ. In seiner entspannten Haltung lag die Zufriedenheit dem Trubel am Feuer endlich entronnen zu sein. Er wähnte sich allein und Biberfrau fühlte sich schuldig, weil sie ihn verfolgte.

Es war reine Neugier, die sie durch das nächtliche Dorf trieb. Eine wenig schmeichelhafte Tugend, über die fast alle Männer lachten. Sie wurde den Frauen zugeschrieben, obwohl manche Krieger noch neugieriger waren und wie alte Weiber am Feuer klatschten, wenn sie ein Geheimnis herausbekommen hatten. Immer wenn ein junger Mann die Liebesflöte für ein Mädchen spielte, waren es die Krieger, die am meisten darüber redeten. Sie musste lächeln, als sie an Linke Hand und Die-ihre-Knie-badet dachte. Über die beiden war sogar an den Feuern der Waldleute und Hügelleute gesprochen worden. Inzwischen war klar, dass sie heiraten würden, und der Reiz war verschwunden.

Oder war es eine Ahnung, die sie vom Feuer weggelockt hatte? Hatte sie damit gerechnet, dass er vor der gefangenen Krähenfrau stehen blieb und beinahe mitleidig auf sie hinabblickte? Sie hatte schon während der Rückkehr der Krieger gespürt, dass die Krähenfrau von einem Geheimnis umgeben war. Sie war keine normale Gefangene. Der Glanz in ihren Augen verriet eine ungewöhnliche Stärke und eine reine Seele und Biberfrau war sicher, dass sie nicht wie ein Hund enden würde. Sie war für ein anderes Leben bestimmt, auch wenn sie zu den angeberischen Krähen gehörte. Und Steht-die-ganze-Nacht dachte genauso.

Die Gefangene lag zusammengekauert auf dem Boden, wie die anderen Hunde, aber sie war gefesselt und konnte sich kaum bewegen. Eine Frau, die ihren Mann verloren hatte, war mit einer Peitsche auf sie losgegangen und ihre nackten Arme und Beine waren mit blutigen Striemen überzogen. Ihr Wildlederkleid war eingerissen und über ihre Knie gerutscht. Ihre Beine waren ungewöhnlich hell und glänzten im Mondlicht. Sie war eine junge Frau mit ausdrucksvollen Augen und starken Wangenknochen und hätte so schön wie Die-ihre-Knie-badet aussehen können, wenn sie ihre Haare wie die Tsis-tsis-tas gekämmt hätte. Die Krähen schnitten ihre Haare erst dicht über den Augen ab und flochten die bunten Perlen der bärtigen Männer dazwischen.

Biberfrau sah, wie sich die Muskeln der jungen Frau anspannten, als sie den zitternden Schatten des Kriegers auf ihrem Gesicht spürte, in der Erwartung eines gemeinen Schlages oder eines Tritts, wie er sonst nur für aufsässige Hunde bestimmt war. Aber Steht-die-ganze-Nacht rührte sich nicht. Er blieb in der Dunkelheit stehen und blickte auf die Gefangene hinab. Über seine schmalen Lippen kam ein Flüstern, das Biberfrau nicht verstand, und in seinen Augen leuchteten der Mond und die Sterne.

»Geh weg«, sagte Krähenfrau in ihrer Sprache. Sie unterstrich die Worte mit einer eindeutigen Geste, die auch von Steht-die-ganze-Nacht und Biberfrau verstanden wurde. »Geh weg oder töte mich, so wie ihr unsere Krieger getötet habt!« Sie hob den Kopf, so gut das mit den gefesselten Händen ging, und spuckte Steht-die-ganze-Nacht wütend vor die Füße. Es folgte ein langes Schimpfwort, in dem ihre ganze Verachtung für die Uferleute lag.

Der Krieger ließ sich nicht einschüchtern. Er reichte ihr das gebratene Büffelfleisch, das er vom Feuer mitgenommen hatte, und sagte: »Ich bin Steht-die-ganze-Nacht. Ich habe dir Fleisch mitgebracht.« Er lächelte und wiederholte zweimal seinen Namen, als sie ihn verständnislos anblickte. »Iss! Du hast bestimmt Hunger!«

Sie traute ihm nicht und trat das Fleisch aus seiner Hand. Ihre Augen funkelten wütend. Sie zeigte keine Angst und war bereit ihren Stolz mit dem Tod zu bezahlen. »Geh!«, rief sie wieder. »Geh und lass mich allein! Ich rede nicht mit einem Sha-hi-yena!«

Steht-die-ganze-Nacht signalisierte ihr, dass sie nichts mehr von den Uferleuten zu befürchten hatte, und ging davon. Er verschwand in seinem Tipi und ließ sich erschöpft auf sein Büffelfell fallen. Biberfrau hörte ein leises Schnarchen, als sie an dem Zelt vorbeikam. Sie blieb eine Weile stehen, tätschelte das weiße Pony, das er dem Anführer der Krähen gestohlen hatte, und wanderte in die Prärie hinaus. Sie konnte noch nicht schlafen. Ihre Gedanken kreisten um den Krieger, der vor der Gefangenen stehen geblieben war, und sie fühlte wieder, dass Krähenfrau eine besondere Rolle in ihrem Volk einnehmen würde. Wenn sie die Augen schloss, sah sie die Gefangene, wie sie sich die Haare aus der Stirn schnitt und Steht-die-ganze-Nacht in sein Tipi folgte. Der Krieger, der nie die Liebesflöte gespielt hatte, würde die Gefangene heiraten und mit ihr ein neues Leben beginnen.

Der Gedanke beunruhigte. Sie freute sich darüber, dass Steht-die-ganze-Nacht sein Herz öffnete, aber um die Gefangene zu bekommen musste er sich mit Wolf-auf-dem-Hügel auseinander setzen und sie wollte nicht, dass die beiden Männer wegen einer Krähenfrau stritten. Sie schätzte beide Krieger und wollte eine Auseinandersetzung unbedingt vermeiden. Das erzählte sie dem Großen Geist, als sie beide Arme hob und ein langes Gebet sprach. Erst als der Mond verblasste und die Sterne zu funkeln aufhörten, zog sie sich in ihr Tipi zurück. Sie legte sich auf ihr Büffelfell und blickte durch die offene Rauchklappe zum Himmel empor, der die Farbe einer unreifen Pflaume angenommen hatte und langsam heller wurde.

Schon am nächsten Mittag kam es zum ersten Streit zwischen Steht-die-ganze-Nacht und Wolf-auf-dem-Hügel. Der Krieger, der den Anführer der Krähen berührt hatte, machte kein Hehl aus seiner Zuneigung für die Gefangene und blieb wieder vor ihr stehen. Er hatte einen Behälter mit Wasser dabei und kniete neben ihr nieder. Diesmal wehrte sie sich nicht. Am frühen Morgen war die junge Frau zurückgekommen und hatte sie erneut mit der Peitsche geschlagen und sie war erschöpft und müde. Sie starrte den Krieger verständnislos an und trank vorsichtig von dem kühlen Wasser. »Danke«, sagte sie in ihrer Sprache und zum ersten Mal lag so etwas wie ein Lächeln auf ihrem Gesicht.

Wolf-auf-dem-Hügel trat wütend aus seinem Tipi. »Was tust du da?«, brauste er auf. »Die Frau ist meine Gefangene! Sie gehört zu den Angebern, die unsere Frauen und Kinder getötet haben!«

»Sie hatte Durst, mein Bruder.«

»Sie gehört mir«, erwiderte der Hundekrieger, »und ich will nicht, dass du sie fütterst! Sie soll wie die Hunde leben, die vor meinem Tipi nach abgenagten Knochen suchen! Lass sie in Ruhe!«

»Sie ist eine Frau!«

»Sie ist eine Hündin!«

»Ich werde sie beschützen!«

»Sie gehört mir!« Wolf-auf-dem-Hügel trat ihm den Wasserbehälter aus der Hand und baute sich drohend vor ihm auf. »Ich habe sie geraubt! Ich entscheide, ob sie leben oder sterben soll!«

Steht-die-ganze-Nacht ging wortlos davon. Nach dem Gesetz des Volkes war jeder Krieger für seine Gefangenen verantwortlich und durfte mit ihnen machen, was er wollte. Der Hundekrieger durfte Krähenfrau töten oder wie einen Hund verenden lassen. Sie gehörte zu den Feinden, die ihr Dorf überfallen hatten. Sie hatte vor Freude getanzt, als die Angeber mit den Skalpen der Uferleute nach Hause zurückgekehrt waren, und sie hatte die gefangenen Frauen und Kinder bespuckt, die im Lager ihres Volkes wie die Hunde gelebt hatten. Sie war es nicht wert zu leben.

Das wusste der Krieger, der allein in das Lager der Krähen geritten war, und obwohl in seinem Körper ein weiches Herz schlug, hätte er niemals gewagt sich gegen einen tapferen Hundekrieger wie Wolf-auf-dem-Hügel zu stellen. Eine Gefangene ihrer Todfeinde war es nicht wert, dass er sich mit einem Bruder zerstritt. Aber er konnte nicht anders. Seine Träume sagten ihm, dass er dieselbe Luft wie Krähenfrau atmen und mit ihr in ein fernes Land ziehen würde. Der Große Geist wollte, dass er die Gefangene vor den Hieben und Tritten seines Volkes beschützte.

Als er der Krähenfrau am nächsten Morgen frisches Wasser brachte und ihr etwas Pemmikan zu essen gab, trat Wolf-auf-dem-Hügel mit seinem Feuerstock aus dem Tipi. Er hatte nicht vor auf Steht-die-ganze-Nacht zu schießen. Sein Volk hätte ihn verstoßen. Aber die Drohung war genug und vertrieb den Krieger. In seiner Verzweiflung sprang Steht-die-ganze-Nacht auf sein Pony und ritt auf den nahen Hügel. »Hilf mir, Großer Geist!«, flehte er mit ausgestreckten Armen, »hilf mir meinen Traum zu verstehen! Ich spüre die Blicke der gefangenen Frau auf meiner Seele und weiß nicht, was ich tun soll. Wie kann ich meinem Traum folgen, wenn es dem tapfersten Hundekrieger nicht gefällt? Wie kann ich Krähenfrau helfen, wenn alle Uferleute dagegen sind? Willst du, dass ich mich gegen mein Volk stelle?«

Biberfrau stand am Ufer des nahen Flusses und hörte die flehenden Worte ihres Bruders. Auch sie hatte mit dem Großen Geist gesprochen und keine Antwort erhalten. Erst der Anblick der Pferdeherde brachte sie auf eine Idee. Sie war dem Werben des Hundekriegers aus dem Weg gegangen und scheute davor zurück, ihn in seinem Tipi zu besuchen, und auch den verzweifelten Steht-die-ganze-Nacht wollte sie nicht mit falschen Ratschlägen belasten. Sie war die heilige Frau ihres Volkes und wurde gefragt, wenn es um das Wohl des ganzen Volkes ging, aber es stand ihr nicht zu, die persönlichen Entscheidungen der Krieger zu beeinflussen. Sie lächelte verschmitzt. Doch niemand konnte sie daran hindern, dem Großen Geist zur Hand zu gehen.

In der folgenden Nacht, als die meisten Uferleute schliefen, schlich sie zum Tipi von Steht-die-ganze-Nacht und trieb den weißen Hengst des Häuptlings und die beiden anderen Pferde, die er aus dem Lager der Krähen getrieben hatte, zum Zelt des Hundekriegers. Auch die Gefangene schlief und merkte nicht, wie eines der Pferde über ihre Beine stieg. Biberfrau wartete, bis sich die Ponys an ihre neue Umgebung gewöhnt hatten, und kehrte leise in ihr Tipi zurück. Sie blickte hoffnungsvoll zu den Sternen empor und hoffte, dass der Große Geist mit ihrer Handlungsweise einverstanden war. Warum sollte es zu einer Auseinandersetzung kommen, wenn die Lösung so einfach war?

Am nächsten Morgen entdeckte Wolf-auf-dem-Hügel das vermeintliche Geschenk von Steht-die-ganze-Nacht. Er schwang sich auf den Rücken des weißen Hengstes, band die verdutzte Krähenfrau los und brachte sie zu seinem Bruder. »Hier«, meinte er abfällig, »behalte die Krähenfrau! Ich weiß nicht, warum sie dir so viel wert ist, aber ich habe gesehen, wie du allein in das Dorf der Krähen geritten bist, und verneige mich vor deinem Mut. Nimm die Gefangene und lege ihr deine Decke um die Schultern und ich verspreche dir sie wie eine Frau unseres Volkes zu behandeln.« Er warf ihm den Strick zu. »Ich habe gesprochen.«

Steht-die-ganze-Nacht nahm an, dass ihm die Pferde weggelaufen waren, und hütete sich davor, dem Hundekrieger die Wahrheit zu sagen. Er sah nicht, dass Biberfrau aus ihrem Tipi getreten war und verschmitzt lächelte. »Ich verneige mich vor dir, mein Bruder«, bedankte er sich. Er löste die Rohhautschnur von ihrem Hals, schnitt ihre Fesseln durch und führte sie in sein Tipi.

35

DER TOD DES MEDIZINMANNS

ES DAUERTE ZWEI Monde, bis Krähenfrau die Sprache der Tsis-tsis-tas erlernt hatte, und es würden noch einige Winter vergehen, bis sie nicht mehr an ihre Heimat dachte, aber es wurde deutlich, dass sie Steht-die-ganze-Nacht schätzte und gern mit ihm zusammen war. Sie hatte sich die Haare aus dem Gesicht geschnitten und ein neues Kleid genäht, wie es die Frauen der Uferleute trugen. Die Striemen auf ihren Armen und Beinen waren verschwunden und die Frau, die mit der Peitsche auf sie losgegangen war, hatte sich damit abgefunden, dass Krähenfrau mit Steht-die-ganze-Nacht verheiratet war und zu den Uferleuten gehörte. Nur der Name, den Wolf-auf-dem-Hügel ihr gegeben hatte, war geblieben. Der Hundekrieger fand es immer noch komisch, dass sein Bruder drei Pferde für sie gegeben hatte.

Im Mond, wenn das Wasser zu frieren beginnt, waren die Uferleute in ihr Winterlager umgezogen. Die Tipis standen auf einer geschützten Lichtung am Ufer eines kleinen Sees, aus dem sie Eisbrocken schnitten und über dem

Feuer schmolzen. Büffelhöcker hatte einige Späher ausgeschickt und den umliegenden Wald nach Feinden absuchen lassen, aber sie waren allein. Selbst die angeberischen Krähen gingen im Winter nur selten auf den Kriegspfad. Ihre Vorratstaschen waren prall gefüllt. Sie hatten während des heißen Sommers viele Büffel erlegt und das Fleisch getrocknet und zu schmackhaftem Pemmikan verarbeitet.

Bärenfuß spürte den eisigen Atem des Frostriesen am meisten. Seine Beine waren leblos und er konnte sich nur noch mit den Krücken fortbewegen. Im Mond der reifen Pflaumen, als er zum letzten Mal bei Biberfrau gewesen war, hatte er sie gebeten einen anderen Pfeilbewahrer zu bestimmen, aber die heilige Frau hatte darauf bestanden, dass er auch diesen Winter im roten Tipi verbringen würde. »So will es der Große Geist«, hatte sie gesagt. Der Fuchskrieger hatte sich widerwillig verneigt und den Rauch der heiligen Pfeife nach oben und unten und in alle vier Richtungen geblasen. Er glaubte, dass ein Krüppel dieser Aufgabe nicht mehr gewachsen war. Wenn es zu einem großen Krieg kam und die heiligen Pfeile in die Schlacht getragen werden mussten, würde er als Erster von den feindlichen Kriegern getötet werden.

Wolf-auf-dem-Hügel hatte aufgegeben die heilige Frau mit seiner Liebesflöte zu umwerben. Sie hatte ihm nie die Wahrheit gesagt, aber ihr verzweifelter Blick hatte nicht gelogen, und er hatte auch so verstanden. Er war ihr nicht böse. Als verantwortungsvoller Anführer der angesehenen Hundekrieger verstand er besser als viele andere, warum das Wohl des Volkes vor dem Glück eines Mannes oder einer Frau kam. Biberfrau war die heilige Frau der Tsis-tsistas. Sie lebte, seit ihr Volk aus der Erde gekommen war, und sprach täglich mit den Geistern. Sie kannte die Vergangenheit und sie blickte in die Zukunft und sie ritt über einsame Wege, die allen anderen Tsis-tsis-tas verschlossen blieben. Sie war eine Geist-Frau, die nach anderen Regeln lebte. Sie lebte nach anderen Gesetzen.

Biberfrau verbrachte den ersten Tag der frostigen Jahreszeit in einer Schwitzhütte. Im heißen Dampf, der von den Steinen aufstieg, bekämpfte sie den mächtigen Frostriesen, der das Land mit seinen eisigen Fingern umklammerte und damit drohte alles Leben aus den Lebewesen zu pressen. Sie atmete den würzigen Kräuterduft und betete zum Großen Geist, der ihrem Volk einen langen und heißen Sommer geschenkt und ihre Vorratstaschen gefüllt hatte. Wenn sie jeden Tag und jede Nacht mit den Geistern sprach und die heiligen Lieder sang, würden sie auch diesen Winter überstehen und mit den ersten Sonnenstrahlen in die Prärie zurückkehren und die Büffel jagen. Sie freute sich schon jetzt auf den Tag, an dem sie das alte Büffelgras anzünden und über die grünen Wiesen in einen neuen Sommer reiten würden. Die Erneuerung der Natur, das Erwachen aller lebendigen Dinge war das größte Wunder, das Maheo ihnen gebracht hatte.

Nachdem sie die Schwitzhütte verlassen hatte, ritt sie allein in den nahen Wald hinein. In ein Büffelfell gehüllt fastete sie vier Tage und vier Nächte lang. Es beruhigte sie, die Welt wieder klarer zu sehen und die lebendige Natur mit allen Sinnen zu erfahren. Sie brauchte neue Kraft um den Problemen zu begegnen, die sich ihrem Volk in den Weg stellten. Wenn der Große Geist den Nebel vertrieb und sie der schrecklichen Zukunft gegenüberstand, die im Tal der weinenden Bäume auf sie wartete, musste sie stark sein. Die bärtigen Männer waren nicht verschwunden. Wenn sie mit ihren rollenden Tipis über die weiten Ebenen zogen und in die Jagdgründe ihres Volkes drangen, begann die schwerste Zeit ihres Lebens, dann brauchte sie ihre ganze Energie um ihr Volk vor dem drohenden Untergang zu retten.

Zwischen einigen Laubbäumen, am Ufer eines schmalen Baches traf sie ihren Schutzgeist. »Ich habe seit vielen Monden nicht mit dir gesprochen«, sagte der weiße Biber, »aber ich habe erfahren, dass du viel gebetet hast.«

»Das stimmt«, erwiderte sie, »die Zeiten sind gut. Unsere Krieger haben die angeberischen Krähen besiegt und unsere Vorratstaschen sind prall gefüllt. Aber ich bin in das Tal der weinenden Bäume geritten und weiß, dass schwere Zeiten auf uns warten.«

»Du kannst in die Zukunft sehen, meine Schwester.«

Sie nickte ernst. »Ich habe die bärtigen Männer kennen gelernt und habe in meinen Träumen gesehen, wie sie in den rollenden Tipis über die weiten Ebenen ziehen. Ich will nicht mit ihnen handeln. Ich brauche keine eisernen Töpfe und keine bunten Perlen, ich kann sogar ohne das süße Pulver leben. Selbst auf meinen Feuerstock würde ich verzichten, wenn ich die bärtigen Männer dadurch vertreiben könnte. Wir brauchen keine Fremden und ich mache mir Sorgen um meine Brüder und Schwestern, die viele Felle sammeln um an bunte Perlen zu kommen.«

»Die Männer, die singen, sind immer freundlich zu euch gewesen«, sagte der weiße Biber, »auch der schwarze Mann, der sich York nennt. Sie wollen nicht, dass ihr eure Jagdgründe verlasst.«

»Und wer hat die tödliche Krankheit ins Land der Numakiki getragen? Mit wem haben sich die bösen Geister verbündet?« Ihre Augen wurden feucht, als sie an die toten Pflanzer dachte. »Mag sein, dass die Männer, die singen, nur mit uns handeln wollen, aber auch sie sind von den bösen Geistern besessen, und ich habe große Angst davor, ihnen zu begegnen. Wer sagt uns, dass die tödliche Krankheit nicht wiederkommt? Vielleicht steckt sie in den Waren, die unsere Männer und Frauen bei ihnen kaufen.«

»Auch die bärtigen Männer leiden unter diesen Krankheiten«, erwiderte der weiße Biber, »und ich gebe zu, dass die Völker des Großen Geistes erst damit in Berührung kamen, als die blassen Händler nach Westen aufbrachen. Aber es warten noch größere Gefahren auf euch. Du wirst es wissen, wenn sich der Nebel im Tal der weinenden Bäume verzogen hat! Dort liegt die schreckliche Zukunft, gegen die du dich wehren musst! Auch ich habe das Tal nicht gesehen, aber ich weiß, dass dort böse Geister wohnen.«

Biberfrau berichtete von ihren Versuchen in das geheimnisvolle Tal zu reiten. »Wann vertreibt der Große Geist den Nebel?«

»Wenn du den Mann triffst, der keinen Namen hat«, antwortete ihr Schutzgeist. Er schlug das brüchige Eis mit seinem Schwanz auf und ließ sich ins kalte Wasser gleiten. »Wenn du ihn treffen willst, musst du bald losreiten. Er wartet in den fernen Bergen.«

»Dort, wo ich den Großen Geist erfahren habe?«

»Nicht so weit«, erwiderte der weiße Biber. »Schau dorthin, wo die Sonne untergeht, dann siehst du die schneebedeckten Gipfel, die seine Heimat sind. Folge den letzten Strahlen der Sonne, wenn der erste Schnee fällt, dann wirst du ihn finden! Du kennst sein Gesicht, nicht wahr? Er wird deine Fragen beantworten und er wird in deiner Nähe sein, wenn die Zeit der Spinnen beginnt!«

»Spinnen?«, fragte Biberfrau verwundert.

Ihr Schutzgeist verzog schmunzelnd seine Schnurrhaare. »Die bärtigen Männer sind wie Spinnen, die ihre Feinde in ein Netz locken und mit klebrigen Fäden überziehen. So werdet ihr die blassen Fremden nennen. Vehos, die Spinnen.« Er schmunzelte wieder und verschwand in dem eisigen Wasser des Baches.

Biberfrau blickte dem weißen Biber lange nach. Seine Worte hatten sie nachdenklich gemacht und sie schüttelte sich angeekelt, als sie daran dachte, dass ihr Volk von gierigen Spinnen angegriffen wurde. Welcher schreckliche Anblick wartete im Tal der weinenden Bäume auf sie? Hatten sich die Spinnen dort schon eingenistet? Sie würde es bald erfahren. Die Luft roch nach Schnee und es würde nicht mehr lange dauern, bis sie den Strahlen der Sonne nach Westen folgen würden. Sie musste ihrem Schutzgeist gehorchen, wenn sie die Zukunft sehen wollte.

Zögernd kehrte sie ins Dorf zurück. Sie ging zu Büffelhöcker und verriet ihm, dass sie ihr Volk verlassen musste und nicht sagen konnte, wann sie wieder zurückkommen würde. Das wusste sie nie, wenn der Große Geist rief. Für ihn war der Mond, wenn das Wasser zu frieren beginnt, nur einen Herzschlag lang und selbst ein Winter bedeutete für ihn nur einen winzigen Teil der Ewigkeit. »Ich werde am großen Feuer zu meinem Volk sprechen«, sagte sie zu dem Häuptling. »Vertraue mir, denn ich habe mit den Geistern gesprochen und sie wissen, was ich tun muss.«

Noch am selben Abend wurde das große Feuer entzündet. Der Ausrufer hatte alle Uferleute aus den Tipis gerufen und ihnen verkündet, dass Biberfrau am Feuer sprechen würde. Sogar Bärenfuß humpelte durch die eisige Kälte und setzte sich auf ein dickes Büffelfell, das Biberfrau am Feuer für ihn ausgerollt hatte. Im Schein der zuckenden Flammen drängten sich Männer, Frauen und Kinder und lauschten den Worten ihrer heiligen Frau.

»Ich werde euch verlassen«, sagte Biberfrau, nachdem sie die heilige Pfeife geraucht und zum Großen Geist gebetet hatte. Wie damals, als sie nach Süden geritten war um die großen Hunde zu holen, ahnte sie auch jetzt, dass sie lange Zeit wegbleiben würde. Wenn sie zurückkehrte, würden viele Uferleute nicht mehr leben. Ihr Schutzgeist hatte nicht verraten, wie lange der Ritt dauern würde, aber ihr Gefühl hatte sie selten getrogen und sie glaubte sicher zu wissen, dass sie den nächsten Winter nicht bei den Hügelleuten verbringen würde. Ein Gedanke, der ihr große Angst einjagte, aber sie konnte nichts dagegen tun. Sie war die heilige Frau und musste die Aufgabe erfüllen, die man ihr stellte.

Das verriet sie ihren Verwandten nicht. Auch vom Tal der weinenden Bäume erzählte sie nicht. »Der Große Geist hat mich gerufen«, rief sie stattdessen, »er schickt mich in die Berge, die im Licht der untergehenden Sonne den Himmel berühren. Dort werde ich die Zukunft unseres Volkes kennen lernen und erfahren, was die bärtigen Männer wirklich vorhaben.« Sie dachte an das Bild mit den Spinnen und verbarg ihre Abscheu. »Hütet euch vor den bärtigen Männern«, warnte sie, »auch wenn sie euch mit freundlichen Worten umgarnen! Denkt an die tödliche Krankheit, die unsere Freunde, die Numakiki, heimgesucht hat! Seid auf der Hut, aber lasst das Kriegsbeil begraben, denn ich werde die Wahrheit wissen, wenn ich aus den Bergen zurückkehre. Das ist alles, was ich zu sagen habe.« Sie wechselte einen Blick mit Wolf-auf-dem-Hügel und Steht-die-ganze-Nacht, die im flackernden Licht des hellen Feuers standen und als Einzige zu wissen schienen, welche Bedeutung der Ritt ihrer heiligen Frau hatte.

Als die ersten Schneeflocken fielen, besuchte Biberfrau die beiden Männer in ihren Tipis. Seit ihrer Begegnung mit dem weißen Biber waren nur wenige Nächte vergangen, aber sie hatte viel geträumt und wusste, dass sie Steht-die-ganze-Nacht und Krähenfrau nicht wiedersehen würde. Über ihrer Zukunft lagen dunkle Schatten. »Hütet euch vor den bärtigen Männern«, sagte sie noch einmal, »sie sind falsch und hinterlistig und wollen unseren Tod! Lauft vor ihren Feuerstöcken davon!« Sie bemerkte ihre besorgten Gesichter und versuchte sie mit einem Lächeln aufzumuntern, aber sie ließen sich nicht täuschen. »Ich habe erfahren, dass ihr auf eine lange Reise geht«, fuhr sie fort, »in meinen Träumen habe ich gesehen, dass ihr mit einem Teil unseres Volkes nach Süden zieht. Vergiss mich nicht, mein Bruder! Denke an mich, meine Schwester! Ich werde für euch beten und immer bei euch sein, auch wenn euer Pfad in eine andere Richtung weist!«

»Und wir werden für dich beten«, versprach der Krieger, »in meinen Geschichten wirst du immer lebendig sein, auch wenn Berge und Täler zwischen uns liegen! Eni-to-eme, ich verehre dich! Auch Krähenfrau weiß, dass du uns eine Zukunft gegeben hast!«

Wolf-auf-dem-Hügel bestieg sein Pony und begleitete sie bis zum Waldrand. »Leb wohl, Schwester«, sagte er. »Ich habe die Flöte für dich gespielt und nie eine andere Frau angesehen. Mein Herz schlägt für dich. Ich werde immer an deiner Seite reiten, auch wenn du mich nicht erhörst, und ich würde mein Leben für dich geben, wenn der Große Geist es verlangt! Eni-to-eme!«

Er drehte um und sie ritt allein weiter. Ihr Schecke war mit warmer Kleidung und Pemmikan und Kräutertee für einen langen Ritt beladen. Sie hatte sich in ein dickes Büffelfell gehüllt und duckte sich gegen die treibenden Schneeflocken, als sie die offene Prärie erreichte. Der Frostriese trieb ihr den eisigen Wind ins Gesicht und sie fragte sich bekümmert, warum der Große Geist sie ausgerechnet während der kalten Jahreszeit in die Berge schickte. Beinahe rechnete sie damit, den Kojoten hinter einem Baum hervorkriechen zu sehen und sein schadenfrohes Kichern zu hören. Die Flocken wurden immer dicker und erinnerten sie an den dichten Nebel, der im Tal der weinenden Bäume über dem Boden gelegen hatte. Dies war eine schwere Prüfung und gut war nur, dass sie in diesem Wetter keine Feinde zu fürchten brauchte. Nur ein Narr wagte sich im Winter auf den Kriegspfad.

Sie kam nur langsam voran. In der offenen Prärie blies ihr der Wind direkt ins Gesicht und in den Schluchten und Tälern war sie von den lautstarken Liedern des Frostriesen umgeben, der zwischen den Felsen sang und sie mit seiner heiseren Stimme nervte. Die Bäume stöhnten unter seinen schmerzhaften Hieben und die vielen Steine jammerten leise, als sie von dem nassen Schnee berührt wurden. Sie duckte sich hinter jeden Baum und jeden Strauch um den schmerzhaften Angriffen des Frostriesen zu entgehen und war froh, als sie einen Fluss überquert hatte und im schützenden Dickicht eines Waldes untertauchen konnte.

Im Schatten eines umgestürzten Baumstammes entzündete sie ein Feuer. Sie wärmte ihre Hände über den Flammen und aß etwas von dem Trockenfleisch. Den Kräutertee erhitzte sie in einem Behälter aus Büffelhorn. Sie überließ es dem Schecken sich seine Nahrung im dunklen Wald zu suchen und betete zum Großen Geist, der sich kaum noch gegen den Winter wehrte. »Bleibe bei mir, Maheo«, flehte sie, »ich weiß, dass eine schwere Prüfung auf mich wartet, und bin bereit gegen den Frostriesen zu kämpfen, aber ich bitte dich um Nahrung für mein Pony und singe ein heiliges Lied, damit du mir den Weg in die Zukunft zeigst!«

Ein dumpfes Geräusch ließ sie herumfahren. Irgendwo im Dunkel des Waldes war etwas Schweres zu Boden gefallen. Ein vierbeiniger Bruder, der die schmerzhaften Hiebe des Frostriesen nicht ertragen hatte? Ein Baumstamm, der unter der Last des Schnees zusammengebrochen war? Sie griff nach ihrem Feuerstock und tastete sich durch das Unterholz. Die Nacht war hereingebrochen und es war stockdunkel. Der Mond und die Sterne lagen hinter dichten Wolken und zwischen den Bäumen gab es kein Licht mehr. Der Boden war trocken geblieben. Der Schnee war von den ausladenden Zweigen der Fichten aufgefangen worden und unter ihren Mokassins knackten Äste und Zweige.

Auf einer kleinen Lichtung blieb sie stehen. Sie erkannte die Umrisse eines stattlichen Hirsches, der vor den heiseren Liedern des Frostriesen geflohen war und zwischen den Bäumen verschnaufte. Er spürte die Nähe der heiligen Frau und bewegte sich erst, als Biberfrau ihm einen sanften Gruß zurief und ihm bedeutete, dass er keine Angst zu haben brauchte. »Lauf, mein Bruder, lauf weiter! Nach dir habe ich nicht gesucht! Oder hast du nach mir gerufen?« Sie glaubte nicht daran und suchte auch dann weiter, als der Hirsch schon längst verschwunden war. Das seltsame Geräusch war nicht von dem Hirsch verursacht worden.

Ein Stöhnen drang durch die kalte Luft. Sie entsicherte ihren Feuerstock und folgte dem klagenden Laut, bis sie einen dunklen Schatten zwischen den Bäumen entdeckte.

Ein Mensch, der über einen umgestürzten Baumstamm gefallen war, nur wenige Schritte von ihrem Lagerplatz entfernt, und sein Todeslied angestimmt hatte. Sie blieb vor ihm stehen und hielt für einen Augenblick den Atem an. Auch in der Dunkelheit erkannte sie den Medizinmann der Lakota. Läuft-über-den-Wolken! Der Mann, der sie eine Hexe genannt hatte und von seinem Volk in die Verbannung geschickt worden war. »Läuft-über-den-Wolken«, sagte sie.

»Biberfrau«, erwiderte der Medizinmann flüsternd. In seinem Körper war kaum noch Leben und sein Gesicht glich der starren Maske, die er aus dem Schädel eines Büffels geschnitzt hatte.

»Was ist geschehen?«, fragte sie.

»Ich habe dich gesucht«, antwortete er.

»Du wolltest mich töten?«

»Das ist wahr, Wakanka!« In seiner Stimme war immer noch Hass, obwohl seine Seele längst geflohen war. »Aber die Geister waren gegen mich! Du bist mit dem bösen Frostriesen im Bunde!«

»Du liegst im Sterben«, stellte Biberfrau nüchtern fest.

Sie beugte sich über den sterbenden Medizinmann. Er trug dieselben Kleider, die er an jenem Tag getragen hatte, als sie um die Wette geritten waren. Sie hingen in langen Streifen von seinem Körper, als hätte er mit einem Bären gekämpft. Sein Gesicht war ausdruckslos, das konnte sie selbst in der Dunkelheit erkennen, und seine Lippen zitterten. Er hustete und spuckte Blut, und als sie ihn berührte, fand sie einen Pfeil, der tief in seiner Lunge steckte. »Du bist verletzt«, sagte sie dicht über seinem Gesicht.

»Du hast mich getötet«, sagte er.

Sie zog den Pfeil aus seinem kalten Körper und legte eine Hand auf seine Brust, als er vor Schmerzen aufschrie. »Wakanka!«, beschimpfte er sie, »ich komme zurück und werfe dich den Vögeln mit den langen Hälsen vor! Du wirst sterben, das verspreche ich! Du bist eine Hexe und…« Seine letzten Worte wurden von dem Blut erstickt, das über seine Lippen sprudelte und den letzten Hauch von Leben aus seinem Körper zog. Er bäumte sich noch einmal auf, dann sank er tot auf den frostigen Boden.

Sie spürte kein Mitleid und trauerte nicht um ihn. Gefühllos kehrte sie zu ihrem Feuer zurück. Erst im Schein der Flammen erkannte sie, dass der tödliche Pfeil aus ihrem Köcher stammte.

DIE ZEIT DER SPINNEN

36

DER MANN IM NEBEL

BIBERFRAU RITT ALLEIN über die weite Ebene. Die Sonne war von dem weißen Dunst verschluckt worden, der über den zugefrorenen Flüssen hing, und leuchtete wie ein Feuer im Nebel. Es gab keinen Schnee mehr, aber der Boden war glatt, und ihr Schecke fand kaum einen Halt. Der Frostriese blies seinen kalten Atem auf das Land und trieb sie den felsigen Bergen entgegen. Sie hatte das Büffelfell fest um ihre Schultern gezogen und hielt den Kopf gegen die eisige Kälte gesenkt. Ihre Augen waren gerötet und sie sehnte sich nach einem prasselnden Feuer und den vertrauten Geschichten, die Steht-die-ganze-Nacht während der Wintermonate erzählte. Sie vermisste ihr Volk und ihre Seele schmerzte, wenn sie an das Winterlager auf der Lichtung dachte.

Das Schnauben ihres Ponys klang wie ein Echo in der kalten Luft. Von seinem Maul stieg weißer Rauch empor und in seiner Mähne klebten Eiskristalle. Der Hufschlag wirkte ungewöhnlich laut in der winterlichen Stille. Sie war allein mit dem Wind und spürte die Nähe der Geister, die von den Bergen herabgestiegen waren. Wer hatte ihren Pfeil abgeschossen? Der trickreiche Kojote? Eine unsichtbare Macht? Sie dachte lange darüber nach und kam zu keinem Ergebnis. Sie hatte die Pfeile in ihrem Köcher nicht berührt und den Medizinmann erst gesehen, als er verwundet über dem umgestürzten Baum gelegen hatte. Sie trauerte nicht um ihn und nahm an, dass der Pfeil ein Zeichen des Großen Geistes gewesen war. Nur wenn sie entschieden gegen ihre Feinde vorging, konnte ihr Volk die Zukunft erleben.

Sie wusste nicht, wie lange sie unterwegs war. Die Sonne leuchtete in dem weißen Dunst und verschwand in der Dunkelheit, auf einen Tag folgte der nächste. Der Frostriese tobte auf den vereisten Ebenen und ruhte sich in den Wäldern aus. Sie ritt durch das Land der angeberischen Krähen, aber ihre Feinde verbrachten den Winter in geschützten Dörfern und dachten gar nicht daran, über die Prärie zu reiten. Sie begegnete keinem Menschen, nicht einmal ihre vierbeinigen Freunde ließen sich blicken. Sie war der einzige Mensch in einem endlosen Land und nur einmal während ihres Ritts fand sie die Spuren eines Reitertrupps. Sie folgte ihnen, bis sie die Tipis eines Krähendorfes auf einer Lichtung stehen sah. Nachdem sie ihre Spuren verwischt hatte, ritt sie weiter ohne sich weiter darum zu kümmern.

Ihre Feuer waren klein und spendeten kaum Wärme. Auch wenn man keinem Menschen begegnete, musste man vorsichtig sein. Das brachten die Krieger den kleinen Jungen bei. Der Wind verwischte ihre Spuren und blieb in ihrem Rücken, begleitete sie über einen vereisten See und in die Ausläufer der Berge hinein. Sie betete jeden Morgen und jeden Abend zum Großen Geist und bat ihn ihr die Kraft zu geben auch diese schwere Prüfung zu bestehen. Es waren viele Monde vergangen, seitdem sie mit Süße Medizin zum heiligen Berg geritten war, und auch die Prüfung, die in den Jagdgründen der Schlangen und im Dorf der

Numakiki auf sie gewartet hatte, lag schon lange zurück. Sie wusste nicht, ob sie noch stark genug war eine Prüfung des Großen Geistes auf sich zu nehmen, und stärkte ihre Seele mit den heiligen Liedern, die ihr schon viele Male geholfen hatten.

Die Einsamkeit erfüllte sie mit der Ruhe, die sie für diese Aufgabe brauchte. Vielleicht dauerte es deshalb so lange, bis sie ihr Ziel erreichte. Ihre Seele musste im Gleichgewicht sein, wenn sie in das Tal der weinenden Bäume ritt. Der Kojote hatte sie zu früh in die ungewisse Zukunft getrieben und ihre Panik hätte ihr beinahe eine Kugel eingebracht. Wenn sie sich diesmal in den Nebel wagte, musste sie stärker sein und ihre Gedanken mussten klar bleiben, was auch immer geschah. Die Zukunft ihres Volkes hing davon ab, was sie im Tal der weinenden Bäume sah, und nur wenn sie die schreckliche Wahrheit kannte, durfte sie in die Heimat zurückreiten um ihr Volk auf die schwere Zeit vorzubereiten.

Sie dachte an den Jungen, der die Büffel gejagt hatte. Er würde Kleiner Wolf heißen, wenn sie zurückkehrte, und an der Spitze aller Tsis-tsis-tas gegen die bärtigen Männer reiten. So hatte sie es in ihrem Traum erfahren. In den klaren Augen des Jungen hatte die Wahrheit gelegen und seine entschlossene Miene hatte ihr viel Mut gemacht. Er war der geborene Krieger. In seiner Seele vereinten sich die Sanftheit von Süße Medizin und die wilde Entschlossenheit der Hundekrieger, die sie gekannt hatte. Das wusste sie schon jetzt. Sein Blick hatte sie verzaubert, und seitdem sie ihm gegenübergestanden hatte, wusste sie, dass Wolf-auf-dem-Hügel nicht der auserwählte Krieger war. Sie würde die Luft von Kleiner Wolf atmen, sobald er ein Mann geworden war. Sie sehnte sich nach der liebevollen Berührung eines Kriegers und beneidete eine Frau wie Die-ihre-Knie-badet, die kaum Sorgen kannte und in der Liebe zu einem Mann aufging.

Aus den Bergen trieb kalter Nebel heran. Sie hielt ihren

Schecken an um zu essen und zu trinken und ritt weiter nach Westen. Der helle Fleck der Sonne war kaum zu sehen. Der Wind war eisig und feucht und ihr Pony wehrte sich wiehernd gegen die schmerzhaften Berührungen durch den Frostriesen. Der Schatten eines Reiters kam näher. Sie zügelte ihr Pony und blickte der mächtigen Gestalt entgegen, die sich wie ein Furcht erregendes Ungeheuer aus dem Nebel schälte und auf einem stämmigen Pferd mit starken Beinen saß. Der Riese, den sie in ihren Träumen gesehen hatte! Ein mächtiger Mann mit vielen Haaren im Gesicht eine Pelzmütze über den brennenden Augen und den mächtigen Körper in einen dicken Büffelfellmantel gehüllt. Er hielt einen Feuerstock über seinem Sattel und hatte eine kurze Pfeife zwischen den gelben Zähnen stecken. »Du bist wiedergekommen«, sagte er, als er die heilige Frau der Tsis-tsis-tas erkannte.

»So will es der Große Geist«, erklärte sie furchtlos. Die Augen des bärtigen Mannes waren freundlich und sie hatte keine Angst. Er stand auf keiner Seite und kämpfte für niemanden und auch jetzt war nicht zu erkennen, welche Farbe seine Haut hatte.

»Ich weiß«, erwiderte er, »auch ich habe mit dem Großen Geist gesprochen. Er will, dass du das Tal der weinenden Bäume siehst. Ich wollte dir den Anblick ersparen und einen anderen Weg in die Zukunft zeigen, aber vieles ist vorherbestimmt und alles dreht sich im Kreis. Du musst tapfer sein, meine Schwester!«

Biberfrau lenkte ihren Schecken neben den fremden Mann. Seine Augen waren von einem seltsamen Blau, das sie an die Seen in den Bergen erinnerte. »Ich habe viel gebetet, fremder Mann! Wer bist du? Hat dich Maheo geschickt? Warum sprichst du mit mir? Du siehst nicht wie ein Krieger unseres Volkes aus …«

»Ich habe es dir gesagt«, erinnerte der bärtige Mann die heilige Frau, »ich bin der Mann, der keinen Namen hat. Ich habe meine Heimat verloren und fliehe vor den blassen

Männern, die immer weiter nach Westen vordringen und meinen Traum zerstören wollen. Ich habe ihr Blut in den Adern, aber ich denke wie ein Krieger eures Volkes, der in den heiligen Bergen nach einer besseren Zukunft sucht. Ich habe meinen Namen verloren und suche nach einem neuen Leben, doch die Sonne ist erloschen und eisiger Wind braust über die schneebedeckten Hänge.«

Sie lächelte schwach. »Du sprichst wie ein Häuptling, der den Frieden sucht. Was haben die bärtigen Männer getan? Warum hast du sie verlassen?« Sie blickte ihn furchtlos an. »Deine Haut war blass, das kann ich erkennen, aber jetzt ist sie braun, und du sprichst mit der Zunge meines Volkes. Wer bist du, Fremder? Hast du keine Sprache?«

Sie trieben ihre Pferde an und ritten langsam in den Nebel hinein. Der Mann mit den vielen Haaren im Gesicht wirkte jetzt kleiner und seine Bewegungen wurden lockerer und als er etwas sagte, klang es fremd und sie verstand erst, als er seinen Feuerstock in die Lederhülle schob und seine Worte in die Zeichensprache übersetzte.

»Ich hab meinen Namen vergessen«, krächzte er heiser. Er kicherte leise in sich hinein und schob die kurze Pfeife von einem Mundwinkel in den anderen. »Die Leute nennen mich Hawk.«

»Hawk«, wiederholte sie das fremde Wort.

Er machte das Zeichen für »Falke« und sie verstand. »Weil ich mal Augen wie ein Falke hatte, aber das ist lange her!« Er kicherte wieder. »Damals ritt ich für die gottverdammten Engländer und der Teufel soll mich holen, wenn ich ihnen nicht gezeigt habe, wo sich die verfluchten Shawnees versteckten! Sorry, meine Liebe, die Rotröcke gingen nicht gerade zimperlich mit den Injuns um, aber sie bezahlten mit harter Währung, und ich träumte damals noch von einer Frau und vielen Kindern!« Er seufzte. »Die Flausen hab ich mir längst aus dem Kopf geschlagen! So wie die Dinge jetzt stehen, bin ich heilfroh, dass ich in den Westen geflohen bin! Mit den gottverfluchten Dampfschiffen hab ich wenig im Sinn, und wenn ich diese elenden Schollenbrecher sehe, wie sie die Wildnis einzäunen und die Erde aufreißen, wird mir übel!«

Biberfrau verstand nicht alles, was der bärtige Mann sagte. Das Ungeheuer, das in ihren Träumen aufgetaucht war, hatte sich in einen Mountain Man verwandelt, der mit der Zunge der blassen Eindringlinge sprach. Die Männer der Berge waren aus ihren heimatlichen Dörfern geflohen und hatten sich in die abgelegenen Bergtäler zurückgezogen. Dort stellten sie den Pelztieren nach. Sie lebten wie die Tsis-tsis-tas und ihre Nachbarn und die meisten von ihnen waren mit Frauen dieser Völker verheiratet. Das wusste Biberfrau von den Waldleuten, die schon seit einigen Wintern mit diesen blassen Männern handelten. »Alle bärtigen Männer sind schlecht!«, hatte Biberfrau am gemeinsamen Feuer gerufen, aber Hawk war freundlich und in seinen blauen Augen glühte das Feuer, das auch einen Hundekrieger oder Fuchskrieger beseelte. »Warum lebst du wie wir?«, fragte sie. »Warum hast du dein Dorf verlassen? Was haben die bärtigen Männer getan?«

»Wenn ich dir das erzähle, Kindchen, reden wir noch morgen früh«, antwortete der Pelztierjäger, »du wirst es noch früh genug erfahren! Sie sind wie die Geier, diese verdammten Siedler! Sie stürzen sich auf einen Flecken dieses Landes und haben nichts Besseres zu tun, als die Erde umzugraben! Sie reißen sie mit Pflügen und Schaufeln auf und ziehen gottverdammte Zäune und hinter ihnen kommen immer mehr Siedler und ziehen immer weiter nach Westen, bis die ganze Prärie ein verdammter Acker ist! Zum Heulen ist das, Schätzchen, aber es gibt nichts, was sie aufhalten kann! Die Weißen sind so zahlreich wie die Sterne!«

Biberfrau hatte nicht alles verstanden. »So zahlreich wie die Sterne?«, wiederholte sie den letzten Satz. »Du meinst, wir können sie nicht aufhalten? Sie töten alle Tsis-tsis-tas und graben die Erde, die unsere Großmutter ist, mit scharfen Messern um? Ist es das, was im Tal der weinenden Bäume auf mich wartet, Fremder?«

»Was für ein Tal?« Er schüttelte den Kopf, wie ein Bär, der auf ein unerwartetes Hindernis gestoßen war. »Ich sage dir, Kindchen, unsere Tage sind gezählt! Deine und meine! Für die gottverdammten Siedler bin ich nichts weiter als ein Injun, meine Haut ist rot geworden, verstehst du? Und alles nur, weil ich meine Ruhe haben will! Ich hab nichts übrig für Zäune und ich reite lieber über die Prärie, als mir auf einem Dampfschiff oder in einer Stadt den Hintern zu verbrennen! Wir können sie nicht aufhalten, Kindchen, aber wir können einigen von ihnen den Arsch versohlen und die Sache ein bisschen hinausziehen, das können wir, so wahr ich gestern den größten Biber meines Lebens gefangen habe.« Er hielt sein Pferd an und nahm die Pfeife aus dem Mund. »He, hast du nicht etwas von einem verdammten Tal gesagt?«

»Das Tal der weinenden Bäume«, sagte sie noch einmal, »dort werde ich die Zukunft meines Volkes sehen. Reitest du mit mir?«

Der Pelztierjäger kicherte. »Nein, Kindchen, mit heulenden Bäumen hab ich wenig im Sinn! Ich reiter weiter, immer weiter, bis ich meinen gottverdammten Arsch in den Pazifik setze, und der Teufel weiß, was ich dann mache! Leb wohl, Kindchen!«

Biberfrau verabschiedete sich von dem bärtigen Mann und ritt allein in den Nebel hinein. Sie war verwirrt. Waren die mächtige Gestalt und der blasse Jäger derselbe Mann? Hatte er die Wahrheit gesprochen? Waren die Weißen so zahlreich wie die Sterne am Himmel? Würde der große Krieg, von dem ihr Schutzgeist schon vor vielen Wintern gesprochen hatte, vergeblich sein? Die Fragen quälten sie und sie hatte Angst davor, im Tal der weinenden Bäume nach der Wahrheit zu suchen. Was waren das für blasse Männer, wenn selbst ihre eigenen Jäger davonliefen und in den Bergen nach einer neuen Zukunft suchten?

Sie hielt ihren Schecken an und dachte lange nach, bevor sie weiterritt. Manchmal waren ein Traum und die Wirklichkeit nur schwer zu trennen und sie fragte sich, warum Maheo sie mit dem blassen Pelztierjäger zusammengebracht hatte. Damit sie erfuhr, wie groß die Gefahr war, die von den bärtigen Männern ausging? Damit sie erkannte, dass ihr sorgenfreies Leben nur von kurzer Dauer war? Das wusste sie längst. Sie hatten mit dem Blut des Pfeilbewahrers und zahlreicher anderer Uferleute für diese Erkenntnis bezahlt. Alles drehte sich im Kreis und auf jeden guten Tag folgte ein schlechter Tag. Hinter dem Hügel einer grünen Weide lag trockene Wüste. Das wussten sie und sie beteten und sangen zu den Geistern, damit die bösen Tage nicht zu lange dauerten. Nichts durfte den heiligen Kreis des Lebens zerstören.

Was war diesmal anders? Waren die Vehos, die Spinnen, dabei, ihrem Leben ein Ende zu setzen? Würde es nur noch schlechte Tage geben und stand am Ende einer langen Leidenszeit ein dunkles Nichts? Sie stieg aus dem Sattel und betete zum Großen Geist. »Maheo«, flehte sie den Schöpfer an, »bleibe bei mir, wenn ich in das Tal der weinenden Bäume reite! Bleibe bei meinem Volk, denn ich spüre, dass dunkle Schatten über unseren Jagdgründen heraufziehen! Reite mit den Männern, die in den Krieg ziehen und auf die Jagd gehen, und beschütze die Frauen, die in den Tipis zurückbleiben und die Hausarbeit verrichten! Wärme die Kinder, die noch zu klein sind um das Leben zu verstehen! Lass die Sonne über dem schneebedeckten Gipfel des heiligen Berges leuchten und zeige meinem Volk die Bilder einer glückliche Zukunft! Darum bitte ich dich, Großer Geist!«

In den nasskalten Nebelschwaden erkannte sie den schroffen Felskamm, der die weiten Ebenen vom Tal der weinenden Bäume trennte. Sie sprang auf ihren Schecken und ritt langsam weiter. Ihre Hände hielten den entsicherten Feuerstock. Ihre Gedanken waren klar und sie war von der Tapferkeit eines Hundekriegers beseelt, als sie über den Hügelkamm ritt. »Ei-e-ya, ich bin Biberfrau, die heilige Frau des Volkes«, rief sie, »ich habe keine Angst vor den Bildern, die du mir zeigen willst!« Sie trieb ihren Schecken an und ritt im gestreckten Galopp in das Tal hinein.

Jenseits des Hügelkamms verschwand der Nebel. Die feuchten Schwaden lösten sich auf und flimmernde Hitzeschleier empfingen sie. Der Boden zitterte und eine dichte Staubwolke hing über der Prärie. Die verkrüppelten Kiefern beugten sich unter dem heißen Wind und weinten leise. Schüsse krachten. Eine Kugel fuhr dicht an Biberfrau vorbei und schlug auf einen Felsen.

Mit dem Feuerstock in der rechten Hand sprang sie aus dem Sattel. Sie warf sich in ein ausgetrocknetes Bachbett und versuchte den Staub mit ihren Augen zu durchdringen. Der Boden dröhnte jetzt und sie erkannte dunkle Schatten, die sich rasend schnell durch das Tal bewegten. Heftiges Schnauben drang an ihre Ohren, vertrieb den Schecken, der hinter ihr stehen geblieben war. »Ei-e-ya!«, rief sie verstört. Dies waren keine schrecklichen Bilder, dies war die Zukunft, von der sie immer geträumt hatte. Die Büffel waren zurückgekehrt. Sie wälzten sich über die Prärie, stampften das kniehohe Gras in den Boden und verschwanden in der hellen Sonne. Mutige Krieger auf schnellen Pferden folgten ihnen und schossen aus ihren Feuerstöcken.

Sie hob den Kopf und spürte einen eisigen Windhauch. Die bösen Geister waren im Tal und berührten ihren Körper. Sie sprang auf und sah, dass die Schatten zu bärtigen Männern gehörten. Sie ritten von den umliegenden Hügeln und schossen wahllos in die Herde hinein. Ein Tier nach dem anderen knickte in den Vorderhufen ein und sank zu Boden. Ein Büffelkalb wurde mitten im Lauf getroffen und flog durch die Luft. Immer mehr blasse Männer ritten von den Hängen herab, wie giftige Spinnen kreisten sie die Büffel ein und ihr klebriges Netz zog sich wie ein tödlicher Panzer um die Tiere zusammen. Ihre Feuerstöcke spuckten eine Kugel nach der anderen aus. Sie brauchten nicht nachzuladen und feuerten mitten in die heiligen Tiere hinein.

»Nein«, schrie Biberfrau, »das darfst du nicht zulassen, Maheo!« Sie war aufgesprungen und starrte entsetzt auf die sterbenden Tiere. Ihre Stimme überschlug sich vor Schmerz, wurde zu einem verzweifelten Schluchzen und einem heiseren Krächzen und dann hob sie ihren Feuerstock und die Kugel brach aus dem Lauf und flog weit über einen bärtigen Angreifer hinweg. »Das dürft ihr nicht tun!«, rief sie weinend und sank wieder zu Boden und schlug mit verheultem Gesicht in den aufgewirbelten Staub.

Als sie erneut auf die Beine kam, waren die Männer verschwunden. Der Staub hob sich wie ein Leichentuch von den toten Tieren und wehte langsam davon. Ihre Kehle wurde eng und über ihre Lippen kam ein Schrei, als sie die toten Büffel sah. Das ganze Tal war mit ihren Kadavern bedeckt. So weit sie blicken konnte, lagen die massigen Leiber der heiligen Tiere im Staub. Ihre Felle waren verschwunden und die weißen Fettschichten ihrer aufgedunsenen Leiber hatten Fliegen und anderes Ungeziefer angezogen. Die Vögel mit den langen Hälsen waren gekommen und krächzten in freudiger Erwartung. Sie scherten sich nicht darum, dass die blassen Männer den Großen Geist beleidigt hatten. Sie waren mit den bösen Geistern verbündet, die in das geheimnisvolle Tal gekommen waren.

Biberfrau ließ die Hand mit dem Feuerstock sinken. Sie spürte den Schmerz tief in ihrer Seele und stolperte mit leeren Augen durch das Tal. Sogar die Steine weinten jetzt. Die bärtigen Männer hatten den Kreis des Lebens zerstört. Die bösen Geister hatten gesiegt und ihnen die Zukunft genommen. Nicht einmal der Große Geist konnte etwas daran ändern. Dies war das Ende ihres Volkes und es gab keine Gebete, die jetzt noch halfen.

»Maheo! Was hast du getan?«, rief sie verzweifelt.

37

ÜBER DEN HÄNGENDEN PFAD

DER SCHMERZ TRIEB Biberfrau aus dem verzauberten Tal. Sie wankte über den Felskamm, gefolgt von ihrem Schecken, und brach im feuchten Nebel zusammen. Ihre Tränen erstickten jeden Gedanken. Sie versank in der Finsternis und fand sich auf dem Rücken eines braunen Ponys wieder, das sie über die steilen Berghänge zu den Gipfeln trug. Auf dem hängenden Pfad spürte sie, wie das Funkeln unzähliger Sterne ihre Tränen trocknete, und am Ufer des Flusses, der durch die Jagdgründe auf der anderen Seite floss, wurde sie von Süße Medizin empfangen.

»Ich grüße dich, meine Schwester«, sagte der Krieger ernst, »auch ich habe das Tal der weinenden Bäume gesehen. Vor vielen Wintern schon, als ich den letzten Gipfel meines Lebens erklomm. Ich kenne die schrecklichen Bilder und weiß, dass du über einen steinigen Pfad reitest. Du bist die einzige Hoffnung unseres Volkes.« Sein Körper war mit roter Farbe bemalt und in seinem Haar steckten Adlerfedern. »Ich bin froh, dass du gekommen bist. Komm mit mir und ruhe dich an meinem Feuer aus!«

»Mein Bruder«, erwiderte sie. Ihre Stimme war immer noch heiser und auf ihrer Seele lastete der Schmerz, den sie im Tal der weinenden Bäume erfahren hatte. »Ich brauche deine Hilfe.«

Sie ritten schweigend am Fluss entlang. Die Sonne brannte am blauen Himmel und spiegelte sich im klaren Wasser. Silberne Fische sprangen aus dem Fluss und glänzten im Licht. Die Luft roch nach frischen Wildblumen. Ihre Pferde schnaubten erfreut und genossen den würzigen Duft, der von der dunklen Erde aufstieg. Sie waren allein in der hügeligen Prärie, die sich sanft und grün bis zum fernen Horizont hinzog. Ein bunter Blütenteppich erstreckte sich unter der hellen Sonne und strahlte in allen Farben. Der Fluss rauschte behäbig in seinem lehmigen Bett.

Biberfrau war beeindruckt von der Schönheit der Natur, die sich hier noch üppiger entfaltete, und sie erfreute sich an dem stillen Frieden, der über den fruchtbaren Tälern lag. Der Wind sang ein Lied, das sie schon lange nicht mehr gehört hatte, und die vierbeinigen Brüder erschienen am Waldrand und begrüßten sie. Es gab keinen Schnee und keinen Nebel, es gab keine Krähen und keine bärtigen Männer. Dies war ein Land, in dem alle Menschen glücklich waren, und in ihr wuchs die Sehnsucht nach dem Tag, an dem sie ihr Tipi in einem dieser weiten Täler aufstellen würde.

»Vielleicht hat Maheo deshalb die bärtigen Männer geschickt«, sagte sie, »vielleicht will er, dass alle Tsis-tsis-tas den Frieden erleben, den du auf der anderen Seite des Flusses gefunden hast.«

»Ich weiß es nicht«, meinte er, »in diesem Land gibt es keine bösen Geister und den Krieg kennen wir nur aus den Bildern, die in unserer Erinnerung geblieben sind. Wir leben mit unseren Brüdern und Schwestern zusammen und unsere Fleischtöpfe sind immer gefüllt. Aber auch jenseits des hängenden Pfades war es schön, trotz der steilen Gipfel, die wir erklimmen mussten. Manchmal sehne ich mich nach dem anderen Leben zurück.«

Sie erreichten das Tal, in dem Süße Medizin lebte, und stiegen vor seinem Tipi von den Pferden. Auf einem Büffelfell, das vor dem Zelt im knöcheltiefen Gras lag, ließen sie sich nieder. Biberfrau lernte die Frau des Kriegers kennen, ein Mädchen beinahe noch, die wenig sagte und ihnen gekochtes Büffelfleisch und frisches Wasser brachte. Bevor sie aßen, rauchten sie die heilige Pfeife. Sie bliesen den Rauch zum Himmel, zur Erde und in die vier Richtungen und ehrten den Großen Geist mit einem Gebet.

Nach dem Essen schwiegen sie lange. So verneigten sie sich vor dem Schöpfer aller Dinge, der ihnen in diesem Land besonders nahe war. Ein Schmetterling tanzte über dem Büffelgras und verschwand zwischen einigen Blumen. Von den anderen Tipis drang das ausgelassene Geschrei der Kinder herüber. Es gab keine Feinde, die auf heimtückische Weise ein Dorf überfielen, und sie brauchten keine Angst vor einem Angriff zu haben. Die Pferde weideten auf der offenen Prärie und es gab keine Späher, die um das Lager ritten und nach fremden Spuren suchten.

»Viele Winter sind vergangen, seit wir zum letzten Mal an einem Feuer gesessen haben«, sagte der heilige Mann. »Ihr habt gute Zeiten erlebt. Die Büffel haben euch alles gebracht, was ihr zum Leben braucht, und eure Krieger haben viele Coups geschlagen. Der Große Geist hat über euch gewacht und die Tipis waren vom Lachen der Kinder erfüllt. Der Adler hat euer Lachen in mein Tipi getragen und meine Seele flog über den grünen Wiesen, denn ich gehöre immer noch zu den Tsis-tsis-tas und lache und weine mit meinem Volk.« Sein Lächeln gefror und ein bitterer Ausdruck erschien auf seinem Gesicht. »Aber alles bewegt sich im Kreis und die guten Zeiten sind nicht von Dauer. Nicht in deiner Welt. Das weißt du, denn du lebst seit vielen Wintern auf der anderen Seite und bist niemals älter geworden. Der Große Geist hat dich in das Tal der weinenden Bäume geschickt und dir gezeigt, wie mächtig die bösen Geister in der wirklichen Welt sind.«

»Das ist wahr«, erwiderte sie, »ich habe die toten Büffel gesehen und weiß, wie schrecklich unsere Zukunft sein kann. Ich habe hohe Gipfel bestiegen und bin durch tiefe Täler gezogen und habe niemals geklagt, denn ich habe die schweren Prüfungen angenommen und bin mit meinem Volk in eine bessere Zukunft gegangen. Ich habe den Frostriesen besiegt und ich habe die großen Hunde aus dem Süden geholt. Ich habe den Anblick der schweren Krankheit ertragen, die bärtige Männer zu den Numakiki getragen haben. Maheo war immer bei mir und ich war stark genug die Ungeheuer zu besiegen. Aber diesmal ist es anders. Wenn die heiligen Tiere von den Ebenen verschwinden, hat mein Volk nichts mehr zu essen. Dann müssen wir alle sterben.«

»Es gibt immer einen Weg«, sagte Süße Medizin. »Selbst wenn die Büffel nicht mehr wiederkommen, gibt es eine Zukunft für unser Volk. Das habe ich in meinen Träumen erfahren. Ich weiß nicht, ob ich die Wahrheit gesehen habe, und der Große Geist hat meine Gebete niemals beantwortet, aber es gibt Hoffnung für unser Volk. Du bist auserwählt nach einem Weg zu suchen! Sei tapfer, meine Schwester, und fürchte dich nicht vor den bösen Geistern, denn in diesem letzten Kampf sind wir alle vereint. Wir reiten in eine große Schlacht und du wirst mit den tapfersten Kriegern kämpfen, wenn Langhaar über den Hügel kommt.«

»Langhaar?«, fragte sie verwundert. »Nennst du den Namen eines bärtigen Mannes? Ich habe noch nie von ihm gehört.«

»Es werden noch viele Winter vergehen, bis er mit seinen Soldaten über die weiten Ebenen reitet«, erwiderte Süße Medizin, »das habe ich vom Großen Geist erfahren. Sein Name ist untrennbar mit der Geschichte unseres Volkes verbunden. Seine Haare sind gelb und lang und er ist von dem Gedanken besessen einen großen Sieg gegen die Völker der Ebenen zu erringen. Mehr hat mir der Große Geist nicht verraten. Hüte dich vor diesem Mann, denn er will den Untergang unseres Volkes!«

»Wir werden ihn besiegen«, rief Biberfrau so laut, dass die junge Frau des heiligen Mannes erschrocken im Zelteingang erschien. »Wenn ich lange genug lebe, werde ich seinen Körper berühren!« Sie zeigte die Entschlossenheit eines Hundekriegers.

»Dafür will ich beten«, versprach Süße Medizin. Er berührte den Medizinbeutel vor seiner Brust und schloss die Augen. »Du sollst wissen, dass ich bei dir bin, wenn der große Krieg gegen die bärtigen Männer beginnt.« Er berührte ihre Schultern und blickte sie forschend an. »Du weißt seit vielen Wintern, dass diese Prüfung auf dich wartet, nicht wahr? Du hast davon geträumt.«

»Das ist wahr«, meinte sie, »aber ich wusste nicht, dass die blassen Männer alle Büffel erschießen! Wer die heiligen Tiere tötet, nimmt uns den Sinn des Lebens. Warum lässt Maheo das zu?«

»Ich weiß es nicht«, antwortete Süße Medizin ehrlich, »ich habe den Großen Geist oft gefragt, aber dieses Geheimnis hat er mir nie verraten! Vielleicht ist es so, wie du sagst. Vielleicht muss das Leben schmerzhaft enden, damit wir das Glück auf der anderen Seite des Flusses erfahren können! Ich bin mir nicht sicher.«

Biberfrau blickte niedergeschlagen zu Boden. »Wie kann ich meinem Volk helfen, wenn selbst du keine Antwort weißt? Du kennst alle Geheimnisse der Tsis-tsis-tas. Du hast uns die heiligen Pfeile gebracht und du hast uns die Tänze und Lieder gelehrt, die uns vor den bösen Geistern schützen sollen. Warum zerstören die bärtigen Männer den Kreis unseres Lebens?«

»Auch ich bin nur ein einfacher Krieger«, meinte Süße Medizin bescheiden, »so wie du eine einfache Kriegerin bist! Wir sprechen mit den Geistern und wir wurden auserwählt unser Volk in die Zukunft zu führen, aber vor Maheo sind wir klein und unbedeutend! Das weißt du, meine Schwester. Wir reiten zwischen den Welten und doch sind wir machtlos gegen die geheimnisvollen Kräfte und leben nur, weil der Große Geist seine schützenden Hände über uns hält! Wir leben in den Träumen, die er geschaffen hat, und reiten durch seine Gedanken, aber wenn er die heiligen Pfeile zerstört, versinken wir in endloser Dunkelheit.«

Das Eingeständnis ihrer Schwäche machte sie nachdenklich. Sie blickten angestrengt über die grünen Wiesen und grübelten, bis Biberfrau sagte: »Du lebst auf der anderen Seite, mein Bruder! Du bist viel mächtiger als ich! Sage mir, was ich tun soll! Hilf mir!«

»Ich habe dir schon geholfen«, erwiderte der heilige Mann, »ich habe dir alles gesagt, was ich in meinen Träumen erfahren habe. Mehr kann ich nicht tun. Du bist die heilige Frau unseres Volkes. Nur du bist stark genug unserem Volk auf seinem schweren Weg in die Zukunft beizustehen! So will es der Große Geist. Ich habe meine Aufgabe schon vor vielen Wintern erfüllt und darf nur noch einmal über den hängenden Pfad reiten. Wenn du gegen Langhaar und seine Soldaten kämpfst, werde ich bei dir sein!«

Biberfrau fand sich damit ab und verabschiedete sich von Süße Medizin. Seine junge Frau war nirgendwo zu sehen. Sie hatte zu viel Respekt vor den Erinnerungen ihres Mannes und der heiligen Frau. »Ich werde die Farben des Krieges tragen, wenn du kommst«, sagte Biberfrau, als sie auf ihren Braunen stieg. Ihr Blick war ernst und in ihren Augen standen Tränen. »Wer hätte gedacht, dass der Weg in die Zukunft so beschwerlich ist?«

»Wir sind auserwählt die Last der Verantwortung zu tragen«, erklärte Süße Medizin. »Ich habe viele Jahre in der Höhle des heiligen Berges gelebt und nur die Dunkelheit gesehen. Du reitest durch ein bewegtes Leben und erlebst die schweren Prüfungen, die uns der Große Geist schickt. Unsere Brüder und Schwestern haben es einfacher. Ihr Leben ist kürzer, und wenn sie einen Gipfel erklommen haben und den scharfen Atem der bösen Geister spüren, wartet der stille Frieden auf der anderen Seite.«

»Das ist wahr, mein Bruder. Leb wohl!«

Biberfrau verließ das Tal und kehrte über den hängenden Pfad ins wirkliche Leben zurück. Das Wiedersehen mit dem legendären Krieger hatte ihr neue Kraft gegeben, aber die Angst vor der schrecklichen Zukunft war geblieben. Der Anblick der toten Büffel hatte sich tief in ihre Seele gegraben. Sie würde noch öfter beten müssen und die heiligen Lieder mussten noch lauter erklingen, wenn es eine Hoffnung für die Tsis-tsis-tas geben sollte. Sie liebte ihr Volk und würde alles tun um einen neuen Weg für die Uferleute zu finden. Ihr Stolz durfte niemals gebrochen werden, nicht einmal im Tal der weinenden Bäume.

Sie erreichte ihre Welt unterhalb einer Hügelkette, die braun und kalt unter einem verwaschenen Himmel lag. Schneeflocken wurden von einem eisigen Wind über das Land getrieben. Sie hüllte sich in ihr Büffelfell und belauschte die Bäume, die von einem strengen und unnachgiebigen Winter erzählten. Die Steine litten still unter der eisigen Kälte. Sie spürte die feste Berührung des Frostriesen und stellte verwundert fest, dass sich ihre Welt verändert hatte. Es gab neue Pfade und es waren zahlreiche Bäume gefällt worden und der Wind brachte den Geruch der bärtigen Männer mit. Wie viel Zeit war seit ihrem Ritt vergangen?

Ein vertrautes Kichern lag in der kalten Luft. Sie griff dem Pony in die Zügel und sah einen Kojoten über die Hügel kommen. Er verwandelte sich in den Krieger, dem sie schon einige Male begegnet war, und setzte sich auf einen Stein. Der heftige Wind schien ihm nichts auszumachen. »Biberfrau«, begrüßte er sie spöttisch, »wohin reitest du? Erkennst deine Heimat nicht mehr?«

Sie blieb im Sattel sitzen, die Hand an ihrem Feuerstock und blickte misstrauisch auf den trickreichen Betrüger. Der listige Kojote war unberechenbar. »Es hat sich viel verändert, Wihio.«

»Du hast scharfe Augen«, erwiderte der Kojote lachend. »Willst du zu deinem Volk zurück? Viele Winter sind vergangen, seit du auf die andere Seite geritten bist, und nur noch wenige Tsis-tsis-tas erinnern sich an deinen Namen! Du bist eine Geist-Frau! Viele Krieger glauben, dass du nur in ihren Geschichten lebst.«

»Ich gehöre zu den Uferleuten«, widersprach sie trotzig, »und ich bin zurückgekommen um mein Volk in eine neue Zukunft zu begleiten.« Sie dachte über die Worte des Kojoten nach und ihr Blick wurde unsicher. »Wie lange bin ich weg gewesen, Wihio?«

Er genoss ihre Unsicherheit und kicherte. Es kam selten vor, dass eine heilige Frau weniger wusste als der harmlose Kojote. Aber auch er sprach mit den Geistern. Er sang lustige Lieder für sie und sie berichteten ihm, was im wirklichen Leben geschah. »Zehn Winter, vielleicht zwanzig, genau kann ich es nicht sagen.«

»Ist das einer deiner dummen Streiche?«, fragte sie. »Willst du mir erzählen, dass so viele Winter vergangen sind, ohne dass ich es gemerkt habe? Du hast den Verstand verloren, Wihio!«

Der Kojote breitete scheinheilig die Arme aus. »Wie könnte ich dir so etwas antun, meine Schwester? Ich kann die Zeit nicht verändern, ich bin nur ein einfacher Geschichtenerzähler. Die Geister haben dir einen Streich gespielt. Sie haben den Frostriesen vertrieben und du hast nicht gemerkt, wie die Zeit vergangen ist! Du hast viel zu lange mit dem heiligen Mann gesprochen! Jetzt haben viele Tsis-tsis-tas den Glauben an dich verloren und folgen Läuft-über-den-Wolken, dem neuen Medizinmann der Lakota. Er ist stärker als du, Biberfrau! Er besitzt einen großen Zauber!«

»Ich kenne ihn nicht.«

Sein Kichern wurde lauter. »Läuft-über-den-Wolken war noch ein Kind, als du auf die andere Seite geritten bist. Er sagt, dass du dein Volk verlassen hast! Du hättest Angst vor den bärtigen Männern, obwohl sie nur das Beste für die Völker wollen!«

»Der heilige Mann der Lakota hat sich auf die Seite unserer Feinde geschlagen?« Sie schüttelte den Kopf. »Das glaube ich nicht! Gefleckter Adler weiß, dass die Spinnen unseren Tod wollen. Was sagt er dazu? Was sagen die anderen Krieger?«

Wihio zuckte mit den Schultern. »Ein Teil der Völker will den Weg des weißen Mannes gehen. Die Krieger wollen mit ihnen handeln. Kleiner Wolf und Sitzender Büffel wollen den Krieg. Sie haben geträumt, dass die bärtigen Männer ihren Tod planen.«

»Kleiner Wolf? Ein Anführer der Waldleute?«

»Du hast von ihm gehört«, erkannte der Kojote grinsend. »Er ist ein tapferer Krieger und viele Frauen warten darauf, dass er die Liebesflöte für sie spielt. Gehörst du auch dazu, Biberfrau?«

Sie ging nicht darauf ein. »Wer ist Sitzender Büffel?«

»Ein Anführer der Lakota«, antwortete Wihio spöttisch. »Auch er kann sich vor Verehrerinnen nicht retten! Tatanka Yotanka, der sitzende Büffelbulle! Läuft-über-den-Wolken nennt ihn einen heißblütigen Krieger, der über die Zukunft seines Volkes lacht!«

»Kein Mann lässt sich das gefallen!«

»Läuft-über-den-Wolken spricht mit den Geistern. So wie du es vor vielen Wintern getan hast!« Sein Spott trieb ihr das Blut ins Gesicht. »Er besitzt die Medizin der bärtigen Männer! Ich habe diese Medizin selbst gesehen, Biberfrau. Ein eisernes Hemd, das mächtiger als die heiligen Pfeile und die heilige Büffelkappe ist!«

»So eine Medizin gibt es nicht!«

»Du wirst sie sehen!«

Sie glaubte ihm nicht und ritt wortlos weiter. Der Kojote ließ sich nicht abschütteln. Nach ein paar Schritten wurde er zum Tier und sprang vor Biberfrau und ihrem Pony über den Pfad. Seine Augen hatten sich nicht verändert und auch sein spöttisches Lächeln war geblieben. »Du weißt nicht, was geschehen ist«, fuhr er mit veränderter Stimme fort, »du kennst das Fort nicht, das die bärtigen Männer am Fluss gebaut haben. Du weißt nichts von den weißen Soldaten, die in eure Jagdgründe gekommen sind.«

Sie zügelte erneut ihr Pony. »Du lügst, Wihio!«

»Ich lüge nie«, meinte er kichernd, »das weißt du doch! Die Soldaten wohnen an dem breiten Pfad, über den die rollenden Tipis ziehen, und weit im Süden handeln Charles und William Bent mit den Völkern. So heißen die beiden Händler, die das Fort gebaut haben. In den steinernen Hütten tauschen sie eiserne Behälter und bunte Perlen gegen Büffelfelle. Ein Teil deines Volkes ist nach Süden gezogen, die Suhtai und die Hügelleute. Auch die Uferleute haben sich getrennt und das Volk, das seine Feuer im Süden errichtet. Im Süden leben die Familien, die den Weg der bärtigen Männer gegangen sind. Du bist lange weg gewesen.«

Sie klopfte mit der flachen Hand auf ihren Feuerstock. »Wenn du mich belogen hast, ziehe ich dir das Fell über die Ohren«, warnte sie ihn. Sie trieb ihr Pony an und stieß den Kriegsruf ihres Volkes aus. Der Kojote sprang erschrocken in die Büsche.

Im vollen Galopp jagte sie über die Hügel. Ihr Pony schnaubte ängstlich und ihre schrillen Schreie wurden als vielfaches Echo von den Felsen zurückgeworfen. Die Bäume hielten erschrocken den Atem an und selbst der Wind verkroch sich ängstlich. Der Frostriese folgte dem Kojoten und warf sich in den eisigen Fluss jenseits des Waldes. Biberfrau ritt wie ein Krieger, der als tapferer Mann auf die andere Seite gehen will, und hielt erst an, als ihr Pony einen Hügel erklomm und sie die hölzernen Häuser am

Flussufer sah. Ein Fort mit vielen Soldaten, die blaue Kleidung trugen und einem Anführer über den freien Platz folgten. An einem langen Mast flatterte eine Medizin der bärtigen Männer, ein buntes Tuch mit Sternen und roten und weißen Streifen. Die Stimme des Anführers war bis auf den fernen Hügel zu hören.

Biberfrau blieb wie erstarrt im Sattel sitzen und dachte gar nicht daran, in Deckung zu gehen. Der Anblick lähmte ihre Bewegungen und verwandelte ihr Gesicht in eine steinerne Miene. Wihio hatte nicht gelogen! Während sie mit Süße Medizin gesprochen hatte, war viel Zeit vergangen. Eine neue Zukunft hatte begonnen. Die bärtigen Männer waren gekommen und hatten sich in ihren Jagdgründen niedergelassen! Ihr Volk hatte sich geteilt und ihr Name wurde von einem Medizinmann der Lakota in den Schmutz gezogen, der gemeinsame Sache mit den bärtigen Männern machte! Womit hatte sie das verdient? Warum hatte sie der Große Geist davon abgehalten, ihr Volk vor dieser Zukunft zu warnen? Hatte er sie auf die andere Seite geschickt um etwas voranzutreiben, das ohnehin nicht geändert werden konnte?

Biberfrau wusste es nicht. Sie ahnte lediglich, dass der Kampf gegen die bärtigen Männer die letzte Prüfung war, die Maheo für sie bereithielt. So hatte sie den heiligen Mann auf der anderen Seite verstanden. Sie würde ihre ganze Kraft für diesen großen Kampf brauchen, und wenn der letzte Schuss verklungen war, würde eine andere Zukunft in einer anderen Welt beginnen.

38

DIE RÜCKKEHR INS DORF

DAS WINTERLAGER DER Uferleute lag auf einer geschützten Lichtung, am Ufer eines grünen Sees, der selbst im Mond des strengen Frostes nicht zufror. Das hatte Biberfrau von zwei Jägern der Lakota erfahren, die ihr zwischen den Hügeln begegnet waren. Die Freundschaft zwischen ihren Völkern bestand immer noch und es gab keine bösen Worte zwischen ihnen. Sie entzündeten ein kleines Feuer und rauchten die heilige Pfeife und als sie ihren Namen nannte, verneigte sich der ältere Krieger und sagte: »Ich habe von dir gehört, Biberfrau. Dein Name wird an unseren Feuern genannt und Sitzender Büffel und Angst-vor-Pferden und andere Krieger sprechen ihn mit großer Ehrfurcht aus.« Er blickte sie fragend an. »Du bist lange weg gewesen, Biberfrau. Es gibt einen Mann, der behauptet, dass du dein Volk verlassen hast!«

»Läuft-über-den-Wolken«, nannte sie den Namen, den sie von Wihio gehört hatte. »Ich kenne ihn nicht und weiß nicht, welche Ziele er verfolgt, aber er hat Unrecht. Ich sorge mich um die Zukunft meines Volkes und habe mit den Geistern gesprochen, deshalb war ich so lange unterwegs.« Sie brauchte sich nicht vor den Lakota zu rechtfertigen und sagte dennoch: »Ich bin die heilige Frau der Uferleute. Ich würde mein Volk niemals verlassen!«

»Das weiß ich«, sagte der jüngere Krieger, »auch ich habe die Worte des Medizinmanns gehört und ihm nie geglaubt. Er ist ein Aufschneider und ein Feigling, weil er vor den blassen Männern in die Knie geht! Ich will kämpfen! Ich bin der Sohn von Gefleckter Adler und werde mich niemals vor den Weißen verbeugen!«

»Gefleckter Adler?«, rief sie erfreut. »Ich kenne deinen Vater. Er gehört zu den tapfersten Kriegern der Lakota! Wie geht es ihm?«

»Auch er will den Krieg«, antwortete der junge Krieger. »Er sagt, dass die Weißen unsere Jagdgründe haben wollen, und wenn sie das Land genommen haben, greifen sie nach dem Mond und den Sternen! Wir können nur überleben, wenn wir das Kriegsbeil ausgraben!«

»Das ist wahr«, stimmte sie ihm zu, »aber von einem Geist-Mann habe ich erfahren, dass viele Brüder und Schwestern mit den Weißen handeln wollen. Sie glauben den bärtigen Männern.«

»Feiglinge!«, schimpfte der junge Krieger. Auch jetzt wiederholte er die Worte seines tapferen Vaters. »Sie folgen den blassen Männern wie Hunde und tauschen ihre Freiheit gegen bunte Perlen und das scharfe Feuerwasser ein!« Er spuckte auf den festgefrorenen Boden. »Aber sie können den Krieg nicht verhindern! Sitzender Büffel und Angst-vor-Pferden haben keine Angst vor den Fremden und werden sie nach Osten zurückjagen!«

Biberfrau sang ein Lied für die beiden Krieger und dankte dem Großen Geist, dass er sie nicht zu Läuft-über-den-Wolken oder einem seiner Anhänger geführt hatte. Es würde noch früh genug zu einer Kraftprobe kommen. Sie war erst dazu bereit, wenn sie ihr Volk begrüßt und am Feuer der Uferleute gesprochen hatte.

Sie verbrachte die Nacht am Feuer der beiden Krieger und verabschiedete sich am frühen Morgen von ihnen. Ihre bewundernden Blicke folgten ihr bis zum Waldrand. Ihr Name wurde auch an vielen Feuern der Lakota ehrfürchtig ausgesprochen und sie war davon überzeugt, dass sie für viele Krieger die letzte Hoffnung war. Nur eine heilige Frau, die anders dachte als Läuft-über-den-Wolken und wollte, dass die bärtigen Männer verschwanden, konnte Kriegern wie Sitzender Büffel, Angst-vor-Pferden und Kleiner Wolf beistehen. Sie freute sich darauf, mit diesen Männern die Pfeife zu rauchen, und spürte, dass sie mit einer Zunge sprechen würden. Nur dann waren ihre Völker stark.

Zwischen den Bäumen war der Wind nicht so schlimm. Selbst die Kälte ließ nach und das Flüstern der Bäume wurde sanfter und freundlicher. Sie schaute an ihren mächtigen Stämmen empor. Viele Fichten standen schon seit vielen Wintern in diesem Land und hatten gesehen, wie Biberfrau die Gipfel ihres langen Lebens erklommen hatte. Sie kannten die Wahrheit des Lebens und wussten, dass Biberfrau einen schweren Weg ging. Ihre freundlichen Lieder begleiteten sie durch das Unterholz und beschützten sie vor den zornigen Hieben des Frostriesen. Sie waren bei ihr, wenn sie in ihrem Schatten lagerte und ein Feuer entzündete. Ihren Schmerz über die Ankunft der bärtigen Männer ließen sie sich nicht anmerken.

Am Ufer des grünen Sees stieg Biberfrau von ihrem Braunen. Sie blickte über den weiten See und erkannte die Tipis ihres Volkes am anderen Ufer. Zwischen den Zelten gingen Menschen, aber sie waren zu weit entfernt und in dem nebligen Dunst nur schemenhaft zu erkennen. Ihre Seele wurde warm, als sie an ihre Brüder und Schwestern dachte. Sie war lange weg gewesen, das hatten auch die Krieger der Lakota gesagt, und sie wusste nicht, wie viele ihrer Weggefährten noch lebten, aber es waren ihre Uferleute, und sie glaubte fest daran, dass sie in den Tipis willkommen war. Über dem See hingen feuchte Nebelschwaden.

Im Unterholz knackte ein Ast. Sie griff nach ihrem Feuerstock, ging ein paar Schritte und ließ verwundert die Waffe sinken, als sie eine alte Frau erkannte. Sie war mit einem Büffelfell bekleidet und trug Brennholz auf dem Rücken. Ihr weißes Haar war mit bunten Muscheln verziert. Obwohl ihr Gesicht von zahlreichen Falten durchzogen und ihr Körper nicht mehr so schlank und biegsam wie vor einigen Wintern war, gab es keinen Zweifel daran, wer die alte Frau war. Ihre Augen glühten noch wie damals, als Linke Hand die Adlerknochenflöte für sie gespielt hatte.

»Die-ihre-Knie-badet«, flüsterte Biberfrau ergriffen. Sie hatte nicht gewusst, dass sie so viele Winter auf der anderen Seite gewesen war. »Bist du es wirklich? Die Frau von Linke Hand?«

»Biberfrau«, sagte die alte Frau leise. Ihre Stimme war brüchig geworden und erinnerte nicht mehr an den klaren Singsang, der vielen Kriegern den Kopf verdreht hatte. »Du bist zurückgekehrt!«

»Der Große Geist hat es so gewollt.«

Die-ihre-Knie-badet berührte die heilige Frau an den Schultern. Ihre leuchtenden Augen gehörten dem Mädchen, das sich lange geziert hatte, bevor sie mit Linke Hand unter eine Decke gekrochen war. »Ich habe gewusst, dass du wiederkommst!«

»Ich habe mit den Geistern gesprochen«, erklärte Biberfrau, »ich wusste nicht, dass die Zeit so schnell vergeht.« Sie blickte über den See und ließ ihren Blick auf den weißen Tipis ruhen. Sie sah das Dorf, das sie vor vielen Wintern verlassen hatte, und fragte: »Wo ist Büffelhöcker, unser Häuptling? Wo ist Wolf-auf-dem-Hügel, der Anführer der Hundekrieger? Wo sind Steht-die-ganze-Nacht und Krähenfrau? Wo ist der Mann, der unsere heiligen Pfeile bewahrt? Wo sind meine Brüder und Schwestern?«

Die-ihre-Knie-badet setzte das Holzbündel ab. Sie hielt

sich immer noch gerade und ihre Hände waren beinahe so feingliedrig wie früher. »Viele Winter sind vergangen, seitdem du unser Lager verlassen hast«, erwiderte sie, »wir haben gegen die Krähen und die Schlangen gekämpft und auf den Ebenen sind junge Krieger gegen die bärtigen Männer gezogen. Es ist viel geschehen, meine Schwester, und einige der Krieger, die sich vor der heiligen Frau verneigten, sind auf die andere Seite geritten.«

»Alles bewegt sich im Kreis«, meinte Biberfrau, »irgendwann kommt der Tag, an dem wir alle gehen müssen. Jenseits des Flusses beginnt ein neues und friedvolles Leben.« Sie hielt den Blick über den See gerichtet und fügte hinzu: »Sag mir, was geschehen ist! Ich habe viel Kraft auf der anderen Seite geschöpft.«

»Der Mann, der unser Häuptling war, ist vom Frostriesen besiegt worden«, berichtete sie, »wir haben ihn tot in seinem Tipi gefunden. Steinkalb hat seinen Platz am Ratsfeuer übernommen. Ein weiser Mann, der sich für den Frieden einsetzt und sein Kreuz unter ein sprechendes Papier der weißen Männer setzen will. So habe ich es gehört. Er sagt, dass wir das Kriegsbeil begraben müssen, wenn wir in eine bessere Zukunft gehen wollen.«

»Alle Häuptlinge sind für den Frieden«, sagte Biberfrau, »so will es das Gesetz unseres Volkes.« Sie erinnerte sich an die sprechenden Blätter, die Captain Lewis und Captain Clark in ihr Dorf gebracht hatten. Von den weißen Blättern mit den heiligen Zeichen war eine seltsame Macht ausgegangen. »Was für ein sprechendes Papier?«, fragte sie. »Was sagen die heiligen Zeichen?«

»Ich habe es nicht gesehen«, antwortete Die-ihre-Knie-badet, »aber ich weiß, dass es vom Frieden spricht. Die bärtigen Männer wollen, dass wir ihre rollenden Tipis durch unsere Jagdgründe ziehen lassen. Junge Krieger haben ihre Pferde gestohlen.«

Biberfrau senkte den Kopf und betrachtete ihr Spiegelbild in dem grünen See. Ihre Miene war sorgenvoll und wurde von den Kreisen zerstört, die ein böiger Wind über das Wasser trieb. »Die bärtigen Männer wollen unseren Untergang«, sagte sie leise.

»Ich weiß«, stimmte die alte Frau zu, »ich spüre es seit damals, als der weiße Mann mein Gesicht berühren wollte. Sie haben sich mit den bösen Geistern verbündet und wollen unseren Tod.«

»Du sprichst mit meiner Zunge. Was sagt Wolf-auf-dem-Hügel?«

Die-ihre-Knie-badet blickte zu Boden. »Der tapfere Krieger, der die Hundekrieger angeführt hat, ist auf die andere Seite geritten. Es war im letzten Sommer, zwei Monde nach dem Sonnentanz.«

Biberfrau erinnerte sich an den Augenblick, als sie sich von dem Hundekrieger verabschiedet hatte, und spürte einen tiefen und drückenden Schmerz. Sie zog ihr Messer und schnitt blutigen Striemen in ihre Unterarme und stimmte ein leises Klagelied an, das an den tapferen Krieger erinnerte. Ihr Blick wanderte zum Himmel und suchte nach einem tröstenden Licht und ihre Augen schlossen sich unter der kühlen Berührung der Schneeflocken.

»Er ist wie ein Hundekrieger gestorben«, sagte Die-ihre-Knie-badet, nachdem das Lied verklungen war. In den Augen der heiligen Frau waren die Schneeflocken zu Tränen geschmolzen.

»Wie ist es geschehen, Schwester?«, fragte Biberfrau. Es machte ihr nichts aus, dass Blut aus ihren Armen tropfte. Sie trauerte um den Mann, der die Liebesflöte für sie gespielt hatte, und ahnte, dass er nicht der einzige Krieger war, der gegangen war.

Die alte Frau dachte lange nach, bevor sie ihre Stimme erhob. »Nachdem du gegangen warst, wurde er krank«, berichtete sie, »die bösen Geister krochen in seinen Körper und der Medizinmann der Waldleute sang die ganze Nacht und schüttelte die heilige Rassel. Es gelang ihm nicht, die Ungeheuer zu vertreiben. Windfrau kochte einen starken

Kräutertee für ihn, aber auch der half nicht. Doch der Anführer der Hundekrieger wollte nicht wie ein Schwächling sterben. Er zog seine beste Kleidung an und ritt auf seinem schnellsten Pferd den Feinden entgegen. Einige Lakota wollen gesehen haben, wie er allein in ein Dorf der Krähen ritt und viele Coups schlug, bevor er erschossen wurde!«

Biberfrau lächelte zufrieden. Der Mann, der sie umworben hatte, war wie der Hundekrieger gegangen, der vor vielen Wintern gelebt hatte. »Alles bewegt sich im Kreis«, sagte sie lächelnd.

Die alte Frau verstand nicht, war aber froh, dass Biberfrau wieder zu ihrer alten Kraft zurückgefunden hatte. »Auch der Mann, der auf einem Bein ging, ist gegangen«, fuhr sie fort, »er wurde von den Schlangen erschossen, als sie einen Teil unserer Herde stahlen. Jetzt ist Linke Hand der Bewahrer der heiligen Pfeile.«

»Dein Mann lebt«, meinte Biberfrau erleichtert. »Er ist ein tapferer Krieger und ich freue mich, dass er das heilige Bündel bewacht. Im Dorf möchte ich die heilige Pfeife mit ihm rauchen.«

Biberfrau wartete, bis Die-ihre-Knie-badet das Holz geschultert hatte, und griff nach den Zügeln ihres Ponys. Zusammen gingen sie über den Pfad, der am Seeufer entlangführte. Sie respektierten einander seit vielen Wintern und es tat gut, die Nähe eines vertrauten Menschen zu spüren. Sie teilten die Erinnerung an die tapferen Krieger, die auf die andere Seite gegangen waren, und die heilige Frau stellte sich vor, wie sie jenseits des Großen Flusses über die endlosen Ebenen ritten. Der Gedanke befreite ihre Seele von dem Schmerz und gab ihr die Kraft ihren neuen Brüdern und Schwestern gegenüberzutreten. Ihre Wunden schlossen sich unter der sanften Berührung durch die Schneeflocken.

Vor dem Dorf stieg Biberfrau in den Sattel. Sie lächelte der alten Frau zu und ritt auf den Hügel außerhalb des

Winterlagers. »Ei-e-ya«, lockte sie die Uferleute aus ihren Tipis, »ich bin Biberfrau, die heilige Frau der Tsis-tsis-tas! Ich bin zu meinem Volk zurückgekehrt! Aiee, dies ist der Tag, auf den ich gewartet habe!«

Sie wartete, bis die ersten Menschen ins Freie traten, und galoppierte zu dem roten Tipi des Pfeilbewahrers. Die Uferleute starrten sie wie eine Geist-Frau an und wichen ängstlich zurück, als sie vom Rücken ihres Ponys sprang. Die Alten, die sich an sie erinnerten, waren an den warmen Feuern geblieben. Die anderen Uferleute kannten ihren Namen, aber viele glaubten, dass sie nur in den Geschichten lebte, die am großen Feuer erzählt wurde. Ein junger Krieger griff nach seinem Feuerstock und wurde von Die-ihre-Knie-badet zurechtgewiesen, die hinter der heiligen Frau zwischen den Zelten erschien. Sie hatte einen Frauenbund gegründet und wurde auch von den jungen Kriegern respektiert.

»Ich bin Biberfrau«, wiederholte die heilige Frau, »ich bin zurückgekehrt um euch in eine bessere Zukunft zu führen! Der Bewahrer der heiligen Pfeile weiß, dass ich euch vor vielen Wintern verlassen habe um mit den Geistern zu sprechen. Ich war lange weg und viele von euch haben mich noch nie gesehen. Kommt zum großen Feuer, wenn die Sonne sinkt, und ich sage euch, über welchen Pfad wir gehen müssen. Vertraut mir, denn ich habe mit dem Großen Geist gesprochen!« Sie verriet nicht, welche schrecklichen Bilder sie im Tal der weinenden Bäume gesehen hatte, und sie würde auch am großen Feuer nicht darüber berichten. Aber sie würde die Tsis-tsis-tas vor den Fremden warnen und sich gegen Läuft-über-den-Wolken und alle Krieger wenden, die vor den blassen Eindringlingen in die Knie gehen wollten.

Biberfrau sprach mit der Stimme des Großen Geistes und die Uferleute verneigten sich schweigend. Sie kehrten in ihre Tipis zurück und sogar die Kinder und die Hunde waren still. Dies war ein bedeutender Augenblick in der

Geschichte ihres Volkes, das spürten sie alle, und die heilige Frau war von den unsichtbaren Geistern umgeben, die sie vor ihren Feinden schützten. Nicht einmal Biberfrau sah den weißen Biber, der seinen Kopf aus dem grünen See streckte und zufrieden lächelte, als er sah, wie auch die jungen Krieger den Blick vor seiner Schwester senkten. Er hatte sich lange nicht bei der heiligen Frau gemeldet und er war sehr böse gewesen, als der listenreiche Kojote sie erschreckt hatte, aber Biberfrau war stark genug um auch den höchsten Gipfel ihres Lebens zu erklimmen. Maheo hatte klug gewählt.

Ein junger Krieger trat aus dem roten Tipi des Pfeilbewahrers und kümmerte sich um das Pony der heiligen Frau. Er kam Biberfrau bekannt vor, obwohl sie ihn noch nie gesehen hatte. Sein ebenmäßiges Gesicht mit der geraden Nase und den vollen Lippen wurde von einem schwarzen Augenpaar beherrscht und in seinen langen Haaren hingen drei Präriehuhnfedern. Er machte den nervösen Eindruck eines Raubvogels, der auf der Erde gelandet war und darauf brannte, wieder in die Lüfte zu steigen.

»Du bist der Sohn des Pfeilbewahrers«, erkannte Biberfrau.

»Ich bin Wolkenreiter«, meinte der Krieger. Seine kräftige Gestalt erinnerte an Linke Hand und in seinen dunklen Augen lebte Die-ihre-Knie-badet weiter. »Ich freue mich, dass du gekommen bist. Mein Vater hat immer an deine Rückkehr geglaubt!«

Sie beobachtete dankbar, wie er den Braunen versorgte, und klopfte mit der flachen Hand gegen die rot bemalte Büffelhaut. Eine vertraute Stimme rief sie herein. Sie blieb neben dem Eingang stehen und wartete, bis der Pfeilbewahrer sie ans Feuer bat. »Linke Hand«, sagte sie, »ich freue mich dich wieder zu sehen!«

»Biberfrau!«

Linke Hand war alt geworden. Sein Haar war schlohweiß und seine Haut spannte sich wie dünnes Leder über die hervorstehenden Backenknochen. Seine Hände zitterten, als er die Pfeife von den heißen Steinen nahm. Nur seine lebhaften Augen erinnerten noch an den tapferen Krieger, den Biberfrau vor vielen Wintern gekannt hatte. Er stopfte die Pfeife mit seinem besten Tabak und sagte leise: »Lass uns rauchen, meine Schwester!«

Sie ehrten den Großen Geist mit einem Rauchopfer und sprachen ein Gebet. Ihr Schweigen erfüllte das rote Tipi, bis der letzte Rauch nach oben gestiegen war und nur noch der würzige Duft des Tabaks über dem Feuer hing. Biberfrau fiel auf, dass der Pfeilbewahrer immer noch bunte Muscheln an den Ohren trug.

»Es ist viel geschehen, während du mit den Geistern gesprochen hast«, begann er, »tapfere Krieger sind auf die andere Seite gegangen und wir sind älter geworden.« Seine Miene wurde sanft. »Die-ihre-Knie-badet ist immer noch so schön wie damals!«

»Ich weiß. Ich habe sie gesehen.«

»Du wirkst bedrückt, meine Schwester!«

»Es wird Krieg geben«, erwiderte sie ernst, »die Tsistsis-tas und die Lakota werden auf den Kriegspfad ziehen und den weißen Mann bekämpfen! Das habe ich in meinen Träumen gesehen.« Sie dachte wieder an das Tal der weinenden Bäume und schloss die Augen um sich ihren Schmerz nicht anmerken zu lassen. »Es gibt keinen anderen Weg. Die bärtigen Männer sind wie Spinnen, die ihr klebriges Netz über unserem Land ausbreiten!«

»Das ist wahr«, sagte er.

»Ich habe gehört, dass viele Krieger nach Süden gezogen sind um mit den bärtigen Männern zu handeln. Die Geister haben von einem Medizinmann der Lakota erzählt, der Lügen über mich verbreitet und sein Kreuz unter das sprechende Papier machen will. Viele Krieger gehen vor den Eindringlingen in die Knie.«

»Ich weiß«, erwiderte der Pfeilbewahrer, »auch ich habe von den schlechten Zeiten geträumt, die uns bevorstehen.

Die bärtigen Männer haben sich mit den bösen Geistern verbündet! Sie sind stärker als der Frostriese und das Ungeheuer aus den Felsen!«

»Du kennst die Wahrheit, mein Bruder.«

»Ich bin schwach. Ich bin ein alter Mann.«

»Du bist der Bewahrer der heiligen Pfeile«, widersprach sie ihm, »sie sind unser wertvollster Besitz und werden uns helfen die Spinnen aus dem Land zu treiben. Wenn ich am großen Feuer gesprochen habe, werden wir die Pfeile erneuern und den Großen Geist bitten uns auf dem Weg in die schwere Zukunft zu begleiten! Nur wenn wir die Gesetze unseres Volkes beachten, sind wir stark genug um die bärtigen Männer davonzujagen.« Sie versuchte ein Lächeln. »Das ist alles, was ich zu sagen habe.«

Linke Hand nickte ehrfürchtig und sie verließ das rote Tipi und trat in die winterliche Kälte hinaus. Sie zog sich in das Zelt zurück, das Die-ihre-Knie-badet und einige Frauen für sie errichtet hatten, und ihre Lieder waren wie ein Flüstern in der kalten Luft.

39

IM WINTERLAGER DER UFERLEUTE

AM ABEND WURDE das große Feuer entzündet. Es war bitterkalt und der Frostriese blies seinen eisigen Atem über den See, aber alle Uferleute folgten dem Ausrufer, der durch das Lager ritt und die Männer und Frauen zusammenrief. »Biberfrau ist zurückgekehrt«, tönte seine Stimme in der hereinbrechenden Nacht, »kommt zum Feuer und hört euch an, was sie zu berichten hat! Die heilige Frau möchte zu ihrem Volk sprechen! Kommt alle!«

Nur die Kinder blieben in den Tipis. Ihre Verwandten hatten die Zeltwände mit Steinen beschwert, damit der kalte Wind nicht die Büffelhäute hochschlug, und die Rauchklappen waren nur einen Spalt geöffnet. Die Uferleute waren in Büffelfelle gehüllt, die Gesichter von der Kälte gerötet, die Augen gegen den treibenden Schnee zusammengekniffen. Sogar der alte Pfeilbewahrer war zum Feuer gehumpelt und saß neben Steinkalb auf gestapelten Fellen. Die Kälte setzte ihm besonders zu und seine Zähne klapperten, wenn der böige Wind ihn traf. Er wartete geduldig darauf, dass Biberfrau aus ihrem Tipi trat.

Die heilige Frau hatte ein neues Kleid angezogen, das eine alte Frau für sie geschneidert hatte. Auch sie hatte immer daran geglaubt, dass sie zurückkehren würde. Das festliche Kleid war aus feinstem Wildleder gearbeitet und mit gefärbten Stachelschweinborsten verziert. Keine Perle des weißen Mannes störte die kunstvollen Muster. Biberfrau hatte ihre langen Haare mit Fett eingerieben und zu Zöpfen gebunden und darauf verzichtet, ihren Körper unter einem Büffelfell zu verstecken. Sie wollte, dass jeder das neue Kleid sah. Die Fransen flatterten im Wind, als sie in den Feuerschein trat und sich neben den Pfeilbewahrer setzte.

Sie krümelte etwas Tabak in das prasselnde Feuer und stopfte die heilige Pfeife. Der rote Stein glänzte matt. Sie blies den Rauch zum Himmel, zur Erde und in die vier Richtungen und ehrte den Großen Geist mit einem langen Gebet. Sie dankte ihm für die sichere Rückkehr in die heimatlichen Jagdgründe und freute sich darüber, dass er sie zu ihrem Volk zurückgeführt hatte. »Maheo«, rief sie zum nächtlichen Himmel empor, »du hast den heiligen Kreis geschaffen, der unser Leben bedeutet! Du bist der Anfang und das Ende! Blicke auf unser Volk herab und sei bei uns, wenn unsere Feinde angreifen! Nur du kannst uns vor den bösen Geistern beschützen! Vertreibe den kalten Frostriesen und schicke uns die heißen Winde aus dem Süden! Treibe die Büffel über die weiten Ebenen, denn ohne sie können wir nicht leben!«

Sie dachte wieder an die toten Tiere, die sie im Tal der weinenden Bäume gesehen hatte, und senkte den Kopf. Einige Tränen quollen aus ihren Augen und trockneten in der Hitze des nahen Feuers. »Meine Brüder und Schwestern«, rief sie, als sie merkte, wie die Uferleute unruhig wurden. »Ich bin zurückgekommen und freue mich euch wiederzusehen! Es ist viel Zeit vergangen und ich sehe nur noch wenige bekannte Gesichter. Ich grüße die jungen Männer und Frauen und ich grüße die Kinder, die für die

Zukunft unseres Volkes leben.« Sie spürte anerkennende Blicke und zeigte ihren neuen Verwandten ein freundliches Lächeln.

»Wir haben gute Zeiten erlebt«, fuhr die heilige Frau fort, »die Büffel waren zahlreich und unsere Feuer brannten auf den weiten Ebenen, die unsere Heimat sind. Unsere Krieger haben viele Pferde gestohlen und das Gras auf den Weiden war saftig und grün. Der Große Geist war bei den Tsis-tsis-tas und unseren Freunden, den Lakota und dem Volk, das seine Feuer im Süden entzündet. Wir haben die Natur gefeiert und die Pfeile erneuert und die bösen Geister haben nur gesiegt, wenn unsere Gebete und Lieder nicht laut genug waren. Mein Herz ist traurig, wenn ich an den Tag denke, an dem die Krähen unser Dorf überfallen haben. Damals wurde der Krieger mit dem roten Schild getötet. Meine Seele weint, wenn ich höre, dass der Anführer der Hundekrieger auf die andere Seite geritten ist. Ich habe für diese Männer gebetet und ich weiß, dass sie in ein gutes Leben reiten.«

Sie beobachtete die Gesichter der weisen Männer, die zu ihren Füßen saßen, und lächelte ihnen aufmunternd zu. Linke Hand wirkte müde und seine Zähne klapperten, wenn der Wind in seinen Rücken blies. Steinkalb nickte anerkennend. Der Häuptling war ein untersetzter Mann mit breiten Hüften, sein weiches Gesicht war zur Hälfte mit roter Farbe bemalt. Seine kleinen Augen waren hellbraun. Nur seine schmalen und festen Lippen verrieten, dass er auch hart und unnachgiebig sein konnte. Seine Federschleppe hing bis auf den Boden, ein Zeichen dafür, dass er als junger Mann gegen die Schlangen und Krähen geritten war.

Biberfrau schloss die Augen, bevor sie weitersprach. In einem stillen Gebet suchte sie die Nähe des Großen Geistes und bat ihn die richtigen Worte zu finden. Sie brachte ihrem Volk ungern schlechte Nachrichten, aber sie war auch zurückgekommen um die Tsis-tsis-tas auf die schwere

Zukunft vorzubereiten. »Brüder und Schwestern«, rief sie über das Feuer, »einige von euch erinnern sich noch an die ersten blassen Männer, die in unser Lager kamen. Captain Lewis und Captain Clark.« Sie würde die Namen nie vergessen. »Sie haben Geschenke gebracht und uns ewige Freundschaft geschworen. Sie wollten das Land erkunden, das hinter den fernen Bergen liegt, und der Anführer hat unserem Häuptling eine Kette umgehängt und ihm gesagt, dass die bärtigen Männer nicht daran denken, das Kriegsbeil auszugraben!«

Sie wartete, bis ihre Worte in die Gedanken der Zuhörer gedrungen waren, und fuhr fort: »Diese Männer haben gelogen! Die blassen Männer sind so zahlreich wie die Sterne am Himmel und ich habe in meinen Träumen gesehen, wie sie in rollenden Tipis durch unsere Jagdgründe ziehen! Noch sind sie freundlich zu uns! Sie lachen, wenn sie mit uns handeln, und ein Teil unseres Volkes ist ihnen nach Süden gefolgt und hat seine Tipis vor den Häusern aufgeschlagen, die sie Bent's Fort nennen. Ich habe gehört, dass unsere Brüder und Schwestern gut mit ihnen auskommen.« Sie legte wieder eine Pause ein und dachte an Steht-die-ganze-Nacht und Krähenfrau, die bei den Leuten im Süden wohnten, wenn sie noch am Leben waren. »Aber wie lange noch? Wird immer noch Frieden sein, wenn die bärtigen Männer weiter nach Westen drängen und unsere Büffel vertreiben?« Sie wollte ihrem Volk nicht die ganze Wahrheit verraten und sagte: »Ich weiß es nicht, meine Brüder und Schwestern, aber ich habe gesehen, dass schwere Zeiten auf uns warten! Wir müssen bereit sein, falls es zu einem großen Krieg kommt! Wir dürfen nicht zulassen, dass die Vehos über die Ebenen ziehen!«

»Ai-ee, du sprichst wie ein Hundekrieger!«, tönte der junge Wolkenreiter und reckte eine Faust. Er stand auf der anderen Seite des Feuers und vergaß in seiner Erregung, dass es unhöflich war, die heilige Frau zu unterbrechen und früher als die weisen Männer zu sprechen. »Tötet die weißen Männer, bevor sie in unser Dorf kommen und unsere Frauen und Kinder niedermetzeln!«

Steinkalb brachte den Sohn des Pfeilbewahrers mit einer Handbewegung zum Schweigen. Er erhob sich und sagte: »Wir freuen uns, dass du zurückgekommen bist, Biberfrau! Du bist ein Teil unserer Legenden und du reitest durch das Leben aller Männer, Frauen und Kinder! Wir verehren dich und ich bin froh, dass ich dich kennen lernen darf! Aber du hast Unrecht, wenn du die weißen Männer beschimpfst! Sie sind gekommen um mit uns zu handeln und sie wollen, dass ich mein Kreuz unter ein sprechendes Papier setze. Auch bei unseren Freunden waren sie. Dies ist nicht der Tag, an dem wir darüber entscheiden müssen, aber ich bitte dich deine Kraft für den Frieden einzusetzen. Nur wenn wir den Frieden wahren, gibt es eine Zukunft für uns!«

Biberfrau wusste es besser, wollte dem Anführer ihres Volkes aber nicht widersprechen. Als Häuptling musste er sich für den Frieden einsetzen. Die Entscheidung würde kommen, wenn alle Tsis-tsis-tas das Tal der weinenden Bäume sahen und ihr furchtbarer Traum in Erfüllung ging. Wenn die bärtigen Männer mit ihren Frauen und Kindern in rollenden Tipis über die weiten Ebenen zogen und den heiligen Kreis ihres Volkes zerstörten. An dem großen Ratsfeuer, an dem auch Zwei Monde, Kleiner Wolf und die Häuptlinge der Lakota sprechen würden. »Das weiß ich«, antwortete Biberfrau dem Häuptling, »aber ich habe mit dem Großen Geist gesprochen, und er will, dass ihr vorsichtig seid! Hütet euch vor den blassen Männern! Seid bereit, denn Maheo will, dass wir einen steilen Gipfel erklimmen! Wir sind Tsis-tsis-tas, meine Brüder und Schwestern, wir haben keine Angst!«

Ein Teil der Männer stimmte der heiligen Frau mit heiseren Kriegsrufen zu, die anderen Krieger blieben nachdenklich und konnten nicht glauben, was Biberfrau angedeutet hatte. Linke Hand stand auf und humpelte in sein

Tipi zurück. Die-ihre-Knie-badet ging an ihr vorbei, blieb lächelnd stehen und lief weiter. Wolkenreiter und die jungen Krieger stimmten ein Kriegslied an und tanzten wild und ausgelassen im Schein der Flammen. Sie hatten lange nicht mehr gekämpft und brannten darauf, auf den Kriegspfad zu ziehen. Sie würden viele Coups schlagen und die Feinde ihres Volkes aus dem Land treiben. Ei-e-ya, dies war die Heimat der Uferleute und es war kein Platz für blasse Fremde.

Biberfrau betete die ganze Nacht und rief nach ihrem Schutzgeist, aber der weiße Biber ließ sich nicht blicken. Auch der Große Geist gab ihr kein Zeichen. Sie war allein und lächelte erst, als Linke Hand die heiligen Pfeile erneuerte. Vier Tage dauerte die Zeremonie. Nur mit den vier Pfeilen waren sie stark genug den bösen Geistern zu widerstehen. Während sie auf der anderen Seite des hängenden Pfades gewesen war, so erfuhr sie vom Bewahrer des heiligen Bündels, hatten die Krähen viele Frauen und Kinder der Hügelleute getötet, und sie hatten die heiligen Pfeile in den Krieg getragen. Das ganze Volk war dabei gewesen, als die Krieger sich für den heimtückischen Überfall gerächt hatten. Sogar Gefleckter Adler und seine Lakota waren mitgeritten.

Linke Hand verteidigte die Pfeile mit seinem Leben und versprach, das rote Tipi nur noch zu verlassen, wenn ihm keine andere Möglichkeit blieb. Wolkenreiter versprach seinen Vater zu unterstützen. Er war noch sehr jung, aber er hatte während des Rachefeldzugs gegen die Krähen drei Coups geschlagen und war in den Bund der Hundekrieger aufgenommen worden. Sein verschmitztes Lächeln, das er vor allem den heiratsfähigen Mädchen zeigte, täuschte darüber hinweg, dass er zu den tapfersten Kriegern seines Volkes gehörte. Er war ein würdiger Nachfolger der Hundekrieger, die vor einigen Wintern gegangen waren.

Im Mond des leichten Schnees verließ Biberfrau das Dorf um jenseits der Hügel zu fasten. Sie durfte nicht bis zum Frühjahr warten. Wenn der letzte Schnee schmolz, war es vielleicht schon zu spät und die bärtigen Männer krochen wie riesige Spinnen über das weite Land und saugten den Büffeln das Blut aus. Sie musste viele Opfer bringen, wenn sie ihr Volk am Tal der weinenden Bäume vorbeiführen wollte. Nur wenn sie betete und die heiligen Lieder sang, konnte es noch Hoffnung für ihr Volk geben. Sie hatte sich fest vorgenommen den letzten Gipfel zu erklimmen und an die Tugenden zu erinnern, die alle tapferen Krieger ihres Volkes ausgezeichnet hatte. Auch wenn sie ihren letzten Kampf verloren, durften sie niemals ihren Stolz einbüßen.

Sie zündete ein Feuer an und hüllte sich in ihr Büffelfell. Fast bewegungslos lauschte sie dem Knistern der Flammen und dem Rauschen des Windes. Sie hatte keinen Hunger und keinen Durst. Die Sorge um ihr Volk füllte ihre Gedanken aus und ließ sie nach ihrem Schutzgeist rufen, der zwischen den Bäumen auftauchte und sagte: »Ich habe dich erwartet, meine Schwester. Der Winter ist kalt, und ich bin froh, dass du zurückgekehrt bist.«

»Du hast lange geschwiegen, mein Bruder.«

»Der Große Geist wollte, dass du mit Süße Medizin sprichst«, erwiderte der Biber, »und er hat zugelassen, dass der listenreiche Kojote dich belästigt. Er ist ein lästiger Bursche, aber er hat die Wahrheit gesprochen und es gab nichts mehr zu sagen.« Der Biber schüttelte das kalte Wasser ab und zitterte im kalten Wind. »Ich habe nicht viel Zeit, meine Schwester. Ich bin nur gekommen um dir zu sagen, dass der Mann, den du in deinen Träumen gesehen hast, auf dich wartet. Im Mond, wenn das hohe Wasser kommt, reitet er durch das Tal, in dem er die Büffel gejagt hat. Reite zu ihm, sobald ihr das Winterlager abbrecht und weiterzieht. Das ist alles, was ich zu sagen habe.« Der Biber machte sich davon und verkroch sich in seiner warmen Traumwelt.

Biberfrau blieb aufgeregt zurück. Sie wusste natürlich,

welchen Krieger ihr Schutzgeist meinte. Kleiner Wolf! Er war der letzte Hundekrieger, der eine bedeutende Rolle in ihrem Leben spielen würde. Würde sie dieselbe Luft wie er atmen, wie der große Geist es vorausgesagt hatte? Das konnte sie sich nicht vorstellen. Nicht wenn ihr Volk die schrecklichen Bilder im Tal der weinenden Bäume sah. Wenn die Zeiten schlechter wurden, brauchte sie ihre ganze Kraft um ihr Volk in eine bessere Zukunft zu führen. Aber ihr Schutzgeist wollte, dass sie ihn traf, und sie würde ihm gehorchen. Wenn der weiße Biber durch den eisigen Schnee stapfte, musste es einen Grund dafür geben.

Zwei Monde vergingen und der Frostgeist zog sich immer weiter zurück. Sie verbrachte viel Zeit in den Tipis ihrer neuen Brüder und Schwestern und überraschte sie mit den Geschichten, die sie schon vor vielen Wintern erzählt hatte. Vor allem die Männer lachten, wenn sie von der dicken Frau der Numakiki berichtete, die in dem Loch stecken geblieben war, als sie aus der Erde geklettert waren. Sie berichtete, wie sich der trickreiche Kojote aus dem Leib eines großen Fisches befreit hatte, und lachte mit einigen jungen Frauen, als sie sich über einen ungeschickten Verehrer lustig machten. Er hieß Weißer Vogel und stellte jedem Mädchen nach. Es waren unbeschwerte Tage, die ihre Seele von einer schweren Last befreiten, und ihre bedrückte Stimmung kehrte erst zurück, als sie erfuhr, dass Steht-die-ganze-Nacht und Krähenfrau dem weißen Mann glaubten. Sie hatten sich einem Häuptling des südlichen Volkes angeschlossen, der Schwarzer Kessel genannt wurde.

Bevor der Donnervogel aus dem Süden zurückkehrte und den Frostriesen vertrieb, kam der Häuptling des Volkes, das seine Feuer weiter südlich entzündete. Die Völker der Ebenen ritten selten, solange der kalte Wind über die Prärie blies, aber Krähengesicht hatte einen guten Grund die weite Reise anzutreten. Er hatte eine Frau geheiratet, die ihn keinen Moment aus den Augen ließ und ihn sogar auf den Kriegspfad begleitet hatte. Sie war eifersüchtiger als ein junges Mädchen, das einen furchtlosen Hundekrieger geheiratet hatte. Biberfrau fühlte sich an den Häuptling erinnert, der ihre Verbündeten vor vielen Wintern angeführt hatte, und erfuhr, dass Krähengesicht sein Enkel war. Ein bedächtiger Mann, der ständig nach hinten schaute, selbst in dem warmen Tipi, das ihm die Uferleute eingerichtet hatten.

Krähengesicht war ein guter Geschichtenerzähler und die Tsis-tsis-tas waren froh, dass er gekommen war. Seine Geschichten waren anders als die Erzählungen der heiligen Frau und er war fröhlicher. Bis zu dem Tag, als eine einsame Reiterin von den Wölfen gemeldet wurde. Sie war in eine bunte Decke der blassen Männer gehüllt und trug einen schwarzen Hut, den sie ebenfalls im Fort der Fremden eingetauscht hatte. Ihre wütenden Beschimpfungen waren schon von ferne zu hören, als sie am anderen Ufer des Sees entlangritt, und kaum noch auszuhalten, als sie das Dorf erreichte. Sie beschimpfte ihren Mann lautstark und wollte ihn mit Gewalt auf sein Pony zerren. Erst als ihr Windfrau, die Frau des Häuptlings, eine heiße Fleischbrühe anbot, wurde sie ruhiger.

Hübsches Gesicht, so hieß die Frau, blieb zwei Tage im Dorf der Uferleute. Auch sie kannte lustige Geschichten. Am Morgen des dritten Tages, als sie sich von ihren Gastgebern verabschiedeten, ließ sie ihren Mann nicht aus den Augen. Sie ritt dicht hinter ihm und die Uferleute hörten ihre keifende Stimme, bis sie hinter den Hügeln verschwunden war. »Ich möchte nicht auf der anderen Seite stehen, wenn sie mit den Kriegern reitet«, sagte ein Krieger. »Ich habe gehört, dass sie einen Coup geschlagen haben soll, und einige Krieger erzählen von einem nackten Mann, der von ihr ausgepeitscht wurde!« Er blickte schmunzelnd in die Runde. »Sie ist die hässlichste Frau, die ich jemals gesehen habe, aber sie ist tapferer als viele Hundekrieger!«

Im Mond des hohen Wassers brachen die Uferleute ihr Winterlager ab. Sie zogen die Büffelhäute von den Stangen und beluden die Pferde und die Hunde. Biberfrau verabschiedete sich von ihrem Volk und ritt auf die weite Ebene hinaus. Die ersten Sonnenstrahlen zitterten auf dem jungen Gras und sie genoss den frischen Duft der erwachenden Natur. Die Flüsse, die von den Bergen kamen, waren über die Ufer getreten und schäumten wild. Vierbeinige Brüder liefen aus den Wäldern. Die Bäume rauschten im fröhlichen Lied des Windes, der sich aus den eisigen Klauen des Frostriesen befreit hatte und ausgelassen sang.

Das Tal, in dem Kleiner Wolf seinen ersten Büffel gejagt hatte, lag einen Tagesritt von dem grünen See entfernt. Biberfrau kannte den Weg. Sie erinnerte sich an den Augenblick, als sie dem Jungen gegenübergestanden hatte, und zitterte. In seinen Augen war eine Glut gewesen, die wärmen und verzehren konnte. Schon damals hatte sie gespürt, dass er zu einem Krieger heranwuchs, den alle Tsistsis-tas verehren würden. Er war der geborene Anführer, ein starker Mann, dessen Ausstrahlung ein ganzes Volk in seinen Bann ziehen konnte. Er war der Mann, der sie in den Krieg gegen die weißen Männer führen würde.

Sie ritt über denselben Weg wie damals, als sie ihn bei den Büffeln gesehen hatte. Diesmal gab es keine vierbeinigen Brüder und der Wind sang ein geheimnisvolles Lied, das sich tief in ihre Seele grub. Er wehte den feinen Sand von den Felsen und legte sich auf das hellgrüne Gras, das aus dem weichen Boden spross. Ihr Pferd schnaubte nervös. Dies war ein besonderer Augenblick in ihrem Leben und selbst die Geister spürten, dass die Begegnung zwischen der heiligen Frau und dem Anführer der Hundekrieger über das Schicksal des Volkes entscheiden würde.

Biberfrau hielt den Atem an und merkte, wie ein Schatten über den Kopf ihres Ponys fiel. Ohne sich umzudrehen sagte sie: »Ich grüße dich, mein Bruder! Ich wusste, dass du kommen würdest!«

40

DIE ROLLENDEN TIPIS KOMMEN

»ICH GRÜSSE DIE heilige Frau unseres Volkes«, sagte Kleiner Wolf. Er war zu einem stattlichen Krieger herangewachsen und saß wie der geborene Anführer auf seinem Schecken. Seine Gestalt war straff, wirkte beinahe steif und sein Gesicht glich einer hölzernen Maske, als hätte er viel Leid erfahren. Nur seine Augen lebten und versprühten die wilde Entschlossenheit, die alle Anführer der Hundekrieger beseelt hatte. Seine Haare waren zu Zöpfen gebunden und wurden von einer schmucklosen Fellkappe zusammengehalten. Er brauchte keine Federhaube um den anderen Kriegern zu zeigen, dass er ein Anführer war. Seine Ausstrahlung und sein wilder Blick ließen keinen Zweifel daran, dass er zu den bedeutenden Kriegern seines Volkes gehörte.

Kleiner Wolf lenkte sein Pony um die heilige Frau herum und ließ nicht erkennen, welche Gefühle sich hinter seinem unbeweglichen Gesicht verbargen. Selbst seinen Freunden gegenüber wirkte er wie ein gefährliches Raubtier, das jederzeit zum Sprung bereit war. Viele Frauen fürchteten sich vor ihm und es gab sogar erfahrene Krieger, die schnell in ihren Tipis verschwanden, wenn er durch das Lager ritt. An den Feuern der Krähen war er zu einem gefährlichen Ungeheuer geworden, das mit glühenden Augen aus der Sonne ritt und alle Krieger tötete.

»Ich wusste, dass du auf mich warten würdest«, sagte er. Seine Stimme klang heiser. »Ich habe dich in einem Traum gesehen.«

Biberfrau verneigte sich vor ihm. Das Leuchten in seinen Augen erinnerte sie an die Anführer der Hundekrieger, die auf die andere Seite gegangen waren. »Der Große Geist wollte, dass wir durch dieses Tal reiten. Nur wir beide wissen, wie die Zukunft unseres Volkes aussieht. Wir sind auserwählt die bösen Geister zu bekämpfen und die Tsis-tsis-tas gegen die Spinnen zu führen.«

»Vehos«, meinte der Hundekrieger abfällig, »die blassen Männer wollen den Untergang unserer Völker! Die Häuptlinge irren, wenn sie an einen dauerhaften Frieden mit den Soldaten glauben!« Er zähmte sein unruhiges Pony mit einem Zügelschlag. »Mit bösen Geistern und Ungeheuern schließt man keinen Frieden!«

»Wir sprechen dieselbe Sprache«, erwiderte Biberfrau. Der Gedanke an die blassen Männer vertrieb die Zärtlichkeit aus ihren Augen und sie zeigte dieselbe Entschlossenheit wie der Anführer der Hundekrieger. »Aber viele Brüder und Schwestern glauben nicht, dass die Spinnen unsere Zukunft rauben wollen. Sie töten mehr Büffel, als sie zum Leben brauchen, und tauschen die Felle gegen bunte Perlen und das scharfe Wasser, das ihre Sinne vernebelt. Sie haben nicht gesehen, was ich gesehen habe. Sie wissen nicht, dass die bösen Geister zurückgekehrt sind.«

»Wir werden die Eindringlinge besiegen«, sagte Kleiner Wolf grimmig, »wir werden die klebrigen Spinnen aus unseren Jagdgründen vertreiben und den Weg in eine neue und bessere Zukunft ebnen! Wir sind nicht so zahlreich wie die bärtigen Männer und viele unserer Krieger sind nach Süden gezogen und leben von den Geschenken der falschen Eindringlinge, aber wir sind Tsis-tsis-tas und der Große Geist kämpft auf unserer Seite! Wir werden das Kriegsbeil ausgraben und die Spinnen vertreiben!«

Biberfrau bewunderte, wie sicher der Hundekrieger war. Sie hatte das Tal der weinenden Bäume gesehen und ahnte, dass sie kaum eine Chance hatten die weißen Eindringlinge zu besiegen. Sie waren zu mächtig, und sie war nur noch auf dieser Seite des großen Flusses um ihrem Volk den Weg zu zeigen, wenn die Spinnen ihr klebriges Netz über die Ebenen legten. Sie würde sich nicht willenlos ergeben. Wenn das Netz sie zu ersticken drohte, würde sie kämpfen und ihre ganze Kraft dafür einsetzen, dass die bärtigen Männer aus ihren Jagdgründen verschwanden. Vieles war vorherbestimmt, und wenn die Fremden tatsächlich gekommen waren um ihre heiligen Tiere abzuschlachten, war der heilige Kreis gesprengt, aber sie würde sich entschlossen dagegen wehren und für eine aussichtsreiche Zukunft beten.

»Die Weißen sind so zahlreich wie die Sterne am Himmel«, wiederholte sie die Worte, die Süße Medizin gesagt hatte. »In meinen Träume habe ich gesehen, wie sie ihre rollenden Tipis über die weiten Ebenen lenken und die heiligen Tiere vertreiben!« Sie verriet dem Hundekrieger nicht, was sie im Tal der weinenden Bäume erfahren hatte. Die schrecklichen Bilder waren nur für sie bestimmt gewesen und sie wollte nicht, dass sein wilder Blick getrübt wurde. Aber sie musste ihn warnen. Kleiner Wolf hatte nicht gesehen, wie schrecklich die Krankheiten des weißen Mannes waren und wie niederträchtig sich die bösen Geister benahmen. »Du musst vorsichtig sein, mein Bruder! Ich will nicht, dass sich unsere Krieger im Netz der Spinne verirren!«

Der Hundekrieger blickte sie entschlossen an. »Wir werden beten und wir werden kämpfen, und wenn der Krieg vorüber ist, wird es keine bärtigen Männer mehr geben! Wir werden ihre Seelen zerstören und ihre feigen Herzen im Staub zertreten!«

»Das hoffe ich, mein Bruder«, erwiderte sie leise.

Kleiner Wolf trieb sein Pony an und sie folgte ihm unaufgefordert. Maheo hatte sie aus einem bestimmten Grund zusammengebracht. Das Tal, in dem sie die Büffel gejagt hatten, reichte von einem Horizont zum anderen und irgendwo würden sie die Bilder sehen, die Maheo für sie bereithielt. Dies war ein Wendepunkt in der Geschichte ihres Volkes und sie ritten über denselben Pfad. So wollte es der Große Geist. Der Anführer der Hundekrieger und die heilige Frau aller Tsis-tsis-tas trugen die Pfeile in den Krieg, der über das Leben des Volkes entscheiden würde.

Sie erinnerte sich an den Tag, an dem sie Kleiner Wolf zum ersten Mal gesehen hatte, und dachte an die vielen Büffel, die über den staubigen Boden gestampft waren. Der Anblick hatte ihre Seele berührt und der Schmerz raubte ihren Atem, wenn sie sich vorstellte, wie die Welt ohne die heiligen Tiere aussehen würde. Nicht nur die Bäume würden weinen, wenn ihre Leiber auf der Prärie verfaulten. Noch war die schreckliche Weissagung nicht in Erfüllung gegangen, aber die Büffel schienen zu ahnen, was die blassen Männer vorhatten, und gingen ihnen aus dem Weg. Was geschah, wenn sie zu den Krähen liefen oder ganz wegblieben?

Über ihre Lippen kam ein leises Lied. Sie bat den Großen Geist den Anführer der Hundekrieger in den großen Krieg zu begleiten und die bösen Geister zu vertreiben. Ihr Worte berührten die Seele von Kleiner Wolf, der sich immer wieder umdrehte und die anmutige Gestalt seiner Begleiterin bewunderte. Er spürte ein geheimnisvolles Verlangen in seiner Brust und sehnte sich danach, sie zu berühren. Schon als junger Krieger war er immer wieder an die Stelle ihrer ersten Begegnung zurückgekehrt und hatte davon geträumt, dieselbe Luft wie sie zu atmen, aber sie war die heilige Frau des Volkes und der Große

Geist hatte sie zusammengebracht um sie auf den erbitterten Kampf gegen die Fremden einzuschwören. Das glaubte er jedenfalls.

»Wohin reiten wir?«, fragte Biberfrau, als sie die Ausläufer einer Bergkette erklommen und über einen gewundenen Pfad nach oben ritten. »Hattest du einen Traum, von dem ich nichts weiß?«

»Ich will dir etwas zeigen, meine Schwester.«

Sie ritten langsam in die Berge hinauf. Die Felsen ragten wie Schatten aus einem bösen Traum und duckten sich unter einem bewölkten Himmel. Die Pferde atmeten schwer und ihre Hufe schrammten über den harten Boden. Biberfrau spürte die Nähe des Hundekriegers. Sie dachte an die Anführer, die gegangen waren, und grübelte darüber nach, welches Schicksal der Große Geist ihnen zugedacht hatte. Sie würde dieselbe Luft wie ein Hundekrieger atmen, so hatte Maheo es vor vielen Wintern bestimmt. Ihre Zeit in dieser Welt neigte sich dem Ende entgegen und Kleiner Wolf musste dieser Mann sein. Aber wie konnten sich ihre Seelen berühren, wenn ein großer Krieg bevorstand?

Ihr Herz war verschlossen und sie konnte sich nicht vorstellen, dass es sich noch einmal öffnen würde. Zu schwer lastete die Verantwortung für ihr Volk auf ihrer Seele. Die Nähe des Hundekriegers beunruhigte sie und auch sie sehnte sich danach, ihn zu berühren, aber ihre Sorge war groß und der Große Geist wollte bestimmt nicht, dass sie sich liebten, wenn Frauen und Kinder im klebrigen Netz der Spinne zappelten. Aber was bedeutete seine Weissagung? Durfte sie dieselbe Luft wie der tapfere Krieger atmen, wenn ihre Welt von Feinden bedroht wurde?

Sie erreichten den lang gezogenen Bergkamm und zügelten die Pferde auf einem felsigen Plateau. Ein böiger Wind berührte die grauen Steine und zerrte an ihren Kleidern. Sie spürten die kalten Hände des Frostriesen und wehrten sich gegen den Atem der bösen Geister, die überall in der Luft waren. Jenseits der Felsen erstreckten sich die weiten Ebenen und im weißen Licht der Sonne leuchteten die weißen Planen der rollenden Tipis. Ihre Schatten verdunkelten den Salbei und ihre schwere Last zerdrückte das junge Gras, das aus der erwachenden Prärie ragte.

Biberfrau lenkte ihren Schecken neben den Hundekrieger und blickte schweigend auf den endlosen Wagenzug der bärtigen Männer hinab. Sie kannte die rollenden Tipis der weißen Eindringlinge und sie hatte gesehen, wie Händler durch ihre Jagdgründe zogen, aber dies war das Bild aus ihren Träumen. Dies war der endlose Wagenzug, der jenseits des großen Wassers begann und im Licht der untergehenden Sonne endete. Im Schatten der weißen Planen saßen blasse Männer, Frauen und Kinder und neben ihnen ritten die unsichtbaren Geister und überzogen das Land mit ihrem eisigen Atem. Wie ein gewaltiges Spinnenbein kroch der Wagentreck über die weiten Ebenen.

»Das ist das Bild, das ich in meinen Träumen gesehen habe«, sagte sie leise. Der Frostriese berührte sie unter ihrem Kleid und sie erschauderte unter seinen kalten Händen. »Sie stampfen wie eine riesige Büffelherde durch unsere Jagdgründe und spinnen das klebrige Netz, das unser Volk ins Verderben ziehen soll!«

»Das ist wahr«, sagte Kleiner Wolf ohne seinen Blick von den Wagen zu nehmen. »Du hast Recht, meine Schwester. Sie sind so zahlreich wie das Laub an den Bäumen und die Sterne am Himmel! Wenn die ersten Wagen in der untergehenden Sonne verschwinden, kommen neue Krieger über den fernen Horizont!«

»Ich wusste nicht, dass meine Worte wahr sind. Ich sehe keinen Anfang und kein Ende und ich habe in meinen Träumen erfahren, dass sie aus ihren rollenden Tipis springen und die Erde aufreißen, die unsere Großmutter ist. Sie wollen uns vernichten.«

»Ich weiß«, erwiderte der Hundekrieger, »aber viele Verwandte glauben nicht daran. Sie sagen, dass die Fremden nicht auf den Ebenen bleiben wollen. Sie sagen, dass sie zu dem endlosen Wasser fahren, das im Licht der untergehenden Sonne wartet.«

»Sie wollen unseren Tod«, wiederholte Biberfrau nachdrücklich, »selbst wenn sie nicht zu den Waffen greifen, sind wir in Gefahr! Ihre Krankheiten haben ein ganzes Dorf der Numakiki ausgelöscht, und wenn wir ihren schönen Worten glauben und weiter mit ihnen handeln, sterben auch unsere Brüder und Schwestern! Ich habe gesehen, was die bösen Geister anrichten! Sie graben sich tief in unsere Körper hinein und fressen unsere Herzen auf!«

Kleiner Wolf musterte sie mit steinerner Miene und schwieg betreten. Der Wind trug die Stimmen der Eindringlinge und die anderen Geräusche des Wagenzugs zu ihnen herauf. Die Lieder des Windes klangen bedrohlich. Biberfrau erwiderte seinen Blick und griff nach dem Feuerstock, der in einer Schlinge an ihrem Sattel hing. Ihre Augen waren voller Schmerz und Verzweiflung und sie wollte das schreckliche Bild mit einer Kugel vertreiben.

»Noch nicht«, hielt er sie zurück, »nur wenn die Lakota und das Volk, das im Süden seine Feuer entzündet, mit uns reiten, sind wir stark genug die weißen Eindringlinge zu vertreiben. Ich habe mit Zwei Monde gesprochen und er hat junge Krieger mit roten Stöcken zu unseren Verbündeten geschickt. Im Mond, wenn die Kirschen reif sind, beraten die Häuptlinge aller Völker. Auch ich werde am großen Feuer sprechen und alle Krieger auffordern, die heiligen Pfeile in einen großen Krieg zu tragen. Wir dürfen nicht zulassen, dass die blassen Männer unser Leben zerstören.«

Biberfrau nickte grimmig. »Ich bin auf deiner Seite, mein Bruder. Ich bin die heilige Frau unseres Volkes und habe andere Bilder gesehen, die dich erschrecken würden. Ich kenne eine Zukunft, die niemand kennt, und ich weiß, wie gefährlich die bösen Geister sein können. Nur wenn wir dem Großen Geist folgen, haben wir eine Chance gegen die bärtigen Männer. Du bist der Anführer der Hundekrieger und alle tapferen Männer sollen dir folgen!«

»Deshalb wollte der Große Geist, dass wir auf die Ebenen hinabblicken.« Er blickte die heilige Frau lange an, und plötzlich war ein Ausdruck in seinen Augen, den sie vorher nicht gesehen hatte. Ein sanfter Glanz, der tief aus seiner Seele kam und ihr Herz berührte. Sie atmeten dieselbe Luft und sie wehrte sich nicht, als seine Hand ihre Schultern berührte und er sein Pony antrieb und dicht neben sie trieb. Erst als er ihren entsetzten Gesichtsausdruck sah, ließ er von ihr ab. »Was siehst du?«, fragte er.

Sie deutete zum Wagenzug hinab, der immer noch keinen Anfang und kein Ende hatte, und sagte: »Läuft-über-den-Wolken!«

Sie zweifelte keinen Augenblick daran, dass der Medizinmann der Lakota auf die Wagen zuritt. Er führte sechs Krieger an, die respektvoll im Hintergrund blieben, als er vor einem der Wagen hielt und eine Hand zum Zeichen des Friedens hob. Er bot eine imposante Erscheinung. Sein Kriegshemd und seine Leggings waren mit bunten Perlen bestickt und über seinem Rücken hing ein wertvolles Bärenfell. Der Kopf des mächtigen Tieres thronte auf seinen Haaren und eine Federhaube hing bis auf seine Schultern herab. Er sagte etwas, das Biberfrau nicht verstand, und bedeutete einem Krieger den Leuten des Wagenzugs die mitgebrachten Geschenke zu geben.

»Läuft-über-den-Wolken«, nannte auch Kleiner Wolf den Namen des Medizinmanns. »Der Feigling will, dass wir Frieden mit den bärtigen Männern schließen. Er ist ein heiliger Mann der Lakota, aber er sieht nicht, dass die bösen Geister mit den Fremden reiten. Er trinkt ihr scharfes Wasser und glaubt ihren leeren Versprechungen! Wenn die Lakota seinen Spuren folgen, bleiben sie im Netz der Spinnen hängen, dann stirbt auch unser Volk!«

»Gefleckter Adler hasst die blassen Männer«, beruhigte Biberfrau den Hundekrieger, »und es gibt weise Häuptlinge wie Sitzender Büffel, die sich den Weißen niemals ergeben würden!«

»Viele Krieger fürchten den Medizinmann der Lakota«, erwiderte Kleiner Wolf. »Sie haben Angst vor seiner großen Zauberkraft!«

»Meine Medizin ist stärker«, meinte Biberfrau selbstbewusst.

Sie beobachteten, wie Läuft-über-den-Wolken mit den blassen Männern palaverte und bereitwillig ihre Geschenke annahm. Bunte Wolldecken, etwas Tabak und einen Krug mit dem scharfen Wasser, das die Sinne verwirrte. Das Lachen der Krieger drang bis auf den Bergkamm herauf, als sie sich von den Weißen verabschiedeten und ihre Pferde über die Prärie trieben.

Kleiner Wolf berührte den Kolben seines Feuerstocks. Am liebsten hätte er auf die Lakota geschossen und den prahlerischen Medizinmann aus dem Sattel geholt. Er war ein Angeber, der sein Volk mit schönen Reden und trickreichen Kunststücken köderte und nur seinen eigenen Vorteil im Auge hatte. Er wollte die bunten Decken und das scharfe Wasser und von Gefleckter Adler wussten sie, dass er sich sogar an den Tabak der Fremden gewöhnt hatte. Wenn er die Häuptlinge überredete das sprechende Papier der blassen Männer zu unterschreiben, gab es einen falschen Frieden, der nur den Eindringlingen nützte. Rote Wolke, ein Häuptling der Lakota, war bereits auf seiner Seite.

Biberfrau erriet die grimmigen Gedanken des Hundekriegers und versprach: »Ich werde seinen Zauber bekämpfen! Wenn er am großen Feuer spricht, wird der Große Geist auf meiner Seite sein und seine Medizin wird in den Flammen verbrennen! Vertraue mir, mein Bruder! Maheo sagt, dass es einen großen Krieg geben wird, und ich bin zurückgekommen um mit dir und deinen Kriegern in eine bessere Zukunft zu reiten. Nur wenn wir das Kriegsbeil ausgraben, haben wir eine Chance gegen die blassen Männer! Es kann keinen Frieden mit den Eindringlingen geben!«

Der Hundekrieger beruhigte sich und sie ritten gemeinsam über den gewundenen Pfad zurück. Biberfrau glaubte nicht alles, was sie gesagt hatte, und versuchte sich ihre Zweifel nicht anmerken zu lassen. Sie wollte, dass die tapferen Hundekrieger kämpften und mit ihren Verbündeten in einen großen Krieg zogen, denn nur im Kampf konnten sie ihren Stolz bewahren. Aber sie wusste auch, dass es beinahe unmöglich war, die drückende Übermacht der blassen Männer zu besiegen. Sie waren ihrem Volk überlegen, das hatte sie selbst gesehen, und schickten mehr Krieger, als jemals über die Ebenen geritten waren. Wenn der böse Traum, den sie im Tal der weinenden Bäume erlebt hatte, zur Wahrheit wurde, wenn die Büffel gingen, starb ihr Volk, und es ging nur noch darum, mit stolz erhobenem Haupt auf die andere Seite zu reiten.

Dazu brauchten sie den Krieg, so wollte es der Große Geist. Es durfte keinen Frieden zwischen ihren Völkern geben. Nur im Kampf erlangten die Krieger der Tsis-tsis-tas den höchsten Ruhm und nur auf dem Kriegspfad gab es noch Hoffnung für ihr geplagtes Volk. Sie würde den Großen Geist bitten den heiligen Kreis ihres Lebens zu erhalten. Wenn es eine Zukunft für die Völker der Ebenen geben sollte, mussten sie auf tapfere Krieger wie Kleiner Wolf und Wolkenreiter und Gefleckter Wolf hören. Nur sie hatten die Kraft gegen die Weißen zu bestehen.

Sie folgte Kleiner Wolf auf die weite Ebene und spürte, wie der Druck von ihrer Seele wich. Sie atmeten dieselbe Luft und ihr Leben würde sich verändern, auch wenn sie niemals dasselbe Tipi bewohnen würden. Aiee, dies war ein seltsamer Tag.

41

DER ZAUBER DES MEDIZINMANNS

DIE SCHLECHTEN ZEITEN hatten begonnen. Die bösen Geister waren in das Dorf der Tsis-tsis-tas zurückgekehrt und Biberfrau gelang es nicht, sie mit ihren Gebeten und Liedern zu vertreiben. Ihre neuen Verwandten merkten kaum etwas davon. Noch verhielten sich die Eindringlinge still und nur Biberfrau spürte ihren bedrohlichen Atem. Sie fastete viel und atmete den würzigen Dampf in der Schwitzhütte und ihre heiligen Lieder schwebten in der trockenen Luft, aber der Große Geist erhörte sie nicht und ließ sie allein. Ihr Schutzgeist blieb in dem trägen Fluss, an dem sie ihr Sommerlager aufgeschlagen hatten. Sie blieb allein mit ihren Sorgen und vertraute Süße Medizin, der gesagt hatte, dass es auch auf den höchsten Gipfeln immer noch Hoffnung gab.

Auch ohne Kleiner Wolf kehrte sie in das Tal der stampfenden Büffel zurück. Sie ritt auf das Felsplateau und blickte lange auf die rollenden Tipis hinab. Der Strom der bärtigen Männer nahm kein Ende und mit ihnen kamen Frauen und Kinder, die neue Krieger gebären würden. Der

Anblick des endlosen Wagenzugs verletzte ihre Seele. Die Vehos spannen ihr klebriges Netz, und wenn die Völker der Ebenen nicht bald etwas unternahmen, würde sie niemand mehr aufhalten können. Die Eindringlinge waren böse. Obwohl sie viele Schritte entfernt waren, erkannte Biberfrau ihre grimmigen Gesichter und selbst die Frauen und Kinder strahlten eine Entschlossenheit aus, die sie erschreckte.

Diese Weißen waren mächtig, daran gab es keinen Zweifel, und sie konnte nicht umhin ihre Stärke und ihren Mut zu bewundern. Sie fuhren über einen Weg, der viele Tagesreisen jenseits des Flusses begann, und zogen zu dem großen Wasser, das dort begann, wo die Sonne am Horizont versank. Kein Krieger war jemals dort gewesen, aber sie hatten von anderen Völkern gehört, die jenseits der Berge wohnten, und die wussten von ihren Nachbarn, dass es dieses Wasser tatsächlich gab. An seinen Ufern sollte es fruchtbares Land geben, das die Weißen mit ihren Werkzeugen aufreißen und bepflanzen wollten. So wie es die Tsis-tsis-tas vor vielen Wintern am Gelben Fluss getan hatten. Inzwischen wusste sie, dass es falsch war, den Boden aufzugraben. Die Erde war ihre Großmutter und weinte, wenn man sie verletzte.

Mit reglosem Gesicht verfolgte sie das Schauspiel, das sich ihren Augen bot. Irgendwie konnte sie verstehen, dass viele ihrer Brüder und Schwestern die blassen Eindringlinge bewunderten. Sie besaßen viele Dinge, die nur vereinzelt in den Dörfern ihres Volkes zu sehen waren. Werkzeuge und Waffen aus dem festen Metall, das sie Eisen nannten. Hölzerne Behälter, in denen sie ihr Wasser aufbewahrten. Weißes Pulver und andere Lebensmittel, die zu schmackhaften Gerichten gebacken wurden, und die braunen Körner, die so herrlich süß schmeckten. Ihre rollenden Tipis trugen größere Lasten als die Schleppbahren, die ihre Verwandten hinter die Pferde spannten, und die mächtigen Tiere, die vor den Wagen liefen, waren beinahe so stark wie Büffel. Die Männer ließen Peitschen über ihren Köpfen knallen und fluchten laut, wenn sie müde waren oder im tiefen Sand stecken blieben.

Biberfrau folgte den rollenden Tipis und beobachtete aus der Ferne, wie sie in der Dämmerung zu einem großen Kreis zusammenfuhren. Sie wartete, bis die Feuer brannten und das seltsame Instrument ertönte, das der Dolmetscher der blassen Besucher in ihrem Dorf gespielt hatte. Ihre Musik klang fremd und sie wunderte sich, dass die Männer mit den Frauen tanzten. Sogar die Kinder hüpften um das Feuer. Sie sah, wie ein junger Mann mit einer jungen Frau hinter den Wagen verschwand und seine Lippen auf ihren Mund drückte. Eine seltsame Sitte, die ihr den Ekel hochtrieb. Die Männer und Frauen ihres Volkes berührten sich nur selten, dazu war der gegenseitige Respekt zu groß. Verstört lenkte sie ihren Braunen in die tiefschwarze Nacht.

Im Dorf sprach sie nicht darüber, nicht einmal mit dem Bewahrer der heiligen Pfeile. Linke Hand war alt geworden und hätte sie nicht verstanden. Mit Steinkalb und den anderen Männern war vereinbart worden, erst im Mond der reifen Kirschen darüber zu beraten, wenn sich die vereinigten Völker zum Sonnentanz trafen. Der Sommer war lang und die jungen Krieger konnten es kaum erwarten. Sie hofften darauf, dass die weisen Männer das Kriegsbeil ausgraben würden, damit sie in den Krieg ziehen und ihre ersten Coups schlagen konnten. Nur im Kampf konnte man seinen Ruhm mehren und sein Ansehen stärken. Wolkenreiter gehörte zu den hitzigen Kriegern, die immer wieder in die nahen Hügel ritten und drohend ihre Fäuste gegen die weißen Eindringlinge reckten. Ihr Kriegsgeheul hallte weit über die Ebenen.

Die Weißen waren schlecht, das hatte Biberfrau schon vor vielen Wintern erkannt, und sie waren gekommen um die Völker der Ebenen zu vertreiben, auch wenn es nicht so aussah und Läuft-über-den-Wolken und andere Krieger mit Geschenken überhäuft wurden. Biberfrau erkannte die Bedrohung. Sie sah, dass die bärtigen Männer das Wild in ihren Jagdgründen töteten und die heiligen Tiere vertrieben. Die große Herde hatte sich geteilt, war den rollenden Tipis ausgewichen, die in die untergehende Sonne fuhren. Schon diesen Sommer waren sie weit geritten, bis der vertraute Anblick der Büffel ihre Seelen gewärmt hatte. Die gefleckten Tiere, die mit den blassen Männern nach Westen kamen, fraßen das Gras weg und vertrieben die Büffel.

In einem Gebet beklagte Biberfrau sich bei ihrem Schöpfer, aber auch diese Worte blieben ungehört. Sie saß allein in ihrem Tipi, die Augen zur offenen Rauchklappe gerichtet und wartete vergeblich darauf, dass Maheo antwortete. Auch die Lakota bekamen keine Antwort. Gefleckter Adler blieb zwei Nächte an ihrem Feuer und berichtete von der Ungeduld seiner jungen Krieger auf den Kriegspfad zu reiten. Er war älter und reifer geworden, aber auch er brannte darauf, endlich zu den Waffen zu greifen. Er zweifelte nicht daran, dass sich die weisen Männer für den Krieg entscheiden würden. Es gab keine andere Möglichkeit, die verhassten Feinde loszuwerden, auch wenn Läuft-über-den-Wolken und seine Gefolgsleute anderer Meinung waren. Biberfrau erfuhr, dass der Medizinmann immer noch gegen sie hetzte und triumphierend davon sprach sie während des Sonnentanzes aus dem Lager zu vertreiben. »Er besitzt eine starke Medizin«, warnte der Anführer der Krähenbesitzer, »und er kann nicht ertragen, dass einige Krieger deinen Namen am Feuer erwähnen!«

Im Mond der reifen Kirschen errichteten sie die Medizinhütten an einem Platz, den sie vor langer Zeit bestimmt hatten. Das weite Tal an der Biegung des Flusses war groß genug für die vielen Tipis der vereinigten Völker. Die Tsis-tsis-tas, Lakota und das Volk, das im Süden seine Feuer entzündete, rauchten die heilige Pfeife und ehrten die erwachende Natur und die meisten jungen Krieger unterzogen sich der Mutprobe, die Steht-die-ganze-Nacht vor vielen Wintern bestanden hatte. Der Große Geist wurde mit Rauchopfern besänftigt und in Gebeten und Liedern besungen. Die Zelte glänzten im hellen Sonnenlicht. Die Erwachsenen palaverten und die Kinder spielten und nur die hitzigen Auseinandersetzungen zwischen einigen Kriegern und das aufgeregte Tuscheln der Frauen, wenn Läuft-über-den-Wolken mit grimmiger Miene durch das Lager ritt, erinnerten daran, dass diesmal eine besondere Entscheidung auf sie wartete.

Biberfrau blieb vier Tage und vier Nächte in den Hügeln und mied eine Begegnung mit dem Medizinmann. Erst als der Sonnentanz beendet war und die Dunkelheit der fünften Nacht über das Lager sank, ließ sie sich zwischen den Tipis blicken. Sie ritt zum großen Feuer, gab die Zügel ihres Pferdes einem Jungen und trat entschlossen in den Feuerschein. Ihr stolzes Gesicht leuchtete und ihre Augen brannten und auf ihrem neuen Kleid tanzten geheimnisvolle Schatten. Sie trat mit federnden Schritten neben die Häuptlinge und sagte: »Ich bin Biberfrau, die heilige Frau der Tsis-tsis-tas! Ich bin gekommen um die heilige Pfeife mit den weisen Männern unserer Völker zu rauchen. Lasst uns mit den Geistern sprechen, bevor wir über die Zukunft beraten!«

Läuft-über-den-Wolken unterdrückte mühsam seinen Zorn. Der Medizinmann der Lakota saß wie ein gewöhnlicher Krieger in dem großen Kreis und hatte nicht damit gerechnet, dass sich die heilige Frau der Sha-hi-yena so geschickt in Szene setzen würde. Schon während des Sonnentanzes hatte er getobt. Weil Biberfrau in den Hügel geblieben war, rankten sich geheimnisvolle Geschichten um sie, und sogar die Krieger, die auf seiner Seite waren, glaubten daran, dass sie mit den Geistern im Bunde war.

»Wakanka«, schimpfte er, »ich werde dich vernichten!«

Biberfrau beachtete ihren Widersacher nicht. Dies war ein bedeutender Tag in der Geschichte ihrer Völker, der nicht für einen persönlichen Streit ausgenutzt werden durfte. Sie wollte den Medizinmann der Lakota nicht vernichten. Sie hatte viel Kraft in der Einsamkeit gesammelt und würde sich nicht von ihm herausfordern lassen, selbst wenn er sie eine Hexe nannte. Der Große Geist wollte, dass sie die verbündeten Völker vor den blassen Männern warnte, und nichts anderes würde sie tun. Von der Entscheidung, die an diesem Feuer getroffen wurde, hing die Zukunft der Völker ab. Die Zeit des Friedens war vorbei und sie mussten endlich kämpfen, wenn es noch Hoffnung geben sollte.

Sie war in den Hügeln geblieben um stark genug für diese Beratung zu sein, aber natürlich war es Berechnung gewesen, dass sie erst jetzt am Feuer erschienen war. Sie schämte sich nicht dafür. Selbst der Große Geist überraschte sie mit wirkungsvollen Auftritten und der Kojote übertrieb es sogar, wenn er wie ein bärtiger Mann durch das Unterholz rannte. Sie gehörte zu den besten Geschichtenerzählerinnen ihres Volkes und wusste, wie man seine Zuhörer am meisten beeindruckte. Selbst eine unbedeutende Geste konnte helfen die Krieger auf eine Pointe vorzubereiten oder einen nachhaltigen Eindruck zu hinterlassen.

Während sie die heilige Pfeife kreisen ließen, beobachtete Biberfrau die versammelten Häuptlinge. Zwei Monde, der Anführer der Waldleute, und Steinkalb saßen nebeneinander. Kleiner Wolf war bei den Hundekriegern auf der anderen Seite des Feuers. Sie wechselte einen zärtlichen Blick mit ihm und spürte, wie ihr das Blut ins Gesicht schoss, als seine Augen ihre Seele berührten. Gefleckter Adler saß neben ihm und ließ sich nichts anmerken, als er den zärtlichen Blickwechsel zwischen ihnen bemerkte. Krähengesicht war froh, dass seine Frau nicht in der Nähe war. Angst-vor-Pferden, ein Häuptling der Lakota, hatte beide Hände zu Fäusten geballt, und lediglich Sitzender Büffel und Rote Wolke, die mächtigsten Häuptlinge ihrer

Verbündeten, wirkten ausgeglichen und ließen nicht erkennen, was sie dachten.

»Meine Brüder, meine Schwestern«, begann Sitzender Büffel, nachdem Biberfrau den verbrannten Tabak aus der Pfeife geschlagen hatte, »die Wasicun fallen wie Heuschrecken über die weiten Ebenen! Sie ziehen mit ihren rollenden Tipis von einem Horizont zum anderen und sagen, dass sie nicht in unseren Jagdgründen bleiben wollen, aber sie töten unser Wild und vertreiben unsere Büffel! Sie bringen Verderben in unser Land! Es gibt einige Krieger, die an die Versprechungen der Eindringlinge glauben und vor ihnen in die Knie gehen, aber ich sage, wir können nur überleben, wenn wir auf den Kriegspfad ziehen! Nur wenn wir zu den Waffen greifen, gibt es eine Zukunft für die vereinten Völker! Greift zu den Waffen, meine Brüder, und kämpft!«

Sitzender Büffel gehörte zu den tapfersten Männern der Lakota. Er hatte viele Coups geschlagen und zahlreiche Feinde getötet und an den sieben Ratsfeuern wurde von seinen tollkühnen Taten berichtet. Er war ein würdevoller Mann mit einem breiten Gesicht und hervorstehenden Backenknochen und in seinem entschlossenen Blick lag die Erfahrung vieler Winter. Sein Hass gegen die weißen Eindringlinge war groß und einige Lakota behaupteten, dass er auch ein großer Medizinmann war und in seinen Träumen gesehen hatte, wie schlecht die Weißen waren.

Viele Krieger nickten anerkennend, als sie die Worte des Anführers vernahmen. Sogar Zwei Monde und Büffelkalb, die als Häuptlinge der Tsis-tsis-tas dem Frieden verpflichtet waren, zeigten ihren Respekt. Sitzender Büffel war kein Mann, der lange um den heißen Brei herumredete. Er hatte die blassen Männer beobachtet und er hatte von ihnen geträumt und seine Worte hatten beschrieben, was gegen sie unternommen werden musste.

»Ich respektiere die Meinung meines Bruders«, antwortete Rote Wolke. Auch er war ein stattlicher Krieger, der seine langen Haare zu strengen Zöpfen gebunden hatte und nur eine Feder trug, obwohl er zahlreiche Coups geschlagen hatte. »Ich verstehe seinen Zorn, denn auch meine Leute haben unter dem Ansturm der blassen Männer gelitten. Es ist wahr, unsere vierbeinigen Brüder sterben unter den Kugeln der Eindringlinge und die Büffel weichen den rollenden Tipis aus und nehmen einen anderen Weg. Gerade deshalb sage ich, dass wir das sprechende Papier des weißen Mannes unterschreiben müssen. Ich denke an unsere Kinder. Ich denke an die neue Zukunft, in die sie hineinwachsen. Die Wasicun sind so zahlreich wie die Sandkörner auf den weiten Ebenen und es gibt nichts, was sie aufhalten kann! Wir müssen ihren Weg gehen, wenn unsere Kinder überleben wollen.«

Es wurde bis tief in die Nacht diskutiert. Jeder der anwesenden Häuptlinge ergriff das Wort und Biberfrau erkannte verstört, dass Rote Wolke viele Anhänger hatte. Nicht nur den hitzigen Medizinmann, der nach jeder Rede wütend aufsprang und seine Gegner beschimpfte. »Ihr wollt den Krieg! Ihr seid wie die Hexe, die sich als heilige Frau der Sha-hi-yena ausgibt, und stellt euch gegen den dauerhaften Frieden, den auch die blassen Männer wollen! Ihr beschwört den Tod eurer Kinder!« Er verriet nicht, dass er vor allem an dem Feuerwasser der Weißen interessiert war.

Biberfrau erhob sich erst, als alle Häuptlinge mehrmals gesprochen hatten. Die Angriffe des Medizinmanns waren wirkungslos an ihr abgeprallt. Sie trat in den Schein des Feuers und sagte: »Meine Brüder, meine Schwestern, ich bin Biberfrau, die heilige Frau der Tsis-tsis-tas, und ich verneige mich vor den Worten der tapferen Häuptlinge. Ihr wisst, dass ich seit vielen Wintern bei den Tsis-tsis-tas lebe und mich immer für eine bessere Zukunft eingesetzt habe. Wenn der Große Geist wollte, dass ich auf einen Gipfel steige, habe ich ihn erklommen. Es gab Frieden und es gab Krieg und ich habe mich nie gefürchtet, denn Maheo ist mächtig, und ich weiß, dass sich unser Leben im Kreis bewegt.«

Sie wartete, bis das aufgeregte Gemurmel verstummte, und fuhr fort: »Die blassen Männer haben diesen heiligen Kreis zerstört! Sie lenken ihre rollenden Tipis durch unsere Jagdgründe und vertreiben die heiligen Tiere, die unser Leben sind!« Sie erzählte von der tödlichen Krankheit, die sie im Dorf der Numakiki gesehen hatte. »Glaubt mir, meine Brüder und Schwestern, die Vehos spinnen ein tödliches Netz, aus dem es kein Entrinnen mehr gibt! Sie wollen unseren Untergang! Sie trampeln wie Ungeheuer über den Boden, der unsere Großmutter ist, und missachten die Regeln, die uns vom Großen Geist gegeben wurden!«

»Das ist wahr«, sagte Sitzender Büffel leise. Kleiner Wolf und der junge Angst-vor-Pferden, die sich leidenschaftlich für den Krieg eingesetzt hatten, stimmten ihr mit funkelnden Augen zu.

»Ich habe die Wagenzüge gesehen, die sich wie Spinnenbeine in unser Land fressen«, fuhr Biberfrau fort, »und ich habe das hässliche Lachen der bärtigen Männer gehört, die ihre beschlagenen Mokassins in unseren Boden graben. Ich habe ihre hasserfüllten Augen gesehen, so wie vor vielen Wintern, als mich der Große Geist über das endlose Wasser führte und mir die Heimat unserer Feinde zeigte.« Sie wartete, bis ihre Worte in die Gedanken der Zuhörer gedrungen waren. »Es ist wahr, meine Brüder und Schwestern, ich habe die Heimat der Vehos gesehen! Dort habe ich erfahren, wie gemein und niederträchtig sie sind! Sie wollen unseren Tod und sie haben das Feuerwasser gebracht um die Sinne unserer tapferen Krieger zu vernebeln! Wenn sie besinnungslos im Staub liegen, töten sie uns wie lästiges Ungeziefer und dann gibt es keine Zukunft für unsere Kinder mehr!«

»Du lügst! Du bist eine Hexe!« Läuft-über-den-Wolken war aufgesprungen und blickte sie mit hasserfüllten Augen an. »Du erzählst Geschichten, die du von den Ungeheuern gehört hast! Du willst den Krieg, weil du nicht ertragen kannst, dass der Große Geist sich von dir abgewandt hat!«

Er klopfte sich mit beiden Händen auf die Brust. »Ich bin der heilige Mann meines Volkes und habe mit Wakan Tanka gesprochen, als du mit den bösen Geistern unter die Decke gekrochen bist! Ich habe das Große Geheimnis gesehen und erfahren, wie unsere Zukunft aussieht!«

Jetzt sprach der Medizinmann der Lakota und alle Augen waren auf ihn gerichtet, denn er verstand es noch besser als Biberfrau, sich einen Vorteil zu verschaffen. Er riss das Bärenfell von seinem Körper und schleuderte es in die Dunkelheit. »Hört nicht auf diese Hexe«, rief er beschwörend, »und vertraut dem Zauber von Läuft-über-den-Wolken, denn er hat die Zukunft gesehen und weiß, dass wir mit den weißen Männern in Frieden leben müssen! Sie sind unsere neuen Verbündeten, und nur, wenn wir das sprechende Papier unterschreiben, erleben wir die Zukunft!«

»Du lügst«, brauste Kleiner Wolf auf. Auch der junge Wolkengesicht war aufgesprungen. »Biberfrau hat deinen Zauber zerstört!«

Läuft-über-den-Wolken lächelte siegessicher. Auf diesen Einwand hatte er nur gewartet. »Meine Medizin ist stärker als die leeren Worte dieser bösen Hexe«, rief er. Dann krachten mehrere Schüsse und er wurde wie ein getroffenes Reh herumgewirbelt und zu Boden geworfen. Lachend wälzte er sich durch den Sand.

Der Medizinmann stand auf und reckte triumphierend beide Arme in die Dunkelheit. Er berührte die jungen Krieger, die auf ihn geschossen hatten, und sagte: »Ich bin Läuft-über-den-Wolken, der heilige Mann der Lakota! Wakan Tanka hat euch gezeigt, über welchen Zauber ich verfüge! Folgt mir, denn ich kenne den Weg, der unsere Völker in eine bessere Zukunft führt!«

Die weisen Krieger der vereinigten Völker glaubten ihm und am nächsten Morgen wurde entschieden das sprechende Papier der blassen Männer zu unterschreiben. »Es bleibt uns keine Wahl«, entschied Rote Wolke, »wenn wir weiterleben wollen!«

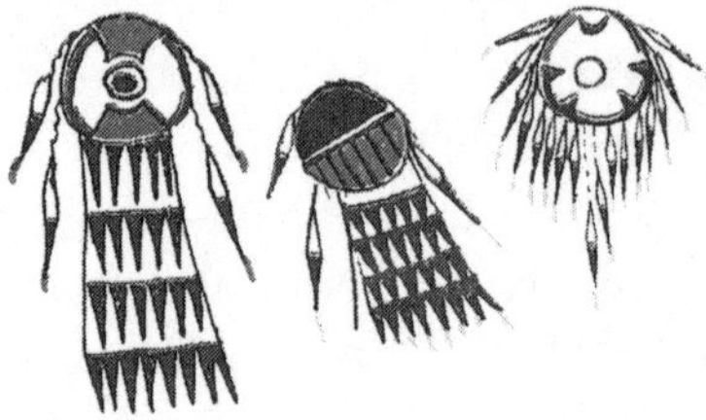

42

DAS LAGER AM PFERDEFLUSS

WÄHREND DER FOLGENDEN Monde verbrachte Biberfrau viel Zeit in der Einsamkeit. Es hatte sich längst herum gesprochen, dass Läuft-über-den-Wolken keine übernatürlichen Kräfte besaß und ein eisernes Hemd der blassen Männer getragen hatte, die aus dem Süden gekommen waren. Gefleckter Adler hatte es den Kriegern gezeigt und die Namen einiger Schlangen genannt, die ein ähnliches Hemd besaßen. »Das ist nichts Besonderes«, hatte er gesagt, »alle bärtigen Männer, die über den Großen Fluss im Süden kamen, trugen ein solches Hemd, und ich kenne einen Häuptling der Schlangen, der sogar einen Kopf aus Eisen besaß. Läuft-über-den-Wolken macht gemeinsame Sache mit den blassen Männern und will, dass wir über ihren Pfad gehen!«

Viele Krieger rauchten die Pfeife mit ihm, aber der Rat der weisen Häuptlinge hatte entschieden, und Rote Wolke ritt zu dem bärtigen Mann, der versprochen hatte sich für die Belange der Völker einzusetzen. Er versprach sein Kreuz unter das sprechende Papier zu setzen. Sitzender

Büffel, Angst-vor-Pferden und Gefleckter Adler kümmerten sich nicht darum und folgten den Büffeln, die in den fernen Hügeln gesehen worden waren. Kleiner Wolf schwang wütend seinen Feuerstock und schwor sein Leben lang gegen die Vehos zu kämpfen. Zwei Monde verschwand nachdenklich in seinem Tipi und Steinkalb bat die jungen Krieger sich ruhig zu verhalten und die weißen Eindringlinge zu verschonen. »Auch ich weiß, dass Läuft-über-den-Wolken das scharfe Wasser trinkt und unsere heilige Frau beleidigt hat, aber nicht alle Weißen sind schlecht, und unsere Frauen und Kinder haben es verdient, dass wir dem Frieden eine Chance geben! Ich verneige mich vor einem tapferen Krieger wie Kleiner Wolf und ich respektiere einen jungen Krieger wie Wolkenreiter. Ich ziehe mit euch auf den Kriegspfad, wenn die bärtigen Männer gelogen haben, aber ihr wisst, dass ich für den Frieden lebe und erst zu den Waffen greifen darf, wenn es keinen anderen Weg gibt. Das ist alles, was ich zu sagen habe.«

Biberfrau versuchte vergeblich ihren Schutzgeist herbeizurufen. Sie hatte eine Niederlage erlitten, auch wenn fast alle Krieger den Zauber von Läuft-über-den-Wolken durchschauten und ihrer Medizin glaubten, aber die bösen Geister verhinderten, dass sie einen neuen Weg in die Zukunft fand. Läuft-über-den-Wolken hatte sie gedemütigt und einen Teil der Völker auf den Weg der bärtigen Männer geführt. Er stolzierte wie ein angeberischer Anführer der Krähen durch sein Dorf und erzählte jedem, dass er die Wakanka der Sha-hi-yena in die Berge vertrieben hatte. »Hokahey, die Hexe flieht vor Wakan Tanka, der auch über die blassen Männer wacht und unser Volk in ein besseres Leben führt!«

Die heilige Frau ließ sich nicht herausfordern und blieb in den Bergen. Sie wusste, dass die meisten Krieger der verbündeten Völker auf ihrer Seite waren. Der Zauber des Medizinmanns hatte den großen Krieg verzögert, aber irgendwann würde er kommen, und dann würden sie die heiligen Pfeile gegen die Vehos tragen. Selbst ein Häuptling wie Rote Wolke wäre dann gezwungen das Kriegsbeil auszugraben. Biberfrau machte ihm keinen Vorwurf. Er hatte viele Coups geschlagen und niemand konnte ihm vorwerfen aus Feigheit vor den blassen Männern in die Knie zu gehen. Er war von dem trickreichen Medizinmann verzaubert worden oder hatte von den bösen Geistern geträumt.

»Maheo, warum hast du mich verlassen?«, rief Biberfrau in den wolkenverhangenen Himmel. »Warum bist du bei dem Mann, der das scharfe Wasser der bärtigen Männer trinkt? Wenn wir das sprechende Papier unterschreiben, ziehen die Spinnen das Netz immer enger und unsere Krieger bleiben in den klebrigen Fäden hängen! Warum sprichst du von einem großen Krieg, wenn wir gezwungen sind den steinigen Pfad der Vehos zu betreten? Nur wenn wir auf den Kriegspfad ziehen, kann es eine Zukunft für unser Volk geben! Habe ich diese Worte von dir gehört, Maheo?«

Auch diesmal schwieg der Große Geist. Süße Medizin blieb auf der anderen Seite, ihr Schutzgeist versteckte sich im Uferschilf und nicht einmal der listenreiche Kojote ließ sich blicken. Die Antwort lag auf den weiten Ebenen, die sie von dem schroffen Felsplateau im Tal der stampfenden Büffel überblickte. Die rollenden Tipis wurden zahlreicher und immer mehr blasse Männer, Frauen und Kinder zogen nach Westen. Jenseits der Berge war das gelbe Metall entdeckt worden, das den Vehos heilig war, und sogar die Männer aus Bent's Fort waren nach Kalifornien unterwegs. Das war der Name des Landes, den sie von den blassen Männern gehört hatten. Der Handelsposten wurde niedergebrannt und an der Mündung des breiten Flusses entstand ein neues Fort, in dem auch die blauen Soldaten wohnten. »Die Vehos sind zahlreicher als die Sterne am Himmel«, wiederholte Biberfrau die Worte, die immer wieder durch ihre Träume geisterten, »sie bauen ihre Hütten auf den Jagdgründen, die uns heilig sind, und bringen die Blauröcke mit, die gegen unsere Völker in den Krieg ziehen werden! Öffne die Augen meiner Brüder und Schwestern! Sage ihnen, dass die Vehos nicht gekommen sind um Frieden mit uns zu schließen! Zerstöre den Zauber des Medizinmanns, der das scharfe Wasser getrunken hat und gemeinsame Sache mit unseren Feinden macht! Kehre zu mir zurück und hilf mir die Tsis-tsis-tas vor dem Untergang zu retten!«

Aus den Hitzeschleiern, die über den Felsen lagen, kam der Hundekrieger, der ihre Seele berührt hatte. Kleiner Wolf zügelte seinen Schecken und stieg erst aus dem Sattel, als Biberfrau ihn aufforderte sich zu ihr zu setzen. »Ich habe oft an dich gedacht«, sagte sie, »du bist der Mann, von dem Maheo gesprochen hat.«

Er wusste nicht, was sie damit meinte, und blickte sie wortlos an. Sie hatte kein Feuer angezündet, obwohl es keinen Krieg zwischen ihrem Volk und den Vehos gab und viele Krieger zu den rollenden Tipis ritten und mit ihnen handelten. Sie wollte nicht, dass die weißen Eindringlinge auf sie aufmerksam wurden.

Biberfrau hörte das zärtliche Lied, das vom Wind über die Felsen getrieben wurde, und senkte den Blick um nicht in den tiefen Augen des Hundekriegers zu versinken. Er war ein Anführer und sie war die heilige Frau und jetzt war nicht der Augenblick den verlockenden Klängen eines verlockenden Liedes zu folgen. »Du bist der Mann, der uns gegen die Vehos führt!«, sagte sie rasch.

Seine Miene war betrübt. »Ich weiß, meine Schwester, auch ich habe davon geträumt. Aber die Häuptlinge wollen, dass wir das sprechende Papier unterschreiben, und ich respektiere ihren Entschluss. Wir müssen warten, bis Maheo unsere Namen ruft.«

»Dann ist es vielleicht zu spät.«

»Ich weiß«, sagte er wieder, »viele Krieger denken wie

wir. Sie wollen nicht, dass immer mehr blasse Männer durch unsere Jagdgründe ziehen, und rauchen die Pfeife des Krieges. Aber der Große Geist will nicht, dass wir uns gegen einen Entschluss der weisen Männer stellen. Wenn wir gegen ihren Willen das Kriegsbeil ausgraben, schwindet die Kraft der heiligen Pfeile!«

Das wusste auch die heilige Frau. In ihrem Blick lag die Sorge um ihr Volk, als sie antwortete: »Unsere Späher berichten, dass wir im Mond der reifen Pflaumen zum Pferdefluss kommen sollen.« Der Fluss lag einen Tagesritt südlich von Fort Laramie, wie der neue Stützpunkt der blassen Männer genannt wurde. Eine Ansammlung von hölzernen Hütten, in denen viele Blauröcke wohnten. »Dort warten die Vehos mit dem sprechenden Papier.«

»Das ist wahr«, bestätigte Kleiner Wolf, »die Weißen warten auf uns. Viele Krieger haben den Tag lange herbeigesehnt. Sie wollen einen dauerhaften Frieden mit den blassen Männern und ich muss zugeben, dass auch ich daran gedacht habe.« Er blickte zur Seite, als schämte er sich seiner Worte. »Aber wenn ich auf diesen Felsen reite und den endlosen Zug der rollenden Tipis sehe, weiß ich, dass es keinen Frieden mit den Vehos geben kann. Hast du die Männer in den schwarzen Mänteln gesehen?«

Sie erinnerte sich an den Anblick der seltsamen Männer. Auch bei Lewis und Clark war ein solcher Schwarzkittel gewesen. Sie trugen ein eisernes Kreuz vor der Brust und erzählten von den Geistern ihres Volkes. »Die Männer, die von dem Geist berichten, der am Kreuz gestorben ist? Der Sohn ihres Schöpfers, der auf der anderen Seite ihres großen Flusses lebt? Ich habe diese Geschichte immer gemocht, obwohl sie nicht wahr sein kann.«

»Sie wollen unsere Seelen rauben«, sagte Kleiner Wolf, »ich habe gehört, dass einer dieser Männer viele Tsis-tsis-tas getauft hat.« Er gebrauchte ein Wort der blassen Männer und erklärte: »Zwei Monde hat dieses Wort gehört. Die Männer in den schwarzen Mänteln wollen, dass wir unsere Geister vertreiben und dem Geist-Mann folgen, der am Kreuz gestorben ist! Sie berühren ahnungslose Männer, Frauen und Kinder, malen ihnen ein Kreuz auf die Stirn und sagen, dass sie wie Christen leben müssen. Ich habe es selbst beobachtet.«

»Christen?«, wiederholte Biberfrau das unbekannte Wort.

»So nennen sie den Geist-Mann, dessen Lieder sie singen. Läuft-über-den-Wolken sagt, dass er mächtiger als unsere Geister ist und dass wir zu ihm beten sollen. Er ist starke Medizin!«

»Maheo ist das Große Geheimnis«, erwiderte die heilige Frau verwundert, »er ist die Kraft, die aus dem Himmel kommt und alles Leben auf der Erde erweckt. Die Lakota und das Volk, das im Süden seine Feuer errichtet, haben andere Namen für ihn und selbst die Numakiki sprachen von einer Macht, die jenseits des hängenden Pfades wohnt. Wie kann es eine Kraft geben, die stärker ist, wenn es nur einen Himmel und eine Erde gibt? Warum wollen die bärtigen Männer, dass wir Maheo verlassen?«

»Zuerst vertreiben sie die heiligen Tiere, die unser Leben bedeuten«, sagte Kleiner Wolf, »dann graben sie die Erde auf, die unsere Großmutter ist! Und wenn die bösen Geister in unsere Tipis gezogen sind, rauben sie unsere Seelen! Die Vehos sind mächtig und unser Volk ist dem Untergang geweiht, wenn wir dem Medizinmann der Lakota folgen! Noch dürfen wir das Kriegsbeil nicht ausgraben und es liegt allein an dir, den Großen Geist umzustimmen. Ich weiß, dass die Verantwortung auf dir lastet, aber ich bin nicht stark genug, und auch die Gebete von Sitzender Büffel und Gefleckter Adler werden nicht erhört! Du bist unsere einzige Hoffnung, meine Schwester! Bitte den Großen Geist uns einen neuen Weg zu zeigen, sonst sind wir verloren!«

»Ich will es versuchen, mein Bruder«, erwiderte sie.

Im Mond der reifen Pflaumen ritten sie mit den anderen

Völkern zum Pferdefluss. Biberfrau hatte gehofft dort ihre südlichen Verwandten wiederzutreffen, aber es kamen nur einige Krieger, die ihr berichteten, dass Steht-die-ganze-Nacht und Krähenfrau einen Sohn bekommen hatten. Der Krieger, der sich vor ihr verneigt hatte, lebte im Dorf eines Häuptlings, der Schwarzer Kessel genannt wurde und das sprechende Papier der blassen Männer längst unterschrieben hatte. »Steht-die-ganze-Nacht war immer ein Mann des Friedens«, sagte sie in ihrem Gebet, »er kann nicht wissen, dass die Vehos mit den bösen Geistern im Bunde sind.«

Biberfrau verbrachte die Nacht auf einer einsamen Waldlichtung und blieb am frühen Morgen erstaunt am Waldrand stehen. Wohin sie auch blickte, leuchteten weiße und bemalte Tipis. Ein größeres Lager hatte sie nie gesehen. Alle Völker der Ebenen waren gekommen: die Lakota und die Tsis-tsis-tas, das Volk, das im Süden seine Feuer entzündet, sogar ihre Feinde, die Ho-he und die Krähen. Die Zelte standen auf den Hängen und in den Tälern, zwischen den Felsen und am Flussufer, im Norden, Süden, Westen und Osten. Krieger palaverten, Frauen kochten, Kinder spielten. Hunde balgten sich um weggeworfene Knochen. Es wurde getanzt und gesungen und einige Männer nützten die Gelegenheit um auf der Liebesflöte für die heiratsfähigen Mädchen anderer Völker zu spielen. An lodernden Feuern erzählten tapfere Krieger von ihren Heldentaten und viele Männer der Tsis-tsis-tas sprachen über den bevorstehenden Frieden. Die Trommeln schlugen einen dumpfen Rhythmus. Jenseits der Hügel weideten die riesigen Pferdeherden der versammelten Völker.

Wolkenreiter und einige Hundekrieger waren auf die Krähen losgegangen und auch Biberfrau stieß den Kriegsruf ihres Volkes aus, als sie einem Anführer der Feinde begegnete. Gefleckter Adler hielt eine flammende Rede und setzte sich dafür ein, am Ufer des Pferdeflusses einen neuen Krieg zu beginnen. Heftige Unruhe entstand auch unter den Schlangen, die ihre besten Pferde bei den Waldleuten entdeckten. Aber die Blauröcke hatten Feuerrohre aufgestellt und rasselten mit ihren Säbeln, und Läuft-über-den-Wolken zeigte das funkelnde Kreuz, das um seinen Hals hing, und verkündete, dass auch mit den Feinden der verbündeten Völker die Pfeife der Versöhnung geraucht werden sollte. »Dies ist ein Tag des Friedens!«, tönte er salbungsvoll.

Biberfrau beteiligte sich nicht an den Verhandlungen. Sie blieb außerhalb des Lagers und beobachtete vom Waldrand aus, wie sich einige Häuptlinge der versammelten Völker mit den Anführern der blassen Männer unter einer aufgespannten Zeltplane trafen. Sie erkannte Läuft-über-den-Wolken, der gestenreich mit den blassen Männern verhandelte und sich wie ein heiliger Mann benahm, der alle Krieger verzaubert hatte. Zufrieden stellte sie fest, dass nur ein Häuptling der südlichen Tsis-tsis-tas bei den Männern saß. Er hieß Gelber Wolf und gehörte zu den Kriegern, die von Steht-die-ganze-Nacht und Krähenfrau berichtet hatten. Zwei Monde und Steinkalb hatten sich entschlossen nicht an den Verhandlungen teilzunehmen. Sie blieben in ihren Zelten und hofften, dass sie die richtige Entscheidung getroffen hatten.

»Dies ist ein schlechter Tag«, sagte Kleiner Wolf, der unbemerkt neben die heilige Frau getreten war. Sein Blick war auf den Mittelpunkt des Lagers gerichtet, wo die Häuptlinge mit den weißen Männern verhandelten. »Warum lässt der Große Geist das zu?«

»Ich weiß es nicht«, antwortete sie ehrlich.

»Ich habe die Augen der weißen Männer gesehen«, fuhr der Anführer der Hundekrieger fort, »sie sind voller Lügen! Ich glaube nicht, dass sie den Frieden wollen. Sie wollen uns einschläfern und ihren tödlichen Stachel in unsere Körper treiben, sobald wir uns im klebrigen Netz der Spinne verfangen haben! Auch Zwei Monde und Steinkalb haben das erkannt! Sobald die Lakota erkennen, dass ihr

Medizinmann mit gespaltener Zunge spricht, werden wir auf den Kriegspfad ziehen. Ich habe gesprochen!«

Die Verhandlung dauerte nicht lange. Läuft-über-den-Wolken und die Häuptlinge stimmten bereitwillig zu, als die Anführer der blassen Männer um die Erlaubnis baten, ihre Forts und breite Pfade auf den weiten Ebenen anzulegen und den Völkern versprachen sie mit Lebensmitteln und Kleidung zu bezahlen. »Das ist ein fairer Preis«, sagte der Medizinmann. Er verschwieg, dass ihm eine große Ladung mit Feuerwasser versprochen worden war. »Wir sind stolz die blassen Männer als Freunde zu haben!«

Selbst Biberfrau war überrascht, wie reibungslos die Verhandlung verlief. Sie hatte gedacht, dass die Vehos weniger bezahlen wollten, und wechselte einen zweifelnden Blick mit Kleiner Wolf, der ebenfalls verwirrt war. »Sie lügen«, schimpfte sie, als sie daran dachte, was die Forts und die breiten Pfade bedeuteten. »Die Pfade gehören zu dem Netz, das sie über unseren Jagdgründen ausbreiten, und in den Forts verstecken sich die Blauröcke, bis sie die wehrlosen Krieger vernichten können!«

Gelber Wolf setzte sein Kreuz unter das sprechende Papier, aber kein Krieger des Volkes fühlte sich daran gebunden, denn er war ein Anführer ihrer südlichen Nachbarn und sprach nur für seine Gruppe. Das sprechende Papier der blassen Männer war nichts wert. Sie würden sich daran halten, solange die Lakota und das Volk, das im Süden seine Feuer entzündet, mit den Eindringlingen in Frieden lebten, aber sobald die Vehos ihr wahres Gesicht zeigten, würde es zum Krieg kommen. Sie würden den Spinnen nicht auf den Leim gehen! Sie würden über ihren Waffen beten und den Kriegsruf ausstoßen, wenn es soweit war.

Die Uferleute verließen den Pferdefluss als erste. Obwohl die Anführer der blassen Männer alle Beteiligten gezwungen hatten einen dauerhaften Frieden zu schließen, wollten sie die Ho-he und die Krähen so schnell wie möglich verlassen. Nur mit den Schlangen hatten sie die Pfeife geraucht. Die Ho-he waren hinterlistig und die angeberischen Krähen hatten sich längst mit den blassen Eindringlingen verbündet und würden immer gegen die Tsis-tsistas kämpfen. Auch die Lakota ließen sich nicht auf den Zwangsfrieden ein und verschwanden. Krähengesicht, der Häuptling des Volkes, das seine Feuer im Süden entzündet, hatte angeblich mehr Angst vor den angeberischen Krähen als vor seiner Frau und war froh in solcher Gesellschaft zu sein, aber auch er verabschiedete sich und zog mit seinen Kriegern davon.

Jenseits der Hügel trennten sich die Uferleute von den Waldleuten. Biberfrau blickte dem Anführer der Hundekrieger lange nach und lächelte schwach, als er sich noch einmal umdrehte und ihr mit einer Handbewegung zu verstehen gab, dass er sie verehrte. »Eni-to-eme«, flüsterte sie, »dies ist nicht der Augenblick um dir zu sagen, dass ich dieselbe Luft wie du atme, aber du sollst wissen, wie wohl ich mich fühle, wenn du in meiner Nähe bist! Du wärmst meine Seele, Kleiner Wolf! Ich verehre dich!«

»Eni-to-eme«, erwiderte der Hundekrieger. Dann folgte er den Waldleuten, die in die untergehende Sonne nach Westen zogen.

43

KRIEG AUF DEN EBENEN

DER KRIEG BEGANN an einem düsteren Herbsttag. Die bösen Geister verdunkelten den Himmel mit ihrem schmutzigen Atem und weckten Biberfrau, die allein in ihrem Tipi schlief. Ein kalter Windhauch fuhr durch den Zelteingang und berührte sie unter ihrem Büffelfell. Sie öffnete die Augen und blickte nach oben, sah einen Raben, der sich oberhalb der geöffneten Rauchklappe niedergelassen hatte und krächzend davonflog, als er den Blick der heiligen Frau spürte. Wie alle Vögel verfügte auch der Rabe über geheimnisvolle Kräfte. In den alten Zeiten hatte er gewusst, wo die Büffel waren, und jetzt lockte er die heilige Frau nach Norden, auf die andere Seite des grünen Sees, der kalt im feuchten Nebel lag.

Biberfrau schlüpfte in ihr Wildlederkleid, hängte sich das Büffelfell um die Schultern und trat nach draußen. Es hatte die ganze Nacht geregnet und das nasse Gras berührte ihre nackten Beine. Es war noch früh am Morgen und das schlechte Wetter hielt die meisten Uferleute in ihren Tipis. Selbst die Kinder blieben an den warmen Feuern und die Hunde hatten sich in den Windschatten der Tipis gekauert. Nur ein alter Mann, der orientierungslos durch das Lager humpelte, und die Krieger bei den Pferden waren zu sehen. Aus einem Zelt drang das Weinen eines kleinen Kindes.

Sie griff nach ihren Waffen und trat ans Seeufer. Der Rabe war längst im morgendlichen Dunst verschwunden, aber sie spürte immer noch seine Gegenwart und erschauerte unter der Berührung der bösen Geister. Abseits des Dorfes lehnte sie ihren Feuerstock gegen einen Baum und sprach ein Gebet. Sie bedankte sich für den neuen Morgen und pries die geheimnisvolle Kraft, die jenseits der Sterne über ihr Volk wachte. Nach einer längeren Pause fügte sie hinzu: »Aber ich spüre den Atem der bösen Geister und weiß nicht, wie ich sie vertreiben kann. Sind meine Gebete und meine Lieder nicht mehr stark genug? Hilf mir, Großer Geist! Du hast mir eine lange Jugend gegeben, damit ich mein Volk in eine bessere Zukunft führe, und mein Volk vertraut darauf, dass ich den Weg kenne. Hilf mir die Ungeheuer zu vertreiben!«

Das Krächzen des Raben, der immer noch durch den morgendlichen Nebel flog, war die einzige Antwort. Sie nahm ihren Feuerstock und folgte seinen bedeutungsvollen Lauten über den festgetretenen Pfad, der um den grünen See führte. Schmutzige Wasserlachen versperrten ihren Weg und zwangen sie immer wieder in das nasse Gras auszuweichen. Der Atem der bösen Geister wurde immer stärker. Sie überprüfte ihren Bogen und griff nach dem Köcher mit den Pfeilen, denn in ihrem Feuerstock war nur eine Kugel. Sie hatte gehört, dass die blassen Männer inzwischen neue Feuerstöcke mit vielen Kugeln besaßen, und hätte ihre Waffe am liebsten weggeworfen. Wenn das stimmte, hatten sie in einem Kampf gegen die Spinnen kaum eine Chance. Dann konnten ihnen nur noch die Vorahnung oder eine trickreiche List helfen.

Auf der anderen Seite des Sees blieb sie stehen. Sie hörte das Krächzen des Raben und das Quaken einiger Enten im Uferschilf. Nebelschwaden geisterten über den Cottonwoods und Büschen, die auf den Hängen wuchsen. Ein leises Wimmern drang an ihre Ohren. Sie entsicherte ihren Feuerstock und bahnte sich einen Weg durch das dichte Gestrüpp. Der Frostriese war aus seinem kalten Versteck gekommen und berührte sie unter dem warmen Büffelfell. Das Wimmern wurde lauter und lockte sie auf einen Hügel, neben eine verkrüppelte Pappel mit weit ausladenden Ästen.

Die beiden Frauen lagen im feuchten Gras. Sie erkannte Die-ihre-Knie-badet, die mit erhobenen Händen nach dem Nebel griff und den Namen ihres Mannes flüsterte, und sie bemerkte die seltsam verrenkte Gestalt eines jungen Mädchens, das reglos und mit zerrissenem Kleid auf der Erde lag und mit starren Augen zum Himmel blickte. Ihr Mund war zu einem stummen Schrei geöffnet. Unter ihrem Körper hatte sich eine Blutlache gebildet und ihr Gesicht und ihre Beine waren zerkratzt. Ihr Körper war benutzt worden von einem Furcht erregenden Ungeheuer oder einem Wesen, das keine Ehrfurcht vor der Keuschheit einer Frau kannte, und ihre Seele war auf die andere Seite des großen Flusses unterwegs.

Biberfrau beugte sich über die sterbende Die-ihre-Knie-badet. Sie blutete aus zahlreichen Schusswunden. Es war kaum noch Leben in ihr und ihre Stimme verlor sich in der kalten Luft. Sie rief verzweifelt nach ihrem Mann, der ahnungslos in seinem Tipi lag und gar nicht gemerkt hatte, dass sie verschwunden war. »Die-ihre-Knie-badet«, nannte Biberfrau ihren Namen zum letzten Mal, »was ist geschehen? Wer hat das getan?« Die heilige Frau wusste es längst, die vielen Schusswunden ließen keinen Zweifel daran, aber sie wollte die bittere Wahrheit von ihrer alten Freundin hören.

»Vehos«, flüsterte die sterbende Frau. Aus ihrem Mund kam helles Blut und floss über ihr Kinn. »Ich habe geträumt, dass sich meine junge Schwester verirrt, und bin ihr gefolgt.« Sie drehte ihre Augen zu dem toten Mädchen. »Sie... sie wollte...« Ihre Stimme wurde immer leiser. »Sie wollte sich mit einem Krieger treffen, aber... aber sie kehrte... nicht mehr zurück... Zwei blasse Männer... haben sie bestiegen... wie ein Tier ein... anderes besteigt...«

Biberfrau legte eine Hand unter den Kopf ihrer sterbenden Freundin und spürte, wie warmes Blut über ihre Finger rann. Sie wartete geduldig, bis die alte Frau neue Kraft geschöpft hatte.

»Sie haben... auf mich... geschossen, aber... ich bin immer... ich bin immer noch am Leben und... habe gesehen, was... geschehen ist... Sie haben... den Tod verdient... Zwei Männer... mit vielen Haaren im Gesicht...« Sie spuckte noch einmal Blut, dann neigte sich ihr Kopf zur Seite und sie folgte dem jungen Mädchen auf die andere Seite. In ihren Augen stand ein verwundertes Lächeln und auf ihren spröden Lippen lag der Name ihres tapferen Mannes.

Biberfrau stimmte ein Totenlied an. Sie öffnete ihre Haare und schnitt blutige Striemen in ihre Arme und Beine. Ihr Klagen vermischte sich mit dem Krächzen des unsichtbaren Raben. Sie rief verzweifelt nach dem Großen Geist und suchte im Uferschilf nach dem weißen Biber, aber sie fand nur die schnatternden Enten und einen Frosch, der quakend im Nebel verschwand. Mit verweinten Augen kehrte sie ins Dorf zurück. Sie trat dem Pfeilbewahrer gegenüber und erkannte in seinen traurigen Augen, dass er längst wusste, was für eine Nachricht die heilige Frau ihm bringen würde.

Das verzweifelte Klagelied des alten Mannes rief das ganze Dorf zusammen. Sogar die Hunde liefen herbei. Die Kunde von den toten Frauen verbreitete sich in wenigen Augenblicken und als bekannt wurde, dass die Spinnen dafür verantwortlich waren, gehörte Wolkenreiter zu den ersten Männern, die nach Krieg riefen. »Ihr sprechendes

Papier verbreitet Lügen«, schimpfte er, »sie schläfern die weisen Männer mit schönen Worten ein, und sobald es dunkel wird, töten sie unsere Frauen und Kinder! Wir müssen sie vernichten, bevor es zu spät ist! Folgt den Hundekriegern auf den Kriegspfad! Dies ist das Zeichen, auf das wir gewartet haben!«

Sogar Steinkalb blieb stumm, als die Krieger wütend ihre Fäuste reckten. Der junge Krieger hatte Recht, die blassen Männer hatten gelogen! »Lasst uns am großen Feuer darüber reden«, sagte er.

Noch am selben Morgen wurde das Feuer entzündet und alle Krieger des Volkes setzten sich zur Beratung zusammen. Sie wussten schon vorher, wie die weisen Männer entscheiden würden. Die Vergewaltigung des jungen Mädchens und der gemeine Tod der alten Frau, die jeder geliebt hatte, konnten nur mit dem Blut ihrer Feinde gesühnt werden. »Krieg! Krieg!«, riefen die jungen Männer immer wieder. Noch während dieses Tages würden sie den Spuren der bärtigen Männer über die nasse Prärie folgen.

Wolkenreiter hatte die Kriegspfeife mitgebracht und reichte sie an die anderen Männer weiter. Auch sein alter Vater paffte daran. Linke Hand war zum Feuer gehumpelt und konnte vor Schmerzen kaum noch gerade sitzen, aber er ließ keinen Zweifel daran, dass er mit den jungen Kriegern reiten würde. Er wollte im Kampf sterben. Der Schmerz über den Verlust seiner Frau war zu groß und der Gedanke an lange und einsame Abende in seinem Tipi war unerträglich. Er würde noch einmal in den Sattel steigen und den blassen Männern zeigen, was für ein tapferer Krieger er war! Die Männer nickten anerkennend, als er die Kriegspfeife weiterreichte.

Es gab keine Zeit zu verlieren. Die Krieger mussten den Spuren der bärtigen Männer folgen, solange sie noch frisch waren. Biberfrau blickte den davonreitenden Kriegern nach und bat den Großen Geist um Verzeihung, dass keine Zeit geblieben war um über den Waffen zu beten. Sie bat einige Schwestern ihr bei der Bestattung der ermordeten Frauen zu helfen und erneuerte die heiligen Pfeile, während sie unter den Totengerüsten ihre Klagelieder sangen. »Maheo«, sprach sie, während ihre Hände den Schaft eines schwarzen Pfeils berührten, »der Augenblick, vor dem ich mich so lange gefürchtet habe, ist gekommen! Die blassen Männer haben zwei unschuldige Frauen getötet! Sie haben den Vertrag gebrochen, den sie uns aufgezwungen haben, und sie haben die Keuschheit eines jungen Mädchens missachtet! Reite mit unseren Kriegern, Großer Geist, und hilf ihnen die niederträchtigen Männer mit den Haaren im Gesicht zu töten! Sie haben den Tod verdient, so wie alle Vehos, die durch unsere Jagdgründe reiten!«

Biberfrau blieb in den Hügeln außerhalb des Dorfes, solange die Krieger unterwegs waren. Sie wanderte durch die schmalen Täler und kämpfte mit verzweifelten Gebeten und heiligen Liedern gegen die bösen Geister. Sie waren immer noch in der Nähe. Sie spürte ihre Gegenwart, wenn der Wind den Salbei berührte und vereinzelte Regentropfen ins nasse Gras fielen. Die Luft wurde immer kälter und selbst das kleine Feuer, das sie zwischen einigen Felsen entzündete, vertrieb den Frostgeist nicht. Hoimaha, der weiße Mann aus dem Norden, war mit den bösen Geistern gekommen und bedrohte sie mit seinem eisigen Atem. Der Schlamm gefror und über den Pfützen bildeten sich Eisschichten.

Aus Angst vor den gefährlichen Wassergeistern mied sie das Ufer des grünen Sees. Auch sie konnten den bärtigen Männern geholfen haben die beiden Frauen zu töten. Ihre Gedanken waren bei den Männern, die auf den Spuren der Vehos ritten, und sie wanderten zu Läuft-über-den-Wolken, der sein eisernes Hemd angezogen hatte und im Sattel seines weißen Pferdes über die weiten Ebenen ritt. Er hatte sein Bärenfell weit in die Stirn gezogen und trug eine gekrümmte Lanze, die an den Medizinmann erinnerte, der auf geheimnisvolle Weise gestorben war. »Was sagst du nun, Läuft-über-den-Wolken?«, rief sie in die regnerische Nacht hinaus, »waren das die blassen Männer, die du zu deinen Freunden zählst? Waren das die Männer, von denen du dein scharfes Wasser bekommst? Antworte, Läuft-über-den-Wolken!«

Der Medizinmann wendete sein Pony und näherte sich der heiligen Frau. »Sprichst du mit mir, Wakanka? Wer hat dir erlaubt den heiligen Mann der Lakota zu rufen? Was fällt dir ein, du Hexe?«

»Ich bin die heilige Frau meines Volkes und ich habe dich nicht gerufen«, erwiderte Biberfrau selbstbewusst. Ihr Lächeln war spöttisch. »Was sagst du jetzt, Läuft-über-den-Wolken? Traust du den blassen Männern immer noch? Oder hat das scharfe Wasser deine Sinne vernebelt? Siehst du nicht, dass die Vehos unseren Untergang wollen? Sie haben zwei Frauen unseres Volkes getötet!«

»Sha-hi-yena«, meinte der Medizinmann abfällig. »Wakan Tanka straft euch, weil ihr das sprechende Papier verweigert habt! Wenn ihr gegen die blassen Männer kämpft, werdet ihr alle sterben!«

»Unsere Krieger werden die Vehos besiegen«, widersprach Biberfrau, »sie werden die Mörder der beiden Frauen bestrafen!«

Läuft-über-den-Wolken begann zu lachen. Er bog sich im Sattel und sein Lachen wanderte wie eine Drohung durch den nächtlichen Nebel und rief die bösen Geister zusammen. Biberfrau erkannte, wie unsichtbare Krieger neben den Medizinmann ritten und drohend ihre Waffen schwangen. Der heilige Mann der Lakota schwang lachend seine gekrümmte Lanze und rief: »Tötet die Hexe der Shahi-yena! Bringt mir ihren Skalp, damit ich ihn zu den Ungeheuern in den grünen See werfen kann! Hokahey, ich bin gekommen um dich zu töten! Heute wirst du sterben, Wakanka!«

Der Medizinmann trieb sein weißes Pferd an und Biberfrau sah, wie der frostige Boden unter den Hufen zahlreicher Ponys erzitterte. Der Kriegsruf der Lakota hallte durch die Nacht. Läuft-über-den-Wolken schlug mit den Zügeln auf sein Pony ein und das Tier wurde immer schneller, erhob sich wie ein Vogel in die Lüfte und stieß mit dampfenden Nüstern auf Biberfrau herab. Sie benutzte ihren Feuerstock und wurde von der Wucht des Rückschlags auf den harten Boden geschleudert. Schreiend öffnete sie die Augen.

Über ihr waren der graue Morgenhimmel und der kaum sichtbare Schatten eines Mannes. Er beugte sich über sie und lächelte vorsichtig. »Es ist gut, meine Schwester«, beruhigte er sie sanft.

»Kleiner Wolf«, erkannte sie den Hundekrieger.

»Ich habe deine Schreie gehört«, sagte Kleiner Wolf. »Was tust du hier draußen? Hast du mit den Geistern gesprochen? Ich habe gehört, dass die Krieger der Uferleute gegen die blassen Männer kämpfen. Ich habe von den toten Frauen gehört. Auch die jungen Männer der Waldleute sind auf den Kriegspfad gezogen. Sie rächen einen alten Mann, der von den Vehos erschossen wurde. Er hatte um Tabak gebeten und die blassen Männer haben ihn mit vielen Kugeln getötet. Ihre Sinne waren vom scharfen Wasser vernebelt! Das Feuerwasser macht aus den Männern wilde Tiere!«

»Der Krieg hat begonnen«, stimmte Biberfrau zu, »es ist so gekommen, wie wir gesagt haben. Die Vehos haben gelogen! Sie brechen den Vertrag, den sie auf das sprechende Papier gezeichnet haben! Sie wollen, dass wir sterben! Wir müssen kämpfen!«

»Was sagen die Geister?«, fragte Kleiner Wolf. »Was sagt Maheo? Glaubt er an einen Sieg gegen die Vehos? Reitet er mit uns, wenn wir gegen die Weißen in den Krieg ziehen? Sie besitzen eine starke Medizin und wir überleben nur, wenn der Große Geist auf unserer Seite ist. Was hast du in deinen Träumen erfahren?«

Biberfrau wollte nicht, dass Kleiner Wolf die ganze

Wahrheit erfuhr. Niemand durfte wissen, was sie im Tal der weinenden Bäume gesehen hatte. Die Krieger mussten stark und voller Zuversicht sein, wenn sie eine Chance gegen die Vehos haben wollten. »Der Große Geist wird meine Gebete erhören«, antwortete sie zweideutig, »er wird nicht verhindern, dass einige Krieger auf die andere Seite reiten, aber er wird bei uns sein, wenn der große Krieg gegen die blassen Männer beginnt.« Sie dachte daran, dass ihr Schutzgeist schon vor vielen Wintern von einem großen Krieg gesprochen hatte und schloss einen Augenblick die Augen. »Werden die Lakota mit uns reiten?«, fragte sie besorgt. »Werden sie sich gegen den heiligen Mann wenden, der meinen Tod will?«

»Die Vehos haben den Vertrag gebrochen«, erwiderte der Hundekrieger entschieden, »und ich bin sicher, dass sie auch unsere Freunde hintergangen haben! Ich weiß, wie wütend ihre Krieger sind! Sitzender Büffel, Gefleckter Adler und Angst-vor-Pferden ziehen auf den Kriegspfad und schlagen viele Coups! Läuft-über-den-Wolken muss zugeben, dass seine Medizin schlecht war!«

»Er will mich töten«, sagte Biberfrau.

»Das werde ich nicht zulassen!«

Sie schüttelte den Kopf. »Du kannst ihn nicht sehen! Er erscheint in meinen Träumen und verbündet sich mit den bösen Geistern! Er reitet über den Wolken und der Frostriese führt seine Hand, wenn er die gekrümmte Lanze schleudert! Nur wenn der Große Geist auf meiner Seite ist, kann ich gegen ihn bestehen!«

»Du wirst ihn besiegen, meine Schwester!«

Seine sanfte Stimme wärmte ihre Seele, und sie schloss erwartungsvoll die Augen, als er ihre Schultern berührte und mit ihr auf das weiche Büffelfell sank. Sie hielten einander fest und atmeten dieselbe Luft. Ihr zufriedenes Stöhnen hing wie ein zartes Liebeslied im Nebel. »Du bist der Mann, von dem ich geträumt habe!«, flüsterte sie und er antwortete mit einem verzweifelten Stöhnen, als er ein

Tabu seines Volkes verletzte und in eine Frau drang, die er niemals geheiratet hatte. Seine Hände berührten ihre feste Haut und liebkosten ihr Gesicht, bis ihre Tränen kamen und ein verzweifelter Schrei wie ein Hilferuf über die weiten Ebenen klang.

»Was war das?«, fragte sie erschrocken.

»Es kam von Westen«, antwortete er, »dort liegt unser Winterlager!« Er löste sich von ihr und sprang auf sein Pony. Ohne ein weiteres Wort sprengte er davon. Er wurde von dem kalten Nebel verschluckt, der immer noch über der herbstlichen Prärie hing, und der Hufschlag seines Ponys verklang wie ein fernes Echo.

Biberfrau zog ihr Kleid nach unten und ging nachdenklich zu ihrem Pferd. Sie tätschelte seinen Hals und weinte leise. Sie hatte das Gefühl dem Hundekrieger zum letzten Mal begegnet zu sein. Sie würde ihn wieder sehen, aber sie würde ihn nie mehr lieben.

44

MASSAKER AM SANDIGEN FLUSS

DER SCHREI DER Waldleute lief wie ein stürmisches Feuer über die weiten Ebenen und vereinigte sich mit dem Atem der bösen Geister zu einem bedrohlichen Nebel, der sich immer tiefer auf die Tipis herabsenkte. Er verstörte die Tsis-tsis-tas und die Lakota und das Volk, das seine Feuer im Süden entzündete, und peinigte die Seele der heiligen Frau, die zu ihrem Volk gesprochen hatte und allein über die Prärie ritt. Die Waldleute hatten sich mit der Krankheit des weißen Mannes angesteckt. Dieselben Wunden, die ein Dorf der Numakiki dahingerafft hatten, fraßen sich in die Körper ihrer Verwandten, die zwei Tagesritte von ihnen entfernt auf einer Lichtung lagerten und kein Mittel gegen die Bedrohung fanden.

Einäugige Antilope, der Medizinmann der Waldleute, verfluchte die bösen Geister in seinen Liedern und versuchte sie mit seiner Rassel zu vertreiben, und Biberfrau betete allein in den Hügeln und bat den Großen Geist den Fluch von ihren Nachbarn zu nehmen, aber es kam keine Antwort. Die bösen Geister hatten gesiegt und die Hälfte aller Waldleute starb einen grausamen Tod. Zwei Monde, ihr Häuptling, und Kleiner Wolf überlebten. Sie zogen mit dem Rest ihrer Krieger in die winterlichen Berge und versteckten sich in den tiefen Tälern vor der schlechten Medizin der bärtigen Männer. Sie hofften, dass der Frostriese die Krankheit vertrieb und ihnen eine neue Zukunft in den Wäldern ermöglichte. Kleiner Wolf tanzte um die nächtlichen Feuer und schwor im Frühling in einen blutigen Krieg gegen die Vehos zu ziehen.

Biberfrau ritt mit gesenktem Kopf nach Süden. Auch die Uferleute bereiteten sich auf den Krieg vor. Wolkenreiter und die Hundekrieger hatten die bärtigen Mörder der beiden Frauen gefunden und auf grausame Weise getötet, aber sie trauerten um Linke Hand, der allein weitergeritten war und einen Wagenzug der Blauröcke angegriffen hatte. Wie der tapferste aller Hundekrieger war der Bewahrer der heiligen Pfeile gegen die übermächtigen Vehos geritten. Er hatte zwei Coups geschlagen, bevor sich die verdutzten Soldaten von ihrem Schrecken erholt und den tollkühnen Angreifer erschossen hatten. Linke Hand war mit einem Lächeln auf den Lippen gestorben und die Krieger hatten seinen leblosen Körper auf den Ebenen zurückgelassen, damit der Große Geist erkannte, wie tapfer er gestorben war. Wolkenreiter wurde zum Bewahrer des heiligen Bündels und Biberfrau half ihm die Pfeile zu reinigen, bevor sie nach Süden aufbrach, auf der Suche nach ihrem Schutzgeist, von dem sie sich neue Antworten erhoffte.

Sie ritt vier Tage und vier Nächte ohne etwas zu essen. Sie hielt nur, wenn ihr Pony stehen blieb und das trockene Gras zupfte und um von dem kalten Wasser zu trinken, das sich unter einer dünnen Eisschicht versteckte. Sie wusste nicht, warum sie nach Süden ritt. Ihr Schlaf war traumlos gewesen und es hatte keine Stimmen gegeben, die ihr eine Richtung angezeigt hätten. Weder Maheo noch ihr Schutzgeist waren erschienen. Aber sie war immer allein losgezogen, wenn ihr Volk in Not geriet, und sie hoffte auch diesmal wieder in der einsamen Kälte eine Lösung zu finden. Sie überließ es ihrem Pony, den Weg zu finden, und zuckte gleichgültig mit den Schultern, als es sich nach Süden wandte.

Am fünften Tag aß sie von dem Trockenfleisch, das sie in einem Rohhautbeutel mitführte. Sie blieb im Sattel sitzen und kaute gedankenvoll, während sie ihren Blick über das leere Land wandern ließ. Dies waren die Jagdgründe der Tsis-tsis-tas, auch wenn es die bärtigen Männer nicht wahrhaben wollten. Dies war das Land, das ihre Großmutter war. Ein weites Land, das sich von einem Horizont zum anderen ausbreitete und sie mit einer tiefen Ehrfurcht erfüllte. Sie liebte diese Weite und sie verneigte sich vor allen lebendigen Dingen, den Bäumen, der Erde und den Steinen, dem Wasser und dem Feuer, das sich in der Frühlingssonne entzündete. Die blassen Männer zeigten keine Ehrfurcht vor dem Leben und töteten die Bäume und die Steine und wühlten die Erde auf, mit derselben Sorglosigkeit, mit der sie harmlose Frauen töteten.

Sie war allein in der Prärie und konnte sich in dieser Einsamkeit kaum vorstellen, dass die weißen Eindringlinge noch in der Nähe waren. Die Soldaten in ihren blauen Röcken, die Siedler, die ihre Familien mitbrachten und die Erde aufrissen, die rücksichtslosen Männer, die nach dem gelben Metall suchten, das den Spinnen so viel bedeutete. Zwei Goldgräber hatten die beiden Frauen getötet, die auf der anderen Seite des grünen Sees gestorben waren. Ihre Skalpe hingen an dem Tipi, das Wolkenreiter bewohnte, und ihr Blut war in den Boden gesickert, den sie entweiht hatten. Jetzt waren keine Vehos in der Nähe und sie konnte es sich sogar leisten, ein kleines Feuer zu entzünden und Tee zu kochen.

Nachts wurde sie vom Klagen der einsamen Pappeln geweckt, die am Ufer eines nahen Baches wuchsen. Der Wind bewegte ihre kahlen Zweige und sie hörte die bedrohlichen Stimmen der bösen Geister, die ihr unbemerkt gefolgt waren. Sie ging zum Wasser und betete zu Maheo. Ein Lied, das sie seit vielen Wintern sang, trieb über den sprudelnden Bach und weckte den weißen Biber, der unter dem zugefrorenen Rand schlief. Er rieb sich den Schlaf aus den Augen und sagte: »Du bist gekommen, meine Schwester!«

Biberfrau nahm erleichtert die Arme herunter und blickte ihn an. Das schwache Mondlicht glitzerte auf seinem hellen Fell und spiegelte sich auf dem dünnen Eis. »Ich habe dich gesucht«, begrüßte sie ihren Schutzgeist, »ich brauche deine Hilfe! Großes Unglück ist über mein Volk gekommen und ich suche verzweifelt nach einem Weg, der uns in eine bessere Zukunft führt! Hilf mir, weißer Biber!«

»Ich würde dir gerne helfen«, erwiderte er, »und ich hätte dich gerne getröstet, als die Frauen starben und der Schrei der Waldleute über die Ebenen klang. Aber ich kann nicht! Vieles in eurem Leben ist vorherbestimmt, das weißt du, und der Große Geist will nicht, dass wir zerstören, was er geschaffen hat. Ihr habt großen Schmerz erlitten und ihr seid wütend. Ihr seht keinen Sinn darin, dass Männer, Frauen und Kinder sterben, wenn der Große Geist es verhindern könnte. Ihr versteht nicht, dass die bärtigen Männer einen Sieg erringen, obwohl sie die Natur verachten und der Erde, die unsere Großmutter ist, schmerzhafte Wunden zufügen. Ihr könnt es nicht verstehen, aber im Angesicht von Maheo macht alles einen Sinn, und der Tag wird kommen, an dem ihr durchschauen werdet, warum ihr so große Schmerzen erleiden müsst.«

Biberfrau erkannte, dass auch der weiße Biber nicht alles verstand. »Ich habe die toten Büffel im Tal der weinenden Bäume gesehen«, klagte sie, »ich weiß mehr als die weisen Männer und die tapferen Krieger, die gegen die blassen Männer kämpfen. Ich habe erkannt, dass es kaum noch eine Hoffnung für mein Volk geben kann. Süße Medizin glaubt, dass es auch eine Zukunft gibt, wenn die Büffel sterben, aber das klebrige Netz der Spinnen wird immer dichter und die Büffel fliehen vor ihren tödlichen Kugeln. Ich glaube nicht, dass es noch eine Zukunft für die Tsis-tsis-tas gibt. Was kann ich tun, mein Schutzgeist? Wie kann ich meinem Volk helfen? Wie können sich die Tsis-tsis-tas ihren Stolz bewahren?«

»Du musst beten«, antwortete der weiße Biber, »und du musst die heiligen Lieder singen! Nur wer sich den Glauben an den Großen Geist bewahrt, sieht den Weg in eine neue Zukunft! Ertrage das Leid, das dir im Süden widerfahren wird, und hab keine Angst vor dem Mann, der über den Wolken reitet. Beobachte den Mann mit den gelben Haaren, der euch vernichten will! Wenn du ihn besiegst, wird es eine neue Zukunft für euer Volk geben! Du wirst sie nicht mehr erleben, aber du wirst auf der anderen Seite leben und einen neuen Horizont sehen können! Das ist alles, was ich dir sagen kann!« Der Biber verschwand im eisigen Wasser des Baches.

Biberfrau blickte ihm besorgt nach. Ihr Schutzgeist hatte von neuem Leid gesprochen und sie wusste nicht, ob sie stark genug war weiteres Unglück zu ertragen. Hatten die bärtigen Männer ihre Verwandten im Süden angegriffen? Waren auch sie an der tödlichen Krankheit gestorben? Und wer war der Mann mit den gelben Haaren, der sie vernichten wollte? Ein Soldat? Ein Siedler? Wie sah die Zukunft aus, die sie nicht mehr erleben würde? Wann würde sie ihre Jugend verlieren? Quälende Fragen, auf die sie keine Antwort wusste. Sie kehrte zum Feuer zurück und starrte in die immer kleiner werdenden Flammen, bis sie erloschen waren.

Noch vor dem Morgengrauen ritt sie weiter. Es war kälter geworden und der Wind trieb Eiskristalle über die Ebenen. Im Pfeifen des Windes hörte sie die bösen Geister, die immer noch in ihrer Nähe waren. Großes Unheil stand bevor. Davon sang der Wind, der sich wie ein eisiger Hauch im Salbei verfing, und davon erzählten die Bäume, die wie einsame Wächter am Ufer des Sandigen Flusses standen. So nannten sie das flache Wasser, das zwischen den Sandbänken in der südlichen Heimat versickert war.

Aus dem morgendlichen Dunst, der wie der Atem eines Ungeheuers über der Prärie hing, schälte sich eine dunkle Gestalt. Ein junger Krieger der Tsis-tsis-tas hing vornübergebeugt auf seinem Pony. Seine Haare waren offen und fielen auf die Wolldecke über seinen Schultern. Ein Verwandter aus dem Süden, ein Krieger der Uferleute, die vor den blassen Männern in die Knie gegangen waren. Er hatte einen Streifschuss abbekommen und blutete aus einer Stirnwunde. Einige Schritte vor der heiligen Frau stürzte er von seinem Pony und blieb zwischen den Salbeibüschen liegen.

Biberfrau sprang aus dem Sattel und untersuchte den jungen Krieger. Außer der Stirnwunde hatte er keine Verletzungen, aber er war schnell geritten und sehr erschöpft. Sie lud ihn auf sein Pony und ritt zu ihrem Lagerplatz zwischen den Felsen zurück. Er stöhnte leise, als sie ein Feuer entzündete, ihn vom Pferd hob und in ihr Büffelfell wickelte. Sie hüllte sich in die Wolldecke, ein Tauschobjekt der blassen Männer, wie der braune Stoff und die gläsernen Perlen, aus denen seine Leggins gefertigt waren. Ihre südlichen Verwandten lebten in der Nachbarschaft der bärtigen Männer und waren über einen anderen Weg in die Zukunft gegangen.

Das Gesicht des jungen Kriegers kam ihr bekannt vor. Die hohe Stirn, die tiefliegenden Augen, die vollen Lippen. Beinahe weibliche Gesichtszüge, die an einen Krieger erinnerten, der vor vielen Wintern nach Süden gezogen war. »Du bist der Sohn von Steht-die-ganze-Nacht und Krähenfrau«, sagte sie, als er die Augen aufschlug, »du hast dieselben Augen wie der tapfere Krieger, der die lange Geschichte unseres Volkes auf eine Büffelhaut gemalt hat!«

»Ich habe sie dabei«, antwortete er leise, »in der Tasche an meinem Sattel.« Er befühlte die Wunde, die Biberfrau mit weich gekauten Kräutern verarztet hatte, und blickte sie dankbar an. »Du bist die heilige Frau unseres Volkes. Meine Eltern haben dich verehrt und deinen Namen am großen Feuer unseres Volkes genannt! Dein Bild ist auf der Haut, die von den alten Tagen erzählt!«

»Was ist geschehen?«, fragte Biberfrau. Sie ahnte längst, dass der Krieger eine Antwort auf ihre Fragen brachte. Maheo hatte sie zusammengebracht, damit sie die Stimmen der bösen Geister verstand. Sie hatten zu ihren Nachbarn gesprochen. »Wo sind deine Eltern? Wo ist Steht-die-ganze-Nacht? Wo ist Krähenfrau?«

Der junge Krieger stützte sich auf einen Ellenbogen und starrte in die knisternden Flammen, bevor er antwortete. Er hatte die bösen Geister getroffen und der Schmerz dieser Begegnung stand immer noch in seinen Augen. »Ich bin Steht-im-Wasser«, antwortete er, »und habe den Untergang unseres Volkes gesehen. Ich darf die Namen meiner Verwandten nicht mehr aussprechen, denn sie sind alle auf die andere Seite gegangen. An der Biegung des Sandigen Flusses haben sie ihr Leben gelassen.« Er blickte sie traurig an. »Die Vehos haben sie getötet. Alte Männer, wehrlose Frauen und unschuldige Kinder! Sie haben mit den langen Messern auf uns eingeschlagen und unsere Zukunft zerstört!«

Steht-im-Wasser hob den Kopf und in seinen Augen spiegelten sich die schrecklichen Bilder, die er an der Biegung des Sandigen Flusses gesehen hatte. Das Dorf von Schwarzer Kessel, über hundert Zelte am Ufer des ausgetrockneten Flusses, das Morgengrauen über der kalten Prärie, die Rauchfahnen über den Zelten und das Zittern des Bodens, das die alte Frau zwischen den kahlen Bäumen an die alten Zeiten erinnerte. »Die Büffel kommen zurück!«, rief sie erfreut. Sie ließ ihr Holzbündel fallen und humpelte zum Lager zurück, rief aufgeregt nach den Kriegern, bis die bärtigen Männer auf den Hügeln erschienen und das Donnern eines mächtigen Feuerrohres die Unschuld des klaren Morgens raubte.

Schwarzer Kessel kam aus seinem Tipi, in den Händen ein weißes Tuch und die amerikanische Flagge, die er von einem blassen Häuptling geschenkt bekommen hatte. Er band die beiden Tücher an eine Tipistange und lehnte sie gegen sein Zelt. »Habt keine Angst, meine Brüder und Schwestern!«, rief er in den Schlachtenlärm, »wir stehen unter dem Schutz der blassen Häuptlinge! Die bunten Tücher zeigen den Angreifern, dass sie sich irren! Wir haben das Papier des weißen Mannes unterschrieben! Ihre Häuptlinge haben uns den Frieden versprochen! Fürchtet euch nicht!«

Eine Kugel zerfetzte die amerikanische Flagge und zeigte den Bewohnern des Dorfes, dass es nur noch Krieg gab. Eine Übermacht von Blauröcken und bunt gekleideten Freiwilligen stürmte von den Hügeln herab und trieb die Tsis-tsis-tas mit Feuerstöcken und langen Messern zusammen. Es waren nur wenige Krieger im Dorf, über zwei Drittel der Bewohner waren Frauen und Kinder. Steht-im-Wasser beobachtete entsetzt, wie sein Vater und seine Mutter unter den Kugeln fielen, bevor sie zu ihren Waffen greifen konnten, und er sah Weiße Antilope, einen der tapfersten Krieger seines Volkes, wie er mit vor der Brust verschränkten Armen auf den Boden sank und sein Todeslied sang: »Nur die Erde und die Berge leben ewig!« Dann wurde er von den Soldaten erschossen.

Steht-im-Wasser war starr vor Schreck. Er konnte nicht begreifen, dass die blassen Männer ihre eigene Flagge und das weiße Tuch des Friedens missachteten und hilflose Frauen und Kinder abschlachteten. Hilflos musste er mitansehen, wie sie im Kugelhagel fielen oder von den Angreifern mit langen Messern abgestochen wurden. Die bärtigen Männer waren überall und schlugen schreiend um sich, als hätten sie zu viel von ihrem Feuerwasser getrunken, sie stürzten sich wie hungrige Bestien auf ihre Opfer und lachten nur, wenn ihre Gesichter mit dem Blut ihrer Opfer bespritzt wurden. Sie waren gekommen um zu töten und das verzweifelte Flehen der Frauen und Kinder machte sie nur noch wütender. »Keine Gefangenen!«, lautete der Befehl ihres Anführers.

Die Tsis-tsis-tas flohen nach allen Seiten. Steht-im-Wasser griff nach der Tasche seines Vaters und sprang auf sein Lieblingspferd, das hinter dem Tipi angebunden war. Irgendwie gelang es ihm, den Kriegern zu folgen, die sich hinter die sandigen Hügel im Flussbett gerettet hatten. Er sprang aus dem Sattel und trieb das Pony davon. Sein Feuerstock entlud sich krachend und holte einen Soldaten aus dem Sattel. Er rannte zu ihm, schlug einen Coup und kehrte mit dem mehrschüssigen Karabiner und der Munition des toten Angreifers zurück. Er schoss in die Masse der Angreifer und stieß den heiseren Kriegsruf seines Volkes aus. »Ei-e-ya, dies ist ein guter Tag zum Sterben!«, rief er todesmutig, während wenige Schritte von ihm entfernt ein Kind starb und von den berauschten Soldaten in die vereisten Pfützen getreten wurde.

Die Soldaten ließen von ihnen ab und töteten die Frauen und Kinder, die es nicht bis in das ausgetrocknete Flussbett geschafft hatten. Steht-im-Wasser sah eine alte Frau, die von den bärtigen Männern skalpiert worden war und mit herunterhängender Stirnhaut durch den Sand stolperte. Zwei Soldaten verfolgten sie lachend und töteten sie mit kräftigen Säbelhieben. Er beobachtete, wie ein kleines Mädchen in den Boden geritten wurde. Er übergab sich, als er mitansehen musste, wie fünf bärtige Männer eine Senke unterhalb des Steilufers stürmten und die Frauen und Kinder wie Kaninchen erschossen. Schreiend verließ er seine Deckung. Er wurde an der Stirn getroffen, fiel zu Boden, raffte sich wieder auf und erreichte sein Pony, das mit hängenden Zügeln am Flussufer stand. Es hörte die Schüsse nicht und wartete geduldig.

Steht-im-Wasser zog sich in den Sattel und ritt los. Er bemerkte eine schwangere Frau, die wie eine unsichtbare Geist-Frau durch das Dorf ritt, vorbei an den mordenden

Soldaten, und unbemerkt auf die weiten Ebenen entkam. Er folgte ihr und hatte dasselbe Glück. Die Frau verschwand hinter einem Hügel und er suchte später vergeblich nach ihren Spuren, wahrscheinlich war sie irgendwo aus dem Sattel gefallen und erfroren. Er floh auf einen Hügelkamm nördlich des Dorfes und blickte sich noch einmal um, sah die Flammen, die ihre Tipis zerstörten. Der Kampf war vorüber. Über dreihundert Frauen und Kinder waren ermordet worden und jetzt waren die Angreifer dabei, die Toten zu skalpieren und zu verstümmeln. Ein Blaurock mit goldenen Sternen auf der Jacke erschoss zwei alte Frauen und fünf Kinder, die aus den rauchenden Trümmern stolperten, und skalpierte sie ungerührt.

Der junge Krieger trieb sein Pony an und ritt langsam weiter. Seine Augen waren mit Tränen gefüllt, als er sich nach Norden wandte und hörte, wie die bösen Geister ihre Siegeslieder sangen.

45

DER TOD DER BLAURÖCKE

STEHT-IM-WASSER wurde zu einem Gegenteil-Mann. Die schrecklichen Bilder, die er am Sandigen Fluss gesehen hatte, blieben in seinen Gedanken und er lebte wie ein Außenseiter im Dorf der Uferleute. Sein Tipi stand auf einem Hügel außerhalb des Lagers und niemand außer Biberfrau wagte ihn anzusprechen. Er trug drei Eulenfedern in seinen offenen Haaren und sein Kriegshemd und seine Leggins waren aus alten Büffelhäuten zusammengenäht. Hinter seinem Zelt stand der gekrümmte Donnerbogen, der ihn in die Schlacht begleiten würde. Ein ausgestopfter Vogel hing von dem roten Schaft herab.

Er sagte immer das Gegenteil von dem, was er meinte. »Ich werde die heilige Pfeife mit den blassen Männern rauchen und ein sprechendes Papier unterschreiben«, sagte er am großen Feuer und jeder verstand, dass er die bärtigen Feinde erbittert bekämpfen würde. »Nein«, antwortete er, als Wolkenreiter ihn fragte, ob er mit den Hundekriegern auf den Kriegspfad ziehen würde, und jeder wusste, dass er sich todesmutig in den Kampf stürzen würde.

Gegenteil-Männer waren angesehene Krieger, obwohl sie die Einsamkeit bevorzugten und nur am Feuer sprachen, wenn es unbedingt sein musste. Sie lebten allein mit ihren Gedanken und brannten darauf, im Kampf gegen die Feinde zu sterben. Steht-im-Wasser fühlte sich für den Tod seiner Verwandten verantwortlich. Er wollte allein mit seiner Erinnerung bleiben und sich auf die entscheidende Schlacht gegen die Vehos vorbereiten. Er würde viele Soldaten töten, bevor er selbst auf die andere Seite ritt, und selbst dort würde er das Massaker am Sandigen Fluss nicht vergessen.

Steht-im-Wasser folgte den Hundekriegern in den großen Krieg. Sie überfielen einsame Siedler und Goldgräber und töteten sie auf grausame Weise. Selbst die Frauen und Kinder verschonten sie nicht. Es gab keine Gnade mehr in diesem Krieg, der über die Zukunft ihres Volkes entscheiden würde. Die blassen Männer hatten sie auf gemeine Weise belogen und das sprechende Papier gebrochen, das sie selbst bemalt hatten. Sie hatten den Krieg begonnen. Sie strömten durch die Jagdgründe der Tsis-tsis-tas und Lakota, wie ein stürmischer Fluss, der keinen Anfang und kein Ende hatte, und sie vertrieben die Büffel und das Wild von den weiten Ebenen. Die Blauröcke folgten ihren Spuren und töteten hilflose Frauen, denn erst wenn ihre Herzen im Staub lagen, war ein Volk endgültig besiegt. Sie wollten den Tod aller Tsis-tsis-tas.

Zwei Monde, der Häuptling der Waldleute, und Kleiner Wolf führten die Krieger an. Wolkenreiter ritt an der Spitze der Uferleute. Gefleckter Adler kam mit seinen Lakota aus dem Norden und beteiligte sich an den Kriegszügen, die das klebrige Netz der Spinnen zerstören sollten. Aber die blassen Männer waren so zahlreich wie die Sandkörner auf der Prärie und wenn die Krieger einen töteten, nahmen zwei neue seinen Platz auf der Erde ein. Immer mehr Siedler und Soldaten kamen aus der aufgehenden Sonne, und als das gelbe Metall in den nahen Bergen entdeckt wurde, bauten die Blauröcke einen breiten Pfad durch ihre Jagdgründe und aus dem stürmischen Fluss wurde eine reißende Flutwelle.

Biberfrau verbrachte viel Zeit in den einsamen Hügeln und versuchte die bösen Geister durch Fasten und Beten zu vertreiben. In ihren Liedern lag die verzweifelte Wut, die sie spürte, wenn sie mit den Kriegern ritt und auf den endlosen Zug der blassen Männern hinabblickte. Zuerst waren die Siedler gekommen, dann die Goldgräber und jetzt strömten immer mehr Soldaten in ihre Jagdgründe und befestigten die Pfade, die ihre Stützpunkte verbanden. »Großer Geist«, flehte sie, »der große Krieg ist gekommen! Gib uns die Kraft gegen die Übermacht der blassen Männer zu kämpfen!« Sie dankte ihrem Schöpfer, wenn die Krieger siegreich von ihren Überfällen zurückkehrten, und sie tanzte am großen Feuer, wenn Anführer wie Kleiner Wolf den Sieg gegen die Vehos beschworen.

Ihre Zuneigung zu dem Anführer der Hundekrieger musste hinter den großen Aufgaben zurückstehen, die Maheo dem tapferen Anführer der Waldleute und ihr zugewiesen hatte. Wenn sie allein in ihrem Tipi lag, hörte sie Kleiner Wolf, wie er ihren Namen sagte, und wenn sie die Augen schloss, spürte sie seine sanfte Berührung und ihre Seele wurde so leicht wie an jenem Tag, als er ein Tabu ihres Volkes verletzt hatte. Am großen Feuer und auf den weiten Ebenen berührte sie den Hundekrieger nur mit Blicken. Sie atmete dieselbe Luft wie er und sehnte sich nach seiner Zuneigung, aber die Zeiten waren schwer, und sie war nur am Leben um die Geister mit Gebeten und Liedern zu ehren. Kleiner Wolf war geboren worden um die Männer in den Krieg zu führen.

Sie fügte sich in ihr Schicksal und bekämpfte den Drang ihren Schutzgeist mit diesem Problem zu belästigen. Die Gefühle einer heiligen Frau mussten zurückstehen, wenn es um das Wohl des ganzen Volkes ging. Sie erinnerte sich an die abgeschlachteten Tiere, die sie im Tal der weinenden Bäume gesehen hatte, und dachte an das furchtbare Massaker, das sie in den Augen von Steht-im-Wasser verfolgt hatte. Der Krieg hatte die Liebe besiegt. Über dreihundert Frauen und Kinder waren unter den Kugeln und langen Messern der bärtigen Männer gestorben und viele hatten ihre Verwandten verloren. Sie hatte kein Recht auf einen Ehemann.

Auf einem ihrer Ritte durch die abgelegenen Hügel begegnete Biberfrau dem Medizinmann der Lakota. Läuft-über-den-Wolken war aus der Einsamkeit zurückgekehrt, das spürte sie am Zittern der Äste im böigen Wind und am Rascheln der Blätter, die sich unter seiner unsichtbaren Berührung krümmten. Ihr Widersacher war zu einem Geist-Mann geworden, der sich mit den bösen Geistern verbündet hatte und ihr abseits des Sommerlagers auflauerte. »Zeige dich, du Feigling!«, forderte sie den Medizinmann heraus. »Oder hast du Angst gegen die heilige Frau zu kämpfen?«

Ein böiger Windstoß fuhr durch die Espen am Waldrand. Im Unterholz knackten Äste und ein verängstigtes Reh verschwand zwischen den Bäumen. Geheimnisvolles Lachen drang aus dem Dunkel des Waldes und wurde vom kalten Wind davongetragen.

»Hast du dein eisernes Hemd nicht dabei?«, verspottete Biberfrau den Medizinmann. »Hast du Angst, dass ich dich erschieße?«

Das Lachen wurde lauter und der Kojote trat aus dem Wald. Er hatte seine menschliche Gestalt angenommen und trug den Umhang aus geknüpften Fellen. »Ich grüße dich, meine Schwester!«

»Du?«, rief sie erstaunt. »Was tust du denn hier?«

Wihio sprang auf einen Felsbrocken und ging kichernd in die Hocke. »Ich wollte dich sehen, Biberfrau!« Seine Augen strahlten, als wären die Vehos nie erschienen. »Warum bist du nicht bei den Häuptlingen, die am großen Feuer über die Zukunft sprechen?«

»Hier draußen kann ich meinem Volk mehr helfen«, erwiderte sie ernst. »Kleiner Wolf und Gefleckter Adler sind große Krieger! Steht-im-Wasser und Wolkenreiter wissen besser, wie man gegen die blassen Männer kämpft! Ich bin die heilige Frau des Volkes! Der Große Geist hat mich erschaffen, damit ich zu ihm spreche!«

Der Kojote kicherte wieder. »Läuft-über-den-Wolken sagt, dass du eine Hexe bist«, forderte er sie heraus, »am Feuer der Lakota beschimpft er dich als Wakanka! Er sagt, dass fast alle Weißen den Frieden wollen! Colonel Chivington hätte deine Brüder und Schwestern am Sandigen Fluss getötet, weil du den Krieg willst!«

»Colonel Chivington?«, wiederholte sie den fremden Namen.

»Der Häuptling der blassen Männer, der euer Dorf am Sandigen Fluss überfallen hat! Die Weißen im Osten haben ihn beschimpft, weil er die Frauen und Kinder getötet hat, aber die Siedler im Westen haben gejubelt, als er die Skalpe in ihrem Dorf ausstellte.«

Sie verdrängte den aufkommenden Schmerz. »Der Häuptling der Blauröcke... hat er gelbe Haare? Wird er Langhaar genannt?«

»Nein. Warum?«

Sie ging nicht darauf ein. »Warum ist der Medizinmann der Lakota zurückgekehrt? Sieht er nicht, dass der Krieg gegen die Vehos nicht mehr aufzuhalten ist? Begreift er nicht, dass wir unseren Stolz nur bewahren können, wenn wir auf den Kriegspfad ziehen?«

»Läuft-über-den-Wolken besitzt eine starke Medizin«, erwiderte der listenreiche Kojote, »er hat sein eisernes Hemd angezogen und ist nicht einmal gefallen, als die Krieger der Lakota mit neuen Feuerstöcken auf ihn geschossen haben! Er will, dass sein Volk den neuen Friedensvertrag der blassen Männer unterschreibt!«

»Ein sprechendes Papier? Schon wieder?«

Wihio machte sich über die heilige Frau lustig. »Du

kommst zu spät, Biberfrau! Die weisen Männer haben beschlossen den blassen Männern zu vertrauen. Sie setzen ihr Kreuz unter das Papier.«

»Und du hast mich nicht gewarnt!«, beschimpfte Biberfrau den Kojoten. Sie riss wütend ihr Pony herum und sprengte über die weiten Ebenen davon. Sie suchte nach den Kriegern, die nicht mehr gegen die blassen Männer kämpfen wollten, und begegnete Gefleckter Adler und den tapferen Kriegern der Krähenbesitzer.

»Wihio ist ein listenreicher Betrüger«, sagte der Anführer der Lakota am gemeinsamen Feuer, »auch unser Volk kennt einen solchen Krieger! Er hat die Wahrheit gesprochen und er hat dich belogen. Läuft-über-den-Wolken hat vor den Kriegern eines anderen Ratsfeuers gesprochen! Einige Häuptlinge haben sich von ihm blenden lassen und ein Papier der blassen Männer unterschrieben. Aber die Hauptmacht der Lakota kämpft weiter gegen die Wasicun! Sitzender Büffel, Rote Wolke, Angst-vor-Pferden und alle anderen Häuptlinge, die gehört haben, was du über den Kampf am Sandigen Fluss erzählt hast, reiten gegen die weißen Eindringlinge! Dieser Krieg wird erst beendet sein, wenn die Wasicun unsere Jagdgründe verlassen haben! Ich habe gesprochen!«

Bei dem Kriegstrupp, den Gefleckter Adler gegen einen kleinen Trupp blasser Soldaten geführt hatte, war ein junger Mann, der seinen Körper mit gelben Blitzen und weißen Punkten bemalt hatte. Nachdem sie die Pfeife geraucht hatte, hielt er eine flammende Rede gegen die weißen Eindringlinge und sie war überrascht, mit welcher Leidenschaft er die Feinde beschimpfte. »Tashunka Uitko«, nannte Gefleckter Adler den hitzigen Krieger. »Wildes Pferd«, übersetzte er den Namen in die Sprache der Sha-hi-yena.

In der folgenden Nacht, als sie allein am Ufer eines schmalen Flusses stand und ihre abendlichen Gebete sprach, erschien ihr Schutzgeist und sagte: »Ich bin stolz auf dich, meine Schwester! Du hast gesehen, was am Sandigen Fluss geschehen ist, und kämpfst immer noch für eine bessere Zukunft! Du erträgst die Angriffe des Medizinmanns, der dich eine Hexe nannt! Du siehst die Übermacht der Spinnen und treibst die Krieger an gegen sie auf den Kriegspfad zu ziehen! Du beschützt den heiligen Kreis, der euer Leben bedeutet, mit vielen Gebeten und heiligen Liedern!«

»Was kann ich sonst tun?«, erwiderte Biberfrau besorgt. »Soll ich verzweifeln und das Feuerwasser der Vehos trinken? Soll ich den Kriegern sagen, dass es keinen Zweck hat, gegen die Männer zu kämpfen, die so zahlreich wie die Sterne am Himmel sind? Soll ich ihnen sagen, was ich im Tal der weinenden Bäume gesehen habe? Soll ich ihnen sagen, dass unsere heiligen Tiere sterben?«

»Du tust das, was von dir verlangt wird«, beruhigte der weiße Biber die heilige Frau. »Das ist gut. Nur wenn sich die Tsis-tsis-tas ihren Stolz bewahren, kann es noch eine Zukunft für sie geben!«

»Wie lange dauert dieser Krieg?«, fragte Biberfrau. »Wo ist Langhaar? Wo ist der Mann mit den gelben Haaren, der uns töten will? Werden unsere Krieger das Tal der weinenden Bäume sehen? Antworte, mein Bruder!«

Der Schutzgeist lächelte aufmunternd. »Du weißt, dass ich nicht alle Antworten kenne. Der Mann mit den gelben Haaren kommt, wenn Kleiner Wolf und Wildes Pferd die verbündeten Völker hinter sich wissen! Sie sind die Krieger, die euch in den großen Kampf führen werden! Hab Geduld, meine Schwester! Deine Haare werden weiß sein, wenn du in das Tal der weinenden Bäume reitest!«

Biberfrau bedankte sich bei dem weißen Biber und kehrte ins Dorf zurück. Sie lebte genauso allein wie der Gegenteil-Mann auf dem Hügel und bewunderte Steht-im-Wasser, mit welcher Entschlossenheit er seinen Platz eingenommen hatte. »Ich bleibe hier, wenn wir gegen die Blauröcke in den Krieg ziehen, und denke nicht mehr an den Tag, an dem meine Brüder und Schwestern auf die andere Seite gingen«, sagte er das Gegenteil von dem, was er meinte. Er würde blutige Rache für den Tod seiner Eltern nehmen.

Im Winter des Jahres, in dem Weißer Vogel starb, weil er seinen Spaß mit einer blassen Frau haben wollte, folgte Biberfrau den Männern auf den Kriegspfad. Kleiner Wolf hatte ihr die Pfeife gereicht und sie hatte den Rauch nach oben, unten und in alle vier Richtungen geblasen. Wenn der Frostriese das Land mit seinen eiskalten Händen berührte, zogen die Männer nur selten in den Krieg, aber die Blauröcke hatten ein neues Fort errichtet, und Kleiner Wolf und Wildes Pferd hatten beschlossen sich für den Vertragsbruch zu rächen und die Soldaten in eine Falle zu locken.

Von einem Felsvorsprung blickten Kleiner Wolf, Wildes Pferd und Biberfrau auf Fort Phil Kearny hinab. Der Stützpunkt war mit einem hohen Holzzaun befestigt und es war unmöglich, ihn in einem Sturmangriff zu erobern. Die Blauröcke hatten Wachen aufgestellt und hinter den Palisaden warteten viele Soldaten. Das hatte Zwei Monde herausgefunden, der das Fort schon zweimal mit seinen Waldleuten angegriffen hatte. Kleiner Wolf wusste alle Hundekrieger seines Volkes hinter sich und Wildes Pferd führte einen Trupp der Lakota an. Von ihm stammte der Plan, der zum Tod vieler Vehos führen sollte. »Du weißt, was der blasse Anführer gesagt hat«, meinte er aufgebracht, »er würde mit achtzig Soldaten durch unser Volk reiten, ohne dass ihm etwas geschehen könnte!«

Wildes Pferd hatte viele Coups gesammelt, als er mit Gefleckter Adler auf den Kriegspfad geritten war, aber noch größer waren seine Qualitäten als Anführer und Stratege. Das spürte Biberfrau, als sie ihn heimlich musterte. Er wirkte genauso ruhig und gefasst wie Kleiner Wolf und seine Stimme erinnerte an den Krieger, der vor vielen Wintern die heiligen Pfeile bewahrt hatte, als er sagte: »Es geschieht so, wie wir gesagt haben! Biberfrau bleibt in den Hügeln und betet zu den Geistern, während wir die Wasicun in eine Falle locken! Hokahey, dies ist ein guter Tag zum Kämpfen!«

Biberfrau ritt wortlos davon. Sie betrachtete es als eine große Ehre, von einem Mann wie Wildes Pferd gebeten zu werden, für die Krieger der verbündeten Völker zu beten. Der Anführer der Lakota vertraute ihr mehr als den Medizinmännern seines Volkes. Sie beobachtete, wie er zu seinen Kriegern zurückritt und ihnen mit knappen Worten mitteilte, wie sie die Vehos besiegen würden. Er war nicht groß. An seinem Körper war kein Schmuckstück und die Federhaube reichte nicht einmal auf die Schultern, aber in seinen Augen war eine seltsame Macht, die sogar den Anführer der Hundekrieger in ihren Bann gezogen hatte. Er war der Mann, von dem der weiße Biber gesprochen hatte. Wenn der Große Geist rief, würde er gegen den Mann mit den gelben Haaren kämpfen.

Sie ritt auf ein hoch gelegenes Felsplateau und sprang von ihrem Pony. Mit ausgebreiteten Armen betete sie zum Großen Geist. Sie bat ihn mit den Kriegern der verbündeten Völker in die Schlacht zu reiten und die verhassten Blauröcke zu töten. Sie betete lange und sang ein heiliges Lied, das sich mit einem Adler in die Lüfte erhob, und als sie die Arme herunternahm und in die fernen Täler blickte, erkannte sie, dass Maheo sie erhört hatte. Die triumphierenden Kriegsrufe der Lakota und Tsis-tsis-tas schallten über die Ebenen und in Fort Phil Kearny trauerten die blassen Häuptlinge.

Einige Krieger hatten die Soldaten angegriffen, die im nahen Wald nach Brennholz gesucht hatten. Es waren zahlreiche Schüsse gefallen und Wildes Pferd hatte nur darauf gewartet, dass die eingeschlossenen Männer um Hilfe riefen. Ihre Rufe wurden im Fort gehört und der blasse Häuptling, der geprahlt hatte, mit achtzig Männern in den Jagdgründen der Lakota zu überleben, tat das, was von ihm erwartet wurde. Captain William J. Fetterman zog mit achtzig Männern aus dem Fort und folgte den mutigen Kriegern, die auf einem nahen Hügel warteten und ihn mit obszönen Gesten verspotteten. Selbst ein unerfahrener Krieger der Tsis-tsis-tas hätte gemerkt, dass dies eine Falle war, aber der Anführer der Blauröcke ließ sich blenden und ritt in die aufgestellte Falle.

Hinter den Hügeln, auf denen die Krieger gewartet hatten, wurden er und seine achtzig Soldaten von einer Übermacht der Lakota und Tsis-tsis-tas bis auf den letzten Mann niedergemacht. Die verbündeten Stämme hatten zum ersten Mal gegen eine Streitmacht der blassen Männer gesiegt. Mit den geraubten Feuerstöcken, mehrschüssigen Karabinern der neuesten Bauart, und den Skalpen einiger getöteter Blauröcke kehrten sie in ihre Dörfer zurück. Wolkenreiter blies in das Signalhorn, das er einem toten Soldaten abgenommen hatte, und Biberfrau dankte dem Großen Geist, der sie nicht verlassen hatte: »Ha-ho«, rief sie zum nächtlichen Himmel, »jetzt habe ich keine Angst vor der Zukunft mehr!«

46

DAS ENDE RÜCKT NÄHER

LÄUFT-ÜBER-DEN-WOLKEN RITT WIE ein unsichbarer Geist-Mann durch die Jagdgründe der Lakota. Er versteckte sich vor Sitzender Büffel, Wildes Pferd und Gefleckter Adler und flüchtete vor dem Krieg, der am Bozeman Trail tobte. So wurde der breite Pfad genannt, der zu den Goldfeldern der blassen Männer führte. Er trieb sein Pony in die aufgehende Sonne und lagerte mit den wenigen Häuptlingen seines Volkes, die vor den Wasicun in die Knie gegangen waren, und er bettelte bei den Siedlern um Feuerwasser. Er hatte seinen Stolz verloren, aber er war immer noch gefährlich und genoss den Schutz der bösen Geister, die schadenfroh im Unterholz grinsten, wenn Biberfrau in die einsamen Wälder floh.

Die heilige Frau der Tsis-tsis-tas spürte seine Gegenwart. Sie hörte das Knacken des trockenen Waldbodens, wenn er an ihrem Lager vorbeiritt, und sie spürte den eisigen Atem der bösen Geister, die ihn beschützten. Sie erkannte seinen Schatten am Himmel, wenn er durch die Wolken sprengte. Sogar im Sommerlager ihres Volkes tauchte er auf. Die Hunde bellten nervös, als seine unsichtbaren Hände die Büffelhaut ihres Tipis berührten, und die Fellklappe vor dem Eingang wie von einem Windstoß aufgestoßen wurde. Biberfrau griff nach ihrem Feuerstock, rannte nach draußen und sah gerade noch, wie sich die fernen Bäume bewegten.

Mit dem Frieden, der in Fort Laramie geschlossen wurde, hatte er nichts zu tun. Das glaubten Rote Wolke und viele seiner Krieger, die auf dem Stützpunkt einen neuen Friedensvertrag aushandelten. Sie hatten einen großen Sieg errungen und fühlten sich den blassen Männern überlegen. Rote Wolke war ein geschickter Redner und würde den Häuptling der Wasicun einen vorteilhaften Frieden abringen. Die Büffelherden waren kleiner geworden und das meiste Wild war aus den Wäldern verschwunden. Es war an der Zeit, das sprechende Papier der blassen Männer zu unterzeichnen, und Rote Wolke war mächtig genug seinen Sieg über die Soldaten am Bozeman Trail in die Verhandlung zu tragen.

Wildes Pferd und Gefleckter Adler blieben auf den weiten Ebenen und auch Sitzender Büffel hielt sich von der Verhandlung fern. Sie wollten keine Veränderung. Sie hielten es wie ihre Verbündeten, die Sha-hi-yena, und ritten auch in diesem Sommer auf die Büffeljagd. Beim Sonnentanz an der Biegung des breiten Flusses, der durch ihre Jagdgründe floss, palaverten sie mit den verbündeten Völkern. Biberfrau entzündete die heilige Pfeife und ehrte den Großen Geist, die Erde und die vier Richtungen und ihre Augen glänzten, als sich die Häuptlinge vor ihr verneigten.

»Meine Brüder«, rief sie, nachdem die Anführer der verbündeten Völker freundliche Begrüßungsworte ausgetauscht hatten, »dies ist ein Tag der großen Freude. Wir haben die blassen Männer besiegt! Unsere tapferen Krieger haben viele Blauröcke getötet und die hölzernen Häuser verbrannt, die an dem breiten Pfad standen.« Sie erinnerte sich an das Feuer, das Kleiner Wolf in Fort Phil

Kearny gelegt hatte, nachdem die Soldaten abgezogen waren, und ein Lächeln huschte über ihr Gesicht. »Die Lakota, die Tsis-tsis-tas und das Volk, das im Süden seine Feuer entzündet, haben gesiegt, und ich verneige mich vor dem Großen Geist, der immer bei uns war, wenn wir gegen die Vehos gekämpft haben.« Sie reckte die Arme zum Himmel. »Ha-ho, du bist das Licht, das wir am Himmel sehen! Du bist das Große Geheimnis, das wir verehren! Du bist die Kraft, die unsere Völker am Leben erhält! Wir danken dir, Großer Geist, und rauchen die Pfeife zu deinen Ehren!«

Sie ließen noch einmal die heilige Pfeife kreisen und Sitzender Büffel erhob sich und sprach für die Lakota. Aus dem hitzköpfigen Krieger, der mit den jungen Männern gegen die weißen Eindringlinge gekämpft hatte, war ein weiser Häuptling geworden. Er vertraute seinen Träumen und überließ das Kämpfen jüngeren Kriegern wie Wildes Pferd und dem Sohn von Angst-vor-Pferden. »Meine Schwester hat gut gesprochen«, lobte er die heilige Frau, »sie ist die heilige Frau der Sha-hi-yena und weiß, dass unsere Zukunft vom Großen Geist abhängt. Wir haben seine Güte erfahren. Wakan Tanka war bei uns, als wir gegen die Wasicun zogen!«

»Das ist wahr«, ergriff Wildes Pferd das Wort. In seinen blitzenden Augen war der unbedingte Wille die blassen Eindringlinge aus dem Land zu jagen. »Wakan Tanka ritt an unserer Seite, als wir die Blauröcke von Fort Phil Kearny in die Falle lockten! Er will, dass die Wasicun aus unseren Jagdgründen verschwinden! Er will, dass wir über die weiten Ebenen reiten und die Büffel jagen! Sein Zorn wird uns treffen, wenn wir das sprechende Papier der Weißen unterschreiben! Wir wollen wie der Wind über die Prärie ziehen, wie in den alten Zeiten, als es noch keine Wasicun gab!«

»Ich habe diese Zeiten erlebt«, stimmte Biberfrau dem jungen Häuptling zu, »und wenn ich die Augen schließe, sehe ich immer noch die gewaltigen Büffelherden auf den weiten Ebenen. Ich sehe, wie unsere tapferen Krieger die heiligen Tiere jagen, und ich spüre das zarte Fleisch der gebratenen Zunge in meinem Mund. Ich erinnere mich daran, wie wir gegen die Krähen und die Schlangen zogen und ihre besten Pferde stahlen! Aiee, das waren gute Zeiten!« Sie blickte auf die versammelten Krieger und erkannte, dass auch sie sich danach zurücksehnten. »Wie können diese Zeiten wiederkommen, wenn wir das sprechende Papier der blassen Männer unterzeichnen? Will der Große Geist, dass wir vor den Spinnen in die Knie gehen und auf das abgegrenzte Land ziehen, das sie Reservation nennen? Ich habe von den Siedlern gehört, die unsere Erde aufwühlen und vierbeinige Brüder mit Zäunen umgeben. Mit uns wollen die Weißen es genauso machen! Sie wollen uns einsperren wie die gefleckten Büffel! Sollen wir uns das gefallen lassen? Niemals, sage ich!« Sie war zornig geworden und in ihren Augen brannte das Feuer, das ihre Seele vor vielen Wintern gewärmt hatte, als sie nach Süden gezogen waren und die großen Hunde geholt hatten.

»Krieg!«, schrie Wildes Pferd. Er stieß eine Faust nach oben. »Krieg den weißen Eindringlingen! Treibt die Wasicun aus unseren Jagdgründen und holt die alten Zeiten zurück! Hokahey, hokahey!«

Kleiner Wolf stimmte ihm zu. Er war älter und nicht so aufbrausend wie Wildes Pferd, aber seine Gedanken waren von derselben Entschlossenheit beseelt. »Meine Schwester hat Recht«, sagte er, »die Tsis-tsis-tas werden das sprechende Papier der blassen Männer nicht unterzeichnen. Das haben unsere Häuptlinge beschlossen! Wir wollen nicht auf dem Land leben, das uns die Vehos zur Verfügung stellen! Wir wollen kein Fleisch und wir wollen keine Almosen! Wir haben genug von den Versprechungen, die niemals eingehalten werden! Wir wollen über die weiten Ebenen ziehen und den Büffel jagen und wir wollen den frischen Wind atmen, der über den Salbei streicht und in den Bäumen singt!«

»Das ist wahr«, bekräftigte Biberfrau, »wir bleiben in den Jagdgründen, die Maheo uns gegeben hat! Nur er kann über die Erde bestimmen, die unsere Großmutter ist! Wenn die blassen Männer wollen, dass wir mit Rote Wolke und seinen Kriegern auf die Reservation ziehen, dann sollen sie kämpfen! Der Große Geist wird immer bei uns sein und wir werden einen großen Sieg erringen!«

»Das ist alles, was wir zu sagen haben«, fügte Kleiner Wolf hinzu. »Lasst uns den Beginn des Sommers feiern und zu Ehren des Großen Geistes tanzen, denn er hat die mächtige Natur geschaffen, die unsere Großmutter ist und neues Leben hervorbringt!«

Die verbündeten Völker feierten den Sonnentanz und alles war wie vor vielen Wintern, als die bärtigen Männer noch jenseits des großen Wassers gelebt hatten. Die jungen Krieger legten die Mutprobe ab und Männer und Frauen tanzten, bis sie vor Erschöpfung zusammenbrachen. Biberfrau sprach mit den Geistern und sang die heiligen Lieder ihres Volkes. Über den Feuern schmorten die besten Stücke des Büffels und im Schein der Flammen wurden Geschichten ausgetauscht. Ein Krieger erzählte von Weißer Vogel ohne seinen Namen zu nennen und seine Zuhörer schmunzelten, obwohl er auf die andere Seite gegangen war. Selbst sein Tod hatte einige Männer zum Lachen gebracht. Er hatte einen Wagenzug der Vehos verfolgt und eine ihrer jungen Frauen am Fluss überrascht. Die Frau hatte um ihr Leben gebettelt und sich nackt ausgezogen und Weißer Vogel hatte sie bestiegen und war so in sein Liebesspiel vertieft gewesen, dass er den blassen Mann nicht bemerkt hatte. Ein Junge noch, der ihn mit einem Knüppel erschlagen hatte. So erzählten es die Vehos und so war die Geschichte zu den Uferleuten gekommen. »Ein schöner Tod«, spotteten die Krieger. »Er hat es verdient«, meinten viele Frauen.

Krähengesicht, der Anführer des Volkes, das seine Feuer im Süden entzündete, hatte andere Sorgen. Seine Frau hatte Gefallen an den Tauschwaren der blassen Männer gefunden und beklagte sich darüber, dass er das sprechende Papier nicht unterschrieben hatte. Sie trug einen schwarzen Hut und ein rotes Baumwollkleid der Vehos und über ihrem Feuer hing ein eiserner Kessel, aber sie war damit nicht zufrieden und träumte von bunten Perlen und blitzenden Spiegeln und den bunten Federn, die sie bei den jungen Frauen von Fort Laramie gesehen hatte. Sie wollte den alten Zeiten entfliehen und lief während des Sonnentanzes missmutig durch das Lager. Die anderen Frauen lachten über sie, und wenn Krähengesicht ihnen den Rücken zukehrte, lachten sie auch über ihn. »Irgendwann bringt sie ihn dazu, das sprechende Papier zu unterschreiben und auf die Reservation zu ziehen«, sagte eine Frau. Die Ehefrau eines Hundekriegers spuckte verächtlich aus und schimpfte: »Er sollte ihr den Hintern versohlen!«

Keine der Frauen sollte jemals erfahren, ob Krähengesicht diese Bemerkung gehört hatte, aber es war ein Tatsache, dass während der darauf folgenden Nacht ein heftiges Wortgefecht im Tipi des Häuptlings entbrannte und gleich darauf heftige Schläge zu hören waren. Hübsches Gesicht schrie, als hätte man sie auf einen wilden Büffel gesetzt. Als sie spät am nächsten Morgen aus ihrem Tipi kam, ging sie gekrümmt wie eine Gefangene, die man mit der Peitsche gezüchtigt hatte. »Ich bin gefallen«, sagte sie kleinlaut und ihr Mann zuckte scheinbar gleichgültig mit den Schultern und meinte trocken: »Der trickreiche Kojote hat uns besucht! Er hielt es für einen guten Scherz, ihr nacktes Hinterteil zu bearbeiten!«

Biberfrau beobachtete die Frau des Häuptlings, als sie von ihrem morgendlichen Gebet zurückkehrte, und schmunzelte still, als sie die Veränderungen an Hübsches Gesicht bemerkte. Sie hatte ihren schwarzen Hut im Tipi gelassen und ein schmuckloses Wildlederkleid angezogen. Ihre Haare waren zu langen Zöpfen gebunden und lediglich ihr Befehlston war geblieben, als sie ihren Mann zum Feuer rief und einen Büffelknochen in seinen Schoß warf. Er verbrannte sich die Finger und sie lachte so laut, dass es die Lakota am anderen Ende des Lagers hörten. »Sie werden sich niemals vertragen«, sagte eine junge Verwandte der Ehefrau.

Wolkenreiter gehörte zu den wenigen Kriegern, die in diesem Sommer erneut ihre Mutprobe ablegten. Er wollte noch stärker sein, wenn es zur entscheidenden Kraftprobe mit den blassen Männern kam. Der Krieg war noch nicht vorüber. Er verschmolz mit den Hitzeschleiern, die über der Medizinhütte wogten, und erlebte die Kraft des Großen Geistes, der im Augenblick des großen Schmerzes seinen ganzen Körper erfüllte und ihm ein Glücksgefühl bereitete, das er bisher nicht gekannt hatte. Er brauchte nur kurze Zeit um sich von dem langen Tanz zu erholen und saß schon am nächsten Morgen auf seinem Pony und nahm am Wettreiten teil. Er gehörte zu den schnellsten Reitern der verbündeten Völker und sprengte wie ein Sturmwind über die weite Ebene. Mit weitem Vorsprung vor den anderen Reitern ging er durchs Ziel.

Seine Reitkunst blieb auch den jungen Frauen nicht verborgen. Der Sonnentanz bot eine willkommene Gelegenheit auf sich aufmerksam zu machen und zahlreiche Mädchen hofften, dass er die Liebesflöte für sie spielen würde. Medizindecke, die Enkelin von Gefleckter Adler, war besonders von ihm angetan. Auch ihr Herz pochte, wenn er auf seinem Kriegspony an ihr vorbeiritt oder seine Muskeln am großen Feuer spielen ließ, aber sie ließ sich nichts anmerken und hielt sich immer abseits, wenn die anderen Mädchen verzweifelt versuchten die Aufmerksamkeit des Hundekriegers zu gewinnen. »Wenn du einen Mann gewinnen willst, musst du an ihm vorbeigehen«, sagte ihre Mutter. Das tat sie, und als er ihr bewundernd nachblickte, zuckte sie scheinbar gleichgültig mit den Schultern und ging wortlos weiter. In der folgenden Nacht hörte sie, wie vor ihrem Tipi die Liebesflöte gespielt wurde.

Kleiner Wolf ging der heiligen Frau aus dem Weg. Er palaverte mit den Kriegern oder er ging auf die Jagd und war oft tagelang nicht zu sehen. Biberfrau verstand den Anführer der Hundekrieger. Sie hatten die Soldaten besiegt und die Zeiten waren gut, aber die Vehos waren immer noch in ihren Jagdgründen und das klebrige Netz wurde immer dichter. Auch nach dem Frieden, den sie mit Rote Wolke und seinen Kriegern geschlossen hatten, zogen Goldgräber über den breiten Pfad, und außerhalb der Reservation, einem trostlosen Gebiet, das östlich von ihren Jagdgründen lag, entstanden neue Forts und immer mehr Soldaten marschierten mit ihren schweren Feuerrohren durch das Land. Sie schnürten den verbündeten Völkern den Atem ab und es würde nicht mehr lange dauern, bis sie erneut auf den Kriegspfad ziehen mussten.

Das wusste Kleiner Wolf, der sich längst damit abgefunden hatte, dass der Kampf gegen die blassen Männer bis zum Ende seines Lebens dauern würde, und das wusste Biberfrau, die mit den Geistern sprach und das Tal der weinenden Bäume gesehen hatte. Dieser Sonnentanz war eine letzte Rückkehr in die glücklichen Zeiten, als es noch keine Vehos gegeben hatte, und sobald sie die Tipis abgebaut hatten, würden sie in das wirkliche Leben zurückkehren. Dann blieb keine Zeit mehr für fröhliche Lieder und ausgelassene Spiele. Ihre Liebe hatte keine Zukunft. Maheo hatte weggesehen, als sie ein Tabu verletzt hatten, aber es konnte kein gemeinsames Leben für sie geben. Die Tsis-tsis-tas wurden bedroht und sie brauchten ihre Kraft für die entscheidende Schlacht.

Viel zu oft wurde die heilige Frau von diesen Gedanken geplagt. Sie besaß übernatürliche Kräfte und sprach mit den Geistern, aber tief in ihrem Herzen war sie eine Frau, die sich nach einer erfüllten Liebe sehnte. Die Frauen ihres Volkes glaubten, dass sie ohne einen Mann auskam, aber so war es nie gewesen, und es hatte vieler Gebete und vieler Lieder bedurft, um die Stärke für das Alleinsein zu gewinnen. Kein Mann und keine Frau wollten allein sein. Sie brauchten einander, das war schon so gewesen, als sie unter der Erde gelebt hatten. Gemeinsamkeit war die große Stärke ihres Volkes. Nur wenn sie zusammenhielten, waren sie mächtig genug um in dieser Welt zu bestehen. Das bewiesen die Uferleute und die Waldleute und die Hügelleute und das lebten die Verwandten in den Dörfern vor. Es gab wenige Scheidungen und wenn ein Krieger starb, kümmerte sich ein anderer Mann um die trauernden Witwen. So war es immer bei ihrem Volk gewesen.

Sie hatte den Großen Geist, der sie mit seinem Licht erfüllte und ihr die Kraft gab so viele Winter zu bestehen. Er war bei ihr, als sie allein über die Ebenen ritt und oberhalb eines lang gestreckten Tales von ihrem Pony stieg. Sie ging die wenigen Schritte zum Felsrand und blickte auf den breiten Pfad hinab, der sich durch ihre Jagdgründe zog. Der Bozeman Trail, die Straße der blassen Männer. Die Räder der schweren Wagen hatten tiefe Wunden in die Erde gegraben, die ihre Großmutter war, und das Knallen der Peitschen, mit denen die blassen Männer ihre Zugtiere antrieben, hing wie der wütende Fluch eines bösen Ungeheuers in der Luft.

Sie blickte nach Norden und beobachtete, wie die rollenden Tipis in ihr Blickfeld rollten. Zwei schwere Wagen, die wie große Kanus auf einem stürmischen See schaukelten und die trockene Erde aufrissen. Eine dichte Staubwolke hüllte die bärtigen Männer auf den Kutschböcken ein. Die wilden Gestalten waren mit dunklen Haaren bewachsen und erinnerten an die bärtigen Männer, die sie vor vielen Wintern auf der anderen Seite des großen Wassers gesehen hatte. Schmutzige Gestalten, die fluchend über die Ebenen zogen und keine Ehrfurcht vor der mächtigen Natur kannten.

Die Männer hielten unter den Bäumen am Ausgang des

Tales und entzündeten ein Feuer. Sie hatten keine Angst vor einem Überfall. Seitdem Rote Wolke den Vertrag unterzeichnet hatte, war es zu keinem Kampf mehr gekommen. Sie banden die Planen über der Ladefläche los und Biberfrau erkannte entsetzt, dass sie mit Büffelfellen beladen waren. Zwei rollende Tipis, die unter der schweren Last beinahe zusammenbrachen! Sie stellte sich vor, wie viele der heiligen Tiere gestorben waren, und blickte besorgt nach Norden. Dort musste das Tal der weinenden Bäume liegen! Am Horizont wartete ihr böser Traum.

Aus Angst der düsteren Zukunft ihres Volkes noch einmal zu begegnen kehrte sie um. Sie ritt, bis ihrem Pony die Schaumfetzen vom Maul flogen, und hielt zwischen den Bäumen vor ihrem Lager. Sie beobachtete die fröhlichen Kinder, die zwischen den Tipis spielten, und weinte. »Verlass uns nicht, Maheo!«, sagte sie.

47

DIE RÜCKKEHR DER KRIEGER

»DIE ZEITEN SIND gut«, sagte Steht-im-Wasser. Sein Blick war ernst, als er dies sagte, denn er war ein Hoh-nuh-ke, und seine Worte bedeuteten das Gegenteil. »Wir leben wie in den alten Zeiten und am Horizont leuchtet das Licht einer hoffnungsvollen Zukunft. Die Büffel kehren aus dem Norden zurück. Wir haben genug zu essen und zu trinken und der Frostgeist bleibt in seinem kalten Versteck. Die blassen Männer haben Angst vor uns und steigen in ihre großen Kanus. Sie fahren über das große Wasser und kommen niemals wieder. Dies sind gute Zeiten, meine Schwester!«

»Ich weiß«, erwiderte Biberfrau traurig, »auch ich habe die Büffeljäger gesehen, und wenn ich über die weiten Ebenen reite, merke ich, dass die grossen Herden verschwunden sind! Vielleicht sind wir den falschen Weg gegangen! Die Lakota auf der Reservation bekommen das Fleisch der gefleckten Büffel und die Vehos haben versprochen, dass sie keinen Hunger leiden müssen!«

Steht-im-Wasser zeigte keine Gemütsregung. Er war tagelang allein über die Prärie geritten und sprach nur zu der heiligen Frau, weil er sich um die Zukunft der Tsis-tsis-tas sorgte. Er wollte nicht, dass alle Uferleute wie seine Eltern starben. »Rote Wolke ist glücklich. Die Fleischtöpfe seines Volkes sind gefüllt und in den Tipis gibt es kein Klagen. Die Frauen sind fröhlich und die Kinder spielen in der Sonne. Die Vehos sind wie Brüder zu ihnen. Sie geben ihnen die besten Stücke der gefleckten Büffel und graben nach dem reinen Wasser, das unter der schwarzen Erde liegt.«

»Woher weißt du das?«, fragte sie besorgt. Überall auf den Ebenen wurde gemunkelt, wie schlecht es den Lakota auf der Reservation ging, aber keiner der freien Krieger war jemals dort gewesen und es gab keine Beweise. »Hast du Rote Wolke gesehen?«

»Ich habe ihn besucht«, bedauerte er, »und ich weiß, dass Steinkalb und seine Frau in ihrem Tipi geblieben sind. Sie wollen gegen die Vehos kämpfen und wie tapfere Hundekrieger im Kampf sterben!«

»Steinkalb? Windfrau?«, rief die heilige Frau entsetzt. »Bin ich so lange weg gewesen? Warum sind sie vor den blassen Männern in die Knie gegangen? Warum haben sie nicht gewartet, bis ich zurück bin? Maheo ist bei uns, wenn wir die heiligen Lieder singen!«

Vom Bewahrer der heiligen Pfeile erfuhr Biberfrau, warum der Häuptling der Uferleute und seine Frau auf die Reservation gezogen waren. »Die Schwester von Windfrau ist bei den Lakota«, berichtete Wolkenreiter ernst, »ein Krieger, der an unserem Feuer übernachtete, hat sie gesehen. Sie soll im Sterben liegen.«

»Die Krankheit der blassen Männer?«

»Ich weiß es nicht.« Wolkenreiter klopfte nachdenklich seine Pfeife leer und blickte auf das heilige Bündel. »Sollen wir die heiligen Pfeile erneuern, bevor du nach Osten reitest?«, fragte er.

»Woher weißt du, dass ich reiten werde?«

Der Hundekrieger lächelte. »Du musst die Wahrheit wissen, bevor wir auf den Kriegspfad reiten. Wir müssen erfahren, welche Zukunft uns erwartet, wenn wir diesen großen Krieg verlieren!«

»Das ist wahr«, erwiderte sie leise.

Sie erneuerten die heiligen Pfeile und ehrten die heilige Büffelkappe, bevor Biberfrau das Dorf verließ. Wolkenreiter und die Hundekrieger wollten sie begleiten, aber sie lehnte ab. »Ihr werdet im Dorf gebraucht«, sagte sie. »Bleibt bei den Frauen und Kindern und beschützt sie vor den Soldaten! Ich traue ihnen nicht! Denkt daran, was an der Biegung des Sandigen Flusses geschehen ist!«

Am nächsten Morgen ritt die heilige Frau nach Osten. Sie war allein auf der Prärie, bis sie den einsamen Reiter bemerkte, der immer wieder zwischen den Hügeln auftauchte und seinen Feuerstock schussbereit über dem Sattel liegen hatte. Steht-im-Wasser begleitete sie. Er hielt sich abseits, wie alle Gegenteil-Männer, blieb aber nahe genug um eingreifen zu können, wenn Gefahr drohte. Die guten Zeiten waren vorüber. Wehmütig erinnerte sie sich daran, wie leer die weiten Ebenen vor vielen Wintern gewesen waren. Damals war sie tagelang geritten ohne einem Feind zu begegnen. Ihre Jagdgründe hatten sich von einem Horizont zum anderen erstreckt und sie hatte nur das endlose Land und den weiten Himmel gesehen. Jetzt rollten die Wagen der Vehos durch das Land und hinter jedem Hügel lauerte eine neue Gefahr.

Sie wusste nicht, wo die Grenze der Reservation verlief. Die blassen Häuptlinge hatten willkürliche Linien auf dem sprechenden Papier gezogen und es gab keine Soldaten, die das Land der Lakota bewachten. Das hatte Gefleckter Adler erzählt und der hatte es von den Kriegern erfahren, die mit Rote Wolke auf die Reservation gezogen und schon wenige Tage später wieder geflohen waren. Es gab keine Zäune und den blassen Siedlern und auch den Goldgräbern war es nicht gestattet, über das neue Land zu ziehen, aber sie hatten sich auf seltsame Weise bedrängt gefühlt, und der Horizont war immer näher gerückt. »Dieses Land ist eine Höhle, aus der es kein Entrinnen gibt«, hatte ein Krieger berichtet, »so wie die Häuser, die sie in ihren Forts gebaut haben!«

Ein Tag folgte dem anderen und sie begegnete keinen Soldaten. Nur einmal musste sie einem kleinen Wagenzug ausweichen, der lärmend durch die Täler zog. Die blassen Männer konnten nicht schweigen, nicht einmal, wenn sie auf dem Kriegspfad waren, und verrieten sich schon lange, bevor man sie sehen konnte. Auch Steht-im-Wasser hörte das Knarren der Wagen und verbarg sich hinter einigen Felsen, bis die Vehos verschwunden waren. Er achtete darauf, dass sein Donnerbogen nicht den Boden berührte. Der Große Geist wollte, dass keine Erde an seinem roten Holz war, wenn er in eine Schlacht getragen wurde, und er hatte geträumt, dass er schon bald gegen die Spinnen kämpfen würde.

Die blassen Männer tauchten am frühen Morgen auf, kurz nachdem die Sonne aufgegangen war. Sie kamen über die Felsen, die den Lagerplatz der heiligen Frau begrenzten, und griffen erschrocken nach ihren Waffen. Als sie erkannten, dass sie einer Frau gegenüberstanden, ließen sie die Gewehre sinken und ein breites Grinsen verzog ihre Gesichter. Sie waren nicht so schmutzig wie die Büffeljäger, die Biberfrau in dem lang gestreckten Tal gesehen hatte, und sie hatten keine Haare im Gesicht, aber ihre Augen waren kalt und in ihrem Blick lag eine tiefe Verachtung.

»He, wen haben wir denn da?«, meinte der größere Mann. Er trug einen breiten Schlapphut und eine speckige Lederweste. »Ich will verdammt sein, wenn das keine Squaw ist! Hast du dich verirrt? Bis zur Agentur ist es noch eine ganze Ecke! Willst dir wohl deine erbärmliche Ration abholen, eh?« Er grinste immer noch.

»Ich hab eine bessere Idee«, meinte der andere Mann. Er hatte sein Gewehr weggesteckt und trieb sein Pferd nach vorn. »Wie wär‹s, wenn du ein bisschen nett zu uns wärst, Mädchen? Kriegst auch ‹ne Scheibe von unserem Speck, wenn du dir Mühe gibst!«

Biberfrau verstand kein Wort, aber das hässliche Lachen der beiden Männer sagte ihr genug. Sie wusste, was sie wollten. So hatten die Männer am Sandigen Fluss ausgesehen, als sie über die hilflosen Frauen und Kinder hergefallen waren. Sie griff nach ihrem Feuerstock und richtete ihn auf den Mann, der sein Pferd nach vorn getrieben hatte. Er war so verdutzt, dass er noch grinste, als ihn die Kugel aus dem Sattel riss und zu Boden warf. Im selben Augenblick krachte ein zweiter Schuss und der andere Veho griff sich schreiend an die Brust. Während er im Sattel schwankte, sprengte Steht-im-Wasser heran und berührte ihn mit seinem Donnerbogen. Der heisere Kriegsruf der Uferleute schallte über das Land und begleitete den Gegenteil-Mann, als er den sterbenden Veho vom Pferd stieß und über die Hügel davonritt.

Trügerische Stille senkte sich auf das Land. Der kühle Morgenwind trieb feinen Sand über den Boden und vertrieb die schnaubenden Pferde der Vehos. Biberfrau unternahm nicht einmal den Versuch sie aufzuhalten. Die Tiere waren böse Medizin. Sie trat neben die toten Männer und blickte verächtlich in ihre leeren Augen, dann tauschte sie ihren Feuerstock gegen einen der mehrschüssigen Karabiner und befestigte ihn an ihrem Sattel. Sie rollte ihr Büffelfell zusammen, schwang sich auf ihr Pony und folgte den unsichtbaren Spuren der bösen Geister, die überall auf der Reservation waren und sich auch im Lager ihrer Verwandten versteckt hatten. Steht-im-Wasser blieb in respektvoller Entfernung, als sie an den Tipis vorbeiritt und langsam von ihrem Braunen rutschte.

Vor den Zelten war kaum Leben. Die Krieger hockten missmutig in der heißen Sonne und starrten ins Leere, die Frauen flickten zerschlissene Kriegshemden und Leggins und viele Kinder weinten vor Hunger. Selbst die wenigen

Hunde, die noch am Leben waren, bewegten sich nicht. Sie lagen hinter den Tipis im Schatten der müden Pferde und erduldeten die Fliegen. Eine Frau kochte eine dünne Suppe aus Hundeknochen und blickte hoffnungsvoll auf, als Biberfrau durch das Lager ritt. Mit der heiligen Frau kehrte die Hoffnung zurück. Sie hatte mit den Geistern gesprochen und wusste bestimmt einen Ausweg. Selbst ein Krieg war besser als das Leben auf der Reservation und es war ehrenvoller, von einem blassen Soldaten auf die andere Seite geschickt zu werden, als auf der Reservation zu bleiben und zu verhungern.

Biberfrau stieg vor dem Tipi ihres Anführers aus dem Sattel und verneigte sich vor Steinkalb. Seine Frau brachte heißen Salbeitee und hielt sich respektvoll im Hintergrund, während die heilige Frau ihre Pfeife entzündete und den Großen Geist, die Erde und die vier Richtungen ehrte. Dann rauchte der Häuptling, und erst nachdem sie lange geschwiegen hatten, ergriff Biberfrau das Wort. »Mein Häuptling«, sagte sie, »mein Herz ist traurig und ich spüre Tränen in meinen Augen, wenn ich durch euer Lager reite. Die Krieger haben ihren Kampfeswillen verloren, die Frauen schlachten Hunde, wie wir es vor vielen Wintern taten, als der Frostriese unser Dorf eroberte, und selbst die Kinder haben jede Hoffnung verloren. Auch in dieser Hitze spüre ich den eisigen Atem der bösen Geister, die viele Tsis-tsis-tas und viele Lakota auf das Land getrieben haben, das sie Reservation nennen. Ihr leidet großen Hunger. Ihr sitzt vor den Tipis und wartet auf den Tod. Was ist geschehen, mein Häuptling? Wo ist das Fleisch, das euch die blassen Männer versprochen haben? Wo sind die gefleckten Büffel?«

»Die Verträge der blassen Männer sind auf Wasser geschrieben«, antwortete Steinkalb. Sein Gesicht war von der Entbehrung und der Enttäuschung gezeichnet, die er auf der Reservation erdulden musste. »Die Vehos haben uns belogen! Sie haben nur schlechtes Fleisch für uns und viele der gefleckten Büffel werden von Siedlern gestohlen! Die Häuptlinge der blassen Männer blicken zur Seite, wenn wir nach Nahrung fragen, und sie lachen, wenn unsere Kinder sterben! Rote Wolke war bei ihnen und sie haben ihm versprochen, dass alles anders wird, aber es ändert sich nichts, und ich weiß nicht mehr, wie es weitergehen soll!«

»Ihr seid den falschen Weg gegangen«, erwiderte Biberfrau, »die bösen Geister haben euch in die Irre geführt!« Sie beobachtete eine alte Frau, die durch das Lager humpelte und neben einem Tipi zusammenbrach. Ein Krieger hob sie auf und trug sie davon. »Dies ist nicht die Zukunft, die ich in meinen Träumen erlebt habe!«

»Was hast du gesehen, Biberfrau?«

Sie erinnerte sich an die abgeschlachteten Büffel im Tal der weinenden Bäume und versteckte ihre Traurigkeit hinter dem Rauch, der aus ihrer heiligen Pfeife stieg. Sie durfte die Wahrheit nicht sagen. Wenn die heiligen Tiere gingen, lag die Zukunft ihres Volkes in diesem Lager und sie waren von der Gnade der blassen Männer abhängig. Sie konnte sich nicht vorstellen, dass tapfere Krieger wie Kleiner Wolf und Wildes Pferd diesen Weg gehen würden. Hatte ihr Schutzgeist nicht versprochen, dass sie ihren Stolz in einer großen Schlacht bewahren würden? Gab es keinen Pfad, der am Tal der weinenden Bäume vorbeiführte? Oder hatte die Stimme des trickreichen Kojoten ihre Sinne verwirrt und sie gab sich einer Hoffnung hin, die längst in der Sonne versiegt war?

»Wir müssen kämpfen!«, entschied sie. In ihrer Stimme war dieselbe Entschlossenheit wie vor vielen Wintern, als sie aus der Erde gekommen waren und sich gegen den Frostriesen aufgelehnt hatten. »Wir müssen kämpfen, wenn wir unseren Stolz behalten wollen! Die Vehos haben gelogen! Ihre Verträge sind nichts wert und ihre Versprechen sind wie der Atem der bösen Geister! Folgt den tapferen Kriegern, die uns in die letzte Schlacht führen! Helft uns die Spinnen aus dem Land zu treiben! Kehrt zurück! Wenn wir die blassen Männer vertreiben, kehren die Büffel zurück und wir ziehen in eine bessere Zukunft! Ei-e-ya, nur auf dem Kriegspfad behalten wir unseren Stolz!«

Steinkalb blickte in das Feuer, das vor seinem Tipi brannte, und legte einen Holzscheit nach. »Deine Worte klingen gut«, sagte er. »Ich bin immer ein Mann des Friedens gewesen, aber ich habe gesehen, dass immer mehr Soldaten in unsere Jagdgründe strömen und wir alle auf der Reservation sterben müssen, wenn wir uns willenlos ergeben. Wir müssen kämpfen, für unsere Kinder!«

»Dann kehrt ihr zurück?«, fragte sie hoffnungsvoll.

»Lass mich darüber nachdenken, meine Schwester!«

Biberfrau verabschiedete sich von ihrem Häuptling und tauschte einen nachdenklichen Blick mit Windfrau, bevor sie aus dem Lager ritt. Es blieb nicht mehr viel Zeit. Das Netz der Spinnen wurde immer dichter und es hatten sich bereits zahlreiche Frauen und Kinder darin verfangen. Sie waren einen langsamen Hungertod gestorben oder hatten von dem verfaulten Fleisch gegessen, das ein Veho zu den Lakota gebracht hatte. Ein alter Krieger war aus dem Lager gegangen und hatte sich in den Hügeln zum Sterben hingelegt, eine alte Frau hatte zum Messer gegriffen und war von einem Soldaten erschossen worden. Das spöttische Gelächter der bösen Geister war überall zu hören und verfolgte die heilige Frau bis auf die weiten Ebenen, die flimmernd unter der Sonne lagen.

Zwischen einigen Bäumen stieg sie aus dem Sattel. Sie lief zum Ufer eines stillen Tümpels hinab und betete zum Großen Geist. Ihre Arme berührten den Himmel und ihre Augen füllten sich mit Tränen, als sie den Namen ihres Schöpfers rief: »Maheo! Verlass deine Kinder nicht! Du warst bei unseren Kriegern, als sie die Soldaten getötet haben, und du hast uns geholfen durch den letzten Winter zu kommen! Aber die Büffel verschwinden und es kommen immer mehr blasse Männer in unser Land! Sie brechen den Vertrag, den sie mit Rote Wolke und anderen Häuptlingen geschlossen haben! Unsere Brüder und Schwestern auf der Reservation verhungern! Was soll ich tun, Maheo? Wie können wir unseren Stolz bewahren, wenn wir nicht kämpfen? Wie kann es eine Zukunft für uns geben, wenn wir den Weg der Spinnen gehen?«

Das Wasser bewegte sich und ihr Schutzgeist tauchte aus dem Tümpel. Seine Miene war sorgenvoll. »Meine Schwester«, sagte er zu der heiligen Frau, »ich habe auf dich gewartet. Ich weiß, was du auf der Reservation gesehen hast, und ich kann mir denken, wie verzweifelt du bist. Ihr habt die Soldaten von Fort Phil Kearny besiegt, aber die Zeiten werden immer schlechter, und du wartest auf den Tag, an dem sich die Zukunft des Volkes entscheidet.«

»Das ist wahr, mein Bruder. Kennst du die Antwort?«

»Der Tag wird kommen«, antwortete der weiße Biber. Seine Haare zitterten und seine Stimme klang heiserer als sonst. »Langhaar und seine Soldaten reiten über die Ebenen und sobald ihr euch verbündet habt, wird es zur großen Schlacht kommen! Höre den Wölfen zu, denn sie kennen die Wahrheit! Sie werden dir sagen, wenn der Mann mit den gelben Haaren zum großen Fluss reitet!«

»Langhaar? Die Soldaten kehren zurück?«

»Die blassen Männer haben das gelbe Metall in den heiligen Bergen der Lakota gefunden«, erklärte der weiße Biber, »sie kommen von allen Seiten und wühlen die Erde auf, die eure Großmutter ist! Die Soldaten wollen euch auf die andere Seite schicken! In ihrer Welt ist kein Platz für euch! Ihr müsst kämpfen, wenn ihr euren Stolz bewahren wollt, und wenn es immer noch Hoffnung geben soll!«

»Die Schwarzen Berge?«, fragte Biberfrau verwundert. »Aber die liegen auf dem Land, das die blassen Häuptlinge ihnen zugesprochen haben! Rote Wolke würde niemals zulassen, dass die Vehos ihre heilige Erde aufreißen! Was sagen Sitzender Büffel und Wildes Pferd? Was tun Gefleckter Adler und Angst-vor-Pferden?«

»Auch sie werden zu den Waffen greifen, wenn der Mann mit den gelben Haaren kommt«, antwortete der Biber, »an der Biegung des Flusses wird es zur entscheidenden Schlacht kommen!«

»Wann, mein Bruder? Wann?«

»Wenn die Wölfe heulen«, erklärte ihr Schutzgeist. Er glitt langsam ins Wasser und drehte sich noch einmal um. Seine Augen waren seltsam rot und seine Stimme zitterte, als er sagte: »Heute bin ich dir zum letzten Mal erschienen, meine Schwester. Sei stark und führe dein Volk in den letzten Kampf! Na-ase, lebe wohl!«

48

DIE SCHLACHT AM ZIEGENFLUSS

BIBERFRAU VERSTAND DIE Wölfe. Sie hörte das Heulen ihrer vierbeinigen Brüder, die Langhaar und seine Soldaten über die weiten Ebenen begleiten, und sie beobachtete ihre zweibeinigen Namensvettern, die jenseits der Hügel gekundschaftet und die bärtigen Männer gesehen hatten. »Viele Soldaten! Viele Soldaten!«, riefen sie, während sie vor den Tipis von ihren Ponys sprangen.

Es war ein riesiges Sommerlager, das größte Zeltdorf, das Biberfrau jemals gesehen hatte. Alle Völker der Ebenen waren gekommen. Die Uferleute, die Waldleute, die Hügelleute und alle anderen Gruppen der Tsis-tsis-tas. Die Krieger, die im fernen Süden wohnten. Die Oglala, die Hunkpapa, die Brule, die Minneconjou und die Lakota aus dem fernen Norden. Das Volk, das seine Feuer im Süden entzündet. Steinkalb und die Krieger aus der Reservation. Über tausend Tipis standen an der Biegung des Ziegenflusses, der »Fluss des fetten Grases« bei den Lakota und »Little Bighorn River« bei den blassen Männern hieß.

Sie hatten erst eine Nacht am Ufer verbracht und doch

wusste Biberfrau, dass die Entscheidung an diesem Tag fallen würde. Es war alles so, wie ihr Schutzgeist gesagt hatte. Alle verbündeten Stämme hatten sich in einem großen Sommerlager getroffen, die Sonne stand hoch über dem staubigen Land und die Wölfe heulten in den Hügeln. Die Bäume flüsterten ihren Namen und das Büffelgras zitterte erwartungsvoll im heißen Wind. Schwarze Fliegen stiegen aus dem Uferschilf und flohen vor dem eisigen Atem der bösen Geister, der mit den Soldaten über die Ebenen kam.

»Dies ist der Tag, auf den wir gewartet haben«, betete Biberfrau, als sie am frühen Morgen die Sonne begrüßte, »heute entscheidet sich das Schicksal unseres Volkes! Maheo, du bist die geheimnisvolle Kraft, die im Himmel wohnt! Du bist das Große Geheimnis, das über Männer, Frauen und Kinder wacht! Du hast den heiligen Kreis geschaffen, der unser Leben bedeutet! Du hast uns geschaffen und du hast uns aus der Erde geholt und du warst bei uns, als wir zum Gelben Fluss wanderten und auf den großen Hunden über die weiten Ebenen ritten! Du bist der Schöpfer, den wir verehren! Begleite uns in diesen Kampf, Großer Geist, und beschütze unsere Krieger, die gegen die blassen Männer ziehen! Sei bei den Frauen und Kindern, die sich am Ufer verstecken! Gib mir die Kraft den Mann mit den gelben Haaren zu töten und führe mein Volk in eine bessere Zukunft! Ei-e-ya, darum bitte ich dich!«

Sitzender Büffel hatte für die Lakota gebetet. Auch er hatte die Wölfe verstanden und die blassen Soldaten in seinen Träumen gesehen. Dies war der Tag der Entscheidung und alle Krieger waren bereit für die Zukunft der verbündeten Völker zu kämpfen. Sie kannten den Mann mit den gelben Haaren. Ein tapferer Krieger, der viele Brüder getötet hatte. Ein Feigling, der wehrlose Frauen und Kinder mit seinem langen Messer aufgeschnitten hatte. Ein Angeber, der seine langen Haare öfter als ein Mädchen kämmte und ein rotes Tuch um seinen Hals trug, schlimmer als die feigen Krähen, die für ihn kundschafteten. Er hatte geschworen die vereinten Sioux und Cheyenne allein zu besiegen – so wurden die Lakota und die Tsis-tsis-tas von den Weißen genannt – und als glorreicher Held ins Fort zurückzukehren. So berichteten die Krähen, die sich mit den blassen Männern verbündet hatten.

Wolkenreiter war bei den Spähern, die den Mann mit den gelben Haaren und seine Soldaten auf den Ebenen entdeckten. »Viele Soldaten kommen!«, rief er. »Holt eure Ponys! Haltet die Waffen bereit! Custer und seine Männer kommen!« Das war der Name, den der Anführer der blauberockten Soldaten bei den Vehos hatte.

Die Tipis der Uferleute standen im äußersten Westen des riesigen Sommerlagers und es dauerte einige Zeit, bis sich die Kunde von den nahenden Soldaten nach Osten fortgepflanzt hatte. Sitzender Büffel blieb in den fernen Hügeln und betete, so hatte sein Schutzgeist ihm befohlen. »Viele Soldaten! Viele Soldaten!«, riefen die Krieger, während sie aufgeregt zu ihren Ponys liefen und nach den Waffen griffen. »Versteckt euch! Versteckt euch!«, riefen die Frauen, die mit ihren Kindern zu den Bäumen am Ufer flohen. In dem großen Lager herrschte Unordnung.

Biberfrau hatte ihr schönstes Wildlederkleid angezogen. Ihr Gesicht war mit roter Farbe bemalt und ihre langen Zöpfe glänzten im Sonnenlicht. Sie verneigte sich vor den heiligen Pfeilen und der heiligen Büffelkappe und bat den Großen Geist noch einmal in dieser entscheidenden Schlacht bei ihr zu bleiben. Auch sie würde kämpfen. Sobald die Frauen und die Kinder in Sicherheit waren, würde sie den Kriegern in den Kampf folgen. Ihr Feuerstock war geladen und ihr Bogen und der Köcher mit den Pfeilen waren auf ihrer Schulter. Die Gurte ihres Ledersattels waren straff gezogen. Sie war bereit um ihr Leben zu kämpfen.

Vom anderen Ende des Lagers drangen Schüsse herüber. Der Kriegsruf der Lakota erscholl und Frauen und Kinder schrien. »Beeilt euch! Der Kampf hat begonnen!«, drängte

Kleiner Wolf, der bereits auf seinem Pony saß und eine federgeschmückte Lanze in der Hand hielt. Er lenkte sein Pferd vor die heilige Frau und beugte sich zu ihr herab. »Ich werde dich nie mehr wiedersehen, meine Schwester«, sagte er, »dies ist der Tag, an dem wir der Stimme des Großen Geistes folgen! Ha-ho, ich verehre dich! Du bist die Frau, die mit den Geistern spricht! Ich bin der Mann, der gegen die blassen Männer kämpft und unser Volk in die Freiheit führt! Evox-po-hess, ich freue mich darauf, dich auf der anderen Seite des Flusses zu treffen! In meinen Träumen habe ich die fröhlichen Lieder gehört, die wir im Angesicht von Maheo singen werden! Leb wohl, meine Schwester, dies ist ein guter Tag zum Kämpfen!«

Sie blickte dem Anführer der Hundekrieger nach und verneigte sich ehrfurchtsvoll. Er war der Mann, dessen Luft sie geatmet hatte. Ein wortkarger Krieger, der mit seinen Augen gesprochen und nur für die Zukunft seines Volkes gelebt hatte. Der heisere Kriegsruf der Waldleute war auf seinen Lippen, als er verschwand.

Das Lager war in Aufruhr. Die Soldaten hatten im Osten angegriffen und zwei Lakota, die im wilden Galopp zum Fluss ritten, berichteten von zwei anderen Gruppen, die in der Mitte und im Westen angreifen würden. Der Mann mit den gelben Haaren würde über die Hügel im Norden reiten. »Springt auf eure Ponys! Haltet die Waffen bereit!«, riefen sie. »Der Kampf hat begonnen!«

Wolkenreiter ritt zu der jungen Lakota, die er während des Sonnentanzes geheiratet hatte. Sie reichte ihm das neue Kriegshemd und er streifte es stolz über seine Brust. Die geheimnisvollen Symbole, die er wenige Tage nach seiner Heirat auf das Leder gemalt hatte, sollten ihn vor den Feinden beschützen. Die jungen Hundekrieger der Uferleute folgten ihm. Im Lager der Waldleute sammelte Zwei Monde die erfahrenen Krieger des Fuchsbundes und führte sie in die Schlacht. Unter den Hufen der vielen Ponys wallte Staub auf und in das Kriegsgeheul der Männer mischte sich das Wehklagen der Frauen und Kinder, die an das Massaker vom Sandigen Fluss dachten und sich am Flussufer versteckten.

»Hokahey, dies ist ein guter Tag zum Kämpfen!«, rief Wildes Pferd im Lager der Oglalas. Er hatte die Krieger auf die große Schlacht vorbereitet und seine lauten Befehle sorgten dafür, dass sie den Soldaten nicht vor die Gewehre ritten. Angst-vor-Pferden und sein Sohn waren bei ihm, als sie den blassen Männern entgegenritten und hinter einigen Sandhügeln von den Ponys sprangen. Sie empfingen die Angreifer mit einem Kugelhagel und trieben sie in ein Gehölz zurück, das jenseits des Flusses in den Hügeln lag. Pferde fielen und stürzten ins Wasser. Einige Krieger liefen zu den gestürzten Soldaten, schlugen Coups und töteten sie. »Das ist einfacher als Büffel zu jagen!«, rief ein junger Krähenbesitzer triumphierend.

Biberfrau sprang auf ihr Pony und wandte sich nach Norden. Sie ritt aus dem wirbelnden Staub und hielt auf einem Hügel, von dem aus sie das ganze Tal überblicken konnte. Ihr Feuerstock lag entsichert über ihren Knien. Der Große Geist würde ihr sagen, wenn sie im Kampf gebraucht wurde. Ihre Gedanken waren bei den Uferleuten, die Kleiner Wolf und Wolkenreiter in den Kampf folgten und dabei waren, als die Soldaten in das Gehölz flohen. Sie hoben die Feuerstöcke und die Munition der gefallenen Männer auf und verhöhnten die Spinnen, die sich zwischen den Bäumen eingegraben hatten. »Kommt, ihr feigen Hunde!«, riefen sie. »Zeigt, dass ihr kämpfen könnt!«

Die Feuerstöcke krachten und die Soldaten verließen ihre Deckung. Sie flohen auf einen Hügel und gruben sich in der Erde ein. Viele Männer starben, während sie über die offene Ebene rannten, und ihre Todesschreie vermischten sich mit dem Krachen der Feuerstöcke und dem Siegesgeheul der verbündeten Völker. Wie Ameisen, die aus einem Hügel kamen, strömten die Krieger heran und stürzten sich auf die Angreifer. Erst als sie den Mann mit den gelben Haaren im Norden sahen, ließen sie von den Soldaten ab.

Biberfrau trieb ihren Braunen nach vorn. Mit blitzenden Augen beobachtete sie, wie Langhaar und seine Männer in Viererreihen über den fernen Hügelkamm ritten. Das gelbe Haar des Anführers leuchtete in der Sonne. Selbst aus der Entfernung konnte sie erkennen, dass es bis auf die Schultern reichte. Auch über seinem Mund waren gelbe Haare. Er trug weiße Wildlederhosen und ein blaues Hemd und seine Beine wurden bis zu den Knien von schwarzen Stiefeln bedeckt. Sein weißer Hut leuchtete in der Sonne. Er bot einen erhebenden Anblick, das musste sie zugeben, und sie glaubte sogar, dass ein fröhliches Lied auf seinen Lippen war, als er seine Männer nach Süden führte. Ein Angeber, der seiner Sache vollkommen sicher war, so wie Medizinkrähe, der Häuptling der Krähen, bevor er getroffen wurde und auf die andere Seite ging.

Ein Trompetensignal wurde laut, ertrank in dem Lärm und dem Staub, der von allen Seiten über die Ebenen brandete. Die bunten Tücher, die einige Soldaten trugen, flatterten im Wind. Der Mann mit den gelben Haaren stürmte mit seinen Blauröcken zum Fluss hinunter und prallte gegen eine Wand von entschlossenen Kriegern, die in ihren letzten großen Kampf ritten. Von allen Seiten strömten die Männer herbei. Wildes Pferd, ohne Federhaube und nackt bis auf einen Lendenschurz. Gefleckter Adler, tollkühn wie in seinen jungen Jahren. Krähengesicht, der Häuptling des Volkes, das im Süden seine Feuer entzündet. Auch er beteiligte sich mit seinen Kriegern am Kampf und mitten im Getümmel hörte er die aufgeregte Stimme seiner Ehefrau, die »Töte die Feiglinge!« rief.

Abseits des Lagers, hundert Schritte westlich von Custer und seinen Männern, sprengte Steht-im-Wasser zwischen den Hügeln hervor. Seine Eulenfedern wehten im Wind und der Kriegsruf der Uferleute kam wütend über seine Lippen. Er hielt den Donnerbogen in seiner linken Hand und dachte an das Massaker am Sandigen Fluss und den Tod seiner Eltern, als er den Soldaten entgegenritt. Er wechselte den Donnerbogen in die rechte Hand, hinter seinem Rücken, wie es bei den Gegenteil-Männern üblich war, und ohne die Gangart seines Ponys zu verlangsamen. Im vollen Galopp sprengte er mitten unter die Soldaten, schlug mehrere Coups und tötete drei Männer, bevor die Kugel aus einem Karabiner sein Leben beendete. Noch im Fallen riss er einen Veho mit.

»Evoxpohess«, sagte Biberfrau das Mutwort ihres Volkes. Sie sprach mit den geheimnisvollen Kräften und war vom Licht des Großen Geistes erfüllt, als die Krieger der verbündeten Völker über die angreifenden Soldaten herfielen, ihre Pferde erschossen und die Männer wie Kaninchen abschossen. Der Mann mit den gelben Haaren und die letzten Überlebenden flohen auf einen Hügel und wehrten sich verzweifelt gegen die mehrfache Übermacht der verbündeten Völker. Einer nach dem anderen sank in das trockene Gras und starb unter den wütenden Hieben der Krieger.

Erst jetzt folgte Biberfrau den Männern in die Schlacht. Sie ritt durch den aufgewirbelten Staub und den tosenden Kampfeslärm und hörte das Johlen der Krieger und die verzweifelten Todesschreie der blassen Männer. Ei-e-ya, dies war ein guter Tag! Maheo war bei ihnen und half ihnen die blassen Männer zu besiegen! Wildes Pferd und Kleiner Wolf und Krähengesicht führten ihre Krieger zu einem großen Sieg und schon jetzt waren die Lieder der Frauen und Kinder zu hören, die am Fluss warteten und zufrieden beobachteten, welchen Verlauf der Kampf nahm. Die alten Zeiten kehrten zu den verbündeten Völkern der Ebenen zurück!

Sie sah, wie der Mann mit den gelben Haaren getroffen zu Boden fiel. Kleiner Wolf schlug einen Coup und auch Wildes Pferd berührte den Häuptling der blassen Männer. Wolkenreiter reckte triumphierend eine Faust. Dann verebbte der Kampfeslärm und nur noch vereinzelt pfiffen Kugeln durch die Luft. Der Staub senkte sich auf die toten Soldaten herab. Die Krieger ritten siegestrunken zwischen den Toten umher und verstummten ehrfürchtig, als die heilige Frau der Tsis-tsis-tas über das Schlachtfeld ritt. Sie hielten ihre Ponys zurück und schwiegen. Biberfrau sollte das Zeichen setzen, das die neue Zukunft der verbündeten Völker ankündigte.

Sie hielt vor dem Mann mit den gelben Haaren und blickte mitleidlos auf ihn hinab. Er blutete aus einer Wunde in der Brust, aber er lebte noch. »Veho!«, beschimpfte sie ihn. Dann hob sie ihren Feuerstock und schoss.

George Armstrong Custer starb und Biberfrau ritt wortlos davon. Hinter ihr jubelten die Krieger und die Frauen und die Kinder liefen auf das Schlachtfeld um die toten Soldaten zu verstümmeln. Die verbündeten Völker hatten einen großen Sieg errungen. Sie hatten den Mann mit den gelben Haaren und seine Soldaten getötet und niemand dachte im Augenblick des Sieges daran, welchen Zorn die Nachricht in den Forts der blassen Männer auslösen würde. »Ich danke dir, Maheo!«, betete Biberfrau zum Großen Geist. »Wir haben die blassen Männer besiegt und die Herzen unserer Krieger bersten vor Stolz! Dieses Gefühl kann uns niemand nehmen! Noch in vielen Wintern, wenn wir über den Weg gegangen sind, den du bestimmt hast, werden wir uns an diesen Tag erinnern! Der Sieg wird meinem Volk helfen die schweren Zeiten zu ertragen, die in der Zukunft auf uns warten! Ich danke dir, Großer Geist! Dies ist der Tag, für den ich so lange gelebt habe!«

Sie verließ das Schlachtfeld und ritt über die Ebenen, immer weiter nach Norden, bis sie den felsigen Hügelkamm erreichte, den sie aus ihren Träumen kannte. Ohne Furcht ritt sie auf die andere Seite. Das Tal der weinenden Bäume lag schweigend unter der heißen Sonne, eine verdorrte Wüste inmitten einer sterbenden Welt. Die Schüsse waren verstummt und die Kadaver der Büffel bedeckten den staubigen Boden. Zwischen den heiligen Tieren lag der Medizinmann der Lakota. Läuft-über-den-Wolken hatte von dem scharfen Wasser getrunken und war in die Kugeln seiner blassen Freunde gelaufen. »Du hast nicht geglaubt«, sagte sie zu dem toten Krieger, »du hast deine Seele an die Spinnen verkauft und wirst niemals über die grünen Hügel auf der anderen Seite reiten! Du bist vor dem Kampf geflohen, der unsere Herzen gestärkt hat! Du hast die Krieger verlassen, die für eine bessere Zukunft gekämpft haben!« Sie schloss die Augen und sah, wie Kleiner Wolf und die Tsis-tsis-tas durch den Ziegenfluss ritten, in eine neue Welt, die von den blassen Menschen beherrscht wurde.

Sie senkte betrübt den Kopf. Ihre Gedanken blieben bei dem Hundekrieger, als sie das Tal der weinenden Bäume verließ und einen stillen See erreichte, der sich in den Hitzeschleiern am Horizont verlor. Das Wasser erinnerte sie an den ersten Tag, den sie in dieser Welt verbracht hatte. Sie stieg aus dem Sattel und betrachtete ihr Spiegelbild. Ihre Haare waren grau geworden und auch in ihrem Gesicht zeigten sich die ersten Spuren des Alters.

»Du hast getan, was der Große Geist von dir verlangt hat«, erklang die Stimme von Süße Medizin, »deine Aufgabe ist erfüllt.«

»Ich weiß«, sagte Biberfrau ohne den Blick von ihrem Spiegelbild zu nehmen. »Die verbündeten Völker haben einen großen Sieg errungen. Ich habe gesehen, wie die heiligen Tiere auf die andere Seite gegangen sind, und ich habe erkannt, dass immer mehr Soldaten kommen und die verbündeten Völker auf Reservationen treiben werden. Aber ich habe keine Angst mehr vor der Zukunft. Der Stolz über diesen Sieg wird den Tsis-tsis-tas immer bleiben und Kleiner Wolf ist stark genug um unser Volk in ein neues Leben zu führen. Dafür habe ich gelebt, mein Bruder!«

Sie folgte dem heiligen Mann ihres Volkes über den hängenden Pfad und lächelte zufrieden, als sie die grünen Täler auf der anderen Seite erblickte. »Ex-e-ya, dies ist ein guter Tag«, sagte sie.

NACHWORT

»DAS WISSEN DER Bäume« erzählt die Geschichte des Volkes, das sich »Tsis-tsis-tas« nennt und von den Lakota als »Shahiyena« (»Volk einer anderen Sprache«) und von den weißen Eindringlingen als »Cheyenne« bezeichnet wurde. In meinem historischen Roman »Das Lied der Cheyenne« habe ich nur eine Geschichte dieses Volkes erzählt. »Das Wissen der Bäume« erzählt die ganze Geschichte dieser Menschen, von ihrer Schöpfung bis zu ihrem Niedergang nach der Schlacht am Little Bighorn, und basiert auf dem reichen Quellenmaterial, das ich während der vergangenen Jahrzehnte studieren durfte. Es ist kein historischer Roman im herkömmlichen Sinne und stützt sich nicht ausschließlich – wie die meisten anderen Romane, die über Indianer geschrieben wurden – auf historisches Quellenmaterial der Weißen. Ich habe mich vor allem auf die Überlieferungen der Indianer verlassen. Gerade über das »Massaker am Sandigen Fluss« (»Sand Creek Massacre«) und den »Kampf am Ziegenfluss« (»Little Bighorn«) wurden zahlreiche Berichte von indianischen Kriegern dokumentiert. Ich habe die Mythen und Legenden des Volkes studiert und den Erzählungen der Menschen gelauscht, die sich auf der Reservation der Northern Cheyenne mit ihrer Vergangenheit beschäftigen. Für die Tsis-tsis-tas gibt es nicht nur eine Wahrheit. Auch die Träume sind wahr und ich habe versucht diese beiden Ebenen zu einem schlüssigen Bild dieses Volkes zu vereinen. Denn das Bild, das uns in vielen Filmen vermittelt wird, ist falsch. Die Cheyenne – und alle anderen Völker der Hochprärie – lebten im Einklang mit der Natur und der ständigen Furcht vor den Geistern, die überall im Universum wohnten und ihr Leben entscheidend beeinflussten.

Das Volk hat so gelebt, wie ich es beschrieben habe. Ihre Lebensweise und ihre Mythen und Legenden habe ich während meiner Reisen in den amerikanischen Westen genau studiert. Ich habe die Tsis-tsis-tas mehrfach auf ihrer Reservation und auf zahlreichen Pow-wows besucht und viele Freunde unter den Nachfahren der Prärie-Indianer gewonnen. Sie sind den Weg der blassen Männer gegangen, wie Biberfrau es vorausgesehen hat, und den meisten Nachfahren der einst so tapferen Krieger ist nur der Stolz auf die Vergangenheit geblieben. Auch das wusste die heilige Frau. Noch heute wird vom großen Sieg am Little Bighorn gesprochen und auf dem jährlichen Pow-wow in Lame Deer tanzen sie zu Ehren von Little Wolf (Kleiner Wolf) und seiner Krieger. Der Stolz hilft ihnen die schlechten Zeiten auf der Reservation zu ertragen.

Unter den zahlreichen Fachbüchern, die ich zum Quellenstudium herangezogen habe, waren das zweibändige Werk »The Cheyenne Indians« und »The Fighting Cheyennes« von George Bird Grinnell, der noch im 19. Jahrhundert bei den Tsis-tsis-tas lebte, mit Überlebenden des Massakers am Sand Creek und der Schlacht am Little Bighorn sprach und zu Beginn des 20. Jahrhunderts zahlreiche Bücher und Schriften über die Cheyenne veröffentlichte; »A History of the Cheyenne People« von Tom Weist, »Cheyenne Memories of the Custer Fight« von Richard G. Hardorff; »Blood at Sand Creek« von Bob Scott; »Cheyennes and Horse Soldiers« von William Y. Chalfant; »The Cheyennes« von John H. Moore, »Lakota and Cheyenne – Indian Views of the Great Sioux War« von Jerome A. Greene und »Cheyenne Dog Soldiers« von Jean Afton, David Fridtjof Halaas und Andrew E. Masich.

Natürlich ist es dem Verfasser eines historischen Romans freigestellt bestehende Fakten zu deuten und Zeremonien wie den Sonnentanz und die Erneuerung der heiligen Pfeile vereinfacht darzustellen um den dramatischen Ablauf der Geschichte zu wahren. Das habe ich getan ohne die Kultur des Volkes zu verfälschen. Oft musste ich mehrere Jahrzehnte überspringen, damit die Spannung nicht verloren ging. Besonders schwierig ist es, die Sprache der Tsis-tsis-tas adäquat ins Englische oder Deutsche zu übertragen. Ich habe mich an die bildhaften Schilderungen gehalten, die wir aus originalgetreuen Übersetzungen kennen. Ein kleines Beispiel: Die Cheyenne kannten kein Wort für Häuptling, weil es keinen Krieger gab, der über das ganze Volk bestimmen konnte. Das Wort ist eine Erfindung amerikanischer Übersetzer. Einen Anführer bezeichneten die Tsis-tsis-tas als »weisen Mann«.

Biberfrau ist eine fiktive Gestalt, taucht aber unter einem anderen Namen in den Mythen und Legenden des Volkes auf. Auch Süße Medizin spielt eine wichtige Rolle in den Erzählungen der Tsis-tsis-tas. Kleiner Wolf hat wirklich gelebt und wird heute noch von den Cheyenne in Ehren gehalten, eine Schule ist nach ihm benannt. Auch Wildes Pferd (»Crazy Horse«) und Sitzender Büffel (»Sitting Bull«) gab es wirklich. Die Hundekrieger waren ein besonders kampfstarker Kriegerbund. Die heiligen Pfeile und die heilige Büffelkappe werden noch heute von den Tsis-tsis-tas verehrt.

Ein besonderer Dank gilt den Nachfahren des Volkes, die mir bei den Recherchen geholfen haben: Alaina Bearcomesout, Jenny Parker und Jimmie Little Coyote von den Northern Cheyenne, Imogene Rising Sun von den Southern Cheyenne, Carmelia Brown von den Crow und Ron Hawks von den Lakota beantworteten meine Fragen oder teilten ihre Erfahrungen mit mir. Ich bedanke mich bei Pam Gosink von »Travel Montana« und Kristi Leavitt von »Wyoming Tourism«, die wertvolle Kontakte vermittelten, bei Ingeborg Castell, die immer an mich geglaubt hat, und bei meiner Frau und meinen Kindern, die während eines heißen Tages in Fort Laramie nicht die Beherrschung verloren. Ha-ho!

Fort Laramie, Wyoming, im September 1997

Thomas Jeier

Bitte lesen Sie weiter …